DAVID BALDACCI

Une Bonne Action

Ouvrage original publié aux États-Unis
sous le titre *One Good Deed*
par Grand Central Publishing
Hachette Book Group
1290 Avenue of the Americas, New York, NY 10104

Édition française publiée par
Talent Éditions
115 rue de l'Abbé Groult, 75015 Paris

Direction artistique et design : Neil Lang/Pan Macmillan
Images de couverture : © Getty Images
Photo de l'auteur : © Guy Bell

ISBN : 978-2-37815-253-6

DAVID BALDACCI

Une Bonne Action

Traduit de l'anglais (États-Unis)
par Elvis Roquand

Talent Éditions

CONFIDENTIEL

Profil du détenu en liberté conditionnelle, prison de Carderock
ADMINISTRATION PÉNITENTIAIRE

Identité : Aloysius Archer. Pas de deuxième prénom.

Âge : Proche de la trentaine, mais d'aspect – et surtout de mentalité – semble plus âgé, à cause des effets combinés de la guerre, de l'exposition au soleil et de son séjour en prison.

Lieu de naissance : Quelque part aux États-Unis, dans un quartier anonyme d'une grande ville.

Situation de famille : Jamais marié, pas d'enfant.

Caractéristiques physiques : Exactement 1 mètre 86 en chaussettes. Corps élancé mais musclé, renforcé par des années d'exercice dans la salle de sport de la prison. Porte les cheveux mi-longs et a fait le vœu de ne plus jamais les faire couper. Bel homme, mais pas trop non plus, à la peau tannée par le soleil et vieillie par son séjour derrière les barreaux. Arbore de nombreuses cicatrices sur son dos et ses jambes datant de la Guerre.

États de service : Trois ans dans la 5e Armée des États-Unis du Général Mark Clark en tant qu'éclaireur lors de la Seconde Guerre mondiale. Assigné au 2e corps d'armée, 34e Division d'infanterie, sur le théâtre d'opérations méditerranéen : Salerne, Bologne, Gênes, Milan, sur les lignes défensives ennemis Barbara, Volturno et Gustave, bataille de la plage d'Anzio.

Aptitudes notables : Son expérience militaire a affiné ses instincts et sa capacité à prendre des décisions rapides et rationnelles.
Son passé d'éclaireur, quand il devait guetter le moindre mouvement des soldats italiens puis allemands avec une fraction de seconde pour réagir ou faire face à une mort imminente, a fait de lui quelqu'un de très observateur.
Connaissances avancées en combat rapproché à mains nues et dans la manipulation d'un large éventail d'armes, en plus de présenter une certaine force physique.
Personnage charismatique, surtout auprès des femmes.

Statut de la liberté conditionnelle : Assigné à Poca City.
Agent de probation : Ernestine Crabtree.

Film préféré : *Le Grand Sommeil*
(avec Humphrey Bogart et Lauren Bacall)

Vinyle préféré : *Boogie Woogie Bugle Boy*
(par The Andrew Sisters)

N'aime pas : Les injustices

Aime : Les polars

CONFIDENTIEL

DANS LA MÊME COLLECTION
CHEZ TALENT ÉDITIONS

Sur le chemin du pardon - **David Baldacci**
Une lueur dans la nuit - **Stacy Willingham**

Pour Ben Sevier, pour avoir cru
à la fois en moi et en Aloysius Archer

CHAPITRE

I

C'ÉTAIT UNE BELLE JOURNÉE pour sortir de prison.

Alors qu'il respirait l'air du dehors pour la première fois depuis bien longtemps, Aloysius Archer fut accueilli par le souffle mécanique et l'odeur graisseuse des portes de l'autocar qui s'ouvraient. Il portait un costume droit marron à revers en pointe de la marque Victory, usé jusqu'à la corde, qu'il avait acheté sur le catalogue Sears et Roebuck avant de partir à la guerre. La veste était plus courte que la normale et il n'y avait aucun pli ni revers au pantalon, parce que tout cela nécessitait plus de tissu que ce que l'on jugeait nécessaire en temps de guerre ; la ceinture était absente de cet ensemble pour la même raison. Une cravate lacet, une chemise blanche élimée et fripée et des chaussures de ville Oxford taille 46 à lacets recouvertes d'éraflures complétaient l'unique costume de sa garde-robe. Ses chaussures soulevaient des petits nuages de poussière tandis qu'il rejoignait l'autocar en traînant les pieds. Son fedora couleur chocolat à calotte creuse qui pointait vers l'avant était ceint d'un galon de soie bordeaux délavé. Il avait acheté ce chapeau au retour de la guerre. L'une des rares fois où il s'était autorisé une folie. Mais à l'époque, une victoire mondiale sur le mal semblait être une bonne excuse.

C'étaient là les vêtements qu'il portait en arrivant à la prison. Et maintenant, il en sortait avec eux sur le dos. Il trouvait ça comique, tout en le déplorant, que pendant tout ce temps, pas une âme charitable au sein du monde carcéral n'avait trouvé opportun de les laver ou même de leur donner un coup de fer à repasser. Et il y avait des taches sur son chapeau qui n'étaient pas là au moment de son incarcération. Et pourtant, un homme ne pouvait pas sortir dehors sans chapeau.

Son pantalon bâillait autour de sa taille qui s'était affinée et renforcée le temps de son incarcération. Il pesait bien dix kilos de plus qu'à son entrée en prison, mais la masse supplémentaire n'était que muscle greffé sur ses bras, ses épaules, sa poitrine, son dos et ses jambes, comme des plantes grimpantes sur un tronc d'arbre arrivé à maturité. À en croire l'armée où il était passé sous la toise quelques années plus tôt, il mesurait très exactement un mètre quatre-vingt-six en chaussettes. Ils aimaient bien ça, les mesures de toutes sortes de tailles. En revanche, ce que les militaires avaient bien trop souvent oublié, c'était de lui fournir suffisamment de munitions pour son fusil M1 ou de nourriture pour lui remplir le ventre, pendant que lui et ses frères d'armes essayaient de libérer de larges portions du monde des mains d'une bande improbable de types dérangés.

La prison était dotée d'une salle de sport rudimentaire dont il avait pleinement tiré profit. Et pas uniquement pour muscler son corps. Quand il soulevait des poids, courait ou suait sang et eau, il oubliait, le temps que s'écoule une précieuse heure ou deux, qu'il était enfermé comme un petit animal dans une cage en compagnie de criminels. La prison disposait aussi d'un dépôt de livres, un beau fouillis plein à craquer d'ouvrages en piteux état, sans couvertures, auxquels il manquait des pages à des moments inopportuns du récit. Peu lui importait ; à ses yeux, les bouquins avaient beaucoup de valeur. Ses préférés restaient les romans de western, ceux où le héros finissait avec la fille. Et les histoires de détectives privés, où le héros finissait avec la fille en plus d'attraper le méchant. Il pensait souvent que c'était là une drôle de façon pour un prisonnier de se divertir. Et pourtant, il aimait bien les énigmes et les enquêtes de ces romans. Il essayait de les résoudre avant d'arriver au dénouement et avait découvert qu'avec le temps, il tombait de plus en plus souvent sur la bonne solution avant la fin.

Quant au contenu de sa gamelle de prisonnier, autant dire qu'il s'en était passé la plupart du temps. Ce qui n'était pas déjà avarié ou plein d'asticots n'avait aucun goût perceptible pour le convaincre de l'ingérer. Il s'était débrouillé grâce aux fruits cueillis dans un verger voisin et aux légumes récoltés dans le petit jardin à l'intérieur des murs de la prison, en agrémentant à l'occasion avec un morceau de poulet frit, du pain de mie, ou ces petits paquets renfermant des beignets aux pommes chauds qui faisaient mystérieusement leur apparition à l'intérieur de la prison. Certains avançaient qu'ils les devaient à des femmes pleines de compassion qui cherchaient à faire le bien ou qui espéraient se trouver un mari dans les trois à cinq années à venir. Le reste du temps, il le passait à casser des gros cailloux en plus petits cailloux avec une masse, à ramasser des déchets au bord des routes pour les revoir au même endroit dès le lendemain, ou encore à creuser des fossés qui n'avaient aucun but apparent, tout ça parce qu'un homme avec un fusil de chasse à double canon, des lunettes de soleil, un chapeau à large bord et un regard dur comme l'acier lui avait dit qu'il n'était bon qu'à ça.

Il n'avait pas encore trente ans, ne s'était jamais marié, sans enfants, mais un coup d'œil dans le miroir lui renvoyait l'image d'un homme qui semblait plus vieux que son âge, à la peau tannée par le soleil et un peu plus vieillie encore par le reste du temps passé derrière les barreaux. Les effets conjugués d'une guerre mondiale et de l'expérience brutale de la perte de sa liberté avaient laissé leur marque indélébile sur lui. Ces deux épisodes l'avaient dépouillé avec succès de ce qui restait de sa jeunesse mais avaient aussi renforcé certains aspects de sa personnalité, ce qui pourrait lui rendre service un jour.

Il avait les cheveux mi-longs en arrivant en prison. Le premier jour, on lui avait fait la coupe réglementaire en vigueur dans l'armée. Il avait ensuite essayé de se faire pousser la barbe. Ça aussi, on lui avait rasé. Ils avaient parlé de poux et de cachette pour de la contrebande.

Il avait fait le vœu de ne plus jamais se faire couper les cheveux, ou du moins de les avoir le plus long possible avant de s'y résoudre. Ce n'était pas une grande résolution, c'est sûr. Plus jeune, il avait concentré tous ses efforts à l'accomplissement de grandes choses. Désormais, il cherchait juste à s'en sortir. L'envie de réaliser ces ambitions d'une difficulté insurmontable lui avait été arrachée. Au lieu de ça, Archer trouvait que la réalisation de ces petites choses banales et terre-à-terre était d'une faisabilité tout à fait raisonnable.

Il pencha la tête et enleva son fedora pour éviter de toucher le plafond du véhicule bringuebalant. Les portes de l'autocar se refermèrent dans un sifflement suivi d'un claquement sourd, et il avança dans l'allée avec son nouveau statut d'homme libre à la recherche d'une place disponible pour s'asseoir. Le car qui se balançait de droite à gauche était étonnamment plein. Enfin, ce n'était peut-être pas si étonnant que ça, après tout. Il imaginait sans difficulté que ce moyen de transport constituait la seule façon de se déplacer dans le coin. On n'était pas dans le genre de région où l'on construisait des aérodromes ou des gares à tour de bras. Et ces longs rubans noirs qu'on appelait des autoroutes ne semblaient jamais se dérouler dans ces coins-là. C'était le genre d'endroit où les gens ne possédaient pas de véhicule qui pouvait résister à un trajet de plus de quatre-vingts kilomètres. Les gens qui conduisaient lesdits véhicules n'avaient de toute façon aucune envie non plus de voyager aussi loin. Qui sait, ils pourraient tomber du bord de la Terre.

Les autres passagers avaient l'air aussi dépenaillés que lui, voire davantage. Peut-être étaient-ils enfermés derrière leurs propres barreaux ce jour-là, quand lui quittait ceux qui l'avaient retenu.

Ils portaient tous des vêtements d'avant-guerre ou d'une période s'en rapprochant, ils avaient les ongles sales, des yeux hagards, l'air affamé, et pas la moindre lueur d'espoir ne ressortait du lot. Ce qui le surprit, étant donné que cela faisait déjà plusieurs années qu'une grande et belle victoire à l'échelle mondiale avait été remportée et que la situation se stabilisait. Encore une fois, se fit-il la réflexion, la victoire n'était pas synonyme de prospérité soudaine à travers tout le pays. Comme souvent, certains s'en sortaient mieux que d'autres. Il lui semblait qu'il était actuellement en train de rouler avec les « autres ».

Ils levaient la tête pour le dévisager, et Archer ne voyait dans leurs regards que peur ou méfiance, ou chez certains un mélange des deux à la fois. Ce qu'il ne voyait pas du tout, c'étaient des visages amicaux. L'humanité avait peut-être changé pendant son enfermement. Ou alors, peut-être qu'au contraire, rien n'avait changé et que tout était comme avant. Il était incapable de le dire, pas encore. Comme un matelot de retour sur la terre ferme, il n'avait pas encore retrouvé son équilibre et ses repères.

Archer repéra un siège libre à côté d'un homme plus vieux que lui, vêtu d'une salopette râpée passée par-dessus un maillot de corps taché. Un chapeau de paille grossier était posé sur ses genoux. Il portait aux pieds des brodequins de la taille d'un nouveau-né et tenait fermement dans sa main calleuse un grand sac en toile. Il n'avait pas quitté Archer de ses yeux exorbités tout le temps qu'il lui avait fallu pour atteindre sa place. Juste avant que le derrière d'Archer ne touche le tissu sale du siège, l'autre homme prit ses aises et s'étala comme une casserole qui déborde, forçant Archer à faire le trajet assis sur le bord du siège, position inconfortable au possible.

Mais cela ne le dérangeait pas. Quand bien même sa cellule avait été plus grande que l'espace qu'il occupait actuellement, il l'avait partagée avec quatre autres hommes, et pas un seul d'entre eux n'était sur le point d'en bouger.

Sauf que maintenant, ça y est, moi je vais quelque part.

« L'arrêt de la taule ?

— Plaît-il ? » demanda Archer en considérant l'homme qui désormais le regardait franchement.

Les cheveux de son voisin de siège tiraient sur le blanc, quand sa moustache et sa barbe l'étaient déjà depuis longtemps.

« Vous êtes monté à l'arrêt de la prison.

— Ah oui ?

— Un peu, ouais. Vous avez tiré combien ? »

Archer détourna le regard et contempla à travers le pare-brise l'éclat du soleil qui lui faisait mal aux yeux et le vaste ciel, pur de tout nuage, qui s'étalait au-dessus des immenses plaines devant lui.

« Suffisamment longtemps. Dites, par hasard, vous n'auriez pas une cigarette que je pourrais vous taper ?

— On ne peut pas vraiment *emprunter* une cigarette, pas vrai ? Et puis, de toute façon, vous n'avez pas le droit de fumer ici.

— Qu'est-ce que vous me chantez là ? »

L'homme pointa du doigt un panonceau écrit à la main accroché au-dessus de leurs têtes qui confirmait ses dires.

Des règles, encore.

Archer secoua la tête. « J'ai fumé dans un train, et sur un bateau de la Navy. *Et* dans une foutue église. Mon vieux fumait dans la salle d'attente quand je suis né, à ce qu'on m'a dit. Et il racontait que ma mère avait une Pall Mall dans la bouche quand je suis sorti. Il se passe quoi, l'ami ?

— Bah, ils ont eu des problèmes, voyez ?

— Par exemple ?

— Par exemple un crétin qui s'est endormi la clope au bec, qu'a mis le feu à un foutu car et qui l'a réduit en cendres.

— Parfait. Comment gâcher le plaisir de tout le monde.

— Moi je pense que c'est pas bon pour vous, de toute manière, dit-il.

— La plupart des choses qui ne sont pas bonnes pour moi, j'aime bien en profiter de temps en temps.

— Qu'est-ce que vous avez fait pour être enfermé ? Vous avez tué un homme ? »

Archer secoua la tête. « Jamais tué personne.

— J'imagine qu'ils disent tous ça.

— J'imagine.

— Et j'imagine que vous étiez innocent.

— Non, je l'ai fait, admit Archer.

— Fait quoi ?

— J'ai tué un homme.

— Pourquoi ?

— Il posait trop de questions sur moi. »

Archer sourit, ce qui fait que l'homme n'eut pas l'air de s'inquiéter outre mesure de cette menace voilée.

« Vous allez où ?

— Quelque part, du moment que ce n'est plus là », répondit Archer.

Il enleva sa veste, la plia soigneusement et la posa sur ses genoux avec son chapeau par-dessus.

« Tout ce que vous avez, ce sont les vêtements sur votre dos ?

— C'est tout ce que j'ai.

— Il y a quoi d'écrit, sur votre ticket ? »

Archer plongea la main dans sa poche et le sortit.

Il faisait plus de 25 degrés dehors, une chaleur sèche, et presque 40 à l'intérieur du car, même avec les fenêtres baissées à mi-hauteur. La brise ainsi générée ressemblait au souffle dégagé par un four en marche, et le mélange des odeurs ambiantes était... particulier. Et pourtant, Archer ne suait pour ainsi dire presque pas, plus maintenant. L'ambiance en prison était bien plus chaude et suffocante, bien plus... particulière. Apparemment, ses pores et son odorat s'étaient recalibrés.

« Poca City, lut-il sur le fragile petit ticket.

— J'y suis jamais allé, mais j'ai entendu dire que ça poussait à une vitesse dingue. Du feu de Dieu. Avant, c'était un trou paumé. Il n'y avait que du bétail et des pâturages puis c'est devenu une vraie ville. Les gens vont par là-bas depuis la fin de la guerre, voyez.

— Et qu'est-ce qu'ils font là-bas une fois qu'ils y sont arrivés ?

— Tout ce qu'ils peuvent pour joindre les deux bouts, mon vieux.

— Ça ne me semble pas la pire des idées. »

Le vieil homme l'étudia. « Vous avez fait la guerre ? Vous avez l'air d'y être allé.

— J'y suis allé.

— Je parie que vous avez pas mal voyagé ?

— Oui. Et pas toujours dans des endroits que j'avais envie de visiter.

— J'suis sorti de l'État une fois, et pas une de plus. J'suis parti au Texas, acheter du bétail.

— Jamais allé au Texas.

— Eh, vous êtes déjà allé à New York ?

— Oui, j'y suis déjà allé. »

L'homme se redressa sur son siège. « C'est vrai ? »

Archer hocha la tête nonchalamment. « J'y suis passé à cause de la guerre. J'ai vu la Statue de la Liberté. Je suis monté en haut de l'Empire State Building. J'ai fait un tour de manège à Coney Island. J'ai même aperçu des Rockettes[1] en tenue complète qui marchaient dans la rue. »

L'homme se lécha les lèvres. « Dites-moi un truc, l'ami. Est-ce que leurs jambes sont vraiment comme on dit ?

— Encore mieux. Les gambettes de Betty Grable et le minois de Lana Turner.

— Bon sang, quoi d'autre ? demanda-t-il, avide.

— J'ai pique-niqué au beau milieu de Central Park. Sur une couverture avec une mignonne qui travaillait chez Macy's. On a bu des sodas, et après elle a sorti une flasque qu'elle avait glissée

1. Célèbre compagnie de danse qui se produit depuis 1932 au Radio City Music Hall de New York. *(Toutes les notes sont du traducteur.)*

en haut de ses bas. Qu'est-ce qu'il y avait dedans ? Eh bien, c'était meilleur que de la limonade au raisin, je peux vous le dire. On a passé une très bonne journée ensemble. Et une nuit encore meilleure. »

L'homme se gratta la barbe. « Alors, qu'est-ce qui vous a amené jusque dans le coin, du coup ?

— Des fois, la vie prend des chemins étranges. Et comme vous l'avez dit, les gens vont par là-bas depuis la fin de la guerre. »

L'homme, dont l'intérêt pour son compagnon avait manifestement augmenté, se redressa, ce qui permit à Archer de profiter d'une meilleure assise sur son siège.

« Et la guerre, c'était il y a très longtemps, ou du moins c'est l'impression que j'en ai, continua Archer en étendant ses jambes. Mais on n'a qu'une vie, pas vrai ? À moins qu'on m'ait menti.

— Attendez, l'Église dit qu'on a *deux* vies. Une maintenant, et une autre après qu'on est morts. L'éternité, qu'ils appellent ça.

— Je ne pense pas que ce soit dans les tuyaux, me concernant.

— On ne sait jamais.

— Oh, moi je pense que je le sais. »

Archer inclina la tête en arrière, ferma les yeux et profita de son premier petit somme d'homme libre depuis bien longtemps.

CHAPITRE

2

ARCHER DESCENDIT À POCA CITY sept heures plus tard, après un trajet parsemé de bien trop d'arrêts pour se rappeler le nombre exact. Des gens étaient montés, d'autres étaient descendus. Ils avaient dîné et pu se soulager dans un café-restaurant au bord de la route avec des toilettes extérieures à l'arrière. Les deux bâtiments lui avaient donné l'impression qu'un bon coup de vent aurait suffi à les faire s'effondrer. Il était presque 20 heures désormais. Il resta planté là, laissant le péquenaud qui posait trop de questions et les autres voyageurs nerveux qui s'accrochaient à tout ce qu'ils possédaient filer dans la nuit tombante et poursuivre leur quête d'un chaudron rempli d'or le long de routes poussiéreuses, sans le moindre lutin en vue pour leur donner un coup de main.

Bon débarras, se dit Archer. Puis, aussitôt, ils lui évoquèrent une pensée plus charitable. *Allez, bonne chance à eux.*

On a tous besoin d'un petit coup de chance une fois de temps en temps, il le croyait fermement. Et peut-être bien que maintenant, il en avait besoin plus que jamais. Mais allait-il réussir à en avoir ?

Ou est-ce que je vais devoir provoquer ma propre foutue chance ? Et espérer qu'un coup de malchance ne suivra pas dans la foulée ?

Il remit son chapeau puis sa veste et jeta un œil autour de lui. Il était à Poca City car l'administration pénitentiaire lui avait dit que ce serait l'endroit où il devrait passer sa liberté conditionnelle. Il sortit les documents qu'on lui avait remis. En gros caractères gras en haut de la page, était écrit « Department of Prisons », ou DOP. En dessous, une longue liste de choses « à ne pas faire », et une liste bien plus courte de choses « à faire ». Ces règles allaient gouverner sa vie pour les trois années à venir. Quand bien même il était libre, c'était une liberté avec des entraves, avec des soi-disant conditions légales dont, pour la plupart, il ne comprenait pas un traître mot. Qui eût cru que la prison pouvait vous coller à la peau comme ça, comme si vous vous preniez le visage dans une toile d'araignée le matin en courant droit dedans, puis que vous vous débattiez, que vous vous agitiez avec une seule envie, vous libérer de ses fils et, pendant toute la journée, vous vous inquiétez de savoir si quelque chose de venimeux allait vous attaquer.

Archer avait été libéré de prison bien avant d'avoir purgé la totalité de sa peine. Son emprisonnement avait été raccourci pour bonne conduite et aussi pour avoir passé les doigts dans le nez l'entretien avec le comité en charge des libertés conditionnelles. Il était entré d'un pas hésitant dans la petite pièce à la chaleur étouffante où trônaient une table branlante et quatre chaises, trois derrière et une devant. Il ne savait pas ce qui l'attendait. Deux gardiens de prison costauds l'avaient accompagné à l'entretien. On lui avait donné pour toute sape son uniforme de prisonnier, qui semblait crier « coupable » et « danger perpétuel » par toutes les fibres de son tissu taché de sueur.

Derrière la table se tenaient trois personnes, deux hommes et une femme. Les hommes étaient petits, corpulents et transpiraient abondamment dans la promiscuité de la pièce. Ils arboraient un air à la fois suffisant et ennuyé, tirant férocement sur leur gros cigare. La femme, assise au milieu de cette petite bande qui avait autorité pour vous accorder votre liberté ou pas, était grande, avec un air de matrone, et elle portait un chapeau élaboré sur le côté duquel se trouvait épinglé un oiseau en tissu. Un renard mort s'enroulait autour de ses épaules carrées.

Archer avait immédiatement compris que c'était elle qui détenait le pouvoir dans la pièce, et il avait donc concentré tous ses efforts à son intention. Sa contrition fut authentique, son repentir complet. Il avait verrouillé son regard dans ses grands yeux marron et récité son texte en infusant dans chaque mot une intensité pleine de sincérité. Il avait fini par déceler un frémissement au bord de ses yeux, le faux piaf et le renard s'étaient mis à trembler. Quand il en eut fini, et après avoir répondu à toutes les questions de la femme, la consultation au sein du comité fut brève et en sa faveur, les hommes capitulant rapidement face au jugement sans appel de leur collègue.

Voilà le prix de sa liberté, qu'il avait payé volontiers.

L'hôtel Derby se situait à l'endroit que le DOP lui avait indiqué. Un bon point pour eux, admit-il à contrecœur. Son architecture lui rappelait des lieux qu'il avait vus en Allemagne, ce qu'il trouvait difficile à admettre. Archer n'avait pas combattu pendant toutes ces années pour rentrer au bercail et voir des éléments de la culture des vaincus bien implantés au pays. Il traversa d'un pas lourd le macadam de la route. La chaleur emmagasinée pendant la journée remontait dans ses grands pieds comme le long d'une mèche. Le soleil était en train de se coucher, mais il n'y avait toujours aucun nuage dans le ciel. L'air était si sec qu'il avait l'impression que sa peau essayait de se recroqueviller sur elle-même. Archer aurait aussi juré voir de la poussière exhalée en même temps que son souffle. Deux vieux rabougris étaient penchés sur une table avec un plateau d'échecs, installée de manière incongrue à l'ombre d'une immense fontaine. Elle était constituée principalement d'un marbre blanc veiné de gris, avec des chérubins nus et potelés suspendus en son centre qui tenaient des harpes et des flûtes. Pas une seule goutte d'eau ne sortait de sa myriade de buses.

Les vieux l'observèrent en lui jetant des coups d'œil furtifs. Plutôt que de marcher normalement, Archer traînait les pieds. En prison, quand vous marchiez sur de longues distances, c'est-à-dire plus longues que le trajet pour aller aux toilettes, vos pieds étaient enchaînés. Et donc, vous traîniez les pieds. C'était humiliant, pour sûr, et c'était bien l'idée. Archer voulait se débarrasser de cette façon de se déplacer, mais plus facile à dire qu'à faire.

Il pouvait sentir leurs yeux le suivre à la trace, tels des parasites silencieux qui, de loin, lui pompaient tout son sang, tandis qu'il avançait de sa démarche maladroite dans ses vêtements bon marché tout froissés.

L'arrêt de la prison. Faites attention, messieurs, un ancien détenu arrive en traînant les pieds.

Alors que lui et ses chaussures sales se rapprochaient de la fontaine aux chérubins et des joueurs d'échecs voûtés, il leur fit un signe de tête. Aucun ne lui rendit son salut. Apparemment, Poca City n'était pas ce genre de ville.

Il atteignit le trottoir au revêtement plus dur sous ses pieds devant l'hôtel, poussa la porte d'entrée en grand et la laissa se refermer derrière lui dans un claquement. Il traversa la pièce, le tapis épais absorbant ses pas, et tapa du plat de la main sur une sonnette posée sur le comptoir de la réception. Pendant que son tintement résonnait puis retombait, il étudia une affiche sur le mur qui promettait un cirage rapide de vos chaussures pour un tarif imbattable. Inclus, un rasage, une coupe de cheveux et un aftershave masculin.

Un homme d'âge mûr, chauve comme une boule de billard, qui portait une chemise blanche pas vraiment propre sous une veste grise et un pantalon en velours côtelé délavé, sortit de derrière un rideau bordeaux élimé pour l'accueillir. Ses manches étaient roulées jusqu'aux coudes. Archer n'avait jamais vu des avant-bras aussi poilus, comme si de grosses chenilles pelucheuses les avaient colonisés. Ses ongles auraient bien eu besoin d'un petit nettoyage, et il semblait être recouvert de la même couche de poussière qu'Archer.

« Oui ? demanda-t-il en détaillant Archer d'un œil critique, une inspection qui, clairement, ne lui donna satisfaction sur aucun point.

— Besoin d'une chambre.

— J'avais compris. Les tarifs sont sur le mur, juste là. Ça vous va ?

— J'ai le choix ? »

L'homme le regarda d'un œil mauvais pendant qu'Archer fouillait sa poche à la recherche de ses dollars froissés.

« Trois nuits. »

L'homme avança la main et Archer lui donna l'argent. Il rangea les billets dans sa caisse enregistreuse et fit pivoter un lourd registre à couverture rigide vers lui.

« Veuillez signer et indiquer votre adresse actuelle.

— Je suis obligé ?

— Oui.

— Pourquoi ?

— C'est la loi. »

Décidément, la loi semblait être partout, ces jours-ci.

Avec réticence, Archer prit le gros stylo que l'homme lui tendait.

« C'est quoi, l'adresse, ici ?

— Pourquoi ?

— Parce que c'est ça, mon *adresse actuelle.* »

L'homme émit un petit grognement de mépris et lui indiqua.

Archer la recopia consciencieusement et signa son nom dans une écriture appliquée.

L'homme examina attentivement la signature.

« C'est vraiment votre nom ?

— Pourquoi ? D'habitude vous n'avez que des Smith et des Jones qui viennent avec des femmes au bras pour des petits séjours ?

— Eh, je vous arrête tout de suite, mon petit gars, on n'est pas dans ce genre d'endroit.

— Ouais, je sais, ici, c'est la grande classe. Comme les petits bébés tout nus en marbre dehors.

— Dites voir, vous venez d'où, au juste ? demanda l'homme, dont le visage affichait désormais un air complètement renfrogné.

— D'ici et là. En ce moment, d'ici. »

L'homme ouvrit un tiroir et en sortit une grosse clé en cuivre.

« Chambre 610. Dernier étage. L'ascenseur est par là. »

Il pointa sa gauche du doigt.

« Les escaliers ?

— Pareil. »

Archer se mit en route et l'homme l'interpella :

« Attendez, vous n'avez pas de sac ? Où sont vos affaires ?

— Je les porte sur mon dos au lieu de les porter à la main », répondit Archer par-dessus son épaule.

Il prit l'escalier au lieu de l'ascenseur. Les ascenseurs n'étaient que des petites cellules de prison, voilà ce qu'il en pensait. Et peut-être que les portes ne s'ouvriraient pas quand il le voudrait. Et ensuite ?

S'il y avait bien une chose que la prison vous arrachait propre et net, c'était le simple fait d'accorder votre confiance.

Il déverrouilla la porte de la chambre 610 et prit son temps pour l'étudier du regard. Il avait tout le temps, désormais. Après avoir compté chaque minute de chaque heure de chaque jour des dernières années, aujourd'hui il n'avait plus besoin de le faire. Mais bon, c'était une habitude difficile à perdre. Ça allait peut-être lui manquer, après tout.

Il inspecta le couchage : le lit était sommaire en plus de grincer. En prison, c'était sur du béton déguisé en matelas qu'il avait dormi, donc c'était très bien comme ça. Il ouvrit un tiroir et y vit une Bible ainsi que du papier à lettres et un stylo-bille.

Bon, eh bien, pour ce qui est de Jésus et de la correspondance, on est pas mal.

Il enleva sa veste et l'accrocha sur un cintre puis posa son chapeau au-dessus. Il sortit les billets de sa poche et les étala bien soigneusement sur le lit, triés par valeur. Il ne lui restait pas grand-chose après avoir allongé la monnaie pour la chambre. Le DOP avait fait son radin, mais d'une manière très efficace.

Il allait devoir travailler pour survivre. Cela l'empêcherait de s'attirer des ennuis. Il ne pariait pas là-dessus non plus.

Archer sortit les documents de sa liberté conditionnelle. C'était écrit noir sur blanc dans le tout premier paragraphe.

Un emploi pleinement rémunéré vous empêchera de retomber dans vos travers passés, et donc en prison. NE L'OUBLIEZ SURTOUT PAS.

Ses yeux continuèrent de parcourir la page.

Son premier entretien était programmé à 9 heures tapantes le lendemain matin. À « l'hôtel de ville et palais de justice de Poca City ». Un nom bien long qui réveilla une sorte de peur en Archer. Celle des lois, des règlements, et de bien trop d'autres choses auxquelles il n'avait pas envie de songer. Ou d'adhérer sans ciller.

Elle s'appelait Ernestine Crabtree. Son agent de probation.

Ernestine Crabtree. Ça sonnait plutôt bien, comme nom.

Pour un agent de probation.

Il ouvrit sa fenêtre pour une seule raison. En prison, il n'avait jamais pu ouvrir la sienne. Il aspira une grande goulée de l'air chaud et sec et contempla Poca City. Poca City le regarda en retour sans lui manifester le moindre intérêt. Archer se demanda si cela serait toujours le cas, peu importe où il irait.

Il alla s'étendre sur le lit. Sa montre Elgin lui indiquait qu'il était trop tôt pour se coucher. Il était probablement trop tard aussi pour aller prendre un verre, même si le point numéro 14 sur la liste de choses à ne pas faire du DOP lui déconseillait fortement d'aller dans des bars et de boire de l'alcool. Le point numéro 15 lui recommandait de ne pas fréquenter des femmes. Comme le numéro 16 d'ailleurs, d'une certaine manière, bien que celui-ci se référât plus spécifiquement aux femmes dites « faciles ». Le DOP avait dû amasser une quantité astronomique de statistiques qui expliquaient sans détour pourquoi la confluence d'hommes en liberté conditionnelle et d'alcool à proximité d'autres personnes elles aussi en train de boire n'était pas une bonne idée. Ajoutez à cela des femmes, et plus précisément des femmes *faciles*, et l'Apocalypse était proche.

Bien entendu, à cet instant précis, il n'avait qu'une envie, c'était de s'offrir une libation des plus risquées.

Archer enfila sa veste et son chapeau, ramassa son argent et partit en quête de cette dernière.

Et peut-être même aussi de femmes faciles.

Un homme dans sa position ne pouvait pas se permettre de faire le difficile. Ou de réprimer ses désirs.

C'était son premier jour d'homme libre, il estimait que la vie était bien trop courte pour ça.

CHAPITRE

3

IL TOMBA DESSUS À QUELQUES PAS de l'hôtel. Pas dans l'artère principale de Poca City, mais au bout d'une petite rue adjacente qui ne faisait que la moitié de celle qu'il venait de quitter – sauf que celle-ci était bien plus intéressante, du moins aux yeux d'Archer.

Alors que la rue principale était réservée aux joueurs d'échecs et aux bébés musiciens en marbre, les adultes allaient se détendre dans cette ruelle. Archer avait toujours eu un faible pour les citoyens de seconde zone qui manifestaient de grandes faiblesses envers la chair, rien d'étonnant puisqu'il se rangeait dans cette catégorie.

L'enseigne en néons bleus et verts avait une petite touche de rouge tremblottante. Il n'en avait plus vu de telles depuis son séjour à New York, où elles étaient omniprésentes. Il ne s'était pas attendu à en voir une seule à Poca City.

THE CAT'S MEOW[2].

Une silhouette d'un félin en plein étirement, une posture sensuelle presque érotique, accompagnait le nom du bar. Aux yeux d'Archer, Poca City devenait de plus en plus intéressante.

Il poussa la porte rouge et entra.

---

2. Le miaulement du chat.

La première chose qu'il remarqua, ce fut le sol. Des planches clouées recouvertes d'une couche gluante qui devait être la mixture qu'ils servaient ici depuis l'inauguration des lieux, se dit-il. Sa chaussure resta collée un instant, suivie de l'autre. Archer compensa en marchant d'un pas un peu plus décidé.

La seconde chose qu'il nota, c'était la foule rassemblée ici, ou du moins sa taille. Il ne connaissait pas la population exacte de la ville, mais si celle-ci comptait plus d'habitants que le nombre de gens réunis ici, on pourrait la qualifier de métropole.

Le comptoir occupait la quasi-totalité de l'un des murs. Et comme sur les proues des vieux navires, sculptées sur les piliers de coin qui le soutenaient, des têtes et des poitrines dénudées de femmes – des femmes faciles, supposa-t-il. Et sur chaque tabouret, une paire de fesses fermement installée. Contre l'un des murs, des joueurs de violon et de guitare pinçaient et frottaient les cordes de leur instrument pendant qu'une créature s'époumonait. Elle avait des cheveux roux bouclés, un visage rose constellé de taches de rousseur et des hanches fines dans un large pantalon droit en calicot. Les notes qu'elle chantait semblaient frapper le plafond avec une telle intensité qu'elles ricochaient et se propageaient dans toute la pièce avec la force d'un éclat d'obus.

Derrière le comptoir, un mur rempli d'étagères où l'on pouvait trouver tous les types d'alcools en bouteille qu'Archer n'eût jamais vus et tant d'autres encore, au point que cela dépassait considérablement ses connaissances en la matière. Il estima qu'un homme pouvait passer sa vie entière ici et n'avoir jamais soif, du moment qu'il montrait patte blanche à renfort de monnaie sonnante et trébuchante.

En y réfléchissant, se retrouver par hasard dans cet endroit après avoir été derrière des barreaux le matin même, subi un long trajet poussiéreux en car et fait la connaissance de citoyens loin d'être amicaux en arrivant dans le coin, Archer se demanda s'il ne rêvait pas. Avec trois années de liberté conditionnelle à endurer, il avait l'impression d'être un gros poisson avec un hameçon dans la bouche. On pouvait le sortir d'un coup sec d'où il était à n'importe quel moment, et cette perspective justifiait d'autant plus les caprices qu'un homme peut avoir. Il décida donc d'en profiter le plus possible pendant qu'il le pouvait.

Il se faufila jusqu'au comptoir et se cala entre ce qu'il prit pour un colosse de fermier avec une barbe sauvage et des mains grosses comme la tête d'Archer, et un petit homme courtaud approchant la soixantaine, les cheveux gominés en arrière, le genre banquier, dans un costume trois pièces crème bien plus élégant que celui d'Archer. Il arborait aussi une cravate à rayures bleues et blanches et des chaussures bicolores en peau de reptile, un air suffisant, très sûr de lui dans le regard, et une femme qui faisait la moitié de son âge à son bras. Posé sur le comptoir devant lui, un panama à calotte plate ceint d'un ruban de soie jaune.

Archer attira l'attention du barman et leva deux doigts serrés à l'horizontale qu'il ponctua d'un : « Bourbon, sec. »

Le serveur, un vieil homme épuisé et maigre comme le brin d'une corde, hocha la tête, sortit la bouteille de ses étagères bien fournies, remplit un verre avec précision puis le présenta d'une main tandis que l'autre s'avança paume ouverte, prête à recevoir le paiement. Un geste bien répété qu'un homme comme Archer ne pouvait qu'apprécier.

« Combien vous demandez pour ça ? demanda-t-il.

— Cinquante cents pour deux doigts, à prendre ou à laisser, fils.

— Rappelez-moi la marque de ce bourbon, patron ?

— Il n'y a qu'un seul bourbon dans le coin, jeune homme. Du Rebel Yell. Que du blé, pas de seigle. Si vous n'aimez pas le Rebel, vous feriez mieux de vous choisir un autre alcool ou une autre partie de l'État. Dites-moi ce que vous voulez, parce que j'rajeunis pas et j'ai des types assoiffés avec de la fraîche plein les poches à m'occuper.

— Du Rebel, ça me va très bien. »

Il lui tendit deux pièces de vingt-cinq cents et posa les coudes sur le comptoir, le petit verre au creux de ses mains. Cela faisait bien longtemps qu'il n'avait pas bu un verre. Il en avait descendu un la veille de son entrée en prison, juste pour se souhaiter bonne chance. Question de symétrie de s'en payer un le jour de sa libération. S'il y avait bien quelque chose qu'il recherchait ces temps-ci, c'était un équilibre dans sa vie. Et une certaine modération aussi, du moins jusqu'au moment où ça ne l'arrangeait plus, ce qui arrivait souvent à un homme comme lui.

Le banquier dévisageait Archer, tandis que sa compagne faisait courir sa langue sur des lèvres charnues recouvertes d'un rouge à lèvres aussi vif et profond qu'un ciel accueillant un soleil couchant.

« Vous n'êtes pas d'ici », dit le banquier. Ses cheveux argentés étaient coupés court, entretenus et coiffés avec une précision que seul un homme avec suffisamment de dollars et du temps libre pouvait se permettre. Son visage était aussi flasque que le reste de son corps, en plus d'être cramé et plissé de rides, ce qu'une femme aurait pu, ou non, trouver attirant. Le principal aphrodisiaque auprès des femmes, voire le seul, que ce genre d'homme possédait était bien l'épaisseur de son portefeuille et la solidité de son compte en banque, et non celle de ses pectoraux.

« Ça, j'en suis bien conscient », répondit Archer en sirotant la dose de Rebel. Il la laissa descendre doucement, la seule manière de boire du bourbon, du moins à en croire ce que son grand-père lui avait appris. En plus de la théorie, il lui en avait aussi fait la démonstration plus d'une fois. Il releva l'avant de son chapeau, se retourna et, la pointe de ses coudes sur le comptoir, son large torse incliné vers l'arrière, il étudia le banquier puis détourna son regard sur la femme.

Le petit sourire du banquier s'élargit – il lisait dans les pensées d'Archer, aucun doute là-dessus.

« J'aime cette ville, dit le banquier. Et tout ce qui s'y trouve. »

Il tapota les fesses de la femme et sa main resta posée là. Cela ne semblait pas la déranger, ou peut-être qu'elle s'était habituée à ce genre de caresse. Ou peut-être les deux. Tandis que les doigts de l'homme se promenaient sur elle, elle prit un moment pour se poudrer le nez en se regardant dans un miroir attaché à un poudrier reluisant. La femme sortit ensuite un bâton de rouge à lèvres de sa pochette et s'en repassa une couche sur la bouche, avant de se saisir à nouveau de ce qui ressemblait à un Martini trouble avec trois grosses olives qui nageaient sous le niveau du verre, comme des alligators dans un marais.

« Vous êtes à Poca City depuis un bout de temps, je me trompe ? s'enquit Archer.

— Suffisamment longtemps pour voir ce qui est bien et ce qui a besoin de changer. Et ensuite, faire en sorte que ça change. »

Il ferma la bouche et dévisagea Archer. Ses yeux ressortaient sous des petites touffes en auvent qui lui tenaient lieu de sourcils.

« Vous allez me faire durer le suspense longtemps ? » finit par demander Archer.

Le banquier s'esclaffa et avala une gorgée de son whisky. Quand la boisson descendit, ses yeux tremblèrent l'espace d'un instant, comme des ampoules vacillant en pleine tempête.

À la vue de cette faiblesse, la bouche d'Archer se détendit en un sourire, mais l'homme en face de lui n'eut pas l'air de le remarquer. Ou de s'en soucier.

« Poca grandit. Avant, c'était un coin juste bon pour ses pâturages. Et pour l'agriculture. Maintenant, ça change. On fait des affaires, l'argent arrive. Pas trop de racaille.

— Comment vous décidez ce qui est de la racaille ou pas ? Parce qu'il se peut que je tombe dans cette catégorie, et sachant cela, à quoi va nous mener cette sympathique conversation ? »

La femme rit, mais pas le banquier. Elle se tut et sirota son eau de marais.

« Vous voyez, se lança l'homme d'une voix monotone, ici un homme peut faire de l'argent s'il est prêt à travailler. Maintenant que la guerre est finie, il y a des gagnants et il y a des perdants. Mon but est de m'assurer que Poca City se retrouve du côté des gagnants. J'étais déjà là avant la guerre, à essayer de faire tourner la machine. C'était un trou paumé à l'époque. Et maintenant, le pays est en train de se relever, et bon sang, on en est même à remettre des briques et des fenêtres neuves dans toute l'Europe, aussi. On a mis en place ce satané pont aérien au-dessus de Berlin pour nourrir tous ces gens. Les rouges sont en train de prendre le pouvoir en Chine. Il y a ce Staline qui a la moitié de l'Europe sous sa coupe et qui teste ces satanées bombes nucléaires. Truman nous dit que tout le monde va en profiter, mais je ne prendrais personne au mot là-dessus, président ou pas. La populace se remet en route vers l'ouest à la recherche d'une nouvelle vie, d'une nouvelle situation. Et à Poca, on est un peu au carrefour de tout ça. Entre l'ancienne Amérique où la plupart des gens habitent encore et la nouvelle Amérique à l'ouest. Les gens passent par ici. Certains d'entre eux restent. La plupart continuent leur chemin parce qu'on ne peut pas rivaliser avec des villes comme Los Angeles, Frisco et ce paradis des parieurs, Las Vegas. Mais les opportunités, ce n'est pas ce qui manque par ici. Et moi, je suis en bonne position pour tirer profit de chacune d'entre elles. Et je n'y manque pas, Dieu m'en est témoin. »

Archer écouta attentivement en hochant la tête et en remuant ses lèvres fermées d'arrière en avant tandis qu'il enregistrait et décortiquait tous les mots que l'homme lui récitait.

« J'ai vu la fontaine avec les bébés, dit-il, et les vieux qui jouaient aux échecs. Drôle de spectacle. »

L'homme rit. « L'ancien monde et le nouveau. D'ici peu, les gens n'auront plus le temps de s'asseoir pour jouer aux échecs.

— Il n'y avait pas d'eau qui sortait de la fontaine, par contre.

— On a eu une sécheresse, répondit l'homme. Et ça fait longtemps qu'elle dure.

— Vous pensez que les gens vont s'installer à un endroit où il n'y a pas d'eau ?

— Pas si leur gagne-pain dépend de l'élevage et de la culture. Voilà pourquoi on change nos façons de faire. Si on se sert de l'eau pour la boire, la mettre dans nos bains et ce genre de choses, et pas pour les bestiaux et les récoltes, alors tout ira bien. Vous savez combien de litres de flotte une vache peut descendre ? » demanda-t-il en rigolant.

Archer acquiesça et prit une autre gorgée de son verre de Rebel qu'il laissa descendre le long de sa gorge, comme une coulée de lave sur de la terre fraîchement retournée. « Je pense que je peux me faire une idée, oui, répondit-il.

— Dites donc, vous nous venez d'où, exactement ?

— D'un endroit à sept heures d'ici à l'est, après un lent et poussiéreux trajet en car. »

Le banquier, plissant les yeux, sembla faire un calcul mental. « Une sacrée trotte, dites-moi.

— Je me disais bien que vous étiez un genre de banquier, fortiche avec les calculs, mais je voulais être sûr.

— Pourquoi, vous voulez me dévaliser ? »

Tous trois éclatèrent de rire à cette réplique, mais Archer s'interrompit avant que les deux autres eussent fini de s'esclaffer.

Archer observa la femme qui refaisait son truc de se passer la langue sur les lèvres. Elle ne devait pas encore avoir trente ans. Libérée de ses cheveux noirs soyeux, une mèche lui cachait la moitié du visage, à la Veronica Lake, et tombait en cascade comme une chute d'eau au cœur de la nuit, pour ressortir en un contraste saisissant avec le teint pâle de sa peau. Archer pouvait sentir son odeur par-delà le nuage d'eau de Cologne du banquier. Épicée, chaude, cette fragrance éveilla quelque chose en lui que la prison ne lui avait jamais inspiré. Elle portait une robe bleu orage ajustée, avec un large et profond décolleté qui laissait entrevoir des parties d'elle qu'à l'évidence elle avait envie qu'on entrevoie. Une fine ceinture de cuir noir entourait sa taille de guêpe. Elle portait des gants blancs qui lui arrivaient aux poignets et un chapeau assorti à bord étroit orné d'un petit nœud.

Ses talons aiguilles étaient assez hauts pour faire ressortir les muscles de ses mollets. Elle portait aussi un fin collier avec un diamant gros comme un caillou en son centre. Elle n'arrêtait pas de le tripoter, comme si elle voulait s'assurer qu'il fût toujours bien à sa place.

Archer détacha lentement son regard de la femme. « Donc vous êtes arrivé ici il y a de ça des années et dans le même temps, la ville commence à se réveiller et à devenir quelque chose. Dois-je y voir un lien ? »

L'autre homme gloussa. « Je vous aime bien, vous. J'aime votre façon de penser.

— Un homme apprécie les compliments autant qu'une femme, dit Archer en inclinant la tête tout en attrapant le bord de son chapeau à l'intention de la femme.

— Le fait est que j'ai grandement contribué à faire connaître Poca City. J'ai fourré mon nez dans toutes les affaires qui sentaient bon. J'ai comme qui dirait vu son potentiel. Et aujourd'hui, ce potentiel est en train de se réaliser. »

L'homme fit courir son regard sur la carrure bien charpentée d'Archer et ses larges épaules.

« Vous avez l'air de savoir vous défendre. Je parie que vous étiez dans l'armée.

— J'ai fait ma part. Près de trois ans sans voir l'Amérique une seule fois. Pourquoi ?

— Un homme fort et courageux, donc, qui sait survivre dans des circonstances difficiles. Ce qui veut dire que vous êtes exactement l'*hombre* qu'il me faut. »

Il sortit une liasse de billets plus grosse que n'importe quel poing qu'Archer eût pu balancer au visage d'un codétenu ou recevoir en prison.

L'homme amincit le paquet de cinq billets de vingt et les étala sur le comptoir, juste à portée de main.

Immobile, Archer ne fit même pas mine de les ramasser.

« Eh bien ? demanda l'homme.

— Quand quelqu'un sort de l'argent comme ça, c'est que quelque chose est attendu en retour. J'attends juste les détails. »

Le type s'esclaffa à nouveau et frappa Archer sur l'épaule un peu plus fort que nécessaire. Il fit immédiatement une grimace et secoua la main.

« Bon sang, vous êtes fait en pierre ou quoi, soldat ?

— Ou quoi, répondit Archer.

— J'aime investir dans ce qui a du potentiel. Et je fais confiance à mon instinct. Nous pourrions peut-être faire affaire. »

Archer ne ramassa toujours pas l'argent. Il finit la dernière gorgée qui restait dans son verre et le reposa. Il garda le silence pendant un certain temps, tout comme l'homme en face de lui.

Autour d'eux, des regards s'attardaient sur le trio puis passaient à autre chose. Peut-être était-ce à cause de l'argent étalé à la vue de tous. Peut-être était-ce à cause d'un élément d'une nature plus viscérale entre les deux hommes, avec cette femme en marge, charmante complice de ce qui se tramait entre eux.

L'homme prit tout son temps pour sortir un cigare de sa poche, fendre d'une main experte la bande de cellophane avec un couteau à cran d'arrêt, couper le bout à l'aide du même outil, ranger le couteau, laisser tomber la cellophane sur le comptoir – que le barman s'empressa de ramasser –, puis il alluma le barreau de chaise avec un briquet en platine. Il tira plusieurs fois sur le cigare avec un délice non feint jusqu'à pouvoir en inhaler de bonnes bouffées, rangea son briquet et reprit son inspection d'Archer, qui avait observé la gestuelle patiente et maîtrisée de son interlocuteur avec une certaine fascination.

La main en l'air, l'homme considéra ce qu'il fumait. « Celui-ci vient de Cuba. Les meilleurs du monde. Comme tout ce que j'aime. »

Archer jeta un autre coup d'œil furtif à la femme. « Je vois ça.

— Revenons-en au business. Vous pouvez faire quelque chose pour moi. Cet argent que vous voyez là, ce sera votre salaire.

— J'écoute…

— Un homme me doit quelque chose. J'aimerais que vous alliez le récupérer pour moi.

— Quel homme, et quelle chose ?

— Il s'appelle Lucas Tuttle. Il habite en dehors de la ville, assez loin d'ici. Et le quelque chose, c'est sa Cadillac.

— Pourquoi est-ce qu'il vous la doit ?

— Je lui ai prêté de l'argent et il n'a pas réussi à me rembourser. La Caddy, c'est la garantie.

— Il a peut-être oublié. Ça arrive. »

L'homme pointa l'argent du doigt. « Cent dollars. C'est vous qui voyez. »

Il fit tomber sa cendre à même le bois du comptoir. Le barman efflanqué apparut une nouvelle fois en vitesse et nettoya les saletés avec un chiffon.

Archer attrapa un cendrier posé devant le grand fermier qui s'enfilait des verres de whisky à une vitesse alarmante. Il le plaça pile en dessous du cigare de son compagnon, ce qui arracha un petit ricanement méprisant au banquier.

« Il me faut plus de détails, dit Archer. Par exemple, comment est-ce que je peux être sûr qu'il vous doit quelque chose ? J'y vais, je prends sa voiture, c'est du vol. Direction la prison en un claquement de doigts. Vous voyez où je veux en venir ? J'ai besoin de savoir si vous n'êtes pas en train de me refiler une info bidon. »

L'homme hocha la tête, admiratif. « J'aime ça, quand un homme se montre prudent. Moi-même, je le suis. » Il tourna la tête vers sa compagne. « Pas vrai, Jackie, que je suis quelqu'un de prudent ? » Il pinça fort sa fesse droite, ce qui la fit grimacer de douleur, puis il retira sa main.

La créature nommée Jackie jeta un coup d'œil à Archer, peut-être pour montrer que sa présence comptait encore pour quelque chose, puis elle reporta consciencieusement son attention sur l'homme à côté d'elle avant de dire : « Aussi prudent qu'une jeune femme en compagnie d'un homme alcoolisé. »

Contre toute attente, elle avait une voix rauque et assurée, ce qui donna encore plus de corps aux fantasmes qu'Archer entretenait à son égard.

L'homme posa son cigare sur le bord du cendrier et sortit quelque chose de sa poche. Un fouillis de papier. Il déplia les feuilles, les posa à plat sur le comptoir et les lissa. Les pages étaient recouvertes de lignes imprimées en petits caractères.

« C'est une reconnaissance de dette. Pour cinq mille dollars. C'est la somme que j'ai prêtée à Tuttle. En toute bonne foi. Il avait besoin d'argent, et il est venu me voir. Je lui ai filé du cash que j'ai sorti de ma propre poche. Vous pouvez voir le montant écrit ici, et sa signature, là. Et sur cette page... » Il en prit une deuxième. « C'est la garantie que j'ai demandée pour le prêt et qu'il a accepté de me fournir. C'est écrit juste là, lisez vous-même. » Il marqua une pause. « Attendez, vous *savez* lire, rassurez-moi ? Ça risque d'être compliqué entre nous pour la suite si ce n'est pas le cas.

— Je sais lire, dit Archer avec une touche d'impatience qu'il avait envie de lui faire ressentir. J'ai même eu le temps d'aller deux ans à l'université avant que la guerre ne me mette le grappin dessus. »

Il ne manqua pas le regard que la femme lui adressa à la suite de cette mention. D'un coup, elle semblait le voir sous un éclairage nouveau et, peut-être, plus avantageux.

Il parcourut la feuille.

« Berline Cadillac vert foncé Série 62 de 1947. Avec le numéro de plaque d'immatriculation. »

L'homme pointa la feuille du doigt. « Correct. C'est ça, la garantie du prêt qui n'a pas été remboursé. C'est ça que je veux que vous me récupériez. »

Archer se gratta le menton. « D'accord, j'ai une question.

— Balancez.

— Rien de personnel, mais comment je sais qu'il ne vous a pas déjà remboursé ?

— Vous faites travailler vos méninges. J'aime ça. Eh bien, voilà comment vous allez vous en assurer : s'il m'avait remboursé le prêt, il aurait récupéré ce document. Que je l'aie encore en ma possession prouve que ça n'est jamais arrivé. Tuttle est quelqu'un d'intelligent. Il n'aurait jamais laissé filer son argent sans avoir ce papier en retour. Vous voyez, chez monsieur, ce que vous avez là a la même valeur que des espèces. Que ces cinq billets de vingt, juste là. Et vous pouvez voir la date à laquelle le prêt devait être remboursé. » Il ressortit la première feuille et insista avec son doigt sur une ligne en particulier. « Juste ici. Lisez-la. Allez-y. »

Archer s'exécuta et fit un calcul mental. « Il y a exactement deux mois hier.

— Correct.

— J'aurais une autre question.

— Vous aimez ça, poser des questions, dit l'homme, ce qui fit glousser Jackie.

— Comment se fait-il que la date soit dépassée depuis deux mois et que vous n'ayez toujours pas l'argent ou la Caddy ? Vous ne me semblez pas être un homme magnanime à l'excès. »

L'homme regarda Jackie. « Ce type-là, c'est quelque chose, Jackie, j'te le dis. »

Jackie se mit à lancer des regards admiratifs en direction d'Archer et gloussa encore une fois.

« Votre femme ? demanda Archer bien qu'il ne vît aucune alliance à sa main.

— Je suis marié, mais pas avec elle », répondit l'homme d'un ton désinvolte.

Le gloussement de Jackie mourut dans sa gorge tandis qu'elle fixait Archer, embarrassée. Elle sirota une gorgée de sa boisson marécageuse et marmonna : « Pas besoin de dire ça comme ça. »

L'homme la dévisagea, et Archer vit passer sur son visage un air observé bien des fois chez d'autres hommes, surtout dans des bars. Un air qu'il n'avait jamais aimé, au passage.

« Est-ce que je t'ai demandé ton avis, ma belle ?

— Eh bien, non, mais... »

Sa main jaillit, attrapa son poignet et serra. « Alors garde-le pour toi, c'est compris, bordel ? »

Archer se tendit, prêt à arracher la main de l'homme quand il capta un regard de Jackie qui l'implorait en silence de ne rien en faire. Archer reprit sa position contre le comptoir tandis que son voisin infligeait une dernière torsion au poignet de Jackie avant de balancer sa main et de la fusiller calmement du regard avec un air satisfait. « Histoire qu'on se comprenne bien, chérie. » Il se retourna vers Archer comme si rien ne s'était passé.

« Et donc ? demanda Archer, impatient, tout en cachant sa colère.

— En vérité, j'ai *essayé* de récupérer le paiement de cette dette, seulement M. Tuttle n'est pas disposé à l'honorer.

— Et combien d'hommes avez-vous payés cent dollars pour qu'ils essaient à votre place ?

— Eh bien, je vous avoue que vous n'êtes pas le premier. Je préfère garder pour moi le nombre exact. Mais je vous dirai ceci : Lucas Tuttle n'est pas le genre d'homme que vous avez envie d'acculer.

— Et supposons que j'essaie mais que j'échoue ? Est-ce que je garde l'argent ?

— Tout dépend des efforts qui auront été engagés. Vous comprendrez que vous ne pouvez pas y aller les mains dans les poches, faire le minimum pour essayer de récupérer ma garantie et vous attendre à récupérer l'argent, n'est-ce pas ?

— Non, je ne m'y attends pas, effectivement. Pour le coup, qui en jugerait ?

— Moi, mais je suis quelqu'un de raisonnable. Je n'aurais pas duré longtemps en affaires si ce n'était pas le cas.

— Et si je ne comble pas vos attentes, je devrai vous rendre cet argent ?

— Eh bien, pour tout vous dire, soldat, vous ne sortez pas d'ici avec cet argent. Vous ne l'aurez qu'une fois que vous m'aurez livré la voiture. Ou exposé les efforts entrepris, et à la condition que j'en sois raisonnablement satisfait. Je l'ai juste sorti comme qui dirait pour vous motiver.

— Et supposons que j'aie des frais à couvrir en récupérant votre dette ? Comment est-ce que je suis censé y faire face si je n'ai aucuns fonds ? Vous comprenez mon problème ?

— Quel genre de frais ?

— Tant que je n'ai pas évalué la situation et ce M. Tuttle en particulier, comment le saurais-je ? »

L'homme observa Archer avec circonspection, puis l'argent, puis de nouveau Archer.

« Vous êtes le premier à soulever cette question.

— J'anticipe. Si j'arrive à régler ça pour vous, qui sait, peut-être y aura-t-il d'autres opportunités pour moi à Poca City, comme vous l'avez dit.

— On parle d'une avance de combien, alors ? demanda l'homme avec méfiance.

— Je dirais que deux Jackson[3] suffiraient amplement. »

L'homme prit deux billets et lui tendit. « Je place ma confiance en vous. Dites-moi donc, soldat, comment vous vous appelez ?

— Aloysius Archer.

— Bon sang. On vous appelle par votre prénom, mon garçon ? »

Archer secoua la tête. « Trop difficile à épeler et la plupart des gens n'arrivent pas à le prononcer. Tout le monde m'appelle Archer. »

L'homme tendit la main. « Hank, Hank Pittleman.

— Monsieur Pittleman, laissez-moi voir ce que je peux faire pour vous aider. En revanche, si j'arrive à vous récupérer la voiture, est-ce que lui ne devrait pas récupérer le document que vous m'avez montré avec la mention "payé" ? Je le prends avec moi ? »

3. 40 dollars, le verso du billet de 20 dollars américains étant à l'effigie de l'ancien président Andrew Jackson (1828-1832) depuis 1928.

Pittleman sourit, tira une longue bouffée de son cigare et secoua la tête. « Oh, non. Ce n'est pas comme ça que ça marche, Archer. »

Plissant les yeux devant le rideau de fumée que son cigare envoyait en volutes, Archer répliqua : « Eh bien, dites-moi comment ça marche, dans ce cas.

— Tout comme pour vos frais, comment est-ce que je peux savoir aujourd'hui ce que je vais pouvoir tirer d'une Cadillac de 1947 ? Je vais *peut-être* en tirer cinq mille, même si j'en doute fort, j'en mettrais ma main à couper. J'étais fou de ne pas avoir demandé plus de garantie, dit-il en jetant un coup d'œil à Jackie. J'ai peut-être le cœur trop tendre. Toujours est-il, Archer, que même si par un quelconque miracle je réussissais à convaincre un pigeon de cracher cinq plaques pour la Caddy, la dette ne serait toujours pas remboursée dans sa totalité, parce qu'il faut y ajouter les intérêts. Je dois faire du profit avec mon argent. Vous le comprenez, n'est-ce pas ? L'argent, ce n'est jamais gratuit, et ça ne devrait jamais l'être.

— J'aime faire fructifier mon argent, moi aussi, lâcha-t-il en passant ses doigts sur les billets de vingt.

— Imaginons que je vende la Caddy pour trois mille dollars, alors Tuttle m'en doit encore deux mille, plus les intérêts, sans compter les faux frais de collecte. » Il tapota la pile de billets de vingt. « Comme ceux-là par exemple. Tout ça s'additionne.

— M. Tuttle s'est mis lui-même dans un beau pétrin. »

Un sourire s'étira sur le visage de Pittleman. « Merde, je ne l'ai pas forcé à me prendre mon argent, si ?

— Vous me donnez son adresse et la route pour y aller ? Je ne connais pas la région. »

Pittleman sortit un crayon de sa veste et griffonna quelques mots sur une serviette en papier qu'il fit glisser en direction d'Archer. « Quand est-ce que vous pensez vous y mettre, alors ? demanda-t-il en remettant son crayon dans sa poche.

— Bientôt.

— Quand ça, bientôt ?

— Très bientôt. »

Il ramassa les billets de vingt qu'il empocha.

Pittleman le regarda faire. « Que ce soit bien clair, techniquement, je viens seulement de vous faire un prêt. Même si aucun morceau de papier n'a été signé pour entériner légalement cet arrangement. Quand je donne mon argent, il y a tout un tas de conditions qui viennent avec. Comme pour Tuttle. Et j'exige de mes associés qu'ils fassent preuve d'honnêteté et d'intégrité. Vous pouvez attendre la même chose de moi.

— J'entends bien m'exécuter sur ces deux points, monsieur Pittleman. »

Pour toute réponse, Pittleman ressortit son cran d'arrêt de la poche de sa veste, l'ouvrit et embrocha les billets de vingt restant sur le bois du comptoir. Figé, le couteau trembla comme un pin dans le vent.

« Je vous prends au mot. »

Archer ne prit même pas la peine de regarder le couteau ou les billets de vingt qui venaient de se faire poignarder.

« Dites, où est-ce que je peux vous joindre la plupart du temps ?

— Ici, à la même heure, ce sera très bien, tous les jours sauf le samedi et le jour du Seigneur.

— Ce jour-là, vous serez à l'église ?

— Non, ce jour-là, je serai avec ma chère et tendre épouse. »

Pittleman se prit soudain la tête avec la main et grimaça de douleur.

« Eh, ça va ? demanda Archer en lui agrippant l'épaule.

— Ça doit être cette gnôle bon marché. »

Ayant retrouvé ses esprits, Pittleman délogea son couteau du comptoir et le balança à nouveau dans sa poche après l'avoir refermé. « J'espère bien avoir de bonnes nouvelles de votre part, Archer. »

Archer inclina son chapeau d'abord à l'intention de Jackie puis à celle de Pittleman.

« Je vais faire de mon mieux.

— Pour *moi*, vous voulez dire ?

— Eh bien, pour qui d'autre sinon vous ? »

Archer se dirigea vers la porte, et la plupart de ceux assis au comptoir, dont Pittleman et Jackie en particulier, le regardèrent quitter les lieux.

Il ne traînait plus les pieds. Il marchait le dos droit, d'un pas vif et rapide, comme un homme libre avec une belle petite somme en poche.

CHAPITRE 4

IL ÉTAIT 9 HEURES MOINS CINQ et le soleil escaladait un ciel d'un bleu éblouissant qu'aucun nuage ne venait entacher. Sur le trottoir, Archer, les yeux levés au ciel, commençait à douter que les cumulus fussent même autorisés à se montrer par ici.

Il baissa la tête et tourna son regard sur ce fameux « hôtel de ville et palais de justice de Poca City ». D'un style rococo plutôt bas de gamme, l'édifice était largement assez grand pour accueillir ses deux appellations gravées sur son fronton en imitation pierre encadré de fausses colonnes torsadées, soutenu par des éléments architecturaux encore plus incongrus. Dans l'esprit d'Archer, on avait sorti le bâtiment tout droit d'un conte de fées pour le balancer ici, au beau milieu de la ville. Un château sans roi ni reine ; il se demandait où étaient passées les douves qui l'entouraient.

Archer cracha dans sa main, la passa dans ses cheveux et remit son chapeau. La veille, il avait lavé sa chemise, son caleçon et ses chaussettes au lavabo puis les avait mis à pendre à la fenêtre où la brise s'était chargée de les sécher complètement. Ses vieilles Oxford recouvertes de poussière avaient été cirées à la salive. Il avait trouvé un fer à repasser à l'hôtel, et en échange d'une pièce de cinq cents pour sa location, il avait fait de son mieux pour défroisser sa veste et sa chemise ; il avait même donné quelques coups à sa mince cravate. Il fit une halte chez un barbier où il se fit plaisir en se payant un rasage administré par un petit homme noir édenté au visage ridé qui maniait son coupe-chou et son cuir à rasoir comme un mousquetaire. La dernière fois que sa mâchoire et son menton avaient été aussi lisses, c'était à la sortie du ventre de sa mère.

Il n'aurait pas pu être plus élégant, et ne le serait probablement jamais autant, se fit-il la réflexion.

Le hall était recouvert de dalles de marbre d'un vert émeraude parcouru de zébrures. De lourdes colonnes retenaient un plafond décoré de peintures murales aux scènes évoquant celles des enfants musiciens de la fontaine, avec plus de couleurs et moins de goût. Il ne tarda pas à trouver le service qui l'intéressait, dont le nom complet était inscrit sur un panneau à fond noir accroché dans un hall rempli de visiteurs errants qui, comme lui, cherchaient leur chemin.

L'ascenseur à porte grillagée ne l'attirait pas plus que ça. Il préféra monter au deuxième étage à pied, puis s'engagea dans le couloir correspondant en comptant les numéros attribués aux différents bureaux qu'il dépassait. Il se rapprochait de la tanière du shérif et du bureau des impôts.

Alors qu'il passait devant la porte du premier, un homme en uniforme dans la cinquantaine en sortit et détailla Archer de la tête aux pieds. Il portait un immense Stetson sur la tête, un Colt à canon long dans un étui sur la hanche et arborait le genre de bedaine qu'on voit apparaître avant son propriétaire au coin d'une rue. Une étoile brillante à pointes était accrochée sur sa large poitrine.

« Où est-ce que tu vas, mon gars ?

— Au bureau de l'agent de probation », répondit Archer.

Une lueur de dédain illumina les yeux de l'homme. « Carderock ? »

Archer hocha la tête en touchant la pointe de son chapeau.

« Ernestine Crabtree. C'est elle, l'agent de probation, dit l'homme.

— C'est ce que disent mes papiers.

— C'est un joli petit lot, ça oui, bon sang. » L'homme se passa la langue sur les lèvres, ses yeux s'étrécirent et ses narines se dilatèrent. « Bien jolie, oui.

— D'accord, dit Archer.

— Mais elle ne traîne pas avec des types dans ton genre, mon gars.

— Je ne cherche à traîner avec personne, et encore moins avec mon agent de probation.

— Elle aime les hommes qui portent des insignes, dit-il en pointant le sien. Tu lui passeras le bonjour de la part de l'officier Willie Free.

— Je n'y manquerai pas, officier Free. »

Archer regarda l'homme s'éloigner d'un pas nonchalant puis il se retourna et continua son chemin.

La moitié supérieure de la porte était faite d'une vitre en verre dépoli, elle-même surmontée d'une petite fenêtre s'appuyant sur la largeur de l'encadrement de la porte. La moitié inférieure était constituée d'un pin bas de gamme.

Sur le verre, gravé en lettres majuscules : AGENT DE PROBATION : ERNESTINE CRABTREE.

Archer prit une lente et profonde inspiration pour se calmer tout en se demandant ce que les prochaines minutes allaient lui réserver. Il empoigna le bouton de la porte et la poussa.

La pièce était petite. Sol en parquet ciré, murs peints en blanc, ventilateur de plafond. L'odeur de fumée de cigarette subsistait, enivrante, accompagnée de l'une de ses traînées qui flottait encore dans l'air. En tout cas, se dit-il, question tabagie, l'atmosphère de cette pièce battait à plate couture celle du car.

Un porte-manteau était planté dans un coin, duquel pendait un mince chapeau tambourin vert.

Il ferma la porte derrière lui, baissa les yeux et vit sur le sol un morceau de papier plié qui, apparemment, avait été glissé sous la porte. Il se pencha pour le ramasser.

Il lut les mots inscrits sur la feuille. Vulgaires et pour la plupart bourrés de fautes. D'une nature sexuelle et violente, ils étaient adressés à Ernestine Crabtree.

La bouche d'Archer se tordit de dégoût tandis qu'il chiffonnait la feuille en une boule qu'il rangea dans sa poche.

Un bureau en bois massif trônait au milieu de la pièce. Calée derrière, une chaise à dos droit visiblement pas conçue pour être confortable. Juchée au-dessus de l'espace prévu pour les jambes, une imposante machine à écrire Royal gris terne occupait tout l'espace du dessus du bureau. Un formulaire préimprimé était enroulé sur son cylindre. Une feuille déjà remplie était posée sur le côté gauche du bureau, à moitié recouverte par des dossiers. Un stylo à plume bleu reposait sur son écrin, sa plume en cuivre scintillant sous la lumière du plafond.

Archer se pencha pour jeter un œil à la feuille enroulée sur la machine. Un document officiel, semblait-il, avec des commentaires qui y avaient été tapés sur une autre pauvre âme en liberté conditionnelle assortis de termes comme « attitude inacceptable », « excessivement agressif » et « sournois ». Il chercha le nom de la personne concernée par ce rapport de l'agent de probation, mais celui-ci devait se trouver sur une autre feuille.

À droite de la machine à écrire reposait un gros téléphone noir dont le câble disparaissait en serpentant sous le bureau. À côté du téléphone se trouvaient un cendrier en verre moucheté où traînait un mégot sans filtre et un briquet chromé posé à la parallèle du cendrier.

Il fit tournoyer son chapeau entre ses doigts et attendit patiemment jusqu'à ce que l'horloge murale sonnât 9 heures pile.

La porte par laquelle il était entré s'ouvrit. Dans l'embrasure se tenait celle qui devait être Miss Ernestine J. Crabtree.

Sa première impression fut que son physique ne correspondait en rien à son nom. Sa seconde impression fut qu'en réalité, son nom lui rendait totalement justice[4].

Elle semblait du même âge que lui, plutôt grande pour une femme, environ un mètre soixante-quinze, estima-t-il. Elle portait une jupe noire lui arrivant sous les genoux, un jupon gonflant passé sous la jupe qui lui élargissait les hanches et un chemisier blanc à ruchés avec un col plat et arrondi qui lui donnait un air de maîtresse d'école.

Malgré sa jupe ample, Archer pouvait se faire une bonne idée de sa silhouette, galbée, et peut-être même plus encore maintenant qu'il y réfléchissait. Elle portait des bas couleur chair – avec des coutures parfaitement alignées à l'arrière, c'était une évidence – et des escarpins sombres à petits talons. Ses cheveux blonds étaient rassemblés en un chignon haut si serré qu'il lui tirait les traits du visage. Un menton bien ciselé, des joues joliment dessinées aux pommettes hautes, des lèvres pleines sans aucune trace de rouge à lèvres, ce qu'il avait déjà deviné car il n'en avait pas vu sur le mégot de cigarette. Derrière des lunettes aux montures foncées en écaille de tortue, ses iris ressortaient sur ses grands yeux bleus, donnant à son regard un effet que d'aucuns qualifieraient de *vivace*. Des yeux qui avaient le potentiel d'accrocher bien des regards si elle se détachait les cheveux. *Un vrai canon*, se dit-il pour finir. Le message immonde au fond de sa poche lui revint tout de suite en tête et il arrêta de penser à elle de cette manière.

Par contre, son attitude faisait bien honneur à son nom, conclut-il. Un bloc de granit, sans rien derrière. Maintenant qu'il les scrutait à nouveau, les yeux bleu ciel ne semblaient être reliés à rien d'autre qu'à la surface de ses orbites bien charnues d'où ils affleuraient. C'était un visage froid et méfiant qui lui rendait son regard.

---

4. Miss Crabtree est le nom du personnage de la maîtresse d'école blonde dans la série de courts-métrages et films de comédie *Our Gang*, diffusée de 1922 à 1944, et connue en France sous le nom *Les Petites Canailles*.

« Vous êtes M. Archer ? demanda-t-elle en s'avançant dans le bureau après avoir fermé la porte.

— Oui, m'dame, c'est bien moi.

— Je m'appelle Ernestine Crabtree.

— J'avais deviné, à cause du nom sur la porte. » Il lui tendit la main. « Je suis arrivé il y a deux minutes. »

Elle ne répondit pas à son geste. « Alors vous êtes arrivé deux minutes trop tôt.

— Ma montre doit avoir la courante. »

Un trait d'esprit médiocre qui ne fit que durcir un peu plus la surface du bloc de granit.

« Mettons-nous-y », dit-elle d'un ton sec.

Elle lui montra une chaise posée contre un mur. « Mettez-la en face du bureau », lui ordonna-t-elle tandis qu'elle prenait place en face de la machine à écrire, le dos droit comme une planche.

Elle tira sur la feuille pour la déloger du cylindre et y enroula un formulaire vierge en faisant tourner plusieurs fois une molette d'une main ferme. Il s'assit en face d'elle, les jambes étendues, le chapeau pendant au bout d'une main.

« Nom et prénoms ?

— Archer, Aloysius.

— Deuxième prénom ?

— Je n'en ai jamais eu qu'un.

— Vraiment ? demanda-t-elle, incrédule.

— Je pense que mes parents ont dû se dire qu'un seul prénom suffisait, et dans certaines circonstances, je vous assure qu'Aloysius en vaut bien deux. »

Elle l'observa pendant un long moment durant lequel il crut voir ses lèvres résister à l'envie de sourire. Le granit finit par l'emporter.

Elle lui posa d'autres questions auxquelles il répondit volontiers, réponses que Crabtree tapait aussitôt sur le formulaire.

« Vous avez vos documents de liberté conditionnelle ? »

Il lui présenta les papiers qu'elle inspecta consciencieusement.

« Je pars du principe que vous avez lu attentivement vos listes d'activités recommandées et déconseillées ?

— Oui, m'dame.

— Et vous avez suivi ces instructions depuis que vous êtes sorti de prison ?

— Oui, m'dame.

— Pas de boisson, pas de sortie ?

— Et pas de femme, facile ou pas. »

Elle releva la tête des papiers qu'elle lisait. « Je trouve que vous prenez cela d'une manière bien trop frivole, monsieur Archer. Tout cela est très sérieux.

— Je peux vous assurer que j'y accorde une grande importance, m'dame. Je ne veux pas retourner en prison. Cette vie-là n'est pas pour moi. C'était pire que de combattre pendant la guerre, et ça en dit long. »

Le granit se fissura quelque peu. Elle semblait satisfaite de cet aveu sincère. « Voilà la bonne attitude à avoir. » Elle se servit d'un tampon pour imprimer le sceau de son bureau en haut de la première page puis elle y nota ses initiales et la date sur une ligne qu'avait fait apparaître le coup de tampon. Enfin, elle lui tendit les documents.

« J'ai rencontré un monsieur dans le couloir qui m'a demandé de vous transmettre le bonjour », dit-il.

Elle leva les yeux. « Quel monsieur ?

— Willie Free. De la police. »

Archer guetta attentivement sa réaction. Elle ne sourit pas ; au lieu de ça, la femme en face de lui grimaça. Cela lui en dit beaucoup, et confirmait peut-être ce qu'il avait déjà suspecté vu l'attitude de Free et la façon dont il avait parlé d'elle.

Elle s'éclaircit la gorge. « J'ai des entretiens d'embauche que j'aimerais que vous honoriez. Un emploi pleinement rémunéré est absolument essentiel pour que vous puissiez atteindre votre objectif de ne jamais retourner en prison.

— En fait, j'ai déjà un emploi. »

Ses doigts s'arrêtèrent au-dessus du tiroir qu'elle s'apprêtait à ouvrir.

« Je vous demande pardon ?

— J'ai rencontré un gentleman hier soir avec qui j'ai eu une entrevue. Il m'a engagé.

— Pour faire quoi, au juste ?

— Il travaille dans le secteur des crédits. Il m'a engagé pour récupérer le paiement d'une dette à la suite d'un prêt non remboursé.

— C'est tout à fait contraire au règlement. Je ne suis pas sûre que... »

Il sortit les deux billets de vingt de sa poche et les tint en l'air, bien en vue. « Il m'a déjà donné une avance. »

Elle ne quitta pas l'argent du regard, ses yeux s'agrandissant légèrement. « Voilà beaucoup d'argent pour une simple avance. Qu'obtiendrez-vous quand vous aurez rempli votre mission ?

— Soixante dollars de plus. »

Un moment de silence passa pendant qu'Archer rangeait lentement son argent. Quand il releva la tête, depuis sa place derrière son bureau, la femme semblait le juger différemment.

« Très bien, mais si ce poste ne débouche sur rien, vous serez dans l'obligation de vous rendre à trois entretiens d'embauche la semaine prochaine. Et de décrocher d'ici là un emploi à plein temps. Le travail, ce n'est pas ce qui manque par ici si vous y mettez du vôtre.

— D'accord, mais espérons qu'on n'en arrive pas là.

— Vous devrez venir une fois par semaine pendant les deux prochains mois pour me faire un compte-rendu de vos activités. Si vos progrès sont satisfaisants, les entretiens pourront s'espacer à raison d'un par mois, même si je peux venir vous contrôler de manière inopinée.

— J'occupe la chambre 610 de l'hôtel Derby. Vous êtes la bienvenue quand vous voulez. »

Elle fronça un peu plus les sourcils. « Je suis parfaitement au courant que vous séjournez à l'hôtel Derby, étant donné que tous les prisonniers libérés sur parole y logent dans un premier temps. Mais je ne vous rendrai pas visite dans la chambre que vous louez là-bas pour vous contrôler. Nous sommes dans une relation professionnelle. Je suis certaine que vous pouvez le comprendre.

— Désolé, m'dame. Je ne voulais pas vous offenser. Et je le comprends tout à fait.

— Si jamais vous changez de lieu de résidence, vous êtes tenu de m'en informer immédiatement, est-ce clair ?

— Vous serez la première à le savoir.

— J'ai besoin de votre signature sur ce document qui atteste que vous vous êtes bien présenté ici aujourd'hui. Je le mettrai dans votre dossier et informerai les autorités compétentes de votre présence à cet entretien. Et je vous revois dans une semaine. » Elle leva le stylo et le tint en l'air.

« Très bien. » Il se leva, passa de son côté du bureau, prit le stylo et signa le document. Il prit un instant pour respirer son parfum qui l'intriguait franchement, bien plus que celui de Jackie la veille au soir. Il repensa au message plein de fautes, aux commentaires répugnants et à l'attitude arrogante du shérif adjoint Willie Free, et il se redressa bien vite et posa le stylo.

« Euh, vous ne pourriez pas me dépanner d'une cigarette, par hasard ? » demanda-t-il.

Elle regarda le cendrier, ce qui sembla l'irriter un peu.

« Non, je ne peux pas. Il est contraire au règlement que je fournisse ce genre de choses aux personnes en liberté conditionnelle sous ma juridiction. Cela pourrait être considéré comme déplacé.

— Pas de problème. Quelqu'un m'a dit que ce n'était pas bon pour la santé, de toute façon. »

Elle lui adressa un regard condescendant. « Franchement, monsieur Archer, si les cigarettes étaient réellement mauvaises pour votre santé, je doute fort que les sociétés qui les fabriquent continueraient à en produire.

— Eh bien, j'imagine que c'est là que nos façons de penser diffèrent. »

Encore une fois, elle parut troublée par ses paroles. « Qu'est-ce que vous voulez dire par là ?

— La manière dont je vois les choses, c'est que certains types font ce qui leur chante, et qu'ils n'en ont rien à faire de ce qui arrive aux autres, du moment que ça leur rapporte quelque chose.

— Je m'efforce d'être plus optimiste. »

Il fit tourner son chapeau entre ses doigts. « À dans une semaine, miss Crabtree. »

Elle reporta son attention sur sa machine à écrire et recommença à en faire claquer les touches. Il s'avança jusqu'à la porte et se retourna juste à temps pour la surprendre qui le regardait.

« J'espère que vous écrivez des choses flatteuses sur moi.

— Au revoir, monsieur Archer. »

Elle se remit immédiatement à taper.

Au moment où Archer descendait les marches du palais de justice, il aperçut dans la rue quelqu'un qu'il reconnut. Archer aurait bien continué son chemin, mais l'homme l'avait vu lui aussi.

« Archer, bordel de Dieu, dis-moi que c'est pas toi et j'y croirai toujours pas. Ça fait sacrément plaisir à voir, tiens. Alors, t'es sorti ? »

L'homme qui lui adressait la parole était petit et très maigre, avec un cou trop long pour son corps et une pomme d'Adam de la taille d'une pêche bien mûre. Il approchait la cinquantaine. Ses cheveux grisonnaient déjà, et s'éclaircissaient plus vite encore. Il portait de longs favoris qui se finissaient en bouclant vers l'intérieur. Il n'en imposait pas d'un point de vue physique, mais il donnait l'impression de prendre plus de place dans l'espace que sa carrure ne lui en octroyait physiquement.

« Dickie Dill, lâcha Archer, en venant à contrecœur à sa rencontre. Je ne pensais pas revoir ta tronche un jour. »

Dill tendit une main fine terminée par des doigts semblables à des petites lames de faux. Archer avait vu ces mêmes mains s'enrouler autour du cou d'un autre prisonnier qui faisait trois fois la taille de Dill, et qu'il n'avait pas été loin de tuer juste en l'étranglant. Les gardes s'étaient mis à quatre pour arracher le petit bonhomme de la victime bien plus massive. Après cet épisode, prisonniers et gardiens de Carderock le laissèrent vivre sa vie tranquille.

Heureusement, Archer n'avait jamais eu de différends avec lui, mais quelque chose chez Dill le dérangeait. Il avait toujours évité soigneusement de le fréquenter.

Les deux hommes se serrèrent la main.

« Bon sang de bois, mon pote, je crois bien qu'on passe tous par Poca. Ça fait trois mois que je suis là. C'est pas si mal.

— Ouais, je me demandais ce qui t'était arrivé.

— Ils m'ont fait sortir et cette fois-ci, je reste dehors. La troisième, c'est la bonne, comme on dit. Je serais prêt à tuer pour pas y retourner. » Il fit craquer les jointures de ses doigts et regarda Archer d'un air qui lui fit conclure qu'un Dickie Dill sorti de prison n'était pas une bonne chose pour le reste de l'humanité.

Il portait un bleu de travail délavé sur ce qui ressemblait à un maillot de corps filé à la main et des godillots recouverts de poussière. Une longueur de corde tressée lui tenait lieu de ceinture, tandis que son vieux chapeau rond et plat était froissé, usé et taché. Les quelques dents qui lui restaient s'étiraient pour former un mauvais rictus perpétuel.

« T'es allé voir la Miss Crabtree, pas vrai ? demanda Dill en avisant le bâtiment derrière eux. J'y étais pas plus tard qu'y a une demi-heure. Une belle pouliche, mais c'est une vraie pisse-froid. La poupée a besoin d'un homme pour la réchauffer. »

L'espace d'un instant, Archer se demanda si Dill n'était pas le sujet des commentaires qu'il avait lus sur la feuille dans la machine à écrire. En tout cas, il pouvait confirmer que chacun d'entre eux s'appliquait à lui sans difficulté. Il mit la main dans sa poche et sentit le message roulé en boule. Dill en était-il aussi l'auteur ? Archer pouvait l'imaginer sans peine derrière ça aussi, à en juger par la violence du propos et les fautes d'orthographe.

« J'en sors juste. Une femme agent de probation ? C'est quoi son histoire ?

— T'as jamais entendu parler de Carson Crabtree ?

— Ça ne me dit rien. Un parent à elle, je suppose ?

— Son papa.

— D'accord, tout le monde en a un, et après ?

— Ouais, je veux bien, mais ce Carson Crabtree a tué trois personnes au Texas, oh, il y a bien dix, douze ans de ça. »

Archer laissa cette information faire son chemin. « Trois personnes. Pourquoi il les a tuées ?

— Le bonhomme était mauvais, c'est tout. Ils l'ont fait passer sur la chaise.

— Être mauvais, ça ne me semble pas être une raison suffisante pour tuer trois personnes. »

Dill se tapa la tempe avec le pouce. « Il était malade de la tête, en fait. Tu sais, fêlé, quoi. Faut l'être pour tuer un homme, ou alors c'est qu'il t'a joué un sale tour et que tu remets les pendules à l'heure. Y a pas de mal à ça, bordel, et j'en sais quelque chose.

— Pas sûr que la loi soit d'accord avec toi là-dessus, Dickie.

— C'est ça ton putain de problème, Archer, tu crois qu'y a que la loi qui compte.

— C'est plus ou moins ce que l'armée m'a appris.

— Bon sang de bois, mon pote, t'es plus en uniforme. Vis ta vie et botte des culs de temps en temps, ça te fera du bien. »

Perdu dans ses réflexions, Archer regardait de nouveau les marches qu'il venait juste de descendre. « Peut-être que Mlle Crabtree en fait plus pour compenser. » Il avait dit ça plus pour lui que pour Dill.

« De quoi ? lança Dill, les yeux frémissants, tout comme ses favoris. Ça veut dire quoi, ça ?

— Son père était un criminel, donc maintenant elle aide les autres criminels à tourner le dos à leurs mauvaises habitudes.

— Oh, d'accord, je vois. Eh, j'avais moitié dans l'idée d'lui mettre le grappin dessus. Comme j'ai dit, la petite a besoin d'un homme pour réchauffer son lit. »

Archer secoua la tête avec emphase. « Tu n'as pas envie de faire ça, Dickie, tu peux me croire.

— Pourquoi pas ? Je pense qu'elle finirait par m'apprécier avec le temps.

— Tu tentes la moindre chose avec elle, tu lui touches un seul cheveu, tu lui dis un seul mot déplacé, et ils te renverront direct à Carderock par la peau des fesses, et tu n'en ressortiras plus jamais. »

Dill le considéra d'un drôle d'air, mais on pouvait aussi déceler une touche d'inquiétude dans les yeux de l'homme.

« T'es sûr de ça ?

— Plutôt deux fois qu'une, Dickie. N'essaie même pas. Promets-le-moi. J'assure tes arrières.

— Bon, d'accord. Promis. Merci du conseil, Archer.

— Tu bosses ?

— Ouais, j'me suis dégoté un boulot à l'abattoir. Je devrais déjà y être, sauf que j'ai eu mon rendez-vous avec la Miss Crabtree et après je suis passé à la cafète me remplir la panse. Le camion va pas tarder à m'y emmener.

— Tu y fais quoi, au juste ? »

Dill se fendit d'un sourire féroce.

« Je bute ces foutus cochons.

— Comment tu t'y prends ?

— J'leur fous un bon coup sur la tête avec une masse. » Il désigna du doigt un point sur son propre crâne. « Juste là. Ils ne sentent rien, ça leur fait pas mal. Sauf si je les tue pas du premier coup. Mais bon, j'essaie quand même. Bordel, mon pote, tu sais combien de kilos de porc ça mange par ici ?

— Je n'ai jamais pris le temps de me poser la question.

— Des tonnes. Du bacon, des saucisses, et un truc qu'ils appellent des côtelettes. Moi, ça me tourne le bide. Je baigne dans le sang et la cervelle de cochon toute la journée. Au bout d'un temps, ça porte sur les nerfs. Mais ça paye bien. J'ai des dollars en poche. Il y a trois autres anciens de Carderock qui bossent là-bas.

— Une idée de Mlle Crabtree ?

— Yep. On a été embauchés le même jour. Ils ont besoin de bras pour éclater des crânes. Ça m'dérange pas. De toute façon, y a bien quelqu'un qui doit le faire, s'ils veulent bouffer leur bacon, pas vrai ?

— Tu crèches où ?

— Je loue une petite chambre dans le quartier commerçant, dans la partie ouest de la ville. Baignoire et douche au bout du couloir. Un dollar par jour. Et toi ?

— Au Derby. Mais je pense que je ne vais pas tarder à bouger.

— Ouais, moi aussi j'ai commencé là-bas. Comme nous tous, hein ? Mais j'ai fini par partir. J'ai pas les moyens de m'payer le Derby. *Toi*, tu bosses ? »

Archer hésita à répondre. « Je cherche. Tu connais un type qui s'appelle Hank Pittleman ?

— Pittleman ? Ouais, j'ai entendu parler d'lui. Une grosse légume dans le coin.

— Je l'ai vu sortir d'un bouge hier soir, le Cat's Meow, et on a taillé une bavette. »

Le visage de Dill se chiffonna comme une fleur qui se froisse dans le gel. « Écoute-moi bien, Archer. T'avise pas de traîner par là-bas.

— Oui, je sais qu'on n'est pas censés s'en approcher.

— Non, ce que je veux dire, c'est qu'ils y guettent les types comme nous, mon pote.

— Comment ça ?

— Ils ont ce qu'on appelle des *indics* sur place. Ils cherchent les anciens taulards qui ne respectent pas leur liberté conditionnelle.

C'est un genre de tentation, comme qui dirait. Et si tu te fais choper, ton cul repart aussi sec en prison, comme ce qui se passerait si je m'occupais d'Ernestine Crabtree, c'est toi qui me l'as dit. »

Archer affichait une expression neutre qui ne laissait rien transparaître. « C'est vrai ? Eh bien, merci de m'avoir prévenu. Ils me choperont pas là-bas. » Et pourtant, Archer ne pouvait s'empêcher de se demander s'il s'était déjà fait pincer. Mais alors Crabtree lui en aurait parlé, non ?

« Ça roule. Eh, on pourrait peut-être se retrouver et aller quelque part un de ces quatre, t'en dis quoi ? »

Archer secoua la tête. « Ça va pas être possible, Dickie.

— Hein ? Et pourquoi pas ?

— Règle numéro 2.

— De quoi ?

— Règle numéro 2 sur notre liste de conditions de notre liberté conditionnelle. Tu n'as pas le droit de traîner avec d'anciens détenus. T'as pas lu les papiers ? »

Dill eut l'air chagriné. « Ouais, eh bien, la lecture, ça a jamais été mon fort, mon pote.

— Il y avait un dépôt de livres à Carderock.

— Un dépôt de livres, c'est quoi ça, encore ?

— C'est comme une bibliothèque.

— Personne m'en a jamais parlé. Mais bon, comme je te l'ai dit, j'aime pas trop les livres. »

Archer hocha la tête. « Bon, eh bien, bonne chance », lui dit-il sans aucun enthousiasme.

Il laissa Dill sur place et poursuivit son chemin, sous le soleil, avec quarante dollars en poche et le reste de la journée pour décider de la suite.

CHAPITRE 5

POCA CITY OFFRAIT bon nombre de distractions qui flirtaient avec l'illégalité et autres périls pour un homme dans sa situation, mais ce jour-là, Archer réussit à tous les éviter. Cela dit, il n'était pas sûr de pouvoir réitérer l'exploit le lendemain. Ses défenses naturelles avaient leurs limites. Et quand il faisait face à un choix simple sans autre alternative que le bien ou le mal, on pouvait compter sur Archer pour ignorer environ une fois sur cinq, et encore, lors des bons jours, le conseil que lui murmurait à l'oreille le petit ange sur son épaule. En revanche, il avait été honnête avec Ernestine Crabtree : il ne voulait pas retourner en prison.

Il passa la majeure partie de son temps à battre le pavé. Il s'octroya une pause pour manger un sandwich au jambon et au fromage pour le déjeuner, dehors, assis sur une caisse retournée. Plus tard, il acheta un bâtonnet de glace à un vendeur en uniforme dans son camion blanc et bleu Good Humor[5]. Ils discutèrent ensemble sur des sujets importants, et d'autres moins. Il chercha du regard Mlle Ernestine Crabtree au père meurtrier mais ne l'aperçut pas une seule fois, bien qu'il gardât en

5. Marque de crème glacée américaine fondée en 1920 qui distribuait ses produits dans des camions ambulants et des boutiques. Les glaces Good Humor furent aussi les premières à être munies d'un bâtonnet en bois.

permanence le bâtiment officiel dans son champ de vision. Il s'était dit qu'elle serait peut-être sortie pour profiter du soleil et s'en griller une ou deux, mais cela n'arriva pas. Il ne savait pas vraiment pourquoi il souhaitait la voir. Il n'avait pas l'intention d'entretenir des relations sur un plan autre que professionnel avec cette femme, mais le mot qu'il avait trouvé, le regard lubrique de l'homme de loi et ce que Dill lui avait raconté au sujet de son passé violent l'avaient rendu curieux.

Sa fièvre acheteuse lui avait coûté la bagatelle de cinquante cents. Les deux Jackson étaient toujours au fond de sa poche, intacts. Il parvint à grappiller une cigarette à un passant, puis il alla s'asseoir sur un banc près de la place principale de la ville en prenant son temps pour la griller tout en observant les gens passer. Nombre d'entre eux dégageaient un air de prospérité et se mêlaient à ceux qui vivotaient clairement dans une situation économique désespérée. Mais ceux-là mêmes qui vivaient de ce malheureux côté de l'équation s'échineraient sans aucun doute pour passer au plus vite de « l'autre côté » et monter au sommet de la montagne pour regarder de haut les autres, en bas, qui se battaient sauvagement entre eux pour leur part du gâteau. Pour Archer, c'était là le résumé parfait du nouveau rêve américain, d'autant plus d'actualité après une guerre qui avait déplumé et laissé sur le carreau à peu près tout le monde.

Archer avait une bonne raison de s'imprégner le plus possible de l'ambiance de Poca City. Il allait y vivre, du moins jusque dans un futur proche ; il s'était donc montré amical avec autant de personnes possible de sa promenade. En faisant de son mieux pour ne pas éveiller leurs soupçons, il était allé à la chasse aux informations. Il avait découvert que certains avaient une mèche très courte, et il n'avait nulle envie de se faire des ennemis d'aucune sorte.

Comme Dill, beaucoup avaient entendu parler de Hank Pittleman, même si les opinions des gens variaient énormément. Il passait au choix pour un diable ou un bienfaiteur, chacune des personnes interrogées ayant un avis bien tranché sur la question. Archer enregistra ces descriptions avec prudence et les laissa mariner pendant qu'il fumait. Un certain nombre de ses interlocuteurs avaient aussi entendu parler de Lucas Tuttle. On le décrivait comme un exploitant faisant preuve d'une dévotion acharnée pour sa terre doublé d'un agitateur aux talents avérés d'orateur et de contradicteur. C'était aussi un chasseur chevronné, aussi à l'aise au moment de manier des armes à feu que quand il fallait clouer au mur, grâce à l'étendue impressionnante de son vocabulaire et son esprit vif, ceux en désaccord avec son point de vue sur une myriade de sujets. Ces derniers allaient de ses théories sur la rotation locale des cultures, à l'efficacité du plan Marshall, tout en passant par la pertinence de l'étalon-or par rapport à d'autres valeurs de référence.

Un curieux mélange qui augurait d'un personnage redoutable auprès de qui récupérer le paiement d'une dette. C'était probablement pour cette raison que tous les efforts déployés jusqu'ici par Pittleman avaient échoué dans leur exécution, avec une possible *exécution* pure et simple du pauvre encaisseur missionné.

Archer avait échangé sur ce point en particulier avec un homme au col rond usé, au chapeau en feutre sale et au regard intense : « Dites-moi, est-ce que ce Tuttle a déjà tué quelqu'un à la suite d'un désaccord ?

— Eh bien, avait commencé l'homme en se mordillant la lèvre supérieure, si c'est le cas, cela n'a jamais été porté jusqu'à un tribunal. C'est une certitude. Je suis membre du barreau local, et étant donné la position que j'occupe, j'en aurais été informé.

— Selon vous, serait-ce inconsidéré de penser qu'une telle affaire soit même *portée* devant un tribunal ?

— Selon moi, à Poca City, tout est possible, à l'exception d'une pluie constante et de politiciens qui tiennent leurs promesses. Et un homme qui a de l'influence peut réussir à faire beaucoup de choses hors de portée de la populace, pour ainsi dire. Je suis sûr que vous serez d'accord avec moi pour dire que nous appartenons tous deux à cette malheureuse catégorie, monsieur. »

Archer ne vit pas de raisons d'imaginer que l'homme lui racontait autre chose que l'absolue vérité.

Une fois sa cigarette terminée, il retira un petit bout de tabac de sa langue, le balança d'une pichenette et prit une décision. Il se leva et se mit en route vers l'ouest d'un bon pas, ses longues jambes avalant le pavé avec énergie. Il voulait explorer de nouveaux territoires. C'était dans son sang.

Une fois que l'armée l'avait libéré, quelqu'un lui avait demandé si le fait d'avoir combattu pendant cette guerre mondiale était une bonne chose ou pas pour affronter une existence normale. Archer avait répondu les deux à la fois, mais que cela pouvait changer selon l'occasion.

« Vous voulez dire les circonstances, l'avait-on corrigé.

— Non, je pense que je ne m'étais pas trompé la première fois », avait repris Archer.

Un point de vue qui n'avait pas changé à Poca City après les récents événements.

Un état d'esprit qui le poussa à avancer d'un pas décidé jusqu'à la route où il était descendu d'un car en provenance de la prison puis de lever son pouce vers le ciel. Dans l'armée, il avait bien souvent rempli des missions d'éclaireur, reconnaissant le terrain avant les autres pour découvrir où se trouvaient l'ennemi et le genre d'engins mortels en sa possession. Une tâche éprouvante et dangereuse, et il s'était plus d'une fois retrouvé derrière les lignes ennemies, surpassé à quarante contre un. Mais dans son esprit, c'était toujours mieux de savoir plutôt que de rester dans l'ignorance. C'est pourquoi il se tenait désormais le long d'une route poussiéreuse sous un ciel sans nuages avec le pouce pointé vers le paradis. Ou du moins, dans le voisinage du royaume éternel. Archer n'avait jamais vraiment su où se trouvait Dieu au juste. Ce dernier ne restait pas au même endroit suffisamment longtemps pour permettre à Archer d'aller faire sa connaissance.

Le fermier au volant du camion qui s'arrêta pour le prendre, une grande asperge aux cheveux roux, ne lui posa aucune question, hormis pour demander à Archer où il allait. Il lui indiqua, l'homme acquiesça, lui pointa l'arrière du doigt, engagea une vitesse et ils se mirent en route. Archer fit la route à l'arrière du camion en compagnie d'une botte de paille et d'un chevreau endormi en boule sur un tas de haillons.

L'air était toujours aussi intensément sec. Archer tenait de source sûre, à savoir une demi-douzaine de citoyens rencontrés en ville, qu'on voyait de la pluie à Poca City à peu près aussi souvent qu'on repérait un riche à la soupe populaire.

« Vous me dites qu'il ne pleut jamais par ici ? avait-il demandé à un homme aux yeux pétillants.

— Si, ça arrive. Mais si vous êtes déjà endormi quand ça commence, il est possible qu'il n'en reste aucune preuve le lendemain matin quand vous vous réveillerez et que vous poserez la question.

— Mais on cultive par ici, non ?

— Absolument, avait avancé le même homme. Mais du genre qui se fertilise tout seul avec du vent et de la poussière, ce que nous possédons en abondance. »

Le trajet prit presque une heure. Aussitôt après avoir fait ses adieux au fermier, à la botte de paille et au chevreau toujours endormi, Archer se demanda comment faire pour rentrer. Mais comme pour la plupart des décisions qu'il prenait, il décida qu'il verrait ça en temps voulu, et pas avant. Il était devenu un homme qui vivait chaque moment comme si c'était réellement son dernier. La guerre avait cet effet-là. Et la prison en avait rajouté une couche et incrusté cette notion au plus profond de son être. Archer se dit qu'il ne s'en affranchirait jamais.

Il avisa le nom sur la boîte aux lettres qui penchait du côté de la route, comme pour donner un coup de pouce au facteur quand il faisait sa tournée.

L. TUTTLE

L'exploitation s'étirait à perte de vue. Il était incapable de dire si l'on pouvait la qualifier de grosse exploitation ou pas ; il n'était pas du tout versé dans de tels sujets. Il avait grandi loin d'ici, dans un endroit où le verre, la brique et une certaine verticalité dominaient. Pas d'herbe au menu, et à sa connaissance, aucune vache dans un rayon de trente kilomètres autour de son lieu de naissance. Ici, cependant, les bovins étaient absolument partout, comme une armée en train de bivouaquer à la recherche de nourriture avant que ne sonne à nouveau l'heure de repartir au combat.

Il aperçut la route en gravier qui disparaissait au loin et partit du principe que la maison dudit L. Tuttle devrait être au bout. Il regarda le ciel, le soleil lui apprit qu'il était désormais plus proche de 16 heures que de 15. Il vérifia sa montre, même s'il faisait plus confiance au ciel qu'à sa toquante à remonter.

Il vit au loin de la poussière qui se soulevait. Soit une tornade, soit un tracteur en plein travail. Plissant les yeux, Archer arriva à distinguer la machine agricole. Il enleva son chapeau, le frappa contre son pantalon pour éparpiller la poussière qui s'attachait partout puis il s'engagea sur la route.

Il ne s'était pas trompé ; la route bifurquait comme le coude d'une rivière à trois heures, et cinq cents mètres plus loin le long de cet embranchement, il distinguait la maison et les bâtiments attenants.

Il lui apparut que Tuttle était en réalité quelqu'un de prospère, ce qui rendait l'affaire de la dette encore plus problématique, du moins dans son esprit. Mais une reconnaissance de dette signée avec une garantie en prime, c'était du sérieux, se dit-il. Peut-être que certains le classeraient comme un problème mineur, mais si les dettes commençaient à ne plus être remboursées, s'ensuivrait sans aucun doute la chute de la civilisation telle que tout le monde, y compris Archer, la connaissait. Lui et des millions d'autres revenaient juste de combattre dans une guerre mondiale pour s'assurer que ni l'anarchie, ni le fascisme, ni rien d'autre ne remplace l'honnête entubage des gens sans argent par ceux qui possédaient la quasi-totalité du magot.

Archer rentra de la guerre en se sentant chanceux d'être encore en vie. Il n'espérait pas faire fortune. Il voulait sa part, oui, mais c'était une ambition modeste et il ne comptait pas déplacer des montagnes ou priver les autres de la leur. Il avait emprunté un petit détour long de plusieurs années dû à un profond manque de jugement dans une affaire dont il avait minimisé l'importance et dont les conséquences lui étaient retombées dessus avec la force d'un roi et ses légions traversant le Rubicon. Et à cause de cette erreur, on l'avait traîné direct à la prison de Carderock.

Lors de ses deux années à l'université, il avait étudié l'histoire ancienne. Il était loin de se douter que ce qu'il avait appris s'appliquerait si bien à sa situation en 1949.

Il hâta le pas, pressé d'aller à la rencontre de Lucas Tuttle. Il avait un plan. Que celui-ci arrive à son terme ou pas, surprise. Mais au fond de lui, quelque chose se mettait en place, comme quand il était éclaireur à la recherche d'Italiens d'abord, et d'Allemands ensuite. Des deux, il avait trouvé les Italiens bien plus faciles à déloger. Ils n'avaient pas vraiment envie de se battre, spécula-t-il, car à chaque fois qu'il tombait sur l'une de leurs troupes, ils étaient soit saouls, soit en train de dîner. Il n'avait pas été surpris d'apprendre qu'ils avaient fini par se retourner contre Mussolini et mettre sa tête au bout d'une pique. Ils voulaient probablement juste retourner à leurs pâtes, leurs bouteilles de vin et leurs femmes. Les Allemands, eux, semblaient aimer tuer autant que Dickie Dill aimait étrangler des étrangers ou frapper des cochons sur le front jusqu'à ce que mort s'ensuive. Archer ne s'était jamais aventuré sur le théâtre du Pacifique, mais il avait entendu dire que les Japonais étaient pires que les Allemands.

Alors qu'il s'approchait de la maison, il put la distinguer un peu mieux. Grande, soignée, de plain-pied, recouverte d'un bardage de planches teintes et jouissant de cheminées en pierre de taille, d'une grande quantité de fenêtres et d'un large porche sur lequel reposaient deux rocking-chairs. L'ensemble dégageait un sentiment de solidité et semblait aussi propre et net qu'un sou neuf. Il était sûr de ne trouver aucun grain de poussière à l'intérieur.

Archer frappa à la porte de la jointure de ses doigts. Il entendit des pas qui approchaient. Il allait se passer quelque chose. Et on ne peut pas en demander beaucoup plus à la vie.

CHAPITRE 6

LA PORTE D'ENTRÉE S'OUVRIT en grand d'une manière accueillante, impression qui s'effaça aussitôt quand Archer fit face aux deux canons superposés d'un Remington calibre 12. Pointés sur son ventre, il ne voyait aucune façon de s'en échapper.

Il leva les yeux vers celui qui le tenait en respect.

Il avait dans les cinquante-cinq ans, et un visage parmi les plus intéressants qu'Archer ait eu l'occasion d'admirer. La large tête était surmontée d'une grande couronne de cheveux blancs qui tombaient vers l'arrière, comme une avalanche de neige du haut d'une montagne. D'épais sillons creusaient son front buriné, et son menton osseux en V faisait ressortir une mâchoire protubérante qui semblait être une version en chair et en os de la bouche du fusil de chasse. Mais ce qui retint vraiment son attention furent les yeux verts suspendus au milieu de son visage offrant un contraste saisissant avec la cascade de cheveux blancs. Ils occupaient leur orbite en dégageant une intensité aussi puissante que celle d'une mitrailleuse à double canon dans un bunker. Archer était à la fois fasciné et horrifié par leur puissance.

« Puis-je vous aider, monsieur ? demanda l'homme poliment, comme s'il ne le menaçait pas le moins du monde avec l'objet entre ses mains.

— Vous êtes monsieur Lucas Tuttle ?

— Que désirez-vous, je vous prie ? » Son air affable s'endurcit de plusieurs crans, et ses yeux brûlaient désormais d'un feu d'émeraude. « D'ailleurs, vous allez peut-être vous-même avoir envie de prier, mon garçon.

— Eh bien, ce que je veux à l'heure actuelle, c'est un peu d'espace entre ce Remington et moi.

— Oh non. Voilà une demande un peu prématurée. Annoncez ce qui vous amène ou votre ventre va faire connaissance avec la raison d'être intrinsèque de cette arme à feu.

— J'ai été engagé par Hank Pittleman pour venir vous soulager de votre Cadillac vert foncé de 1947. »

Les yeux mitrailleuses s'étrécirent légèrement. « Vous n'êtes pas en train de gagner mes faveurs, l'étranger. Vous me semblez être un jeune homme bien sous tous rapports, quoiqu'un peu mal dégrossi. Ce serait vraiment dommage que tout s'arrête pour vous ici et maintenant.

— J'étais décidé à venir de nuit, pendant que vous dormiez, pour voir si je pouvais repartir avec la Cadillac sans que vous ne vous en rendiez compte. Mais j'ai finalement préféré traiter cela de manière plus directe. »

La bouche du fusil s'abaissa vers une partie de l'anatomie d'Archer qui lui était encore plus précieuse que son ventre.

« Pour répondre à votre question, *oui*, je suis Lucas Tuttle, monsieur. Maintenant, veuillez vous expliquer plus en détail, mais avant cela, vous feriez mieux de me donner votre identité complète. Ainsi, on pourra l'écrire sur votre pierre tombale sans faute.

— Aloysius Archer, mais vous pouvez m'appeler juste Archer. »

Tuttle le jaugea d'un œil expert. « Vous avez l'âge. Et vous m'avez tout l'air d'être un dur à cuire. Alors, avez-vous servi, Archer ? Avez-vous rempli votre devoir patriotique ? »

Bizarre, comme changement de sujet, se dit Archer. Mais bon, si l'homme ne pensait plus au Remington, alors très bien. « J'ai fait ma part. Pendant plus de trois ans, en Europe.

— Sous les ordres de qui ?

— Principalement dans la 5e armée du général Mark Clark. Dans le 2e corps d'armée, 34e division d'infanterie.

— Le théâtre méditerranéen, si je ne me trompe pas ?

— Oui, monsieur. Salerne, Bologne, Gênes, Milan. Sur les lignes défensives ennemies Barbara, Volturno et Gustave. La bataille de la plage d'Anzio. Que des noms que je ne connaissais pas avant d'y aller, et des endroits où je n'aurais jamais pensé me retrouver. Et je n'ai honnêtement aucune envie d'y retourner.

— Des combats féroces, à ce que j'ai compris.

— On peut le dire. À la fin, la 5e a essuyé plus de cent mille pertes. On a perdu beaucoup d'hommes de qualité et d'amis qui l'étaient tout autant.

— Avez-vous été blessé au combat, Archer ?

— La plupart d'entre nous l'ont été, monsieur Tuttle, et je n'ai pas fait exception.

— Des médailles, monsieur ? Vous êtes-vous distingué ? Dites-moi tout. »

Les traits d'Archer se figèrent, comme du ciment qui passerait de l'état liquide à solide. « J'ai tué des types que je ne connaissais pas, parce qu'ils essayaient de me tuer. J'ai quitté l'armée avec des bouts de métal à l'intérieur du corps que je n'avais pas à la naissance. J'ai quelque part une boîte pleine de médailles et de rubans, mais ils ne valent plus un clou. Voilà mon histoire, alors maintenant, si ça vous chante, vous pouvez appuyer sur cette foutue détente, qu'on en finisse. »

La bouche du canon s'abaissa un peu plus pour se fixer sur les genoux d'Archer.

« J'aime votre courage, Archer. Ce que je ne comprends pas, c'est votre alliance avec ce scélérat de Pittleman.

— J'avais besoin d'un emploi et il m'en a offert un. Cent dollars si je lui livre la Cadillac. Il m'a fait une avance de quarante dollars, et le reste quand il aura récupéré la voiture.

— Il en a envoyé d'autres avant vous.

— C'est ce que j'ai cru comprendre.

— Ils sont venus à la nuit tombée. Ils ne voulaient pas me faire face. »

Archer considéra le fusil à canons superposés. « Je peux comprendre pourquoi ils ont eu envie de la jouer comme ça.

— La violation de propriété est un crime par ici, comme cela devrait l'être dans toute nation démocratique qui tient pour sacré le droit à la propriété privée. Je leur ai donc servi exactement ce qu'ils méritaient.

— D'accord. Je ne suis pas du genre à penser que la propriété a la même valeur que la vie d'un homme, mais c'est peut-être juste moi. »

Les yeux émeraude s'embrasèrent à la suite de ce commentaire. « Cependant, vous, monsieur, vous vous présentez en plein jour, vous venez frapper à ma porte et vous me détaillez en face le but de votre mission. Expliquez-vous.

— C'est très simple. Je voulais que *vous* me disiez *en face* si vous devez effectivement rembourser cette dette ou non.

— Quelle importance pour vous ?

— Eh bien, si vous ne devez rien rembourser, je n'ai rien d'autre à faire ici.

— Et si je dois effectivement la rembourser ? »

Archer garda le silence.

Tuttle le jaugea en faisant courir son regard du haut de son chapeau à la semelle de ses chaussures.

« Entrez, Archer, et parlons. »

Il fit un pas de côté pour qu'Archer puisse entrer puis il ouvrit la marche le long du hall d'entrée carrelé jusqu'à une petite pièce sobrement meublée, aux murs en lambris et au plancher en parquet recouvert d'un tapis aux couleurs chatoyantes.

« Asseyez-vous là », dit-il en montrant une chaise avec son fusil.

Tuttle prit la chaise en face, la bouche de son canon pointée vers le sol.

« J'ai bien emprunté cet argent à Hank Pittleman. J'en avais besoin à l'époque.

— Est-ce que vous lui devez la somme de cinq mille dollars plus les intérêts ?

— Oui. Et il est également vrai que j'ai mis ma Cadillac de 1947 en garantie pour ce prêt.

— Pourquoi faire une chose pareille ? J'ai le sentiment, en voyant ce qui se passe ici, que vous avez une affaire plus que prospère.

— Prospérité n'est pas forcément synonyme de liquidités, Archer. Et mes fournisseurs n'échangent pas leurs marchandises contre des promesses de paiement.

— Donc vous devez rembourser cette dette, mais vous ne rendrez pas l'argent ?

— Vous pensez vraiment que la vie est aussi simple ?

— La vie ne m'a jamais paru simple, à moins que vous soyez déterminé à ce que ce soit le cas.

— Pittleman m'a volé. Voilà pourquoi je n'ai pas rendu l'argent.

— Que vous a-t-il pris ?

— Quelque chose de bien plus précieux que ces cinq mille dollars.

— Pourriez-vous être plus précis ?

— Il a pris ma fille. »

Ce nouvel élément prit Archer par surprise, ce qui se refléta sur son visage. « Que s'est-il passé, au juste ?

— Il a convaincu ma magnifique fille qu'elle ne devrait plus faire partie de la vie de son père. Elle a embrassé son style de vie diabolique et dépravé. Depuis sa naissance, j'ai pu admirer son joli visage tous les jours. Aujourd'hui, cela fait plus d'un an que je ne l'ai pas vue.

— Comment s'y est-il pris ?

— En lui offrant des choses, Archer. En lui tournant la tête avec des biens matériels. En lui faisant découvrir les plaisirs superficiels de son train de vie hédoniste. Et il se montre dur avec elle, à ce qu'on m'a dit.

— Comment s'appelle-t-elle ? demanda Archer, bien qu'il fût à peu près sûr de connaître la réponse.

— Jackie.

— Je l'ai rencontrée.

— Ah oui ? Elle était certainement en compagnie de ce païen.

— Si je comprends bien, vous ne rembourserez pas la dette parce qu'il a retourné votre fille contre vous ?

— Vous avez dit tout à l'heure qu'une propriété n'a pas la même valeur que la vie d'un homme. Dans ce cas, en quoi une dette, même contractée légalement, est-elle plus importante que l'amour d'un père pour sa fille ?

— Et vous dites que ça fait plus d'un an que vous ne l'avez pas vue ?

— C'est cela.

— Eh bien, pourquoi n'essayez-vous pas de reprendre contact avec elle ?

— Impossible, Archer. Elle refuse de me voir.

— Pourquoi ?

— Ça me regarde.

— Quand je l'ai vue, elle ne se comportait pas comme si elle était retenue contre sa volonté. Et vous parlez à un homme qui s'y connaît en la matière. »

Tuttle secoua la tête avec dédain à la suite de la remarque d'Archer. « Il l'a enfermée dans une prison mentale, Archer. Une prison bien plus difficile à forcer que celle avec des barreaux en fer, sans date de libération annoncée, et sans juge auprès de qui faire appel. »

Archer se frotta le menton. Il pensait à ses soixante dollars.

« Qu'on soit d'accord, vous avez l'argent pour le remboursement ?

— Je l'ai, mais il ne recevra pas le moindre sou tant que ma fille ne sera pas rentrée chez elle. Je ne peux qu'imaginer les manières dont il l'a dévoyée. »

Archer fixa le Remington. « Je dois avouer que je suis surpris que vous n'ayez pas encore passé votre colère directement sur lui.

— Et qu'en aurais-je retiré, Archer ? Vous me prenez pour un simple d'esprit ?

— Vous voulez bien développer ?

— Si je venais à tuer d'un coup de fusil cet être malfaisant, j'en perdrais ma liberté de mouvement, si ce n'est ma vie. Et si j'échouais à le tuer, il me ferait un procès pour me prendre tout ce que j'ai. Alors, il aurait non seulement ma Jackie mais aussi toutes mes possessions *et* la terre que mon père et son père avant lui ont exploitée pour en faire l'affaire prospère qu'elle est devenue aujourd'hui. Au plus profond de mon être, je pense en effet que ce n'est pas une coïncidence qu'il ait séduit ma fille de la sorte, dans l'espoir que je mène à bien les intentions meurtrières que je pourrais entretenir, dans le seul but de me confisquer tout ce que j'ai.

— Vous me dites qu'il aurait planifié tout ça ? demanda Archer, sceptique.

— Pour moi, le lien est aussi évident que le lever du soleil à l'est lors de la rotation de la Terre sur son axe.

— J'ai cru comprendre, d'après ce que m'a dit M. Pittleman, qu'il était marié.

— C'est le cas, effectivement.

— Et cela ne dérange pas son épouse que son mari fréquente votre fille ?

— Je pense que cela dérange beaucoup Marjorie Pittleman, mais étant donné qu'il contrôle les cordons de la bourse, ses options sont limitées.

— Hank Pittleman a effectivement l'air d'être le genre de personne qui aime avoir le contrôle. Et apparemment, il a beaucoup de fonds. »

Tuttle releva le fusil dans sa position originale. « Et donc, que comptez-vous faire ?

— Il me semble qu'il n'y a qu'une seule issue possible.

— Et quelle est-elle, je me demande, Archer ?

— Si j'arrive à convaincre votre fille de quitter Pittleman, est-ce que vous rembourserez le prêt ?

— Et que proposez-vous au juste pour parvenir à vos fins ?

— Vous allez devoir me laisser un peu de temps pour y réfléchir.

— Et ensuite, vous pourrez récupérer votre commission, n'est-ce pas ?

— À propos de ça, j'aurais une question.

— J'écoute, Archer.

— Quel prix représente le fait d'éloigner votre fille de cet homme ? »

Les traits de Tuttle s'assombrirent et la paire d'yeux verts se mit à brûler d'une intensité phosphorescente. « Vous prendriez de l'argent à un père pour libérer sa fille des griffes d'une abomination ? »

Archer se pencha en avant et fit tourner son chapeau entre ses doigts. « Mettez-vous à ma place. Si j'en crois ce que vous me dites, Pittleman n'est pas un homme qui tient parole. Supposons que je parvienne à faire rembourser le prêt. Pourquoi ai-je l'impression que les quarante dollars dans ma poche seront tout ce que je ne pourrais jamais espérer de sa part ? Ne vous méprenez pas, ça ne me dérange pas de faire une bonne action si la situation l'exige. Bon sang, c'est pourtant bien ce que j'ai fait en Italie et en Allemagne. Mais un homme doit mettre à manger sur sa table. Et un toit au-dessus de sa tête. Vous voyez où je veux en venir ? »

Les doigts de Tuttle caressaient la détente du Remington.

« Combien ?

— Disons soixante dollars. Comme ça, je m'y retrouve au cas où Pittleman n'honore pas sa part du marché. Je pense que c'est une proposition honnête et équitable.

— Mais s'il honore cet engagement, dans ce cas serai-je remboursé de ma contribution à votre stabilité économique ? »

Archer se gratta la joue en regardant le Remington. « Eh bien, cela tombera sous le titre du risque, monsieur Tuttle. Et quiconque accepte de le prendre se doit de recevoir une honnête compensation.

— Donc, pas de remboursement ?

— Franchement, non, monsieur.

— Je vous donne trois jours. Après quoi, je viendrai m'occuper de Pittleman *et* de vous.

— Je veillerai à ce que vous teniez votre promesse, monsieur. »

Une réponse inattendue qui poussa Tuttle à abaisser complètement son fusil.

« Desiree que voici va vous raccompagner, Archer. »

Archer se retourna et avisa la femme qui se tenait derrière lui tandis que Tuttle passait entre eux deux pour disparaître au bout du couloir.

La quarantaine, de taille moyenne, les cheveux brun terne, Desiree portait des lunettes à monture noire devant des yeux éteints. Ses traits semblaient taillés dans la pierre et une impression d'efficacité et d'austérité se dégageait d'elle. Elle était vêtue d'une veste et d'une jupe gris clair et de souliers noirs avec des talons assez pointus pour lui percer le crâne. Un fin collier de fausses perles reposait contre son chemisier bleu ciel.

« Monsieur Archer », dit-elle en tendant la main. Il se leva et lui serra. « Par ici, monsieur. »

En chemin, Archer brisa le silence. « Dites-moi, quel poste occupez-vous donc ici, m'dame ?

— J'assiste M. Tuttle en tant que secrétaire.

— Il m'a l'air être quelqu'un de vraiment adorable, quand il ne pointe pas les canons de son fusil sur mes parties intimes.

— C'est un travail qui paye bien et qui n'implique pas beaucoup d'interactions autres que celle que j'ai avec ma machine à écrire.

— Vous connaissez Jackie Tuttle ?

— Je l'ai bien connue quand elle habitait ici, oui.

— J'ai fait sa connaissance hier soir en ville. Elle était avec Hank Pittleman. »

Derrière les verres, les yeux grossirent légèrement. « Je m'en doute.

— M. Tuttle veut qu'elle revienne et qu'elle ne traîne plus avec Pittleman.

— Je suis au courant.

— J'imagine, oui. Donc, ça vous embêterait de me dire pourquoi elle a quitté le foyer familial ?

— Ça m'embête, effectivement.

— Bon, pour tout vous dire, M. Tuttle m'a demandé de convaincre Jackie de quitter Pittleman. Si j'en savais un peu plus sur la situation, je serais peut-être en mesure d'y arriver. »

Desiree s'arrêta et le regarda. « Et vous la ramènerez ici ?

— Je n'ai jamais dit que je la ramènerai. J'ai juste dit que j'essaierai de la convaincre de quitter Pittleman. De toute façon, c'est un homme marié. Je trouve ça amoral.

— Que c'est rafraîchissant de votre part, monsieur Archer.

— Vous pouvez vous passer du monsieur. Archer suffira.

— D'accord, Archer. J'apprécie votre honnêteté et votre franchise. En vérité, Jackie ne m'a jamais confié la raison de son départ. Mais ce n'était pas longtemps après le décès de sa mère.

— Comment s'appelait-elle ?

— Isabel.

— Joli prénom. C'est espagnol ?

— Elle venait du Brésil. M. Tuttle y allait pour les affaires quand il était plus jeune, et ils se sont rencontrés là-bas. Ils se sont mariés puis ils sont revenus s'installer ici, et Mlle Tuttle est arrivée.

— Isabel était-elle malade ? C'est à cause de ça qu'elle est morte ?

— Non. Elle est morte dans un accident.

— Désolé de l'entendre. Quel genre d'accident ?

— C'était un accident horrible, vraiment horrible. Je n'en dirai pas plus.

— Jackie et elle étaient proches ?

— Isabel aimait sa fille de tout son cœur, et c'était réciproque.

— C'est peut-être pour ça qu'elle est partie. Parce qu'elle avait le cœur brisé après le décès de sa mère. »

Desiree le dévisagea d'un drôle d'air et lui dit : « Je suis sûre que c'est l'une des raisons. Voudriez-vous voir une photo d'Isabel ? demanda-t-elle en hésitant.

— Bien sûr. »

Desiree le guida le long d'un autre couloir puis ouvrit une porte qui donnait sur un grand salon accueillant où plusieurs fenêtres ovales offraient une vue sur les champs nus derrière la maison.

Archer prit le temps d'observer la pièce. Des meubles imposants et de bonne qualité, un grand tapis coloré sur un sol en faïence espagnole, des murs décorés de peintures champêtre, et une cheminée en pierre qui montait jusqu'au plafond. Une photo encadrée reposait sur le manteau de bois pétrifié qui ressortait de la pierre.

« M. Tuttle possède de bien jolies choses, nota-t-il.

— Il est passé par diverses fortunes, mais les prévisions sont au beau fixe. »

Archer ne trouvait pas que la femme avait l'air vraiment satisfaite de cet état de fait.

« Voici Isabel. »

Desiree lui tendit le cadre qu'elle avait pris sur le manteau de la cheminée.

Archer se saisit de la photo et contempla la femme sur le cliché. Elle avait les cheveux très foncés, la peau mate, et Archer ne se rappela pas avoir déjà observé un visage aussi agréable. Ses traits magnifiques y étaient pour beaucoup, mais aussi cette étincelle de vie dans ses yeux ; en comparaison, les siens lui semblaient éteints et insensibles.

« Donc, elle est décédée il y a à peu près un an ? M. Tuttle m'a dit que Jackie était partie de la maison à cette période.

— Oui, c'est exact. »

Elle lui reprit la photo et la replaça sur la cheminée.

Archer fit tourner son chapeau entre ses doigts et lui demanda : « Pour quelle raison m'avez-vous emmené ici et montré cette photo ?

— Je pensais simplement que cela vous intéresserait de voir la mère de Mlle Tuttle.

— C'est ça, dit Archer. Et moi, je suis Harry Truman. »

Elle le détailla des pieds à la tête. « Je croyais que Truman était plus petit et plus vieux. »

Il continua de jouer avec son chapeau. « Que pensez-vous de la volonté de M. Tuttle de la voir rentrer à la maison ?

— Je n'y ai pas vraiment réfléchi.

— Mais si vous deviez ?

— C'est une adulte. Elle devrait être en mesure de faire ses propres choix.

— Cet accident, c'était quoi ?

— Je vous ai dit que…

— Je connais Jackie, je l'apprécie, je me posais juste la question, c'est tout.

— Eh bien, je ne suis pas vraiment au courant de tous les détails. Je sais juste que c'était un accident tragique. Écoutez, j'ai pas mal de lettres à taper. Je vous montre la sortie.

— Je peux trouver mon chemin tout seul, merci. Vous feriez mieux de retourner directement à votre machine à écrire. Je ne voudrais pas que M. Tuttle pointe son fusil sur vous parce que vous avez pris du retard dans vos dictées. C'est un peu déroutant. »

Archer sortit de la maison impeccablement rangée, mit son chapeau et se demanda, après tout ce qu'il venait d'entendre, dans quelle histoire il venait de s'embarquer.

CHAPITRE

7

APRÈS UN TRAJET RETOUR effectué en stop auprès d'une mère et de son fils au nez qui coulait et aux dents de lapin, dans une Studebaker cabossée sans enjoliveurs et émettant un cliquetis qui indiquait que le moteur n'allait pas tarder à couler une bielle, Archer fut de retour à Poca City juste avant l'heure du dîner. Il utilisa la douche au fond du couloir pour enlever la poussière qui lui collait à la peau et remit les seuls vêtements qu'il possédait. Il entreprit ensuite de régler ses soucis de garde-robe. Ses longues jambes l'emmenèrent jusqu'à un magasin de vêtements pour homme, à environ trois pâtés de maisons de son hôtel, devant lequel il était passé plus tôt dans la journée lors de sa promenade.

L'homme d'un certain âge qui tenait la boutique semblait être sur le point de fermer et de penser déjà au dîner qui l'attendait quand Archer entra d'un pas léger.

« Besoin de sapes neuves », annonça-t-il.

L'homme s'apparentait à un panneau publicitaire sur pattes pour son secteur d'activité, jusqu'aux boutons de manchette et sa pochette, alignés au cordeau avec la précision d'un ingénieur. « Je vois ça, jeune homme. Que puis-je pour vous ?

— Pour commencer, me trouver une copie de ce que je porte en ce moment même, mais en mieux.

— Eh bien, c'est parfait, vu que je n'ai que du mieux. Cependant, puis-je voir votre argent avant de commencer ? Une simple courtoisie face aux gens que je ne connais pas, voilà tout. Nous sommes dans un établissement respectable.

— Je n'en fréquente aucun qui ne le soit pas. »

Il lui suffit de montrer les deux billets de vingt pour retenir toute son attention. La vente et l'achat ne prirent qu'une heure. Avec le physique et la taille d'Archer, aucune pièce n'eut besoin d'être retouchée, et le vendeur demanda aussitôt à sa fille de coudre les revers de ses deux pantalons sur sa machine à coudre.

« Un vrai miracle pour la vue, bon sang », commenta l'homme en regardant l'ensemble de qualité. C'était un costume droit Hart, Schaffner et Marx bleu azur à fines rayures. Sa cravate à nœud large était rouge sang et le col anglais à ouverture large de sa chemise Alden affinait l'épaisseur de son cou. Une ceinture tressée de cuir noir retenait son pantalon.

« J'aime ce chapeau », dit Archer en appréciant dans le miroir le feutre à bord rabattu et calotte creuse, ceint d'une bande de soie bordeaux. Il avait dédaigné la recommandation d'un trilby en feutre de poil de lapin. Sa pochette blanche présentait quant à elle un pli à deux pointes.

« Les chaussures sont comme il faut ? Ces souliers à bout golf sont du meilleur cuir. Vous devrez les entretenir et les faire cirer régulièrement.

— Je compte bien les assouplir. »

Le vendeur lui tendit un sac et un cintre sur lequel était plié le deuxième pantalon. « Deux paires de sous-vêtements, pareil pour les chaussettes. Et pantalon supplémentaire, avec ses revers.

— Parfait, dit Archer. Me voilà paré. »

Ses deux Jackson avaient connu une réduction drastique de leur valeur, quand bien même Archer fut surpris de constater qu'il avait pu se payer de nouveaux vêtements et des chaussures pour moins de quarante dollars. L'homme lui expliqua qu'il n'était pas ouvert depuis longtemps et qu'il cherchait à se faire une clientèle, ce qui expliquait la remise offerte à Archer.

« Vous avez l'air fringant dans ces nouveaux vêtements, alors n'hésitez pas à passer le mot à propos de ma boutique, entendu ? » lui demanda le vendeur, ce qu'Archer promit de faire. Il sortit de la boutique dans sa nouvelle tenue. La jeune fille lui avait emballé son vieil ensemble, costume, chemise et chaussures, dans un autre sac.

Il déposa le tout au Derby, accrocha dans sa penderie ses anciens vêtements et son pantalon de rechange et se mit en quête d'un endroit où dîner.

Le restaurant s'appelait le Checkered Past[6]. La personne qui avait trouvé le nom fit preuve d'un certain sens de l'humour, admit Archer.

Le panneau devant l'entrée vous promettait des steaks accompagnés de grosses pommes de terre à un bon prix et du café jusqu'à minuit. Il entra et prit place à une table recouverte d'une nappe à carreaux rouge et blanc avec des serviettes assorties. Il commanda un steak saignant et un café très chaud, puis il conclut en goûtant la tourte à la pêche, délicieuse, peut-être la meilleure qu'il n'eût jamais dégustée. Il laissa quelques pièces sur la table pour payer son repas, puis il s'attela à établir le meilleur plan possible pour la suite des événements sur le chemin qui le ramenait au Derby.

Au réveil le lendemain matin, il se lava dans la salle de bains au bout du couloir avant de descendre à la réception.

« Vous savez où se trouve la maison de Hank Pittleman ? »

Le réceptionniste, le même type qui l'avait enregistré le premier soir, se gratta ses avant-bras poilus et dit : « Pourquoi ça vous intéresse ?

6. Jeu de mots sur le double sens de « *checkered* » : « Ayant connu des hauts et des bas » pour parler du passé (« *past* ») ; ou « à carreaux », « à damier » pour parler d'un tissu, en l'occurrence une nappe de restaurant.

— Je suis en affaires avec lui et il m'a dit qu'il passait le samedi et le jour du Seigneur chez lui avec sa femme.

— Et alors ?

— Il faut que je trouve un moyen d'aller là-bas.

— Vous pouvez toujours y aller à pied.

— C'est loin ?

— Ça vous prendra quatre bonnes heures.

— Vous connaissez quelqu'un qui pourrait m'y emmener ? »

Le réceptionniste se frotta le menton et scruta Archer de la tête aux pieds. « En fait, j'ai une livraison à faire là-bas ce matin. Vous donnez le coup de main, et ça payera le trajet. Je peux vous arranger ça.

— C'est pour quand ?

— Dans une heure.

— Elle partira d'où ?

— De la ruelle derrière l'hôtel.

— Ça marche, je vais aller prendre un petit déjeuner dans ce cas.

— Faites ce que vous voulez. Eh, dites voir, où est-ce que vous avez trouvé ces nouvelles fringues ? C'étaient certainement pas celles-là que vous aviez sur le dos quand vous êtes arrivé.

— J'en ai acheté de nouvelles.

— Avec quoi ?

— Avec la même chose qui m'a servi à payer la chambre. De l'argent.

— Où est-ce que vous avez chopé c't'oseille ?

— C'est l'administration pénitentiaire qui me l'a donné.

— Je me doutais que vous étiez l'un d'eux quand je vous ai vu. Mais, sans rire, vous vous foutez pas de moi ? Ils donnent de l'argent aux prisonniers, maintenant ?

— Eh bien, je leur ai promis que je ne tuerais personne d'autre s'ils m'en donnaient. »

Archer garda le silence et fixa l'homme derrière le comptoir avec un regard qu'il espérait suffisamment explicite.

« B-bien, soyez dans la ruelle dans une heure.

— J'y serai, l'ami. »

Archer avala une tasse de café, un œuf au plat et un toast dans une gargote à un bloc de son hôtel, tout en lisant un journal que quelqu'un avait abandonné. L'Union soviétique venait de faire exploser sa première arme nucléaire. Pendant le séjour d'Archer en prison, on avait mis en place un truc qui s'appelait l'OTAN. Le journal qu'avait lu Archer à cette époque expliquait que l'OTAN s'assurerait qu'il n'y ait plus jamais de guerre.

Ils ont dû oublier d'en informer ce vieux Joe Staline, se dit Archer.

Il retrouva comme prévu le camion et son chauffeur derrière l'hôtel.

L'homme lui dit s'appeler Sid Duckett. La soixantaine, il faisait presque dix centimètres de plus qu'Archer et lui rendait bien vingt-cinq kilos. Il aurait pu soulever le camion qu'il allait conduire, mais il expliqua à Archer qu'il s'était ruiné le dos et qu'il acceptait volontiers son aide en échange du trajet. Il portait un vieux jean passé qui laissait voir ses larges hanches et ses jambes arquées, un maillot de corps en coton qu'il avait rentré dans son pantalon, une large ceinture de cuir avec une boucle de la taille d'un presse-papier, des bottes poussiéreuses et un chapeau sale en feutre avec une fausse plume d'oiseau coincée dans la bande de tissu.

« Allez, tu t'y mets pendant que je vérifie ma paperasse, dit Duckett.

— Qu'est-ce qu'on charge ? »

Il désigna du doigt une grosse pile de caisses en bois entassées près de l'entrée de service de l'hôtel.

« Quoi, tout ça ?

— Tout ça, mon vieux, si tu veux que je t'emmène. »

Archer enleva son chapeau et sa veste et retroussa ses manches. Une demi-heure plus tard, après moult grognements et flexions de ses muscles accompagnés de conseils mal avisés de la part de Duckett, le camion était chargé.

Archer rabaissa ses manches et ramassa sa veste et son chapeau.

« On y va, beugla Duckett depuis le siège conducteur. Faut pas gâcher le temps, l'ami. »

Archer monta s'asseoir à côté de lui et ils se mirent en route.

« J'imagine que vous n'utilisez pas souvent du talc, par ici, les gars, remarqua Archer.

— Du quoi ? demanda Duckett, visiblement perplexe.

— Je viens de suer sang et eau, mais l'air est tellement sec que je n'ai pas lâché une seule goutte de sueur. »

Ils roulèrent pendant une heure, et pas une seule fois le paysage ne proposa une autre vue qu'une étendue plate et foncée, sous un ciel uniformément bleu. Archer ne se rappela même pas avoir vu un oiseau passer au-dessus d'eux.

Il se perdit dans cette contemplation pendant un moment avant de dire : « Ça ressemble toujours à ça, par ici ?

— Quoi donc ? »

Archer montra ce qu'il y avait au-delà du pare-brise. « Le paysage. »

Duckett contempla ce qu'ils dépassaient. « Des fois on a un peu de neige.

— Mais à part ça ?

— J'aime pas le changement, répondit Duckett, bourru. Quand les choses ne bougent pas, on n'a pas de surprises.

— Moi, j'aime bien quand ça varie un peu, répliqua Archer.

— Eh bien, t'es pas du tout au bon endroit pour ça, frangin, du moins pour la météo.

— Est-ce que ça veut dire que par ici on peut avoir des surprises qui n'ont rien à voir avec la météo ? »

Duckett le toisa avec suspicion. « Tu poses beaucoup de questions.

— Ma maman m'a appris que c'était comme ça qu'on apprenait.

— Peut-être que ta maman aurait dû te conseiller de pas être trop curieux. »

Ils quittèrent la route principale et se retrouvèrent bientôt devant un portail en fer forgé.

Duckett joua du klaxon et un homme bien bâti à la peau foncée, au visage aux traits discrets et vêtu d'une vieille salopette vert olive, d'une chemise délavée à rayures et de chaussures de travail, sortit de nulle part et se hâta de venir lui ouvrir.

« Dieu tout-puissant ! s'exclama Archer. C'est la maison d'un seul homme ? » Il leva les yeux pour admirer le monument qui se profilait devant eux, telle une montagne se dressant au bout d'une plaine.

Duckett acquiesça. « Ouais, pourquoi ?

— Qu'est-ce qu'un homme peut bien faire de tout ça ? » s'interrogea Archer.

Duckett lança un regard dans sa direction. « Ne dis jamais à un homme ce qu'il peut faire ou pas avec son argent. M. Pittleman veut une baraque comme ça, eh bien il peut se la construire, pour ce que j'en dis. Et c'est ce qu'il a fait.

— Je ne disais pas le contraire. J'émettais juste une opinion.

— Le bonhomme a fait de Poca City quelque chose, sans l'aide de personne. J'ai grandi ici. Merde, avant, c'était un trou à rats. Et lui il a changé tout ça. C'est comme ça que j'ai eu un boulot. Ne t'avise pas de déblatérer sur lui avec tes *opinions* à moins que tu cherches les ennuis.

— Je suis du genre à ne pas vouloir d'ennuis, l'ami. J'en ai eu assez jusque-là pour toute une vie.

— Ça vaut mieux pour toi, j'te le dis, parce que les ennuis dont je te parle commencent avec un *E* majuscule.

— Eh bien, si jamais on en arrive là, autant y aller franco, répondit Archer, ce qui lui attira un regard noir de la part de Duckett.

— Merci, Manuel », lança Duckett par sa fenêtre à l'homme qui avait ouvert le portail.

Après être entré sur le domaine, Duckett dit : « Tu peux descendre là si tu veux.

— Et pour décharger le camion ? s'enquit Archer.

— Je fais ça à l'entrepôt des livraisons de M. Pittleman. C'est à un peu plus de quatre cents mètres d'ici. On le voit de l'arrière de la maison. Il y a une route de service depuis la route principale, mais je peux aussi y aller en passant par ici. Ils ont des bras là-bas pour aider à décharger.

— C'était prévu que je vous aide à charger *et* décharger, alors allons-y. »

Duckett le regarda d'un air surpris. « Je m'y attendais pas à celle-là. J'étais sûr que t'allais te défiler à la première occasion.

— Je ne me suis pas défilé pour aller à la guerre. Je ne vais pas commencer maintenant. »

Sur la défensive, Duckett rétorqua : « J'étais trop vieux pour aller me battre. Mais j'ai fait ma part ici.

— J'en suis sûr.

— C'était comment, là-bas ?

— Pas si mal si vous en reveniez vivant. »

Ils roulèrent jusqu'à l'entrepôt, un large bâtiment dont l'immense structure qui montait à plus de dix mètres était surmontée d'un toit en A en bardeaux. Sur les doubles portes était inscrit HP TRUCKING.

« Les transports Hank Pittleman ? demanda Archer.

— T'es un malin, toi, dit Duckett. J'suis sûr que t'es allé à l'université. » Il fit reculer le camion et ils en descendirent.

Une petite porte s'ouvrit à côté des deux grandes, et un homme de taille moyenne, solidement bâti, la quarantaine, avec une moustache en trait de crayon au-dessus d'une bouche aussi fine qu'une entaille, sortit du bâtiment. Il serra la main de Duckett qui lui présenta l'homme comme étant Malcolm Draper, le directeur commercial de Pittleman. Duckett lui expliqua la raison de la présence d'Archer. Draper portait un costume trois pièces en laine peignée de qualité, des chaussures cirées et un chapeau gris à bande noire. Ses yeux étaient si perçants qu'Archer fut tout de suite sur ses gardes. Et le revolver Smith & Wesson calibre 38 Special qu'il portait dans un holster pendouillant près de son entrejambe ne jouait pas en sa faveur non plus.

Arche pointa l'arme du doigt. « C'est bien la première fois que je vois un homme en costume trois pièces et chemise à col boutonné qui porte son holster comme ça.

— On a des marchandises de valeur, ici, dit Draper. On prend nos précautions.

— Archer a fait la guerre, intervint Duckett.

— Comme beaucoup d'autres, répondit Draper avec dédain. Ça n'a rien d'original.

— Vous avez fait la guerre ? lui demanda Archer.

— Je fais de l'asthme.

— Eh bien, ça c'est original », répliqua Archer.

Les portes coulissèrent sur leur rail. Deux hommes apparurent avec un chariot en métal et en bois pour décharger le camion. Les hommes firent ensuite rouler le chariot plein jusqu'aux doubles portes et le poussèrent à l'intérieur de l'entrepôt.

Archer eut le temps d'apercevoir des boîtes et des caisses empilées presque jusqu'au plafond.

« C'est pas mal plein, dites donc, commenta-t-il à l'intention de Duckett et Draper.

— Il n'y a pas de chemin de fer dans la région. La seule façon de transporter du fret, c'est en camion.

— Je vois ça... »

Quelques minutes plus tard, Duckett déposa Archer devant la maison de Pittleman et lui demanda : « Tu rentres comment ?

— Je verrai ça plus tard. Merci pour la course.

— Je peux te filer un dollar pour ton coup de main ? » dit Duckett.

Archer chassa l'air de sa main pour l'en dissuader. « Ça ira, l'ami. Mais merci quand même. »

Duckett lui balança deux pièces d'un demi-dollar. « Ne refuse jamais de l'argent, *l'ami.* »

Duckett passa une vitesse et s'en alla.

Archer observa Manuel fermer le portail derrière lui.

Il frappa son chapeau contre sa cuisse pour en enlever la poussière et se dirigea vers la maison.

CHAPITRE 8

LA MAISON LUI DONNAIT l'impression d'être encore plus grande que le bâtiment abritant l'hôtel de ville et palais de justice de Poca City, avec plus d'imagination dans le design et des matériaux de meilleure qualité. L'agencement et le style ne donnaient pas dans le type château médiéval, du moins à ce que pouvait en juger Archer avec ses connaissances limitées en architecture. On était plus proche des grandes demeures qu'il avait vues en photo, celles construites par des Vanderbilt et autres Rockefeller.

De larges parterres de fleurs en arc de cercle avaient été plantés des deux côtés du chemin qui montait jusqu'à la maison. Des bourgeons jaunes, rouges et roses tombaient en cascade pour recouvrir les plates-bandes. Ils devaient bien trouver de l'eau quelque part, se dit-il. Un grand soin avait été apporté à l'aménagement paysager, et Archer partit du principe qu'il allait retrouver ce souci du détail à l'intérieur aussi.

Il frappa à la porte et quelques instants plus tard, il entendit des pas approcher. Une femme d'un certain âge aux cheveux gris raides qui pendaient sous une charlotte, habillée d'une tenue noire et blanche de servante, ouvrit la porte.

« Oui ? » lui demanda-t-elle d'une voix ennuyée. Son visage était l'une des meilleures incarnations de l'adjectif « maussade » qu'Archer aurait la chance de voir de ses propres yeux. Et pourtant, il en avait déjà croisé un certain nombre.

« Je viens voir M. Pittleman. Je m'appelle Archer. Il me connaît.

— Attendez là », dit-elle sans la moindre once d'intérêt dans la voix.

Elle s'éclipsa en laissant la porte ouverte. Archer en profita pour mettre un pied à l'intérieur et jeter un œil. Il n'avait jamais vu autant d'opulence au même endroit, pas même quand il était entré dans l'hôtel Waldorf-Astoria à New York – du moins, le peu de temps qu'il avait pu y rester avant qu'un portier ne raccompagne dehors un Archer en uniforme avec à son bras une invitée féminine qui dépassait apparemment les limites du bon goût.

Face à lui, devant le mur du fond, des chaises à l'assise recouverte d'un velours à motif et aux pompons dorés ; des portes-fenêtres cachées derrière des rideaux qui menaient on ne sait où ; une rangée d'horloges à pendule aux décors sophistiqués et, de ce qu'il en voyait, au mécanisme qui l'était encore plus ; des tables en marbre où reposaient des vases peints à la main garnis de fleurs fraîches. Deux armures complètes, qui le dépassaient de trente centimètres, étaient posées sur des piédestaux de part et d'autre de la porte d'entrée. Très haut au-dessus de sa tête, d'autres portes-fenêtres ressortaient du mur, protégées par des grilles en fer forgé. Il s'imagina que ce devait être là des sortes de faux balcons depuis lesquels on pouvait admirer ce qui se passait en bas, mais le moindre faux pas vous ferait voir des étoiles. Des tapis à poils longs et d'autres, orientaux, s'étalaient sur le sol en pierre et en parquet. Les murs étaient tapissés d'un papier qui ressemblait à de la soie, mais Archer n'arrivait pas à s'imaginer que même quelqu'un comme Pittleman fût dans la capacité financière de se payer autant de mètres carrés de ce genre de marchandises. Mais bon, qu'est-ce qu'il en savait, après tout ?

Malheureusement pour Archer, malgré le vaste espace qu'offrait le hall d'entrée, il sentait les murs se resserrer autour de lui.

L'oxygène semblait avoir été aspiré et remplacé par du dioxyde de carbone pur. Il n'avait plus eu autant de mal à faire fonctionner ses poumons depuis qu'un sniper allemand avait raté la tête d'Archer. C'était passé à une largeur de Lucky Strike, celle qu'il était en train de s'allumer. Il avait penché la tête pour ce faire au moment même où la balle l'avait atteint. Grâce à cet infime changement de position, le projectile était entrée puis ressortie de son casque, au lieu de finir sa course dans sa cervelle. Après avoir compris qu'il avait failli y passer, il rit pendant une bonne dizaine de minutes, avant de remplir un seau de vomi pendant dix minutes de plus. Depuis ce jour, il n'avait jamais fumé d'autres marques. Ces clopes avaient largement fait honneur à leur nom[7].

Il entendit de nouveau des pas approcher, mais ceux-ci étaient martelés avec plus de fermeté que ceux de la vieille femme. Pittleman fit son apparition. Il était habillé d'une tenue plutôt décontractée, pantalon gris à revers et chemise à col ouvert qui laissait apparaître un bout de son maillot de corps, tout en faisant ressortir son ventre boursouflé et ses épaules qui s'affaissaient. Son pantalon était retenu par une ceinture en cuir tressée sans doute hors de prix. Il tenait un journal dans une main et une tasse de café dans l'autre. Ses cheveux étaient toujours aussi bien coiffés, mais dans la lumière du jour, Archer discernait maintenant quelques taches de vieillesse disséminées sur la peau de son visage, mottes de terre sur un tapis autrement immaculé, quoiqu'un peu détendu. Et sous ses yeux, des poches striées de rides aux veines bleues, pareilles à des routes tracées sur une carte routière bon marché.

Il doutait fort que Jackie Tuttle ne fût pas tout aussi attirante en plein jour que dans un bar sombre et enfumé. Cela restait quand même une excuse suffisante pour boire dans un bar obscur.

« Qu'est-ce que vous foutez, Archer ?

---

7. « Lucky Strike » voulant dire « coup de chance » en anglais.

— Je viens vous faire mon rapport sur M. Tuttle.

— Vous avez la Cadillac, mon grand ? » Il jeta un œil en direction de la porte d'entrée.

« Non, monsieur, mais j'y travaille. M. Tuttle m'a dit certaines choses et je voulais vous les soumettre. »

Pittleman l'inspecta de pied en cap. « Nouveaux vêtements ?

— Oui, monsieur.

— Je vois où sont passés mes quarante dollars. Vous allez me décevoir ?

— Je ne l'espère pas.

— Suivez-moi. »

Il se retourna et précéda Archer le long d'un large couloir orné de peintures, de fresques et de têtes de malheureux animaux empaillés.

« Vous chassez ? lui demanda Archer en observant l'expression figée de ce qui lui apparut être un buffle d'eau.

— Oui, mais je ne me contente pas de ces bestioles. »

Archer ne sut pas trop quoi en penser. Pittleman finit par voir son expression et éclata de rire.

« Il y a beaucoup de choses dans la vie qui sont bien plus importantes à chasser que ce que vous voyez là, Archer.

— Comme quoi ?

— Je vous laisse découvrir ça par vous-même. En espérant que ça ne sera pas une leçon que vous regretterez. »

Il l'emmena dans une pièce aux parois vitrées et au plafond doté d'une verrière, le tout soutenu par une structure de poutres en acier. Au centre, une table entourée de trois chaises recouvertes d'une tapisserie représentant des scènes médiévales. Des pots de fleurs sur pied avaient été disposés aux quatre coins de la pièce. Contre l'un des murs, un canapé Davenport sombre garni de coussins clairs avec des imprimés représentant toute une ménagerie d'oiseaux. Des lampes sur pied, aux abat-jour en papier froncé ornés de motifs architecturaux ou d'animaux, avaient été placées de façon stratégique.

Assise sur l'une des chaises, se trouvait celle qui selon Archer devait être Mme Pittleman. La soixantaine grisonnante, de forte carrure, elle dégageait un air de matrone avec ses joues plates, un nez proéminent et des oreilles décollées. Ses yeux, cachés derrière un pince-nez, étaient trop rapprochés pour qu'une belle symétrie en ressorte. Elle portait une robe simple et informe ; on aurait tout aussi bien pu croire qu'on l'avait recouverte d'une couverture. Mais elle coûtait certainement une petite fortune, pensa Archer, comme tout ce qui se trouvait dans cette maison. Archer douta d'une quelconque beauté passée, même dans sa jeunesse, mais on pouvait lire raffinement et intelligence dans ses yeux et dans ses traits. Il s'imagina que son âme devait être bien plus attirante que son aspect extérieur. Mais peut-être se faisait-il des illusions. Partir du principe que les gens étaient bons n'était souvent qu'une vaine espérance, avait-il appris.

« Marjorie, ma chérie, voici Archer. Il travaille pour moi. »

Elle inclina la tête mais ne lui offrit aucune forme d'accueil verbal que ce fût.

Pittleman s'assit, but son café et plia son journal.

« Asseyez-vous, Archer. »

Ce dernier prit place, mal à l'aise, sur deux chevaliers en train de jouter.

Pittleman reprit la parole : « Alors comme ça, vous êtes allé là-bas et vous lui avez même *parlé* ? Pourquoi ? Est-ce qu'il vous a pris la main dans le sac en train de récupérer la Cadillac ? Si c'est le cas, pourquoi n'êtes-vous pas mort ou au moins gravement blessé ? Je n'ai pas dépensé cette petite somme en échange d'un travail bâclé, soldat.

— J'y suis allé hier après-midi. J'ai frappé à la porte et je lui ai parlé. »

Pittleman, qui visiblement ne comprenait pas son attitude, secoua la tête et se servit une autre tasse avec une cafetière en argent au long bec incurvé. Un étui à cigarettes en platine reposait sur la table, ouvert. À l'intérieur, des cigarettes au bout doré et fines comme des aiguilles. Et à côté, un Smith & Wesson nickelé à canon court et crosse en noyer. Sa détente avait été limée pour un déclenchement plus rapide.

« Il vous plaît, ce petit feu ? lui demanda Archer.

— Sympa, comme flingue. Il fait tomber ce que je touche, je ne peux pas lui en demander plus. »

Les sourcils relevés, Archer poursuivit : « Vous faites souvent *tomber* des choses ?

— Ça dépend de la cible et de mon humeur.

— Et avec cette détente rapide, vous vous embêtez encore à armer le chien avant de tirer ?

— Je suis long à la détente, mais je ne rate jamais mon coup. N'est-ce pas, Marjorie ? »

Elle ne répondit pas, mais Archer se dit que Pittleman ne s'attendait pas non plus à ce qu'elle le fasse.

Pittleman avala une gorgée de son café, et le mouvement de sa main révéla la présence à son poignet d'une montre incrustée de six diamants et de deux saphirs. Archer vit le nom LONGINES gravé sur le cadran, sous la lunette. Il baissa les yeux sur sa propre montre et se fit la réflexion qu'elles racontaient toutes deux la même histoire malgré la montagne de dollars qui les séparaient.

« Et donc, pourquoi diable êtes-vous allé là-bas pour voir Tuttle en plein jour ? demanda Pittleman. Vous pensiez qu'il allait gentiment vous tendre les clés de la foutue Caddy ? Vous ne me semblez pas aussi stupide, mon garçon !

— Non, monsieur. Je souhaitais juste confirmer qu'il vous devait bien cet argent.

— J'ai déjà *confirmé* ça avec vous, fiston. Vous êtes idiot ou quoi ? Aurais-je fait une erreur en vous engageant ?

— Eh bien, il l'a confirmé lui aussi. Et il a l'argent pour rembourser sa dette. Je pense que ça vous intéresse certainement plus que la voiture, n'est-ce pas ? Vous m'avez bien dit que sa valeur ne suffirait largement pas à rembourser la dette, avec les intérêts et tout le reste ?

— Vous avez raison. Et alors ?

— Eh bien, il reste un obstacle au paiement de cette dette.

— Et quel est-il, je me demande ? »

Archer lança un regard en direction de Marjorie et ne poursuivit pas.

Pendant un moment, Pittleman n'eut pas l'air de comprendre puis il finit par s'exclamer : « Bon Dieu, c'est de Jackie dont il est question ? »

Archer coula de nouveau un regard vers Marjorie. Celle-ci était désormais en train de boire son café en feuilletant un magazine avec une expression placide. Comme si elle était à l'église en train de réviser son catéchisme en silence, pensa-t-il.

« C'est ce qu'il a dit. Il veut qu'elle revienne.

— C'est une adulte, au cas où son père et vous ne l'auriez pas remarqué. Elle est capable de prendre une décision toute seule.

— Mais il ne remboursera pas si...

— C'est pour ça que je vous ai dit de récupérer cette putain de *bagnole*, Archer. Bordel, fiston, je n'avais pas besoin que vous alliez jusque là-bas pour lui demander quel était son problème et pourquoi il n'arrive pas à me rendre mon argent. Je *sais* quel est son problème. Il n'aime pas que sa fille me fréquente. Mettez-vous bien ça dans le crâne qui se trouve sous ce nouveau chapeau que vous avez acheté avec *mon* argent.

— Donc vous savez tout ?

— Laissez-moi vous dire autre chose, mon garçon. Le statut actuel de Jackie ne donne aucun droit à son père, que dalle, par rapport à toute obligation légale contractée envers votre serviteur.

— Pourquoi ne pas le traîner devant un tribunal, dans ce cas ? » s'enquit Archer.

Pittleman s'affala dans sa chaise. Il semblait à la fois parfaitement surpris et atterré par la question. « Et soumettre ma chère épouse ici présente à des ragots pervers ? Faire ressortir des faits devant une cour de justice qui pourraient lui faire du mal ? Non, monsieur. » Il tapota la main de son épouse. « J'ai trop d'amour pour elle pour lui faire traverser ce genre d'épreuves.

— Je vois ça », répondit Archer doucement quand en réalité il n'en voyait aucune preuve. Il scruta le monogramme à trois lettres sur la manchette de la chemise de son employeur.

« Il y a quelque chose qui vous dérange ? lui demanda Pittleman quand il surprit son regard.

— Vous avez peur d'enfiler la chemise d'un autre par erreur ?

— Vous êtes un marrant, vous, hein ? Si j'avais su ça quand je vous ai engagé, j'y aurais peut-être réfléchi à deux fois. Maintenant, tirez-vous vite fait d'ici, Archer, et rapportez-moi ma garantie par n'importe quel moyen. Et si vous n'y arrivez pas, vous me devrez quarante dollars *avec les intérêts*. Et je vous laisserai peut-être sans rien sur le dos dans la rue, fiston, avec plus de blessures que vous n'en avez récolté à vous battre contre les Fritz. Vous logez où ?

— À l'hôtel Derby.

— C'est très bien, là-bas, dit Pittleman en jetant un autre regard furtif en direction de Marjorie. Vous avez besoin d'argent pour rester là-bas. Et vous savez très bien comment en gagner, n'est-ce pas ? »

Il retourna à son journal.

« J'aurais une autre question, dit Archer.

— On a fini », répliqua Pittleman en ramassant le petit pistolet qu'il examina, le canon pointé en direction d'Archer.

Archer observa ensuite Marjorie, toujours occupée à feuilleter son *Saturday Evening Post*. Elle semblait de toute évidence davantage intéressée par l'histoire qui y était imprimée que par l'adultère que son mari reconnaissait ouvertement entretenir.

Pittleman se tourna vers elle pour la regarder en face.

« Tu as besoin de quelque chose, ma chérie ? Dis-le-moi, si c'est le cas.

— J'ai tout ce qu'il me faut, Hank, lui glissa-t-elle dans un sourire.

— Bon sang, ça je le sais, que tu as tout ce qu'il te faut. N'importe quel homme sera d'accord avec ça. » Il retourna la tête vers Archer. « Pourquoi vous êtes encore là, vous ? N'ai-je pas été aussi clair que le ciel dehors ? »

Archer se leva et salua la femme en touchant le bord de son chapeau.

« Ravi de vous avoir rencontrée, madame Pittleman. »

Les yeux rivés au magazine, elle hocha la tête d'un air absent.

Une fois devant la porte de la pièce, il se retourna pour étudier une dernière fois ce drôle de couple, et ne put s'empêcher de secouer la tête.

En revenant dans le hall, il aperçut une jeune femme en tenue de servante qui remontait les escaliers en trottinant. Elle regarda en bas, le vit qui l'observait et lui adressa un grand sourire. Il pinça le bord de son chapeau et lui rendit son sourire. Elle haussa ses sourcils d'une façon tout à fait ravissante puis disparut de sa vue.

Il fit un signe de la main à Manuel qui lui ouvrit le portail. Il sortit de la propriété et prit la direction de la route principale. Il marcha pendant un certain moment lors duquel des particules de poussière s'accrochèrent à lui comme des fragments de métal s'agglutinent sur un aimant. Il finit par réussir à se faire prendre en stop par une Ford Model A qui se traînait jusqu'à Poca City. Celle-ci était conduite par un homme vêtu de noir qui lui annonça être un prêcheur ambulant. Il expliqua à Archer qu'il devait se repentir de ses péchés, peu importe leur nature, puis il lui donna un tract qu'il prit dans une caisse en bois à l'arrière de sa voiture et qui s'intitulait *Le Diable est en vous.*

Archer fut de retour en ville environ une heure plus tard et jeta la brochure dans la première poubelle qu'il repéra.

Je sais bien que j'ai le diable en moi, mais peut-être que j'aime bien ça.

Il retourna au Derby et fit un brin de toilette dans la salle de bains du couloir pour se débarrasser de la poussière. Il se mit ensuite à la recherche, qui s'avéra fructueuse, d'une bouteille de gin Blue Bird, de deux paquets de Lucky Strike et d'une boîte d'allumettes. Il remonta dans sa chambre et chercha la meilleure marche à suivre pour la suite.

Tuttle ne comptait pas rendre l'argent si Jackie restait avec Pittleman. Pittleman n'allait rien faire pour changer la situation.

La seule façon pour Archer de se faire un peu d'argent dans cette histoire, c'était donc de récupérer cette foutue Cadillac.

Sauf que tous ceux qui s'y étaient essayés avaient échoué. Peut-être s'étaient-ils fait abattre en tentant le coup si le Remington avait eu son mot à dire. Il ne savait même pas où ce type gardait sa berline. Peut-être dans l'un des bâtiments qu'il avait aperçus sur place.

Tuttle serait sur ses gardes, à l'affût de toute nouvelle tentative. Quand bien même Archer serait prêt à mourir pour son pays, ce qui avait bien failli lui arriver, la perspective de casser sa pipe en essayant de gagner sa vie à cause d'une poignée de chevrotine ne l'enchantait pas plus que ça. Cependant, s'il n'arrivait pas à mettre la main sur la voiture, Pittleman, dont il était sûr qu'il était un homme de parole, l'enduirait certainement de goudron et de plumes avant de le faire conduire sans ménagement hors de la ville. Et si ce dernier parvenait à prouver qu'Archer avait pris son argent et qu'il n'avait pas fait ce qu'il lui avait promis en échange, cela constituait un crime qui ramènerait Archer tout droit à Carderock.

Il fuma une Lucky jusqu'à la dernière bouffée et prit le temps de déguster son gin en se demandant pourquoi il n'avait pas choisi la facilité en devenant un broyeur de cervelles de cochon comme Dickie Dill. Cela lui fit penser au message gribouillé qu'il avait trouvé dans le bureau d'Ernestine Crabtree. Il le sortit de sa vieille veste, le relut, le trouva encore plus dérangeant, et le remit où il l'avait pris.

Quelqu'un pourrait peut-être l'aider à résoudre son dilemme. Jackie Tuttle.

Mais il n'avait aucune idée de l'endroit où elle pourrait vivre.

Cela dit, Poca n'était pas une si grande ville que ça. Il attendit que le soleil commence à baisser, puis il mit son nouveau chapeau et sortit la trouver.

CHAPITRE

9

SA RECHERCHE CONNUT une fin abrupte dans le hall d'entrée de l'hôtel Derby. Jackie était assise dans une chaise à dossier en cannage qui faisait face à une cheminée vide poussiéreuse surmontée d'un morceau de marbre où s'amassait un peu plus de poussière encore. Ses yeux tombèrent sur elle et il s'arrêta dans son élan. Jackie releva la tête vers lui en lui adressant un grand sourire.

« Eh bien, regardez-moi qui voilà, dit Archer.

— Surpris ? demanda-t-elle.

— Vous pouvez le voir par vous-même. »

Elle contempla sa nouvelle tenue.

« Belles fringues.

— Ouais, bien mieux que celles que j'avais avant.

— Ça, je peux en juger par *moi-même.*

— Qu'est-ce que vous faites là ?

— J'attendais que vous descendiez. Qu'est-ce que je pourrais bien faire d'autre ici ?

— Pourquoi vous m'attendiez ?

— Hank m'a appelée pour me dire que vous étiez passé le voir aujourd'hui. Et il m'a dit où vous étiez descendu.

— Pourquoi vous appellerait-il pour vous raconter ça ?

— Hank me dit beaucoup de choses. Allons manger un morceau. Je meurs de faim, dit-elle en se levant. »

Elle portait une robe cocktail bleu foncé moulante, une écharpe blanche autour du cou et un chapeau tambourin noir ajusté sur lequel était épinglé un petit morceau de dentelle à froufrous. Elle avait enfilé des chaussures noires à petits talons avec un nœud sur le devant. Ses bas en nylon hors de prix scintillaient sur ses mollets bien dessinés. Des pendants en or se balançaient à ses oreilles et elle tenait un petit sac à main dans ses mains gantées.

« Vous êtes vraiment élégant, dites-moi, ajouta-t-elle en passant la main sur son revers et en attrapant le nœud de sa chemise qu'elle resserra pour faire bonne mesure, le faisant pencher en avant jusqu'à ce qu'il soit presque à sa hauteur. Avec un peu de boulot, vous seriez presque beau gosse ! Vous me faites penser à un mélange entre Cary Grant et Clark Gable.

— Vous aussi, vous êtes agréable à l'œil, dit-il d'un ton admiratif. Vous êtes plus belle que n'importe quelle fille que j'ai pu voir au cinéma.

— Ravie qu'on se soit débarrassés de ça, maintenant passons à autre chose. Mais ne redites pas ça devant Hank. C'est un homme jaloux. Et le couteau que vous avez vu n'est pas la seule arme qu'il porte sur lui.

— Je sais, j'ai vu son petit flingue de très près aujourd'hui. À l'inverse, sa femme ne me semble pas être du genre jalouse. En fait, elle n'a même pas l'air de s'en soucier le moins du monde. »

Tandis qu'ils sortaient dans la lumière déclinante et s'avançaient dans la rue, Jackie lui avoua : « Oh, elle s'en soucie, vous pouvez me croire.

— Vous voulez bien m'expliquer ?

— Pas vraiment, non. Et je ne suis pas sûre que vous puissiez comprendre, même si je vous l'expliquais. »

Ils se glissèrent dans un box vide du Checkered Past aux sièges en vinyle rouge.

Jackie commanda un gin tonic avec une rondelle de citron vert.

Archer opta pour un ginger ale.

Elle le regarda d'un air surpris. « Vous avez perdu l'envie de boire ? Ou alors, vous attendez peut-être de leur donner le reste des ingrédients pour faire un cocktail ? Ils font un seven and seven[8] sympa ici, au cas où vous seriez intéressé.

— Non, j'essaie juste de garder mes bonnes manières.

— Et comment ne pas boire vous y aiderait ?

— Si je m'imbibe, je pourrais dire ou faire quelque chose avec vous que je pourrais regretter.

— Justement, Archer, c'est ça qui est drôle ! »

Une fois leurs commandes servies, elle sirota son verre tandis qu'Archer le vida d'un trait.

« Et donc, Marjorie ? commença Archer.

— Qu'est-ce qu'elle a ?

— Elle est au courant pour Hank et vous.

— Je sais, oui.

— Vous ne comptez donc vraiment pas m'éclairer ? »

Elle retira son chapeau tambourin et le posa sur la table près de ses couverts. « Et pour quelle raison au juste ressentez-vous le besoin d'être éclairé ?

— Je n'aime pas rester dans l'ignorance. Ça me porte sur les nerfs.

— C'est une bonne qualité, mais ça ne me persuade pas pour autant. J'ai cru comprendre que vous avez parlé à Lucas Tuttle.

— Vous voulez dire *votre père* ! Ouais, je lui ai parlé. »

Elle haussa les épaules. « Et qu'est-ce que ce vieux moulin à paroles a raconté ?

— Pourquoi me le demander ? Pittleman a dû vous le dire, puisque moi-même je lui ai dit.

---

8. Le ginger ale est une boisson gazeuse au gingembre. Le seven and seven est un cocktail à base de whisky Seagram's Seven Crown et de Seven Up, d'où son nom (« seven » pour « sept »).

— Je ne rentrerai pas à la maison, Archer, si c'est ce que vous voulez savoir.

— D'accord. Mais vous semblez vraiment manquer à votre père. »

Elle étudia son menu. « Qu'est-ce qui vous fait envie ?

— Steak et pommes de terre, café noir. Un morceau de tourte pour finir. »

Elle releva la tête. « Vous avez l'air de savoir ce que vous voulez et vous n'avez même pas regardé le menu.

— Je suis sûr de mon choix.

— Vous avez déjà mangé ici ?

— Hier soir.

— Et vous avez pris quoi ?

— La même chose.

— Vous n'aimez pas varier ?

— Prendre deux fois de suite la même chose, c'est varier, en quelque sorte.

— Vous feriez un excellent sujet d'étude de cas, Archer.

— Pour quel genre d'étude ? »

Elle sortit un paquet de Chesterfield et lui en offrit une, qu'il accepta. Elle lui alluma avec son briquet métallisé en mettant sa main gantée en coupe autour de la sienne, puis elle fit de même pour sa propre cigarette. Jackie exhala un nuage de fumée et dit :

« Eh bien, n'importe quel genre. »

Il tourna la tête et expira de la fumée par ses narines. Les autres tables étant absorbées dans la même activité, on aurait pu croire que le restaurant était en feu.

« J'ai appris que votre mère était morte dans un accident. J'en suis vraiment désolé. »

Elle fit tomber un peu de cendre dans le cendrier chromé et plaça son coude sur la table. Sa cigarette pointait vers le plafond, comme si elle levait la main pour prêter serment. Son expression désinvolte avait désormais complètement disparu. « Qui vous l'a dit ? Certainement pas mon père.

— Une dame nommée Desiree. »

Elle hocha la tête. « Desiree Lankford.

— Une femme efficace, on dirait.

— *Très* efficace. »

Elle ne fuma pas sa cigarette jusqu'au bout et préféra l'écraser dans le cendrier chromé.

« Votre père m'a dit qu'il avait l'argent pour rembourser la dette, seulement il n'en fera rien tant que vous continuerez à voir Pittleman.

— Alors j'imagine que vous n'avez pas d'autre choix que de récupérer la Cadillac, comme Hank vous l'a demandé dès le début. Il va falloir assurer, Archer. Hank ne supporte pas les incompétents.

— Et me faire tirer dessus pour tout le mal que je me suis donné ?

— J'en déduis que mon père vous a accueilli avec son Remington.

— Il fait ça, d'habitude ?

— Mon père est quelqu'un de méfiant.

— Ouais, eh bien, il le pointait sur des parties de mon corps que je trouve importantes et nécessaires.

— Pourquoi aurait-il visé les parties qui ne le sont pas ? Vous m'avez dit qu'il avait l'argent ?

— C'est ce qu'il m'a raconté. Pourquoi ?

— Je me demandais, c'est tout. Qu'avez-vous l'intention de faire ?

— En quoi ça vous intéresse ?

— Bon. Laissez-moi vous dire une chose. Hank n'est pas content que vous ayez déjà dépensé son argent sans que lui ait récupéré sa garantie. » Elle considéra à nouveau sa nouvelle tenue.

« C'est pour ça que vous êtes venue me chercher ? Vous êtes quoi, son espionne ? Je ne vous en veux pas, cela dit. Une femme doit faire ce qui est nécessaire pour sa survie.

— J'ai mieux à faire, Archer, que de perdre mon temps à espionner des gens. Je suis venue vous "chercher" parce que vous venez d'arriver en ville et je me suis dit que vous aimeriez avoir un peu de compagnie.

— D'accord, désolé pour ça. Quant à ce que je compte faire, je trouverai. Je trouve toujours.

— J'aime les hommes qui ont confiance en eux. J'espère juste que la vôtre n'est pas démesurée, parce que ça risque de mal tourner pour vous.

— Je sais qu'un Remington m'attend, maintenant.

— Je ne parle pas de ça. Je peux vous dire que Hank était vraiment en colère quand les autres hommes qu'il a envoyés là-bas sont revenus les mains vides. Et il a passé sa colère sur eux, vous pouvez me croire.

— Vous pensez que je ne suis pas capable de me défendre face à Pittleman ?

— Ce n'est pas de Hank que vous devez vous inquiéter. Il a beaucoup d'hommes qui travaillent pour lui. Et certains d'entre eux sont encore plus grands et plus costauds que vous. » Elle ajouta d'une voix douce : « Et j'imagine que *la plupart* d'entre eux ne sont pas aussi gentils que vous, et de loin.

— Merci pour l'avertissement.

— N'allez pas dire que je ne vous ai pas aidé. Eh, vous venez d'où, au fait ? Vous avez dit à sept heures d'ici à l'est ?

— Je voyage beaucoup. Depuis un bail.

— Vous avez aussi dit que vous avez passé deux ans à la fac ?

— Exact.

— Où ?

— Loin d'ici.

— Pourquoi n'êtes-vous pas allé jusqu'au bout pour décrocher votre diplôme ?

— Une petite chose qu'on appelle une guerre mondiale est arrivée sans crier gare et a interrompu mes études.

— C'est vrai, vous avez aussi mentionné être allé au front.

— Comme tous les hommes de mon âge, sauf ceux qui avaient un problème de vue, aux pieds ou au cœur.

— J'ai entendu dire que les fils d'hommes riches ou influents n'avaient pas eu besoin d'endosser l'uniforme.

— Eh bien, mon paternel n'était ni riche ni influent, et puis de toute façon, je me suis porté volontaire.

— Pourquoi ?

— Pour apporter ma contribution à l'effort de guerre, pour quelle autre raison ?

— Avez-vous fait preuve de courage ?

— J'ai été plutôt chanceux que courageux, si vous me demandez.

— Pourquoi est-ce que je n'y crois pas ?

— Croyez ce que vous voulez. »

La serveuse arriva à leur table et ils passèrent commande.

« Steak et pommes de terre pour vous aussi ? » dit-il après que Jackie eut fini de commander son dîner et que la serveuse était repartie.

Elle gratifia un Archer surpris d'un sourire faussement effarouché. « Comme tout le monde, j'aime varier les plaisirs.

— Vous êtes partie de chez vous juste après le décès de votre mère ?

— Pourquoi est-ce que ça vous intéresse ? demanda-t-elle en fronçant les sourcils.

— Je suis quelqu'un de curieux, je l'ai toujours été.

— Eh bien, ce sont mes affaires, pas les vôtres. Alors dites à votre curiosité d'aller voir ailleurs. »

Archer parcourut la salle du regard, et ses yeux se focalisèrent soudain sur Ernestine Crabtree, qui dînait à l'autre bout du restaurant. Un livre était posé à côté d'elle et elle écrivait avec un crayon sur un bloc de papier posé devant son assiette.

« Qu'y a-t-il ? demanda Jackie en regardant dans la même direction que lui. Vous la connaissez ?

— Je jette juste un œil. J'observe ce qui se passe.

— Vous avez l'œil pour repérer les jolies femmes, Archer ? N'ayez pas peur de l'avouer.

— Écoutez, je ne suis pas mieux ni pire que n'importe quel autre homme sur ce point-là. Et *vous*, vous la connaissez ? »

Jackie se détendit sur son siège et fit courir un doigt le long de son verre de gin. « Pas vraiment. Je la vois de temps en temps en ville. Elle m'a l'air un peu…

— Coincée ? Ouais, c'est ce que je me disais, moi aussi.

— C'est un peu triste qu'elle soit toute seule dans son coin, avec juste un livre pour lui tenir compagnie.

— Les livres peuvent vous faire beaucoup de bien.

— Vous ne me semblez pas du genre à aimer les livres, Archer, malgré vos deux années à l'université, lâcha-t-elle, sceptique.

— Sur ce point, vous avez tort. J'ai lu beaucoup de livres, ces derniers temps. Ce sont de bons amis pour faire passer le temps.

— Vous aviez du temps à faire passer ?

— N'est-ce pas le cas de tout le monde ?

— Qu'avez-vous étudié à l'université ?

— Les étudiantes, principalement.

— Vous arrivez à être drôle, et d'un coup vous ne l'êtes plus… »

Archer reprit son observation de la salle et se tendit lorsqu'il vit trois hommes assis à une table dans un autre coin du restaurant. Deux d'entre eux étaient des hommes endurcis, rustres, avec des chapeaux sales et des visages mal rasés. Le troisième était Dickie Dill, occupé à manger un steak bien saignant qu'il coupait en morceaux non pas avec les couverts du restaurant mais avec un cran d'arrêt. Une vision plutôt dérangeante en soi, mais en plus de ça les trois hommes n'arrêtaient pas de jeter des coups d'œil furtifs en direction de Crabtree, puis ils parlaient entre eux et se marraient. Tout cela portait sur les nerfs d'Archer.

Quand l'un des hommes se leva et se dirigea vers la table de Crabtree, Archer dit à Jackie : « Excusez-moi une minute. »

Il atteignit la table une demi-seconde avant l'autre type. Crabtree leva la tête et regarda d'abord l'inconnu puis Archer.

« Monsieur Archer, qu'est-ce que vous faites là ? demanda-t-elle.

— J'ai vu que vous étiez assise là, alors je suis venu vous saluer. » Archer se tourna vers l'autre homme. « Eh, l'ami, vous connaissez Mlle Crabtree, vous aussi ?

— Pas aussi bien que je le voudrais, aboya-t-il. À trois, on est un de trop, alors décarre, mon pote. » Il était un peu plus grand qu'Archer, avec une large poitrine et des bras épais.

« J'aurais bien envie de décarrer, répondit Archer, mais moi aussi j'ai des choses à voir avec mademoiselle.

— Quel genre de choses ?

— Du genre personnel.

— Comme si j'en avais quelque chose à foutre. » L'homme tendit la main pour attraper l'épaule d'Archer, mais celui-ci, plus rapide, le bloqua dans son élan et lui saisit la main d'une poigne ferme. Tellement ferme, en fait, que l'intrus grimaça de douleur et plissa les yeux. De son autre main, Archer maintenait son autre bras plaqué le long de son corps.

« Monsieur Archer, demanda Crabtree, qu'est-ce que vous faites ?

— J'ai juste une petite discussion amicale avec ce sympathique monsieur.

— On dirait que vous lui faites mal.

— Nan, pensez-vous. Je ne vous fais pas mal, mon vieux, si ?

— Tu ferais mieux de me lâcher avant que je m'énerve », dit-il, les yeux désormais larmoyants sous la pression appliquée par Archer.

Ce dernier observa Dill. Il vit que le petit homme le fixait avec intensité, la pointe de sa lame vers le haut.

« Je ne vous veux aucun mal, l'ami. Mais je dois en quelque sorte insister pour que vous retourniez à votre table, et je ferai de même. Vous voyez bien que Mlle Crabtree est occupée, donc la meilleure chose à faire serait de vous montrer respectueux et de passer votre chemin. »

Archer imprima une nouvelle pression bien ferme sur la main de l'autre homme tout en lui adressant un regard qui ne souffrait aucune contradiction.

L'homme avisa le papier et le crayon tandis qu'Archer augmentait la pression sur ses doigts.

« J'reviendrai à un autre moment, alors », dit-il d'une voix rauque.

Archer relâcha doucement la pression, l'en libéra puis s'écarta de lui. « Eh bien, il vaudrait mieux que vous vous trouviez quelqu'un d'autre avec qui discuter. Dickie, que je vois là-bas, fera parfaitement l'affaire. Je sais que vous dînez déjà avec lui et l'autre. »

Crabtree tendit le cou pour regarder dans cette direction avant de fixer ses yeux écarquillés sur Archer.

Avant que l'autre homme ne s'en aille, Archer l'attira à lui pour glisser à son oreille : « Moi aussi, je sors juste de Carderock, mon vieux. Il y a un truc que j'ai appris à propos de Mlle Crabtree, c'est que la police garde tout le temps un œil sur elle, au cas où des types comme toi et moi tenteraient quelque chose comme ça. Dickie m'a donné le même conseil à propos du Cat's Meow. J'essaie juste de t'aider, l'ami. Fais gaffe à toi. »

Les yeux exorbités, l'homme dévisagea Archer, jeta un coup d'œil à la cantonade avec l'air de chercher quelqu'un dans le restaurant, puis il tourna les talons et se pressa de retourner à sa table. Il s'y assit et s'engagea immédiatement dans une sérieuse discussion avec les deux autres, tout en lançant des regards furtifs vers Archer.

Archer baissa la tête vers Crabtree. « Désolé pour ça, m'dame. Je ne voulais pas interrompre votre repas.

— Non, hum, tout va bien. Je, eh bien, merci, monsieur Archer. » Elle marqua une pause. « Que lui avez-vous dit ?

— Rien d'important. L'un de vos libérés sur parole, je présume ?

— Comment le savez-vous ?

— Il ne boit pas d'alcool.

— Ah, oui. Bien sûr. Dan Bullock. Libéré il y a trois semaines.

— D'accord. Eh bien, je lui souhaitais juste bonne chance dans sa nouvelle vie. »

Avant qu'elle pût lui répondre, il baissa les yeux sur la feuille et vit que celle-ci était recouverte d'une écriture manuscrite, avec un titre écrit en haut de la page.

« Vous écrivez ? Vous travaillez sur une histoire ? »

Elle recouvrit la feuille de sa main. « Je... griffonne, rien de plus.

— D'accord, très bien. On se revoit à notre prochain entretien.

— Oui. »

Il rejoignit Jackie en marchant tranquillement.

« C'était quoi, ça ? s'exclama-t-elle tandis qu'il s'asseyait.

— J'ai évité des ennuis à quelqu'un, c'est tout.

— On aurait dit que vous la connaissiez ?

— Je ne vous l'avais pas dit ? Je l'ai rencontrée en me baladant en ville. Très gentille. »

Elle observa la table occupée par les trois hommes.

« Je pense que vous vous êtes peut-être fait des ennemis, Archer.

— Ce ne serait pas la première fois. Mais je pense que ça va aller.

— Une femme comme elle représente une cible, malheureusement.

— Pourquoi ça ?

— Elle n'est pas avec un homme », répondit-elle d'un ton détaché.

Il écrasa sa Chesterfield quand leurs plats furent servis. Ils parlèrent peu et mangèrent leur repas en silence. Archer avait des questions à lui poser mais il hésitait, ce qui était inhabituel chez lui, surtout avec une femme. Mais il n'avait jamais vraiment rencontré de femme comme elle. Il restait sur l'impression troublante qu'elle était plus que capable de prendre le meilleur sur lui. Poca City semblait avoir son lot de femmes indépendantes destinées à lui foutre une trouille bleue.

Jackie insista pour payer l'addition et Archer ne protesta pas trop, car sinon il aurait dû piocher dans les dernières miettes de ce qui lui restait de liquide. Il s'en voulut, car pour lui une femme ne devrait pas payer le repas d'un homme. Cela ne se faisait pas.

« Si vous avez besoin de quelqu'un pour vous dépanner, faites-le-moi savoir. Je pourrais rembourser mon repas. »

Elle le contempla d'un œil examinateur. « Oh, je n'y manquerai pas. Il se peut que vous me soyez très utile pour combler mes *besoins*. »

Elle lui adressa ensuite un regard tel qu'Archer se sentit rougir, l'une des rares fois de sa vie où ça lui était arrivé.

En sortant, Archer crut voir Ernestine Crabtree en train de l'observer, mais cela pouvait tout aussi bien être le fruit de son imagination. Dickie et ses amis étaient partis depuis longtemps. Archer scrutait la rue à leur recherche, mais il ne vit pas la moindre trace de ce trio infernal.

Il faisait chaud et l'air était toujours aussi sec tandis qu'ils marchaient côte à côte.

« Est-ce que de l'humidité arrive à se glisser dans les cieux par ici de temps en temps ? demanda-t-il.

— Quelquefois, oui, mais vous ne vous en rendriez même pas compte. Nous sommes assez loin de l'océan.

— Oui, j'imagine.

— Cela a tendance à assécher la peau. Je suis obligée de m'enduire de crème hydratante quand je sors du bain. »

OK, se dit Archer, encaissant ce coup bas intentionnel pour le prendre par surprise et le déstabiliser. Le but fut atteint, car il manqua de peu de se prendre un lampadaire.

Jackie le prit par le bras en lui disant :

« Vous voulez aller au Cat's Meow ? On pourrait danser et étancher notre soif, pour de vrai cette fois-ci. Pas de beuverie, juste quelques cocktails.

— Je croyais que vous étiez la petite amie de Pittleman ?

— On se voit de temps en temps. Mais je ne suis pas sa "petite amie". Il subvient à mes besoins.

— Compris.

— Alors, ça vous dit d'aller danser et boire ?

— Je vais passer mon tour et remettre ça à une autre fois. »

Elle n'eut pas l'air ravie d'avoir essuyé un refus. « Je ne vous le redemanderai peut-être pas une autre fois.

— Je comprends. Dites-moi, vous auriez une idée de l'endroit où votre père aurait mis sa Caddy ? »

Elle fit un pas de recul. « J'ai l'air d'une bonne poire ? D'abord, vous me snobez, et maintenant vous me demandez de vous faciliter la tâche, vraiment, Archer ? Pourquoi le ferais-je ? Donnez-moi une bonne raison !

— Je n'arrive pas à en trouver une seule, Jackie. »

L'honnêteté de sa réponse sembla adoucir le ton dur qu'elle avait adopté.

« Eh bien, avant, il la garait dans la grange.

— Avant ?

— Vous la laisseriez au même endroit, vous, si des gens avaient essayé plusieurs fois de vous la voler ?

— Vous avez raison. Il l'aurait mise où, alors ? »

Elle posa un poing sur sa hanche et le fixa. « Il y a un bâtiment à cinq cents mètres de la grange. Mon père y stocke du vieux matériel agricole. Si j'étais vous, j'irais jeter un œil là-bas.

— Vous savez où il pourrait garder les clés de la voiture ?

— Non.

— Pas de problème. Je sais comment démarrer une voiture sans clé.

— Vraiment ? Et où avez-vous appris à faire ça ? Ça m'intrigue.

— Les Allemands n'étaient pas toujours enclins à laisser les clés derrière eux quand ils abandonnaient leurs véhicules, alors l'armée m'a montré comment faire.

— Cette bonne vieille armée, dit-elle, qui vous fournit toutes sortes de compétences dont vous pourrez vous resservir pendant toute votre vie de malfrat.

— Merci, Jackie, pour l'information.

— Ne me remerciez pas, Archer, vous courez droit à vos funérailles. »

Il pensa qu'elle allait simplement lui tourner le dos et s'en aller, mais elle n'en fit rien. Elle se dressa sur la pointe de ses talons aiguilles, le serra contre elle et pressa ses lèvres rouge rubis contre sa joue, laissant sa marque sur lui. Elle sentait le gin et le citron vert, mais aussi la lavande, et peut-être cette crème hydratante qu'elle s'appliquait en sortant nue de son bain. Elle détacha lentement son corps du sien, ses mains descendant le long de ses épaules, de ses flancs pour finalement entourer sa taille.

« À la prochaine, Archer.

— Ouais... »

Elle pivota sur elle-même et le laissa planté là, au beau milieu de la rue.

En cet instant, il n'aurait pas pu toucher un soldat allemand avec un bazooka s'il s'était tenu juste devant lui. Il retira son nouveau chapeau et le frappa fort contre sa cuisse. Le coup qu'il venait de se donner provoqua une douleur cinglante. Il ne se l'était pas asséné pour se débarrasser de la poussière omniprésente, mais pour se faire encore plus souffrir après avoir laissé filer une ravissante jeune femme qui voulait boire, danser, et peut-être même faire d'autres choses avec lui, et qui le considérait certainement comme un pauvre abruti qui venait de l'est.

Il retourna à l'hôtel et ne se réveilla qu'à 13 heures le lendemain, après avoir rêvé de baignoires, de crème hydratante et d'une pléiade d'étudiantes qui s'en appliquaient et ressemblaient à Jackie Tuttle. Il alla dîner dans un endroit moins cher que le Checkered Past. Il s'arrêta ensuite dans une quincaillerie où il acheta un canif et une lampe de poche avec des piles pour un total d'un dollar cinquante à un homme dans un maillot de corps taché et au tablier rentré dans le pantalon, avec une cuisse de poulet qu'il était en train de ronger dans une main et une bouteille de bière Pabst Blue Ribbon calée dans son autre pogne. Ces achats s'avéreraient utiles pour plus tard.

Dans la soirée, il leva les yeux vers un ciel toujours sans nuages tout en se demandant si la météo s'était figée au-dessus de Poca City pour ne plus jamais changer. Il tourna ensuite la tête vers la route où le car l'avait déposé. Il avait l'impression qu'une année s'était écoulée depuis, mais pas du point de vue de ses accomplissements, étant donné qu'il n'avait avancé sur aucun front. Il se mit en route avec pour objectif de récupérer une Cadillac berline de 1947, sans perdre la vie à cause d'un Remington.

Il avait eu la présence d'esprit de se changer et de passer les vieux vêtements qu'il portait en sortant de prison. Il s'était dit que s'il se faisait effectivement abattre, ils pourraient l'enterrer dans ses nouvelles sapes au lieu de son vieux costume taché de sang, et ça, Hank Pittleman ne pourrait rien y faire.

Archer ajusta l'angle de son chapeau et se mit en route pour voler une Caddy.

CHAPITRE 10

IL RÉUSSIT À SE FAIRE PRENDRE en stop par un poids lourd Peterbilt lancé sur un grand trajet. Tout en chiquant son tabac, le chauffeur lui indiqua qu'il transportait sa marchandise jusqu'au Nevada, et qu'il n'était pas contre un peu de compagnie.

Pendant une bonne heure, Archer et lui discutèrent dans la cabine de la guerre – le chauffeur avait servi dans la Navy – et des New York Yankees qui allaient probablement remporter de nouveau les World Series de baseball.

« Bon sang, je les vois même en gagner plusieurs de suite, avec les gars qu'ils ont, dit le chauffeur.

— Et ce joueur des Dodgers, alors ? dit Archer. Jackie Robinson ? »

Son compagnon hocha la tête. « Je reconnais que ce p'tit gars de couleur peut en frapper de belles, en plus de courir comme le vent. »

Il cracha sa chique dans une boîte en fer-blanc de café Maxwell House qui faisait la route à côté de lui sur le siège. « L'a gagné le titre de Meilleur Débutant de l'année en 47.

— J'ai entendu qu'il pourrait être élu Meilleur Joueur de la National League cette année, dit Archer.

— Peut-être bien, mon vieux, peut-être bien. »

Ils avaient ensuite parlé politique, spéculant que Dwight D. Eisenhower se présenterait à la présidence quand Truman ne serait plus là.

« J'aime bien ce vieux Ike, avoua le chauffeur.

— Ça ferait un bon slogan pour sa campagne », opina Archer.

Il demanda au chauffeur de le déposer à plus d'un kilomètre de la maison de Tuttle. Il ne voulait que personne ne fût en mesure de témoigner à propos de ce qu'il était sur le point d'entreprendre.

Archer fit le reste du chemin à pied. Le temps d'atteindre la boîte aux lettres, une obscurité d'un noir soyeux était tombée et il commençait à faire frisquet. Il tourna à l'embranchement, s'accroupit et étudia la maison, la grange et l'étendue de champs labourés qui s'étendait au-delà. Faisant appel à ses instincts d'éclaireur dans l'armée, Archer observa longuement ce qui s'étalait devant lui puis il établit un plan d'approche. La Caddy n'était pas dans la maison, c'était une évidence. Selon toute logique, il aurait ensuite dû jeter son dévolu sur la grange, sauf que Jackie l'en avait dissuadé. Mais bon. Il devait quand même s'en assurer.

Il avança sans un bruit jusqu'à la grange, découvrit que la porte était ouverte, ce qui ne le rassura pas, et décida de s'y introduire par un autre moyen. Une fenêtre latérale ne résista pas longtemps à son canif. Il réussit à se glisser à l'intérieur et éclaira les alentours à l'aide de sa lampe de poche. Il lui apparut rapidement que la voiture n'était pas là. Mais il y avait un autre véhicule. Il pointa sa lampe torche dessus. Une quatre portes bordeaux au capot allongé, avec une capote en tissu beige et des pneus à flancs blancs. Il ouvrit la portière et chercha le permis et le certificat d'immatriculation attachés sur la colonne de direction sous le volant. Elle était au nom de Tuttle, une Cadillac LaSalle de 1938. Une belle bagnole, mais ce n'était pas la Cadillac qu'il recherchait.

Après une traversée difficile des champs au-delà de la grange, il tomba sur l'autre dépendance à l'endroit précis que Jackie lui avait indiqué. Mais il n'y avait rien à l'intérieur, hormis de vieilles machines agricoles, notamment un engin étrange avec des becs en forme de cônes à l'avant. Il l'éclaira de sa lampe et lut les mots ALLIS-CHALMERS CORN-PICKER. Un tracteur pour récolter le maïs. Cette exploitation était décidément bien plus complexe que ce qu'il avait imaginé. Frustré, il sortit de la remise et s'accroupit, se demandant ce qu'il allait faire ensuite.

Ses narines remuèrent à cause d'une odeur inhabituelle qui venait perturber l'atmosphère. Il inspira longuement puis toussa brièvement. Il se releva, décidé à suivre cette odeur qui empruntait un chemin de terre qui se faufilait entre des pins à torche à l'écorce crevassée. Plus il s'enfonçait entre les arbres, plus l'odeur s'imposait.

Il finit par arriver dans une grande clairière au sol terreux. Et au beau milieu de ce terrain sombre aplani, se trouvait la source de cette odeur.

On avait mis le feu au véhicule. Le châssis restait encore visible, mais des pneus et de l'intérieur, il ne restait pas grand-chose.

Archer s'approcha et en fit le tour. Impossible de déterminer la couleur d'origine, la peinture ayant elle aussi disparu dans les flammes. Le permis et le certificat d'immatriculation sur la colonne de direction avaient été consumés depuis longtemps. Il se précipita vers l'arrière et s'agenouilla. Il dut se servir de son couteau pour gratter les particules brûlées et lire le numéro sur la plaque.

C'était la Cadillac de 1947, aucun doute là-dessus.

Il se redressa tandis qu'une vérité indéniable venait de lui sauter au visage : la garantie du prêt de Pittleman n'existait plus.

Il était venu pour rien.

Un sacré coup dans les tripes, presque aussi douloureux que ce qu'aurait pu provoquer le fusil à canon. Il regagna la route principale et inspecta les alentours. Aucun phare n'était visible des deux côtés de la route. Il se mit donc en marche et arriva au Derby après minuit.

Troublé, Archer avala les escaliers deux marches à la fois. Il déverrouilla la porte de sa chambre, jeta son vieux chapeau dans un coin, ouvrit la fenêtre auprès de laquelle il tira sa chaise, s'alluma une Lucky Strike et s'assit pour contempler la vue tout en fumant. S'il ne pouvait pas mettre la main sur la Cadillac, et vu que Tuttle ne comptait pas rembourser le prêt sans récupérer sa fille, Archer n'avait alors plus aucune idée pour gagner sa commission. De plus, il n'était pas entièrement certain que cette dernière calamité en date ne lui coûterait pas la vie, soit par la bouche du canon court du flingue de Pittleman soit par les deux canons du Remington de Tuttle.

Il crama deux autres cigarettes, descendit plus d'une gorgée de son gin Blue Bird et finit par s'endormir dans ses vieux vêtements. Il se réveilla le lendemain matin sans plan quant à la suite. Avec des fonds qui diminuaient à vue d'œil et des perspectives qui s'assombrissaient, il opta pour un café, un toast et un œuf au plat dans le petit café attenant à l'hôtel.

Il se balada sans but précis dans Poca City qui se réveillait. La Caddy calcinée occupait toutes ses pensées. Il partait du principe que Tuttle avait fait ça pour contrarier Pittleman. Archer pensait que la berline avait été brûlée depuis quelques jours déjà. Froide au toucher, seule l'odeur de brûlé imprégnait encore l'atmosphère. Une odeur qui pouvait stagner pendant très longtemps, Archer l'avait appris sur le front. Il était certain qu'on l'avait détruite avant même qu'il ne se fût mis en route pour rencontrer Tuttle. Le vieux avait bien dû se marrer à ses dépens, sachant que la garantie du prêt n'existait plus.

Que ce fût un geste conscient ou non, ses pas l'amenèrent au palais de justice de Poca City. Il monta à l'étage et frappa à la porte qui l'intéressait.

« Entrez », lui répondit une voix austère.

Il ouvrit la porte en grand et tomba sur Ernestine Crabtree, assise à son bureau, en train de faire claquer les touches de sa machine à écrire Royal. Elle avait un crayon fiché en travers de son chignon. Quand elle le vit, elle s'arrêta de taper.

« Qu'est-ce que vous faites là ? lui demanda-t-elle. Ce n'est pas le jour de votre entretien. »

Son style vestimentaire n'avait pas évolué depuis leur première rencontre. Robe guindée. Lunettes identiques aux montures en écaille de tortue. Gros souliers à petits talons qu'il distinguait sous le bureau. Bas épais, mais chevilles et mollets très jolis.

Il nota la présence d'une cigarette en train de se consumer dans le cendrier.

Il entra, tira la chaise pour s'installer face à elle et s'assit.

« J'aurais bien besoin d'un conseil, mademoiselle Crabtree.

— À propos de quoi ? »

Il baissa les yeux vers la cigarette allumée.

Elle le vit faire. « Non, je ne peux pas, lui dit-elle. Je suis désolée.

— Pas de problème, j'ai les miennes. »

Il sortit son paquet de Lucky, le tapota contre le bureau et le secoua pour en faire sortir une cigarette qu'il alluma. Elle reprit la sienne dans le cendrier et en tira elle aussi une bouffée.

« Quel genre de conseil ? demanda-t-elle, curieuse.

— Vous vous souvenez que je me suis fait engager pour récupérer le paiement d'une dette ?

— Vous m'en avez parlé, oui.

— Eh bien, j'y suis allé deux fois déjà.

— Qui doit de l'argent ?

— Lucas Tuttle.

— Attendez, l'autre soir, vous n'étiez pas avec…

— Si. Jackie Tuttle. Vous la connaissez ? »

Elle secoua la tête. « Pas vraiment. Vous avez pu récupérer l'argent ?

— À vrai dire, non. Lucas Tuttle dit qu'il a l'argent pour rembourser Hank Pittleman.

— Hank Pittleman ?

— Et lui, vous le connaissez ? »

Elle fit non de la tête une seconde fois. « Mais je sais qu'il est très riche et qu'il possède beaucoup de bâtiments et de terrains, que ce soit en ville ou aux alentours.

— En tout cas, Tuttle ne remboursera pas sa dette à moins que Jackie ne rentre à la maison.

— Et elle n'a aucune envie de le faire ?

— Non.

— Comment allez-vous récupérer l'argent dans ce cas ?

— Eh bien, M. Tuttle a mis sa Cadillac de 1947 en garantie pour le prêt. Tout ceci est légal. Pittleman m'a montré les documents. Et M. Tuttle m'a confirmé qu'il devait cet argent.

— Donc vous pourriez saisir cette voiture en guise de remboursement du prêt ?

— Je pourrais, sauf que j'ai découvert hier soir qu'il lui a mis le feu. »

Elle s'avança sur sa chaise et posa sa cigarette. « Il a brûlé sa propre voiture ? Vraiment ?

— On dirait bien, oui.

— Et vous, dans tout ça ?

— Moi, je suis dans un sacré pétrin. Vous vous rappelez que M. Pittleman m'a fait une avance de quarante dollars ? Si je n'arrive pas à lui ramener le paiement du prêt ou la voiture, j'y suis pour ainsi dire jusqu'au cou.

— Si je comprends bien, vous me dites que Pittleman voudra récupérer ses quarante dollars ?

— Exact.

— Mais vous avez encore cet argent, rassurez-moi ?

— J'en ai dépensé une partie.

— Combien ?

— En fait, quasiment tout. »

Elle le dévisagea d'un air incrédule. « Vous avez dépensé près de quarante dollars depuis la dernière fois où on s'est vus ?

— Eh bien, j'ai acheté de nouveaux vêtements pour remplacer ceux-là. Je les avais déjà quand je suis entré en prison il y a plusieurs années de ça. Et il faut bien que je mange, sans compter le reste. J'ai gagné un dollar en faisant de la manutention, mais je n'ai pas envie de me servir de mon dos pour gagner ma croûte. »

Elle secoua la tête. La colère se lisait sur son visage. « Vous voyez, c'est pour cette raison que je vous avais préparé des entretiens d'embauche. Si vous m'aviez écouté, vous ne seriez pas face à ce genre de dilemme.

— Ouais, je m'en rends compte aujourd'hui. Mais je ne peux pas faire machine arrière.

— Mais il n'est pas trop tard, vous savez. Vous pouvez gagner de l'argent de bien d'autres manières. Je peux vous y aider.

— Oui, m'dame. Et c'est certainement ce que je vais finir par faire. Je vous remercie de votre aide. »

Il finit sa Lucky puis l'écrasa dans le cendrier en verre moucheté. « Vous lisiez quoi comme livre, l'autre soir, au restaurant ?

— C'était un roman de Virginia Woolf. Vous avez déjà entendu parler d'elle ? »

Archer fit non de la tête.

« Elle était Anglaise. Elle est morte en 1941. J'ai beaucoup d'admiration pour son œuvre. Et pour elle, en tant que personne.

— Je pourrais peut-être essayer un de ses livres, dans ce cas.

— Je peux vous en prêter un, à l'occasion. Si vous m'assurez que vous comptez vraiment le lire.

— Je vous garantis que oui. En général, je préfère les histoires de détectives privés. Mais je lis de tout. Et donc, vous essayez aussi d'écrire, vous-même ?

— Encore une fois, je ne fais que… griffonner des idées. »

Elle marqua une pause et sembla le considérer sous un jour nouveau. Plus favorable. « Dan Bullock ? Vous aviez peur qu'il tente quelque chose contre moi, n'est-ce pas ?

— C'était le cas, non ?

— Ce n'est pas la première fois qu'un détenu en conditionnelle... m'aborde.

— Le contraire m'aurait étonné. Mais ça ne veut pas dire pour autant que c'est une attitude correcte. Bon, en fait, il y autre chose.

— Quoi ? »

Pour toute réponse, il sortit la feuille trouvée sur le sol de son bureau et lui expliqua les circonstances de sa découverte avant de lui tendre. « En temps normal, je ne donnerais jamais de telles saletés à une dame, mais il est peut-être préférable que vous soyez au courant. »

Elle n'y jeta qu'un œil rapide avant de la balancer dans la corbeille à côté de son bureau.

« Vous avez raison, ce ne sont que des saletés.

— Vous en recevez souvent du même genre ? » demanda-t-il d'une voix douce.

Elle releva la tête. « Malheureusement, ça fait partie des risques de mon métier. Je vous en prie, n'y accordez pas plus d'importance. »

Sentant que le sujet était clos pour elle, il hocha la tête.

« Alors, vous avez des conseils à me donner ?

— Monsieur Archer, ce n'est pas mon travail de vous sortir des ennuis dans lesquels vous vous êtes fourré. »

Cette remarque le fit sourire.

« Je suis sérieuse.

— Je sais. C'est juste que je me suis fourré dans le pétrin quasiment toute ma vie. » Il se releva et remit son chapeau. « Je me sortirai de celui-ci, comme des autres. » Il pinça le bord de son chapeau. « Je vous souhaite la bonne journée. »

Elle se leva à moitié de sa chaise et ouvrit la bouche pour dire quelque chose, mais Archer était déjà parti. Crabtree se précipita à la porte de son bureau, l'ouvrit, et le regarda marcher d'un pas décidé jusqu'au bout du couloir, puis il disparut de son champ de vision. Elle referma doucement la porte et retourna à sa machine à écrire. Mais aucun claquement ne sortit de la Royal, car elle ne toucha jamais ses touches.

CHAPITRE

11

CE SOIR-LÀ, APRÈS AVOIR PASSÉ son nouveau costume, Archer sortit et alla se poster en face du Cat's Meow, de l'autre côté de la rue. Il était près de 20 heures, il supposait que Pittleman et Jackie devaient déjà s'y trouver. Après avoir dîné avec la jeune femme, il ressentait une pointe de jalousie à l'idée qu'elle soit en compagnie d'un autre homme, plus particulièrement un homme comme Hank Pittleman.

Dans l'attente, Archer réfléchit à ce qu'il allait dire à Pittleman à sa sortie du bar. Il voulait que celui-ci ait descendu quelques verres avant de lui parler. Il ne pensait pas qu'il lui laisserait une seconde chance. Mais le fait est que la garantie n'existait plus, alors peut-être que Pittleman aurait une autre idée. Au moins, il ne pourrait pas mettre sur le dos d'Archer le fait que Tuttle avait mis le feu à sa propre Caddy.

Comme tout éclaireur qui se respecte, Archer s'attendait à l'inattendu, mais il n'avait absolument pas anticipé ce qui lui arriva par la suite.

« Monsieur Archer ? » l'interpella une voix surprise.

Il se tourna et tomba nez à nez avec Ernestine Crabtree qui se tenait sur le trottoir à moins de deux mètres de lui, en train de le dévisager. Comme lui, sa tenue était différente de celle avec laquelle elle avait commencé sa journée.

La robe qui tombait bien en dessous des genoux avait été remplacée par un modèle plus à la mode d'un bleu pétrole surprenant, associé à une veste noire au col relevé sur la nuque. Elle avait, de chaque côté des genoux, deux petits creux clairement visibles sous l'ourlet nettement plus haut que sur l'autre robe. Et les épais bas nylon avaient été remisés au profit de cousins extrafins en soie. Elle s'était débarrassée de ses souliers à petits talons et avait bien gagné cinq centimètres grâce à ses chaussures à lanières et talons hauts. Le chignon avait disparu, et elle portait désormais un bibi avec un nœud et un petit voile noir. Ses boucles blondes effleuraient ses épaules en tombant comme des rideaux sur la scène d'un théâtre. Libéré de la tension exercée par ses cheveux tirés en chignon et du masque de ses lunettes en écaille, son visage était détendu et affichait une beauté saisissante, avec ses grands yeux à la profondeur incroyable. Et le maquillage appliqué sur son visage, ses lèvres et ses ongles lui apportait une vitalité lui permettant de rivaliser en tous points avec Jackie.

Archer ne put s'empêcher de la contempler, bouche bée, pendant plusieurs secondes. « Mademoiselle Crabtree, mais, que faites-vous donc... ? Enfin, je veux dire, vous avez l'air... différente. »

Elle considéra sa tenue et le regard de satisfaction qui se lisait sur son visage trahit ce qu'elle ressentait.

« J'ai... rendez-vous avec quelqu'un.

— Où ça donc, je me demande ? » dit Archer en faisant mine de reluquer le Cat's Meow, en réalité le seul établissement accessible en empruntant cette rue dans ce sens, et le seul dont l'enseigne était encore allumée et le rideau relevé.

« Où, ça ne vous regarde pas. Et *vous*, qu'est-ce que vous faites là ?

— Je me promène. Un peu d'exercice et un petit bol d'air frais pour finir la journée.

— Vous ne seriez pas en train de vous imaginer entrer dans ce bar, si ?

— De quel bar parlez-vous ?

— Le Cat's Meow, juste là.

— Oh, c'est donc un bar ?

— Bien sûr, que c'est un... » Elle blêmit légèrement et fixa ses escarpins à bouts ouverts.

« J'imagine que vous êtes déjà allée voir par vous-même ce qu'il en était. Personnellement, je n'en savais rien. »

Elle serra son sac à main noir à rabat en forme d'enveloppe et continua de scruter les bouts de ses talons aiguilles avec une peine non feinte. « Aucune loi ne m'interdit d'aller boire un verre de temps à autre.

— Aucune loi ne vous l'interdit, m'dame. Je me joindrais bien à vous si je le pouvais, mais cela violerait la règle numéro 14, et certainement la 15 et la 16 aussi, selon comment ça tourne. Il y a sûrement d'autres points sur lesquels je serais en infraction, mais ceux-là suffiront amplement. »

Elle étudia ses nouveaux vêtements. « Votre nouveau costume vous va... très bien.

— Et cette robe est très jolie. Vous avez eu raison de détacher vos cheveux de cette façon. Ils encadrent joliment votre visage. »

Elle se toucha les cheveux et essaya, sans succès, de réprimer le sourire qui apparut sur son visage.

« Merci, répondit-elle d'une voix où pointait une timidité qu'il avait du mal à associer avec l'inflexible agent de probation. Vous travaillez à résoudre le problème qui vous a mis dans le pétrin ?

— Tout à fait. C'est la raison pour laquelle je me trouve là, en fait. »

Elle jeta un œil en direction du bar. « Vous pensez qu'il pourrait venir là ? M. Pittleman ?

— Eh bien, il m'a dit qu'il y était tous les jours sauf le samedi et le jour du Seigneur, quand il est avec son épouse. Et je sais qu'il dit vrai, vu que je suis allé le voir chez lui samedi.

— Pourquoi êtes-vous allé là-bas ?

— Il me paye, donc je trouvais ça normal de lui expliquer directement la situation.

— Mais d'après ce que vous m'avez dit ce matin, il ne s'est pas montré très compréhensif.

— Non, mais il a été très clair sur ce que je devais faire si je voulais être payé. Maintenant que la garantie est partie en fumée, nous devons changer d'approche. J'ai réfléchi à plusieurs options à lui présenter. Et je voulais aussi voir s'il avait une idée. Il faut toujours donner des options aux gens et leur expliquer de quoi il retourne.

— Je suis bien d'accord. Voilà qui est intelligent.

— Je dois agir intelligemment, étant donné qu'il m'a avoué ouvertement qu'il allait me faire du mal si je ne remplissais pas ma mission.

— Il a menacé de vous blesser ? C'est un crime !

— Oui, mais qui irait lui reprocher ? De ce que j'ai entendu dire, il possède à peu près tout ce qui a de la valeur dans le coin.

— Oui, eh bien, il ne possède pas la loi. Ou moi.

— Je ne me suis jamais imaginé qu'il avait les moyens de vous posséder, mademoiselle Crabtree. »

Elle sourit mais se reprit vite et son expression redevint neutre. « Et donc, que comptez-vous faire quand vous le verrez, ce soir ?

— Lui dire la vérité. Lui expliquer pour la voiture calcinée et lui donner quelques pistes pour la suite. Au mieux, ça devrait me faire gagner un peu de temps pour débrouiller tout ça. Je ne peux pas récupérer une garantie qui n'existe plus. » Il marqua une pause et regarda le bar. « Bon, ne me laissez pas vous mettre en retard. Votre rendez-vous est déjà à l'intérieur, ou vous l'attendez dehors, peut-être ? »

Elle ignora sa question. « Si cela ne s'arrange pas avec M. Pittleman, lui dit-elle, comme je vous l'ai expliqué, j'ai d'autres offres d'emploi pour vous. Vous pouvez gagner de l'argent pour rembourser ce que vous lui devez.

— J'apprécie énormément cette attention, mademoiselle Crabtree. Plus que vous ne pouvez l'imaginer. Mais en réalité, ce boulot à l'abattoir ne m'attire pas vraiment. Ce vieux Dickie Dill trouve peut-être ça gratifiant de se remplir les poches en écrabouillant des crânes de porc, mais je ne suis pas fait pour ça, vu que je suis un être humain, avec des sentiments, et tout. »

Il pensa que cette dernière remarque l'amuserait, mais elle résista longuement, de toutes ses forces, à l'envie d'en rire et finalement, son côté froid et sérieux l'emporta. « Un travail reste un travail. Vous pensez que tout le monde aime ce qu'il fait pour gagner sa vie ?

— C'est votre cas ?

— Je n'ai pas à répondre à cette question.

— Je le sais. Je faisais juste la conversation, comme vous êtes encore là. »

Elle sembla légèrement piquée au vif, ce qui n'était pas l'intention d'Archer.

« Eh bien, je vais vous laisser à vos "réflexions", dans ce cas. »

Faisant de son mieux pour ne pas montrer la déception qu'il s'était lui-même infligée, il la salua en touchant le bord de son nouveau chapeau et l'observa traverser la rue et entrer dans le Cat's Meow sans qu'elle ne se retourne une seule fois pour le regarder.

Il se maudissait d'avoir quitté deux fois de suite une ravissante jeune femme sur un malentendu, quand il aperçut le couple qui s'engageait dans la rue.

Pittleman portait un costume en tissu gaufré, un canotier ceint d'une bande rouge et bleu et des mocassins marron à bouts blancs. Accrochée à son bras gauche, Jackie Tuttle était parée d'une robe moulante lavande et d'une veste courte blanche à revers étroits. Ses jambes étaient recouvertes de bas noirs avec des coutures bien visibles à l'arrière, et ses pieds reposaient dans des chaussures à talons noires, avec des lanières qui s'enroulaient autour de ses chevilles et dont la simple vue donna des frissons à Archer. Ses cheveux noirs s'abritaient sous un béret couleur lavande.

Hormis Ernestine Crabtree quelques minutes plus tôt, c'était la plus belle femme qu'il eût jamais vue. Si quelqu'un lui avait dit qu'une ville comme Poca City abritait non pas une mais *deux* femmes aussi séduisantes, il aurait dit de lui que c'était un menteur ou qu'il louchait au point d'être aveugle.

Il alla se cacher derrière un sycomore idéalement placé dont les racines débordaient sur la route. Ils passèrent devant lui puis entrèrent à leur tour dans le bar sans le voir.

Environ deux heures plus tard, Ernestine Crabtree quitta les lieux. Archer chercha, en vain, le compagnon à qui elle avait fait allusion. Il resta derrière l'arbre tandis qu'elle cherchait quelque chose du regard, peut-être lui, peut-être quelqu'un d'autre. Puis, malgré la hauteur de ses talons, elle se mit à marcher d'un bon pas pour rejoindre l'entrée de la rue, ses longues jambes décrivant d'élégantes enjambées.

Il l'observa s'éloigner jusqu'à ce qu'elle ne fût presque plus visible. Alors qu'il était sur le point de se retourner, Archer vit quelque chose qui le poussa à quitter son poste d'observation devant le bar et à suivre Mlle Crabtree.

CHAPITRE

12

CES TYPES NE COMPRENNENT donc jamais rien à rien, songea Archer.

Le sujet de sa frustration était un grand gaillard dépenaillé du nom de Dan Bullock qui suivait Crabtree. Voilà ce qui l'avait fait quitter son poste devant le Cat's Meow. Son ancien codétenu avançait à pas de loup, de cachettes en recoins sombres pendant que la femme continuait son chemin.

Archer avait l'impression d'être de retour en Italie, quand il s'était frayé un chemin dans un village ravagé par les bombes où il s'était glissé dans l'espoir de découvrir des informations qui auraient pu les aider, lui et ses frères d'armes. Il ne savait que trop bien ce que Bullock était en train de faire. Ce qu'il ignorait par contre, c'était la nature *exacte* de ses intentions, à suivre une femme tard le soir. Mais il savait qu'aucune de ces intentions ne serait purement amicale et cordiale envers Crabtree.

Ils venaient d'arriver dans un lotissement de charmants pavillons, avec leurs petits volets aux fenêtres et leurs minuscules pelouses foncées. Archer trouvait que c'était un joli endroit pour y fonder un foyer. Bullock semblait davantage apprécier le cadre pour ce qu'il avait en tête ; il accéléra le pas et réduisit la distance qui le séparait de sa proie. Il n'y avait personne entre lui et elle.

Personne sauf Archer, à une vingtaine de mètres derrière lui.

Bullock sortit un objet de sa poche. À la faveur du clair de lune, Archer vit un éclair métallique.

Un couteau.

Archer se mit à courir.

Il n'aurait même pas dû se donner la peine.

Alors que Bullock se trouvait encore à quelques pas de sa cible, Crabtree pivota sur elle-même. Elle avait eu le temps de sortir de son sac à main, finalement assez grand, un Colt Detective Special calibre 38 à canon court de 76 millimètres et crosse en noyer. Elle le pointa sur la large poitrine de Bullock. Le gorille s'arrêta si vite dans son élan qu'il faillit trébucher.

« Bordel, c'est quoi ça ? » cria-t-il.

Crabtree le considéra calmement et remarqua la présence du couteau dans sa main droite. « Monsieur Bullock. D'abord, vous allez lâcher ce couteau avant que je ne vous fasse un gros trou. »

Il s'exécuta immédiatement.

« Ensuite, j'espère que vous aurez compris que votre liberté conditionnelle est révoquée sur-le-champ. Les autorités vont vous mettre en état d'arrestation dès que je les aurai averties de ce que vous avez fait. »

Ce fut un Bullock tout pâle qui prit la parole après avoir reculé d'un pas. « Écoutez, m'dame, s'il vous plaît, j'veux pas retourner à Carderock.

— Alors pourquoi m'avez-vous suivie, et avec un couteau ?

— Je…

— Dégagez ! »

Il tourna les talons et prit ses jambes à son cou.

Crabtree le regarda détaler jusqu'à ce qu'il disparaisse. Elle se pencha et ramassa le couteau à l'aide d'un mouchoir et le mit dans son sac. Elle continua son chemin jusqu'à l'un des pavillons. Une lumière s'alluma dans le hall d'entrée, puis une autre dans la grande pièce sur le côté droit de la maison.

Archer se rapprocha et en déduisit que cela devait être sa chambre. Il arrivait à distinguer sa silhouette à travers un store rabaissé, mais elle tira le rideau devant la fenêtre, ce qui lui bloqua définitivement la vue.

Il revint sur ses pas et se dépêcha de regagner le Cat's Meow. Le respect qu'il portait déjà à Crabtree grandit considérablement.

* * *

Il venait à peine de reprendre son poste derrière le sycomore que la porte du bar s'ouvrit. Hank Pittleman en sortit en titubant avec Jackie à son bras. Elle semblait néanmoins davantage le porter qu'il n'arrivait à tenir tout seul, sans aide, sur ses jambes, et il était clair que la jeune femme avait du mal à le soutenir.

Archer n'avait pas bougé d'où il était. Soudain, Pittleman se tourna et la gifla, envoyant valser son béret. Ce coup, qui la prit par surprise, fit presque tomber Jackie qui avait manqué de l'entraîner dans sa chute.

Archer s'était retenu la première fois, dans le bar, quand Pittleman s'était montré menaçant. Et il n'avait pas non plus relevé à cause du regard que Jackie lui avait adressé. Mais pas cette fois, décida-t-il. Il traversa la rue en vitesse et vint se planter face au couple.

Pittleman ne semblait pas en mesure de le reconnaître, ni lui ni qui que ce soit, mais alors qu'il levait la main pour essayer de frapper à nouveau Jackie, Archer glissa sa main sous le bras de l'homme, le bloquant dans son action. La joue rougie à l'endroit de la gifle, Jackie remarqua sa présence, sourit et articula un *merci* silencieux.

Elle s'agenouilla, récupéra son chapeau, mais au lieu d'essayer de le remettre en place, elle le fourra simplement dans la poche de sa veste.

« Ah, bon Dieu ! » jura Pittleman. Il se prit la tête avec sa main et se mit à cracher. Archer dut faire un pas de côté pour éviter que ses nouvelles chaussures ne fussent souillées par le vomi du vieil homme.

« Trop bu ? demanda-t-il à Jackie alors que Pittleman se remettait à radoter et bougonner.

— Comment avez-vous deviné ?

— Ça va, là où il vous a…

— Je vais bien. On m'a déjà frappée bien plus fort que ça. »

Ils avancèrent à grand-peine en portant Pittleman qui débitait des phrases pour la plupart incompréhensibles.

« Où est-ce qu'on l'emmène ? demanda Archer.

— Il a un endroit à lui en ville. »

Il acquiesça et ils continuèrent de marcher en soutenant chacun de leur côté un Pittleman aux genoux qui se dérobaient. Archer ne fut pas qu'un peu surpris quand Jackie lui indiqua l'hôtel Derby.

« Quoi, c'est là ?

— Oui. Au dernier étage. »

La mâchoire d'Archer s'ouvrit de quelques centimètres de plus. « Quelle chambre ?

— Ils lui en ont réuni deux : la 615 et la 617.

— Je suis dans la 610. »

Jackie le dévisagea d'un regard plein de possibilités. « Dites-moi, mais c'est juste au bout du couloir, Archer. »

Quand Pittleman échoua définitivement à se tenir debout, même avec de l'aide, Archer enleva son chapeau et dit : « Tenez-moi ça, Jackie. »

Il plia les genoux et, d'une seule franche poussée de ses jambes, hissa Pittleman dans les airs et le cala sur son épaule.

« Vous êtes *vraiment* fort, Archer, dit-elle d'un air approbateur.

— Ouais, eh bien, au moins, je sers à quelque chose. Passez devant. »

Avec le poids qu'il portait, Archer se fit violence et prit l'ascenseur, même s'il ferma les yeux le temps de monter. Quand ils arrivèrent devant la chambre, Jackie plongea la main dans son sac et en sortit une clé. Elle l'enfonça dans la serrure pendant qu'Archer attendait à côté d'elle, Pittleman sur son épaule, qu'il transbahutait comme la carcasse d'un animal. Jackie déverrouilla la porte, la poussa et invita Archer à entrer.

Il fit quelques pas, avisa le lit et y déposa Pittleman. Des petits ronflements émanaient désormais de sa personne. Archer parcourut la pièce du regard tandis que Jackie lui rendait son chapeau.

« Pourquoi a-t-il besoin de deux chambres ?

— Il n'en a pas besoin. Il les voulait, c'est tout.

— Ça n'a pas le moindre sens.

— Pour lui, ça en a. Et puis, vous n'étiez pas au courant ?

— Au courant de quoi ?

— L'hôtel appartient à Hank. »

Archer fit un pas en arrière et toisa l'épave endormie sur le lit. « Bon sang, mais qu'est-ce qu'il n'a pas encore acheté dans le coin ?

— Pas grand-chose. »

Archer la scruta. Sa robe était encore plus ajustée et en révélait davantage que celle de l'autre soir, si c'était possible. Jackie surprit son regard, s'assit sur le bord du lit et prit tout son temps pour passer l'une de ses jambes, qui étincelait par la grâce du bas qui la recouvrait, par-dessus l'autre.

« Bon, maintenant qu'on s'est occupés de lui, on fait quoi ? »

Il continua de l'observer. « Une idée ?

— On pourrait aller boire un verre dans votre chambre.

— J'avais bien du gin, mais je suis à sec. »

Elle attrapa son sac et en sortit une petite flasque. « Problème résolu.

— La dernière fois que j'ai vu une femme avec une flasque, elle l'a sortie du haut de son bas. »

Son grand sourire chaleureux et engageant coupa les jambes d'Archer.

Elle releva le bas de sa robe suffisamment haut pour avoir son attention pleine et entière.

« Eh bien, comme vous pouvez le constater, moi aussi, je porte des bas. Je m'en souviendrai pour la prochaine fois, Archer.

— Vous comptez sur une prochaine fois ?

— J'aime les maths. Je peux compter vraiment loin, dit-elle en se levant. En fait, je sais compter jusqu'à 610. Allons-y.

— Ça ne risque rien, de le laisser comme ça ?

— Je le laisse tout le temps comme ça. »

Elle verrouilla la porte de la chambre de Pittleman derrière eux puis ils comblèrent la courte distance qui les séparait de celle d'Archer. Il ouvrit la porte de sa propre chambre et la laissa entrer en premier. Il ferma la porte derrière lui et glissa la clé dans sa poche.

Elle prit deux petits verres dans la commode fatiguée et versa une dose du contenu de la flasque dans chaque verre. Archer nota qu'elle mesurait ce qu'elle versait avec précision.

« Vous aimez que tout soit absolument parfait, remarqua-t-il.

— Absolument parfait », répondit-elle en lui tendant un verre et en faisant tinter le sien contre celui d'Archer.

Elle pressa son verre contre sa joue blessée.

« Vous allez avoir un bleu, dit-il.

— Ce ne sera pas la première fois.

— Comme l'autre soir, au bar ? dit-il en regardant son poignet.

— Les hommes ont besoin de se mettre en valeur, Archer. S'ils n'y parviennent pas en se servant de leur cerveau, ce qui arrive la plupart du temps, ils le font en s'appuyant sur le fait qu'ils sont plus forts que les femmes. Hank n'est pas stupide, mais il ne vaut pas mieux que la majorité des hommes.

— Ça ne veut pas dire pour autant que c'est correct.

— Dois-je comprendre que vous n'avez jamais frappé une femme ?

— L'idée ne m'a même jamais traversé l'esprit. »

Elle leva son verre à son intention. « Heureuse de l'entendre. » Elle prit une gorgée et le dévisagea de haut en bas. « Vous ne m'avez jamais expliqué pourquoi vous vous êtes acheté ce nouveau costume.

— Je voulais avoir la tête de l'emploi.

— De quel emploi parlons-nous ?

— Agent de recouvrement professionnel pour un trou du cul bourré. »

Cela lui arracha un sourire. Il prit une gorgée de son verre pendant qu'elle partit dans un long rire, ce qui le surprit et lui fit plaisir à la fois.

Elle fit courir une main le long de sa veste, tandis qu'il balançait son nouveau chapeau sur son lit.

« On fait quoi, maintenant ? » Il voulait savoir.

Jackie fit lentement le tour de la pièce tout en sirotant son verre. Elle se balançait, peut-être au rythme d'une chanson qu'elle fredonnait dans sa tête. Elle arriva devant la fenêtre, tira le rideau et contempla Poca City dans toute son aridité.

« Je n'ai pas de plan, Archer. J'avance pas à pas. Que faisiez-vous devant le bar, ce soir ?

— J'attendais que vous en sortiez avec M. Pittleman.

— Pourquoi ?

— Pour le tenir au courant des derniers développements.

— Qui sont ?

— Qui sont que votre père a foutu le feu à sa Cadillac de 1947 et qu'il est donc impossible que je la récupère.

— Et comment le savez-vous ? demanda-t-elle en le regardant avec une pointe de curiosité.

— J'y suis allé hier soir. J'avais dans l'idée de mettre la main sur la voiture. Elle n'était pas là où vous pensiez qu'elle aurait pu être. Je l'ai trouvée un peu plus loin, dans une petite clairière, au milieu de sapins. »

Une main sur la hanche, elle ne le quitta pas du regard.

« C'était mon coin secret quand j'étais petite, Archer. J'allais jouer là-bas, je m'imaginais plein de vies. J'étais une princesse, Amelia Earhart, Jean Harlow, Mme Curie.

— Eh bien maintenant il n'y a plus qu'une voiture complètement cramée, du moins ce qu'il en reste. Et ça fait un bout de temps que c'est le cas. Bien avant que j'aille poser des questions à son sujet.

— Je me demande pourquoi il a fait ça ?

— Pour mettre Pittleman en rogne. Du moment que vous restez ensemble, votre bonhomme n'encaissera jamais rien, il s'en est assuré.

— Alors, ce n'est qu'un idiot.

— Je n'en suis pas si sûr. Pittleman m'a dit qu'il ne traînerait pas Tuttle devant un tribunal parce que cela pourrait embarrasser sa femme. »

Jackie sourit et lança : « Il vous a vraiment raconté ça ?

— Je suis allé le voir chez lui, et c'est ce qu'il m'a dit. Vous pensez qu'il mentait ?

— Qui sait ? Ces derniers temps, je me rends compte que la vérité sort de moins en moins souvent de la bouche des gens. »

Il s'assit sur une chaise tandis qu'elle se glissait hors de ses chaussures. Elle prit tellement de temps à défaire les lanières qui s'enroulaient autour de ses chevilles qu'Archer se força à regarder le fond de son verre avant que quelque chose n'arrive qu'il pourrait regretter plus tard. Mais les dés avaient peut-être déjà été jetés à son insu.

Elle laissa tomber ses talons aiguilles sur le sol, ramassa ses jambes sous son arrière-train et se jucha comme une reine sur son trône. Sauf que ce n'était pas sur un trône qu'elle était assise ; c'était sur le lit d'Archer.

« Ça devient intéressant, Archer, vous ne trouvez pas ? » dit-elle de sa voix rauque et désormais nimbée de whisky.

Il releva la tête, berçant son verre dans le creux de ses mains avant d'en prendre une autre petite gorgée.

« Ça se pourrait.

— Vous savez, tous les autres ont essayé de voler cette fichue Caddy au beau milieu de la nuit.

— Qu'ils reposent en paix. J'ai préféré adopter une approche différente. C'est ma nature.

— Vous êtes le genre d'homme qui préfère sortir des sentiers battus, c'est ça ?

— Je pars du principe que si je me contente de prendre la même route que tout le monde, ma vie sera toujours remplie de gens que je n'ai pas forcément envie de côtoyer.

— Donc, vous ne pouvez pas accéder à la demande de mon père, et vous ne pouvez pas non plus satisfaire celle de Hank. Et vous avez dépensé de l'argent que vous ne voyez pas comment rembourser.

— Vous n'êtes pas la même personne que j'ai rencontrée au bar, ce premier soir. Vous êtes différente. Enfin, dans votre façon de parler, tout ça.

— Hank aime quand je me comporte d'une certaine façon. Donc, je m'assure de me comporter ainsi quand je suis avec lui.

— Par exemple ?

— Vous avez fait des études. Vous savez ce qu'est un bien meuble ?

— C'est comme une possession.

— Correct. Et Hank adore les collectionner. Il adore posséder des choses. Et il adore les petits gloussements féminins, le côté frivole, aguicheur, sa main baladeuse qui m'agrippe les fesses, et tout ce qui s'ensuit. Ce qui inclut, à l'occasion, insultes, gifles ou coups.

— Et ça ne vous dérange pas ?

— Si c'était le cas, je ne le laisserais pas faire.

— Vous avez fait des études, pas vrai ? Vous parlez comme si vous en aviez fait.

— Moi aussi, je suis allée à l'université. Seulement, *moi*, j'ai eu mon diplôme. »

Elle ponctua cette remarque d'un sourire et d'un haussement de sourcils.

« Qu'avez-vous étudié ?

— La psychologie.

— Qu'est-ce que ça vous a apporté ?

— Je me débrouille plutôt bien pour lire les gens. Hank, il est facile à lire. Vous, un peu moins.

— Et moi qui ai toujours pensé qu'on pouvait lire en moi comme dans un livre ouvert.

— Vous donnez peut-être quelque chose à lire, mais ce n'est pas vraiment *vous*, Archer. Loin s'en faut.

— Pourquoi rester avec un homme comme lui ? Il est deux fois plus âgé que vous. Marié, en plus. Marjorie Pittleman semble être une femme sympathique et respectable.

— Ce n'est pas mon problème. C'est le sien et celui de sa femme. Quant à mes raisons d'agir ainsi, Hank me traite plutôt bien en général. On sort, on passe du bon temps, et après j'ai du temps pour moi.

— Vous habitez où ?

— Dans une maison, sur Eldorado Street. Au 27. Hank me l'a laissée.

— Une maison, hein ? Ça fait de vous une femme entretenue, dans ce cas.

— Je suis sûre que vous avez lu ça dans un livre.

— Touché. Vous avez quoi de prévu sur le long terme avec ce vieux Hank ?

— Je ne réfléchis pas vraiment à ce que je vais faire après-demain. Je vis seulement dans le moment présent. Je suis spontanée. »

Il secoua la tête et finit son verre. « Je ne suis pas sûr d'y croire.

— Croyez ce que vous voulez. Mais laissez-moi vous donner un exemple. » Elle posa son verre, se leva et laissa glisser sa veste, révélant les bretelles de sa robe et ses épaules nues. Elle fit descendre ses bretelles, leva ses mains à la base de sa nuque, y défit un fermoir et fit descendre une fermeture Éclair avant de se déhancher pour se libérer de l'entrave de sa robe, tandis qu'Archer la regardait faire avec un grand intérêt. Le tissu toucha enfin le sol. Elle enjamba l'amas que formait sa robe à ses pieds et se tint devant lui sans plus rien d'autre que ses bas, son porte-jarretelles et sa petite culotte.

Archer n'arrivait pas à détourner le regard. Impossible, même si un régiment entier de nazis mené par Hitler le chargeait. Il avait déjà vu des femmes nues, ou pas loin de l'être, et ce dans quatre pays différents. Il n'en avait jamais vu qui lui touchaient le cœur autant que cette femme. Son corps d'une pâleur glaciale semblait si doux, surtout sur ces parties qui intéressent tant les hommes. Sa bouche donnait tellement envie qu'elle vous embrasse. Et sa mèche sombre à la Veronica Lake, qui tranchait si bien avec la blancheur de sa peau, n'avait jamais semblé autant accessible pour un homme tel que lui. Elle mit un point d'exclamation à sa démonstration en tournant sur elle-même.

« Mes intentions sont-elles claires à présent ? dit-elle en venant se poster face à lui. Parce que franchement, je ne sais pas trop ce que je peux faire d'autre.

— Je pense avoir compris le message.

— J'en suis soulagée.

— Et Hank ?

— Il n'est pas là, si ?

— J'ai mon mot à dire ? »

Son visage s'assombrit. « Je pense que cela va de soi, mais si tu n'es pas intéressé, alors… »

Elle se pencha pour ramasser ses vêtements, mais il la saisit par les épaules et la releva aussitôt.

« Tu es plus grand, maintenant que je n'ai plus mes chaussures, dit-elle en levant la tête.

— Je suppose, oui.

— Tu as une belle gueule, Archer. Bien bâti. Pas trop beau mais pas trop effrayant non plus.

— Être modéré, c'est important.

— Mais pas tout le temps. »

Il la parcourut du regard et remarqua les bleus sur ses bras, ses cuisses, ses flancs.

Ses traits s'endurcirent.

« Qu'est-ce qui t'est arrivé, bon sang ? dit-il. Tu es tombée ? »

Elle ne se donna même pas la peine de regarder là où ses yeux s'attardaient. « Rien d'important, Archer. Rien du tout.

— Tu es sûre ? Enfin, si Pittleman t'a… »

Elle posa une main sur sa bouche.

« Concentre-toi. J'ai besoin que tu te concentres. L'horloge tourne, pour la nuit comme pour nous. »

Elle se mit sur la pointe des pieds et pressa ses lèvres contre les siennes.

Un instant plus tard, ils s'effondrèrent sur le lit, enlacés dans les bras de l'autre.

CHAPITRE

13

QUAND IL SE RÉVEILLA aux aurores, le lendemain matin, elle était partie. Archer n'en fut pas surpris. Elle était pareille à un chat. Affectueuse quand elle en avait envie, avant de disparaître quand elle avait son content.

Un bruit sourd provenant du couloir l'avait réveillé et catapulté d'un coup chez les vivants. Groggy, il se roula hors du lit et la vit. Elle avait laissé sa flasque sur la commode. Il la souleva et entendit le clapotis du liquide à l'intérieur. Peut-être l'avait-elle oubliée sciemment parce qu'elle comptait revenir, à un moment ou à un autre, pour la récupérer. Une perspective à même de stimuler – et d'inquiéter – n'importe quel homme.

Il alla se laver dans la salle de bains au bout du couloir, enfila son nouveau costume et sortit de sa chambre. Et dire que celle de Pittleman était juste là, à côté de la sienne. Archer se demanda si c'était là que Jackie avait passé le reste de la nuit. Qu'elle eût quitté son lit pour finir dans celui de Pittleman était une pensée qui éveilla en lui une pointe de jalousie. Deux enjambées plus tard, il avait déjà décidé qu'il n'avait aucun droit d'être jaloux.

Mais quand même.

Il dévala le couloir d'un pas pressé jusqu'à la chambre 615 et fut surpris de trouver la porte légèrement entrouverte. Il se saisit du bouton de la porte et la poussa un peu plus, de façon à pouvoir jeter un œil. Il sourit en imaginant la gueule de bois que le vieil homme allait choper en se réveillant. Malgré ce qu'il avait supposé, il n'aperçut aucune trace de Jackie à l'intérieur. Il était sur le point de partir quand il l'aperçut. La serviette, par terre. Et juste à côté, un objet qu'il ne parvenait pas à distinguer clairement et qui brillait dans la lueur du soleil qui s'infiltrait dans la chambre.

Il repassa la tête dans le couloir et inspecta des deux côtés. Personne, mais il était encore tôt. Il ouvrit la porte en grand, entra et referma derrière lui. La dernière chose qu'il souhaitait, c'était de déranger l'homme endormi sur le lit, mais il avait déjà réfléchi à une explication toute prête au cas où Pittleman se réveillerait et le surprendrait dans sa chambre.

Il traversa la pièce en vitesse et s'accroupit devant la serviette. L'objet qui reposait à côté était un cran d'arrêt, similaire à celui dont Pittleman s'était servi au bar pour embrocher les billets de vingt et le menacer sans trop de subtilité. La lame était dépliée. Archer examina d'un peu plus près la serviette et le couteau avant de se figer. Ils étaient tous deux recouverts de sang. Il se releva, s'approcha du lit et observa Pittleman.

L'homme sur le lit n'était pas endormi. Il n'était pas réveillé non plus. Il était mort.

L'entaille sous sa gorge était large et profonde. La personne qui avait tenu le couteau avait enfoncé la lame sur toute sa longueur puis l'avait fait passer d'un côté à l'autre par à-coups, comme pour ouvrir une boîte de conserve. Cette personne n'avait eu aucun besoin de faire ça pour tuer. Elle l'avait fait pour le plaisir de mutiler, et cette pensée donna la nausée à Archer. Les vêtements du mort et les draps sous lui imbibés de sang avaient eu le temps de sécher. Cela avait dû être un véritable geyser quand la lame avait touché les artères. Il en savait quelque chose.

Archer avait tué un Allemand en corps-à-corps, près de Salerne. Il avait eu la chance de prendre l'avantage sur lui, quand l'Allemand avait eu, lui, la malchance de lâcher sa proie durant ce qui avait sûrement dû être l'hiver le plus froid de mémoire d'Italien. Même s'il ne s'était pas montré aussi vicieux que celui qui s'était chargé d'envoyer Pittleman dans l'au-delà, Archer avait tranché la gorge de l'Allemand en passant le fil de son couteau quasiment d'une oreille à l'autre, comme on lui avait appris. Ainsi, vous vous assuriez que votre adversaire n'eût pas une autre occasion de vous assassiner. Archer avait été recouvert du sang de l'Allemand quand deux geysers avaient explosé à l'endroit où les artères qui alimentaient son cerveau furent sectionnées. Il partit du principe que le meurtrier de Pittleman devait avoir été recouvert de la même façon ignoble.

Sa pensée suivante fut pour sa propre personne. Il fouilla dans la poche de l'homme et en sortit l'épaisse liasse de billets qui semblait aussi volumineuse que la première fois où Archer l'avait vue. Apparemment, le vol n'avait pas été la raison pour laquelle il s'était fait tuer. Si Archer en retirait quelques billets de vingt, la liasse apparaîtrait toujours aussi grosse. Sa veuve en aurait encore énormément à disposition. Archer était sur le point de le faire, car il ne valait pas forcément mieux que les autres question cupidité, mais il fit l'erreur de croiser les yeux de l'homme mort.

Grands ouverts, ils semblaient le fixer intensément avec un air non pas de désapprobation, mais de trahison. Si les yeux d'un homme mort pouvaient réellement transmettre cette émotion, Aloysius Archer venait juste de recevoir leur message.

Il remit doucement la liasse dans la poche, sans qu'un seul billet de vingt ne manque à l'appel, puis il rabaissa les paupières du vieil homme sur ses yeux vides et vitreux. Archer avait fait la même chose sur des champs de bataille plus de fois qu'il n'avait envie de s'en souvenir. Une croyance fermement établie parmi les soldats américains voulait qu'un camarade mort au combat les yeux ouverts pouvait encore observer la violence du carnage de sa propre mort, et qu'il ne trouverait donc jamais la paix dans sa vie après la mort. Archer n'était pas particulièrement attaché à Pittleman – il ne le connaissait pas vraiment, en réalité – et ce qu'il avait appris à son sujet ne l'avait pas forcément attendri. Et pourtant, il ne voyait pas de raison de le priver d'un peu de paix dans la mort.

Un autre détail lui vint en tête. Il fouilla l'autre poche et en sortit la reconnaissance de dette qu'un certain Lucas Tuttle avait signée à l'intention d'un homme désormais décédé. Il la glissa dans la poche de sa veste. Elle pourrait lui servir un peu plus tard.

Quelques instants plus tard, après avoir saisi l'ampleur du danger qu'il courait, Archer s'écarta du lit, recula jusqu'à la porte et quitta la pièce où reposait un cadavre, non sans avoir jeté un dernier coup d'œil dans le couloir.

Dérangé par ce qu'il venait de voir, même s'il avait assisté à des morts bien plus horribles que celle de Pittleman et en bien plus grand nombre, Archer regagna sa chambre en vitesse et but un petit coup à même la flasque. Il y avait une différence entre se faire tuer sur le champ de bataille, chose plutôt attendue, et un meurtre dans une chambre d'hôtel, événement pour le moins inattendu.

Il sortit les documents de sa poche et étudia le texte légal qui y était écrit. Il y vit le montant dû et la signature de Lucas Tuttle. Il retrouva la page où figurait la garantie et y lut la description de la Cadillac. Cette garantie n'existait plus, mais cela n'avait plus d'importance, désormais. Ces documents pouvaient rapporter cinq mille dollars plus les intérêts à la veuve de Pittleman, supposait-il, et grâce à eux il pouvait encaisser au moins soixante dollars. En les rangeant dans sa poche, Archer n'était pas encore sûr de la façon dont il allait se servir de ces papiers.

Ses nerfs s'étant un peu calmés, il emprunta l'escalier pour descendre dans le hall de l'hôtel, alla s'asseoir dans la chaise à dossier en cannage où il avait trouvé Jackie et, les yeux rivés sur la cheminée vide, il réfléchit à la suite.

Il y avait un suspect principal, du moins de son point de vue.

Jackie Tuttle connaissait l'endroit où se trouvait le défunt la veille au soir, étant donné qu'elle l'avait aidé à le transporter à cet endroit même. Et Archer n'avait aucune idée de l'heure à laquelle elle avait quitté sa chambre, vu qu'il dormait comme une souche après qu'ils avaient fait l'amour. Et il était tout aussi incapable de dire depuis combien de temps Pittleman était décédé, même si sa mort n'était pas récente : le sang avait eu le temps de sécher et le corps avait considérablement refroidi. Archer savait qu'ils étaient arrivés dans sa propre chambre à 11 heures presque pile, au même moment une horloge au loin avait fait sonner sa cloche. Quelques heures plus tard, Jackie aurait très bien pu quitter Archer, accomplir son méfait et rentrer chez elle sur Eldorado Street.

Mais pourquoi tuer un homme qui lui avait donné une maison, de l'argent, et tout le reste ?

Il alla jusqu'au pupitre de la réception de l'hôtel, où un employé différent de celui qui l'avait enregistré buvait un café. Petit, les joues creuses et les cheveux bruns coupés ras, il portait un nœud papillon vert sur une chemise blanc pâle, avec une veste en laine par-dessus. Ses joues et son nez arboraient la teinte rouge du gros buveur, et les grosses poches sous ses yeux racontaient l'histoire de nombreuses nuits avec très peu, voire pas du tout, de sommeil.

« Besoin d'aide ? demanda l'homme au comptoir.

— Ouais. Je me demandais si vous aviez vu une jeune femme sortir tôt ce matin ?

— Et vous êtes ?

— Archer. Chambre 610.

— Et qui pourrait-elle être, cette jeune femme ? »

Archer lui décrivit Jackie Tuttle, mais se garda de lui donner son nom.

L'homme se raidit. « Je n'ai vu personne, lui répondit-il.

— Vous en êtes sûr ? À quelle heure avez-vous pris votre poste ?

— Vous posez beaucoup de questions. Qu'avez-vous à voir avec cette personne ?

— Je me renseigne juste au sujet d'une dame. Si vous ne savez rien, tant pis.

— Elle serait sortie de *votre* chambre ce matin ? C'est un endroit respectable ici, monsieur.

— Merci pour cette précision. Et pour le reste, merci pour rien, mon vieux. »

Archer sentit le regard de l'employé dans son dos alors qu'il se dirigeait vers la porte de l'hôtel. Il regrettait déjà ce qu'il venait de lui dire. On pouvait désormais établir une connexion nette entre lui, Jackie Tuttle et le défunt Pittleman. Éclaireur dans l'armée ou détenu en prison, Archer n'avait jamais commis une erreur de ce genre, et il se demandait pourquoi cela lui était arrivé dans un endroit comme Poca City. En réalité, il savait peut-être pourquoi. Cette fois-ci, il y avait une femme. Une faiblesse qui parasitait les instincts de survie autrement infaillibles d'Archer.

Il marchait sans but précis, les mains enfoncées dans ses poches. Il se demandait s'il n'aurait pas dû violer sa liberté conditionnelle et s'enfuir sur-le-champ. Il abandonna l'idée et changea de direction après avoir demandé son chemin à un passant. Eldorado Street était à moins d'un kilomètre, à la lisière du centre-ville compact de Poca City, dans un quartier de petites maisons au charme désuet, comme on en verrait dans un film hollywoodien.

La maison au numéro 27 était certainement la plus belle d'entre toutes, se dit-il, avec ses jolis petits stores blancs, ses fleurs en pots et dans des parterres, déjà tournées vers le soleil à cette heure matinale et sans aucun doute assoiffées. La façade en briques était peinte en blanc, et la terrasse devant la maison jouissait d'un petit toit, d'une chaise en métal et d'une table assortie près de la porte d'entrée. Contrairement à ce qu'il voyait devant les autres maisons, aucune automobile n'était garée dans la courte allée en gravier.

Archer s'imprégna le plus possible de l'agencement de la maison puis, après avoir vérifié qu'aucun voisin ne serait en train de l'épier à cette heure matinale, il se dirigea vers la porte du numéro 27.

Il frappa, attendit, frappa encore. Enfin, il entendit des pieds qui avançaient lentement vers lui. La porte s'ouvrit ; devant lui, Jackie, en peignoir coupé dans un tissu fin et près du corps qui évoquait à Archer le quartier de Chinatown, à New York. De couleur cramoisie, il était décoré de dragons, de masques allongés et de symboles d'inspiration orientale imprimés sur son tissu. Elle était pieds nus, et son visage un peu endormi se montrait vierge de maquillage. Ses cheveux décoiffés étaient aplatis, comme si elle sortait juste du lit.

Elle se frotta les yeux. « Archer, s'exclama-t-elle, mais qu'est-ce que tu fais ici ?

— Tu étais déjà partie quand je me suis réveillé.

— Eh bien, je n'allais pas passer la nuit là-bas, quand même. » Elle sourit. « Tu as tellement aimé ça la nuit dernière que tu es venu jusqu'ici pour remettre ça ?

— Est-ce que je peux entrer ?

— Oui, j'imagine. Tu veux du café ? Maintenant que je suis réveillée, je vais en faire.

— Ouais, ce serait extra, merci. »

Elle l'emmena dans un petit salon et lui montra une chaise où prendre place.

« Noir ou avec quelque chose dedans ? demanda-t-elle.

— Noir. »

Elle le laissa et il en profita pour observer la pièce. Il ignorait si la maison était déjà meublée au moment de son installation, mais tout indiquait que c'était le cas. Les meubles étaient vieux, démodés et bien usés, et il ne pouvait pas imaginer qu'une jeune femme aussi élégante eût porté son dévolu sur de telles pièces. Quand elle revint quelques minutes plus tard, elle portait un petit plateau en bois avec deux tasses reposant sur des soucoupes délicates. Elle lui en tendit une et prit l'autre. Sur le plateau, des toasts beurrés attendaient dans une assiette.

« Sers-toi, lui dit-elle en bâillant. Tu as l'air affamé. De nourriture ou d'autre chose, je ne sais pas, ajouta-t-elle d'un ton coquin.

— De la nourriture, ce sera très bien pour le moment. »

Il prit une gorgée du café, chaud, fort et amer, comme il l'aimait. Le pain et le beurre lui firent tout autant de bien en descendant et l'aidèrent à faire taire les grondements de son estomac.

« T'es partie à quelle heure de ma chambre ? demanda-t-il.

— De quoi ? Pourquoi tu veux savoir ? »

Il haussa les épaules. « Je me demandais, c'est tout. Je ne t'ai pas entendue t'en aller.

— Tu vois, j'ai été discrète. Je ne voulais pas te réveiller. Tu dormais tellement fort. »

Elle sourit et lui caressa le bras.

« Je me demande pourquoi, dit-elle en retirant sa main. C'était vraiment quelque chose, hier soir, avec toi, Archer. Comparé à Hank, eh bien, c'était incomparable. Mais bon, il se fait vieux. »

Et maintenant, il a fini de vieillir, se dit Archer.

« Tu es passée le voir avant de revenir ici ? »

Elle but un peu de son café et mordit dans un toast.

« Le voir ? Pour quelle raison ? Il dormait à poings fermés quand on l'a laissé, c'était un vrai poids mort. »

Archer réussit à ne pas tiquer en notant l'ironie involontaire de ses mots. « Je me posais juste la question. Vu que tu serais passée juste devant sa porte, tu vois.

— Je suis rentrée directement ici et je suis tombée dans mon lit. Tu m'as épuisée. »

Il retira brusquement son chapeau et engloutit son café si vite qu'il en sentit la brûlure jusqu'à l'estomac.

« Tu as réfléchi à ce que tu allais faire pour le remboursement de la dette ?

— Oui, tu peux retourner vivre auprès de ton papa.

— D'autres idées ? Parce que ça, ce n'est pas une option.

— C'était si horrible que ça, là-bas ?

— Qu'est-ce que ça peut te faire ?

— J'essaye juste de comprendre ce qui se passe.

— Non, tu veux juste récupérer ton sale fric.

— D'accord, c'est vrai, c'est aussi pour ça. Et je peux comprendre pourquoi tu veux ton indépendance. Mais ton père a l'air d'être quelqu'un de gentil, quand il ne pointe pas son Remington sur toi.

— Tu as rencontré mon père très exactement une seule fois. Comment peux-tu t'imaginer une seule seconde le connaître ?

— Tu as raison, c'est vrai. Mais je sais que tu aimais ta mère. C'est Desiree qui me l'a dit. Elle m'a même montré sa photo. »

Archer croyait que cela lui ferait plaisir, mais à en croire son visage qui virait au rouge et ses traits qui se crispaient de colère, il venait de commettre une grossière erreur.

« Je n'aime pas que tu fouilles dans ma vie, Archer.

— Figure-toi que je ne lui ai pas demandé de me raconter tout ça ou de me montrer sa photo. Elle l'a fait sans me demander la permission. Ta mère était magnifique. Tu tiens d'elle, et pas de ton père. »

Les traits de Jackie s'adoucirent. « C'est vrai que je lui ressemble beaucoup. Et oui, c'était quelqu'un de magnifique. À l'intérieur, aussi.

— Je suis d'accord. Une grande douceur se dégageait de cette photo.

— Mais elle pouvait aussi se mettre en colère, et elle n'a jamais reculé devant aucun obstacle ou hésité à donner son avis.

— Telle mère telle fille… »

Elle sourit. Encouragé par la tournure que prenait la conversation, Archer enchaîna avec une question qu'il regretta d'avoir posée dès qu'elle eut quitté ses lèvres.

« Et donc, comment est morte ta mère ? »

Son visage rougit à nouveau et, pleine de colère, Jackie soutint son regard et le toisa.

« Qu'est-ce que ça peut bien te foutre ? De quel droit tu te permets de poser cette question ?

— Je… Je suis désolé. Je n'ai aucun droit de te le demander. Et je ne voulais surtout pas te… »

Elle le coupa. « Je n'ai pas envie d'en parler, Archer. Et si tu es venu juste pour ça, tu peux finir ton café et te barrer d'ici.

— Ce n'est pas pour ça que je suis venu.

— Pourquoi, alors ?

— Ton père pense que Pittleman a souillé ta réputation. »

Cela n'apaisa en rien la colère qu'elle éprouvait envers lui. « Oh oui, il l'a souillée, et tu sais quoi ? C'était génial. Pourquoi tu n'y retournerais pas pour lui dire, espèce de salaud ? »

Archer, qui commençait lui aussi à être sur les nerfs, secoua la tête d'un air désapprobateur. « Franchement, qu'est-ce que tu lui reproches, à ton père ?

— Ce que je lui reproche ou pas, ce sont mes oignons. Et les miens seulement.

— Tu es amoureuse de Hank Pittleman ou quoi ?

— Pourquoi, tu veux me demander en mariage ? » demanda-t-elle d'un ton cassant.

Le voir abasourdi par sa réplique la fit soudainement rire. Elle vint attraper son bras. « Ne pars pas en courant, Archer, je te taquinais. Et je sais que tu ne voulais pas me mettre en colère, mais parfois, quand on me pose des questions de ce genre, ça m'énerve. »

Elle se reposa contre le dossier de sa chaise et prit une autre gorgée de son café tandis qu'Archer songeait à la nature versatile du soi-disant sexe faible.

« Le fait est que je ne me sens pas prête à m'installer pour de bon. Et non, je ne suis pas amoureuse de Hank. En général, les femmes dans ma situation ne sont pas amoureuses de leur bienfaiteur. On endure la situation jusqu'à ce que quelque chose de mieux se présente, si ça arrive un jour.

— C'est quelque chose que j'ignorais avant de te rencontrer, tu sais.

— Alors ça veut dire que mes compétences ne se résument pas à faire l'amour dans une chambre d'hôtel.

— Tu as oublié ta flasque.

— Je me disais que je pourrais passer plus tard pour la récupérer. Ça t'ennuie ? »

Archer aurait normalement répondu sans difficulté à cette question, mais ça, c'était avant de tomber sur un cadavre au saut du lit.

Elle le regarda d'un air interrogateur. « Tout va bien ? On dirait que tu as vu un fantôme, ou quelque chose dans le genre.

— Jolie maison. Mais les meubles ne te correspondent pas. Pas ton style.

— Ils étaient déjà là. Je n'ai apporté que mes vêtements quand je me suis installée.

— Tu m'as bien dit que c'était Pittleman qui t'avait mise dans cette maison ? Alors, à qui appartient tout ça ? Aux gens qui habitaient là avant toi ?

— C'est vrai, j'oubliais, tu n'es pas au courant. Hank et Marjorie vivaient ici, avant. Ils sont restés jusqu'à ce qu'il fasse construire sa maison en dehors de la ville.

— Tu veux parler de son hôtel particulier ? »

Elle était sur le point de répondre quand quelqu'un frappa à la porte. Elle se leva.

« Qui ça peut être à cette heure-là, bon sang ? » avant d'ajouter d'une voix menaçante : « J'espère que tu n'es pas venu avec des amis.

— Hormis toi, je n'en ai aucun. »

Elle serra la ceinture de son peignoir et alors qu'elle se traînait jusqu'à la porte d'entrée, Archer se précipita à la fenêtre et regarda dehors.

CHAPITRE

14

LA VOITURE DE POLICE était garée dans l'allée en gravier devant la maison. Archer trouvait incroyable qu'ils ne l'aient pas entendue arriver. C'était une Hudson Hornet quatre portes avec une énorme calandre, un déflecteur chromé qui coupait l'avant du capot en deux, un unique gyrophare rouge sur le toit et un projecteur chromé monté sur la portière côté conducteur. Un véhicule intimidant, malheureusement recouvert d'un jaune terne avec une bande marron sur les côtés. Pour Archer, elle avait toutes ses chances pour être élue voiture la plus laide de tout le pays.

Archer reprit sa place juste avant d'entendre le grincement de la porte d'entrée qui s'ouvrait et des voix qui échangeaient en marmonnant.

Puis il entendit Jackie demander d'une voix plus forte : « Quoi ? »

Des bruits de pas lui parvinrent depuis le petit hall d'entrée, et deux hommes en uniformes entièrement marron, à l'exception d'une bande noire cousue le long de chaque jambe de leur pantalon, firent leur apparition derrière Jackie. L'un d'entre eux, petit, enrobé, devait avoir la cinquantaine. Ses yeux étaient rivés sur la femme devant lui, dont la silhouette s'accentuait par l'étroitesse du peignoir qui ne faisait aucun mystère de sa nudité en dessous. L'autre officier faisait la taille d'Archer et avait à peu près le même âge que lui. Ils avaient tous les deux le visage buriné, et quand ils retirèrent leurs Stetson marron à large bord, leurs cheveux étaient tout aplatis.

Ils se rendirent compte de la présence d'Archer, et les fronts des deux policiers se plissèrent.

« Et qui avons-nous là ? » demanda le plus âgé.

Archer se leva doucement. Avec ceux qui portaient insigne et pistolet, il avait pour habitude de se montrer direct et coopératif, de ne faire aucun mouvement brusque et de ne leur révéler aucun détail d'une quelconque importance qui leur mettrait la puce à l'oreille à son sujet.

« Je m'appelle Archer. Je rendais juste une visite à mon amie.

— C'est bien tôt, pour rendre visite à quelqu'un, dit le plus jeune.

— Je me disais justement la même chose, Jeb », relança son partenaire.

Archer fixa Jackie. Elle semblait sur le point de se sentir mal. « Qu'est-ce qu'il y a ?

— C'est... C'est Hank. On l'a retrouvé mort.

— Mort ? Comment ? Où ça ?

— D'où vous vous connaissez, vous deux, déjà ? demanda le policier replet.

— Qu'est-ce que ça peut faire, bon sang, Bart ? s'énerva une Jackie bouleversée au bord des larmes.

— Écoutez, mademoiselle Tuttle, on essaye juste de rassembler des informations », dit-il sur un ton apaisant tout en reluquant sa poitrine. Dans son désarroi, son peignoir s'était ouvert et en révélait suffisamment de son décolleté pour, apparemment, capter toute l'attention du policier.

« Et si vous vous mettiez à la recherche de celui qui a tué Hank plutôt, hein ? Pourquoi vous ne feriez pas ça ? s'irrita-t-elle.

— Tué ? dit Archer. Il s'est fait tuer ?

— Un peu, oui ! proclama Jeb, tout excité. Un truc bien sanglant. C'est la première fois qu'on a une affaire comme ça à Poca City !

— Comment connaissez-vous Hank Pittleman ? demanda Bart, avide d'informations.

— Il m'a engagé pour un petit boulot.

— Quel genre de boulot ? » insista Bart.

Archer hésita, se demandant comment décrire au mieux ce qu'il faisait pour le compte de Pittleman sans se retrouver impliqué dans le meurtre du vieil homme.

« Eh, mon vieux, aboya Jeb. Z'avez pas intérêt à nous raconter des craques, ou on vous embarque aussi sec pour vous poser quelques questions. Et à Poca City, on les pose pas gentiment. »

Avant qu'Archer pût ouvrir la bouche, Jackie ne tint plus et lâcha : « Oh, et puis merde. Hank l'a… Il l'a engagé pour récupérer le paiement d'une dette auprès de mon père. » Archer nota que la voix de Jackie tremblait bien plus qu'avant.

« Pour récupérer de l'argent ? De votre père ? » s'interrogea Bart.

Les yeux embués, Jackie répondit d'un ton sec : « Oui, de mon père, d'accord ? Qu'est-ce que ça peut bien vous faire ? Hank est mort. Vous devez trouver qui a fait ça ! dit-elle en enfonçant un doigt dans la grosse poitrine de Bart.

— D'accord, d'accord, on est sur le coup. Et cette dette, là ? Vous savez où sont les papiers ? »

Archer passa involontairement sa main sur la poche de sa veste où se trouvait le document en question.

Jackie réprima ses sanglots, se couvrit la bouche et, l'espace d'un instant, donna l'impression qu'elle allait vomir. Elle arriva à reprendre la parole : « Il les gardait dans la poche de sa veste. C'est là qu'ils étaient la dernière fois que je les ai vus.

— On n'a rien trouvé de ce genre dans ses poches. »

Jackie lui lança un regard noir. « Alors faites votre boulot et allez chercher ailleurs ! Pas mal comme plan, ça, Bart, non ? »

Ce fut un Bart en colère qui reporta son attention sur Archer.

« D'où vous venez, vous ?

— De l'est. Je suis arrivé en autocar.

— Vous l'avez pris où ? » demanda le policier, dont les traits se contractaient en un air mauvais et déterminé.

Et voilà. Pas moyen d'y échapper. « Tartupa », répondit Archer.

Bart et Jeb échangèrent un regard.

« Je connais qu'une seule chose à propos de Tartupa, dit Bart, et le car y passe et vient jusqu'ici, c'est vrai.

— Mais de quoi vous parlez ? demanda Jackie, les yeux de plus en plus envahis de larmes.

— La prison de Carderock est à Tartupa, intervint Jeb. Les anciens détenus viennent ici pour passer leur liberté conditionnelle.

— Archer n'est pas un ancien détenu, dit-elle en se tournant vers lui. N'est-ce pas ? »

Le voilà dans une situation délicate, Archer dut l'admettre. Mais ce n'était pas comme s'il pouvait mentir à propos de l'endroit d'où il venait. Il leur suffisait de faire une recherche avec son nom ou d'aller poser la question à Ernestine Crabtree. Et quand on leur ment une fois, les autorités semblent ne jamais l'oublier. En fait, on dirait même qu'elles le prennent personnellement.

« J'y ai passé du temps, dit Archer.

— Quoi ? s'exclama Jackie. Tu sors de prison ? Vraiment ? »

Bart jubilait, quand bien même son partenaire fit doucement glisser sa main le long du calibre 45 à canon long qu'il portait dans son holster. Archer n'en avait pas perdu une miette.

« Et pourquoi ils vous ont envoyé casser des cailloux là-bas ?

— J'ai enfreint la loi. »

L'air triomphant disparut du visage de Bart et sa main descendit elle aussi à hauteur de son arme tandis que Jackie, perdue, fit un pas en arrière.

« Je vais vous le redemander une fois de plus, et ce sera la dernière, dit Bart.

— Les autorités ont dit que j'avais volé quelque chose.

— C'était quoi ?

— Une voiture.

— Merde, personne ne se fait envoyer à Carderock pour un vol de bagnole, lança Bart. Vous me baladez, mon vieux. J'aime pas ça !

— Cette voiture était spéciale.

— Spéciale comment ?

— C'était la voiture du maire de la ville dans laquelle j'étais de passage.

— D'accord, mais ça suffit pas.

— Et sa fille était dans la voiture avec moi. »

Jeb s'esclaffa, mais Bart n'avait pas l'air content.

« Vous avez kidnappé la fille du maire ?

— Non, elle était là de son plein gré.

— Ah oui, vraiment ?

— Eh bien, elle avait pris sa valise, avec tout ce qu'elle possédait dedans. Le fait est qu'elle ne voulait pas passer le restant de sa vie dans un trou paumé, et que j'étais sa meilleure chance de s'en aller. Mais comme on n'avait pas voiture, on a emprunté celle de…

— Vous avez dit que vous l'aviez *volée*, le coupa Bart.

— Non, j'ai dit que *les autorités* ont dit que je l'avais volée. C'est la fille qui a pris la voiture. Et vu qu'elle appartenait à son père, je ne vois pas comment on pourrait dire que c'est du vol. On avait l'intention de la laisser à la ville suivante et de prendre le train. Sauf que ça ne s'est pas fini comme ça.

— Qu'est-ce qui s'est passé, alors ?

— Ils nous ont attrapés avant qu'on ait pu monter dans le train, et le maire a convaincu sa fille de dire des choses fausses sur moi et sur ce qui s'est passé. Et c'est comme ça que je me suis retrouvé en un rien de temps à Carderock. »

Bart se frotta la joue tandis qu'Archer jeta un regard à Jackie qui le fixait avec de grands yeux blessés.

« Bon, c'est pas pour ça qu'on est venus de toute façon, dit Bart. Hank Pittleman s'est fait tuer et on est venus mettre Mlle Tuttle au courant.

— Pourquoi elle ? demanda Archer.

— Parce qu'ils étaient amis. » Une lueur apparut dans le regard de Bart. « Dites voir, vous habitez où, vous ? »

Archer se demandait quand le policier allait y venir.

Jackie répondit à sa place. « Il est au Derby, comme Hank. »

Bart pivota d'un coup et fit face à Archer. « Oh, c'est vrai ? Tiens donc.

— Oh, bon sang, Bart, lâcha Jackie, qui avait retrouvé ses esprits et séché ses larmes. Il n'a pas tué Hank, pas plus que moi. Hank l'a *engagé*. Maintenant qu'il n'est plus là, Archer n'a plus de boulot. C'est bon, vous saisissez ? »

L'air triomphant de Bart s'estompa.

« C'est vrai ?

— C'est vrai, confirma Archer.

— Vous l'avez annoncé à Marjorie ? » demanda Jackie d'un ton brusque.

Archer la scruta. Il voyait à ses yeux que son cerveau fonctionnait à mille à l'heure.

« On vient juste de trouver le corps, expliqua Bart. C'est la femme de chambre qui l'a découvert, et elle en a presque rendu son foutu petit déjeuner. Ça fait une trotte pour aller jusqu'à chez eux, mais on est en route. On voulait passer vous voir pour vous prévenir, vu que vous êtes plus près. »

Jackie hocha la tête et réussit à lâcher un petit sourire. « Eh bien, j'apprécie beaucoup. Vraiment. »

Archer avait du mal à suivre, mais il se retint et attendit que furent partis les deux policiers, qui lui adressèrent tous deux un regard dur et suspicieux en tournant les talons.

Jackie s'assit. Son regard vide se perdait sur un point de l'autre côté de la pièce. Archer alla à la fenêtre s'assurer que les policiers le laissaient tranquille. Pour l'instant.

Il revint s'asseoir en face de la femme. « Tu peux m'expliquer quelque chose ? lui demanda-t-il.

— Quoi donc, Archer ? dit-elle d'une voix lasse.

— La police est au courant pour Pittleman et toi ?

— Oui. Et ?

— Je trouve ça un peu bizarre, c'est tout. Sans parler du fait qu'ils viennent te l'annoncer en premier, avant même que sa veuve soit au courant.

— Comme Bart l'a dit, j'habite bien plus près. Il y a presque une heure de route pour prévenir Marjorie.

— Personne n'a donc peur de la colère divine, par ici ?

— Pardon ?

— Ce que je veux dire, c'est que tout le monde accepte sans ciller que Pittleman et toi avez conclu cet... arrangement ? Ça ne dérange personne ? J'ai rencontré sa femme, et je sais qu'elle est au courant pour toi, ce qui me paraît encore plus bizarre.

— Oh, ça, releva Jackie. J'ai sauvé leur mariage, en quelque sorte, tu sais. J'imagine que les gens savent le reconnaître. Peut-être que Marjorie aussi, quelque part. »

À l'intonation qu'elle avait donnée à cette dernière phrase, Archer pouvait douter de sa sincérité.

« Et dans quelle mesure l'as-tu sauvé, au juste ? lui demanda-t-il avec un regard curieux.

— Hank l'aurait quittée si je n'avais pas été là. Tout le monde le sait.

— Je ne te suis pas du tout. Ralentis et laisse-moi le temps de digérer tout ça. Prends ton temps. Je veux comprendre.

— Je n'ai pas à prendre mon temps, Archer, dit-elle sèchement. Mais je vais te présenter les choses comme ça : Hank n'aime – n'aimait – plus Marjorie, et il était sur le point de la jeter dehors. Il aurait divorcé et en aurait épousé une autre. Et il y en avait pas mal, des bons partis, qui attendaient en coulisse, je peux te le dire. Malheureusement pour ces dames, je suis entrée en scène et j'ai assouvi les besoins de Hank. Et pas seulement ceux dans la chambre à coucher – à son âge, cela ne l'intéressait plus vraiment –, mais plutôt celui d'avoir une jolie jeune femme à son bras qu'il pouvait exhiber en ville. Tu t'en es rendu compte dans le bar, n'est-ce pas ? » Archer acquiesça.

« Voilà. Il se sentait, comment dire, plus viril. C'est un mot que tu connais, j'imagine ?

— Je l'ai déjà entendu, ouais.

— Hank passe du temps en ville avec moi, il retourne chez lui auprès de Marjorie pendant deux jours et puis il revient en ville le lundi. Marjorie savait que je n'avais aucune envie de l'épouser.

— Attends une minute, comment Marjorie a-t-elle découvert ce qui se passait entre Pittleman et toi ? J'imagine qu'il lui a tout avoué ?

— Non, c'est moi.

— Toi !

— C'était l'une de mes conditions. Je ne vais certainement pas faire ce genre de choses dans le dos d'une autre femme. »

Archer n'arrivait toujours pas à comprendre. Elle se leva et vint s'asseoir près de lui. « Je sais que c'est compliqué, mais vois ça comme une sorte de négociation. Je voulais de l'argent, et un endroit rien qu'à moi. Hank voulait une jeune femme avec qui parader et se montrer. Et Marjorie voulait rester dans sa grande maison. Tout le monde a eu ce qu'il voulait.

— Donc, tu es heureuse comme ça ? demanda Archer.

— Je l'étais, jusqu'à ce que j'apprenne la mort de Hank.

— Et maintenant ?

— Maintenant, qui sait ? Je suis comme qui dirait sur le bord de la route.

— Ton père. Il... commença-t-il.

— N'entre pas dans l'équation de mon bonheur, affirma-t-elle d'un ton ferme, puis son expression changea. Je pense que je vais aller voir Marjorie plus tard dans la journée. On va laisser Bart lui annoncer en premier, évidemment. Tu veux venir avec moi ? »

Archer la fixa longuement sans rien dire, puis il hocha la tête.

« Qu'est-ce qui a bien pu arriver à Hank ? s'interrogea-t-elle. Qui a bien pu le tuer ? Comment est-il mort ? Jeb a juste dit que ça avait été sanglant.

— Ça me dépasse », répondit Archer.

CHAPITRE 15

« D'OÙ TU SORS ÇA ? » demanda Archer devant l'hôtel Derby après que lui et Jackie s'étaient mis d'accord sur ce point de rendez-vous. Sa question portait sur la Nash Ambassador quatre portes flambant neuve peinte en deux tons de bleu que Jackie venait de garer devant lui. Une balle gros calibre prête à être lancée sur la route.

« Hank me l'a offerte, dit-elle par la fenêtre ouverte côté conducteur.

— Il t'a donné une maison *et* une voiture ?

— Bah oui. Il voulait que je me déplace avec style.

— Je n'ai pas vu cette Nash garée devant chez toi, tout à l'heure.

— C'est normal, je ne la garde pas chez moi. Je la laisse dans un garage pas très loin d'où j'habite. Tu n'imagines même pas ce que le soleil qui tape par ici peut faire comme dégâts à la peinture d'une voiture. Et ne me parle même pas de la poussière. Monte. »

Archer se glissa côté passager, et moins d'une seconde après qu'il était entré en contact avec le tissu du siège, Jackie appuya sur le champignon. La Nash fit un bond en avant si soudain que le dos d'Archer fut plaqué contre le dossier de son siège.

Il lui jeta un regard irrité auquel elle répondit par un clin d'œil derrière ses lunettes de soleil miroir.

« J'aime quand ça va vite, Archer. Il va falloir que tu t'y habitues. »

Archer baissa sa vitre et posa une main sur son chapeau pour le maintenir en place ; il y aurait eu de fortes chances pour que celui-ci s'envole sur le siège arrière alors qu'ils étaient encore dans le centre-ville de Poca City. Il examina la jeune femme. Elle portait désormais une robe noire qui lui arrivait sous le genou, un long manteau noir ajusté à la taille, un chapeau en feutre incliné sur un côté, des collants noirs opaques et des chaussures classiques à gros talons bas. Il en déduisit que ce devait être l'uniforme des femmes entretenues en deuil. Une tenue qui lui allait bien, cela dit, mais qu'est-ce qui ne lui irait pas ?

Il estima au soleil qu'ils avaient roulé pendant une bonne heure, ce que lui confirma sa montre. Quand la maison apparut dans son champ de vision, Archer émit un sifflement. « Bon sang, cette bicoque m'a l'air encore plus grande que la première fois où je l'ai vue. Peut-être qu'elle continue de grandir toute seule, comme un arbre. »

Jackie s'arrêta devant le portail et klaxonna.

Trente secondes plus tard, Manuel sortit de sa cachette et leur ouvrit.

« Merci, Manuel », lança Jackie en pénétrant sur le domaine. Archer était perdu dans sa contemplation de la maison.

« C'est grand comment, ici, franchement ? demanda-t-il.

— Je n'en ai aucune idée. Suffisamment grand, tu ne penses pas ?

— À qui sont ces voitures ? demanda-t-il en montrant du doigt un petit parking où étaient garés deux véhicules. Elles n'étaient pas là, la dernière fois.

— La décapotable, c'est la Buick de Hank, et le coupé, c'est la Cadillac de Marjorie.

— Belles tires. Mais il n'en aura plus l'utilité maintenant. »

Jackie vint se garer devant la maison et ils descendirent aussitôt. Archer épousseta son chapeau en le frappant, le remit puis il considéra son environnement. Il s'alluma une Lucky, puis balança d'une pichenette l'allumette éteinte dans la poussière.

« En fait, je comprends pourquoi Pittleman eu envie de faire construire une maison aussi grande, dit-il après avoir tiré une grosse bouffée sur la Lucky.

— Pourquoi ? demanda-t-elle.

— Pour que tous ceux qui passent devant chez lui sachent que c'était sa maison et que lui seul avait les moyens de se la faire construire, voilà pourquoi.

— C'est quelque chose que j'aime bien chez toi, Archer.

— Quoi donc ?

— Tu vois des choses.

— Suffit d'ouvrir les yeux. »

Elle lui adressa un regard entendu. « N'est-ce pas ? »

Archer dut lever le pied au dernier moment car il manqua d'écraser des fleurs qui empiétaient sur le chemin dallé qu'il venait d'emprunter. Une fois son équilibre retrouvé, il vit Jackie entrer dans la maison sans frapper. Archer jeta sa cigarette et se dépêcha de lui emboîter le pas.

« Tu crois que la police est déjà venue la mettre au courant ? » lui demanda-t-il une fois à l'intérieur. Il était déjà venu, mais face à tant de choses à admirer, il n'en avait enregistré qu'une infime partie. Son regard se posa cette fois-ci sur un vase rempli de fleurs en soie presque aussi grand que lui. Juste à côté se tenait un renard empaillé en position d'attaque sur un piédestal en bois et sur le mur au-dessus, une tapisserie représentant une bataille de la révolution américaine était accrochée dans un cadre en bois ornementé semblable à du teck. La scène représentait de galants gentilshommes qui mouraient galamment, apparemment sans accorder la moindre importance à leur sécurité personnelle. Seul leur importait de quitter ce monde dans un sacrifice élégant et patriotique, en conservant une contenance digne de leur rang.

En plus de trois ans sur le front, Archer n'avait jamais été témoin, pas une seule fois, de ce genre de comportement. Son existence pénible, dans des conditions spartiates, avait été entrecoupée de moments de chaos et de peur, saupoudrée de brefs instants de bravoure mêlés de colère, de panique, de haine, d'apitoiement sur son propre sort et de tristesse quand il pensait à ceux qui étaient tombés, suivis par un soulagement coupable quand les tirs s'arrêtaient et qu'il était toujours en vie.

« Ils sont déjà passés, dit Jackie. Sinon, nous ne serions pas là. » Puis, d'une voix forte, elle appela Marjorie.

La même vieille servante grincheuse fit son apparition en trottinant.

« Mme Pittleman est dans le jardin d'hiver, Miss Jackie.

— Merci, Agnes. »

Miss Jackie ? se dit Archer. N'importe qui d'autre ignorant de la situation aurait pu croire que c'était elle, la maîtresse de maison.

Jackie emprunta le même long couloir que Pittleman et Archer lors de sa première visite. Elle s'arrêta devant une porte et prit une profonde inspiration, comme si elle rassemblait ses forces et se concentrait pour la confrontation à venir.

« Ça va ? » lui demanda-t-il.

Elle releva la tête pour croiser son regard. « Tu as déjà eu l'impression d'entrer dans une fosse aux lions ?

— Ouais, on lui a donné le nom de Seconde Guerre mondiale.

— Eh bien, c'est exactement ce que je ressens en ce moment même.

— Mais pourtant, tu m'as bien dit que Marjorie avait eu ce qu'elle…

— Tout cela n'a plus aucune importance désormais, Archer. Hank est mort. Je pourrais très bien me faire botter les fesses, ici et maintenant, dès que j'aurai passé cette porte. »

Archer l'observa sans trop comprendre.

« Bon, quand il faut y aller… » dit-elle, plus pour elle-même.

Jackie ouvrit la porte et entra d'un pas décidé. Archer la suivit et ferma la porte derrière eux.

C'était la même pièce que lors de sa première visite, sauf qu'il ignorait qu'on appelait cela un jardin d'hiver. Marjorie se trouvait sur la même chaise. Devant elle, un verre haut où flottait un gros glaçon dans un liquide de couleur ambre qui montait jusqu'à la moitié du verre.

Jackie alla directement vers la femme et passa ses bras autour d'elle.

« Oh, mon Dieu, Marjorie, je suis tellement désolée. »

Marjorie Pittleman leva les yeux vers elle, puis regarda Archer. Les larmes avaient rendu son visage brillant. Il s'était déjà fait la réflexion, mais il en eut la confirmation : sa beauté n'avait rien d'extraordinaire, mais Archer fut à nouveau frappé par le raffinement délicat de ses traits qui témoignaient certainement d'une grande bonté d'âme.

Une âme qui à ce moment-là était clairement en détresse.

« Je n'arrive pas à y croire. Je n'y arrive pas. Hank venait juste de partir de la maison.

— Je sais. Je sais.

— Et en plus, quelqu'un l'a tué ? Comment est-ce possible ? La police ne m'a pas dit grand-chose.

— Je ne comprends pas non plus, Marjorie. J'étais sous le choc quand Bart me l'a annoncé. »

Elle tapota le bras de son aînée et déposa un baiser sur sa joue plate. « Si vous avez besoin de quelque chose, dites-le-moi. Vraiment, Marjorie, n'hésitez pas.

— Je ne sais pas de quoi j'ai besoin. Mais maintenant que Hank n'est plus là, qu'est-ce que je suis censée faire ?

— Ne pensez pas à ça pour le moment, vraiment. Pas même une seconde. »

Marjorie tourna son visage vers Archer. « Où sont mes bonnes manières ? Bonjour à vous. Vous êtes déjà venu. Hank vous avait engagé pour une mission, je ne sais plus. »

Archer retira son chapeau et lui répondit tout en regardant nerveusement en direction de Jackie : « C'est vrai, m'dame. Je m'appelle Archer. Je suis vraiment désolé pour votre perte, madame Pittleman.

— Merci, monsieur Archer, dit-elle en reportant son attention sur Jackie. J'ai l'impression que mon monde s'écroule. Mais c'est gentil à vous d'être venus me rendre visite. »

Jackie s'assit à côté d'elle et prit les mains de Marjorie dans les siennes. « *Nous* allons surmonter cette épreuve. Ils vont trouver qui a fait ça, et cette personne sera punie comme il se doit. »

Marjorie hocha la tête. « J'espère que vous dites vrai, ma chère. Je l'espère.

— Est-ce Bart qui est venu vous l'annoncer ? Ou quelqu'un d'autre ?

— Non, c'étaient Bart Coleman et son collègue. Le grand.

— Jeb Daniels.

— J'imagine qu'ils vont enquêter ? intervint Archer.

— Non, je ne pense pas, dit Marjorie. Quand on a un meurtre par chez nous, ils envoient quelqu'un de la police d'État pour enquêter.

— Vous avez souvent des affaires de meurtre, par ici ? s'interrogea Archer en écarquillant les yeux.

— Eh bien, où que ce soit, des gens en viennent à en tuer d'autres, nota Jackie d'un ton neutre. Et Poca City ne fait pas exception. »

Elle tapota la main de Marjorie. « Nous allons essayer d'en apprendre le plus possible et nous reviendrons vous voir. Maintenant, il faut que vous alliez dormir. » Elle avisa le verre. « Vous êtes sûre que c'est une bonne idée ?

— C'est toujours mieux que des pilules.

— Oui, j'imagine.

— Et les affaires de Hank, alors ? Il ne m'a jamais expliqué comment ça se passait. Je suis sûre qu'il y a des choses à régler.

— Tout ce que vous avez besoin de faire, à l'heure actuelle, c'est vous reposer. Tenez, laissez-moi vous aider à vous coucher. Archer, je n'en ai pas pour longtemps. »

Les deux femmes prirent congé, laissant Archer livré à lui-même.

Il était sur le point de s'allumer une autre Lucky mais il se ravisa et la cala dans la bande de soie de son chapeau, pour plus tard. Il regarda par la fenêtre. Au loin, il distinguait de nombreux entrepôts. Du bétail en train de paître. Des champs cultivés. Juste à côté, des chevaux dans leur enclos. Des hommes, des camions, des tracteurs et des chiens qui arpentaient la terre. Des silos à grain s'élevaient de la terre comme les fusées spatiales qu'Archer avait vues dans des bandes dessinées. Il avait déjà observé tout cela lors de sa précédente visite, c'était un spectacle tout aussi impressionnant la seconde fois. Il y avait beaucoup à gérer, et la propriétaire ne semblait pas du tout à la hauteur de la tâche.

Il ouvrit la porte vitrée et sortit faire un tour à l'arrière de la maison.

Il repéra Sid Duckett, une planchette à pince à la main, en train de parler à trois hommes à l'air fatigué mais qui l'écoutaient néanmoins avec attention. Une fois que les types furent partis, Archer avança jusqu'au grand gaillard vêtu d'un maillot de corps rentré dans un pantalon sale, de bottes poussiéreuses et d'un chapeau de paille.

« J'imagine que vous êtes au courant ? »

Duckett acquiesça.

Archer embrassa du regard l'activité devant lui. « Ça tourne bien, par ici.

— Ouais, et ça s'arrête pas là. Il a pas mal d'affaires à son nom. Même une banque.

— Une banque ?

— C'était le proprio de la First City Bank à Poca. Et de l'hôtel Derby et du Cat's Meow.

— Bon sang, j'étais pas au courant pour le Cat's Meow. Et donc, qu'est-ce qui va se passer maintenant qu'il est mort ? »

Duckett regarda en direction de la maison. « La patronne n'est pas vraiment impliquée dans tout ça. Elle va peut-être tout vendre ? »

Archer se gratta l'oreille. « D'accord, mais qui a les moyens dans le coin pour racheter ?

— Ben, y a Lucas Tuttle.

— Le père de Jackie ?

— C'est ça. Il a beaucoup de terres. Vraiment beaucoup. Et il a de l'argent, du moins à c'qu'on m'a dit. Et du coup, il est mort comment, Archer, tu sais quelque chose ?

— Les flics disent que c'est un meurtre.

— Merde.

— Vous pensez à quelqu'un qui aurait voulu se le faire ? »

Duckett secoua la tête. « Il pouvait pousser ceux qui bossaient pour lui à se tuer à la tâche, j'en sais quelque chose. Et il pouvait aussi se montrer plus que dur en affaires. Mais de là à le tuer ? »

Duckett retira son chapeau et le frappa contre sa jambe pour en faire partir la poussière. « J'ai pas un seul nom qui me vient en tête.

— Il y en a au moins *un*… »

Il était de retour dans le jardin d'hiver juste au moment où Jackie entrait à nouveau dans la pièce.

« Tu es prêt ?

— Oui. J'étais dehors, je parlais avec Sid Duckett. Il m'a dit que Pittleman possédait une banque et le Cat's Meow.

— C'est vrai. Tu ne le savais pas ?

— Mais bordel, comment est-ce que j'étais censé le savoir ?

— Ne t'énerve pas contre moi, Archer. Je te posais juste une question.

— Bref, il m'a dit que Mme Pittleman allait certainement devoir vendre.

— Peut-être, oui. Ou non. Ce n'est pas notre problème à l'heure actuelle, si ?

— Il m'a aussi dit que ton père pourrait se montrer intéressé. »

Jackie le dévisagea avec méfiance. « C'est vrai ?

— Ouais, pourquoi ?

— Pour rien.

— Comment va Mme Pittleman ?

— Pas bien du tout. Elle vient juste de perdre son mari.

— La bonne nouvelle, c'est qu'elle semble t'apprécier.

— Je t'ai déjà expliqué. Et non, elle ne m'apprécie pas.

— Si tu le dis.

— Je le dis, oui. Bon, j'aimerais toujours savoir où sont passés les papiers de la dette. Une idée ?

— Du tout », mentit Archer. En cet instant, il lui semblait que c'était la meilleure chose à faire.

Sur le chemin du retour, ils s'arrêtèrent dans une boutique sur le bord de la route pour acheter des bouteilles de cidre frais et un sachet de cacahuètes encore dans leur coque.

Ils retournèrent s'asseoir à l'avant de la Nash, sur sa banquette si grande que l'ancien peloton d'Archer aurait pu y tenir dans sa totalité. Ils burent et mangèrent à satiété, balançant leurs coquilles par les fenêtres ouvertes tandis qu'à l'occasion, un camion ou une voiture dévalait la route devant eux. Un homme sur une mule avec un sac en toile de jute sur l'épaule passa devant Archer en trottant.

« C'était comment la guerre, Archer ? » demanda Jackie.

Il tourna la tête. Elle balayait de la main les peaux de cacahuètes tombées sur ses genoux et sa robe de deuil.

« Et toi, tu t'imagines que c'était comment, la guerre ?

— Je n'y suis pas allée. C'est pour ça que je te demande. Tu aimes bien poser des questions, moi aussi.

— Ce n'était pas très amusant.

— Tu as été blessé ? »

Il finit son cidre frais et posa la bouteille vide sur le plancher de la voiture. « Oui.

— J'ai vu une cicatrice sur ton dos, et une autre sur ta jambe quand on était au lit. Pourquoi ne t'ont-ils pas renvoyé à la maison ?

— Parce que je pouvais encore me battre.

— Tu as déjà tué quelqu'un ?

— C'était un peu le but de m'envoyer là-bas.

— Comment tu as fait ?

— C'est quoi, cette question ?

— J'essaye juste de te comprendre.

— Pourquoi ça ?

— Je te trouve intéressant.

— Tu ne devrais pas plutôt consacrer tes pensées au regretté Hank Pittleman ?

— Je te l'ai déjà dit, je suis désolée qu'il soit mort, mais ce n'est pas comme si j'étais folle amoureuse de lui.

— Est-ce que tu vas devoir rendre la maison et la voiture ?

— Ça dépend de Marjorie. Ce qui veut dire que je ne vais pas pouvoir les garder. Mais revenons-en aux combats.

— Tu ne comptes pas lâcher le morceau, pas vrai ?

— Alors ?

— Bon… J'ai tué des Allemands et des Italiens. J'en ai tué avec mes grenades et avec ma baïonnette, quand ça se finissait en un contre un au corps-à-corps. J'ai tranché la gorge d'un type avec mon couteau. J'ai tué un homme à mains nues quand on était tous les deux à court de balles. Je lui ai brisé la nuque comme on me l'avait appris.

— Mon Dieu, Archer. Ça a dû te marquer profondément.

— Comment ça ?

— Tu ne peux pas tuer autant de personnes sans que cela ne t'affecte pas.

— C'est à ça qu'on m'avait entraîné.

— Tu n'as jamais rien ressenti dans ces moments-là ?

— Si, je me suis senti carrément chanceux d'être en vie, et pas eux. »

Elle remit le contact à la Nash. « Moi, je ne vois pas comment ça n'a pas pu te traumatiser.

— Je n'y pense pas beaucoup. Pour l'instant, ça a l'air de bien marcher.

— Oui, c'est ça, jusqu'au jour où cela ne marchera plus…

— Comment tu peux savoir des choses comme ça ?

— Je t'ai dit que j'avais étudié la psychologie à l'université, Archer. Après la Première Guerre mondiale, les soldats de retour du front souffraient de ce qu'on appelait *l'obusite*. Ils étaient en état de choc. Le cerveau humain n'est pas adapté à la guerre. Elle te change. Tu n'étais pas un tueur avant d'aller à la guerre, si ?

— Je n'avais jamais rien tué avant de traverser l'Atlantique. Ni homme ni animal.

— Tu n'étais jamais allé à la chasse ?

— Pas grand-chose à chasser d'où je viens.

— Mais ensuite, tu es devenu un tueur pendant la guerre.

— Eh bien, je ne suis plus à la guerre. Et je ne suis pas un tueur. »

Elle lui adressa un regard inquiet et tourna le volant de la Nash pour la remettre sur la route qui les ramènerait à Poca City.

CHAPITRE 16

APRÈS QUE JACKIE L'EUT DÉPOSÉ, Archer entra dans le hall de l'hôtel Derby et remonta dans sa chambre. En passant devant la chambre 615, un homme dans la quarantaine en sortit. Il était vêtu d'un costume trois pièces froissé bleu foncé à rayures fines, de chaussures en cuir noir fatiguées et d'une chemise d'un rouge profond qui aurait eu besoin d'un coup de fer à repasser. Il faisait moins d'un mètre quatre-vingt pour à peine soixante-dix kilos ; petit, sec, il donnait l'impression d'être un dur à cuire. Son visage rappelait à Archer celui d'un boxeur qu'il avait vu en action sur un ring lors d'un match improvisé pendant la guerre, lors d'un bref moment de répit : un menton saillant en granit, un nez tordu qui avait dû se faire casser plus d'une fois, deux grosses bosses endurcies qui lui tenaient lieu de joues et des oreilles aplaties en chou-fleur. Ses cheveux grisonnants étaient épais et mal coiffés. Sa bouche était surmontée d'une moustache noire qui s'étirait en un fin ruban. Il portait sur la tête un chapeau mou noir à bande grise.

Pour Archer, le plus remarquable chez lui était ses yeux, deux pointes de flèche en carbone, ou quelque chose s'en rapprochant. Jamais Archer n'avait vu paire d'yeux aussi calme.

Des yeux qui scrutaient Archer avec intérêt.

« Un locataire de cet étage, par hasard ? lui demanda l'homme.

— Qui le demande ? »

L'homme ouvrit son manteau pour révéler un insigne en argent à pointes agrafé à sa veste. « Le lieutenant-détective Irving Shaw de la police d'État, voilà qui le demande, monsieur… ?

— Archer. Vous êtes aux homicides ? »

Shaw ignora sa question et demanda : « Alors, c'est *toi*, Archer. Tu étais chez Mlle Tuttle ce matin, correct ? Les agents m'en ont parlé.

— Oui.

— Vous sortez ensemble tous les deux, ou quoi ?

— C'est juste une amie. J'ai dit la même chose à vos agents.

— Un ami qui vient la voir chez elle tôt le matin ? T'es sûr que t'as pas passé la nuit là-bas ?

— J'ai passé la nuit ici. Je suis parti ce matin pour aller voir Jackie chez elle.

— Pourquoi aussi tôt ?

— Elle me manquait, j'imagine. »

Shaw sortit un petit calepin qui avait fait son temps et un petit bout de crayon pour griffonner quelques mots. « Tu dis que tu as passé la nuit ici ? Dans quelle chambre ?

— La 610. »

Shaw leva la tête pour repérer la localisation de la chambre d'Archer, et les deux morceaux de charbon qui lui servaient d'yeux s'allumèrent comme si quelqu'un y avait mis le feu.

« T'as entendu quelque chose la nuit dernière ?

— Par exemple ?

— Quelque chose qui sortirait de l'ordinaire.

— Ça ne fait pas longtemps que je suis dans le coin, ce qui fait que je ne suis pas encore sûr de savoir ce qui est ordinaire pour Poca City.

— Fais appel à ton bon sens, dans ce cas.

— Non, franchement, je dormais profondément. Je n'ai rien entendu. »

Shaw écrivit à nouveau. « T'aurais pu commencer par là.

— J'aurais pu, c'est vrai. Désolé.

— On m'a dit que tu sortais juste de la prison de Carderock.

— Où j'ai tiré ma peine.

— Pas en entier. J'ai vérifié. Libéré sur parole. Ernestine Crabtree ?

— C'est vrai. Je me suis déjà présenté à son bureau.

— Très bien. Donc, ce que tu me dis, c'est que tu dormais, de quelle heure à quelle heure ?

— Oh, je dirais de minuit à 6 heures du matin. Dans ces eaux-là.

— Tu as vu la victime hier soir ? »

Archer n'en était pas revenu que les deux agents ne lui aient pas posé la question plus tôt. Mais ce Shaw semblait d'un calibre supérieur. Il avait l'air d'aimer poser des questions tout autant qu'Archer.

Le crayon de Shaw était suspendu au-dessus de son calepin.

« Est-ce que M. Archer m'a entendu ?

— Ouais, je l'ai vu. Il était bourré. C'était devant le Cat's Meow. Mlle Tuttle et moi l'avons aidé à monter dans son lit, et après on est partis.

— T'étais au bar avec eux hier soir, si je comprends bien ?

— Je ne suis pas autorisé à entrer dans ce bar. Ça va à l'encontre de ma conditionnelle.

— Effectivement. Comment t'es tombé sur eux, alors ?

— Je passais devant le bar hier soir quand je les ai vus qui en sortaient. Mlle Tuttle avait du mal à le porter toute seule. Alors je suis allé l'aider. »

Shaw se frotta la moustache avec le bout de son crayon. « Et elle a laissé un inconnu l'aider ?

— Je l'avais déjà rencontrée. Tous les deux, en fait.

— Vraiment ? Où ça, tiens ? »

Archer sentit quelque chose se contracter au creux de son estomac.

« En ville. Lors de ma première soirée ici, en fait. On a engagé la conversation. Un homme intéressant. Et elle était très agréable, elle aussi. »

Shaw consigna autre chose dans son calepin et secoua la tête.

« Quoi ? demanda Archer en essayant de déchiffrer ses notes.

— À chaque nouvelle question que je te pose, on s'enfonce de plus en plus.

— Comment ça ? »

Il ignora cette question-là aussi. « Les agents ont indiqué que M. Pittleman t'avait engagé pour récupérer le paiement d'une dette auprès d'un certain Lucas Tuttle, c'est ça ?

— C'est ça.

— Et pour l'instant, rien ?

— Pas encore.

— Ce ne serait pas Mlle Tuttle qui vient de te déposer devant l'hôtel ? Il se trouve que j'étais en train de regarder par la fenêtre juste à ce moment-là. »

Archer sentit grossir la boule au creux de son estomac.

« Ouais, c'était elle. On est allés présenter nos condoléances à la veuve de M. Pittleman. »

Il lâcha un petit rire. « Si peu de temps passé en ville, et tu as déjà rencontré tout un tas de gens. Impressionnant.

— Je suis quelqu'un de sociable.

— J'en suis certain, Archer, j'en suis certain. Donc Mlle Tuttle et toi, vous aidez le défunt à revenir ici en sortant du bar et vous le mettez au lit, juste ici, dans la chambre 615 ? Correct ?

— Correct.

— Et c'était à quelle heure ?

— Dans les 11 heures.

— Dans les 11 heures. Et ensuite, vous avez fait quoi, vous deux ? »

Archer voulait mentir. Il voulait désespérément lui dire qu'ils étaient allés chacun de leur côté, mais il ignorait ce que Jackie allait leur raconter, et une fois que vous avez menti à la police, c'en était fini de vous.

« On est allés dans ma chambre. »

Il haussa les sourcils en notant ce qu'il venait d'entendre. « Vous êtes allés dans ta chambre. La 610, juste là ? Mlle Tuttle et toi ?

— Correct.

— Pour quoi faire ?

— On a pris un verre. Au bout du compte, on a peut-être dû en prendre plus d'un.

— Normalement, avec ta conditionnelle, interdit de consommer de l'alcool, non ?

— Ah bon ? »

Shaw le regarda d'un air condescendant. « Et hormis prendre un verre, qu'est-ce que vous avez fait d'autre ?

— En quoi ça vous intéresse ?

— Encore une fois, fais appel à ton bon sens, Archer.

— Je n'ai rien à voir avec la mort de cet homme.

— Et moi, je ne me souviens pas t'en avoir accusé.

— C'est juste que vos questions sont un peu étranges.

— Ces questions font partie de la procédure habituelle, Archer. Ils ne t'en ont pas posé des comme ça, la première fois que tu t'es fait arrêter ?

— Ce n'était pas en rapport avec un meurtre, aussi.

— Mais quand même. »

Archer s'adossa contre le mur. « On a passé un peu de temps ensemble. Je me suis endormi. Quand je me suis réveillé, elle était partie.

— Ce temps que vous avez passé ensemble, c'était avec ou sans vos vêtements ? »

Les traits d'Archer s'assombrirent en même temps que son anxiété augmentait. « En quoi c'est important ?

— Je ne vois pas comment tu pourrais penser que cela n'est *pas* important, mon petit gars.

— Je ne sais pas si j'ai envie de continuer à répondre à vos questions.

— Tu n'as pas le choix, Archer. La loi, c'est la loi.

— Ouais, on n'arrête pas de me dire ça. Bon, d'accord, on a couché ensemble. Et après, elle est partie.

— Donc tu as couché avec la maîtresse de la victime la nuit où Hank Pittleman s'est fait tuer au bout du couloir où se trouve ta chambre ?

— Ce n'est pas sa maîtresse.

— Vraiment ? C'est quoi, alors ?

— Vous devriez lui demander.

— Oh, je n'y manquerai pas, Archer. Tu peux en être sûr.

— C'est tout ?

— Non, c'est pas tout, mon petit gars. Donc, après avoir déposé M. Pittleman dans sa chambre, tu n'y es pas retourné ? »

Archer se redressa et se concentra. Ce Shaw le titillait avec ses questions comme on embêterait un nid de frelons avec un bâton. Sauf qu'il tapait à tous les endroits qu'il ne fallait pas au goût d'Archer.

« J'avais pas de raison d'y retourner.

— Donc c'est un non, c'est ça ?

— C'est un non, mentit Archer.

— J'ai cru comprendre que t'étais dans l'armée.

— Qui vous a dit ça ?

— Je n'ai pas à te le dire, et je ne te le dirai pas. Tu sais donc bien te servir d'un flingue et d'un couteau ?

— Écoutez, je n'ai rien…

— Tu étais dans l'armée ou non, Archer ? l'interrompit Shaw.

— Et vous, vous y étiez ?

— D'accord, je veux bien entrer dans ton jeu, juste cette fois. J'étais pilote dans l'Air Force. Quatre-vingt-treize sorties pour des bombardements en Europe, puis je suis parti voler au-dessus du Pacifique et j'ai largué une chiée de TNT sur les Japs. Il n'y a pas eu une seule minute où je n'ai pas adoré ça, tout en ayant la peur de ma vie. »

Archer le considéra sous un jour nouveau. Il avait plus de respect pour lui. « C'est impressionnant. C'est bien plus compliqué de faire voler un avion que de se servir d'un fusil.

— Je suis d'avis que tous les hommes qui ont endossé une tenue de combat ont fait quelque chose d'impressionnant. Et toi ?

— 34e Division d'infanterie. La plupart du temps en Italie, mais on a fini par arriver en Allemagne, aussi. Même si on a combattu plus d'Allemands en Italie que d'Italiens.

— Tu as peut-être eu la vie plus dure que moi. C'était sacrément ardu, à ce que j'ai compris. Un paquet de GI ne sont jamais revenus à la maison après cette campagne.

— Ça m'a semblé bien ardu à l'époque, c'est sûr. J'aimais bien le petit trou que je m'étais creusé, comme tout le monde. Ce qui est dommage, c'est qu'on n'a jamais eu l'occasion d'en profiter longtemps. Et les Allemands visaient plutôt bien pour nous pilonner quand on était accroupis dans la terre.

— Tu t'es fait tirer dessus ?

— On s'est tous fait tirer dessus. Vous en avez fini avec moi, maintenant ? »

Shaw rangea son calepin et son crayon et le considéra d'un air perplexe. « Tu sais très bien te servir d'un flingue et d'un couteau, et tu as couché avec la maîtresse, ou je ne sais quoi, du défunt la nuit de sa mort. Et de ton propre aveu, tu avais bu. Et tu as passé la nuit à quoi, quinze mètres de l'endroit où il s'est fait tuer. Et tu n'as aucun alibi pour l'heure probable de son décès. » Il marqua une pause. « Donc, non seulement je n'en ai pas fini avec toi, Archer, mais je ne fais que commencer. » Il ferma la porte de la chambre 615 et ne se cacha pas pour montrer qu'il la verrouillait.

Archer remarqua pour la première fois la présence d'une poudre blanche sur le bouton de la porte.

Shaw pinça le bord de son chapeau à l'intention d'Archer et ajouta : « N'essaye pas de quitter Poca City, Archer. Ce ne serait pas très malin. Je n'en serais vraiment pas content. Et toi, tu le serais encore moins que moi. »

Il prit congé d'Archer qui avait l'impression qu'un Panzer venait de l'aplatir. Deux fois. Il se pencha et regarda d'un peu plus près le bouton de la porte et la poudre blanche qui la recouvrait. Il tendit la main pour la toucher mais il se ravisa bien vite et battit en retraite au bout du couloir.

Archer retourna à sa chambre, prit la flasque et la vida de son contenu. Il s'essuya la bouche du revers de la main, alla se poster devant l'unique fenêtre et contempla Poca City. Il vit Shaw sortir de l'hôtel, mais celui-ci s'arrêta. Le sang quitta lentement le visage d'Archer quand il vit l'homme avec qui Shaw discutait. C'était l'employé de l'hôtel à qui Archer avait demandé s'il avait vu Jackie. L'homme gesticulait en direction de l'hôtel tandis que Shaw sortait son crayon et son calepin pour tout noter. Archer était persuadé de lire l'air triomphant sur le visage de l'homme de loi.

Archer s'assit sur le lit et réfléchit à la situation.

En ce qui le concernait, cela ne s'annonçait pas particulièrement bien. L'argent dans sa poche, ce qui restait de l'avance de Pittleman, et les documents qu'il avait pris au défunt étaient comme des morceaux de charbon chauffés à blanc qui le faisaient fondre de l'intérieur. Il était sûr que Shaw irait ensuite voir Jackie, et que pourrait-elle bien lui raconter ?

Tu n'as pas tué cet homme, Archer.

Il n'avait pas commis le crime qui l'avait envoyé à Carderock, et pourtant, cela ne les avait pas arrêtés, si ?

Et à la façon dont Shaw lui avait présenté les choses, le mobile était on ne peut plus clair.

J'ai couché avec la maîtresse de Pittleman.

J'avais bu.

Je sais comment trancher la gorge d'un homme.

Mais Pittleman l'avait engagé pour un boulot. Et maintenant, il n'en avait plus, comme Jackie l'avait dit à la police. Cela contredirait n'importe quelle raison qui l'aurait poussé à tuer Pittleman. Mais est-ce que cela suffirait ? Clairement insuffisant si le lieutenant-détective Shaw était le seul et unique arbitre de sa culpabilité ou de son innocence.

Il s'étendit sur le lit et se demanda si Poca City serait le dernier arrêt de sa courte vie.

CHAPITRE

17

PLUS TARD CE MÊME JOUR, Archer décida de sortir. En passant devant le comptoir de la réception, il jeta un regard à l'employé qui avait parlé avec Shaw dehors.

« Comment ça va, mon vieux ? demanda Archer.

— Mieux que vous, et de loin, m'sieur.

— Et pourquoi ça ? demanda Archer en avançant vers lui d'un pas décidé. Dites-moi ce qu'il en est, l'ami. »

Le petit homme se ratatina. La peur se lisait dans ses yeux et dans ses membres tremblants.

« Rien, je voulais rien dire, marmonna-t-il. Laissez-moi tranquille.

— Pas de panique. Je ne vous veux aucun mal.

— C'est ce que vous dites, répondit-il, la mine sombre. Allez dire la même chose à ce pauvre M. Pittleman », ajouta-t-il.

Archer se retourna et sortit. Il prit trois grandes inspirations comme il le faisait dans l'armée avant chaque combat d'importance qui justifiait leur appel sous les drapeaux, à lui et ses compagnons d'armes. Il n'était pas superstitieux avant d'entrer dans l'armée, mais il l'était devenu, et pas qu'un peu, le temps qu'il avait porté l'uniforme.

Trois grandes inspirations et je suis rentré à la maison en un seul morceau.

Sa détermination le quitta d'un coup.

Pour atterrir en prison. Et maintenant, ça ?

Il avait des décisions à prendre. Il y avait encore une issue possible à l'un de ses problèmes. Pittleman mort, malgré ce qu'elle en disait, Jackie pourrait voir le bénéfice qu'elle pourrait en tirer à se réconcilier avec son père. Cependant, Marjorie traînerait-elle Tuttle devant les tribunaux pour qu'il lui rembourse la dette ? Si cela arrivait, Archer ne gagnerait pas un sou de plus. Mais peut-être Marjorie n'était-elle pas au courant des quarante dollars que son mari lui avait avancés. Ou alors elle s'en fichait. Sauf que Shaw pourrait s'en servir comme d'un mobile contre Archer s'il en découvrait l'existence.

Tu es coincé entre le marteau et l'enclume, Archer, alors qu'est-ce que tu comptes faire ?

Il alla à pied jusqu'au numéro 27 d'Eldorado Street et frappa à la porte. Personne ne venant, il essaya d'ouvrir la porte. Elle n'était pas verrouillée. Il entra en appelant Jackie. Il trouva la jeune femme au lit, sans le moindre vêtement. Un verre était suspendu à ses lèvres.

« Vous cherchez quelque chose en particulier, ou vous ne faites que regarder ? dit-elle en prenant une gorgée de la boisson inconnue dans son verre.

— Je ne sais pas. À toi de me le dire.

— J'ai de la peine, Archer. Beaucoup plus que je ne pensais en avoir. Viens là et aide-moi à faire passer ma mélancolie.

— Qu'est-ce que tu veux que je fasse ?

— Si je dois te le dire, à quoi tu me sers ? »

Il traversa la pièce, quitta ses vêtements en un temps record et s'allongea à côté d'elle.

« C'est mieux, dit-elle en lui donnant un baiser.

— Ça me fait bizarre de faire ça, là, maintenant.

— Pourquoi, à cause de Hank ? C'est justement à cause de ce qui est arrivé à Hank que je veux le faire. Sinon, je ne ferais rien d'autre que pleurer.

— Je croyais que tu n'étais pas amoureuse de lui ?

— Je ne l'étais pas. Mais j'ai quand même le droit d'être triste. Je ne suis pas un ange, Archer. Je pense aussi à mon gagne-pain qui va bientôt disparaître. Alors laisse-moi profiter du moment présent, espèce de vilain bonhomme. »

Elle agrippa une partie de son anatomie si fort qu'il en eut le souffle coupé, puis elle l'embrassa sauvagement et ils s'abandonnèrent.

Plus tard, au calme, elle posa sa tête sur le bras d'Archer et se mit à caresser son ventre plat et dur.

« Tu as de la famille, Archer, des frères ou des sœurs ?

— Non. Il n'y a que moi.

— Tu m'as dit que tu n'avais jamais frappé une femme, Archer, pas comme Hank avec moi ?

— Je t'ai dit ça parce que c'est la vérité.

— Oh, allez, jamais ? Ne me mens pas !

— Comme je te l'ai dit, ça ne m'est jamais venu à l'idée.

— Pourquoi ? Parce que tu n'as jamais eu de sœurs ?

— J'aimerais me dire que c'est à cause de l'injustice qu'il y a à voir un homme frapper une femme.

— Et tes parents ? Ils sont encore vivants ? »

Il secoua la tête et lui caressa les cheveux. « Ils sont morts quand j'étais à l'étranger. Je n'ai pas eu l'occasion de leur dire au revoir ou même d'aller à leur enterrement. »

Elle fit reposer son menton sur sa poitrine et le regarda dans les yeux. « Pourquoi ?

— Je n'ai pas pu avoir de permission pour rentrer à la maison. Ma division était en plein combat avec les Allemands. La bataille de Bologne, la prise de la ville, c'était… dur. C'est une bonne chose que la guerre se soit arrêtée deux semaines après, parce qu'on était complètement rincés. Donc même si j'avais pu avoir une permission, je n'aurais jamais pu m'éclipser. Pas que j'aurais voulu non plus, d'ailleurs.

— Pourquoi tu n'aurais pas voulu rentrer ?

— Mes parents étaient morts, Jackie. Rien n'aurait pu les ramener. Mais la 34e avait besoin de tous les hommes qu'elle pouvait rassembler. Si on s'était tous mis à prendre des permissions, bien plus d'hommes seraient morts. Des morts qui étaient inutiles.

— Très héroïque de ta part.

— Non, pas du tout. Les héros sont des gens à part qui font des choses que l'on n'attend pas d'eux. Je n'étais qu'un troufion qui faisait son boulot comme des millions d'autres. Sauf que moi, j'ai pu rentrer à la maison simplement parce que j'ai été assez chanceux pour ne pas me faire tuer.

— Quand même, ça a dû être difficile, de ne pas aller à leur enterrement.

— C'est arrivé à un tas d'hommes pendant la guerre. Pourquoi ce serait différent pour moi ?

— Voilà qui est extrêmement magnanime de ta part.

— Et voilà de bien grands mots très intelligents pour une chose aussi insignifiante.

— Je suis enfant unique, comme toi. Moi non plus, je n'ai personne.

— Eh bien, tu as ton père, que ça te plaise ou non. »

Ses doigts arrêtèrent de caresser son ventre pendant un instant avant de reprendre leur danse.

« Tu sais t'y prendre pour m'asticoter, Archer, dit-elle. Et pas d'une façon que j'aime. »

Quelques instants de silence s'écoulèrent avant qu'Archer ne reprenne la parole. « Eh, est-ce que ce lieutenant Shaw est venu te voir, toi aussi ? »

Elle s'assit et le fixa, cachant sa nudité avec le drap.

« Oui. Je ne l'aime pas. Il m'a posé beaucoup de questions.

— Qu'est-ce que tu lui as dit ? demanda-t-il.

— *Toi*, qu'est-ce que tu lui as dit ?

— La vérité. Presque toute.

— Je lui ai dit toute la vérité. Pas le choix.

— Ce qui veut dire ?

— Il m'a demandé où on s'est rencontrés, et je lui ai dit.

— Au bar ?

— C'est la vérité, Archer, non ? »

Allez, adieu ma liberté conditionnelle. Retour à Carderock, quoi qu'il arrive.

« Et qu'est-ce qu'il a dit ?

— Rien, mais il a tout noté.

— Ça ne m'étonne pas. Il les aime, son crayon et son calepin. Quoi d'autre ?

— Je lui ai dit que Hank t'avait engagé pour récupérer le paiement d'une dette auprès de mon père. Mais il le savait déjà.

— Et ?

— Et que tu as dû porter Hank jusqu'à sa chambre, et qu'après on est allés dans la tienne pour prendre un dernier verre.

— Tu lui as dit les autres choses qu'on avait faites ?

— Je ne me suis pas étalée. Tu lui as dit qu'on avait couché ensemble ?

— Qu'est-ce que j'étais censé dire d'autre ?

— Un vrai gentleman n'aurait jamais trahi le secret d'une dame. J'ai une réputation à protéger, Archer.

— Vraiment ? Eh bien, sache qu'il t'a appelée la *maîtresse* de Hank Pittleman.

— Je l'ai corrigé sur ce point. Mais il s'en fichait. Au contraire, ça avait l'air de l'amuser, à la façon dont il m'a regardée.

— C'est un vrai bouledogue. Il ne va pas lâcher l'affaire.

— On n'a rien à cacher, Archer.

— On le sait tous les deux. Mais lui ?

— Je suis certaine que tout va bien se passer.

— Et Marjorie alors ?

— Eh bien ?

— Elle va peut-être tout vendre.

— Peut-être. C'est son droit. Je t'ai déjà expliqué.

— Tu penses vraiment qu'elle va te tourner le dos ? Alors qu'elle a été si aimable avec toi aujourd'hui ?

— Nous ne sommes pas amies, Archer. Nous avions besoin l'une de l'autre, je te l'ai déjà dit, sauf qu'apparemment tu ne m'écoutais pas. Maintenant que Hank n'est plus là, Marjorie Pittleman adorerait me voir à la rue, fauchée comme les blés. Si je suis allée la voir aujourd'hui, c'était pour gagner un peu de temps, pour qu'elle voie que je la soutiens, lâcha-t-elle dans un gros soupir. Mais Marjorie n'est pas idiote. Hank est mort en même temps que ma bonne fortune. » Elle attrapa son paquet de cigarettes et son briquet sur la table de nuit et s'alluma une Chesterfield. Elle en proposa une à Archer, mais celui-ci déclina l'offre.

Elle tira une bouffée et expira de la fumée par le côté de la bouche. « C'était sympa le temps que ça a duré », déclina-t-elle d'un ton lugubre. De sa main libre, elle serra le drap un peu plus fort autour d'elle tout en fumant sa cigarette. « C'est un monde d'hommes, Archer. Tout l'argent, tout le pouvoir est entre vos mains.

— Je t'arrête tout de suite. Ne me mets pas dans le même sac que les hommes comme Hank Pittleman. Mes poches sont pour ainsi dire vides, et pour ce qui est du pouvoir, laisse-moi rire. Je suis un ancien détenu avec à peu près aucune perspective d'avenir, même après avoir contribué à gagner une guerre mondiale. »

Elle lui ébouriffa les cheveux. « Je vois où tu veux en venir. Mais ça rend dingue quand même. Il n'y a pas si longtemps, on ne pouvait même pas encore voter. Les femmes doivent se battre pour grappiller leur part, et en même temps, on n'a pas le choix que de laisser les hommes penser qu'ils nous sont tellement supérieurs, qu'on est simplement heureuses d'être à leur côté et de suivre le mouvement. Ça ne se passera pas toujours comme ça, mais voilà la situation dans laquelle on vit au quotidien.

— Est-ce que c'est l'étudiante en psychologie qui parle ?

— Elle, mon bon sens et le simple fait de vivre dans ce bas monde. » Elle éteignit sa cigarette en la plongeant au fond d'un grand verre plein de glaçons fondus. « Et maintenant, j'y suis jusqu'au cou sans une rame ou un foutu canoé pour m'en sortir.

— Qu'est-ce que tu comptes faire ?

— Je ne retournerai pas auprès de mon père, si c'est ce que tu voulais me suggérer. » Elle s'alluma une autre cigarette. « Et toi ?

— Je ne sais pas vraiment comment je pourrais récupérer le remboursement de la dette. Et me faire payer.

— La façon dont je vois les choses, tu as deux options. Hank est mort. Mon père peut rendre l'argent en toute bonne conscience vu que je ne suis plus avec Hank. Comme ça, tu peux récupérer l'argent que Hank t'a promis auprès de Marjorie. Je me porterai garante du marché que Hank a conclu avec toi. J'étais là, après tout. Je pense qu'on pourra lui faire entendre raison. Cinq mille dollars, c'est beaucoup d'argent. Et si elle veut les récupérer, il faudra qu'elle te paye.

— Je pourrais aller voir ton père. Tu penses qu'il est au courant ?

— Bien sûr. Mais si j'étais toi, je n'irais pas tout de suite là-bas.

— Pourquoi pas ?

— Hank a été *tué*, Archer. Tu vas faire des pieds et des mains pour essayer de tirer profit de sa mort, et ça n'échappera pas à M. Shaw. »

Archer analysa son hypothèse sous plusieurs angles et en conclut qu'elle était tout à fait plausible. « Je devrais peut-être faire profil bas pendant un temps, tu as raison. Shaw pense déjà que j'aurais pu tuer Pittleman.

— Tu es sûr que ce n'est pas toi ?

— Tu penses que je suis un tueur, et pourtant tu viens juste de m'inviter dans ton lit ?

— Eh bien, c'était tout aussi agréable pour moi que pour toi. Et puis, tu ne m'as pas tuée, *moi*. Alors laisse passer un peu de temps, et après tu peux venir prendre ma voiture – pendant que la Nash est *encore* ma voiture – et rendre visite à mon père.

— Ça ne te dérange pas que j'aille voir ton paternel ?

— Du moment que je ne suis pas obligée de retourner vivre avec ce fils de pute, il n'y a pas grand-chose qui me dérange, Archer. »

CHAPITRE 18

CE SOIR-LÀ, ARCHER ÉTAIT ASSIS seul à une table du Checkered Past à étudier son menu. Le restaurant était bondé et il occupait la dernière table disponible. Il releva la tête de son menu au moment où elle entra. Ernestine Crabtree était retournée à une tenue vestimentaire plus professionnelle, une robe épurée à l'excès qui tirait vers un noir charbon terne et un manteau avec des poches à grands rabats qui lui élargissaient les hanches. Ses cheveux étaient de nouveau tirés en arrière en un chignon serré à l'extrême, les lunettes en écaille de tortue lui barraient le visage, et elle ne portait aucune trace de poudre ou de rouge à lèvres. Ses talons hauts avaient rétréci de quelques centimètres, et ses bas nylon épais semblaient rêches au toucher. Elle portait un chapeau plat à large bord dont la couleur rappelait celle d'un œuf de merle et qui égayait un peu son apparence. Archer dut quand même s'y prendre à deux fois pour s'assurer que c'était bien la même femme.

Toutes les tables étant occupées, elle semblait prête à faire demi-tour quand Archer leva la main.

« Miss Crabtree ! » la héla-t-il.

La femme tourna tout de suite la tête dans sa direction et se raidit quand ses yeux se posèrent sur Archer.

Son regard fixa la porte mais il la devança en lui lançant : « Il y a une place pour vous juste ici ! » en montrant la chaise vide face à lui.

Elle hésita quelques instants dans l'entrée du restaurant puis, finalement, sa faim l'emportant sans aucun doute sur son sens commun, elle traversa la salle en vitesse et vint s'asseoir dans un coup de vent à la place qu'il lui avait indiquée. Elle s'était peut-être imaginé qu'en se dépêchant, personne n'aurait remarqué qu'un agent de probation était sur le point de manger en compagnie de l'un de ses libérés sur parole. C'est ce qu'Archer pensait, en tout cas.

Elle posa son chapeau sur la table.

Archer avait posé le sien sur le dossier de sa chaise. Il le remit sur sa tête, le souleva, l'inclina vers elle et le remit sur son dossier.

« Ravi de vous revoir.

— Hum, oui… »

Il lui passa son menu.

Elle évita son regard et se concentra sur les choix possibles pour son dîner.

« Vous mangez souvent ici ? demanda Archer. Enfin, je vous ai vue l'autre jour, bien sûr.

— Je mange *parfois* ici. »

Elle sembla avoir fait son choix et reposa le menu. Après un long moment au bout duquel elle ne pouvait que poser les yeux sur lui, Crabtree releva la tête, croisa son regard et lui dit : « J'ai appris pour Hank Pittleman. On raconte qu'il s'est fait tuer, dans sa chambre, à l'hôtel Derby.

— C'est vrai.

— Est-ce que ça joue en votre faveur ou en votre défaveur ? lui demanda-t-elle sans détour.

— J'étais justement en train de réfléchir à la question.

— Et qu'en avez-vous conclu ?

— Que la réponse n'est pas simple, peu importe comment on retourne la question.

— J'aurais tendance à être du même avis. »

Il pencha la tête. « *Vraiment* ?

— Le créancier de l'emprunt est mort. Est-ce qu'il est toujours dû ? Légalement, oui. Mais dans la pratique ? Si sa veuve n'était pas au courant de cette dette ? Bien souvent, les hommes ne parlent pas de leurs affaires à leur épouse, croyant, à tort, qu'elles n'y comprendraient rien. Désormais, Lucas Tuttle peut très bien décider qu'il n'a pas à rembourser ce prêt. Le cas échéant, il y a peu de chance pour que vous soyez dédommagé. Mais la bonne nouvelle pour vous, c'est que vous ne serez pas forcément obligé de rembourser les quarante dollars à Pittleman.

— Je ne l'aurais pas mieux formulé, m'dame. En fait, vous avez un esprit très logique.

— Vous êtes sûr que vous n'étiez pas sur le point d'ajouter "pour une femme" ? »

Il posa une main sur son cœur et leva l'autre. « Que Dieu m'en soit témoin, je n'en avais aucunement l'intention. »

Elle sourit.

« Un homme qui s'appelle Irving Shaw est déjà venu me parler. Vous le connaissez ?

— Je le connais *de nom*. C'est un lieutenant-détective de la police d'État. Quelqu'un de très, très respecté.

— Ouais, je vois le genre. Il m'a posé beaucoup de questions.

— Pourquoi vous a-t-il interrogé ?

— Ma chambre est au même étage que celle du défunt. Shaw voulait savoir si j'avais vu ou entendu quelque chose.

— C'est le cas ?

— Non. Et c'est ce que je lui ai dit.

— Je me demande qui a bien pu tuer Pittleman.

— D'après ce qu'on m'a dit sur lui, la liste est plutôt longue.

— Comme je vous l'ai dit, il possède beaucoup de choses dans la région et en ville, dont le Cat's Meow. »

Archer s'alluma une cigarette et étudia la femme en face de lui. Il fit tomber la cendre de la cigarette dans le cendrier en tapant deux fois dessus avant de reprendre la parole. « En parlant de ça, je suppose que Dan Bullock est reparti en prison après vous avoir suivie avec un couteau, quand vous rentriez chez vous après être sortie du bar ? »

Crabtree, et c'est tout à son honneur, ne cilla même pas.

« Alors comme ça, vous me suiviez ?

— Je l'ai suivi, *lui*, parce qu'il vous suivait. Je ne l'aurais pas laissé vous faire du mal. Il s'est avéré que vous n'aviez pas besoin de moi. » Il porta son regard sur son sac à main. « Vous l'avez encore là avec vous, ce canon court ?

— Dans mon métier, il est rare que j'aille quelque part sans lui.

— Pourquoi avez-vous choisi ce "métier" pour commencer ? »

Elle prit quelques instants pour allumer sa cigarette et faire tomber l'excès de cendre à côté de la sienne.

« C'est un travail comme un autre. Et j'*aide* les gens. Ceux comme Dickie Dill et Bullock sont des cas désespérés, je l'admets volontiers. » Elle marqua une pause et tira longuement sur sa Pall Mall. « Mais vous, vous n'en êtes pas un, Archer, et de loin, si je dois en juger.

— Comment ça avance, l'histoire que vous écrivez ?

— Doucement. Mais j'ai beaucoup de matière.

— D'où vous la tirez ?

— De la vie.

— Et donc, vous viviez où avant de venir ici ? » demanda-t-il en pliant son allumette en deux avant de la déposer dans le cendrier noir qui trônait entre eux deux.

Pour toute réponse, Crabtree fit signe à la serveuse.

Celle-ci vint se planter à côté de leur table, carnet et crayon en main. La cinquantaine lasse et lessivée, ses cheveux grisonnants étaient partiellement recouverts par la calotte réglementaire de sa tenue de travail, composée en plus d'une robe une pièce marron foncé à manches courtes avec un tablier taché à froufrous cousu sur le devant.

« Vous prendrez quoi ? » demanda-t-elle sèchement.

Archer observa discrètement Crabtree qui répondit : « Je prendrai le ragoût de bœuf.

— Boisson ?

— Une limonade. »

Elle nota la commande et se tourna vers Archer.

« Et vous, monsieur ?

— Un steak saignant, avec pommes de terre et petits pois. Avec un café. Noir. En dessert, mettez-moi donc une part de cette tarte à la crème à la noix de coco que je vois derrière la vitrine, là-bas. »

Elle écrivit le tout et disparut.

Crabtree tira une nouvelle fois sur sa cigarette. « Je suis née au Texas, où j'ai grandi. Je suis partie quand j'avais dix-sept ans. Quand on est entrés en guerre, je suis allée travailler dans une usine de montage d'avions.

— Vraiment ? Lesquels ? demanda-t-il avec intérêt.

— Pas mal de modèles différents, en fait. Le dernier sur lequel j'ai travaillé, c'était le bombardier B-29, dans une usine de Georgie. »

Il hocha la tête, admiratif. « La super forteresse, c'est comme ça qu'ils l'appelaient. J'en ai aperçu dans le ciel, quand j'étais là-bas. C'est un de ces modèles qui a largué la bombe A sur les Japonais, non ?

— Oui, je crois.

— La construction d'avions. C'est très impressionnant, mademoiselle Crabtree.

— Je voulais apporter ma contribution, tout comme vous avez apporté la vôtre, j'en suis sûre.

— Vous avez encore de la famille au Texas ?

— Non, je n'ai plus de famille. Plus aucune. » Elle baissa la tête et fixa la table.

Il acquiesça, se sentant désolé pour la gêne évidente qu'elle ressentait, et il décida de ne rien rajouter pour le moment. Ils attendirent en silence jusqu'à ce que leur nourriture arrive puis ils dînèrent en se jetant des coups d'œils occasionnels. Au milieu du repas, Archer s'excusa pour passer aux toilettes.

Plus tard, quand il eut fini son steak et ses légumes, il considéra la part de tarte que la serveuse avait déposée sur le bord de leur table, puis dit : « Je serais honoré si vous vouliez bien partager la tarte avec moi.

— Non, vraiment, je ne pourrais pas, répondit Crabtree en reposant ses couverts.

— Un petit morceau de tarte ne vous tuera pas. »

Elle soupira, indécise, mais finit par reprendre sa fourchette.

« C'est vrai qu'elle est bonne, dit-elle tandis qu'ils s'y attaquaient tous deux par petites touches.

— Bien meilleure que ce qu'ils nous donnaient à manger pendant la guerre. C'était soit moisi, soit à s'y casser les dents.

— Comment vous faisiez, alors ?

— Je me servais dans les patelins que je traversais.

— Vous voulez dire que vous voliez à manger chez les gens ?

— Je n'ai jamais rien volé à personne. La plupart des maisons étaient abandonnées. Je pense que ça ne dérangeait personne que j'embarque un bout de pain, une pomme ou quelques carottes crues. »

Crabtree s'essuya la bouche avec une serviette en tissu. « Je suis bien contente que la guerre soit terminée, en tout cas.

— Nous le sommes tous les deux.

— Merci pour la tarte. Je devrais y aller. Je vais payer ma part séparément, bien entendu.

— J'ai déjà payé l'addition quand je suis allé aux toilettes.

— Mais pourquoi vous avez fait ça ?

— Je savais que si je vous proposais de payer, vous ne m'auriez pas laissé faire, donc…

— C'est contraire au règlement, je ne peux…

— Expliquez-moi en quoi il est malvenu qu'un homme invite une dame à dîner. Vous m'aidez avec ma liberté conditionnelle. C'est une façon de vous remercier.

— C'est mon travail. On me paye pour le faire. Je ne le fais pas par amitié ou par bonté.

— Je vous offre votre dîner. C'est un acte de bonté. Vous ne voulez pas que vos anciens détenus se montrent prévenants et attentionnés ?

— Eh bien, présentée comme ça, la réponse semble évidente, j'imagine. Bon, merci beaucoup pour ce dîner.

— Parfait. Écoutez, c'est une belle soirée. On pourrait aller faire une petite balade digestive.

— Je… Je devrais vraiment…

— Laissez-moi au moins vous raccompagner chez vous. »

Elle lui jeta un regard acéré. « Vu que vous avez suivi Dan Bullock, vous savez où j'habite. »

Il acquiesça. « Et donc, que lui est-il arrivé ? Vous ne m'avez pas dit.

— Il a été renvoyé en prison, sur la foi de mon rapport écrit et du couteau où se trouvaient ses empreintes. J'ai appelé la police dès que je suis rentrée à la maison. Ils l'ont cueilli alors qu'il espérait se faire prendre en stop pour quitter la ville.

— Je pense qu'il est parfaitement à sa place, dans ce cas. »

Il se leva, mit son chapeau et baissa la tête vers elle. « Vous êtes prête ? »

Elle prit son sac à main et son chapeau et ils se mirent en route.

CHAPITRE 19

IL FAISAIT FRAIS CE SOIR-LÀ, un changement bienvenu, même si le ciel était complètement dégagé jusqu'à l'horizon et probablement au-delà. Archer ne pouvait s'empêcher de jeter des regards furtifs à sa compagne de marche qui, mal à l'aise, avançait d'un pas rigide à ses côtés.

« Donc, comme Pittleman est mort, vous n'avez plus de travail, si je comprends bien ? demanda Crabtree.

— Le jury est encore en train de délibérer, pour ainsi dire.

— Comment ça ?

— J'ai encore une chance de me faire payer, seulement il va falloir que je prenne beaucoup de précautions.

— Lucas Tuttle ?

— Oui. Je vais retourner le voir, mais pas tout de suite.

— Pourquoi attendre ?

— Comme M. Pittleman s'est fait tuer, avec l'enquête en cours, il est peut-être plus judicieux de laisser les choses se calmer un peu avant d'aller me faire de l'argent dans une affaire en lien avec lui.

— Oh… Bien sûr, je vois où vous voulez en venir. » Elle le regarda soudainement d'un air inquisiteur et dur.

« Archer, vous n'avez rien à voir avec la mort de cet homme, n'est-ce pas ?

— Je jure sur une pile de bibles que non. »

Son regard s'attarda sur lui, Archer en déduisit tout ce qu'il avait besoin de savoir. Jackie et elle pensaient toutes deux qu'il aurait pu le tuer.

« Vous avez fini ce livre que vous étiez en train de lire ? Redites-moi le nom de l'auteur.

— Virginia Woolf. Oui, je l'ai fini. Un livre magnifique. »

Elle marqua une pause. « Mon œuvre préférée d'elle n'est pas un roman ou une nouvelle, mais un essai qui s'appelle *Une chambre à soi*.

— Ça parle de quoi ?

— D'une femme qui travaille dans un monde d'hommes, principalement.

— C'est comme ça que vous voyez les choses ?

— Peut-être.

— J'ai beaucoup lu en prison. J'aime les histoires de détectives privés. Vous avez déjà entendu parler de Philip Marlowe, Sam Spade, et de ce petit bonhomme qui vient de Belgique ?

— Oui, je les connais. Ils sont assez divertissants.

— Je me disais que je pourrais gagner ma vie en faisant la même chose », dit Archer. Il y avait déjà réfléchi et il avait décidé de lui en parler pour avoir son avis.

« De détenu à détective ? Un grand écart.

— J'étais éclaireur dans l'armée. Mon job, c'était d'observer, de rassembler des informations, de les digérer puis d'établir un plan d'action. Ça se rapproche de ce que le lieutenant-détective Shaw est en train de faire actuellement, vous ne trouvez pas ? »

Elle sembla impressionnée par son raisonnement. « Je pense que vous êtes dans le vrai, oui. »

Ils finirent par atteindre sa maison.

« Vous êtes propriétaire ?

— Non, pour l'instant, je loue.

— Elle est très jolie. »

Elle sourit. « Elle n'était pas si *jolie* quand je suis arrivée, mais j'ai fait réparer pas mal de choses. Même si la porte de ma chambre coince toujours. Je n'arrive jamais à la fermer en entier.

— Je peux vous régler ça en un rien de temps. »

Elle prit un air inquiet. « Quoi ? Non, ça ira.

— M'dame, maintenant que je suis là, ça ne me prendra pas plus de deux minutes.

— Archer, ça me mettrait vraiment très mal à l'aise si je vous laissais faire ça.

— M'dame, laissez-moi vous dire quelque chose.

— D'accord, dit-elle en le regardant avec méfiance.

— J'ai passé du temps en prison avec des gars comme Dickie Dill, et d'autres dans son genre. Ces types sont des brutes, et certains d'entre eux vivent juste ici. Et l'un d'eux vous a même suivie jusque chez vous.

— Mais je me suis occupée de lui.

— Et un autre vous a écrit cette lettre immonde. C'est pour cette raison qu'il faut que vous fermiez vos portes à clé – votre porte d'entrée et celle de votre chambre. Parce que si l'un d'eux arrive à prendre l'avantage sur vous, eh bien… »

Elle l'observa posément un long moment.

« Je pense que vous êtes sincère, finit-elle par dire.

— C'est parce que je le suis. »

Elle se retourna et l'invita à entrer.

Meublé de façon spartiate, l'intérieur était néanmoins impeccablement tenu, du moins aux yeux d'Archer. Un nombre conséquent d'ouvrages s'alignaient sur des étagères. En les parcourant du regard, il vit des romans de Faulkner, Brontë, Whitman, Wharton, Austen, Dickens, Twain et Steinbeck. Il nota aussi la présence d'un bon nombre d'ouvrages juridiques.

« Vous en avez, des livres sur les lois.

— En vérité, fut un temps où je voulais devenir avocate.

— Veuillez excuser mon ignorance, mais est-ce que les femmes peuvent devenir avocates ?

— Bien sûr que oui ! Mais c'est rare, je l'admets.

— Si c'est ce que vous voulez faire, alors foncez. Je suis sûr que vous serez une très bonne avocate.

— Merci, monsieur Archer, glissa-t-elle, à l'évidence ravie de sa remarque.

— Vous avez des relations dans le milieu judiciaire ?

— Non, mais mon père… » Elle hésita.

« Votre père était avocat ?

— Non, il était… » Elle ne termina pas sa phrase. « Je vous montre la porte. »

Crabtree se dirigea dans un petit couloir sans décoration qui menait à sa chambre. Elle enleva son chapeau, le laissa tomber sur le lit et posa son sac à main sur une commode, à côté d'un miroir inclinable.

« Voilà le problème, monsieur Archer. »

Elle essaya de fermer la porte, mais celle-ci racla sur le sol et se bloqua.

« D'accord, laissez-moi y jeter un œil. »

Il la rouvrit en grand et la referma jusqu'à ce que la porte frotte à nouveau au même endroit.

« Ça ne vient pas de la porte. Je pense que le sol n'est pas tout à fait droit. » Archer sortit une pièce de 5 cents de sa poche, la posa sur le sol et ils la regardèrent rouler jusqu'à la porte du placard.

« Yep, je peux vous confirmer que le sol n'est définitivement pas d'aplomb. »

Il montra du doigt les charnières de la porte.

« Je pense que si je resserre suffisamment les vis des charnières, la porte ne devrait plus bloquer sur le sol, même s'il est penché. Vous avez un tournevis ?

— Je vais aller voir. J'en ai pour quelques minutes.

— Je ne bouge pas. »

Elle le laissa et, en parcourant la chambre du regard, il avisa un lit fait au cordeau. Il nota la présence devant la fenêtre d'un store au travers duquel il avait regardé avant qu'elle ne lui coupe la vue en fermant le rideau. Il découvrit dans un coin de la pièce la paire de talons hauts qu'elle portait la veille au soir.

En jetant un dernier coup d'œil sur le lit, il remarqua un livre qui dépassait sous un oreiller. Il s'assura qu'elle n'était pas sur le point de revenir puis il se rua vers le lit. Il n'avait absolument aucune raison de faire ça, mais c'était plus fort que lui. Archer partait du principe qu'il valait mieux être trop informé que pas assez. De plus, il s'était dit que cela ne devait être rien de plus qu'un roman. Mais quand il le glissa hors de sa cachette, il vit que c'était en fait un carnet. Il l'ouvrit et ses yeux tombèrent sur une vieille coupure jaunie. Un article d'un journal paru à Amarillo, Texas.

Celui-ci relatait en détail le procès de Carson Crabtree, l'assassin de trois hommes. Une photo de Carson illustrait l'article. On y voyait un homme massif, chauve, au regard sauvage. Étonnamment, c'était un ancien officier de police qui, chose curieuse vu son allure et les crimes commis, avait la réputation d'être aimable et attentionné auprès de ceux qui le connaissaient. Et pourtant, Carson n'avait pas mis ses actes sur le compte d'une maladie mentale, expliquait l'article, mais il avait bel et bien avoué ces meurtres. Il était mort sur la chaise électrique, laissant derrière lui une femme, Jewell, et une fille, Ernestine.

Archer passa à la page suivante. Une photo au grain épais d'Ernestine Crabtree, alors âgée de quatorze ans. Petite, renfrognée, elle arborait un air maussade. Difficile pour Archer d'imaginer qu'elle était devenue cette grande et charmante jeune femme aujourd'hui. D'autres articles à propos de ce fait divers avaient été conservés, l'un d'entre eux présentant les trois victimes, assorti de leurs photos. Archer les étudia puis s'attela à la lecture de leur profil. Ils étaient tous dans la vingtaine et avaient connu des démêlés avec la justice depuis leur adolescence. Alors qu'Archer lisait la liste des infractions et crimes à leur actif, l'un d'eux capta toute son attention.

Voyeur.

Les trois hommes s'était fait tirer dessus, et leurs corps avaient été laissés tels quels. L'arme de poing utilisée était celle de service de Carson. Suite à ses aveux, il n'y avait pas eu de procès, pas plus qu'un accord n'avait été cherché pour lui éviter la peine de mort. Archer se demandait bien pourquoi.

Il entendit des bruits de pas. Il se hâta de glisser le carnet sous l'oreiller, à l'endroit exact où il l'avait trouvé, et il revint se poster près de la porte.

Quelques secondes plus tard, Ernestine réapparut dans l'embrasure.

« Voilà, monsieur Archer. »

Il lui prit le tournevis qu'elle lui tendait. « Je vais commencer par desserrer les vis. Quand je vous le dirai, si vous pouviez juste surélever un peu la porte en poussant sur le champ. Vous pouvez prendre appui avec la poignée. »

Elle s'exécuta à son signal et il put resserrer les charnières du haut. Il se mit ensuite à genoux et dévissa partiellement la charnière du bas.

« Et maintenant, soulevez-la le plus possible. »

Crabtree lâcha la poignée, leva les bras, attrapa le coin supérieur de la porte et poussa vers le plafond, ce qui suréleva le coin inférieur droit de la porte de la porte d'un centimètre et demi.

« Encore un tout petit peu plus haut. Les trous sont presque alignés là où je les veux. »

Elle se dressa sur la pointe des pieds et tendit les bras encore plus haut.

« OK, tenez bon comme ça. »

Il releva les yeux et s'aperçut que dans sa manœuvre, la robe de la femme s'était légèrement relevée. Dans sa position, il disposait d'une vue dégagée sur le haut de ses bas et les cuisses pâles au-dessus. Il détourna vite le regard, embarrassé pour elle. Et peut-être aussi pour lui, en réalité. Une première pour Archer.

Ma mère m'a toujours dit qu'un jour, je grandirais. C'est peut-être bien à Poca City que ça va m'arriver.

« Bon, ça devrait faire l'affaire. Essayez-la, pour voir, demanda-t-il en se relevant. »

Elle ouvrit la porte et la referma, et celle-ci pivota sans aucune difficulté ni entrave. Elle sourit. « C'est formidable, monsieur Archer. Merci.

— Et n'oubliez pas de la verrouiller. Et ce ne sera pas une mauvaise idée de dormir avec ce pistolet sous votre oreiller. »

Ils retournèrent dans la pièce principale où Archer repéra une bouteille et deux verres posés sur un bureau. Il prit la bouteille et lut l'étiquette. « Rebel Yell. On m'a dit qu'ils le faisaient avec du blé, et pas du seigle.

— Vous n'êtes pas censé boire de l'alcool, monsieur Archer.

— Oh, je sais bien. Point numéro 14 sur la liste. Ça m'intriguait, c'est tout. On a vite soif, dans le coin. Avec cette satanée poussière.

— Et c'est vrai que vous avez réparé ma porte. Je pense qu'une petite goutte ne fera de mal à personne. »

Elle servit deux petites doses puis ils firent tinter leurs verres pour trinquer.

« Je commence à aimer cette ville, avoua-t-il en avalant une gorgée.

— Ah oui ? Pourquoi ?

— Pour commencer, il y a des gens bien. Comme vous. Qui essayent d'aider les autres, comme moi. »

Elle sourit en hochant la tête. « Vous semblez avoir fait beaucoup de chemin depuis notre première rencontre.

— Et donc, le *J*, c'est pour… ?

— Je vous demande pardon ?

— Ernestine J. Crabtree. C'est ce qui est écrit sur la porte de votre bureau. Je me demandais à quoi correspondait le *J*.

— Oh, hum, Jewell. C'était le prénom de ma mère.

— C'est un très joli prénom.

— Oui… »

Il finit son verre. « Bon, je ferais mieux d'y aller.

— Merci pour cette belle soirée, monsieur Archer. »

Il toucha le bord de son chapeau. « Tout le plaisir était pour moi, Miss Crabtree. »

Archer rentra à l'hôtel. Où il tomba sur le lieutenant-détective Irving Shaw qui l'attendait.

CHAPITRE 20

IRVING SHAW ÉTAIT ADOSSÉ au comptoir dans le hall de l'hôtel, le regard rivé sur les portes d'entrée, le chapeau relevé vers l'arrière. Ses pouces étaient calés dans les poches de sa veste. Un cigare trapu, pas encore allumé, pendouillait à un coin de sa bouche tandis que le reste de son visage arborait une expression d'autosatisfaction.

Un large sourire s'étira sur ses lèvres quand il vit Archer.

« Justement celui que je voulais voir. »

Archer vint à sa hauteur et chercha du regard, sans le trouver, l'employé de l'hôtel. « Vraiment ? Vous travaillez tard.

— Quand on pourchasse un tueur, on n'a pas des horaires de bureau de 9 à 17 heures. Bon, j'ai discuté avec Mlle Tuttle.

— Content pour vous. Et ?

— Et elle m'a dit plusieurs choses que je voulais vérifier avec toi.

— D'accord. Vous voulez m'interroger ici, en bas, ou vous préférez qu'on monte dans ma chambre ?

— Pourquoi est-ce qu'on n'irait pas dans la chambre où on a retrouvé le cadavre de Hank Pittleman ? »

Une proposition qui prit Archer par surprise, mais il suivit Shaw néanmoins jusqu'à l'ascenseur.

« Je vais prendre les escaliers, si ça ne vous dérange pas. »

Shaw gloussa. « J'ai déjà vu ça chez d'anciens taulards. Les petits espaces confinés, ce n'est pas ce qu'il y a de mieux, hein ?

— Non, effectivement.

— On se rejoint là-haut. Et, Archer ?

— Ouais ? »

Shaw ouvrit sa veste pour lui montrer un Smith & Wesson calibre 45 à grosse crosse et cran de mire en argent dans un holster d'épaule en cuir usé. Du matos très sérieux pour régler des affaires très sérieuses dans le domaine de la violence.

« Ne t'avise pas de faire le mariole et de m'embrouiller, compris ? Je n'étais peut-être qu'un pilote pendant la guerre, mais je me débrouille très bien avec un flingue à la main. Je ne raterai pas une cible aussi grosse que toi.

— Pourquoi est-ce que je ferais une chose pareille alors qu'on est en si bons termes ? »

Shaw gloussa une nouvelle fois et appuya sur le bouton de l'ascenseur pendant qu'Archer prenait la direction de la porte pare-feu et des escaliers.

Au sixième étage, Shaw sortit une clé pour ouvrir la porte de la chambre 615. Archer et lui entrèrent et Shaw ferma la porte derrière eux. Le corps de Pittleman avait été évacué depuis longtemps, mais le lit était toujours défait et les draps et les oreillers tachés de sang.

« Bon, dit Archer, qu'avez-vous en tête ?

— Mlle Tuttle affirme que tu as porté Pittleman jusqu'ici et que tu l'as posé sur le lit. Puis vous êtes tous les deux sortis pour aller dans ta chambre.

— C'est ce que je vous ai dit moi aussi.

— T'as le dos solide si c'est vrai, parce qu'il a fallu deux agents pour soulever le cadavre et le faire sortir d'ici. Tu m'as bien dit que tu n'es jamais revenu ?

— C'est ça.

— Mlle Tuttle m'a dit qu'à votre départ, elle a rouvert la porte, vous êtes sortis, puis elle l'a refermée en la verrouillant.

— C'est ça.

— Parfait, je suis content qu'on soit d'accord sur ce point.

— Je peux y aller, maintenant ?

— Tu parles, mon petit gars, on commence à peine. Sois pas si pressé. »

Shaw sortit un objet de sa poche. Une flasque, qu'Archer reconnut immédiatement.

« Qui a dit que vous aviez le droit de fouiller ma chambre ? demanda-t-il d'un ton impérieux.

— Moi.

— Vous n'avez aucun droit de le faire.

— J'ai tous les droits, mon petit gars. Un homme a été tué.

— Vous voulez dire que vous pouvez retourner n'importe quelle piaule sans permission ?

— C'est exactement ce que je veux dire. La loi est de mon côté.

— J'aimerais bien que la loi soit de *mon* côté, de temps en temps.

— Alors essaye de ne pas l'enfreindre, rétorqua Shaw.

— Cette flasque, elle n'est même pas à moi.

— Je sais. La flasque en elle-même ne m'intéresse pas.

— Qu'est-ce qui vous intéresse, dans ce cas ?

— J'ai aussi trouvé deux verres dans ta chambre. Avec des restes d'alcool dedans.

— D'accord, j'ai bu un verre avec Mlle Tuttle, et alors ? Je vous ai déjà raconté tout ça.

— Déjà, le "Et alors" est une violation des termes de ta conditionnelle pour avoir consommé de l'alcool, mais encore une fois, ce n'est pas sur ça que je veux m'arrêter. J'ai de plus gros poissons à ferrer.

— Pour quelqu'un qui enquête sur le meurtre d'un homme, il n'y a pas grand-chose qui semble vous intéresser.

— Oh, ne t'inquiète pas, tu vas vite te rendre compte qu'il y a certaines choses qui m'intéressent énormément. Et là, tout de suite, c'est *toi* qui m'intéresses. Il y avait des empreintes digitales sur la flasque et les deux verres. Tu sais ce que c'est, des empreintes digitales ? »

Archer regarda sa main. « Je sais que tout le monde en a.

— Exact, et tu savais aussi que les empreintes digitales sont toutes différentes d'une personne à l'autre ?

— Si vous le dites.

— Je le dis. J'ai fait prendre les empreintes digitales de Mlle Tuttle. Je les ai fait comparer à celles sur les verres et la flasque.

— Elle ne m'en a pas parlé.

— Je ne lui ai pas non plus dit pourquoi je les voulais.

— Pourquoi vous lui avez pris ses empreintes digitales ?

— Patience, mon petit gars, j'y viens. »

Shaw ouvrit la porte de la chambre et montra du doigt le bouton de la porte. « Tu vois cette poudre blanche, juste là ?

— Je la vois, ouais.

— J'ai demandé qu'on en mette pour récupérer des empreintes digitales. C'est pour ça que c'est tout recouvert de cette matière blanche. De la poudre à empreintes. C'est incroyable ce qu'on arrive à faire avec de la poudre à empreintes !

— Ouais, ça a l'air génial.

— Sur cette poignée, on a trouvé trois ensembles d'empreintes fraîches, et seulement trois.

— D'accord.

— Celles de Mlle Tuttle.

— Oui, évidemment. C'est elle qui a ouvert la porte et…

— Celles de la femme de chambre qui a découvert le corps, l'interrompit Shaw.

— D'accord, mais… »

Archer voyait désormais clairement le cheminement de sa pensée, et il eut la sensation qu'on venait de le larguer d'un avion et qu'il tombait en chute libre à la rencontre de sa mort. Et qu'avait dit Ernestine Crabtree, déjà ? C'est à cause des empreintes digitales sur le couteau que Dan Bullock était retourné en prison.

« Et *tes* empreintes. » Shaw ferma la porte si fort qu'elle claqua contre le montant dans un grand bruit. « Je me pose donc la question de savoir comment elles sont arrivées sur les poignées, des deux côtés de la porte. Vu que tu m'as confirmé que tu ne les as jamais touchées et surtout que tu n'es *jamais* retourné dans la chambre de M. Pittleman après que Mlle Tuttle et toi l'avez laissé là. »

Shaw s'adossa contre le mur, rabaissa légèrement son chapeau mou, croisa les bras sur sa poitrine et fixa Archer comme un chien de chasse devant un oiseau. « Je pense donc que tu m'as raconté des salades, mon petit gars. Et quand on me balance des salades, je ne m'en fais pas des sandwichs, je fais des arrestations.

— Vous avez une façon de dire les choses, monsieur Shaw.

— Et moi, j'aimerais bien que *tu* commences à me dire des choses, Archer, à commencer par la vérité, et toute la vérité. Et pas d'à-peu-près, sinon je te repasse les menottes de suite, mon petit gars, qu'on se comprenne bien. »

Archer observa le bouton de la porte tandis que son cerveau analysait la situation en quatrième vitesse. Le seul problème, c'est qu'il ne voyait aucune issue possible *hormis* dire toute la vérité. Sauf que parfois, la vérité ne vous permettait pas de rester en liberté, elle pouvait vous renvoyer directement en prison.

« D'accord, je vais jouer franc jeu avec vous. Je suis passé devant la chambre ce matin et j'ai vu la porte entrouverte. Je me suis dit que Jackie – je veux dire, Mlle Tuttle – était peut-être à l'intérieur. Alors je suis entré. C'est là que j'ai touché la poignée.

— Ce qui veut dire que tu m'as menti ?

— J'imagine qu'on pourrait dire ça, oui.

— Continue, Archer. J'adore ce que tu me racontes.

— J'ai vu qu'il était endormi sur le lit. Enfin, je pensais qu'il dormait. Ensuite j'ai vu une serviette par terre. Avec quelque chose dessus. Je me suis rapproché pour voir ce que c'était. C'est là que j'ai vu le couteau à côté de la serviette. Ils étaient tous les deux pleins de sang. Je suis retourné voir M. Pittleman sur le lit. Mais c'était trop tard. Il était mort. Sa gorge, c'était un vrai carnage.

— Et ensuite ? »

Archer décida de ne pas lui parler de son monologue intérieur quant à savoir s'il devait soulager ou non le défunt de quelques billets, car il ne voyait pas en quoi cela aiderait sa cause, même de loin. Une cause par ailleurs embourbée dans une situation bien pourrie. Cela dit, il avait fini par prendre les documents de la dette.

« Ensuite, je suis parti. J'ai ouvert la porte et je suis sorti.

— En laissant tes empreintes sur la poignée ?

— Oui, monsieur.

— Est-ce que tu as pris quelque chose dans la chambre, ou sur le corps ? »

Archer répondit sans hésiter, car il savait qu'aux yeux d'un homme comme Shaw, cela équivalait à un mensonge.

« Non, monsieur.

— T'as vu quelqu'un ? Entendu quelque chose ?

— Non. Il n'y avait que moi. » Archer marqua une pause. « Je suis conscient que vu sous cet angle, je suis en pleine ligne de mire. »

Contre toute attente, Shaw émit un petit rire. « T'as bien raison, mon petit gars, mais pas besoin d'être un génie pour s'en rendre compte, si ?

— Il se passe quoi, maintenant ?

— J'en ai plus qu'il ne m'en faut pour t'arrêter, tu le comprends, ça ?

— Écoutez, quelle raison j'aurais eue de le tuer ? Je travaillais pour lui. Maintenant qu'il est mort, je n'ai plus rien. »

Shaw mâchonna le bout de son cigare. « Mlle Tuttle m'a dit la même chose tout à l'heure.

— Elle est intelligente. Alors ?

— Un boulot et de l'argent, ce ne sont pas les seules raisons qui poussent à tuer un homme.

— Je n'en vois pas d'autres, du moins dans mon cas.

— Je suis sûr que si, Archer. Fais un effort.

— Donnez-moi un indice.

— Une femme ? Mlle Tuttle ? Tu la voulais pour toi tout seul, et elle était sous l'emprise de Pittleman. Pour ce que j'en sais, tu peux très bien être allé le voir dans sa chambre, vous vous êtes disputés à propos d'elle et tu as fait ce que tu avais à faire.

— Vous croyez vraiment que j'aurais tué un homme à cause d'une femme ? »

Shaw rit franchement cette fois-ci. « Bordel, Archer, si j'avais dû gagner un dollar à chaque fois qu'un homme en a tué un autre à cause d'une femme, je serais aussi riche qu'un foutu Rockefeller.

— Vous avez vérifié s'il y avait mes empreintes sur le couteau ? Parce que je peux vous dire qu'elles n'y sont pas, j'en suis certain.

— Il n'y avait aucune empreinte dessus parce que le tueur l'a essuyé, probablement avec la serviette. Sinon, il ne l'aurait pas laissé derrière lui. Il n'a pas fait attention à la poignée, c'est tout. » Pour appuyer ce constat, Shaw dévisagea Archer de manière appuyée. « Et par là, je veux dire que peut-être *tu* n'as pas fait attention.

— Mais dans ce cas, pourquoi ne pas emmener l'arme avec moi ?

— Parce qu'après, tu te retrouves avec une arme qui a tué un homme et il faut t'en débarrasser, ou la cacher quelque part. Pas si facile.

— Vous pensez franchement que je suis arrivé en ville avec une arme que j'aurais sortie de prison ?

— Il t'a fallu un sacré long trajet en car pour arriver ici. T'aurais très bien pu avoir le temps d'acheter un couteau en route ou d'en voler un à quelqu'un dans le car. Ou t'aurais même très bien pu faire la même chose ici. Mlle Tuttle m'a déclaré que Pittleman t'avait donné une avance. Quarante dollars, en liquide. Il t'en reste combien ? »

Archer prit une rapide inspiration mais ne répondit pas immédiatement. Shaw était au courant qu'Archer devait de l'argent à Pittleman. Ce qui constituait un mobile pour le tuer.

« Eh bien, j'ai acheté des choses. Des vêtements, à manger, ce genre de truc.

— Sauf que tu n'as pas fait ton boulot, Archer. Tu n'as pas récupéré la voiture. Tu te retrouves donc à devoir de l'argent à Pittleman. Je me suis renseigné à propos du bonhomme. Ce n'est pas le genre de personne à qui tu veux devoir de l'argent. Vous vous êtes disputés à propos de ça, peut-être ?

— Non, j'étais sur le point de lui en parler, mais je n'en ai pas eu l'occasion.

— Si tu le dis. Autre chose : tu n'avais même pas besoin de prendre ton propre couteau. Jackie Tuttle et deux autres témoins ont déjà identifié l'arme du crime comme appartenant à M. Pittleman lui-même.

— Je le sais. Il l'a sorti dans le...

— Dans le *bar* où tu l'as rencontré ? Mlle Tuttle m'en a parlé aussi. Un autre mensonge que tu m'as servi. Tu les accumules à une vitesse, ça commence à faire beaucoup. Le fait est que tu aurais pu te servir du propre couteau de Pittleman pour lui trancher la gorge et hop, d'un coup, tu ne lui dois plus un rond, il ne te les réclamera jamais.

— Il y a probablement un paquet de types dans le coin qui lui doivent de l'argent.

— Sauf que ce paquet de types ne couche pas avec son amie, ne loue pas une chambre pratiquement voisine de la sienne et ne laisse pas ses empreintes sur le bouton de la porte de la victime. Par contre, il n'y a que toi, et seulement toi, qui tapes le tiercé sur ce coup. »

Frustré, Archer gardait le silence tandis que les yeux de Shaw continuaient de le sonder.

« J'ai enquêté sur pas mal d'affaires de meurtre, Archer. Ce n'est pas mon premier, loin de là. J'ai commencé avant la guerre et je continue aujourd'hui. Ça me prendra peut-être du temps, mais j'ai toujours fini par mettre la main sur l'homme que je recherchais.

— En tant que citoyen désormais respectueux des lois, je suis ravi de l'entendre.

— On verra si tu seras toujours aussi ravi quand j'en aurai fini. On pend les gens dans cet État, t'étais au courant ?

— Pour tout vous dire, je ne m'étais pas embêté à vérifier.

— Ça viendra peut-être avec le temps.

— Vous allez m'arrêter ?

— Pas maintenant, non.

— Je peux y aller, alors ?

— Pour l'instant. Mais Archer, n'essaye même pas d'en profiter pour filer, tu m'as bien compris ?

— Vous n'arrêtez pas de me dire ça.

— Parce que je veux être sûr que t'as bien reçu le message, mon petit gars.

— Je n'ai nulle part où filer, et je n'en ai aucune envie non plus. Il n'y a que les coupables qui font ça, ce que je ne suis pas.

— T'es un marrant, toi.

— Il n'y a rien de marrant à se faire pendre quand on est innocent.

— Je suis d'accord avec toi. Maintenant, débarrasse-moi le plancher. »

CHAPITRE 21

ARCHER RETOURNA DANS SA CHAMBRE, se débarrassa de ses vêtements sauf son caleçon. Il ouvrit la fenêtre car il se sentait claustrophobe, en plus de l'amertume liée à la situation, puis il s'étendit sur le lit, dans le noir, et fixa un plafond qu'il ne distinguait pas vraiment.

Les quatre murs de sa chambre semblaient se refermer sur lui. Cette impression soudaine de claustrophobie était en réalité bien plus forte que celle qu'il avait ressentie à Carderock, après le changement de témoignage de la fille du maire qui avait fait passer son aide sincère pour une histoire de kidnapping vicieux. Il s'était montré benêt, naïf, et tout simplement stupide. Il n'avait rien fait de plus que lui accorder sa confiance, comme pendant la guerre où il avait pu mettre sa vie entre les mains de ses compagnons d'armes. Il n'était jamais venu à l'esprit d'Archer qu'une fois rentré à la maison, en temps de paix, ses concitoyens pourraient se retourner contre lui.

Il avait malgré tout eu de la chance de ne pas prendre perpétuité, mais cela ne changeait rien au fait qu'Archer ne récupérerait jamais ces années injustement volées. Il n'aurait jamais l'impression d'être sorti gagnant d'un accord douteux.

Et voilà que cela recommençait.

Une heure passa et Archer ne cessait de fixer le vide.

Enfin, il se releva, puis se rhabilla.

Le trajet à pied lui prit vingt minutes. Il se retrouva devant le numéro 27 d'Eldorado Street. Malgré l'heure tardive, une lumière était encore allumée dans la chambre de Jackie. Il devait absolument découvrir ce qu'elle avait raconté à Shaw.

Il avança jusqu'à la porte et frappa.

« Qui est là ? »

La voix lui parvint de sa droite. Il fit un pas en arrière et avisa la fenêtre ouverte et éclairée de l'intérieur.

« C'est moi, Archer.

— Archer ? »

Sa voix était étrange.

« Qu'est-ce que tu veux ? Je suis au lit. » Le ton n'avait rien d'une invitation.

« Il faut que je te parle. Shaw est encore passé me voir au Derby.

— Moi aussi, il est *encore* passé me voir. Il m'a sortie du lit alors que je dormais à poings fermés. Il est parti il n'y a pas très longtemps.

— Je peux entrer ? C'est important. »

Un long moment passa avant qu'elle ne lui réponde :

« Donne-moi une seconde. »

Une minute plus tard, elle ouvrit la porte et à travers la lumière, il vit qu'elle avait passé une robe au tissu épais bleu clair qui lui descendait aux chevilles. Son visage affichait une mine renfrognée.

Elle fit un pas de côté et il passa devant elle pour entrer.

Ils s'installèrent dans le living-room. Elle le fixait, et lui fixait son chapeau.

« Shaw cherche à m'arrêter pour le meurtre de Pittleman », finit-il par lâcher.

Elle acquiesça. « Je m'en serais doutée, vu les questions qu'il m'a posées.

— Ça aurait été sympa de me prévenir. Et il a aussi pris tes empreintes digitales. Ça aussi, ça aurait été bon à savoir », ajouta-t-il d'un ton accusateur.

Dès qu'il eut fini de parler, Archer se rendit compte de son erreur impardonnable. L'air renfrogné de la jeune femme se transforma en tout autre chose, qui fit perdre ses moyens à Archer, peut-être autant qu'à l'idée de combattre les Allemands.

Elle se leva et le toisa. Quand elle prit la parole, sa voix était basse et posée, mais elle parvenait quand même à être hérissée d'une promesse de menace.

« Laisse-moi te dire ce qui aurait été "bon à savoir" ». Elle marqua une pause, mais juste une seconde. « Quand tu es venu me voir avant que les flics n'arrivent, tu ne m'as pas dit que Hank était mort. Mais d'après ce que m'a dit Shaw tout à l'heure, tu savais foutrement bien qu'il était mort. Ça, ça aurait été bon à savoir, Archer. » Elle se pencha et le gifla violemment. Le coup lui fit mal, lui rougit la peau et lui arracha quelques larmes. Mais Archer ne cilla pas, mutique. Quand elle leva la main pour le frapper à nouveau, il ne se mit pas en position défensive et ne fit rien pour l'en empêcher.

Elle le contempla, confuse. Puis, quand il fut évident qu'Archer n'allait pas se défendre ou riposter, toute son énergie sembla la fuir. Elle laissa retomber sa main et vint s'affaler à côté de lui.

« J'aurais dû te le dire, Jackie, lâcha Archer calmement. Je ne sais pas pourquoi je ne t'en ai pas parlé. En fait, non, je pense savoir pourquoi. Une fois, j'ai fait confiance à une autre belle jeune femme et je me suis retrouvé en prison. Quand j'ai vu que Pittleman était mort, j'ai paniqué. Je me suis dit que moins ça se saurait, mieux ce serait pour moi. À ce moment-là, ce n'était qu'une question de survie, j'imagine. C'est tout ce que j'avais en tête. Ça, et ne pas retourner en prison. » Il n'en dit pas plus et se tut. Pendant quelques secondes, Jackie n'en rajouta pas non plus.

« Je ne t'en veux pas de ne faire confiance à personne, Archer. Ce n'est pas comme si moi-même, j'accordais facilement la mienne. Et je ne me suis pas beaucoup confiée à toi, non plus. Tu n'as pas pu lire en moi comme dans un livre ouvert.

— Alors, on fait quoi, maintenant ? demanda Archer.

— Tu pourrais commencer par me parler de Hank. Shaw m'a dit ce que tu lui avais raconté, mais maintenant j'aimerais bien l'entendre de ta bouche. »

Archer hocha la tête, rassembla ses esprits et dit : « Je me suis réveillé, je me suis habillé, je suis sorti dans le couloir et en passant devant la porte j'ai vu qu'elle était ouverte. Je suis entré.

— Pourquoi ?

— Je pensais que tu étais peut-être à l'intérieur avec lui. Tu avais quitté mon lit, ajouta-t-il.

— Oh, mon Dieu, Archer, est-ce que tous les hommes sont aussi idiots que toi dans ces moments-là ?

— Probablement... En tout cas, j'ai compris qu'il était mort, alors je me suis taillé le plus vite possible.

— Et tu n'as jamais donné l'alarme ? Tu n'es pas allé chercher de l'aide ? » Une lueur de soupçon illuminait son regard.

« De l'aide ? Pour quoi faire ? J'ai vu beaucoup de cadavres dans ma vie, Jackie. On n'aurait jamais pu ramener Hank Pittleman à la vie.

— Mais tu l'as quand même laissé comme ça, Archer, non ? Et maintenant, Shaw pense que tu l'as tué.

— Il te l'a dit franchement ?

— Il n'a pas eu besoin de le faire. J'ai deviné, vu ses questions. » Elle réfléchit un instant puis demanda : « Est-ce que c'est *toi* qui l'as tué ? Dis-moi la vérité. Allez. »

Stressé, Archer se leva et arpenta la pièce. « Quelle raison j'aurais eu de le tuer ?

— Peut-être que tu n'aimais pas que je sois avec lui, comme tu viens de le suggérer. »

Archer s'arrêta de marcher. « Qu'on se comprenne bien, Jackie. T'es une fille formidable, et tout, mais pour que j'aille jusqu'à tuer un homme, il aurait fallu que je te connaisse depuis plus longtemps que ça et qu'on ait couché ensemble plus de deux fois !

— Si tu le dis.

— Tu penses vraiment que je suis coupable ? Tu penses que j'ai tué un homme ?

— Ce que je pense n'a aucune espèce d'importance, Archer. Ce qui importe, c'est ce que Shaw pense.

— C'est important pour *moi*, ce que tu penses.

— Je sais que tu es capable de tuer quelqu'un parce que c'est ce que tu as fait pendant la guerre. » Elle se tut tandis qu'il la dévisageait. « Mais je ne te vois pas tuer Hank, non, je ne pense pas.

— Tu ne *penses pas* ? Eh ben, merci quand même. »

Elle lui saisit la main et l'attira à côté d'elle sur le sofa, le forçant à s'asseoir.

« Ne sois pas comme ça, d'accord ? Tu dis que tu ne me connais pas vraiment ? Eh bien, ça marche dans les deux sens, Archer, parce que moi non plus, je ne te connais pas vraiment. Tu peux le comprendre, ça, pas vrai ? »

Archer ne voulait pas le comprendre, mais ce qu'elle disait semblait logique.

« On n'en sait rien, peut-être que quelqu'un l'a dévalisé, reprit-elle. Shaw n'a pas voulu me dire si la liasse de billets que Hank avait toujours sur lui avait disparu. Il était toujours en train de la sortir et de l'agiter au nez des gens. Tout le monde savait qu'il se promenait avec un paquet de liquide. C'était vraiment idiot de sa part. Mais ça pourrait très bien être la raison. »

Archer savait que le vol n'était pas la cause de sa mort. Il remit son chapeau. « Bon, d'accord, je te remercie.

— Pourquoi ?

— De me croire, ou presque. Tu es peut-être bien la seule personne dans tout Poca City dans ce cas.

— Tu vas quand même essayer de récupérer le paiement de la dette ?

— J'ai besoin de cet argent. Je n'ai aucune envie d'éclater des cervelles de cochon. »

Elle le regarda d'un air interrogateur. « Des cervelles de cochon ?

— Laisse tomber.

— Bon, quand tu seras prêt à retourner voir mon père, dis-le-moi. Je te donnerai les clés de la Nash. Elle est dans un garage couvert sur Fulsome Street. Tu ne peux pas la rater. » Après lui avoir indiqué comment s'y rendre, elle ajouta : « Laisse les clés dans la boîte à gants quand tu seras de retour.

— Je n'y manquerai pas. Merci.

— Une dernière chose, Archer. Sois prudent là-bas.

— Ton paternel a pointé un fusil sur moi la dernière fois que j'y suis allé. Je serai prudent, tu peux compter là-dessus. »

CHAPITRE

22

LE LENDEMAIN MATIN, Archer se leva aux aurores puis alla se laver le visage, les aisselles et d'autres parties stratégiques de son anatomie dans la salle de bains commune, avant d'enfiler des chaussettes et des sous-vêtements propres et de sortir dans le couloir. Il s'arrêta dans son élan quand il vit la porte de la chambre 615 ouverte.

« Il y a quelqu'un ? » demanda-t-il en passant la tête par la porte entrebâillée.

La porte s'ouvrit en grand sur Shaw, qui le fixait. Il portait une tenue différente, un costume gris clair avec un veston croisé, une cravate noire et blanche à pois et des mocassins noirs éraflés à bouts arrondis. Ses cheveux étaient bien coiffés et il était rasé de frais. Il sentait l'aftershave et un cigare pendait encore à un coin de sa bouche.

« T'es un lève-tôt, dis-moi, Archer.

— J'aime pas trop perdre mon temps. On ne sait jamais quand on pourrait en avoir besoin.

— J'ai quelque chose à te demander. Entre. »

Archer avança dans la chambre et Shaw ferma la porte derrière eux. Il montra du doigt la porte qui reliait les deux chambres.

« T'es déjà entré dans cette pièce ?

— Non. Et si mes foutues empreintes digitales sont sur la poignée, c'est que quelqu'un les y a mises.

— Ne monte pas sur tes grands chevaux et écoute. Nous n'avons retrouvé aucune empreinte sur les deux poignées de cette porte ni sur celle de la porte de la chambre 617, dans le couloir.

— D'accord.

— Tu trouves pas ça bizarre ?

— Je devrais ?

— On peut supposer que ça lui arrivait d'aller dans cette pièce à l'occasion, non ? Pourquoi cette absence d'empreintes dans ce cas ?

— Vous voulez dire que quelqu'un aurait pu les effacer ?

— Bingo. »

Archer observa la porte communicante. « Jackie m'a dit qu'il disposait des deux chambres pour lui, mais elle ne m'a pas expliqué pour quelle raison. Je trouvais que c'était du gaspillage, qu'un homme ait deux chambres. Mais elle m'a dit qu'il les voulait, et vu que l'hôtel lui appartenait, il pouvait bien faire à sa guise.

— Intéressant. Et ton “boulot”, ça se présente comment ?

— Eh bien, j'étais allé voir M. Pittleman et sa femme avant qu'il ne se fasse tuer pour les mettre au courant d'un développement.

— Ah oui, tiens ? Et quel est-il ?

— Il semblerait que M. Tuttle ait mis le feu à la voiture apportée en garantie du prêt de M. Pittleman. La voiture que j'essayais justement de lui récupérer.

— Il a vraiment fait ça ? Mon Dieu…

— Je ne l'ai pas vu faire, mais j'ai découvert la Caddy, réduite en cendres.

— Qu'est-ce que tu fichais là-bas ?

— J'essayais de remettre la main sur cette satanée bagnole. C'était la garantie du prêt. C'est légal, pas vrai ? Pittleman m'a affirmé que tout ça était légal.

— J'en sais rien, Archer. Les dettes, les garanties et tout ce bazar, c'est pas mon rayon.

— Bref, de toute façon, vu que je n'ai pas touché la voiture, je n'ai rien fait de mal, on ne peut rien me reprocher.

— Pourquoi Tuttle n'a-t-il pas remboursé ce prêt ?

— Sa fille traînait avec Pittleman, et Lucas Tuttle détestait ça. Il m'a dit qu'il rembourserait le prêt si Jackie rentrait à la maison. Tant qu'elle restait avec Pittleman, il ne comptait pas rendre l'argent.

— Donc le vieux Tuttle avait une dent contre Pittleman, hein ? »

Archer se mit sur la défensive. « Attendez une minute. N'allez pas vous imaginer des choses et lui tomber dessus. Il n'allait rien tenter contre Pittleman. Je lui ai dit que je cherchais une solution. Et puis, s'il comptait le tuer, il ne se serait pas servi d'un couteau, laissez-moi vous le dire. Il lui aurait tiré dessus avec ce foutu Remington, celui avec lequel il m'a mis en joue quand je suis allé le voir. »

Shaw secoua la tête et sourit.

« Quoi ? demanda Archer.

— Je viens de trouver un autre suspect plausible qui aurait eu des raisons de tuer Pittleman, et tu viens de tout foutre en l'air, mon garçon. T'es idiot, trop honnête, ou les deux ?

— J'ai passé du temps en prison. Je ne cherche pas à envoyer quelqu'un derrière les barreaux s'il n'a rien fait de mal. Je sais ce que ça fait.

— Donc t'étais innocent, hein ?

— Bon sang, oui, je l'étais.

— Si j'avais gagné un dollar à chaque fois que j'ai entendu ça…

— Ouais, je sais, vous seriez aussi riche que Rockefeller.

— Non, je serais *encore plus* riche. » Il tourna la tête vers la porte qui communiquait avec la chambre 617. « Ça te dirait de voir ce qu'il y a là-dedans ?

— Vous voulez que je regarde ?

— Tu verras peut-être quelque chose qui m'a échappé. »

Shaw ouvrit la porte et ils entrèrent. Archer comprit alors pourquoi le vieil homme avait voulu deux chambres pour lui.

« C'est son bureau ? remarqua-t-il en balayant la pièce du regard.

— Exactement. »

Devant eux, un grand bureau recouvert d'une plaque de verre avec un petit téléphone noir posé dessus et un fin répertoire blanc à côté de celui-ci. De l'autre côté du bureau s'alignaient une blague à tabac, une pipe en bruyère à l'embout usé et une boîte de cigares Van Dyck. Un agenda sur son chevalet reposait sur le sous-main en verre, ses journées remplies de rendez-vous et de réunions notées à la main. Quelques dossiers se trouvaient à côté. Derrière le bureau, une étagère en chêne était recouverte de piles de documents, de dossiers et de quelques livres traitant des titres de propriété, du moins d'après ce que comprit Archer en déchiffrant leur dos. Contre l'un des murs, un meuble de rangement en bois à quatre tiroirs avait été organisé pour un classement alphabétique, avec des étiquettes de A à Z de haut en bas. Des chaises visiblement confortables et un petit canapé avaient été disposés de l'autre côté de la pièce. Un bar bien fourni plastronnait devant l'un des murs, avec un seau à glaçons vide et sa cuillère qui attendaient bien sagement. Il était encore tôt, mais Archer reluqua avec envie les bouteilles alignées.

« Vous avez déjà jeté un œil ? »

Shaw acquiesça. « J'ai vérifié son agenda. Pas grand-chose dedans. Mais j'ai quand même trouvé d'autres choses intéressantes.

— Comme quoi ?

— Il était malade. En fin de vie, même.

— Qui ? Pittleman ? Vous me faites marcher ? »

Shaw secoua la tête. « J'ai trouvé des dossiers médicaux. Il souffrait d'une tumeur au cerveau. Inopérable, d'après le rapport. Je suis allé voir son médecin. Il me l'a confirmé.

— C'est pour ça...

— Quoi donc ?

— Le soir où je l'ai rencontré, à un moment Pittleman s'est tenu la tête. Il m'a dit que c'était à cause de la mauvaise gnôle du bar.

— Eh non, c'était le cancer.

— Il lui restait combien de temps ?

— Pas longtemps, d'après le toubib.

— Bordel. Dans ce cas, pourquoi le tuer, s'il était déjà mort ?

— C'est la grande question, Archer. Mais ce qui aurait motivé ton geste n'aurait rien à voir avec ça. Si tu voulais vraiment Jackie Tuttle pour toi tout seul, tu n'aurais pas voulu attendre. Et à en croire ta réaction, tu ne savais pas qu'il lui restait peu de temps à vivre.

— Je n'ai jamais désiré une femme au point de trancher la gorge d'un homme, monsieur Shaw. »

Ce dernier s'assit sur le bord du bureau du défunt. « Que sais-tu à propos de Pittleman ?

— On m'a surtout dit que c'était l'homme le plus riche du coin. Il possède la quasi-totalité de la ville. Il a une maison en dehors de Poca presque aussi grande que cet hôtel. Sa femme était d'accord pour qu'il voie Jackie. En tout cas, elle était au courant. M. Pittleman en a parlé devant elle quand je suis allé le voir chez lui.

— Vraiment ? Quoi d'autre ?

— Ce jour-là, j'ai donné le coup de main pour charger de la marchandise qui partait d'ici et qu'on a livrée à l'entrepôt derrière chez lui. Je me suis fait un dollar, payé par un homme du nom de Sid Duckett. Il travaille pour Pittleman. J'ai rencontré un autre homme sur place, Malcolm Draper. Lui aussi travaille pour Pittleman. C'est son directeur commercial. Il se promène avec un flingue. »

Shaw caressa sa fine moustache. « D'accord.

— Vous avez trouvé autre chose ? »

En guise de réponse, Shaw ramassa quelques feuilles de papier et les tendit à Archer.

« Ça, je ne les ai pas trouvées dans son bureau. Je les ai récupérées dans les poubelles derrière l'hôtel.

— Vous avez fouillé les poubelles ?

— Il faut toujours vérifier les poubelles, Archer. J'ai même inspecté celle de ta chambre. Je n'y ai trouvé qu'une bouteille de gin à sec et des paquets vides de Lucky Strike. »

Archer examina les documents. « Des factures adressées à Pittleman. Avec la mention "impayée" sur chacune d'entre elles.

— C'est un fait. Apparemment, il ne les réglait pas.

— Sauf que Pittleman était riche.

— Même quelqu'un de riche peut dépenser plus d'argent qu'il n'en rentre dans ses caisses. Et voilà comment on se retrouve sur la paille.

— Ça n'a aucun sens.

— À terme, ça en aura.

— Eh bien je vous souhaite bonne chance. J'espère juste que vous en arriverez à la conclusion que je n'ai rien à voir avec sa mort.

— Je n'en suis pas encore là, Archer. Pas du tout. Histoire que les choses soient bien claires entre nous.

— C'est noté.

— Pourquoi étais-tu levé si tôt le matin où on a trouvé le cadavre de Pittleman ?

— J'ai entendu un bruit dans le couloir.

— Mon petit gars, je t'ai déjà posé la question, et tu m'as répondu que tu n'avais rien entendu qui sortait de l'ordinaire.

— Vous m'avez demandé si j'avais entendu des bruits qui sortaient de l'ordinaire pendant la nuit. Ce bruit-là, je l'ai entendu sur le matin.

— À quelle heure ?

— Vers 6 heures. Pourquoi ? »

Les traits de Shaw s'assombrirent. « Il se passe des choses dans cette ville qui ne me plaisent pas. Fais gaffe à toi, Archer. Fais bien gaffe à toi et ne fais pas le malin, mon petit gars. »

Archer se tourna vers la porte et s'apprêtait à partir quand le policier lui donna un dernier conseil.

« Et ne fais confiance à personne. Et je m'en fous de savoir à quel point elles sont jolies », asséna-t-il sur le ton de l'avertissement.

CHAPITRE 23

« EH, VOUS, LÀ ! »

Archer traversait le hall du Derby quand l'employé de l'hôtel le héla. Celui qui l'avait enregistré à son arrivée.

« Ouais, quoi ? demanda Archer en se dirigeant vers lui.

— Il va falloir payer si vous voulez rester ici. »

Ce n'était pas ce à quoi Archer s'attendait. « Pardon, m'sieur, vous pouvez répéter ? »

L'employé fit pivoter le registre. « Vous n'avez payé que pour trois nuits. Vous êtes là depuis bien plus longtemps. Normalement, je m'en serais rendu compte plus tôt, mais après le meurtre de ce pauvre M. Pittleman...

— On parle de combien ? » demanda Archer, et l'employé lui indiqua le montant de sa note.

Archer plongea la main dans sa poche, étala sur le comptoir l'argent qu'il lui restait, en incluant les deux pièces de cinquante cents gagnées en chargeant les caisses, et fit le compte.

L'employé rafla le tout et annonça : « Ça couvre même pas tout ce que vous devez. Et comment vous comptez payer pour la suite ?

— C'est tout l'argent que j'ai, mon vieux.

— Alors vous allez devoir vous trouver un autre logement.

— Mais comment je peux, si je n'ai plus d'argent ?

— C'est pas mon problème, l'ami. Allez chercher vos affaires. Et comprenez bien, je vous surveille. Vous avez dix minutes. Faut que j'prépare la chambre pour un client qui *paiera.* »

Archer remonta à sa chambre, regroupa ses maigres possessions et traversa le hall de l'hôtel sous la surveillance de l'employé qui ne le quitta pas des yeux un seul instant. Archer scruta les deux côtés de la rue et admit qu'il ne lui restait plus qu'une seule option. Il prit la direction du palais de justice et attendit sur les marches, le chapeau baissé devant les yeux.

« Monsieur Archer ? »

Il releva son chapeau et la tête pour regarder Ernestine Crabtree.

Elle portait une jupe trapèze plissée bleu uni, un chemisier blanc à manches longues amples au niveau des bras et resserrées aux poignets avec un large col en V ouvert, et des chaussures basses à gros talons. Son chapeau noir en feutre à petit bord était ceint d'une bande de tissu, avec un petit nœud vert foncé sur le devant. Elle n'avait pas rassemblé ses cheveux en un chignon qu'elle portait habituellement si serré. Ceux-ci, détachés, tombaient sur ses épaules dans un style qu'Archer avait déjà complimenté.

« Que faites-vous ici ?

— Je venais vous voir pour du travail.

— Vous voulez dire que vous avez besoin d'un emploi pour rembourser les quarante dollars ?

— Je veux dire que je viens de me faire virer du Derby et que je suis complètement fauché, donc ouais, j'ai besoin d'un emploi.

— Venez, montons. »

Ils entrèrent dans le bâtiment, empruntèrent l'escalier intérieur qui menait à son étage et il la suivit dans le couloir jusqu'à son bureau.

Ils croisèrent un homme qui venait dans l'autre sens. Celui-ci lorgna Crabtree puis poussa un sifflement admiratif.

« Ouaouh, poupée ! T'as ce qu'il faut où il faut... » Tout sourire, il zyeuta Archer. « T'as bien de la chance, mon vieux, d'avoir ce petit lot rien que pour toi. »

Archer avait fait la même chose plus de fois qu'il ne pouvait se le rappeler. Mais ça, c'était avant d'avoir lu des articles sur le sombre passé d'Ernestine Crabtree. Et quand il vit sur son visage l'embarras qui céda la place à de la résignation, il n'était pas sûr de savoir laquelle de ces deux réactions le mit le plus en colère.

« Attends voir, mecton », lança Archer sèchement. Il lâcha les affaires qu'il portait à la main, attrapa l'homme par les revers de sa veste et le plaqua violemment contre le mur, faisant tomber son chapeau rond à calotte basse et plate par la même occasion.

« C'est quoi ton problème, mon vieux ? aboya l'homme.

— Montre un peu de respect à la dame.

— Du respect ? Tu plaisantes, mon pote ? Les femmes adorent quand on leur parle comme ça !

— Pas *cette* femme. Excuse-toi, maintenant, avant que je te casse ton putain de nez.

— Monsieur Archer, tout va bien, l'interpella Crabtree. Laissez tomber. S'il vous plaît.

— Mais...

— Je ne veux pas que vous ayez des ennuis à cause de moi. S'il vous plaît. »

Lentement, à contrecœur, Archer libéra l'homme. Celui-ci, tremblant de tout son être, ramassa son chapeau et détala à l'autre bout du couloir.

Archer ramassa ses affaires et suivit Crabtree non sans se retourner deux fois pour regarder où était rendu l'autre homme.

« Désolé pour cet idiot, dit-il.

— Oui, eh bien... Merci, monsieur Archer, c'était très... chevaleresque de votre part. »

Elle ouvrit la porte de son bureau et le fit entrer.

« Vous avez mangé quelque chose ? lui demanda-t-elle. Pris un café ?

— Non, m'dame, mais ça ira.

— Vous êtes sûr ? Vous avez l'air affamé. » Elle ouvrit son sac à main et en sortit deux dollars qu'elle lui tendit, mais Archer leva la main.

« Je ne vous prendrai pas d'argent, m'dame, mais je vous remercie quand même. Ce serait contraire au règlement, j'en suis certain, et je ne compte pas vous faire courir le risque de perdre votre travail. Tout à l'heure, dans le couloir, vous m'avez dit que vous ne vouliez pas me causer des ennuis. Eh bien, c'est pareil pour moi. Donnez-moi juste la possibilité de travailler et de gagner mon propre argent. »

Elle ferma son sac à main et le fixa longuement de ses grands yeux à la profondeur insondable. « Bon, je me rappelle très bien ce que vous m'avez dit à ce sujet, mais la seule offre d'emploi que j'ai sous la main où vous pouvez commencer à travailler immédiatement, c'est l'abattoir.

— Je ne suis pas en position de faire le difficile, donc si vous pouviez les appeler et leur dire que je voudrais bien le poste, ce serait très gentil de votre part. Comment j'y vais ? »

Elle vérifia l'heure sur l'horloge accrochée au mur. « Un camion fait la navette tous les jours pour emmener les hommes là-bas. Il part à 8 heures 30 pile, juste au bout de la rue. Vous verrez, tous ceux qui y travaillent attendent au même endroit.

— Ça me va. »

Elle considéra son costume. « Cela dit, si j'étais vous, je ne porterais pas ce nouveau costume pour ce genre de travail. »

Il baissa les yeux sur sa tenue. « Vous avez raison. J'ai mes vieux vêtements dans ce sac.

— Vous trouverez des toilettes au bout du couloir, sur la droite. »

Il alla se changer dans les toilettes et rangea son nouveau costume dans son sac.

Ernestine reposait tout juste le combiné de son téléphone quand il revint au bureau. « Tout est réglé. »

Elle examina son nouveau costume dans le sac. « Pourquoi est-ce que vous ne le laisseriez pas ici ? Je peux vous le mettre sur un cintre. Vous pourrez le récupérer quand le camion vous ramènera.

— Vous n'êtes pas obligée de faire ça.

— Comme vous l'avez dit, mon travail consiste à aider des gens dans votre situation. Passez me voir après votre journée de travail. Je vous attendrai.

— Merci, mademoiselle Crabtree.

— Eh bien, bonne chance à vous, monsieur Archer. Là où vous allez, vous, hum, vous en aurez besoin. »

* * *

Archer repéra les hommes regroupés au coin de la rue et les rejoignit. Et, comme il s'y était attendu, ce bon vieux Dickie Dill se trouvait au beau milieu de cette petite troupe. Avec quelques autres, il s'était engagé dans une partie de craps de rue à la vue de tous, à même les marches d'un bâtiment. Archer les observa une bonne minute tandis que les joueurs, concentrés sur leur partie, ne remarquèrent pas sa présence.

Le dernier jet de dés de Dill lui arracha un juron et un regard mauvais. Archer vit un billet d'un dollar passer de la main de l'ex-détenu à celle d'un autre type.

« Bordel de Dieu, Archer, j'me disais bien aussi que j'allais pas tarder à t'revoir par ici ! s'exclama Dill quand il le vit du coin du l'œil.

— Salut, Dickie, dit-il sans enthousiasme.

— Les gars, lui, c'est Archer », annonça Dickie au groupe de gros durs rassemblés autour de lui.

La plupart étaient plus petits qu'Archer, mais deux d'entre eux, des géants, avaient l'air indisposés par le simple fait de respirer le même air que lui.

« C'est l'un des nôtres, ajouta Dill.

— Pourquoi t'as fait de la taule ? » grogna l'un des géants. Ses vêtements étaient sales, tout comme son épaisse barbe. L'un de ses yeux louchait vers l'intérieur, ce qui lui donnait un air déstabilisant.

Archer leva la tête vers lui. « Pour quelque chose de stupide. Et toi, pourquoi tu t'es retrouvé à l'ombre ?

— J'ai tué un homme qu'en avait besoin. Et c'était pas le premier qu'a mordu la poussière avec moi. C'est juste le seul pour lequel ils ont pu me choper, ajouta-t-il fièrement.

— T'as tiré combien ?

— Trop longtemps. Et en plus, c'était dans une sacrée grosse cabane, parce que ce fils de pute était une balance pour Hoover et sa bande d'espions. J'aurais dû y rester bien plus longtemps, mais les gardes avaient trop peur de moi. » Il avait l'air d'être le plus sérieux du monde.

Dill prit Archer à part. « Y a un pote à moi qui s'est fait renvoyer à Carderock.

— Qui donc ?

— Dan Bullock. Tu l'as vu au Checkered Past. Il m'a dit que tu lui avais donné de bons conseils. Sauf qu'il a voulu faire le malin et qu'il ne les a pas suivis.

— Que veux-tu, je cherche toujours à aider les gens comme nous. »

Dill sourit de toutes ses dents. « T'as toujours été réglo en ce qui me concerne, Archer. »

Cependant, quelque chose dans les traits du petit homme fit se dresser au garde-à-vous les poils sur la nuque d'Archer. Un homme comme Dickie Dill ne comprenait pas le concept de nuance. Et quand il passa son bras autour des épaules d'Archer, ses doigts en lames d'acier s'agrippèrent un peu trop profondément à son goût, faisant passer un message important que sa bouche avait manqué de lui transmettre.

Un vieux camion Ford au radiateur toussotant vint se garer à leur hauteur. Son plateau ouvert aux vents était recouvert de lattes en bois sur ses flancs, sur lesquels avaient été fixés des bancs en bois brut. Le chauffeur descendit, vint abaisser le hayon et les hommes grimpèrent un par un. Dill vint s'asseoir à côté d'Archer alors que le camion se remettait en route.

« Qu'est-ce que tu vas faire à l'abattoir ? demanda Dill.

— Je sais pas encore. J'irai là où il y aura besoin, j'imagine.

— Si tu te retrouves à devoir tuer les cochons, j'te montrerai.

— Merci. Dis, je t'ai vu jouer aux dés, tout à l'heure. »

L'expression amicale de Dill disparut en un instant. « Et alors ? T'imagines pas aller me balancer à la Mlle Crabtree, hein ? »

Dill sortit un objet de sa poche. Archer distingua son cran d'arrêt.

Voilà qui correspondait mieux au Dickie Dill dont il se souvenait, et qu'il détestait.

Archer se pencha pour lui glisser à voix basse : « Tout ce que je dis, c'est que tu ferais mieux de faire attention avec les jeux de hasard. Tu te rappelles ce qui s'est passé à Carderock ?

— Merde, ce salopard de Riley avait truqué la partie.

— Ouais, exactement. Et comme avec Riley, t'as perdu cinq fois de suite tout à l'heure, sauf à ton premier jet, quand t'as sorti un onze et que t'as renchéri pour le tour suivant, avant de commencer à perdre. Et après chaque lancer, le gars qui a pris ton argent reprenait les dés et les faisait rouler entre sa paume et ses doigts. Il te prend pour un gros pigeon, ça fait aucun doute. Alors la prochaine fois qu'il te propose une partie, tu lui dis juste “Dé-gage”. Pas mal celle-là, non ? »

Un changement d'humeur sembla s'opérer dans l'esprit de Dill, qui jeta un regard vicieux à l'homme qui l'avait délesté d'un dollar. « Je vais l'suriner, ce bâtard.

— Non, tu n'en feras rien. Rappelle-toi, la troisième, c'est la bonne. Tu ne retourneras pas en prison. Range-moi ce couteau, maintenant. Tu n'es même pas censé porter une arme, Dickie. Tu vas te faire renvoyer direct à Carderock. »

Dill glissa lentement le couteau dans sa poche, mais il ne cessa de jeter des coups d'œil à l'autre homme tout le long du trajet.

Archer sentit l'odeur presque trois kilomètres avant d'arriver. La puanteur lui fit tressaillir les narines. Dill, qui l'avait remarqué, ricana, comme deux autres hommes dans le camion.

« Bordel de Dieu, Archer, au bout d'un temps, tu sentiras plus rien, lui dit Dill en se touchant le nez. C'est mort, là-dedans.

— Ouais, mais j'aime bien sentir des choses, moi.

— Comme le parfum de Mlle Crabtree ? répondit Dill avec un regard pervers.

— On en a déjà parlé, Dickie.

— On a le droit de rêver, non ? » Il se lécha les lèvres, et son regard lubrique retourna l'estomac d'Archer, rien qu'à penser à ce qu'un homme comme Dill pourrait faire à une femme comme Ernestine Crabtree si on lui en donnait l'occasion. Il était bien content d'avoir réparé la porte de sa chambre à coucher. Mais il se ravisa en pensant que Crabtree pourrait très bien abattre la petite brute avant de se faire attaquer, et l'idée lui donna du courage.

L'abattoir était un bâtiment massif de plain-pied en briques de ciment, cerné d'enclos à cochons sur trois de ses côtés qui grouillaient de bétail bien vivant.

Archer en fit la réflexion à Dill, et celui-ci lui répondit d'un ton menaçant « Plus pour longtemps », alors qu'ils entraient dans le bâtiment après être descendus du camion. Il ajouta d'une voix enjouée : « C'est ici que les cochons viennent pour mourir ! »

Ils furent accueillis par un contremaître costaud vêtu d'une longue blouse blanche et d'un casque de protection qui confirma à Archer : « Ouais, elle m'a appelé. La paye, c'est cinq dollars par jour. Tu récupères ton argent après ta journée, le vendredi soir.

— Dites, l'ami, est-ce que je pourrais avoir une avance ? tenta Archer.

— T'essayes d'être drôle ou stupide, ou quoi ?

— Un peu des deux, je pense.

— Blouse, gants, casques et lunettes, tout ça c'est dans la pièce juste là. Trouve ta taille.

— Donc, c'est quoi mon boulot ? Je ne vais pas éclater des crânes de cochon, j'espère.

— Nan. On a assez de monde pour ça. Tu vas aller débiter la viande à la scie et la stocker. Regarde comment font les autres qui y sont déjà pour prendre le coup de main.

— Pourquoi le casque, les lunettes et tout le reste ? »

Le contremaître ricana. « Tu verras. Bouge, maintenant ! »

Archer enfila une longue blouse blanche déjà tachée de sang, ainsi qu'un casque, des lunettes de protection et des gants.

Dill, qui avait passé la même tenue, vint à sa hauteur. « Eh, tu veux me voir écrabouiller des cochons en pleine face ? Y a un gars qui leur passe une corde autour du cou pour les tenir, et puis après j'arrive par derrière pour pas les effrayer et bam ! D'la cervelle de cochon pour tout le monde.

— Non merci, Dickie. Je te crois sur parole. »

On emmena Archer à la pièce où il était affecté. Un espace rempli de longues tables en bois ; au plafond, des morceaux de cochon de toutes formes et de toutes tailles pendaient à des crochets reliés à un convoyeur électrique à courroie.

Un homme plus âgé lui montra comment il devait se servir des scies et des couteaux, faire les coupes et accrocher les parties découpées sur les crochets.

« Ils les tuent puis ils leur tranchent la gorge pour les vider de leur sang. Ensuite ils les ébouillantent, comme ça les poils et la peau se détachent plus facilement. Après ils les coupent en deux et les laissent pendre un peu, le temps que la viande soit bien comme il faut. Ensuite ça arrive chez nous pour qu'on les découpe. Quand tous les crochets sont pleins, la courroie les envoie dans la chambre froide. »

Après avoir observé Archer à l'œuvre à ses côtés, il estima qu'il était prêt à se débrouiller tout seul.

En moins d'une heure, Archer était recouvert de sang, de morceaux d'os, de cartilage et de viande de cochon. Il devait sans cesse essuyer ses lunettes pour enlever les saletés collées, en plus d'enlever le film d'humidité qui s'y formait à cause de la chaleur ambiante inattendue. Et plus d'une fois, il fut pris d'une toux brusque à cause d'un corps étranger qui s'était frayé un chemin dans son organisme. Ses gants furent très vite imbibés de sang et d'autres détritus peu ragoûtants. Quand vint la fin de son service, ses bras, son dos et ses jambes le faisaient souffrir à force d'avoir scié, coupé et soulevé les lourdes carcasses sur les crochets.

Une alarme résonna et tous les hommes arrêtèrent instantanément ce qu'ils étaient en train de faire, même ceux au beau milieu d'une découpe ou d'un défonçage de crâne de cochon, activité qui avait lieu dans la pièce d'à côté. Venant de cette pièce, Archer n'avait distingué que des couinements et les cris terrifiés des cochons sur le point, ou en train, de mourir, il lui était vite apparu que les bêtes en souffrance ne succombaient pas toutes immédiatement au premier coup de masse.

Aux vestiaires, tandis qu'Archer enlevait blouse, casque, gants et lunettes, il demanda à l'homme plus âgé qui l'avait aidé : « Ça fait combien de temps que tu fais ça ? »

L'homme ferma la porte de son casier. « Trop longtemps, fils. Vraiment trop longtemps. »

Ça fait qu'une journée et je ressens déjà la même chose.

Un vacarme éclata dans la pièce voisine. Cris, hurlements, bruits de bagarre.

Archer se précipita dans l'autre pièce avec un groupe d'employés. L'homme qui avait escroqué Dill au craps, pâle et nauséeux, se tenait l'épaule. Dill lui tournait autour, une masse à la main.

« Putain d'enfoiré de menteur et de tricheur ! » beugla Dill.

Archer observa autour de lui et vit le contremaître qui l'avait accueilli dans un coin, immobile. Personne n'allait s'interposer et aider le blessé, c'était une évidence.

Archer se fraya un chemin à travers la petite foule et se dressa devant l'agresseur.

« Dickie, je t'ai déjà dit que c'était une mauvaise idée. Pose cette masse et va-t'en. Ou sinon tu vas retourner direct en prison. Tu sais très bien comment ça s'est passé entre ton pote et Mlle Crabtree.

— Ouais, tu n'arrêtes pas de me dire ça, Archer. Mais pourquoi j'arrive pas à m'enlever l'idée que t'as des vues sur cette gonzesse ? Tu me rembarres pour l'avoir pour toi tout seul, on dirait.

— Ça n'a rien à voir avec ce que tu viens de faire à ce type.

— Il m'a entubé, ce fils de pute, lança Dill d'une voix pleine de rage. Tu l'as dit toi-même. »

Archer examina l'homme en question tout en gardant un œil sur Dill. « Et je pense que tu lui as donné une bonne leçon, pas vrai l'ami ? T'as compris ? »

Le blessé hocha la tête en silence. Archer pouvait voir que le coup de Dill lui avait pulvérisé l'épaule. « En fait, il a besoin qu'on l'emmène à l'hôpital.

— Ce qu'il a besoin, c'est d'une tombe, aboya Dill. Dégage de mon chemin, maintenant.

— J'y compte pas, Dickie.

— Alors toi aussi, t'es un homme mort ! »

Dill le chargea, la masse levée par-dessus la tête. Dill était plus fort qu'il n'y paraissait, Archer le savait, et sacrément tenace. Mais il n'avait pas combattu pendant des années dans une guerre mondiale où chaque jour constituait un acte de survie.

Archer ne battit pas en retraite devant cette attaque, contrairement à ce qu'auraient fait la plupart des autres. Il jaillit et percuta Dill en plein ventre avec son épaule, avant qu'il ne puisse abattre sa masse. Archer faisait bien trente kilos de plus que Dill et la physique de cet affrontement fut respectée. Dill fut propulsé en arrière et atterrit contre un mur, la masse échappant à sa prise.

Archer la ramassa et se tint au-dessus de l'homme à terre. Dill leva les mains en une posture défensive, mais Archer secoua la tête et laissa tomber la masse au sol.

« Je n'ai aucune intention de te blesser, Dickie. Je voulais juste me faire bien comprendre. »

Il se tourna vers les autres hommes. « Personne n'a rien vu. » Il pointa ensuite du doigt le chef d'équipe. « Et vous, amenez cet homme à l'hôpital où sinon il va y avoir du grabuge. »

L'homme sortit de sa léthargie, attrapa le blessé par son bras valide et l'évacua en vitesse de la pièce.

Archer aida Dill à se relever. « Ça va ? »

Dill lui adressa un regard tout sauf amical. « Tu ferais bien de faire gaffe à toi.

— C'est ce que je fais, tout le temps. »

Le camion déposa Archer à Poca City et il remonta la rue tout en s'enlevant des particules de cochon qui lui collaient encore au corps.

CHAPITRE

24

IL VÉRIFIA L'HEURE ET SE DÉPÊCHA de monter au bureau d'Ernestine. Elle était encore là, à l'attendre. Quand il ouvrit la porte, elle se leva de sa chaise.

« Vous avez l'air épuisé, dit-elle en voyant ses vêtements tachés et son air hagard.

— Ouais, vous savez, c'est un boulot assez épuisant.

— C'était si horrible que ça ? »

Il était sur le point de lui parler de l'altercation avec Dill, mais il se ravisa. Cela ne ferait que lui ajouter un sujet d'inquiétude. Et son bien-être ne devrait pas être son fardeau.

« Non, ça allait. Et puis, je suis content d'avoir un boulot. »

Elle lui tendit son sac ainsi que son costume et sa chemise, pliés sur un cintre.

« Tenez, vos affaires. Je… je les ai rapportées chez moi pendant ma pause et je leur ai donné un coup de fer pour vous.

— Vous n'étiez pas obligée de faire ça, mademoiselle Crabtree, mais je vous remercie, répondit-il en récupérant ses vêtements.

— Vous allez dormir où, alors ? lui demanda-t-elle.

— Bonne question. Ils ne donnent la paye qu'en fin de semaine, donc… »

Ils restèrent un instant plantés l'un devant l'autre, gênés, à s'observer sans rien dire.

Elle pencha la tête et dit : « Ce n'est pas du tout dans mes habitudes, mais vous... vous pouvez venir dormir à la maison pendant quelque temps. Vous êtes le bienvenu. J'ai un lit escamotable dans mon salon.

— C'est très gentil de votre part. Mais je ne peux pas m'imposer comme ça, à l'improviste. Ce ne serait pas correct. Et en plus de ça, je ne veux pas vous mettre dans le pétrin.

— Non seulement vous avez payé mon dîner mais vous avez aussi réparé la porte de ma chambre gratuitement. Ce sera une manière d'honorer cette dette et ainsi, nous serons quittes.

— Vous... vous êtes sûre ? »

Elle releva la tête et esquissa une maigre tentative de sourire. « Oui, monsieur Archer, j'en suis sûre.

— Dans ce cas, c'est d'accord, lui dit-il avec un sourire de soulagement.

— Je vous demanderai *juste* d'attendre la nuit tombée. Je... je ne voudrais pas que mes voisins...

— Je peux entrer par la porte de derrière, disons, vers 21 heures ?

— Ce sera très bien. Merci. »

Il prit congé et descendit dans la rue. Une fois que ses pieds touchèrent le trottoir, il inspecta autour de lui. Il ne lui était pas souvent arrivé d'avoir l'estomac aussi vide. À l'abattoir, ses collègues avaient apporté leur casse-croûte dans des petites boîtes en fer. On leur accordait exactement quinze minutes pour manger. Et pas un seul d'entre eux, Dill inclus, n'avait jugé bon d'en offrir un peu à Archer.

Il réussit à gagner cinquante cents en aidant un homme d'un certain âge à monter quelques caisses en haut des marches de sa petite boutique, puis il passa le balai, colmata une fenêtre et nettoya puis réinstalla les bougies d'allumage sur le moteur six cylindres en ligne de sa camionnette Ford de livraison. Une autre compétence héritée de l'armée bien utile en dehors des champs de bataille.

Il se servit de cet argent pour s'acheter un morceau de fromage et deux petits pains qui calmèrent à peine sa faim. Il engloutit deux grands verres d'eau pour se débarrasser du goût immonde que l'abattoir lui avait laissé en bouche.

Il marchait dans la rue en direction d'un banc libre sur lequel il pensait s'asseoir pour attendre l'heure d'aller chez Ernestine, quand il remarqua une Cadillac quatre portes bordeaux au capot allongé qui avançait au ralenti vers lui. Il avait déjà vu cette voiture, dans la grange de Tuttle. Le chauffeur, un homme dans la quarantaine, portait une casquette, une veste noire à boutons et des gants en peau de pécari. Installé à l'arrière, Lucas Tuttle.

Ce dernier avait dû le repérer quand il s'était assis, parce que la voiture s'arrêta à sa hauteur, la fenêtre se baissa et Tuttle sortit la tête et lui fit signe d'approcher.

Archer laissa ses affaires sur le banc et avança jusqu'à la voiture.

« Monsieur Tuttle, dit-il en épiant le chauffeur qui le regardait dans son rétroviseur extérieur.

— Grimpez, Archer, je veux vous parler. »

Archer fit le tour de la voiture et s'installa.

« Bon sang, fils, mais où est-ce que vous êtes allé vous fourrer ? demanda Tuttle en se pinçant le nez.

— Je suis allé gagner ma vie, à la dure. »

Tuttle approuva et se cala contre son dossier. « Bobby ? dit-il au chauffeur. Allez vous payer un Coke. Je dois parler avec M. Archer.

— Oui, monsieur Tuttle. » L'homme sortit de la voiture et s'éloigna, révélant ce faisant une culotte noire qui lui recouvrait les jambes et des guêtres sombres. La tenue on ne peut plus réglementaire du chauffeur, pensa Archer. Comme celle qu'on voyait dans les films, où tout le monde était riche, sauf les serviteurs.

Tuttle avait lui passé un costume marron foncé en laine peignée avec un nœud papillon rouge et une pochette assortie, et des souliers cirés marron et blanc.

« On dirait que vous sortez de l'église, même si on n'est pas le jour du Seigneur », dit Archer.

Cela fit rire Tuttle. « Je ne suis pas ce qu'on pourrait appeler un pratiquant, Archer. Je préfère me fier à moi-même plutôt qu'à une divinité sur laquelle des types ont écrit un bouquin. J'avais des rendez-vous d'affaires en dehors de la ville. Et les affaires se présentent bien.

— Content de l'apprendre.

— Et comment se présentent *vos* affaires ? Vous m'avez dit que vous y travailliez. Vous allez me décevoir, Archer ? Je vous le dis tout de suite, je n'aime pas être déçu. »

Archer parcourut du regard l'intérieur de la Cadillac à la recherche du fusil mais ne le vit pas.

« J'espère bien ne décevoir personne, ni vous ni moi, monsieur.

— Alors ?

— Maintenant que Pittleman est mort, ça a un peu compliqué la situation, pour ainsi dire.

— Ou peut-être que ça l'a simplifiée.

— Je ne sais pas. Ce que je sais, c'est que vous avez cramé la Caddy. »

Tuttle ne sembla nullement pris en défaut. « Un malheureux accident. Ça arrive souvent dans les grandes exploitations.

— Vraiment ? » Archer voulut le questionner à propos de l'accident de sa femme Isabel, mais il décida que le moment n'était pas opportun.

« Je veux que ma fille revienne à la maison, dit Tuttle.

— J'y travaille, mais si elle ne veut pas, c'est peut-être parce que sa mère est morte là-bas. Elle est partie de chez vous à peu près à la même période. Je me demande pourquoi. »

Une ombre passa sur le visage de Tuttle. « Vous savez *comment* ma femme est morte ? »

Maintenant qu'il avait abordé le sujet par lui-même, Archer sauta sur l'occasion. « Je sais juste que c'était un accident, mais personne n'est entré dans les détails. »

Tuttle regarda par sa fenêtre. « Oui, c'est ce qu'ils disent. Un *accident.*

— Vous prétendez le contraire ? »

Tuttle tourna la tête et le dévisagea. « Je... je n'en sais rien, Archer. Tout ce que je veux, c'est que ma fille rentre à la maison. Et si vous réussissez à la convaincre, vous aurez mérité votre argent.

— D'accord, mais Jackie aimait sa mère, et sa mère l'aimait tout autant.

— Et qui vous a dit ça ? demanda Tuttle d'un ton sec.

— Votre secrétaire, Desiree.

— Ah, oui. J'imagine que c'est comme ça qu'elle voyait les choses.

— Elle se trompait ?

— Monsieur Archer, il n'y a pas de relation humaine plus complexe au monde que celle entre une mère et sa fille.

— Je vois où vous voulez en venir. Mais alors, ce que vous me dites, c'est qu'elles ne s'entendaient *pas ?*

— Jackie est merveilleusement obstinée, intelligente, entêtée. En cela elle ne ressemble à aucune autre femme de ma connaissance, hormis sa mère, car ma fille est le portrait craché d'Isabel. Et les Sud-Américaines, Archer, sont des femmes au sang chaud qui sont animées par un feu intérieur et un esprit combattif. C'est ce qui m'a attiré chez elle. La seule femme que je connaissais qui pouvait me tenir tête. En réalité, elle a bien souvent pris le meilleur sur moi.

— Mais si sa mort n'est pas accidentelle, que s'est-il passé, alors ? »

Tuttle détourna à nouveau les yeux pour perdre son regard à l'extérieur.

« Parfois, il est préférable de ne pas connaître la vérité, dit-il. Vous êtes d'accord avec ça, Archer ?

— Je pense qu'il est important de connaître la vérité. Mais je pense qu'elle peut aussi blesser.

— Vous venez d'exposer précisément le dilemme. Non seulement la vérité peut blesser, mais elle a aussi la capacité de tout détruire une fois libérée. Comprenez-vous ça ?

— De quel genre de vérité parlons-nous ?

— Ma femme était une créature magnifique, Archer. Une beauté incomparable. Je croyais à peine ma chance quand elle a accepté de m'épouser ; j'étais jeune, encore en train de me faire une place dans ce monde. Mais une beauté tropicale telle que la sienne affecte parfois l'esprit et peut le pousser à agir dangereusement.

— Ce qui veut dire ? le poussa Archer.

— Ce qui veut dire que parfois, j'avais peur de ma propre femme. Vous m'avez vu avec mon fusil, vous vous êtes certainement dit que j'étais un peu fou et enclin à la violence. Mais ce n'est là que fanfaronnade de ma part, Archer. En ce qui concerne Isabel, c'était autre chose, avoua-t-il en marquant une pause. Et Jackie n'a pas hérité uniquement de la beauté de sa mère.

— Attendez, Jackie est quelqu'un de bien.

— N'oubliez pas que vous ne la connaissez que depuis quelques jours. Je connais Jackie depuis sa naissance. »

Il n'échappa pas à Archer que Jackie lui avait raconté sensiblement la même chose, mais dans un contexte différent, à savoir qu'Archer ne connaissait pas son père depuis longtemps, comme elle. « Qu'essayez-vous de me dire, au juste, monsieur Tuttle ? J'aimerais que vous soyez direct avec moi, sans passer par la case charabia. »

Tuttle lui enfonça l'index à plusieurs reprises dans la poitrine. « Ramenez-moi ma fille, Archer. Et repartez avec votre salaire, que je viens de faire monter à *deux cents dollars.* »

Archer n'en revenait pas. « Pourquoi cette augmentation ?

— Quand on vous offre de l'argent, ne posez pas de question. »

Il lui montra la portière et Archer sortit lentement de la voiture. Observant la scène, le chauffeur, qui entre-temps était allé se chercher une bouteille de Coke et la sirotait juché sur une bouche d'incendie, se redressa, revint à la voiture en vitesse, puis la Cadillac s'éloigna.

« Archer ? »

Il se retourna et vit Jackie Tuttle, à quelques pas de lui, qui le fixait.

Mais la jeune femme ne le regardait pas vraiment. Il s'en rendait compte désormais. Elle fixait par-dessus son épaule la Cadillac au bout de la rue.

Elle détacha son regard de la voiture et s'approcha de lui. Elle renifla et eut un léger mouvement de recul en posant sa main sur son nez. « Tu empestes, tu le sais ça ? »

Il considéra sa personne l'espace d'un instant. « Tu sais, tuer des cochons, ce n'est pas un métier où on sent bon.

— C'est ça que tu fais maintenant, alors ?

— Oui. Je me suis fait virer de l'hôtel.

— Tu dors où, dans ce cas ?

— J'y travaille.

— Tu peux venir chez moi, Archer. »

Il secoua la tête. « Non.

— Pourquoi pas ? lui dit-elle en souriant. Ça nous donnerait certains avantages en termes d'intimité.

— Et tu penses que ça aurait l'air de quoi, surtout auprès de Shaw, dans la situation actuelle ? »

Son sourire s'effaça. « C'est vrai. Tu as raison. » Elle regarda au loin, dans la rue. « C'était mon père ?

— Je pense que tu le sais très bien.

— Tu lui as parlé ?

— Oui.

— Et ?

— Et il a augmenté ma commission à deux cents dollars si tu rentres à la maison.

— Il t'a dit quoi d'autre ? » lâcha-t-elle d'un ton agressif.

Il fit un pas en arrière. « Hein ? Rien. »

Elle jaillit vers lui et l'attrapa par le col de sa veste. « Tu mens ?

— Non. »

Elle le relâcha, son hostilité s'éteignant subitement. « Bon, d'accord. Et si je te nourrissais ? Je vois d'ici ton ventre qui se creuse vers l'intérieur. »

Étourdi, il était toujours sous le choc de son changement émotionnel soudain et ne répondit rien.

Son trouble semblait témoigner ouvertement de son dilemme, car le visage de la jeune femme s'illumina d'un sourire d'une candeur désarmante. « Mon père me rend un peu dingue, Archer, admit-elle.

— Ouais, je vois ça. "Un peu", c'est le cas de dire. Peut-être plus que ça, franchement.

— Allons manger un morceau.

— Je n'ai pas d'argent pour ça, et je ne te laisserai pas payer mon repas encore une fois.

— Et si je cuisinais pour toi ? »

Archer l'examina de travers.

« Tu penses que je n'en suis pas capable ? demanda-t-elle.

— Non, c'est juste que... Bref, tu pensais nous faire quoi ?

— J'aime manger frit, Archer. Donc poulet, gombos, tomates vertes. Et j'ai une bouteille de vin à la maison. Tu en as déjà goûté ?

— Je ne peux pas dire ça, non.

— C'est ma mère qui m'a fait découvrir le vin. Son préféré, c'était le vin argentin. Je n'en ai pas, mais j'ai une bouteille de vin rouge qui vient de France.

— De France ! Comment as-tu pu réussir à t'en procurer ?

— Je n'ai rien eu à faire. C'est Hank. Il me l'a donnée.

— Ça ne te dérange pas que nous la buvions ?

— On pourra porter un toast à sa mémoire, si tu veux. Mais je préférerais ne pas tarder à la boire. Il m'a expliqué qu'il y a des gens qui attendent des années, voire des décennies, pour déboucher leurs bouteilles.

— Jamais entendu parler de ça. Ça ne doit plus avoir beaucoup de goût, après toutes ces années.

— Ils disent que si, mais je ne suis pas aussi patiente. Pourquoi est-ce que tu ne viendrais pas chez moi, disons, d'ici une heure ? Le dîner sera prêt. »

Il repensa à ce qu'il avait convenu avec Ernestine. « J'entrerai par la porte de derrière, dit-il. Mais je ne pourrai pas rester longtemps. Je dois aller au travail demain matin.

— C'est vrai. Tuer des cochons.

— Ouais, enfin, moi, je ne fais que les découper en morceaux.

— Franchement, Archer, pour moi ça ne fait pas une grande différence. »

CHAPITRE

25

EXACTEMENT SOIXANTE ET UNE minutes plus tard, Archer frappait à la porte de derrière chez la jeune femme. Elle lui répondit avec un tablier par-dessus sa robe.

« Si j'en crois l'odeur, ce repas va être délicieux », lui dit-il.

Il l'observa manipuler les poêles à frire sur la cuisinière à trois feux positionnée à côté d'un réfrigérateur électrique. Peu de temps après son arrivée, le repas fut prêt et ils allèrent s'asseoir dans une petite salle à manger encombrée de meubles. Des bougies allumées au préalable avaient plongé la pièce dans une ambiance tout en ombres apaisantes.

Le poulet était croustillant à l'extérieur – presque trop cuit, en fait – et tendre à l'intérieur.

« Le meilleur poulet de ma vie, proclama Archer en toute honnêteté.

— Manges-en autant que tu veux, j'en ai largement assez. »

Les gombos et les tomates avaient été recouverts de panure et frits dans de la graisse de lard.

Après s'être servi deux fois des différents plats, Archer dut se résoudre à repousser sa chaise de la table. « C'est bon, je n'ai plus de place. »

Ils avaient tous les deux goûté le vin qu'ils n'avaient pas forcément apprécié dans un premier temps, mais au second verre, celui-ci avait un goût différent.

« Comment c'est possible ? s'interrogea Archer

— Hank m'en a parlé. Il m'a dit que le vin *respire.*

— Ah.

— Il est allé là-bas il y a deux ans. Avec Marjorie. Ils ont fait le tour des régions viticoles en France et en Italie. »

Il la regarda d'un air perplexe. « Je ne pensais pas qu'il en resterait après la guerre.

— Il m'a raconté que c'était encore dans un sale état, bien sûr. Mais ils ont quand même réussi à rapporter quelques bouteilles. »

Ils finirent le vin, puis Archer se leva et remit son chapeau.

« Tu es sûr que tu ne veux pas rester ?

— J'ai pris d'autres dispositions.

— Vraiment ? Ça fait plaisir.

— Ne sois pas comme ça. Je t'ai déjà expliqué pourquoi je ne peux pas rester dormir ici. Shaw me ferait pendre. Merci pour le dîner. C'était vraiment très gentil de ta part.

— Ne commence pas à être gentil avec moi alors que tu m'énerves.

— Tu vas finir par me dire ce qui est arrivé à ta mère ? »

Ses yeux s'enflammèrent. « Pourquoi ? Mon père a parlé d'elle ? Dis-moi la vérité, Archer. Je t'ai préparé à dîner, après tout, c'est la moindre des choses.

— D'accord, Jackie, d'accord. » Il s'appuya contre le buffet et choisit ses mots avec soin. « Il m'a dit que c'était la plus belle femme sur laquelle il avait jamais posé les yeux. Enfin, une formule dans ce genre-là. Bref, il m'a aussi dit que… Bon, qu'elle pouvait parfois se montrer impulsive. Et que des fois…

— Oui ?

— Des fois, il avait peur d'elle.

— Quoi d'autre ?

— Et qu'elle et toi ne vous entendiez pas toujours aussi bien que ça. Il m'a aussi expliqué que les relations entre une mère et sa fille sont compliquées.

— Elles le sont, oui. Mais j'aimais profondément ma mère.

— J'en suis sûr. » Il décida de changer de sujet. Il n'aimait pas la tournure que la conversation prenait et surtout, il voulait jauger la réaction de la jeune femme à une autre information. « Tu savais que Pittleman était presque ruiné ? »

Jackie se leva très lentement. « Qui t'a dit ça ?

— Shaw. Il a retrouvé une pelletée de factures impayées que Pittleman avait balancées à la poubelle.

— C'est une erreur.

— Je les ai vues moi-même.

— Mais Hank était riche. Tout le monde le savait. »

Archer haussa les épaules. « Je ne sais pas quoi te dire.

— Tu m'as donné beaucoup à réfléchir. » Elle garda le silence quelques instants, apparemment pour faire exactement ce qu'elle venait de lui dire, tandis qu'il l'observait attentivement. « Et donc, tu retournes à l'abattoir demain, c'est ça ?

— C'est mon boulot, en attendant que j'en trouve un de mieux, c'est-à-dire à peu près n'importe quoi d'autre. »

Elle le raccompagna à la porte de derrière. « À plus tard, Archer. » Malgré son odeur repoussante, elle le gratifia d'un baiser sur la joue.

Il revint sur ses pas et rattrapa la route principale. À pied, cela lui prit une trentaine de minutes pour rejoindre la petite maison d'Ernestine. Les lumières étaient allumées, et quand il frappa à la porte de derrière, elle répondit aussitôt. Elle s'était changée et portait à présent un pantalon taille haute bleu roi boutonné sur un côté avec des revers larges en bas, un chemisier à manches longues avec un col plat et arrondi, un léger cardigan bleu par-dessus, et des mocassins bleu foncé. Ses cheveux blonds tombaient toujours en cascade sur ses épaules, quand bien même une partie de sa chevelure était retenue en arrière par quelques barrettes.

« Vous avez faim ?

— Non, j'ai assez mangé, merci. » Il se renifla. « Vous, euh, ça vous dérangerait si je faisais un brin de toilette ? Le… le travail était un peu, hum, malodorant, pour ainsi dire.

— Non, bien sûr. Je peux vous faire couler un bain, si vous voulez.

— Un bain ? Vous avez une baignoire ?

— Oui. Je vais m'en occuper. Et j'ai un peignoir qui vous ira.

— Merci, mademoiselle Crabtree.

— Écoutez, nous ne sommes pas au bureau. Appelez-moi Ernestine, glissa-t-elle d'une voix timide.

— Et moi, c'est Archer, pas de besoin d'ajouter le "monsieur". »

Elle partit s'occuper du bain et l'appela quand celui-ci fut prêt. Il se glissa dans l'eau chaude. Elle y avait ajouté un produit qui faisait des bulles à la surface. Le contact de l'eau contre sa peau l'apaisa.

Elle frappa à la porte. « Tout va bien ?

— C'est formidable, Ernestine. Je veux dire, c'est vraiment génial. Le meilleur bain de toute ma vie. »

Elle rit de l'autre côté de la porte. « Ce n'est qu'un bain, Archer.

— Oui, mais la dernière fois que j'en ai pris un, c'était en 1941. »

Une fois qu'il eut fini de se laver, il enfila le peignoir et sortit. Il vit qu'Ernestine avait descendu le lit escamotable et lui avait préparé son couchage. Elle était désormais installée dans un fauteuil à côté du lit, occupée à lire un livre. Elle se leva et ferma son bouquin. « Tout est prêt pour vous. »

Il jeta un œil en direction de sa chambre. « Merci. Est-ce que, hum, la porte de votre chambre ferme bien ?

— Parfaitement bien, merci. »

Il s'imagina alors Ernestine sous de nombreux aspects et atours différents, cheveux détachés, jupe relevée, et même complètement nue comme Jackie. Rien à faire. Il n'arrivait tout simplement pas à s'en empêcher. Archer se maudit intérieurement. Il ne valait pas mieux que cet homme qui l'avait sifflée.

Elle suivit son regard et déclara : « Je suis sûre que vous êtes épuisé. » Elle leva son livre et ajouta : « En fait, je voulais le finir ce soir. Je vais aller lire dans mon lit.

— Vous lisez quoi ?

— Ça vient juste de sortir. Ça s'appelle *1984*. Écrit par un auteur anglais, George Orwell. Enfin, c'est un pseudonyme. Son vrai nom, c'est Eric Blair.

— Ça parle de quoi ?

— C'est un roman dystopique qui se passe en 1984, d'où son titre.

— On a le temps de voir venir. » Il osa lui demander d'une voix intriguée : « Dystopique ?

— Ça parle de la vie en 1984 selon l'auteur. Le peuple est opprimé, le gouvernement connaît leurs moindres faits et gestes. Les gens s'espionnent les uns les autres. Plus personne ne pense par soi-même, le libre arbitre a disparu.

— Je croyais qu'on était justement entrés en guerre pour empêcher que ça arrive.

— Je le croyais, moi aussi. Espérons que ce soit suffisant.

— Oui, je suis bien d'accord avec vous. » Il la fixa pendant un long moment. Le désir qu'il avait éprouvé pour elle s'éteignait, non pas parce qu'il ne la trouvait pas attirante, au contraire. Archer n'était en réalité pas certain de mériter quelqu'un d'aussi intelligent. Car elle l'était assurément. Elle l'intriguait, éteignant ainsi quelque peu son attirance physique.

« Écoutez, Archer, vous n'êtes pas obligé de passer pointer à mon bureau cette semaine. Je sais ce que vous faites de vos journées… et où vous séjournez. Je noterai dans votre dossier que vous êtes passé, et que tout est vu.

— J'apprécie beaucoup.

— Je vous en prie.

— Bonne nuit, Ernestine. J'espère que vous allez aimer la fin de votre livre.

— Bonne nuit, Archer. »

CHAPITRE

26

LE LENDEMAIN MATIN, Archer trouva dans la cuisine du café chaud qui l'attendait dans le percolateur, un sac en papier contenant une pomme, un petit pain frais, du bœuf séché et un bon morceau de fromage, le tout accompagné d'un mot d'Ernestine qui lui souhaitait une bonne journée. Il la chercha du regard mais ne la trouva pas. Elle avait déjà dû partir au travail. Il voulut l'appeler ou frapper à la porte de sa chambre pour la remercier, mais il se ravisa. Il s'assit devant la table, but son café et rangea le mot dans sa poche.

Il prit le temps d'observer la petite pièce. Puis il ferma les yeux et laissa dérouler le récit d'une fiction où il s'autorisait à croire que c'était là sa propre jolie petite maison. Son épouse aimante avait préparé un café bien fort et emballé un solide déjeuner, puis il allait se mettre en route pour le travail pour gagner sa vie honnêtement afin de subvenir à ses besoins, à ceux de sa femme et d'une ribambelle d'enfants avec des prénoms classiques faciles à prononcer, et à l'avenir prometteur.

Il ouvrit les yeux et fixa avec surprise le fond de sa tasse de café. Archer ne s'était jamais auparavant autorisé à s'imaginer une vie idéale, quelle qu'elle fût. Il avait été élevé par des parents stoïques qui craignaient le jugement divin, travaillaient dur et imposaient une discipline qui l'était tout autant à leur fils unique. Engagé volontaire pour servir son pays, il était parti se battre dans une guerre mondiale à laquelle il avait survécu. Trop occupé à essayer de rester en vie pour avoir le temps d'entretenir le fantasme de ne pas mourir. Puis il avait vadrouillé de-ci de-là avant de se retrouver dans une situation qui l'avait envoyé purger une peine dans une prison violente où les règles de la civilisation n'avaient pas cours, et où les gardiens étaient parfois des êtres plus malfaisants que les hommes qu'ils surveillaient. C'était la seule fois où il s'était laissé divaguer, à oublier la froide réalité, ses bons comme ses mauvais côtés. Contre toute attente, cela lui parut réel, intime, satisfaisant. Pendant environ dix secondes. Puis Archer prit son sac, ouvrit la porte et partit découper des cochons.

Ce jour-là, ses découpes furent exécutées d'une main plus experte. À la fin de sa journée, il fut tout autant que la veille recouvert de toutes sortes de fragments de cochon, et même davantage, car il avait été plus productif dans le maniement de ses couteaux et de sa scie. Cela dit, sur le chemin du retour, il se sentit moins endolori, ses muscles endurcis n'ayant pas tardé à s'ajuster à leur nouvelle tâche.

Et le déjeuner apporté dans un sac avait bien aidé.

Dickie Dill se leva de la place qu'il occupait à l'arrière du camion, se posta devant l'homme assis à côté d'Archer qu'il regarda sans bouger pendant quelques instants, puis prit sa place quand ce dernier lui céda.

« Quoi de neuf, Dickie ? » demanda Archer. Ses yeux mi-clos, sa vision périphérique était cependant rivée sur le petit homme, à l'affût du premier signe d'apparition d'un couteau.

« Tu crois que tu m'as fait une faveur hier, hein ?

— C'est comme ça que je voyais la situation. Tu n'es pas reparti en prison, pas vrai ?

— Peut-être pas. Mais si tu t'avises de recommencer, j'te taillade comme tu coupes tes morceaux de cochon.

— Merci de m'avoir prévenu, c'est loyal de ta part. »

Cela sembla lui ôter toute sa colère et son fiel. Il se détendit, sortit de sa poche un cornichon emballé dans du papier paraffiné et commença à le mâchonner.

« On est censés toucher notre paye demain.

— Je sais. J'y compte bien.

— Le truc, c'est que j'ai entendu dire que ça allait p'tête mal se mettre. »

Archer tourna la tête vers lui et le regarda d'un air dur. « Redis ?

— Le bruit court comme quoi ils auraient pas assez d'argent pour nous payer tout ce qu'ils nous doivent.

— T'as entendu ça où ?

— Des gars qui sont au courant m'l'ont dit.

— T'as vu tous ces cochons qui arrivent chaque jour ? Ils doivent ramasser l'oseille par brouettes.

— C'est pas ce que j'ai entendu dire.

— C'est qui le proprio, d'ailleurs ?

— C'est Hank Pittleman. Du moins, ça l'était... »

Cette dernière précision ne venait pas de Dill, mais de l'homme assis de l'autre côté d'Archer qui, à l'évidence, avait écouté leur conversation.

Archer n'en revenait pas. « L'abattoir appartenait à Pittleman ?

— Oui, mon bon monsieur, pour sûr », lui répondit l'homme âgé, vêtu d'une salopette sale et d'un fedora tout aussi taché. La cigarette éteinte qui pendouillait à sa lèvre inférieure charnue se redressait puis se rabaissait quand il parlait.

Archer observa Dill qui n'avait pas relevé.

« Et comme il vient de l'dire, ajouta le vieux bonhomme, y disent qu'y z'ont pas assez d'argent pour tous nous payer. Moi aussi, j'ai entendu ça.

— Alors pourquoi on travaille ? demanda Archer.

— Parce qu'on n'a rien d'autre à faire, répondit simplement l'homme en haussant ses larges épaules. Et puis, ils vont p'tête nous en payer une partie. J'tourne pas le dos à d'la fraîche, même si y en a pas beaucoup !

— Moi, ça m'fait l'effet d'un putain de coup dans les noix », intervint Dill, qui avait fini son cornichon. Il s'essuya les mains sur son pantalon. « J'vais aller m'en taillader un, s'ils pensent pouvoir me baiser et m'faire un sale coup comme ça. »

Archer n'essaya même pas de dissuader Dill de le faire. Une partie de lui souhaitait tellement que Dill mette un coup de couteau à quelqu'un pour repartir en prison, là où était sa place selon Archer.

Une fois arrivé en ville, il sauta hors du camion.

Et tomba sur Shaw qui l'attendait.

Le policier portait un costume marron et une chemise fraîchement repassée, mais ses traits hagards témoignaient de nuits courtes et du fardeau de la résolution d'un meurtre sur ses épaules. Il releva son chapeau mou vers l'arrière et détailla Archer.

« On m'a dit que t'avais trouvé du travail à l'abattoir. Comment vont les cochons ?

— Pas terrible, en fait, vu que leur seul boulot consiste à mourir. Qu'est-ce que vous faites là ? »

Du coin de l'œil, Shaw aperçut Dickie Dill qui le fixait, ses doigts comme des couteaux refermés en un poing serré.

Shaw ne sembla pas apprécier ce que Dill lui inspirait ; il ouvrit un pan de sa veste de façon que son insigne en argent et son calibre 45 fussent tous deux biens visibles.

« J'te connais, l'ami, non ? lança-t-il à Dill.

— Nan, répondit Dill. Moi, en tout cas, j'vous connais pas. »

Shaw continua de dévisager le petit homme pendant un long moment inconfortable. « J'ai à parler à ce monsieur, alors trace ta route. »

Dill tourna les talons et s'éloigna avec un groupe d'hommes descendus du camion, mais Archer le surprit à deux occasions en train de se retourner puis d'échanger à voix basse avec ses compagnons. Archer se retourna pour faire face à Shaw.

« J'ai aussi appris que tu t'étais fait virer du Derby, dit le policier. Tu dors où maintenant ?

— Dans le coin.

— Mais au moins, tu gagnes un peu d'argent.

— Je le croyais, mais maintenant je n'en suis plus si sûr.

— Qu'est-ce que tu veux dire par là ?

— Je viens d'apprendre qu'à l'abattoir, ils n'allaient peut-être pas distribuer toute la paye demain. Et que le propriétaire de l'abattoir, c'est – enfin, c'était – Hank Pittleman. »

Shaw retira son chapeau et se frotta les cheveux. « Ça colle avec ce que j'ai découvert.

— Par rapport aux factures impayées de Pittleman ?

— Pas seulement. Mais tu sais quoi, allons manger un morceau quelque part. T'as faim ?

— Si vous régalez. Je n'ai pas un sou en poche. »

Shaw reluqua ses vêtements, le renifla puis son visage se tordit.

Archer grimaça. « Allez découper de la bidoche de cochon toute la journée et on verra bien comment vous sentez.

— Viens donc. Allons te remplir la panse et nettoyer mes sinus. »

Ils allèrent au Checkered Past où ils prirent tous les deux un steak saignant, des pommes de terre, du café et une part de tarte. Ils discutèrent tout en mangeant.

« Le vieux se noyait sous les dettes, lui confia Shaw à voix basse. Ces factures impayées que j'ai trouvées dans la poubelle n'étaient que la partie émergée de l'iceberg.

— Je me demande comment ça a pu arriver, s'interrogea Archer.

— C'est en partie à cause de ses paris.

— Des paris ? Où ?

— Il y a certains endroits dans le coin, pas loin d'ici, où c'est possible, Archer. Aucun d'eux n'est légal, mais ils existent quand même. On a découvert que Pittleman se rendait dans cette ville qu'on appelle Las Vegas. Tu connais ? »

Archer secoua la tête. « Attendez une minute. Le soir où j'ai rencontré Pittleman, il en a parlé. Il m'a dit que les villes comme

Poca City ne pouvaient pas rivaliser avec Los Angeles, Frisco et Vegas, justement.

— Intéressant. C'est au Nevada. Il y a tout un tas de casinos où parier. Il y a des cabarets, des music-halls, des danseuses. Et des maisons closes, aussi.

— Des maisons closes ?

— La prostitution est légale là-bas, mon petit gars.

— Bon sang. Je ne savais pas.

— Et les types qui dirigent ces casinos, on parle de criminels, de vrais gangsters qui feraient passer John Dillinger pour un enfant de chœur.

— Et vous me dites que Pittleman fréquentait ce genre de personnes ? Et en plus, il leur devait de l'argent ? Vous pensez qu'ils auraient pu envoyer quelqu'un jusqu'ici pour le tuer ?

— C'est possible, Archer. De ce que j'en sais, ces gars-là ne restent pas les bras croisés à attendre, dès lors qu'on parle de dollars à rembourser. Ils partent du principe que s'ils laissent un de leurs clients les enfumer, tous les autres voudront tenter leur chance.

— Vous allez faire quoi, pour le coup ? S'ils ont envoyé quelqu'un depuis le Nevada, je doute qu'il soit encore là.

— Moi aussi, j'en doute.

— Alors ?

— Je m'étais dit que dès qu'on en aurait fini ici, on irait voir Marjorie Pittleman.

— Pour quelle raison ?

— Si son mari trempait dans toutes ces magouilles, elle sait peut-être quelque chose. On a fouillé de fond en comble son bureau au Derby, mais on trouvera peut-être quelque chose d'intéressant chez lui. Tu connais sa femme. Alors, ça t'intéresse ?

— Tout ce qui pourra m'éviter de retourner en prison m'intéresse. Mais pour l'instant, cette histoire est claire comme du jus de chique.

— Je suis dans le métier depuis un bout de temps, et là-dessus, je suis bien d'accord avec toi, mon petit gars. »

CHAPITRE

27

SHAW ROULAIT DANS UNE GROSSE BUICK quatre portes dont il poussa le moteur sur la route qu'ils avalaient rapidement. Plus tôt, quand ils avaient fini de dîner, il avait accompagné Archer à l'hôtel Derby et lui avait laissé le temps de se laver dans les toilettes du hall. En conduisant, Shaw lui précisa :

« J'ai appelé avant de partir. Elle nous attend. Avant qu'on arrive, parle-moi donc de ce type qui était dans le camion avec toi.

— Il s'appelle Dickie Dill. »

Le regard de Shaw s'illumina par cette révélation. « Dickie Dill. Bon sang ! Je *savais* que j'avais déjà vu cet oiseau de malheur avant.

— Où ça ?

— Lors d'une enquête sur un meurtre. Deux meurtres, en fait. C'était il y a un bout de temps, une dizaine d'années, avant la guerre. Ce Dill a tué deux femmes, je n'en ai jamais douté. Mais on n'a jamais réussi à le prouver.

— Je croyais que vous mettiez toujours la main sur l'homme que vous recherchiez, monsieur Shaw ?

— Bon sang, petit gars, même les policiers mentent parfois pour paraître meilleurs qu'ils ne sont.

— Si ça peut vous consoler, il a passé un bout de temps en prison. Comme il est sorti il y a quelques mois, ils ont dû le faire tomber pour autre chose. Il est petit mais c'est un vrai coriace. Pas le genre de personne qu'on a envie d'énerver.

— Je me fous bien de l'énerver si je le chope en dehors des clous », répondit Shaw d'un ton féroce.

Ils arrivèrent devant le portail qui gardait le domaine de Pittleman, et Manuel vint leur ouvrir.

« Attendez, dit Archer, en montrant une voiture au capot allongé garée dans l'allée devant la maison. C'est la voiture de Lucas Tuttle.

— T'en es sûr ?

— Sûr et certain. Je reconnais son chauffeur, c'est lui qui est assis à l'avant.

— Je me demande ce qu'il peut bien faire ici… »

La porte d'entrée s'ouvrit au moment où il se posait la question, et Lucas Tuttle fit son apparition.

Archer le vit ranger des documents dans la poche intérieure de la veste de son costume.

« Allons lui demander. »

Ils firent face à Tuttle au bas des marches qui menaient à la porte d'entrée.

Tuttle avait passé un blazer à carreaux, un pantalon couleur charbon qui jurait ainsi que des chaussures en cuir noir et blanc à lacets. Son nœud papillon arborait des motifs de vrilles elles aussi noires et blanches. Son feutre à couronne enfoncée couvrait sa chevelure neigeuse. La tête ronde d'une pipe dépassait de la poche de poitrine de sa veste.

« Archer, qu'est-ce que vous faites là ? » demanda-t-il.

Shaw s'avança et lui montra son insigne. « Il est avec moi. Lieutenant-détective Irving Shaw, police d'État.

— Vous avez tout d'un représentant de la loi, je vous l'accorde, répondit Tuttle, loin d'être impressionné.

— Puis-je vous demander ce qui vous amène ici ? »

Au moment où il posa cette question, Archer regardait l'entrée de la maison. Par une fenêtre près de la porte, il aperçut Malcolm Draper qui les observait. Quand il vit qu'Archer l'avait repéré, il s'éloigna brusquement.

« Je suis venu présenter mes condoléances à Marjorie à la suite du décès de son époux, répondit Tuttle.

— J'ai cru comprendre que vous avez une dette à lui rembourser.

— Et qui vous aurait raconté ça ? demanda Tuttle en lançant un regard noir en direction d'Archer.

— Peu importe. Vous l'avez remboursée ?

— Monsieur Archer ici présent y travaille en mon nom. Je vous invite donc à lui demander. Si vous voulez bien m'excuser.

— Une petite minute, mon bon monsieur, lança Shaw. Pouvez-vous me dire où vous vous trouviez entre minuit et 6 heures du matin le jour où on a trouvé Hank Pittleman mort ?

— J'étais à Houston, Texas, en compagnie d'une dizaine d'autres gentlemen. Nous avons discuté affaires jusqu'à environ 3 heures du matin. Donc, à moins que vous ne me pensiez capable de voler comme ce Superman, je crois que vous et moi n'avons plus rien à nous dire.

— Je veux les noms et les adresses de ces dix messieurs.

— Je me ferai un plaisir de demander à ma secrétaire de vous fournir ces informations. Qu'on ne vienne pas dire que Lucas Tuttle ne collabore pas avec la loi ! »

Il toucha le bord de son chapeau, avança jusqu'à sa voiture, grimpa dedans et celle-ci s'éloigna.

« Je n'aime pas ce bonhomme, dit Shaw. Trop malin et trop sûr de lui pour son propre bien.

— Je ne l'apprécie pas trop non plus, renchérit Archer. Surtout quand il pointe un fusil sur mon entrejambe. »

Shaw alla frapper à la porte. À ses côtés, Archer attendait, mal à l'aise.

« Et donc, ces deux femmes, Marjorie et Jackie, elles se sont déjà rencontrées, c'est bien ça ? Comment ça a bien pu se goupiller entre elles deux ?

— N'essayez pas de comprendre les femmes, monsieur Shaw. Vous perdriez votre temps.

— Bon sang, mon petit gars, je le sais bien. J'ai une femme et une fille. Mais c'est justement mon boulot, de comprendre les gens.

— Vous êtes déjà venu ici, je me trompe ? demanda Archer.

— Ouais, comment t'as deviné ?

— Parce que vous n'êtes pas bouche bée devant la taille de cette maison. »

Cela fit sourire Shaw. « La première fois où je suis venu, ça m'a scié, c'est vrai. Cette maison est aussi grande que certaines usines allemandes que j'ai bombardées. »

La porte s'ouvrit sur la même jeune femme de chambre qu'il avait déjà croisée.

Celle-ci sourit quand elle vit Archer.

« Puis-je vous aider ? » s'enquit-elle d'une voix douce.

Shaw sortit à nouveau son insigne. « Lieutenant-détective Irving Shaw, police d'État, pour Mme Pittleman. Je suis déjà venu. J'ai appelé, elle nous attend. » Il montra Archer du pouce. « Et voici Archer. »

La femme de chambre leva les sourcils de façon suggestive et sourit. « Oui, je sais. J'ai déjà vu M. Archer. »

Elle les précéda dans le couloir, puis ouvrit une porte et leur fit signe d'entrer. Cette fois-ci, ils ne se retrouvèrent pas dans le jardin d'hiver que connaissait Archer, mais dans une bibliothèque aux murs recouverts de panneaux de noyer, remplie de livres et qui sentait le feu de bois. Quand bien même il faisait encore chaud à l'extérieur, un petit feu avait été allumé dans la cheminée. Marjorie était installée dans un petit canapé vert chasseur disposé devant l'un des murs. Une longue robe beige toute simple recouvrait sa carrure imposante, et elle portait des souliers noirs ornés de nœuds élaborés en tissu. Elle venait juste de fixer son pince-nez quand elle leva la tête pour les considérer à travers ses verres. Archer nota la présence sur la petite table à côté elle d'un grand verre de liquide ambré avec des glaçons.

« Merci, Amy, vous pouvez nous laisser, maintenant », lança-t-elle.

Amy fit une petite révérence et glissa un regard à Archer en lui souriant, avant de prendre congé.

« Je vous en prie, messieurs, asseyez-vous. » Elle leur indiqua de la main deux chaises tapissées d'un motif tigré et aux boiseries dorées situées en face d'elle.

Les deux hommes retirèrent leur chapeau et prirent place.

« Monsieur Archer, n'est-ce pas ? demanda Marjorie.

— Oui, m'dame. Je suis venu avec Jackie.

— Hmm, oui, Jackie Tuttle, dit Marjorie d'un ton désapprobateur.

— M'dame, commença Shaw, désolé de revenir vous embêter à nouveau.

— Oui ? »

Archer se lança : « Nous avons croisé Lucas Tuttle qui s'en allait. Il nous a dit qu'il était venu pour vous présenter ses condoléances.

— C'est vrai, confirma-t-elle.

— Ça m'a un peu surpris, glissa Archer. Je ne pensais pas que votre mari et lui s'appréciaient.

— Peut-être pas, mais moi, je me suis toujours bien entendue avec Lucas Tuttle. » Elle porta son attention sur Shaw. « Avez-vous trouvé la personne qui a tué Hank ?

— Non, m'dame, mais nous y travaillons très dur. Écoutez, ce n'est pas un sujet évident à aborder, mais saviez-vous que votre mari avait, eh bien, des soucis de trésorerie ? »

Marjorie émit un petit gloussement nerveux. « Ne soyez pas ridicule ! Hank était extrêmement riche et aussi doué en affaires qu'il était bon mari avec moi. »

Archer se fit la réflexion qu'avec cette analogie, Hank Pittleman avait peut-être bien laissé sa femme sur la paille avec une faillite sur les bras.

« Eh bien, poursuivit Shaw, saviez-vous qu'il était allé dans une ville appelée Las Vegas ? C'est dans le Nevada.

— Je sais où cela se trouve, lieutenant. Mais non, je ne savais pas que Hank y était allé. Comment pouvez-vous en être aussi sûr ?

— Nous avons envoyé des hommes sur place qui se sont renseignés.

— Pourquoi faire une chose pareille ? »

En guise de réponse, Shaw sortit une feuille de papier. « J'ai une connaissance dans la police, près du Nevada, qui a envoyé quelques-uns de ses hommes faire le tour des casinos de Las Vegas. Ils ont découvert que votre mari leur devait près de deux cent mille dollars en dettes de jeu. »

Les yeux de Marjorie s'élargirent à la mention de cette somme gigantesque. « Vous avez bien dit deux cent mille dollars ?

— Oui, m'dame.

— Mon Dieu, je n'en avais aucune idée. » Elle posa sa main sur sa poitrine. « Hank, un parieur ? Je ne peux y croire.

— Malheureusement, cela ne s'arrête pas là.

— Quoi encore ? » demanda-t-elle d'un ton sec.

Derrière ses lunettes, ses yeux s'étrécirent.

« Votre mari possédait de nombreuses entreprises et bâtiments.

— Oui, bien sûr. Il possédait la moitié de Poca City. Et maintenant, j'imagine que tout est à moi. » Cette perspective semblait la ravir, se dit Archer.

« Il avait beaucoup de propriétés, certes, mais il *devait* beaucoup d'argent aussi. Voici une liste de créanciers qu'il n'a pas réussi à payer durant les onze derniers mois environ. C'est une liste conséquente. Je ne suis pas sûr qu'il payait à quiconque ce qu'il leur devait. »

Marjorie parcourut la liste, arriva au montant total des sommes dues, et son visage prit une couleur de cendre. Elle attrapa son verre et le vida d'un trait. Elle s'essuya la bouche et Archer ne manqua pas de noter le tremblement qui agitait sa main quand elle le reposa.

« Il doit y avoir une erreur », dit-elle d'une voix faible qui aurait tout aussi bien pu passer pour pleine d'espoir. « Enfin, ce... ce n'est pas possible. C'est bien plus que les dettes de jeu. C'est... » Estomaquée, elle ne finit pas sa phrase et leva la tête pour croiser le regard de Shaw. Le choc de la nouvelle se lisait sur son visage.

« Il n'y a pas d'erreur. Je suis désolé. »

Elle commença à se lever et tourna la tête vers la porte, ce qui étonna Archer, car il n'y avait personne d'autre qu'eux dans la pièce. Puis elle s'affala sur le canapé et appuya sur un bouton en cuivre incrusté dans le mur.

Quelques longues secondes s'écoulèrent puis Amy ouvrit la porte.

« Oui, madame ? »

Marjorie leva son verre désormais vide. « Le même. Messieurs, boirez-vous quelque chose avec moi ? »

Archer glissa un regard vers Shaw qui hocha la tête, puis répondit : « Nous prendrons tous les deux la même chose que madame.

— Dites à George de m'en préparer un double, et ne vous embêtez pas à mettre de la glace », ordonna Marjorie.

Amy sourit et s'esquiva en vitesse.

Marjorie se concentra à nouveau sur Shaw. « C'est... c'est incroyable.

— S'il doit de l'argent à ces types de Vegas, comment se fait-il qu'il ne les ait jamais remboursés ? s'interrogea Archer.

— J'ai posé la question à mon ami. Apparemment, M. Pittleman était un bon client, il réglait toujours ce qu'il leur devait. Raison pour laquelle ils ont accepté de lui faire crédit. »

Marjorie, visiblement inquiète, posa une nouvelle fois sa main sur sa poitrine. « J'ai l'impression de vivre dans la peau d'une inconnue.

— Je comprends, m'dame. Je pars donc du principe que vous n'étiez pas au fait des affaires de votre mari ?

— Je n'en ai jamais ressenti le besoin, pas plus que Hank. Enfin, c'était lui l'homme de la maison, n'est-ce pas ? Je n'ai jamais eu le moindre talent dans ce domaine. Et puis... tout lui réussissait. Je n'aurais jamais imaginé... Ce que je veux dire, c'est que je n'ai jamais pensé que quelque chose n'allait pas. » Elle balaya la grande pièce du regard. « Comment aurais-je pu ? Tous les matins, je me réveille et je vois... ça. »

Shaw rangea le document. « Vous savez, vous ne seriez pas la première épouse laissée dans l'ignorance des affaires de son mari, m'dame. »

Elle regardait Shaw avec méfiance désormais. « Et ces dettes de jeu ? Vous pensez que ces gens auraient pu être impliqués dans la mort de Hank ?

— C'est une possibilité à ne pas écarter, oui. Une dette de deux cent mille dollars représente une raison suffisante pour tuer un homme, en tout cas, lâcha-t-il avant de marquer une pause. Mais on pourrait penser qu'ils auraient d'abord essayé de récupérer l'argent. Votre mari étant décédé, comment vont-ils pouvoir se faire payer ? »

Des larmes s'agglutinèrent aux coins des yeux de la dame âgée. « Mon pauvre Hank...

— Oui, m'dame », dit Shaw en jetant un regard gêné à Archer.

Une minute plus tard, la porte s'ouvrit et Amy entra avec leurs boissons sur un plateau. Elle les servit et s'en alla, non sans lancer une œillade à Archer. Cette fois-ci, Shaw le remarqua, lui donna un petit coup de coude et secoua la tête, le visage empreint d'une expression grave et sérieuse.

Marjorie avala une bonne gorgée de son whisky tandis que les deux hommes se contentèrent de siroter le leur.

Shaw reprit la parole : « Quelqu'un a-t-il essayé d'entrer en contact avec vous ? Par téléphone, par courrier ?

— À propos de quoi ? demanda sèchement Marjorie.

— Des dettes de votre mari. De jeu, ou les autres.

— Non, il gérait ses affaires depuis son bureau à l'hôtel Derby, pas ici.

— Oui, m'dame, ça nous le savons déjà. Par hasard, gardait-il des documents chez vous ?

— Pas que je sache, mais vous pourriez demander à Sid Duckett. Lui saurait peut-être. Ça fait longtemps qu'il travaille pour nous. Hank l'appréciait beaucoup.

— Il est là ?

— Il vit dans une petite maison près de l'entrepôt où les camions déchargent leurs marchandises. Une maison blanche avec des volets verts.

— D'accord, et Malcolm Draper ? On m'a expliqué qu'il était en quelque sorte le directeur commercial de votre mari. Si quelqu'un est au courant de quelque chose, ce serait certainement lui ? »

Marjorie avala une nouvelle gorgée de son whisky. « Oui, bien sûr, vous avez raison. Je comptais justement sur M. Draper pour m'aider à m'y retrouver dans toutes les affaires de Hank. Il est entré à notre service il y a environ un an. Il serait forcément au courant de tout ça.

— Vit-il ici ?

— Non, il occupe une chambre au Derby.

— Vraiment ? demanda Shaw en jetant un nouveau regard à d'Archer. Bien, nous n'allons pas vous déranger plus longtemps. Nous allons parler à Duckett et découvrir ce qu'il pourrait savoir d'intéressant. Ensuite, nous irons en ville voir Draper. »

Il se leva et Archer l'imita. Faisant preuve d'une vivacité et d'une rapidité de mouvements qu'Archer ne s'était certainement pas attendu à voir chez elle, Marjorie se leva du canapé, fit le tour de la table et vint poser une main sur le bras de Shaw.

« Qu'est-ce que je suis censée faire à propos de ces dettes et de ces factures ? »

Shaw parut déconcerté par sa demande. « Je n'en sais rien, m'dame. Vous devriez voir ça avec quelqu'un de compétent en la matière. Je suppose que votre mari avait un avocat ?

— Je crois, oui.

— Et il possédait la banque, ajouta Archer. Ils sauront peut-être vous renseigner, eux aussi. »

Marjorie n'avait pas l'air sûre d'elle.

« C'est vrai, mais je n'ai jamais eu à traiter avec ces gens. »

Elle agrippa le bras de Shaw un peu plus fort.

« Vous... vous pensez que ces gens pourraient venir jusqu'ici ? Ces gens de Las Vegas ? Est-ce que... est-ce que je suis en danger ?

— Si quelqu'un vient vous menacer, répliqua Shaw d'un ton ferme, faites-le-moi savoir immédiatement. Je ne sais pas comment ça se passe au Nevada, mais par ici, on ne laisse pas passer ça.

— Oui, bien sûr. Merci. »

Alors qu'ils sortaient de la maison, Shaw commenta :

« C'était comme si cette pauvre femme avait vu un train de marchandises lui foncer dessus.

— Espérons qu'il ne nous fonce pas dessus non plus », répliqua Archer.

CHAPITRE

28

« ICI, NON, ON GARDE aucune paperasse à ma connaissance », dit Sid Duckett.

Shaw et Archer l'avaient trouvé dehors, sur le perron devant sa petite maison, en train de fumer un gros cigare.

« M. Pittleman ne vous a jamais rien confié de la sorte ? Quelque chose que vous auriez par exemple gardé pour lui jusqu'à ce qu'il vous le redemande ?

— Nan. S'il y avait quelque chose de particulier à faire, il me le disait, c'est tout, et on s'en chargeait. Pour les papiers et tout le reste, vous devrez demander à M. Draper.

— Et il est où M. Draper, d'ailleurs ? Au Derby ? » voulut savoir Shaw.

« J'en sais rien. Je suis pas son gardien.

— Si vous le voyez, vous pourriez lui dire que je veux lui parler ?

— Pas de souci, lieutenant.

— Draper se promène avec un pistolet, déclara Archer. À cause de l'entrepôt, d'après lui.

— C'est vrai.

— Mais les autres gars qui bossent à l'entrepôt n'en portent pas, eux », releva Archer tandis que Shaw, concentré, l'observait et le laissait faire.

« Je sais pas quoi te dire, Archer. Le gars veut porter un flingue, il en porte un, c'est tout.

— Vous, vous n'en portez pas, répliqua Archer.

— Jamais vu l'utilité.

— Est-ce que M. Pittleman aurait évoqué des problèmes d'argent avec vous ? » demanda Archer.

Duckett s'esclaffa. « Des problèmes d'argent ? Bon sang, c'est l'homme le plus riche de la région. Et p'tête bien même de tout l'État, pour ce que j'en sais. Enfin quoi, r'gardez c'te baraque. Vous trouvez que ça ressemble à la maison d'un homme avec des problèmes d'argent ?

— Des fois, il ne faut pas se fier aux apparences. Vous avez déjà eu des retards ou des coupes dans le paiement de votre salaire ?

— Pas une seule fois.

— La rumeur court comme quoi les gars de l'abattoir ne toucheront peut-être pas l'intégralité de leur salaire cette semaine », rétorqua Archer.

Duckett parut désormais plus ébranlé qu'il ne l'avait été jusque-là. « Qu'est-ce que tu me chantes là ? Tu sais quoi d'autre ? »

Archer était sur le point d'ajouter quelque chose quand Shaw l'interrompit : « Si vous voyez Draper, vous lui dites que je veux lui parler, c'est compris ?

— Oui, m'sieur. »

Sur le chemin du retour à Poca City, Archer déclara : « Ça lui a foutu la trouille que Pittleman ne soit peut-être pas aussi riche qu'il le pensait, et que les salaires ne soient pas versés.

— Ouais, pour sûr. Mais écoute, Archer, tu ne peux pas balancer aux gens des infos qu'ils ignorent si tu n'as pas une sacrément bonne raison de le faire. »

Archer le regarda de travers. « Vous pensez que j'ai fait une bêtise tout à l'heure en parlant de ses problèmes d'argent ?

— J'en sais rien, mon petit gars. Peut-être bien… »

Dépité, Archer ne pipa mot tout le reste du trajet.

Une fois arrivés, Shaw le déposa non loin de l'endroit où il l'avait retrouvé plus tôt dans la journée.

« Et pour Draper ? demanda Archer.

— Je vais aller voir dans quelle chambre il est descendu. S'il est là, j'irai lui parler. Toi, va te reposer un peu.

— Vous vous souciez vraiment de ma santé, ou vous ne voulez pas que je mette encore plus la pagaille ?

— Peut-être un peu des deux. T'es sûr que t'as un endroit où dormir ?

— C'est bon, ne vous inquiétez pas.

— Tu vas retourner découper des cochons demain matin ?

— Pas sûr. Je n'aime pas travailler gratuitement. »

Shaw fit rouler un cigare éteint le long de ses lèvres avant de le caler sous la bande de soie de son chapeau. « Et si je te payais au même tarif tu y retournais ?

— Hein ? Pourquoi ?

— J'ai lu ton dossier militaire. T'étais un brave soldat, Archer. T'as eu des tas de médailles, les honneurs, tout le toutim. Et en plus de ça, t'étais éclaireur.

— Et donc ?

— Et donc, peut-être que tu pourrais redevenir éclaireur. *Mon* éclaireur. Retourne travailler à l'abattoir demain, et garde les yeux et les oreilles grands ouverts.

— Bon, d'accord.

— Mais ne parle pas si tu n'en as pas besoin, l'admonesta le policier. On ne sait jamais ce que les gens vont faire des informations qu'on leur donne. » Shaw ouvrit son portefeuille et lui tendit cinq dollars. « Tiens, une avance. J'ai cru comprendre que t'aimais bien ça, les avances. » Il se fendit d'un petit sourire en coin.

Archer prit l'argent. « Vous êtes sûr que c'est réglo, lieutenant ?

— Mon boulot, c'est d'attraper un assassin, Archer. Et je compte bien y arriver par n'importe quel moyen qui me semblera adéquat. »

La voiture de Shaw s'éloigna et Archer rejoignit à pied la maison d'Ernestine. Cependant, elle ne vint pas lui ouvrir quand il frappa à la porte. Il consulta sa montre. Elle était certainement sortie. Au Cat's Meow, pourquoi pas. Ou au Checkered Past, pour un dîner tardif.

Il essaya d'ouvrir la porte de derrière, mais celle-ci était verrouillée. Il sortit son canif de sa poche et donna suffisamment de jeu au verrou pour le repousser vers l'intérieur de la porte et le libérer du montant. Il entra dans la cuisine et vit que des casseroles et des poêles traînaient dans l'évier. Il regarda dans le réfrigérateur et trouva une assiette recouverte d'un torchon. Il comprit enfin.

Elle m'a préparé à dîner et moi, je ne me suis jamais pointé.

Archer se sentit mal, mais il ne pouvait rien y faire.

Il s'était lavé dans les toilettes du hall du Derby un peu plus tôt, mais il sentait encore mauvais.

Il décida qu'un autre bain ne serait pas de trop.

Il partit à la recherche du peignoir qu'Ernestine lui avait prêté la première fois et finit par le trouver dans le placard de sa chambre. Il était sur le point d'en fermer la porte quand il le vit. Le carnet qu'il avait trouvé sous son oreiller se trouvait désormais sur l'étagère de son placard.

Il leva le bras pour s'en saisir, s'assit par terre et tourna lentement les pages qu'il n'avait pas déjà consultées jusqu'à tomber sur quelque chose d'intéressant.

C'était un article sur Jewell Crabtree, la veuve de Carson et mère d'Ernestine. Un soir, elle était montée dans sa Chrysler garée dans son garage. Après avoir fourré un chiffon dans son pot d'échappement, elle avait mis le contact et rendu son dernier souffle sur le siège avant, en laissant derrière elle une lettre d'adieu à sa fille. Une autre photo d'Ernestine accompagnait l'article, mais sur celle-ci, la jeune femme n'était plus renfrognée ni maussade. Plusieurs années s'étaient écoulées depuis l'exécution de son père, elle avait désormais pleinement atteint la taille adulte et développé la beauté qu'il lui connaissait, mais ses traits restaient stoïques – trop, peut-être, se dit Archer. Cette version de la jeune femme correspondait mieux à l'agent de probation de leur première entrevue.

Une lettre représentait le dernier élément d'intérêt inséré dans le carnet. Peut-être était-ce celle mentionnée dans l'article. Celle-ci se trouvait dans une enveloppe rose avec le prénom Ernestine écrit au stylo. Archer la déplia et la lut.

Ma tendre Ernestine,

Ma chère, chère enfant. Avant tout, sache que ton père t'aimait plus que tout. Je t'en prie, ne crois pas le contraire. Il a agi par amour pour toi, et rien de plus. Ce qui est arrivé par le passé ne doit en aucun cas déterminer ce que tu feras du reste de ta vie. S'il te plaît, vis ta vie en gardant bien cela en tête, et sois heureuse, je t'en prie, ma fille adorée. Des choix ont été faits, Ernestine, et nombre d'entre eux étaient mal avisés. Mais les choix ont des conséquences, et nous devons tous y faire face. Ce passé si triste, tu dois en faire quelque chose de positif, ma chère enfant. Ne regarde jamais en arrière, toujours en avant. Ta mère qui t'aime.

Il s'adossa au lit et réfléchit à ce qu'il venait de lire. Il dut reconnaître qu'il n'en comprenait pas vraiment le contenu, mais la tristesse le submergea face à cette abondance de tragédies dans le passé d'Ernestine Crabtree.

Il remit le carnet exactement là où il l'avait trouvé, puis retourna dans la cuisine. Toute envie de bain l'avait quitté. Il lava les casseroles, poêles et ustensiles laissés dans l'évier puis les rangea. Il s'assit devant la table et repensa à la soirée précédente. Ernestine et lui, seuls dans la maison. Avec une bouteille de bourbon. Il était propre, sous ses meilleurs atours, et il n'aurait peut-être jamais senti aussi bon que ce soir-là. Il avait fait de son mieux pour lui faire comprendre son attirance. Et elle avait choisi de se coucher en compagnie d'un livre plutôt qu'avec lui.

Tout en y repensant, il examina les étagères et y trouva un roman d'Agatha Christie. Il revint dans la cuisine, se posta devant l'évier et contempla l'obscurité par-delà la petite fenêtre, le livre toujours fermé dans la main.

« Comment êtes-vous entré ? »

Il pivota. Ernestine lui faisait face.

« Par la porte de derrière. Elle n'était pas verrouillée.

— Si, je me souviens l'avoir fermée à clé.

— Eh bien, la serrure doit être cassée, parce que je l'ai ouverte assez facilement. »

Elle s'avança et considéra l'évier vide. « Vous... vous avez fait la vaisselle ?

— C'était la moindre des choses, vu que vous m'avez préparé un dîner que je n'ai pas honoré de ma présence. J'en suis désolé. Mais j'ai bien profité du café ce matin, du déjeuner aussi, et j'ai beaucoup apprécié, Ernestine. »

Elle posa son sac à main sur la table, retira son chapeau tambourin bleu foncé et enleva ses gants noirs qui lui montaient jusqu'aux poignets.

« Il n'y a rien d'exceptionnel à nourrir un homme affamé. Et pour ce qui est du dîner, je suis certaine que vous aviez des affaires plus pressantes à régler.

— M. Shaw m'attendait à la sortie du camion. Nous sommes allés chez les Pittleman pour parler à sa veuve.

— Vous n'avez pas dîné, alors ?

— Si, M. Shaw m'a gentiment invité à manger avant d'aller là-bas. »

Elle s'assit à table. Il l'imita en posant le livre devant lui.

« Avez-vous découvert quelque chose d'important ? lui demanda-t-elle.

— Juste que Pittleman croulait sous les dettes. On pense qu'il avait des soucis de jeux, aussi. Il a perdu plus d'argent que je ne peux en compter à Las Vegas. Vous saviez qu'ils ont des casinos où on peut faire des paris ? Et des maisons closes, aussi ! Je ne comprends pas.

— Vous ne comprenez pas quoi ?

— Comment des femmes peuvent faire ça.

— Elles n'ont peut-être pas le choix.

— Je suppose qu'à un moment, elles ont dû faire face à un choix et qu'elles ont pris la mauvaise décision. Regardez Jackie Tuttle. Elle m'a expliqué avoir choisi d'être entretenue par Pittleman, de lui appartenir en quelque sorte, comme si c'était son travail, son occupation. Je n'arrive toujours pas à le comprendre.

— Vous pensez donc qu'elle a fait le mauvais choix ?

— Pas vous ?

— Je n'ai aucun droit de la juger, car je ne suis pas à sa place. »

Archer réfléchit un long moment à ce qu'elle venait de lui dire. Une fois de plus, il fut conquis par la profondeur de la sagesse de cette femme. Il hocha la tête. « Oui, je pense que vous avez bien raison.

— Et maintenant que Pittleman est mort, demanda Crabtree, que va-t-elle devenir ?

— C'est peut-être bien la fin de ce voyage pour Jackie. Et qui sait si Pittleman aura laissé le moindre cent à sa femme, quand on aura le fin mot de l'histoire ?

— Un vrai dilemme s'il en est.

— Mais Jackie est une femme intelligente. S'il y a quelqu'un qui pourrait se sortir d'une situation pareille, c'est bien elle.

— Vous tenez à elle, n'est-ce pas ? »

Archer fut pris de court par cette question. « Je ne veux pas qu'il lui arrive malheur. Je pense que…

— Vous pensez quoi ?

— Je pense qu'elle n'a pas toujours eu la vie facile et qu'elle mérite d'être heureuse malgré tout. »

Crabtree le fixa de ses grands yeux, et l'espace d'un instant, Archer se vit plonger dans ces abysses pour ne plus jamais en ressortir.

« Cela en dit long sur vous, Archer. »

Il sortit ses Lucky Strike et lui en offrit une, mais elle déclina son offre. « Vous avez un homme dans votre vie, Ernestine ? »

demanda-t-il en s'allumant une cigarette. Avant qu'elle puisse répondre quoi que ce soit, il leva la main. « Je sais que c'est une question personnelle, et vous avez tout à fait le droit de me dire d'aller voir ailleurs. Je me posais juste la question, rien de plus. Moi, je n'ai jamais eu de régulière. J'ai quitté la maison, j'ai vadrouillé un peu puis je suis entré à l'université. Ensuite je me suis porté volontaire et j'ai passé plusieurs années de ma vie à combattre dans une guerre de l'autre côté de l'océan. En revenant j'ai eu des ennuis et encore quelques autres années de ma vie sont parties en fumée. Et maintenant ? s'interrogea-t-il en prenant le livre puis en l'observant. Ce seront peut-être eux, mes meilleurs amis. Ils me tiennent compagnie la nuit.

— Les livres sont merveilleux, Archer, mais ça ne peut pas être la seule chose dans votre vie. Les humains sont faits pour vivre en société, en compagnie d'autres humains. Du moins, ils le devraient.

— Et donc, vous avez quelqu'un dans votre vie ?

— Il y a quelqu'un à qui je tiens beaucoup, oui.

— Il vit à Poca City ?

— Oui.

— C'est un homme chanceux, dans ce cas. » Il se leva et ramassa son livre. « Je vais bouquiner un peu avant de me coucher. Découper des cochons, ça vous épuise un homme.

— Oui, bien sûr. J'en suis convaincue. »

Ernestine se leva et disparut dans sa chambre. Archer éteignit sa cigarette dans l'évier, se déshabilla jusqu'à être en caleçon, et s'allongea sur le lit escamotable. Il posa le livre sur sa poitrine mais ne l'ouvrit pas. Il resta étendu là, sans rien faire. Il se demandait quand le monde commencerait à avoir du sens pour lui.

CHAPITRE

29

« D'OÙ TU LE CONNAIS, ce type ? » demanda Dickie Dill en ponctuant sa question d'un rictus malfaisant.

Archer était sorti de l'abattoir pour manger dehors le déjeuner qu'Ernestine lui avait préparé. Au réveil, il l'avait trouvée dans la cuisine en train de lui préparer un petit déjeuner chaud qu'il avait dévoré avant de s'en aller. Puis il avait suivi les consignes de Shaw et gardé l'œil ouvert tout en travaillant.

« De quel type tu parles, Dickie ? »

Dill était occupé à couper une pomme en spirales avec son cran d'arrêt, et pourtant il parvenait quand même à s'adonner à cette activité anodine d'une façon menaçante. Il se cala un morceau de pomme dans la bouche qu'il mâcha avec ses dents tordues et tachées par le tabac. Il en mâchouillait surtout la pulpe, qu'il avalait avec difficulté.

« Ce flic, l'agent je-sais-plus-qui.

— Le lieutenant-détective Irving Shaw de la police d'État.

— Ouais, lui. Pourquoi tu traînes avec la flicaille ? »

Dickie balança le trognon de sa pomme et s'alluma une Chesterfield, soufflant la fumée directement sur Archer.

« Il enquête sur le meurtre de Hank Pittleman.

— Merde, le mec qui paye pas ses ouvriers, il mérite de crever.

— C'est un aveu ? »

Dickie tira sur sa Chesterfield et l'observa d'un drôle d'air. Sa bouche semblait coincée entre un sourire et une grimace de colère.

« Tu t'paies ma tête, hein ?

— Peut-être bien.

— Si tu te mets à traîner avec des flics, on va s'imaginer des conneries.

— Par exemple ?

— Par exemple, que t'es plus l'un de nous.

— Je suis un ancien taulard, t'es un ancien taulard. Rien ne peut changer ça, Dickie. On est des mauvais garçons. Pour toujours.

— Mais quand même. Fais attention, Archer.

— Je fais toujours attention. »

Surtout à toi, se dit Archer.

« T'es toujours au Derby ? »

Archer s'apprêtait à lui dire non, mais il s'imagina que Dill lui demanderait ensuite où il logeait, et il ne voulait pas donner à cet être répugnant le moindre début d'indice qui pourrait lui faire penser qu'il dormait chez Ernestine. Le récit de Shaw des meurtres de ces deux femmes n'avait fait que renforcer son désir instinctif de maintenir cet homme à distance de son agent de probation. Ou de n'importe quelle femme. Ou de n'importe qui, en fait.

« Ouais, mais je vais bientôt bouger. Dis, c'est vraiment Pittleman, le proprio de l'abattoir ?

— Et alors ? » Dill écrasa sa cigarette sur le banc à côté d'Archer, bien trop près de lui pour se sentir à l'aise.

— Tu connais quelqu'un qui bossait directement pour lui, ici ?

— Qu'est-ce que tu veux dire par *directement* ?

— Quelqu'un qui ne s'occupait pas de tuer ou de découper des cochons.

— Pourquoi ça t'intéresse ?

— Je me demandais, c'est tout. »

Dill se fendit d'un sourire qui ne se refléta absolument pas dans son regard. « Ça, c'était tout toi en taule, Archer, à trop réfléchir à un tas de conneries. Tu dois apprendre à laisser pisser, mon grand. C'est pas sain.

— Donc c'est un non ? »

Dill ferma son cran d'arrêt avec soin pour qu'il n'en perde pas une miette. « Ça veut dire que c'est pas tes oignons. Et que tu ferais mieux de plus y penser. »

Ils retournèrent au travail chacun de leur côté, Dill retrouvant sa masse, Archer ses couteaux et sa scie.

L'homme en poste à côté d'Archer, qui l'avait initié au maniement des ustensiles de boucherie, lui dit :

« J't'ai entendu causer avec Dill.

— Ah oui ?

— Tu lui posais des questions sur Pittleman, hein ?

— Ouais, c'est vrai.

— C'était un drôle d'oiseau.

— Vous le connaissiez ?

— Il y en a qui bossent ici qui le connaissaient. À les entendre, il courait pas mal de lièvres à la fois.

— Il avait beaucoup d'activités différentes, oui.

— Tu connais un type qui s'appelle Malcolm Draper ?

— Je l'ai déjà rencontré. Pourquoi ?

— Il traîne souvent par ici. Et il bute pas des cochons, si tu vois ce que je veux dire.

— Il s'occupe des affaires de Pittleman.

— Il y a quelque chose qui l'occupe, ça c'est sûr. »

Archer était sur le point de lui poser une autre question quand Dickie Dill fit irruption dans la salle de travail d'Archer, sa masse à la main. « Eh, Archer !

— Ouais ?

— J'me disais que j'allais te montrer ce que j'fais ici ! »

Un autre type fit son entrée en traînant un énorme cochon attaché à une corde en cuir. Sentant peut-être le sort qui lui était réservé, la bête, terrifiée, couinait et tirait sur la corde de toutes ses forces. Luttant pour sa survie, elle enfonçait ses sabots dans le sol en bois en produisant un martèlement paniqué et dérangeant.

Tous les hommes présents dans la salle de découpe, y compris Archer, s'immobilisèrent pour regarder.

L'autre homme se mit face au cochon, s'accroupit et tira la corde en cuir jusqu'au sol, forçant la pauvre bête à pencher la tête tout en la maintenant en place.

Dill fit le tour du cochon pour se placer derrière lui et leva bien haut sa masse. On pouvait lire sur son visage une excitation non feinte.

Un instant avant que le métal ne percute le crâne de l'animal, Archer ferma les yeux.

Le son de la masse fracassant de la matière osseuse était presque aussi horrible que l'ultime couinement du malheureux animal à l'agonie.

Quand il rouvrit les yeux, le cochon gisait raide mort sur le sol jonché de restes porcins. Du sang dégoulinait de son crâne en mille morceaux, mais aussi de son groin et de sa bouche. Son œil sans vie et injecté de sang semblait fixer l'homme qui venait de le tuer.

L'air triomphant, Dill releva son outil de mort.

« Et maintenant, tu sais comment on fait ça bien, mon grand. »

Le message fut parfaitement compris par tous les hommes présents. Et plus particulièrement par Archer.

« C'est bien, de savoir des choses, Dickie », lança Archer, provoquant à nouveau un drôle de regard chez Dill.

Archer retourna à ses découpes.

Au moment de recevoir la paye, ils s'aperçurent que leur salaire avait été réduit de moitié. Alors que certains commençaient à s'en plaindre, deux malabars au regard affûté portant des fusils s'interposèrent, et le calme revint aussitôt.

Archer n'était pas assis à côté de Dill lors du trajet retour, mais ce dernier ne quitta pas Archer des yeux tout le long du chemin. En attendant de rentrer en ville, les hommes ne cessèrent de se plaindre de leur salaire raboté. L'homme qui avait appris à Archer à découper de la viande se pencha vers lui et murmura : « Ce Dill, il va pas bien dans sa tête. Moi, j'pense que c'est *lui* qui s'est p'tête fait frapper avec une masse quand il était bébé.

— Si personne ne s'en est chargé à l'époque, il faudrait peut-être songer à le faire maintenant », répliqua Archer.

Après que le camion les eut déposés, Archer partit de son côté non sans vérifier une dernière fois par-dessus son épaule que Dill était bien parti dans la direction opposée.

Ernestine l'avait devancé chez elle. Elle était en train de cuisiner du poulet dans une poêle sur sa cuisinière électrique quand il entra par la porte de derrière.

« C'est bizarre, s'interrogea-t-elle avec un soupçon de sourire sur les lèvres, j'ai demandé à quelqu'un de venir vérifier la serrure et on m'a assuré qu'elle fonctionnait très bien. Mais on m'a aussi affirmé qu'elle présentait des signes d'*effraction.* »

Archer retira son chapeau, contempla la serrure et dit :

« Oui, eh bien, on n'est jamais trop prudent. »

Elle plongea la main dans la poche de son tablier et en sortit une clé. « Et si je vous en donnais une, plutôt ? »

Après un dîner composé de poulet frit, de maïs, de petits pois doux et de petits pains à la mie dense qu'ils firent descendre avec de la limonade, Archer proclama qu'il s'agissait d'un des meilleurs repas qu'il ait jamais mangés.

« Comment ça s'est passé à l'abattoir ? » demanda-t-elle.

Le sourire sur son visage indiquait que son compliment lui avait plu.

« Je n'ai nullement l'intention d'y faire carrière, si c'était votre question. »

Elle s'esclaffa. « J'espère bien que non. Je pense que vous êtes destiné à quelque chose de mieux. De plus grand.

— Par contre, nous n'avons touché que la moitié de notre paye. Les problèmes d'argent de Pittleman sont donc bien réels.

— Je trouve ça stupéfiant. Il avait l'air si riche.

— J'ai découvert récemment qu'il ne faut pas forcément se fier aux apparences. »

Elle releva la tête et vit qu'il la fixait de manière appuyée.

« Vous avez quelque chose à dire ? lui demanda-t-elle en lui jetant un regard curieux.

— Regardez-vous. Ce que je veux dire, c'est qu'un homme pourrait très bien s'arrêter sur votre… enfin, sur votre beauté et penser qu'il n'y a rien de plus au-delà. Il passerait complètement à côté du reste, tous ces livres que vous avez lus, toutes ces choses que vous connaissez. Il ne saurait pas que vous avez envie d'écrire votre propre livre. Et que vous venez en aide aux gens qui en ont besoin, comme moi. Il passerait à côté de tout ça.

— Vous avez raison, il passerait à côté. Et vous, qu'est-ce que vous en pensez ?

— Je pense que c'est triste. Comme ce type qui vous a écrit ces saletés, ou le shérif qui veut vous faire je ne sais quoi, ou cet abruti dans le couloir qui vous a sifflée. Quand ils vous regardent, ils ne voient qu'une partie de vous. »

Elle se pencha en avant, et ses yeux immenses s'enroulèrent autour de lui pour envelopper tout son être. « Et vous, Archer ? Quand vous me regardez, qu'est-ce que vous voyez ? »

Il n'hésita pas un instant : « Je vois quelqu'un avec qui j'aimerais être ami pour toute ma vie. »

Pendant quelques secondes, sa réponse sembla la surprendre.

« Je vous crois sincère.

— C'est parce que je le suis. » Il marqua une pause. Cette conversation lui fit penser à autre chose, quelque chose d'important. « Écoutez, Ernestine, à propos de Dickie Dill…

— Qu'y a-t-il ?

— Cet homme est dangereux.

— Je le sais, Archer.

— Je n'aime pas ça, que vous ayez à le voir en entretien.

— Ce n'est plus qu'une fois par mois désormais. Je ne vais pas le revoir avant un bout de temps.

— Je n'aime pas que vous ayez à le *revoir*, tout court.

— C'est mon *travail*, Archer. » Elle lui jeta un regard perçant. « Pourquoi vous me dites ça ? Il est arrivé quelque chose ? »

Il voulut lui raconter mais il changea vite d'avis.

« La prochaine fois où vous devez le voir, dites-le-moi pour que je sois dans les parages, moi aussi.

— Vous n'êtes pas obligé de faire ça, Archer.

— Je ne le fais pas parce que j'y suis obligé, mais bien parce que j'y tiens, Ernestine. Je *veux* être là.

— Merci. C'est très... gentil de votre part. »

Ils passèrent le reste de la soirée à écouter de la musique sur la radio Emerson de Crabtree.

« Je l'aime bien, ce Sinatra, dit Archer. Mais pour moi, rien ne vaut ce bon vieux Bing Crosby.

— J'aime bien encore écouter les Andrew Sisters, à l'occasion, renchérit Crabtree, nostalgique. Après le travail, dans la maison qu'on louait ensemble avec les filles pendant la guerre, on passait nos soirées à rêvasser, à boire du café et à fumer en les écoutant.

— Elles sont venues chanter pour nous avec l'USO[9] quand on était en Italie. Il y avait aussi Bob Hope, et d'autres gens connus. "Boogie Woogie Bugle Boy", cette chanson, elle a toujours réussi à me faire taper du pied. Et Patty Andrews, waouh, c'était une vraie beauté... » Archer se retint. « Et une sacrée bonne chanteuse. »

Crabtree tourna la tête vers lui et sourit. « Il n'y a pas de mal à complimenter quelqu'un sur son physique, Archer. Vous êtes un homme élégant, je l'admets volontiers. Du moment que ce n'est pas la seule chose que nous pensons de l'autre.

9. Fondée en 1941, la United Service Organizations (USO) est une organisation à but non lucratif qui fournit des services de loisirs et de soutien moral aux membres de l'armée américaine déployés à l'étranger.

— Vous avez raison… »

Un peu plus tard, ils prirent chacun leur livre et Ernestine alla se coucher. Environ une demi-heure après, Archer reposa son livre, remit son chapeau, prit sa nouvelle clé et sortit par la porte de derrière.

Une vingtaine de minutes plus tard, il toquait au petit portail du numéro 27 d'Eldorado Street.

Jackie vint répondre vêtue d'un jean taille haute, de pantoufles roses et d'une chemise à carreaux nouée suffisamment haut pour exposer la peau tendue de son ventre. Des mèches de ses cheveux étaient enroulées dans des gros bigoudis.

Elle n'avait pas l'air contente de le voir. « Tu crois que tu peux te pointer à n'importe quelle heure du jour ou de la nuit et qu'en plus, je vais te laisser entrer ? Moi aussi, j'ai des choses à faire, Archer.

— Je suis désolé, Jackie. La journée, je suis à l'abattoir.

— Et la nuit, tu dors quelque part et tu ne veux pas me dire où. Je me demande pourquoi.

— Il faut que je te parle de Pittleman. Est-ce que je peux entrer ? demanda-t-il en s'attardant sur ses bigoudis. Tu es sur le point de sortir ?

— Non.

— Pourquoi tout ça, alors ? demanda-t-il en faisant tourner un doigt pointé vers ses cheveux.

— J'expérimente une nouvelle coiffure.

— Les femmes font ça ? demanda-t-il en ouvrant des yeux ronds.

— Les femmes font beaucoup de choses pour faire plaisir aux hommes. Mais encore plus pour faire plaisir aux autres femmes. Du moins, c'est ce qu'on aime croire. »

Elle fit un pas en arrière pour le laisser entrer.

Jackie se servit un rhum-Coca avec des glaçons, sans lui en proposer, puis elle alla s'asseoir en face de lui sur le canapé.

« Tu voulais me dire quoi sur Hank ? » demanda-t-elle brusquement.

Archer enleva son chapeau et le posa sur son genou, mal à l'aise. « Je suis venu te dire que Pittleman était malade, annonça-t-il d'une voix calme et posée.

— Quoi ?

— Il avait un cancer, là-haut », dit Archer en se tapant la tête du doigt.

Jackie posa son verre. Sa main tremblait. « C'était… c'était à cause de ça, ses migraines ?

— On dirait bien, oui.

— Il ne m'en a jamais parlé.

— Tu sais, je ne pense pas qu'il en ait parlé à sa femme non plus. Le docteur a affirmé qu'il n'en avait plus pour très longtemps.

— Il était déjà mourant quand on l'a tué ? C'est ça, ce que tu es en train de me dire ? »

Il hocha la tête. « Il y a autre chose. »

Elle lui jeta un regard noir. « Ça ne suffisait pas, ça ?

— Tu te souviens que je t'ai dit qu'il avait des problèmes d'argent ?

— Comment aurais-je pu oublier ? Ça reste difficile à croire. Je croyais que Hank nageait dans l'oseille.

— Il faut que tu saches que c'était aussi un parieur. Il devait deux cent mille dollars à des casinos de Las Vegas. »

Elle parut estomaquée par cette nouvelle information. « C'est complètement dingue, ce que tu me racontes, Archer.

— Et à l'abattoir, cette semaine, ils n'ont pu distribuer que la moitié de la paye.

— Laisse-moi résumer la situation. Quelqu'un a tué un mourant. Et ensuite tu m'annonces qu'un homme riche ne l'était pas réellement ? »

Il acquiesça une nouvelle fois. Jackie vida son verre en une seule gorgée et tint le verre frais contre sa joue.

« Tu n'étais au courant de rien de tout ça ? demanda doucement Archer.

— Comment l'aurais-je été ? Il m'a offert une voiture, une maison, de l'argent de poche. Et il m'avait expliqué qu'il souffrait de ces maux de tête depuis l'enfance.

— Il avait des secrets bien gardés, apparemment. »

Jackie le toisa d'un air sombre. « Comme nous tous, j'imagine.

— Tu attendais quoi de Pittleman ? »

Elle reposa son verre, croisa les bras et le fusilla du regard. « Qu'est-ce que tu veux dire par là ? demanda-t-elle froidement.

— Tu ne pouvais pas l'épouser. Il était déjà lié à Marjorie. C'était juste pour pouvoir profiter de la maison, de la voiture et du liquide ?

— Pourquoi devrais-je te répondre ?

— Parce qu'il est mort, Jackie, et qu'on essaye de savoir pour quelle raison. Et parce que certains pensent que je l'ai tué, voilà pourquoi !

— Tu joues au détective privé, c'est ça ? l'interrogea-t-elle, perplexe.

— Quand tu risques de finir la corde au cou, ça n'a rien d'un jeu.

— Ils ne vont pas te pendre, Archer.

— Tu crois que la justice n'a jamais condamné un homme innocent ? Parce que je suis la preuve vivante que c'est le cas. »

Elle ouvrit la bouche pour lui répondre mais se ravisa.

« Hank était quelqu'un de très dur, Archer. Il y a plein de gens qui auraient aimé le voir mort.

— Shaw pense que ça pourrait être ces types de Las Vegas, parce qu'il les a arnaqués.

— Ça se pourrait, oui », proposa-t-elle, hésitante.

Il l'étudia attentivement. « Mais tu ne le crois pas.

— Je ne sais pas quoi en penser, et ça, c'est la vérité, je le jure devant Dieu. » Elle le dévisagea intensément, peut-être pour la première fois ce soir-là. « Tu me crois ? »

Archer se rappela l'avertissement de Shaw. Il lui avait conseillé de n'accorder sa confiance à personne, et surtout pas aux jolies femmes. « Autant que toi, tu me crois », répondit-il d'une voix égale.

Son visage s'affaissa. « Tu veux bien rester ici, ce soir ?

— Tu veux que je reste ?

— Oui, mais… ce n'est pas ce que tu penses. » Elle s'assit. « J'ai un peu peur, Archer. Tu comprends, je passais beaucoup de temps avec Hank, et certaines personnes pourraient croire que… je sais des choses. »

Ses défenses s'effondrèrent face à son appel à l'aide. « Bien sûr. Je dormirai ici, sur le canapé. »

Elle alla dans sa chambre, et Archer s'allongea sur le canapé et fixa le plafond. Le voilà qui dormait chez deux femmes différentes, mais pas dans leur lit, et il ne savait pas trop quoi en penser. Il était sûr d'une chose : sa vie n'allait pas tarder à devenir encore plus compliquée.

CHAPITRE 30

LE LENDEMAIN MATIN, Archer laissa un mot à Jackie et retourna chez Ernestine avant son réveil, en se servant de sa clé pour entrer. Il pensait qu'elle serait encore en train de dormir, vu qu'elle ne travaillait pas le samedi, et il avait raison. Il entrouvrit la porte de sa chambre et la vit toujours endormie dans son lit, son livre ouvert posé à côté d'elle.

Il se prépara un petit déjeuner, laissa un mot à Ernestine et se rendit au Derby. Shaw lui avait dit qu'il y était descendu, mais il ne lui avait pas précisé la chambre. Il voulait lui parler de ce qui était arrivé à l'abattoir. Archer craignait que Dill ne passât bientôt à l'action. Autre chose dans le changement de comportement de Dill dérangeait Archer. La petite brute semblait beaucoup plus encline à laisser parler son agressivité qu'auparavant, certainement pour une raison bien précise, selon Archer.

Ce dernier se rendit à l'accueil de l'hôtel, où se trouvait le même homme qui l'avait mis dehors. Ce jour-là, il était coincé derrière son comptoir, en pleine lecture de son journal. Quand il vit Archer approcher, il lâcha le canard et recula.

« Qu'est-ce que vous me voulez ?

— Pas de panique, l'ami. Je veux juste savoir si M. Shaw est dans sa chambre.

— Je ne sais pas. Je ne l'ai pas encore vu aujourd'hui.

— Il est dans la 201, c'est ça ?

— Non, la 304.

— Ah oui, c'est vrai. Merci. »

L'employé reprit sa lecture non sans cesser de jeter des coups d'œil méfiants en direction d'Archer qui s'éloigna rapidement.

Il avala les trois volées de marches et s'approcha doucement de la chambre 304. Il frappa à la porte mais personne ne répondit.

« Eh, monsieur Shaw, appela-t-il, la bouche collée à la porte. C'est moi, Archer. Il faut qu'on parle. J'ai découvert des choses. »

Aucun bruit. Aucun mouvement.

Il fit demi-tour et redescendit en empruntant les escaliers. Shaw lui avait déclaré être marié et avoir des enfants. Une fois l'enquête à son terme, il retournerait sûrement chez lui auprès des siens.

Auprès de qui je peux rentrer, moi ?

Premièrement, il n'avait pas de chez-lui. Et deuxièmement, même si c'était le cas, il n'y aurait personne là-bas, à l'attendre. Jusque-là, il n'avait pas accompli grand-chose dans sa vie. Fort probable que les opportunités se fassent de plus en plus rares pour améliorer ce triste constat.

Il vérifia l'heure sur sa montre et se mit en route. Le camion n'allait pas tarder à venir les chercher. L'abattoir tournait tous les jours sauf le dimanche, lui avait-on dit. Étonnamment, Dill n'était pas là. Archer se renseigna, mais personne ne savait où se trouvait la petite brute. Tout le monde semblait juste soulagé qu'il ne se trouvât pas parmi eux.

Archer fit sa journée et rentra en ville avec le camion en compagnie des autres hommes épuisés. Au moins, pas de travail le lendemain. C'était déjà ça. Il descendit du camion et s'apprêtait à rentrer quand la grosse Buick de Shaw vint se garer à sa hauteur.

« Eh, justement, je vous cherchais, dit Archer.

— J'étais pas en ville. Monte. »

Archer s'exécuta.

« Pourquoi est-ce que tu me cherchais ? » lui demanda Shaw.

Archer lui parla de Dill, de ses menaces et du fait qu'il voulait savoir pourquoi Archer et le flic traînaient ensemble.

Shaw écouta en hochant la tête.

« Vous étiez parti où ? demanda Archer.

— Je suis allé voir un docteur et une compagnie d'assurance.

— Vous êtes malade ?

— C'était pas pour moi. C'était ceux qui s'occupaient de Pittleman.

— Je ne vous suis pas.

— Allons grailler. Et je me descendrais bien un café, tant qu'on y est. »

Ils mangèrent à nouveau au Checkered Past, optant cette fois pour du poulet à la place d'un steak. Et ce fut Archer qui régla l'addition avec l'argent gagné à l'abattoir.

Après sa deuxième tasse de café, Shaw s'essuya la bouche avec une serviette à carreaux rouges et blancs, puis il fixa Archer.

« Tu fréquentes pas mal Mlle Crabtree. »

Ce n'était pas une question. Le visage d'Archer se décomposa.

« Comment vous savez ça ?

— Mon boulot, c'est d'être au courant de ce qui se passe. Des fois j'y arrive, et d'autres fois j'échoue. Mais j'essaye toujours.

— Elle me laisse dormir chez elle le temps que je puisse me payer autre chose. Écoutez, vous n'avez pas besoin de l'ébruiter. Elle m'aide, c'est tout. Il ne se passe rien d'autre entre nous.

— Je n'en doute pas. Et de l'avis général, Mlle Crabtree peut se défendre toute seule.

— Je suis allé chez Jackie hier soir. Et je suis resté dormir là-bas. » Avant que Shaw pût ajouter quelque chose, il ajouta :

« Sur le canapé. Tout seul.

— Et donc, pourquoi t'es allé voir Jackie ?

— Je lui ai annoncé que Pittleman avait un cancer.

— Et pourquoi ça ?

— Vous pensez que j'ai encore fait n'importe quoi ?

— Pas forcément. Je veux juste entendre ton raisonnement sur ce coup-là.

— Je voulais découvrir si elle était déjà au courant. Et pour voir sa réaction.

— Et ?

— Et soit elle est aussi bonne actrice que Katharine Hepburn, soit elle n'en savait absolument rien. »

Shaw réfléchit pendant un moment en se frottant le menton.

« Et Mlle Crabtree ? demanda-t-il en levant ses sourcils duveteux de manière évocatrice. Malgré ce que tu viens de me dire, tu l'aimes bien, pas vrai ? »

Archer hocha la tête. « C'est une femme spéciale.

— Y a pas de mal à apprécier les femmes spéciales.

— Et en plus de ça, elle n'a pas eu la vie facile.

— Comment ça ? »

Archer hésita à révéler au policier ce qui était consigné dans le carnet mais il n'en fit rien. Rien à voir avec l'affaire en cours, et il n'avait pas le sentiment de pouvoir divulguer des informations si personnelles découvertes en mettant son nez là où il n'aurait pas dû.

« Des bonshommes qui se comportent comme des idiots. Des types qui la sifflent, qui lui glissent des lettres salaces sous la porte de son bureau. Y a même un des adjoints du shérif qu'a des vues sur elle.

— C'est une belle femme. C'est comme ça. Comme tu l'as dit, certains bonshommes sont idiots, on ne peut rien y faire. Je ne dis pas que c'est bien. J'ai une fille et deux garçons. C'est aux parents de bien les éduquer. Le respect, ça va dans les deux sens, sinon ça ne sert à rien.

— C'est tout ce que j'ai comme infos. Et vous ?

— Je t'en parle à la condition que t'ailles pas tout balancer à droite à gauche, tu m'entends ?

— J'entends bien. En vérité, je suis même plutôt surpris que vous me mettiez au jus. Ou que vous me laissiez travailler avec vous sur cette affaire.

— C'est la première fois que je laisse un suspect m'aider dans mon enquête, Archer, tu peux me croire.

— Pourquoi moi ?

— J'ai mes raisons. Et ça devrait te suffire pour l'instant.

— D'accord.

— Bref, je suis allé voir un spécialiste que Pittleman consultait au sud de l'État. Une sacrée trotte, j'te le dis. La Buick a bouffé de la route.

— Qu'est-ce qu'il vous a dit ?

— Il m'a confirmé que Pittleman était mourant. C'était incurable. Même en passant sur le billard, ça n'aurait rien changé. Il y a environ six mois, le médecin a annoncé à Pittleman qu'il lui restait à peu près un an à vivre.

— D'accord, mais ça, on le savait déjà. »

Shaw leva un doigt en l'air. « Ce qu'on ne savait pas et que le doc m'a appris, c'est que Marjorie Pittleman a accompagné son mari à plusieurs occasions.

— Alors elle *savait* qu'il était malade ?

— Exactement.

— D'où vous est venue l'idée de vérifier ça ?

— Je ne prends pas ce que l'on me raconte pour argent comptant tant que je n'en ai pas la confirmation absolue par une autre source, ou une autre preuve. Tu vois, le truc, c'est que les gens mentent, et tout le temps, lança-t-il à Archer d'un air grave. On appelle ça la *corroboration.*

— Compris. Mais en quoi c'est important ?

— Réfléchis, Archer. Quand les gens mentent, c'est qu'ils essayent de cacher quelque chose. C'est leur seule raison de mentir. Bon sang, mon petit gars, tu devrais le savoir, vu le nombre de fois où tu m'as menti ! Quand un mari tue sa femme, ou quand une femme tue son mari, c'est qu'ils sont motivés par deux choses, du moins si je me fie à mon expérience. La première, c'est qu'ils fréquentent quelqu'un en dehors de leur couple.

— Eh bien, Pittleman voyait Jackie, mais Marjorie était au courant.

— Ça ne veut pas dire que ça lui plaisait pour autant ! »

Archer repensa aux dires de Jackie à ce propos et acquiesça. « Et la deuxième raison ?

— Ben merde, Archer, c'est pas évident ? L'argent !

— Sauf qu'on a découvert qu'il n'était sûrement pas aussi riche que ce que certains croyaient.

— C'est pour cette raison que j'ai vérifié auprès de la compagnie d'assurance avec qui Hank avait contracté une assurance-vie.

— Une assurance-vie ? Comment vous avez réussi à dénicher ça ?

— C'est mon foutu job, Archer. J'ai de bonnes relations avec ces types des assurances. Tu vois, ils n'ont pas envie de distribuer de l'argent plus qu'ils ne le doivent, comme toi et moi n'avons pas envie de rembourser plus d'argent qu'on en doit. On trouve le moyen de leur faire économiser du pognon, et ça, forcément, ils aiment. Et ils coopèrent.

— Alors, qu'est-ce qu'ils vous ont dit ?

— Une assurance-vie d'un demi-million de dollars a été souscrite sur la tête de Hank Pittleman, il y a de ça quatre mois. Sa femme est l'unique bénéficiaire de ce contrat.

— Attendez, pourquoi une compagnie signerait-elle une assurance-vie avec un mourant ?

— T'as mis le doigt dans le mille, Archer. J'aime ça. Tu pourrais devenir enquêteur, toi aussi, avec un peu d'entraînement. T'as l'instinct. » Il fit signe à la serveuse et commanda un autre café et une part de tourte.

« Voilà le truc qui cloche. Tu vois, ils ont fait passer une visite médicale à Pittleman. Ils font tous ça. Ils appellent une infirmière ou un toubib et ils te font passer un petit examen médical. Mais ils ne vont pas débusquer une tumeur au cerveau en te collant un thermomètre sous la langue, ou te posant un stéthoscope sur la poitrine. » Shaw sourit. « Sauf qu'il y a un "mais". Tu devines ? »

Archer n'eut pas besoin d'y réfléchir longtemps. « Mais on lui a annoncé six mois avant qu'il était en train de mourir, et ils ont souscrit cette assurance-vie il y a quatre mois, sans prévenir les gens de la compagnie d'assurance. »

Le sourire de Shaw s'élargit et il pointa Archer du doigt.

« Bingo ! Fraude à l'assurance. Sur leur formulaire, ils ont une clause qui stipule qu'aucune pathologie ou maladie connue du souscripteur qui pourrait modifier sensiblement le risque que cette assurance soit établie... ou quelque chose dans le genre, avec plein de termes juridiques. Les compagnies d'assurance font ça pour couvrir leurs arrières et éviter que les clients cherchent à les entuber et, plus important encore, pour ne pas avoir à débourser le moindre sou.

— Et comme ils savaient tous les deux qu'il était mourant au moment de signer cette assurance-vie, les Pittleman sont coupables de fraude ?

— Un peu, ouais. Et sa femme n'a pas pu tout manigancer toute seule : Hank Pittleman devait lui aussi être dans le coup, sinon pourquoi auraient-ils fait venir un docteur pour vérifier son état de santé ? Maintenant qu'il est mort, Pittleman est au-dessus de la loi, mais sa femme, elle, ne l'est pas.

— Vous pensez qu'elle l'a fait tuer ? Je ne la vois pas du tout faire ça elle-même.

— Nan, si elle est derrière ce meurtre, un complice l'a aidée. Il nous reste juste à le prouver.

— On a déjà le mobile : un demi-million de dollars.

— Ouais, bien sûr, je peux prouver facilement qu'il y a eu fraude à l'assurance, et ça lui vaudra peut-être un an de prison. Mais c'est pas pour ça que je suis là, Archer. Je suis là pour attraper un meurtrier. La personne qui a tué cet homme mérite d'être pendue. Et si sa femme a payé quelqu'un pour le tuer, elle doit aller en prison pendant très longtemps, peut-être bien pour le reste de sa vie. Merde, ils seraient capables de la pendre, elle aussi. »

Archer secoua la tête.

« Quoi ? demanda Shaw.

— Elle avait l'air d'une vieille femme un peu perdue, et pas d'une tueuse. »

Shaw agita un doigt comme s'il le réprimandait. « Fiston, s'il y a une chose, et une seule, que tu ne dois pas oublier, c'est bien celle-ci : parfois, ce sont ceux qui ressemblent à des anges dont il faut te méfier. Les gens sont bizarres, tu sais. Et des fois, derrière une apparence bien comme il faut, se cache une part d'ombre bien vicieuse. J'ai souvent eu affaire à des gens comme ça depuis le début de ma carrière, du genre qui te font un grand sourire par devant tout en sortant le couteau avec lequel ils vont te trancher la gorge.

— J'imagine que vous avez raison.

— Y a rien à imaginer. Tu m'as bien que ce Dickie Dill t'avait menacé parce qu'il pensait que tu travaillais pour moi ?

— C'est ce qu'il m'a fait comprendre, plus ou moins. Et il n'est pas venu travailler aujourd'hui.

— T'as une idée de l'endroit où il se trouve ? »

Archer secoua la tête. « Aucune idée… »

Shaw s'étira et bâilla.

« Vous avez l'air fatigué, monsieur Shaw.

— Pendant la guerre, ils nous donnaient de la benzédrine pour nous aider à rester éveillés quand on partait en mission de bombardement. On les gobait comme des bonbecs, Archer. » Shaw secoua la tête à son tour. « Ça a été la chose la plus dure que j'aie jamais eu à faire, d'arrêter ces foutues pilules.

— J'ai une question.

— Balance.

— Pourquoi Marjorie engagerait quelqu'un pour tuer son mari pour toucher le demi-million de dollars, vu qu'il allait mourir de toute façon ?

— Ça, c'est une vraie bonne question, Archer. Tu fais encore preuve d'un bon instinct. Je vais te dire pourquoi, mon petit gars. C'est ce qu'on appelle avoir un tableau d'ensemble en se basant sur ce que l'on sait. Pour moi, elle était au courant pour les paris et elle avait peur qu'il continue ses conneries, au point que même l'assurance-vie ne puisse pas l'aider. Ou alors, il n'avait même pas les fonds nécessaires pour payer ses primes d'assurance à temps. Des assurances-vie de ce montant, c'est pas donné, et si tu rates un seul versement, ils annulent ton contrat sur-le-champ. C'est pour ça qu'elle ne voulait pas attendre qu'il casse sa pipe à cause du cancer, et elle a décidé d'accélérer le processus. » Shaw fit une pause dans son explication quand arrivèrent son café et sa part de tourte, qu'il partagea avec Archer.

« Est-ce qu'elle a déjà fait des démarches pour récupérer l'assurance-vie ? demanda Archer.

— Pas encore. Je leur ai demandé de me prévenir. Et puis, il y a ce Malcolm Draper, qui n'a jamais repris contact avec moi. Je me disais qu'on devrait aller le chercher nous-mêmes et le faire parler.

— Il nous observait par la fenêtre au moment où Lucas Tuttle sortait de la maison, après avoir présenté ses condoléances à Mme Pittleman. »

Shaw se figea, la fourchette à mi-chemin entre son assiette et sa bouche. « Vraiment ? Pourquoi tu ne me l'as pas dit à ce moment-là, Archer ?

— Je ne sais pas. Il travaille sur place. Je n'ai pas trouvé ça bizarre de le voir dans la maison. »

Plongé dans ses réflexions, Shaw prit le temps de manger son morceau de tourte puis il avala une gorgée de café.

« D'après toi, c'est crédible, ça, que Tuttle soit allé présenter ses condoléances ?

— À peu près autant que de voir Dickie Dill gagner un concours de gentillesse. »

Shaw pouffa de rire puis retrouva son sérieux. « Alors pourquoi il était là-bas ? »

Penaud, Archer n'osait répondre.

« Quoi ?

— Quand il est sorti de la maison, Tuttle rangeait des documents dans sa poche.

— Quel genre ?

— Je ne pourrais pas dire. Mais il devait cinq mille dollars plus les intérêts à Pittleman. Il les a peut-être remboursés.

— Et ces documents, ça pourrait être la reconnaissance de dette. Donc Marjorie devait bien l'avoir en sa possession. »

Archer fit de son mieux pour ne pas montrer son embarras, parce que Marjorie n'avait pas ces papiers. C'est Archer qui les avait. Une partie de lui voulut tout avouer à Shaw. L'autre partie l'emporta.

« Peut-être », fut tout ce qu'il réussit à dire.

Ils finirent leur repas et retournèrent à l'hôtel Derby. À l'accueil, ils demandèrent le numéro de chambre de Draper et s'il avait été vu récemment.

« Il est parti, il y a peut-être une heure de ça, affirma l'employé.

— Et le numéro de sa chambre, c'est quoi ? demanda Shaw.

— 215.

— Donnez-moi la clé.

— Mais... »

Shaw lui montra son insigne. « Tout de suite, mon petit monsieur, à moins que vous ne vouliez aller voir à quoi ressemble une cellule de près. »

L'employé lui jeta pratiquement la clé.

Au lieu de prendre l'ascenseur, Shaw imita Archer et le suivit dans l'escalier. Face à l'air interrogateur de ce dernier, Shaw avoua : « Parfois, les policiers non plus n'aiment pas que des portes se referment devant eux. »

CHAPITRE

31

RUDIMENTAIRE, LA CHAMBRE de Draper était propre et nette, et ils ne trouvèrent aucune preuve qui indiquerait une quelconque implication dans une activité criminelle. En fait, hormis ses vêtements et des accessoires de toilette, ils ne trouvèrent rien du tout.

« Vous aviez peut-être tort, suggéra Archer. Peut-être qu'il n'est au courant de rien.

— Non, je pense au contraire que ça veut dire que je suis sur la bonne voie. Aucun homme n'est aussi soigné et méticuleux sans une bonne raison. Il veut qu'on ne trouve rien chez lui. »

Archer acquiesça lentement. « Ce que je peux comprendre.

— T'apprends vite, mon petit gars. »

Ils redescendirent à l'accueil où Shaw déposa la clé.

« M. Draper sera de retour vers 10 heures, je pense », lui confia l'employé.

Shaw le regarda de travers. « Comment vous savez ça ?

— Il y a de grandes chances qu'il soit allé à l'abattoir.

— Bordel de Dieu, qu'est-ce que vous me dites ? aboya Shaw. Vous êtes sûr ?

— Je ne l'ai pas vu là-bas, si c'est ce que vous vous demandez, mais il y va quasiment tous les jours après le dîner. »

Shaw tapa du poing si fort sur le comptoir que l'employé sursauta en arrière et se plaqua au mur. « Nom de Dieu, pourquoi vous ne m'avez pas dit ça plus tôt ? »

L'homme bégayait. « V-vous n'avez p-pas demandé. »

Shaw le pointa du doigt. « Vous n'avez pas intérêt à bouger d'ici, mon vieux, si jamais l'envie me prend de venir vous boucler quand je reviens !

— Pour quelle raison ? s'écria l'employé.

— Pour être con, pour commencer. »

« Non mais franchement, quel putain d'idiot de fils de pute ! s'exclama Shaw.

— Pourquoi on est si pressés d'aller là-bas ? demanda Archer.

— J'ai envie de savoir ce qu'il va y foutre tous les soirs. Et si on arrive à le prendre en train de magouiller, je peux m'en servir pour le forcer à balancer les autres. Les loups se mangent entre eux, Archer ! Ces types-là, il faut les choper par la nuque et les secouer un bon coup. »

La grosse Buick émit un rugissement mécanique et ils partirent.

Archer lui indiqua la route et ils arrivèrent à l'abattoir en bien moins de temps que le camion qu'Archer prenait le matin. Le bâtiment était plongé dans le noir sans aucun véhicule garé devant.

Shaw observa la scène à travers le pare-brise de la Buick.

« T'as un flingue sur toi, Archer ?

— Je suis en conditionnelle. Interdiction pour moi de me promener avec un flingue, monsieur Shaw.

— On va faire une exception pour ce soir. Ne le dis à personne, c'est tout. »

Shaw enfonça un bouton sur son tableau de bord et un petit panneau s'ouvrit juste en dessous. Un revolver à crosse en noyer sombre, tenu en place par deux attaches à pressions, nichait. Shaw l'en libéra.

« Smith & Wesson calibre 38, modèle Special Victory, double action avec visée fixe. Ce joujou a fait la guerre avec moi, mais je n'ai jamais tiré avec. » Il se fendit d'un petit sourire en coin. « Impossible de toucher quoi que ce soit au sol avec lui quand t'es à dix mille pieds dans les airs, avoua-t-il en le tendant à Archer. Mais peu importe ce que tu touches avec ce petit salopard, ça ne se relèvera pas. »

Il attrapa une lampe torche dans la boîte à gants.

« Peut-être que Draper est déjà venu et reparti, suggéra Archer.

— Peut-être. Bon Dieu, que ça pue, ici », marmonna Shaw en se couvrant le nez de sa main libre, tandis qu'ils avançaient vers le bâtiment.

« Attendez d'être à l'intérieur, répliqua Archer. Il faudra vous pincer le nez *et* vous tenir le ventre. »

La porte était verrouillée.

« On la force ? proposa Shaw, en tapant sur le bois massif.

— Attendez une minute... »

Archer cala son revolver dans sa ceinture, sortit son canif puis s'affaira sur la serrure pendant une trentaine de secondes au bout desquelles la porte s'ouvrit.

« J'te demanderai pas où t'as appris ça », glissa Shaw.

Le flic appuya sur le bouton de la lampe de poche et ils entrèrent. Archer, qui connaissait bien l'intérieur du bâtiment, ouvrit la voie.

Ils atteignirent la pièce d'abattage des cochons. Les murs et le sol étaient recouverts d'une couche de sang et de matière cervicale. Archer lui expliqua ce qui s'y passait. « J'mangerai plus jamais de porc de toute ma vie, j'le jure devant Dieu », déclara Shaw d'une voix ferme.

Ils progressèrent dans le bâtiment, à l'affût du moindre indice de la présence de Draper, mais aucun bruit ne se faisait entendre, hormis la litanie de grognements des cochons à la funeste destinée parqués dehors, dans leur enclos.

Ils finirent d'inspecter le bâtiment puis retournèrent dehors.

« Bon, c'est un vrai mystère », dit Shaw.

Archer ne l'écoutait pas, son regard tourné vers l'enclos des cochons.

« Qu'est-ce qu'il y a ? demanda Shaw en l'examinant.

— Y a du raffut par là-bas. C'est pas normal. »

Archer se pressa de rejoindre l'enclos, Shaw sur ses talons.

Ils arrivèrent à la barrière et se concentrèrent sur un groupe de cochons qui s'excitaient et tournaient autour de quelque chose au sol.

« Donnez-moi cette lampe », dit Archer. Il la pointa sur l'endroit en question.

« C'est quoi ce bordel ? » cria Shaw.

Archer pointa son pistolet en l'air et tira à deux reprises. Cela eut pour effet d'effrayer les cochons qui se dispersèrent et coururent s'agglutiner au fond de l'enclos. Archer posa la main sur le haut de la barrière et passa par-dessus, ses chaussures frappant mollement la boue de l'autre côté. Shaw escalada aussi la barrière et atterrit à côté de lui. Ils se rapprochèrent lentement de l'endroit qui les intéressait.

« Mon Dieu », s'écria Shaw.

Mon Dieu, pensa Archer, les yeux baissés sur ce qui restait du corps. Ce n'était pas Malcolm Draper.

C'était Sid Duckett. Ou ce qu'il en restait.

* * *

« On lui a défoncé le crâne, c'est la cause de la mort », décréta le petit médecin légiste rondouillard, un cigare coincé sur un côté de la bouche, en se relevant après l'examen du corps.

Shaw avait appelé la police, une ambulance et le médecin légiste depuis une cabine téléphonique située non loin de l'abattoir, sur la route qui y menait. Il fit un signe de la tête aux ambulanciers qui emmenèrent les restes du malheureux sur une civière.

Shaw releva son chapeau vers l'arrière et se frotta le front.

« Je n'ai pas honte d'admettre que celle-ci, je ne l'ai pas vue venir.

— Vous pensez que je lui ai fait peur en lui parlant des problèmes d'argent de Pittleman ?

— Ça se pourrait... »

Shaw partit s'entretenir avec le médecin légiste, et Archer emprunta une lampe torche à l'un des policiers pour examiner le sol à l'entrée du bâtiment. Il s'agenouilla à un endroit bien précis.

« Eh, monsieur Shaw ! »

Le policier se dépêcha de le rejoindre. Quand il arriva à la hauteur d'Archer, ce dernier balayait la terre de la main. Il se redressa, recula un peu et pointa sa lampe sur le sol.

« Vous les voyez, ces traces de pneu ? »

Shaw hocha la tête. « Maintenant, oui. Bien vu.

— Elles sont fraîches, ça ne fait aucun doute. Et je peux vous dire autre chose : ce sont les mêmes motifs que ceux des pneus du camion de Sid Duckett.

— T'es sûr ?

— Une fois, je l'ai aidé à charger des caisses, j'ai eu l'occasion de les voir de près. Il y avait deux rustines rectangulaires mal alignées, comme vous pouvez le voir ici. »

Shaw sortit les clés de sa Buick. « OK, il faut qu'on trouve Malcolm Draper, et vite. »

Ils partirent à bord de la Buick qui avala goulûment la distance les séparant de la ville.

« Tu vois, voilà un autre mobile pour tuer quelqu'un : le faire taire, dit Shaw. Duckett était peut-être impliqué dans tout ça, ou pas, mais quand tu lui as parlé des problèmes d'argent de Pittleman, il a pu penser qu'il n'allait pas se faire payer. Ou encore, Duckett avait l'intention de se servir de cette information pour récupérer encore plus d'argent auprès de gens qui ne voulaient pas que ça fuite. »

Une idée assaillit soudain Archer. « Le légiste a dit qu'on lui avait défoncé le crâne. »

Shaw lui jeta un regard perçant. « Oui. Et ?...

— Dickie Dill est expert dans le défonçage de crâne. »

Shaw le fixait. « Tu penses que quelqu'un l'aurait engagé pour tuer Duckett ?

— Peut-être bien. Dill ferait n'importe quoi pour de l'argent. Je n'ai jamais rencontré quelqu'un d'aussi mauvais et malfaisant que lui. Et il n'est pas venu au travail aujourd'hui.

— Duckett ne parlera plus jamais à personne, désormais. Ceux qui ne savent pas tenir leur langue font couler des bateaux[10]. »

Archer repensa à une discussion qu'il avait eue la veille au soir. Il se sentit soudain défaillir, tandis qu'un violent accès de panique lui vrilla l'estomac.

« On doit filer au 27 d'Eldorado Street aussi vite que cette foutue Buick pourra y aller, monsieur Shaw ! » cria-t-il.

---

10. Allusion à l'affiche américaine de propagande de la Seconde Guerre mondiale « Loose Lips Sink Ships » enjoignant les citoyens à ne pas divulguer en public des informations qui pourraient être récupérées par des espions ou saboteurs et utilisées contre les Alliés pour, notamment, couler des bateaux.

CHAPITRE

32

LA BUICK N'AVAIT PAS ENCORE atteint la maison de Jackie qu'Archer demanda à Shaw de se garer.

« Je veux que personne ne soit au courant de notre arrivée. »

Ils sortirent du véhicule et Archer partit devant, approchant la maison par l'arrière.

Il était près de minuit et un silence absolu régnait, uniquement troublé par les mouvements des deux hommes.

Ses chaussures rasant la pelouse sèche, Archer atteignit rapidement la porte de derrière, suivi de près par Shaw.

« Je n'ai pas vu le camion de Duckett devant, dit Shaw.

— Ça m'étonne pas.

— T'es sûr que tu fais pas fausse route sur ce coup-là ? »

Le cri provenant de l'intérieur de la maison poussa Archer à balancer son épaule contre la porte. Le verrou explosa du chambranle. Ils se précipitèrent à l'intérieur en dégainant leur arme.

Un autre cri se fit entendre, et Archer courut dans le couloir puis ouvrit d'un coup de pied la porte de la chambre de Jackie. Il y régnait un noir complet.

La lampe torche de Shaw illumina brièvement la pièce et Archer vit Dickie Dill près du lit, un couteau à la main, prêt à frapper Jackie, tapie à ses pieds.

« Dickie ! » cria Archer en pointant son arme sur l'ancien taulard et en faisant feu.

Au même instant, on percuta Archer et il se prit le mur en pleine face. Il sentit du sang chaud s'épancher de son nez et un coquard gonfler sous son œil.

Shaw réussit à faire feu lui aussi et cette fois-ci, Dill laissa échapper un cri aigu. Le pilote avait touché sa cible après que le fantassin l'avait ratée.

« Archer, attention ! » hurla Jackie depuis le pied du lit.

Un autre coup de feu retentit, tiré par le second assaillant, celui qui avait poussé Archer quand il faisait feu sur Dickie. Après l'avertissement crié par Jackie, Archer s'était baissé. Il sentit la balle passer au-dessus de lui pour aller s'enfoncer dans le mur. D'un coup de pied, il balaya le bras du tireur, et le pistolet quitta sa main. Archer perdit l'équilibre et retomba au sol, dos au mur, avant de se relever péniblement en s'appuyant sur le mur.

Son assaillant profita de cette ouverture pour se jeter en avant. Il enroula son bras autour du cou d'Archer et se mit à tirer sa tête en arrière pour lui faire atteindre un point jusqu'où le cou n'était pas censé se plier. Archer sentit ses vertèbres se plaindre et se tordre. Un violent coup de coude dans le ventre, provoquant une expiration forcée arrachée aux poumons, et Archer reprit rapidement l'avantage. Un bon coup de paume asséné sur le nez de son assaillant fit reculer ses cartilages à l'intérieur de son visage, puis Archer retourna l'homme et, le poussant d'un coup d'épaule, l'envoya percuter violemment le mur. Archer lui régla son compte comme on lui avait appris à l'armée, avec un coup de genou à la base de sa colonne vertébrale et un gros coup de poing dans les reins. Il attrapa ensuite ses cheveux, tira en arrière puis, profitant au maximum de l'effet de levier, envoya la tête de l'homme s'enfoncer face en avant dans le mur en plâtre. Le type s'effondra avec un grognement, puis ne bougea plus.

Archer n'eut pas le temps de célébrer sa victoire.

Dill avait balancé son couteau à travers la pièce et atteint Shaw en haut du bras, trahi par la lumière émise par sa lampe torche. Il lâcha son arme et un râle de douleur lui échappa tandis qu'il s'effondrait contre le mur.

Dill se servit du lit comme d'un trampoline et rebondit dessus pour passer de l'autre côté de la pièce. Il tenait quelque chose dans la main.

Jackie cria et se jeta vers lui pour l'arrêter, mais elle s'affala lourdement.

Dill atterrit sur le sol et leva au-dessus de sa tête ce qu'il tenait dans les mains.

Une masse.

Dans un hurlement meurtrier, il entama son geste pour abattre sa masse mais celle-ci n'atteignit jamais la tête de Shaw. Archer vint le heurter violemment et les deux hommes tombèrent au sol, roulèrent et s'arrêtèrent contre le mur, tous les deux légèrement sonnés. Dill retrouva ses esprits en premier et essaya aussitôt d'appuyer le manche en bois de la masse contre la gorge d'Archer, mais après deux coups rapides dans le visage de son adversaire plus petit, Archer fut en mesure de se saisir de l'énorme marteau et de le balancer.

Archer sentit immédiatement autour de sa gorge ce qu'il redoutait le plus. Les doigts faucilles de Dill qui cherchaient à le faire suffoquer jusqu'à ce que mort s'ensuive. Malgré sa blessure par balle qui saignait abondamment, Dill avait quand même l'avantage sur lui.

« T'aurais dû me tuer quand t'en avais l'occasion, mon gars ! » rugit Dill, jubilant.

Quelque chose frappa Dill sur la tête. Archer vit Jackie derrière lui, une lampe à la main. Cela n'arrêta pas Dill, qui maintint Archer d'une main, balança son autre poing derrière lui et cogna Jackie qui s'effondra dans un bruit sourd.

Mais pendant que Dill se défendait, Archer vit une opportunité dont il tira pleinement avantage.

Archer trouva ce dont il avait besoin dans la poche de sa victime, puis il poignarda Dill dans le flanc avec son canif, enfonçant son couteau dans son ventre jusqu'à la garde. Il recommença une deuxième fois, puis une troisième pour faire bonne mesure.

Dill cracha du sang sur le visage d'Archer, sa prise se desserra, et il finit par le lâcher pour s'effondrer sur le dos à côté de lui.

Archer se releva, les jambes chancelantes, et toisa le petit homme qui le fixait en grognant quelque chose d'incompréhensible. Il essaya de se relever tandis qu'Archer reculait d'un pas, son couteau à la main, prêt à riposter. Archer posa son pied sur la poitrine de l'homme à terre et appuya pour l'y maintenir.

Archer avait tué bien plus d'hommes pendant la guerre que ce qu'il avait avoué à Jackie. Et il n'eut aucun scrupule à mettre un terme à la vie de chacun d'entre eux. Il n'y avait repensé qu'après-coup, en fait, et sans remords, juste de la colère pour avoir été propulsé dans cette situation sans autre choix que de tuer un autre homme. Il n'éprouva aucun remords cette fois-ci non plus. Loin de là. Juste un soulagement.

« Bon sang, Dickie, mais crève donc », murmura-t-il.

Quelques instants plus tard, la gorge de Dill cessa de remuer, un tressaillement parcourut son corps puis ses yeux devinrent rigides et sa poitrine s'immobilisa alors que toute vie le quittait.

Archer se tourna vers Jackie et l'aida à se relever. « Ça va ?

— Oui, glissa-t-elle d'une voix tremblante. Je vais bien. J'ai juste un peu mal où il m'a frappée.

— Allume la lumière », lui demanda-t-il. Il lâcha son couteau ensanglanté et se précipita vers Shaw, toujours au sol, adossé au mur.

Jackie alluma une lampe.

Shaw se tenait le bras là où le sang se déversait par une belle plaie. Il avait retiré le couteau lui-même, ce qui n'était pas la meilleure des choses à faire. Archer l'aida à retirer sa veste et retroussa la manche de sa chemise.

« Jackie, va me chercher une serviette. Tu as des bandages ? Et j'aurai aussi besoin d'eau chaude et d'un savon. Et de l'alcool. Et de l'eau oxygénée aussi, si tu en as. »

Jackie sortit en vitesse de la chambre et revint sans tarder avec tout ce qu'il lui avait demandé, dont une bouteille de brandy. Archer fit un garrot au-dessus de sa blessure avec sa ceinture, arrêtant ainsi l'hémorragie.

« Donne-lui à boire », lui demanda Archer.

Jackie aida Shaw à ingurgiter le brandy au goulot.

Archer nettoya la plaie et la banda.

« Il faut qu'on vous emmène à l'hôpital », déclara Archer en l'aidant à se remettre sur ses pieds. Shaw, le visage gris, opina à peine du chef.

« Jackie, habille-toi et prends quelques affaires. Je t'emmène dans un endroit sûr. »

Elle contempla le cadavre et l'homme inconscient puis acquiesça sans mot dire.

« J'ai des menottes dans ma poche arrière, lâcha Shaw avec difficulté. Passe-les à ce fils de pute. Je veux pas qu'il s'enfuie. »

Archer s'exécuta. Quand il retourna l'homme sur le dos, il reconnut Malcolm Draper. Il l'avait enfin retrouvé. Il lui passa les menottes derrière le dos. « Balance-moi une ceinture », demanda-t-il à Jackie, déjà en train de s'habiller derrière les portes de son placard.

Ce qu'elle fit, et il put ligoter les jambes avec la ceinture en la faisant passer par-dessus la chaîne des menottes.

Au volant de la Buick, Archer fila directement à l'hôpital, seulement à un pâté de maisons du Derby. Pendant qu'un médecin s'occupait de Shaw, ce dernier demanda à Archer d'appeler le poste de police et de leur raconter ce qui était arrivé chez Jackie. Des agents furent déployés sur place pour sécuriser la zone et placer Draper en état d'arrestation.

Allongé sur le brancard à roulettes, Shaw leva les yeux et dit à Archer : « Bordel, tu m'as sauvé la vie, Archer.

— Je suis juste soulagé d'avoir été là. Et vous, vous avez sauvé la vie de Jackie. Dickie l'aurait tuée si vous ne l'aviez pas touché au bras. Et vous m'avez sauvé, moi aussi, quand on y pense. Je ne suis pas certain que j'aurais pu reprendre l'avantage sur lui s'il n'avait pas été touché. Reposez-vous, maintenant. Je reviens vite. »

Il repartit en compagnie de Jackie et la conduisit chez Ernestine. Il toqua bien fort à la porte.

Ce fut une Ernestine encore à moitié endormie au saut du lit qui ouvrit la porte. Voyant Archer, elle sembla d'abord ne rien comprendre à la situation. Quand elle découvrit Jackie qui se tenait à ses côtés, ses traits se figèrent.

« Ernestine Crabtree, Jackie Tuttle », lança Archer en guise de présentations.

On dirait deux boxeurs sur le point de monter sur le ring, se dit Archer.

« Mademoiselle Tuttle, lâcha Ernestine.

— Mademoiselle Crabtree », répliqua Jackie. Archer lui fit un résumé succinct des événements de la soirée et ce qu'il attendait d'Ernestine. Le visage d'Ernestine pâlit quand Archer lui décrivit la scène d'horreur qui s'était déroulée chez Jackie. Il crut qu'elle allait s'évanouir. Il la rattrapa par la main et l'aida à garder son équilibre.

« Attention à ne pas tomber, dit-il. Ça va ? »

Elle retrouva ses esprits. « Oui, ça va, affirma-t-elle. Bonté divine. Ma pauvre… », dit-elle à l'intention de Jackie en lui passant délicatement un bras autour des épaules.

« Et, Ernestine ? Votre arme est à portée de main ? demanda Archer.

— Oui.

— Ayez-la toujours près de vous, surtout. »

Jackie agrippa le bras d'Archer sur le départ.

« Merci, lui dit-elle.

— Je suis content que tu sois toujours parmi nous, Jackie. Et si tu n'avais pas été là, je serais mort… »

Il se hâta de remonter dans la Buick. Il démarra la voiture et jeta un dernier coup d'œil derrière lui, il vit les deux femmes entrer dans la maison. Ernestine avait toujours son bras passé autour de Jackie, tandis que cette dernière s'appuyait sur elle. Puis la porte se ferma.

Ça s'est bien mieux passé que prévu, se dit Archer.

Cependant, plus il y pensait, plus il s'inquiétait. Chacune de leur côté, ces deux femmes avaient eu l'occasion de faire plus ample connaissance avec lui, et il avait même couché avec Jackie. Et s'il leur venait à l'idée d'échanger leurs notes sur lui ?

Il laissa échapper un soupir.

Bon, la vie n'est jamais parfaite. Mais au moins, je suis encore en vie après ce qui s'est passé ce soir.

Il s'éloigna.

Quand Archer revint à l'hôpital, Shaw, assis sur un lit, avait bien meilleure mine. Le policier avait été installé dans une chambre individuelle et des poches de sang se vidaient en lui par une perfusion.

« Les agents sont passés. Ils ont récupéré Draper. Et ils ont emmené le corps de Dill.

— Bien, répondit Archer en s'asseyant à côté de lui. Il faut vous reposer maintenant.

— Pourquoi s'en sont-ils pris à Jackie, d'après toi ?

— Elle connaissait Hank Pittleman peut-être mieux que personne, affirma Archer. J'imagine qu'ils ont eu peur que Hank se soit confié à elle. Comme vous l'avez dit, ils devaient s'assurer qu'aucune info ne sorte de nulle part. C'est à cause de ça que j'ai voulu qu'on aille tout de suite là-bas. Hier soir, elle m'a demandé de passer la nuit chez elle pour la même raison.

— Dès que je sors de ce lit, je vais direct demander à Marjorie Pittleman de m'expliquer ce qui se passe, bordel !

— J'aimerais bien vous accompagner, à cette occasion.

— T'inquiète pas, tu seras de la partie. Après ce soir, tu le mérites, mon petit gars.

— Je pense que je vais prendre ma retraite de l'abattoir, ajouta Archer.

— Bonne idée », répliqua Shaw qui piquait du nez.

Archer ne manqua pas de le remarquer :

« Il faut que vous dormiez. Et moi aussi. »

Archer baissa son chapeau sur ses yeux et prit ses aises sur sa chaise.

« Attends, tu vas vraiment dormir là ?

— Bah oui. Je reste au cas où quelqu'un aurait l'idée de se pointer pour finir le boulot. Ne vous inquiétez pas, j'ai le sommeil léger.

— T'as toujours été comme ça ?

— Nan. Mais voilà ce qu'on récolte après une guerre mondiale et un séjour en prison. »

Il ferma les yeux et s'endormit.

Une minute plus tard, Irving Shaw en fit de même.

CHAPITRE

33

LE LENDEMAIN, VERS 17 HEURES, Shaw, sa plaie suturée, son niveau sanguin pleinement restauré, le bras en écharpe, fut diagnostiqué hors de danger. Il se tenait désormais devant la porte de Marjorie Pittleman avec Archer à ses côtés.

Agnes, la servante d'un certain âge, vint leur ouvrir après que Shaw eut frappé.

L'inspecteur avait voulu interroger Draper, mais il était toujours inconscient ; de plus, on l'avait transféré d'une cellule à l'hôpital. On craignait un traumatisme crânien.

« J'aurais dû le frapper moins fort », se lamenta Archer quand il apprit la nouvelle.

Agnes les précéda dans le couloir et les mena cette fois-ci dans le jardin d'hiver. Marjorie, installée sur une méridienne tapissée de soie, lisait un livre quand ils entrèrent. Comme la fois précédente, un grand verre contenant un liquide ambré et des glaçons était posé sur une petite table à côté d'elle. Archer se fit la réflexion que la petite dame aux manières si douces buvait peut-être tout le temps, en fin de compte. Et peut-être ne pouvait-il pas la blâmer.

« Eh bien, messieurs, avez-vous des nouvelles du meurtrier de mon mari ? »

Shaw retira son chapeau en se servant de son bras valide.

« Ma parole, mais qu'est-ce qui vous est arrivé à vous deux ? » demanda Marjorie en remarquant le bras en écharpe et les traces de lutte sur le visage d'Archer.

Shaw montra les deux chaises du doigt. « Pouvons-nous nous asseoir ?

— Oh, oui, bien sûr. Je vous en prie. »

Ils s'assirent et Shaw dévisagea la femme en face lui. Elle semblait imperturbable.

« Il y a effectivement eu des développements récents, m'dame. »

Marjorie ferma son livre, ajusta son pince-nez et les observa à tour de rôle.

« Qui sont ?

— Sid Duckett a été jeté en pâture aux cochons à l'abattoir de votre mari. Et deux hommes ont essayé de tuer Jackie Tuttle hier soir. »

Marjorie pâlit et laissa tomber son livre par terre. « Pardon ? »

Shaw la dévisagea d'un air froid. « Nous sommes également au courant de l'assurance-vie contractée par votre mari, madame Pittleman.

— C'est vrai, il en avait une. Hank avait insisté pour qu'on en prenne une sur sa tête.

— Oh, vraiment ? demanda Shaw sur un ton sceptique. Pourquoi ?

— Monsieur Shaw, tout le monde meurt un jour. Et c'est Hank qui a souscrit à cette assurance, pas moi. Vous pouvez en demander la confirmation à la compagnie d'assurance, si vous voulez.

— Donc vous étiez au courant ?

— Oui, bien sûr. C'est moi la bénéficiaire, après tout.

— Sur le contrat d'assurance, il est écrit que votre mari était en bonne santé.

— À ma connaissance, c'était le cas, oui. »

La fine moustache de Shaw tressaillit. « Vraiment ?

— Oui.

— Son médecin affirme que vous étiez avec votre mari quand il lui a diagnostiqué un cancer incurable au cerveau. Qu'avez-vous à répondre à ça ?

— Je ne l'ai pas cru.

— Je vous demande pardon ?

— Je n'ai pas cru le médecin. J'ai dit à Hank de demander un second avis. En ce qui me concerne, Hank n'avait aucun cancer.

— Je doute que la compagnie d'assurance y croie une seconde.

— Dans ce cas, je me battrai contre eux jusqu'au bout ! » s'exclama-t-elle d'un ton brusque. Son air raffiné avait disparu en l'espace d'un instant. « Je ne les laisserai pas intimider une pauvre veuve âgée, pas plus que je ne les laisserai me voler de l'argent qui me revient de droit !

— D'accord », répliqua Shaw, en tournant lentement la tête vers Archer.

Marjorie retrouva son calme aussi rapidement qu'elle s'était laissé envahir par la colère. « Veuillez m'excuser, messieurs, je suis sûre que vous comprenez à quel point la situation m'inquiète. Mais assez parlé de mes problèmes d'argent, ce n'est pas le plus important. Donc, Sid Duckett est mort ? C'est bien ce que je dois comprendre, n'est-ce pas ? Et on a essayé de tuer Jackie ?

— L'un de ses agresseurs était Malcolm Draper.

— Sid Duckett et Malcolm Draper ! Mon Dieu. Ils travaillaient tous les deux pour Hank.

— C'est la raison de ma présence.

— Vous ne pensez pas sérieusement que j'aie quelque chose à voir avec tout ça ? Ce… C'est… Je ne ferais jamais une chose pareille. Comment avez-vous pu croire...

— M'dame, mettez-vous à ma place. À la mort de votre mari, vous touchez un demi-million de dollars. Votre mari avait, hum, une liaison avec Mlle Tuttle. Cela arrive très souvent, que des épouses tuent leur mari *et* la maîtresse de leur mari. C'est un fait, rien de plus. »

Marjorie balaya cet argument de la main. « Cela ne se passait pas ainsi dans notre cas, lieutenant.

— Pourquoi vous ne me raconteriez pas comment ça se *passait*, alors, madame Pittleman ?

— Jackie Tuttle a été, comment dire, d'une grande utilité dans ma vie.

— Elle m'a expliqué qu'elle ressentait la même chose à votre sujet, déclara Archer.

— J'en suis sûre, opina Marjorie. Je l'imagine sans difficulté, évidemment. Hank l'entretenait, après tout.

— Mais cela se passait juste sous votre nez, et vous laissiez faire ? » s'exclama Shaw.

Elle le regarda avec pitié. « Je n'ai pas eu mon mot à dire. Enfin, regardez les Français. Là-bas, les hommes ont des maîtresses. Et les épouses l'acceptent.

— On n'est pas en France », rétorqua Shaw.

Elle haussa les épaules. « Nous autres les femmes, nous faisons ce que nous avons à faire. Le fait est que Hank contrôlait tout. Quand il entreprit de... chercher l'affection d'une autre, j'ai passé un marché avec mon mari. Et Jackie est devenue partie intégrante de ce marché. Si cela n'avait tenu qu'à moi, je n'aurais jamais accepté cet arrangement, mais voilà, ce n'était pas moi qui décidais. C'est ainsi, vous savez tout. Ce n'était pas l'idéal, loin de là, mais cela fonctionnait pour nous.

— Mais vous avez peut-être toujours envie de la voir disparaître, proposa Shaw.

— Je n'ai jamais cherché à lui nuire quand mon mari était vivant. Pourquoi diable aurais-je envie maintenant qu'il est mort et que leur... liaison est terminée ? »

Shaw ne sut quoi répondre.

« Connaissez-vous quelqu'un qui lui aurait voulu du mal ? demanda Archer.

— Non. Je ne sais pas grand-chose à son sujet, hormis que Hank la voulait, elle, à ses côtés, au lieu de moi.

— Et M. Draper ? demanda Shaw.

— Oui ?

— Nous avons appris qu'il se rendait presque tous les soirs à l'abattoir. Vous savez pourquoi ?

— Cela ne fait qu'un an qu'il travaille pour Hank. Je ne peux pas dire que je le connais bien bien, même si je comptais justement sur lui pour m'aider à y voir clair. J'imagine que je suis livrée à moi-même, désormais. »

Elle garda le silence quelques instants puis s'adressa à Shaw.

« Vous avez une idée quant à l'identité du tueur de Hank ?

— Je croyais tenir une piste, mais peut-être que je me trompe. On continue de travailler dessus. S'il vous plaît, ne quittez pas la région.

— Je peux vous assurer que je n'ai aucune intention de quitter ma maison. J'ai missionné un avocat sur la résolution des dettes, de l'assurance-vie et d'autres choses. Je n'abandonnerai pas ce que Hank a bâti sans me battre, lieutenant.

— C'est tout à fait dans vos droits, m'dame.

— La dernière fois que nous sommes venus, nous avons croisé M. Tuttle, intervint Archer.

— Je sais. Nous en avons déjà parlé, dit-elle en hésitant, mais cette entrevue était un peu étrange.

— Comment ça, "étrange" ? demanda Shaw.

— Eh bien, il est venu me présenter ses condoléances après le décès de Hank, je vous l'ai déjà dit. » Elle se concentra sur Archer. « Comme vous l'avez suggéré, la plupart des gens savaient qu'ils ne s'entendaient pas. En vérité, Hank détestait Lucas Tuttle. Il me l'a confié.

— Mais il lui a prêté de l'argent, affirma Archer. Cinq mille dollars.

— Ah oui, vraiment ? demanda Marjorie, l'air véritablement intriguée par cette information. Dans ce cas, Lucas devait vraiment se trouver dans une situation désespérée, une impasse, pour venir demander de l'argent à Hank.

— Quelle était la nature de leur mésentente ? s'enquit Shaw.

— Vous savez comment peuvent être les hommes. Ils ne grandissent jamais.

— Pardon ? »

Marjorie poussa un soupir de résignation. « Avant que Hank n'arrive en ville, c'était Lucas le gros bonnet de Poca City. Hank a connu le succès dans ses affaires, et Lucas s'est retrouvé à ramasser les miettes, ajouta-t-elle fièrement. Voilà, si vous n'avez rien de plus à voir avec moi… »

Marjorie pressa un bouton, et cette fois-ci, ce fut Amy qui fit son apparition pour les raccompagner.

« Monsieur Archer, mon Dieu, mais qu'est-il arrivé à votre visage ? demanda-t-elle spontanément.

— Je me suis pris un mur. Mais ça va aller. »

Amy sourit. « Je l'espère. Je préfère quand vous êtes tout beau. » Elle alla même jusqu'à lui faire un clin d'œil avant de s'éclipser.

Comme la fois précédente, Archer l'observa s'éloigner jusqu'à ce que Shaw ne lui tire la manche.

« N'y pense même pas, Archer. Elle ne t'apporterait que des ennuis. »

Comme toutes celles à qui je m'intéresse, se dit Archer.

Ils regagnèrent la Buick. Archer la conduisit, à cause du bras en vrac de Shaw.

« Je ne m'attendais pas à ça, avoua le policier. Cette femme semblait avoir réponse à toutes mes putains de questions. » Il observa Archer. « On n'a plus qu'à espérer que Draper se réveille et nous raconte tout. Dépose-moi à l'hôpital, que je me renseigne. Je pourrai ensuite retourner à l'hôtel à pied.

— D'accord. Dans ce cas, je vais aller voir Jackie.

— Demande-lui si elle sait qui aurait envie de la tuer.

— Pas facile, de demander ça à quelqu'un.

— T'as pas le choix, parce que c'est notre seule façon de découvrir la vérité, Archer.

— Ça me paraît bien mal engagé, à l'heure actuelle.

— Bon sang, mon petit gars, c'est toujours le cas, jusqu'au moment où tu tombes la tête la première dessus. »

CHAPITRE

34

« JE N'AI AUCUN ENNEMI qui me vienne en tête, Archer », affirma Jackie.

Elle et Archer avaient pris place dans la pièce principale de la petite maison d'Ernestine. Celle-ci partie assister au service du soir de l'Église méthodiste locale, elle avait pris soin de laisser son arme à Jackie.

« Tu en es sûre ?

— Pourquoi, tu penses que je passe mes journées à ruiner des gens ? C'était Hank qui faisait ça, pas moi.

— Ce qui veut dire qu'un tas de gens auraient pu vouloir le tuer. »

Elle frissonna. « Je me suis réveillée, j'ai ouvert les yeux et j'ai vu cet horrible bonhomme au-dessus de moi, avec un couteau.

— Dickie Dill qui se tient au-dessus de quelqu'un, homme ou femme, c'est une vraie vision d'horreur… Il, hum, il ne t'a rien fait avant d'essayer de te tuer, si ?

— Non, mais… »

Jackie se mit à pleurer et se pencha vers lui.

« Tout va bien, Jackie. Cet homme ne fera plus jamais de mal à personne. » Elle passa ses doigts sur son visage tuméfié avec délicatesse.

« Ça fait mal ?

— Je préfère ça plutôt que d'être mort. »

Elle retrouva des forces et se redressa. « Pourquoi voulaient-ils me tuer ?

— Tu l'as dit toi-même l'autre soir. Ils sont peut-être persuadés que tu sais quelque chose qui leur fait peur. Ils t'ont posé des questions ? Sur Hank, ou autre chose ?

— Non. J'ai juste entendu un bruit, je me suis réveillée, et il était là. J'ai crié.

— Un coup de chance qu'on ait été dehors et qu'on t'ait entendue.

— Comment va Shaw ?

— Il va bien. C'est un dur à cuire.

— C'est très gentil de la part d'Ernestine de me laisser rester un peu chez elle.

— Une fois que vous vous connaîtrez mieux, je suis sûr que vous serez amies.

— Elle est adorable.

— Et donc, vous avez parlé de moi, toutes les deux ? » Il avait posé la question sur un ton léger, mais au fond de lui se cachait un Archer nerveux qui voulait une réponse sincère.

« Parler de toi ? Comment ça ?

— J'en sais rien. De la manière dont les femmes parlent des hommes entre elles. »

Elle se raidit un peu plus, plissa les lèvres et le tança d'une voix désapprobatrice : « Par exemple, on aurait comparé tes performances au pieu ?

— Je n'ai jamais couché avec Ernestine.

— Que tu dis.

— C'est la vérité.

— Oui, eh bien, ce n'est pas comme si je m'en souciais, Archer. Nous ne sommes pas mariés.

— OK, admit-il, un brin déçu par sa réponse.

— Elle trouve que tu es gentil. Et tu m'as sauvé la vie, donc de mon point de vue, t'es quelqu'un de bien aussi.

— T'es une drôle de nana, Jackie.

— Non, c'est juste que je ne ressemble pas aux autres “nanas” que tu as l'habitude de fréquenter.

— Tu as mis le doigt dans le mille, là », avoua-t-il.

Cela parut désamorcer sa froideur car elle se pelotonna contre lui et lui dit : « Et la dette que mon père doit rembourser à Marjorie Pittleman ?

— Oui ?

— Au cas où tu l'aurais oublié, tu étais censé retourner le voir pour qu'il paie.

— Merde. J'avais oublié.

— Je ne vois pas comment tu peux te le permettre. Ça représente beaucoup, Archer. À moins que tu aies envie de continuer à découper des cochons. »

Il y réfléchit quelques instants. « Bon, vu que tu n'es plus avec Pittleman, ça devrait aider. Partant de là, ton père paiera peut-être. Bon sang, c'est vrai que Marjorie aurait bien besoin de cet argent, maintenant.

— Cinq mille plus les intérêts, précisa-t-elle. Oui, ça pourrait bien lui servir.

— Je vois que tu as réfléchi à la question.

— Je n'ai rien d'autre à faire, si ? » rétorqua-t-elle, puis elle sourit et déposa un baiser sur sa joue.

« Sauf qu'on oublie un détail. Ton père a été très clair là-dessus : il remboursera la dette et me paiera par la même occasion seulement si tu rentres chez toi, Jackie. Et tu as toi aussi été très claire à ce sujet, tu ne comptes pas rentrer. »

Elle passa son doigt sur le revers de sa veste. « Mais imaginons que j'accepte de… de le rencontrer ? »

Archer tourna brusquement la tête vers elle. « Pourquoi tu ferais une chose pareille ?

— C'est mon père. Et tu as besoin de cet argent. »

Il s'écarta d'elle tout en la tenant par les bras. « Jackie, ne prends pas ta décision juste pour que je me fasse payer.

— Mais je pourrais vraiment le rencontrer. En fait, je pense que c'est ce qu'il y a de mieux à faire.

— Tu es sûre ?

— Je n'en sais rien, Archer, mais je pense que je dois faire un effort et essayer. Je ne suis pas passée loin de la mort, je dois dire que ça m'a fait réfléchir, tu sais.

— Écoute, tu n'as pas à t'en inquiéter pour le moment. Passe un peu de temps ici, repose-toi et, bon, réfléchis-y bien, quoi. Remets-toi les idées en place. Quelqu'un a essayé de te tuer. Il faut du temps pour s'en remettre.

— Non. Il faut que j'en finisse avec ça, Archer.

— D'accord, mais comment ? Tu serais prête à aller là-bas pour revoir ton père ? »

Elle fut parcourue d'un frisson qu'il ne manqua pas de remarquer.

« Non, je ne peux pas y aller. Mais… mais tu pourrais lui dire qu'on peut se voir chez moi.

— Tu en es certaine ?

— Je le suis. Tu peux y aller demain lui annoncer ?

— Si c'est ce que tu veux. À quelle heure veux-tu qu'il vienne te voir ?

— Disons… Vers 21 heures demain soir.

— Très bien. Je serai là, à tes côtés.

— Non, Archer. Je ne veux pas que tu viennes.

— Mais pourquoi ? Pourquoi vouloir le rencontrer toute seule ?

— Je ne serai pas seule. Ernestine peut venir avec moi.

— Mais elle ne sait rien de toute cette histoire…

— C'est pour ça qu'elle sera la mieux placée pour me seconder. Elle ne sera pas obligée d'assister à notre discussion. Si je sais qu'elle est dans la maison, ça suffira. »

Archer repensa à l'aisance dont faisait preuve Ernestine pistolet en main, il se dit que cela pourrait lui être utile. Mais si Tuttle rapportait son fusil…

« Écoute-moi bien. S'il débarque avec son fusil, ne le laisse pas entrer.

— Il ne viendra pas avec son fusil, Archer, voyons ! Bonté divine, c'est mon père, quand même ! »

Archer l'étudia l'espace de quelques instants. « Tu ne comptes rien tenter contre lui, si ? »

Elle lui lança un regard noir. « Pourquoi tu me poses cette question ? demanda-t-elle d'une voix cassante.

— Pour... pour rien.

— *Si,* tu demandes parce que tu as quelque chose en tête. Qu'est-ce qu'il t'a dit d'autre quand vous étiez dans sa voiture ?

— Je t'ai déjà tout raconté.

— Non, pas tout.

— Jackie, tu n'as pas besoin d'entendre ça, pas maintenant.

— Si, j'en ai besoin, s'énerva-t-elle. J'en ai marre que tu me caches des choses, Archer.

— Il m'a dit que ta mère et toi, vous vous ressembliez beaucoup. Deux beautés, mais...

— Mais quoi ?

— Je crois que vous deux, vous vous disputiez souvent.

— Nous n'étions pas d'accord sur de nombreux sujets, et alors ? Il n'y a aucun mal à ça.

— Non, bien sûr que non.

— Qu'a-t-il dit d'autre ?

— Écoute, Jackie, je ne suis pas...

— Est-ce qu'il a dit qu'on était instables ? » Elle attrapa les revers de sa veste. « Il a dit ça, ou pas ? »

Il la dévisagea et sonda les yeux de la jeune femme dans l'espoir de comprendre ce qui se passait réellement dans sa tête en cet instant. Ce qu'il y vit, c'était une personne qui commençait à le mettre mal à l'aise. « Il n'a pas utilisé ce mot. Mais, comme tu viens de le dire, il m'a raconté que vous étiez toutes les deux des femmes fortes. Et que parfois, il était...

— Il a dit qu'on pouvait être violentes, c'est ça ? Et qu'il avait peur de nous ?

— Jackie, pourquoi tu ne veux pas me dire comment est morte ta mère ? Desiree a dit que c'était un accident, mais elle n'a pas voulu entrer dans les détails.

— Mon père t'en a parlé, lui ?

— Ouais, un peu.

— Qu'est-ce qu'il a dit ?

— Il a dit que... que ce n'était *peut-être* pas un accident.

— Dis-moi exactement ce qu'il t'a raconté... Allez !

— Il a dit que la vérité pouvait détruire des vies et qu'il était parfois préférable de ne pas la connaître, quelque chose dans ce genre, avoua Archer d'une traite.

— Et qu'as-tu répondu ?

— Selon moi, connaître la vérité, c'est toujours mieux que de l'ignorer. »

Jackie resta silencieuse pendant un long moment. Elle se contentait de regarder droit devant elle, les yeux dans le vague.

« Elle est tombée.

— Tombée ? Comment ?

— De la grange. Du premier étage, là où ils montent les balles avec la poulie jusqu'au grenier à foin. La chute l'a tuée.

— Mon Dieu.

— C'est moi qui l'ai trouvée, murmura Jackie. C'est moi qui ai trouvé le corps. »

Archer la serra dans ses bras. « Je suis vraiment désolé, Jackie. »

Elle le repoussa brusquement. « Je suis passée à autre chose.

— Je doute que l'on puisse totalement passer à autre chose après avoir vécu ça.

— Tu as tort, parce que c'est le cas, en ce qui me concerne. Je... je vais aller m'allonger un peu, maintenant. Je suis fatiguée. » Elle se leva, ramassa son sac à main sur la table basse et lui jeta un jeu de clés. « Pour la Nash. Laisse-les dans la boîte à gants quand tu reviens. »

Il attrapa les clés sans la quitter du regard. « D'accord, Jackie. »

Puis elle disparut dans la chambre à coucher.

Passablement secoué par ce qui venait de se passer, Archer était sur le point de quitter les lieux quand la porte s'ouvrit sur Ernestine. Sa tenue pour aller à l'église était dans les tons charbon et d'un style modeste et sobre. Un petit voile se dépliait devant son chapeau, et ses cheveux étaient de nouveau regroupés en un chignon serré.

Quand elle le vit, seul, au milieu de la pièce, elle inspecta alentour. « Où est Jackie ?

— Elle vient juste d'aller s'allonger un peu. C'était comment, à l'église ?

— Réconfortant. » Elle enleva son chapeau. « Vous voulez un café ? » lui demanda-t-elle.

Il lorgna la bouteille de Rebel Yell.

Elle suivit son regard, lui adressa un sourire résigné puis sortit deux verres qu'elle remplit chacun d'un doigt d'alcool. Elle lui en tendit un. Ils prirent place sur le canapé où ils dégustèrent leur boisson par petites gorgées.

« Est-ce que Dickie Dill est vraiment mort ?

— On ne peut plus mort. C'est pas passé loin. Il a bien failli m'avoir. »

Il fut surpris de constater que ses lèvres tremblaient à l'évocation de ce qui était arrivé. « Je suis tellement contente qu'il n'en ait rien fait. »

Il lui adressa un léger sourire pour calmer son inquiétude.

« Eh, tout va bien, je suis entier. » Il jeta un œil en direction de la chambre. « Est-ce que Jackie vous a parlé un peu ?

— Parlé de quoi ?

— Je ne sais pas. De tout et de rien.

— Elle a eu très peur. Et elle est très reconnaissante de ce que le lieutenant Shaw et vous avez fait pour elle.

— Elle n'a pas parlé de son père, par hasard ?

— Non, pas du tout, non.

— D'accord. Et, euh... elle a dit quelque chose sur moi en particulier ?

— Qu'est-ce qu'elle aurait pu dire ?

— Je ne sais pas, n'importe quoi.

— Elle vous aime bien. Elle est à l'aise avec vous. Elle pense que vous êtes quelqu'un de bien. »

Il acquiesça, légèrement honteux d'avoir essayé de soutirer des informations à la jeune femme.

« Puis-je vous poser une question, Archer ?

— Allez-y.

— Est-ce que vous tenez à Jackie ? Et par là, je veux dire, est-ce que vous l'aimez ? »

Il ne s'était pas attendu à ça.

« Je... euh... eh bien, pour vous dire la vérité, je ne suis pas vraiment sûr de savoir ce qu'est réellement l'amour, Ernestine. Si par là on entend se sentir bien avec quelqu'un, apprécier son physique et vouloir passer son temps à ses côtés, alors là, d'accord. »

Il s'arrêta, baissa les yeux quelques instants puis décida de se lancer. « Mais cela pourrait tout aussi bien s'appliquer à ce que je ressens pour *vous*. »

Une partie de lui voulait continuer d'éviter son regard, mais l'autre partie d'Archer, plus forte, l'obligea à relever la tête pour la fixer droit dans les yeux.

« Je vois, dit-elle, en baissant la tête.

— Je ne voulais pas vous mettre dans l'embarras.

— J'en suis sûr. C'est moi qui *vous* ai mis en premier dans l'embarras avec ma question. Mais vos paroles étaient empreintes d'une grande sincérité.

— Alors, qu'est-ce vous ressentez pour moi ? » demanda-t-il d'une voix posée.

Elle releva la tête pour capter son regard. Elle devait avoir ressenti ce sentiment d'urgence qui émanait de lui, ce besoin impérieux d'avoir une réponse qui s'affichait clairement sur les traits de son visage.

« Moi aussi, j'apprécie votre compagnie, Archer. Beaucoup. Mais peut-être pas exactement de la même manière que vous, vous souhaitez apprécier la mienne. »

Il hocha lentement la tête. « Eh bien, on ne peut pas demander réponse plus claire. »

Ils gardèrent le silence pendant quelques instants, puis Archer déclara : « Jackie veut voir son père chez elle, demain soir. Et elle aimerait beaucoup vous avoir à ses côtés. Je suis sûr qu'elle va vous en parler, mais je voulais vous prévenir.

— De quoi vont-ils parler ?

— De beaucoup de choses. De certains sujets qui ne me sont pas inconnus, et d'autres dont je n'ai aucune idée. Ça ne vous dérange pas ?

— Pas du tout. Si c'est ce qu'elle veut. »

Il finit son verre et se leva. Nerveux, il tripotait le bord de son chapeau.

« Vous vouliez me dire autre chose ? lui demanda-t-elle calmement, droit dans les yeux.

— Mon paternel, Dieu ait son âme, c'était un bon père. Il, euh… il m'a beaucoup défendu quand j'étais petit. J'ai pris du temps à pousser et à prendre du muscle. Ce qui fait que certains gamins, plus grands et plus costauds, me menaient la vie dure. Ils me coinçaient pour me tabasser, ce genre de choses. Mais mon père a toujours été là pour moi. »

Archer leva un poing fermé. « Il m'a appris à me défendre, à me battre.

— Pourquoi est-ce que vous me racontez tout ça ?

— Parfois, mon père allait un peu trop loin, par contre. Une fois, il a passé à tabac deux gamins plus vieux que moi qui m'avaient frappé. La police a été prévenue, et ils sont venus le chercher. Il a failli finir en prison, mais finalement il l'a évitée. En ce temps-là, la situation était très difficile pour tout le monde, les gens étaient facilement sur les nerfs. À l'époque, j'étais furax contre mon vieux. Par rapport à ce qu'il avait fait. Mais ce que j'ai fini par comprendre, c'est qu'il avait fait ça par amour pour moi. Parce qu'il m'aimait. C'était aussi simple que ça. »

Par un réflexe certainement involontaire, Ernestine jeta un regard en direction de sa chambre où était rangé son carnet, avant que ses grands yeux désormais voilés de tristesse ne se reposent à nouveau sur lui.

« Vous comprenez ce que je veux dire ? demanda Archer d'un ton hésitant et inquiet.

— Je pense que je comprends tout à fait ce que vous voulez me dire, Archer », répondit-elle.

Elle le contempla d'un air qu'Archer n'arrivait pas entièrement à cerner. Elle semblait flotter entre l'espoir et le chagrin.

« Tout va bien, Ernestine ?

— Je vais bien, Archer, merci. J'espère que tout va bien finir pour vous.

— Ouais, moi aussi. Bon, alors, à bientôt.

— À bientôt », déclara-t-elle d'un ton définitif, comme si cet adieu était irrévocable, du moins ce fut ainsi qu'Archer l'interpréta.

Il sortit de la maison, troublé par cette impression étrange.

CHAPITRE

35

L'APRÈS-MIDI, ARCHER S'AVENTURA jusqu'au drugstore Rexall avec sa grosse enseigne orange et bleu. Assis au comptoir, il fuma deux Lucky tout en dévorant un sandwich à la bolognaise et au fromage, accompagné d'un gros cornichon et d'une bouteille tiède de Coca-Cola. Il acheta de l'aspirine à l'employé en blouse bleue derrière son comptoir et avala deux pilules qu'il fit descendre avec le reste de sa boisson gazeuse. Perdu dans ses pensées, il observa une jeune femme élancée en salopette rouge foncé remplir un présentoir métallique de magazines *Life* et *Time,* à côté d'une étagère qui proposait des articles de toilette.

Après avoir fini son repas, Archer se glissa dans la cabine téléphonique adjacente au comptoir où il venait de déjeuner, chercha le numéro dans un annuaire accroché à une chaîne, puis inséra une pièce de 5 cents dans la fente et le composa. Pas question d'arriver à l'improviste chez un homme qui venait vous accueillir à sa porte un fusil à la main. Tandis qu'il faisait tourner du doigt le cadran rotatif et qu'il écoutait ses cliquetis familiers, il réfléchit à ce qu'il allait dire. Il décida qu'il valait mieux être clair et concis. On décrocha, mais ce ne fut pas Tuttle, mais Desiree, sa secrétaire, qui répondit. La conversation fut bien plus plaisante que si cela avait été Tuttle à l'autre bout du fil.

Plus tard, sous un vaste ciel bleu, Archer poussa à pleine vitesse la Nash sur la route qui le menait chez Lucas Tuttle. La grosse voiture encombrante se conduisait bien et avait de la puissance en réserve, comme la Buick de Shaw. Archer n'avait plus conduit de voiture depuis des années avant de prendre le volant de la Buick. Pour des raisons évidentes, la direction de la prison ne jugeait pas raisonnable de permettre aux détenus de conduire des machines agricoles ou autres engins motorisés.

Il se sentait libre, sans entrave et au fond de lui, il évoqua la possibilité de filer avec la Nash jusqu'en Californie où, lui avait-on dit, le travail ne manquait pas, avec une météo toujours clémente et des femmes ressemblant toutes à Rita Hayworth. Puis l'image d'Irving Shaw, sa moustache fine comme un petit ruban, son infatigable soif de vérité, lui revint en tête, et Archer eut honte d'avoir ne serait-ce qu'envisagé cette fuite. Désormais, il voulait découvrir la vérité autant que le policier.

Il tourna à la boîte aux lettres, ne ralentissant pas l'allure avant de prendre à droite un peu plus loin, puis il vint se garer quelques instants plus tard devant la maison bien propre.

Il sortit de la voiture et observa autour de lui. Il se dit que Jackie avait dû y vivre une expérience horrible pour tourner le dos à tout ça et se maquer avec un type comme Hank Pittleman. Archer se fichait de savoir à quel point il était riche. Il avait abandonné son épouse et préféré une femme plus jeune parce que Marjorie avait eu l'audace de prendre de l'âge. Sauf que voilà, Pittleman avait vieilli, lui aussi. Pour Archer, qui n'avait jamais franchi le grand pas du mariage, c'était pour la vie, pour le meilleur et pour le pire, dans la joie comme dans le malheur. On ne pouvait pas se réveiller un beau jour et décider qu'on en avait plus qu'assez d'un ou une partenaire aux rides ou aux kilos en trop.

C'est peut-être pour ça que je ne me suis jamais casé. J'ai peut-être peur de ne pas être capable de respecter mes vœux.

Il mit son chapeau, l'abaissa à l'angle idoine et avança jusqu'à la porte d'entrée.

Après avoir frappé deux coups, il s'attendit à voir le Remington et ses deux canons superposés emplir son champ de vision. Il se prépara même mentalement à cette éventualité, mais cela ne fut pas nécessaire.

Habillée d'une jupe gris foncé, d'une veste à trois boutons sur un chemisier pâle et de talons hauts adaptés à sa fonction, Desiree Lankford l'accueillit.

« Bonjour, monsieur Archer, dit-elle. Vous êtes ponctuel. C'est par ici. »

Elle le précéda dans un couloir au sol recouvert de dalles en terre cuite d'une soixantaine de centimètres de côté. Ses yeux se promenaient sur l'intérieur de la maison et, encore une fois, il remarqua les vieilles poutres qui soutenaient le plafond et les murs épais recouverts d'une couche de plâtre. Cet intérieur sentait le feu de bois, les années qui passaient.

« Vous vivez ici ? demanda Archer.

— Non, mais j'habite tout près. En fait, je m'apprêtais à partir. J'espère que votre entrevue se passera bien. »

Desiree le mena devant une porte qu'elle ouvrit.

Archer entra et elle ferma derrière lui. La cadence ferme de sa foulée se fit entendre jusqu'à ce qu'elle eût fini de remonter le couloir. Il se retrouvait maintenant dans une grande pièce ; remplie de meubles chaleureux et confortables, elle avait été organisée en une sorte de bureau, avec des étagères remplies de livres et de documents divers, une grande balance dans un coin et une carte de la région où l'on avait planté des petites punaises. Une crédence avait été installée contre un mur. Posés dessus, un seau à glace accompagné de sa cuillère devant une rangée de bouteilles de spiritueux et des verres en cristal. Rien que de voir ça, Archer eut la gorge sèche.

Derrière le bureau, une cheminée en pierres faites de gros blocs bosselés gris et marron montait jusqu'au plafond. Juste à côté, une plante verte luxuriante à larges feuilles sur un support en bois. Dans un autre coin de la pièce, un coffre-fort Mosler vert chasseur de près de deux mètres de haut avec un cadenas à combinaison argenté et une manivelle assortie. Fumées de cigare et de pipe se mêlaient allégrement dans l'atmosphère qu'Archer respirait, ce qui lui donna méchamment envie de s'allumer une Lucky Strike.

Sur une console près de l'entrée, deux revolvers : un calibre 38 Long Colt double action à canon de quatre-vingt-dix millimètres et un Smith & Wesson calibre 32, sans chien externe, à canon de soixante millimètres. Il constata que les deux barillets étaient complètement chargés.

Lucas Tuttle se trouvait derrière un énorme bureau de la taille d'une table à manger, recouvert de documents, devant la cheminée massive. Les yeux verts au centre de son visage se redressèrent et vinrent se planter sur leur cible. Il tenait dans la main ce qui ressemblait au combiné d'un téléphone, sauf que celui-ci était relié par un câble entortillé à un drôle de petit appareil.

« Alors, comme ça, vous demandez à me voir, hein ? Je me demande pourquoi ? » demanda Tuttle qui se pencha pour s'emparer de son Remington sous le bureau afin de le poser devant lui, en prenant soin de pointer son canon vers Archer.

Archer enleva son chapeau et s'avança. « Je vous avais assuré que j'y travaillais. Et comme vous l'avez dit au lieutenant Shaw, vous m'avez fait confiance pour mener cette affaire à bien. »

Les yeux de Tuttle indiquèrent une chaise avec un dossier en bois dont les rebords du rembourrage de l'assise étaient sertis de grosses têtes de clous. Il s'assit en faisant attention de ne pas se placer directement en face du canon du Remington, quand bien même cela ne ferait pas une grande différence, vu la portée du fusil de chasse. Il croisa les jambes et posa son chapeau sur son genou.

Alors qu'Archer fixait les deux canons, il crut distinguer la présence dans l'un d'eux de quelque chose de blanc.

« Archer, vous êtes là ou vous êtes saoul ? »

Il releva la tête et vit que Tuttle l'observait.

« C'est quoi, ça ? demanda Archer en montrant du doigt ce que Tuttle tenait à la main.

— On appelle ça un dictaphone. Ça enregistre ma voix. Je peux parler dedans et Desiree peut ensuite taper à la machine ce que j'ai dit. » Il reposa le combiné du dictaphone. « Le lieutenant-détective a-t-il avancé dans son enquête sur l'identité du tueur de Pittleman ?

— Non, mais ce n'est pas faute d'essayer. Il est doué. Il va y arriver. »

Tuttle secoua la tête. Il n'avait pas l'air convaincu. « Je ne partage pas votre confiance. Évidemment, je ne fraye pas avec les forces de l'ordre.

— Ce qui fait de vous un homme avisé, seulement parfois, vous ne pouvez pas faire autrement que de les fréquenter. »

Archer n'en dit pas plus et contempla avec insistance le vieil homme.

« Eh bien ? demanda Tuttle. Vous avez appelé pour dire que vous vouliez me voir. Je suis quelqu'un de très occupé, alors allons-y, fils.

— Deux hommes ont essayé de tuer Jackie samedi soir. »

Tuttle se leva à moitié de son fauteuil. « Quoi ? Est-ce qu'elle...

— Elle va bien. L'un d'eux était Malcolm Draper. Il travaillait pour Hank Pittleman. L'autre était un ancien détenu du nom de Dickie Dill qui travaillait à l'abattoir. »

Les yeux de Tuttle s'étrécirent. « Pourquoi quelqu'un qui travaille pour Pittleman voudrait voir Jackie morte ?

— En tout cas, ça n'a pas pu être sur ordre de Pittleman, vu que lui était déjà mort.

— Vous sous-entendez que Marjorie pourrait être responsable ? Je n'y crois pas un instant.

— Jackie *fréquentait* son mari, quand même.

— Tout le monde était au courant, y compris Marjorie.

— Ça ne veut pas dire que ça lui plaisait pour autant.

— Je vous l'ai déjà expliqué, je suis certain que ça la dérangeait, mais Hank contrôlait l'argent. Sans lui, elle n'aurait jamais pu vivre dans sa grande maison.

— C'est vrai. » Sur ce, Archer marqua une pause, repensant à ce conseil distillé par Shaw sur la divulgation d'informations sensibles. Un bon détective devait avoir une bonne raison de s'y résoudre.

« En réalité, Pittleman avait une tumeur au cerveau. Il était mourant et avait une belle collection de dettes de jeu. Il n'avait presque plus de fonds. »

Il s'arrêta là et observa Tuttle avec attention pour analyser sa réaction.

Tuttle se redressa dans son fauteuil. « Mais c'était un homme riche, rétorqua-t-il. Le plus riche de la région. Comment est-ce possible ?

— Vous n'êtes pas riche si vous dépensez plus d'argent que vous n'en avez. Et ça, c'est pareil pour tout le monde. »

Tuttle se renfonça dans son fauteuil. « Je ne peux que m'incliner devant cette logique. Qu'est-ce que tout cela a à voir avec notre entretien ?

— Pittleman est mort. Considérez-vous que votre dette envers lui s'est éteinte ? »

Tuttle secoua la tête. « Non, je ne vois pas la situation comme ça. Marjorie Pittleman devient la bénéficiaire du paiement de la dette. Et si je me fie à ce que vous venez de m'exposer, elle aura certainement besoin de cet argent.

— Lui avez-vous parlé de cette dette quand vous êtes allé la voir ? »

Tuttle dévisagea Archer comme s'il lui manquait une case.

« Bonté divine, mon garçon ! Je ne parle pas argent avec une femme. Elles n'ont pas le sens des affaires. Il ne fait aucun doute que Marjorie n'en a aucun, en tout cas. Comme je vous l'ai dit, je suis allé lui présenter mes condoléances, rien de plus.

— Hank Pittleman n'étant plus de ce monde, le problème avec votre fille a lui aussi disparu.

— Vous avez réussi à la convaincre de revenir à la maison ? demanda Tuttle avec empressement.

— Non, pas exactement. »

Tuttle fronça les sourcils. « Alors, qu'est-ce que vous êtes venu faire ici, hormis me faire perdre mon temps ? »

Archer ne le quitta pas des yeux. « Et si j'arrivais à convaincre Jackie de vous rencontrer, pour que vous puissiez mettre les choses à plat ? Comme ça, vous lui dites ce que vous avez à lui dire. Si j'arrivais à mettre ça en place, est-ce que cela vous suffirait pour rembourser la dette *et* me donner ma commission ? »

Les yeux verts brûlaient de curiosité. « Vous êtes sérieux, à propos de ce rendez-vous entre elle et moi ?

— Tout d'abord, est-ce qu'on est d'accord sur ces termes ? Cela répondrait-il à vos conditions pour honorer votre dette et me régler mes frais ? »

Tuttle réfléchit quelques instants avant d'acquiescer.

« Marché conclu.

— Parfait. Elle vous attend à 21 heures ce soir. Chez elle. »

Tuttle le dévisagea de surprise. « Vraiment ? Et où se trouve sa maison ?

— Au 27, Eldorado Street. »

Tuttle nota l'adresse sur une feuille et releva la tête vers Archer. « Vous saviez depuis le début qu'elle était d'accord pour me voir ? Vous auriez pu me le dire tout de suite !

— Je voulais *d'abord* m'assurer que vous accepteriez les termes de notre marché. »

Tuttle le considéra sous un jour nouveau. « Vous pourriez réussir facilement dans les affaires, Archer.

— Commençons ma carrière avec celle-ci, dans ce cas. »

Archer sortit la reconnaissance de dette. « J'ai amené les documents avec moi. Ils ont autant de valeur que de l'argent liquide, c'est ce que Pittleman m'a dit. Donnez-moi les cinq mille dollars plus les intérêts et mes deux cents dollars, en échange vous obtenez ces papiers et le rendez-vous avec Jackie. »

Tuttle prit son temps pour se lever de son bureau. Archer le suivit du regard tout en gardant un œil sur le Remington. Juste au cas où.

Tuttle alla se poster devant le coffre Mosler, tourna le cadran de la serrure dans un sens puis dans l'autre, fit basculer la manivelle, actionna le levier vers le haut et la lourde porte en acier s'ouvrit doucement. Archer se leva pour disposer d'une meilleure vue. Les entrailles du coffre recelaient des billets et des pièces rangés en petit tas, des petits sachets en tissu fermés par des cordelettes, des piles de documents qui ressemblaient à des actions et des obligations ainsi qu'une bonne réserve de lingots d'or. Tout ce que l'on pourrait s'attendre à trouver dans le coffre-fort d'une vraie banque, en somme. Archer se dit qu'il ne verrait jamais dans sa vie plus de richesses réunies au même endroit.

« Dieu tout-puissant », lâcha Archer, qu'il ponctua d'un sifflement admiratif.

Tuttle pivota et ne manqua pas de noter l'émerveillement qui se lisait sur le visage de son visiteur. « Il faut travailler dur pour obtenir ce genre de choses, Archer.

— Je n'ai jamais pensé le contraire, monsieur Tuttle. »

Il referma le coffre et revint derrière son bureau avec une liasse de billets, tandis qu'Archer se rasseyait à son tour.

« J'ai calculé le montant des intérêts à mille cinq cents dollars. C'est tout à fait équitable. Ne manquez pas de le dire à Marjorie.

— Je le ferai. Si vous le permettez, j'aurais une question. Avec tout cet argent que vous gardez dans ce coffre, pourquoi aviez-vous eu besoin de contracter un prêt auprès de Pittleman ? »

Tuttle désigna le Mosler du doigt. « Quand j'ai contracté ce prêt, Archer, ce coffre était vide.

— Qu'est-ce qui a changé depuis, dans ce cas ? »

Il montra ensuite la carte parsemée d'une multitude de punaises accrochées aux murs. « Ce qui a changé, c'est qu'on a trouvé du pétrole sous mes terres. Deux des plus importantes compagnies pétrolières du pays sont en ce moment même en train de réfléchir à la meilleure façon de le faire remonter à la surface. Et le contenu de ce coffre reflète la valeur de l'intérêt porté par ces compagnies. Il va encore plus se remplir car comme Hank Pittleman, je ne suis pas tendre en affaires.

— Vous étiez donc proche de la faillite ?

— Six années de sécheresse consécutive, Archer, ça vous met au défi n'importe quel fermier, et peu importe son degré de compétence. J'ai bien failli tout y laisser. Le pétrole, c'est la seule chose qui m'a sauvé. Cela s'est joué à rien. À un ou deux mois près, cette maison et mes terres m'auraient été enlevées. Les discussions étaient déjà engagées avec les compagnies pétrolières *avant* que je ne contracte ce prêt, mais ils n'avaient pas encore reçu les rapports de forage qu'ils avaient demandés, et j'avais besoin des fonds de Pittleman pour continuer à faire tourner la boutique, payer les salaires, les factures. Dans ce bas monde, la bonne opportunité au bon moment, c'est ce qu'il y a de plus important !

— Pittleman possédait aussi la banque. Pourquoi n'avez-vous pas conclu un marché avec eux, tout simplement ?

— C'est ce que j'aurais préféré faire, mais les employés de la banque de Pittleman ont refusé de m'accorder un prêt. Sur ses ordres, j'en suis certain. Vous comprenez, il peut exiger des intérêts bien plus élevés si c'est lui le prêteur. De plus, je pense qu'il aimait bien ça, que je sois obligé de le solliciter personnellement pour assurer ma survie financière. C'était ce genre d'homme. Rien ne lui plaisait plus que de mettre les autres sous pression.

— Oui, je peux en témoigner.

— Les rapports de forage furent encore plus prometteurs que ce que quiconque avait imaginé. J'ai donc signé un contrat avec les compagnies pétrolières et reçu des avances. Étant un homme d'affaires avisé, j'ai immédiatement diversifié mes investissements avec des actions, des obligations, de la poudre d'or que vous avez vue dans ces petits sacs, ainsi que de l'espèce et des pièces rares.

— Et des lingots d'or, ajouta Archer. Et vous voilà de nouveau riche. Votre fille est au courant ?

— Les compagnies pétrolières ne peuvent pas vraiment agir en toute discrétion sur un domaine tel que le mien et dans cette région. Mais personne ne sait que les rapports sont revenus favorables. J'apprécierais beaucoup que vous n'en parliez à personne, et donc pas à Jackie.

— D'accord.

— Vous comprenez, je ne voudrais pas que ma fille revienne à mes côtés uniquement parce qu'elle est persuadée que je suis à nouveau riche. J'espère que vous pouvez le comprendre.

— Si j'avais une fille, je pense que je ressentirais la même chose. »

Tuttle frappa son bureau du plat de la main. « Bon Dieu, des fois je me dis que ce diable l'a hypnotisée, ou quelque chose dans le genre.

— Je ne sais pas quoi vous dire. » Il reluquait l'enveloppe que Tuttle tenait dans son autre main. L'argent qu'il avait retiré du coffre s'y trouvait. « Vous n'avez pas oublié d'y ajouter mes deux cents dollars, n'est-ce pas ?

— En fait, j'y ai mis trois cents dollars, Archer. »

Archer écarquilla les yeux sous le coup de la surprise.

« Pourquoi ? Nous nous étions mis d'accord sur deux cents.

— Parce que je n'ai jamais vraiment cru que vous mèneriez votre mission à bien. Et aussi parce que j'aime récompenser les prestations d'exception.

— Jackie n'a pas encore dit qu'elle voulait bien revenir à la maison.

— Je sais, mais vous m'avez donné l'opportunité de lui faire entendre raison, et ça me suffit. »

Les deux hommes procédèrent à l'échange de l'argent liquide contre la reconnaissance de dette. Tuttle sortit une allumette d'une boîte posée sur son bureau, l'alluma et lui fit effleurer le bord des documents. Les deux hommes observèrent en silence les documents s'enflammer, puis Tuttle se débarrassa de ce brasier dans l'âtre derrière lui.

« Je pense qu'on en a fini, Archer. J'ai du travail, ajouta-t-il. Si vous voyez Jackie, dites-lui que je serai au 27 d'Eldorado Street à neuf heures ce soir, sans faute.

— Je n'y manquerai pas. »

Archer sortit de la maison, descendit les marches du porche et observa les alentours.

Il distingua au loin un tourbillon de poussière qui se rapprochait de lui, qui s'avéra être soulevé par un tracteur. L'homme au volant de l'engin se dirigeait vers la grange dressée à une centaine de mètres derrière la maison. Archer se retourna pour vérifier que personne ne l'épiait depuis la maison puis il se dirigea vers la grange.

« Bien le bonjour ! » lança-t-il une fois à portée de voix. L'homme qui avait entretemps garé son tracteur John Deere vérifiait son moteur.

C'était le même homme qu'il avait vu au volant de la voiture de Tuttle, cette fois-ci, sans son uniforme, mais avec un jean sale, une chemise à carreaux et un chapeau de paille ceint d'une bande de tissu blanc et des bottes usées et poussiéreuses. Ses manches de chemise retroussées révélaient des masses de muscles saillantes alors qu'il faisait tourner un écrou à l'aide d'une longue clé à molette.

L'homme releva la tête, posa sa clé, enleva son chapeau et s'essuya le front avec un chiffon taché de graisse qu'il prit sur le capot du tracteur.

« Bien le bonjour à vous aussi.

— C'était vous au volant de la Cadillac, l'autre jour.

— Pour sûr.

— Belle bagnole.

— Ça oui, elle est belle. Vous êtes Archer, pas vrai ?

— Yep. Je sors juste de chez M. Tuttle. » Il lui tendit la main. « Bobby, c'est bien ça ?

— C'est ça. Bobby Kent. Ravi de faire votre connaissance, Archer. »

Les deux hommes se serrèrent la main.

« Voilà une sacrée exploitation, dites-moi, nota Archer.

— Ouais, mais depuis une demi-douzaine d'années, ça a été un vrai merdier à gérer. Pas assez de pluie, loin de là.

— J'ai cru comprendre que ça va mieux, maintenant. » Il adressa à Kent un regard complice.

« Vous voulez parler du pétrole ?

— Je ne savais pas si vous étiez au courant.

— Ça fait dix mois maintenant que je fais faire le tour du propriétaire à ces gars du Texas. Ils creusent un trou quelque part, ils font leurs tests et leurs mesures, puis ils creusent un autre trou quinze mètres plus loin et ils recommencent. Ça me rend fou. Donnez-moi un tracteur et des champs à cultiver pour occuper mes journées, et je serai le plus heureux des hommes.

— En tout cas, ça a payé pour M. Tuttle.

— Ouais, j'imagine.

— Vous bossez ici depuis combien de temps ?

— Bon sang, ça doit faire au moins quinze ans.

— Donc vous avez connu Isabel et Jackie ? »

Kent remit son chapeau et hocha la tête, son visage s'assombrissant. « Pour sûr. Elles sont toutes les deux parties, maintenant. Isabel est morte et Jackie a filé, oh, il y a de ça un an. Ouais, un an qu'elles ne sont plus là toutes les deux.

— C'était un accident, à ce qu'on m'a dit ? »

Kent se tourna et montra du doigt les portes destinées aux balles de foin au premier étage de la grange. « C'est arrivé juste là. Elle est tombée et s'est empalée sur le cône relevé d'une moissonneuse. C'était vraiment horrible. Il y avait du sang partout. »

Archer repensa à la machine qu'il avait vue lors d'une précédente visite, quand il s'était infiltré dans l'un des bâtiments à la recherche de la Cadillac.

« C'était une Allis-Chalmers ? » tenta-t-il.

Kent, surpris, le dévisagea. « Oui. Vous êtes fermier ?

— J'ai touché à pas mal de choses, depuis le temps. »

Il se demanda pourquoi Jackie n'avait pas ajouté ce détail dans son récit de la mort de sa mère, mais encore une fois, quelle différence ? Peu importaient les circonstances exactes, elle ne reviendrait pas à la vie.

« Qui l'a trouvée ? » Il se rappelait très bien ce que Jackie lui avait raconté mais, se souvenant de la méthode de travail de Shaw, il voulait une *corroboration* des faits.

Le visage de Kent se tordit d'écœurement. « C'est cette pauvre Jackie qui l'a trouvée. »

Archer observa la grange. Il s'imaginait la fille découvrant le cadavre ensanglanté de sa mère.

« C'est peut-être pour ça qu'elle est partie, hein ? demanda Archer en reportant son attention sur Kent.

— P'tête bien. Elle aimait sa mère. Tout ce que j'peux dire, c'est qu'elle est partie pas longtemps après.

— M. Tuttle l'a plutôt mal pris, d'après ce que j'ai compris. Et il voudrait bien que sa fille revienne à la maison.

— J'pourrais pas dire. J'suis pas au courant.

— OK. Écoutez, ravi d'avoir discuté avec vous.

— À la revoyure, Archer. »

Archer revint sur ses pas, grimpa dans la Nash et s'en alla.

Il pouvait sentir la bosse de la liasse de billets dans sa poche. Une sensation très agréable. Cependant, le drame de Jackie et sa mère le rendit triste, de façon assez inexplicable, étant donné qu'il n'avait jamais rencontré Isabel et qu'il connaissait à peine sa fille.

Et pourtant, il y avait une explication très simple à cette réaction.

UNE BONNE ACTION

T'es peut-être un ancien taulard, Archer, mais t'as gardé ton cœur, malgré la guerre et la prison. Et ça, c'est pas rien. Même si ça tourne mal, ne fais pas le modeste et ne l'oublie pas.

CHAPITRE

36

IL NE TRAÎNA PAS EN ROUTE pour rentrer à Poca City. C'était tellement bon et libérateur de sentir le vent s'engouffrer par les fenêtres ouvertes. Il n'aurait pas pu se sentir plus loin de la prison de Carderock, tout en restant sur la terre ferme, songea-t-il. Il déposa la Nash à son garage sur Fulsome et laissa les clés dans la boîte à gants, ainsi que Jackie le lui avait demandé.

Sous la chaleur du soleil couchant, il s'interrogea sur sa situation actuelle et s'émerveilla de la façon dont il avait enfin réussi à arracher une victoire d'une situation vouée à l'échec. Que ça faisait du bien. Il y avait une personne en particulier à qui il devait annoncer la nouvelle.

Jackie vint ouvrir la porte de la maison d'Ernestine, vêtue d'un pantalon blanc à fermeture Éclair et d'un chemisier bleu clair à manches courtes. Une barrette retenait en arrière la mèche qu'elle laissait d'habitude retomber. Elle était pieds nus. De la fébrilité mêlée d'inquiétude se lisait sur ses traits fins et délicats. « Alors ? Comment ça s'est passé ? »

Il sortit l'enveloppe renfermant la liasse de billets. « Ton paternel a réglé sa dette dans sa totalité. Sans oublier *trois* cents dollars pour moi, au lieu des deux cents prévus », ajouta-t-il avec un sourire satisfait.

Elle le serra fort contre lui puis se dressa sur la pointe des pieds pour lui donner un baiser de félicitations tandis qu'il enlevait son chapeau.

« Ça mérite un toast », annonça-t-elle après que ses talons touchèrent de nouveau terre.

Elle remplit deux verres avec la bouteille de Rebel qu'elle prit sur le buffet. Ils s'assirent, trinquèrent en faisant tinter leurs verres, puis burent chacun une gorgée.

« J'ai parlé à un des employés de ton père, aujourd'hui. Bobby Kent.

— Bobby travaille là-bas depuis longtemps. C'est quelqu'un de bien.

— Il, euh, il m'a parlé de la moissonneuse. »

Il se sentit stupide dès que sa bouche se referma sur le dernier mot de sa phrase.

D'une satisfaction évidente, l'expression de Jackie devint neutre pour finalement afficher une sévère désapprobation. « Tu es allé là-bas récupérer le paiement d'une dette ou pour poser des questions indiscrètes sur ma famille et moi ?

— Je... C'était idiot. Je suis désolé. Je ne sais pas vraiment à quoi je pensais. »

Il prit une gorgée de son verre et se perdit dans ses pensées.

À nouveau, elle lui adressa un regard qui en disait long. « Il y a autre chose que tu veux me dire, mais tu ne trouves pas le courage de te lancer, je me trompe ?

— J'en sais rien.

— Si, tu le sais très bien, Archer. Tu es le genre d'homme qui est toujours sûr de lui. Tu as fini ton verre ?

— Je suppose, oui. »

Elle lui arracha des mains et se leva. « Bon, t'as touché l'argent, donc au revoir.

— En fait, j'avais espéré que tu le prennes pour le donner à Marjorie. Je l'ai rencontrée deux, trois fois, mais je ne la connais pas vraiment. »

Elle le dévisagea, incrédule. « Tu penses vraiment qu'elle sera contente de me voir ?

— Avec six mille cinq cents dollars pour enterrer la hache de guerre, ça devrait aller, non ? »

Elle le fixa pendant un moment si long qu'il en fut mal à l'aise, puis elle tendit la main pour saisir l'enveloppe. Il lui donna. « Je veux bien m'en charger à la condition que tu m'accompagnes.

— Pourquoi ?

— Parce que c'est ton boulot, Archer, pas le mien. Je ne touche pas un sou dans cette histoire. Si tu n'as toujours pas compris, maintenant que Hank n'est plus là, je n'ai plus rien. »

Il hésita à révéler à Jackie le revirement récent de la situation financière de son père, mais il se ravisa aussitôt. Il avait promis à Tuttle de ne rien dire, et il suspectait Jackie de prendre une décision mal avisée sur son retour chez son père si elle savait les richesses qui l'attendaient là-bas. Il ne connaissait pas Lucas Tuttle, mais Archer nourrissait déjà suffisamment d'appréhensions à son sujet, au point qu'il ne voulait pas voir Jackie retourner vivre à ses côtés.

« Je peux te donner une partie de ma paye.

— Je n'accepte pas la charité, Archer, qu'elle vienne de toi ou de n'importe quel autre homme.

— Ce ne serait pas par charité. »

Elle posa une main sur sa hanche. « Ce serait pour quoi, alors ? Je ne suis pas une traînée non plus. À moins que tu ne penses le contraire ?

— Bien sûr que non. Ça ne m'a jamais traversé l'esprit.

— Oh que si. Ne mens pas. Je suis prête à accepter beaucoup de choses de la part d'un homme, tu en as été témoin. Mais je ne tolère pas les mensonges. Ça, c'est hors de question.

— C'est toi qui t'es comparée à un “bien meuble”, pas moi.

— Et moi, je n'arrive pas à croire comment quelqu'un qui a fait deux putains d'années d'université puisse être aussi con.

— Mais bordel, comment on est passé d'une célébration à ça, je me demande ? demanda Archer, totalement perplexe. C'est un mystère complet, vraiment.

— Un mystère ? Je vois ça comme une discussion sérieuse entre un homme et une femme à propos de choses importantes. Mais je ne vais pas t'embêter plus longtemps avec ça. » Elle ouvrit l'enveloppe et en retira ses trois cents dollars qu'elle lui tendit.

Il ne fit aucun mouvement pour s'en saisir.

« Archer, tu les as gagnés. Prends ce foutu pognon. »

Il glissa les billets dans la poche intérieure de sa veste.

Après avoir mis l'enveloppe et le reste de l'argent dans sa poche, elle se rassit et lui versa un autre verre qu'elle lui tendit.

Dérouté par les changements d'humeur de la jeune femme, Archer décida qu'une accalmie dans leurs échanges pourrait être bénéfique.

« T'as une clope ? lui demanda-t-il.

— Des Chesterfield.

— Ça ira. »

Elle lui passa une cigarette. Il mit sa main en coupe autour des siennes tandis qu'elle lui allumait.

Elle déposa l'allumette cramée dans un cendrier sur la table basse devant eux et le regarda souffler de la fumée par un coin de la bouche. Finalement, Jackie se sortit une cigarette de son paquet et se l'alluma.

« Qu'as-tu appris d'autre chez mon père, aujourd'hui ?

— Il croit que Hank Pittleman t'a hypnotisée, ou quelque chose dans le genre. » Archer retira la cigarette d'entre ses lèvres. « Il t'a *vraiment* hypnotisée, ou quelque chose dans le genre ?

— Mais oui, Archer, tape dans tes mains en rythme et tu vas voir, je vais me mettre par terre et aboyer comme un petit chien.

— C'est un non, donc.

— Ça te manque, l'armée ? »

Cette question soudaine le surprit à lui en décrocher la mâchoire. « T'essayes d'être drôle ?

— Non. Je suis on ne peut plus sérieuse.

— En quoi ça t'intéresse ?

— Tu te rappelles que je suis diplômée en psychologie ? J'aime bien comprendre les gens.

— Tu m'as dit que j'étais quelqu'un de compliqué à lire, même si je ne pense pas l'être.

— Les gens complexes pensent qu'ils ne le sont pas, Archer. Ceux qui n'ont aucune épaisseur pensent au contraire que tout ce qu'ils font, tout ce qu'ils disent, a une signification profonde. En général, les hommes s'évertuent surtout à trouver le meilleur moyen de mettre une femme dans leur lit.

— Je peux plaider coupable sur ce point, je ne m'en cache pas.

— Mais ce n'est pas la seule chose qui te pousse. Et de loin. Alors, l'armée ? Ça te manque ?

— Tu penses franchement que j'aurais voulu continuer de passer mes jours et mes nuits à tuer ou frôler la mort ? »

Elle exhala un peu de fumée avant de répondre : « Tu faisais partie de quelque chose, Archer. Quelque chose de grand, d'important. Et maintenant ? demanda-t-elle en haussant les épaules. Qu'est-ce que tu as, franchement ? Tous les deux, qu'est-ce que nous avons ?

— Je sors juste de prison. Laisse-moi un peu de temps. Je compte bien faire quelque chose de ma vie.

— Ça devait être plaisant, de faire partie d'un tout.

— Je n'y ai pas forcément réfléchi à l'époque. Et quand je suis rentré, j'avais d'autres choses en tête. J'ai dû rater le moment où il fallait que je cogite là-dessus.

— J'aimerais bien faire partie d'un tout. Avoir un dessein plus grand, plus important que celui de ma petite personne.

— Si ça t'arrive un jour, espérons que ça n'ait rien à voir avec une foutue guerre.

— Qu'est-ce que tu vas faire, maintenant ?

— Il faut que je trouve du travail.

— Pourquoi tu n'irais pas voir mon père ? »

Archer y réfléchit en finissant sa Chesterfield. « Il m'a payé cent dollars de plus que prévu, c'est vrai. Il a dû apprécier ce que j'ai fait pour lui. »

Jackie fit tomber sa cendre dans le cendrier et hocha la tête.

« C'est un homme difficile à contenter, j'en sais quelque chose.

— Selon toi, je devrais retourner le voir et lui demander du boulot ?

— Tu as d'autres projets en vue ?

— Shaw me refile quelques dollars en échange de mon aide sur l'enquête.

— Vraiment ? C'est légal, ça ? Tu ne fais pas partie de la police. Et c'est toi-même qui m'as dit qu'il te comptait parmi les suspects.

— Dieu merci, il n'est plus de cet avis. Mais il pense que j'ai toutes les qualités d'un bon détective privé.

— C'est ce que tu veux faire de ta vie ?

— Comment je pourrais le savoir, bordel ? Qui sait ce qu'il a envie de faire de sa vie après que le monde entier ait sombré dans la guerre, que tout se soit cassé la gueule ? Et *toi*, qu'est-ce que tu veux faire de ta vie ? »

Elle ne répondit pas tout de suite. Elle tira une ultime bouffée sur sa cigarette, l'écrasa, finit son Rebel Yell et le fixa.

« Je veux juste être heureuse, Archer. Les jours passent, et j'ai l'impression que c'est encore trop demander. »

CHAPITRE

37

ARCHER SOUHAITA BONNE CHANCE à Jackie pour son rendez-vous le soir même avec son père, puis retourna dans le centre de Poca City où il fit une halte au Checkered Past pour dîner. Il fit ensuite un autre bref détour avant de rentrer au Derby, un sac en papier à la main. Il avait récupéré ses affaires chez Ernestine et grâce à sa richesse nouvellement acquise, il put reprendre son ancienne chambre d'hôtel. Il emprunta l'escalier pour rejoindre la 610, jeta son chapeau sur le lit, accrocha ses vêtements de rechange puis sortit du sac en papier la bouteille de bourbon et un paquet tout neuf de Lucky Strike. Shaw lui ayant confisqué ses verres, Archer s'assit sur une chaise, posa les talons de ses nouvelles chaussures sur le bord de la fenêtre après avoir ouvert celle-ci et but directement à la bouteille.

Il s'alluma une cigarette et souffla sa fumée par la fenêtre ouverte. De temps à autre, il déposait la cendre sur le rebord. Après la première cigarette, il s'en alluma une autre qu'il fuma en entier. Vers 20 heures, alors que la lumière ambiante faiblissait, un événement survint, quelque chose dont Archer n'avait jusque-là jamais été témoin depuis son arrivée. Un orage contre-nature se forma au-dessus de la ville. Dans le ciel s'amassèrent des nuages difformes et sombres, et le vent violent gagna en puissance. Quelques instants plus tard, les cieux s'ouvrirent et la pluie se déversa avec force, obligeant les quelques passants encore dans les rues à courir se mettre à l'abri. Un éclair illumina le panorama, le tonnerre claqua et gronda. Et cela continua ainsi, encore et encore… Archer, assis devant sa fenêtre, assista au spectacle de Dame Nature se déchaînant sur Poca City et ses habitants. Comme si elle s'était retenue tout ce temps, emmagasinant de l'énergie le plus longtemps possible pour la libérer à ce moment précis.

Il était incapable d'évaluer la quantité d'alcool ingurgitée ou de dire à quel moment il s'était endormi sur sa chaise. Il se rappelait avoir consulté sa montre à un moment donné, vers 21 heures. Il se souvenait aussi avoir espéré que le rendez-vous entre le père et la fille se déroule sans accroc. Il avait chatouillé l'idée d'aller s'en rendre compte par lui-même, mais si Jackie l'avait repéré, cela n'aurait rien donné de bon.

Il se réveilla bien plus tard à cause du martèlement sourd sur la porte de sa chambre. Sauf que celui-ci n'avait pas pour origine l'orage qui sévissait toujours avec autant d'intensité que la veille au soir. Ses yeux s'ouvrirent d'un coup, ses pieds touchèrent le sol et il examina autour de lui, désorienté. Il faisait complètement noir dehors désormais, mais une faible lueur commençait à pointer. Il vérifia sa montre tandis que l'on continuait de tambouriner à sa porte. 5 heures du matin.

« Archer ? appela une voix. Je sais que t'es là. Ouvre cette putain de porte ou je l'enfonce. »

Irving Shaw.

Archer grogna, se frotta la tête puis les yeux, tituba jusqu'à la porte et l'ouvrit.

« Que puis-je pour vous, monsieur Shaw ? » demanda Archer d'une voix pâteuse.

Le flic avait la mine encore plus maussade qu'à son habitude. Ce qui en disait long, songea-t-il.

Archer se mit au garde-à-vous. « Qu'est-ce qui vous arrive ? »

Il jeta un œil par-dessus l'épaule d'Archer.

« T'es tout seul ou t'as quelqu'un avec toi ? »

Archer pivota et balaya la chambre, clairement vide, d'un mouvement de la main.

« Vous voyez quelqu'un, vous ? Eh, d'ailleurs, comment vous savez que je suis revenu ici ?

— Parce que t'étais nulle part ailleurs. On a un problème. Pose-toi dans cette chaise. »

Shaw claqua la porte derrière lui, prit Archer par le bras, le tira jusqu'à la chaise et le força à s'asseoir en le poussant.

« Mais qu'est-ce qui se passe, bordel ? » demanda Archer, passablement secoué.

Shaw avisa la bouteille à moitié vide. « T'es bourré ?

— Je l'ai peut-être été un peu, ouais. Mais là, plus du tout, je peux vous le dire. »

Shaw s'avança jusqu'à la fenêtre où les rideaux trempés claquaient au vent. Le sol était trempé. Il rabattit la fenêtre pour la fermer, posa sa chaussure sur le rebord, plaça son coude gauche sur son genou surélevé, tourna la tête et fixa Archer d'un œil acéré. « Je veux que tu me répondes et que tu me dises la vérité. Es-tu allé voir Lucas Tuttle hier ?

— Ouais, j'y suis allé.

— Pourquoi ?

— Pour récupérer le paiement de sa dette envers Hank Pittleman.

— Tu l'as récupéré ?

— Oui.

— Où est l'argent ?

— Je l'ai donné à Jackie. Elle et moi, on était censés aller voir Marjorie tout à l'heure pour lui donner.

— Et *toi*, est-ce que tu t'es fait payer ?

— Il m'a refilé trois cents. C'est plus que ce que j'avais demandé, mais il m'a dit qu'il était reconnaissant.

— Pourquoi rembourser la dette sans récupérer les papiers ? De ce que j'ai compris, ça a autant de valeur que du liquide. »

Malgré la quantité d'alcool qu'il avait ingurgitée, Archer se concentra et récita le mensonge qu'il avait préparé. « Pittleman m'avait confié la reconnaissance de dette, ce qui fait que j'ai pu la donner à Tuttle quand il a remboursé le prêt.

— Vraiment ?

— Ouais, vraiment. »

Le regard de Shaw devint plus dur. « C'est drôle, c'est la première fois que tu m'en parles. Et Tuttle, qu'est-ce qu'il en a fait, de la reconnaissance ?

— Il l'a brûlée avec une allumette et l'a balancée dans sa cheminée. Je l'ai vu de mes propres yeux.

— C'est vrai ?

— Ouais, c'est vrai.

— Seulement, Mlle Tuttle m'a confirmé que Pittleman *ne t'a pas* donné les documents. Elle m'a aussi dit qu'il ne comptait s'en séparer qu'après avoir récupéré tout l'argent qu'on lui devait. Donc, je te le demande encore une fois, où et comment as-tu mis la main sur la reconnaissance de dette ? »

Archer laissa échapper un long soupir. « D'accord. Je l'ai prise sur Pittleman quand j'ai trouvé son corps. Mais je n'ai pas touché à l'argent qu'il avait sur lui. »

Shaw secoua la tête tout le long de son explication.

« Quoi ? demanda Archer.

— Je croyais que toi et moi, on était sur la même longueur d'onde ? » Il tapota du doigt son bras blessé, qu'il portait toujours en écharpe. « Bordel, tu m'as sauvé la vie. Mais là, tu viens juste d'admettre que tu m'as encore menti, alors ça passe pas forcément bien.

— J'aurais bien aimé vous dire la vérité, mais il y a toujours eu un imprévu qui m'en a empêché.

— Je saurais pas dire le nombre de bonshommes que j'ai foutus en cabane qui m'ont sorti la même histoire. Et donc, t'avais prévu d'aller donner cet argent à Marjorie Pittleman plus tard dans la journée, c'est bien ça ?

— Eh ben, ouais. Ça lui revient de droit.

— Quand es-tu revenu de chez Tuttle ?

— Je suis parti de là-bas dans les 16 heures, je suis arrivé en ville, il devait être 17 heures.

— T'avais donc plus de temps qu'il ne t'en fallait hier après-midi pour aller chez Marjorie Pittleman lui rendre son argent. Pourquoi tu n'y es pas allé, alors ?

— Jackie avait besoin d'un peu de temps pour se préparer avant son rendez-vous d'hier soir avec son père. Je l'ai laissée, je suis allé manger un morceau et je suis revenu ici reprendre mon ancienne chambre. J'ai bu un peu, et je me suis endormi. Je viens de juste de me réveiller, enfin, quand vous avez frappé à la porte.

— T'as dormi pendant tout ce temps ?

— Par intermittence, ouais. Pourquoi ? Qu'est-ce qui peut bien vous énerver à ce point, bon sang ?

— Je vais te le dire, Archer. On a retrouvé Lucas Tuttle chez lui, mort, tué par balle. »

Archer recula si profondément dans sa chaise qu'il faillit passer par-dessus le dossier.

« J'en reviens pas. Il était vivant quand je suis parti. »

Shaw soupira longuement. « S'il te plaît, dis-moi que quelqu'un peut le confirmer.

— J'ai discuté avec un homme appelé Bobby Kent avant de partir.

— Tuttle était avec toi ?

— Non.

— Tu as parlé à quelqu'un d'autre ?

— Avec sa secrétaire, Desiree Lankford. C'est elle qui m'a fait entrer dans la maison, hier.

— Elle t'a raccompagné ?

— Non.

— Donc, tu n'as aucun alibi ?

— Ça dépend, quand est-ce qu'il s'est fait tuer ?

— On ne sait pas encore exactement. Mais ça faisait un bout de temps, je peux au moins te dire ça. Le médecin légiste va déterminer une heure de décès plus précise, mais j'aime autant te prévenir qu'on n'aura pas un créneau à la minute près.

— Attendez une minute. Lucas Tuttle était censé voir Jackie chez elle à 21 heures hier soir. Tout était prévu.

— Ça m'étonnerait fort qu'il ait pu y aller, mon petit gars.

— Quand est-ce que le corps a été découvert ?

— Vers 2 heures du matin. J'en reviens juste. Je suis directement venu te voir.

— Pourquoi êtes-vous allé là-bas si tard, au beau milieu de la nuit ?

— Ce gars dont tu as parlé, Bobby Kent, nous a passé un coup de fil. Hier soir, il a vu que la porte de la maison était ouverte. Il est entré et a trouvé le corps de Tuttle. Il a aussitôt prévenu la police.

— Comment est-il mort ?

— On lui a tiré dessus avec un revolver. La balle a traversé le cœur. Il est mort sur le coup.

— Il y avait deux revolvers sur une table, dans son bureau. »

Shaw opina : « Un Long Colt calibre 38 et un Smith & Wesson calibre 32 sans chien externe. Sauf qu'aucun des deux n'a servi à le tuer. »

Il scruta Archer. « Je me demande ce qu'un bon privé déduirait de ça, tiens ? »

Archer y réfléchit quelques instants. « Le meurtre était planifié, répondit-il, parce que le meurtrier a apporté sa propre arme. Si ça s'était fait sur un coup de tête, sur une impulsion, le meurtrier n'aurait pas apporté de flingue. Il aurait utilisé le Colt ou le 32 pour passer à l'action.

— Là, tu penses comme un détective. Comment t'es allé chez Tuttle ?

— Jackie m'a laissé prendre sa voiture, dit Archer. Je l'ai déposée dans un garage, sur Fulsome. »

Shaw consulta sa montre. « Bon. D'ici quelques heures, on va aller chez Jackie Tuttle. Si son père devait venir la voir hier soir, elle pourra peut-être nous expliquer pourquoi on l'a retrouvé mort chez lui.

— Vous voulez que je vienne avec vous ?

— Bordel, un peu, oui, que je veux que tu viennes, Archer ! Tu vas pas t'arrêter en si bon chemin.

— Une minute. Est-ce que Jackie sait que son père est mort, au moins ?

— Non. Je t'ai dit que je l'ai découvert moi-même et je suis venu aussitôt te voir.

— Vous voulez boire un verre avant d'y aller ? »

Shaw lorgna avidement la bouteille de bourbon pendant un long moment puis secoua fermement la tête. « Non. Par contre, j'te taperais bien une clope », répondit-il en zyeutant le paquet sur la commode.

Archer lui passa le paquet. Shaw le secoua pour en faire sortir une cigarette qu'il s'alluma. « On se retrouve ici à 9 heures pétantes. »

Après que Shaw fut sorti, Archer resta planté au beau milieu de sa chambre sans bouger, avec l'impression que Joe Louis venait tout juste de lui asséner un bon gros crochet du gauche.

CHAPITRE 38

« T'ES NERVEUX À L'IDÉE d'aller voir cette nana, Archer ? » demanda Shaw alors qu'ils arpentaient le trottoir d'un pas lourd, plus tard dans la matinée. La pluie s'était arrêtée pour laisser la place à un ciel clair et une température fraîche. Ils avaient décidé d'y aller à pied au lieu de prendre la voiture.

« Pas vraiment. Quand ma compagnie et moi, on s'est retrouvés encerclés d'Allemands à Salerno, qu'on était à cinq contre un et bientôt à court de munitions, là, j'étais nerveux.

— Qu'est-ce que vous avez fait ?

— Il n'y avait pas trente-six solutions. On a attaqué leur position, parce que c'était bien la dernière chose qu'ils attendaient de nous. On est passés sur leur flanc droit et on a pu rejoindre nos lignes.

— C'était de toi, ce plan ?

— J'admets que j'ai été le seul à être assez stupide pour en parler, mais quand j'y étais allé en éclaireur, j'avais repéré une faiblesse sur ce flanc et un petit chemin à peine visible qu'on pouvait prendre pour s'échapper. Et mon capitaine a donné son accord.

— Ça a marché, alors est-ce que c'était vraiment stupide, comme plan ?

— Et pourtant, il l'était.

— Je ne sais pas si c'était vraiment une bonne idée de laisser Jackie Tuttle retourner chez elle, avoua Shaw.

— Mais Dill est mort, et Draper est toujours à l'hôpital, inconscient.

— Ouais, mais là tu pars du principe qu'ils ont planifié l'attaque eux-mêmes. Je pense au contraire que quelqu'un les a engagés pour essayer de la faire disparaître. Comme pour Sid Duckett.

— Je n'y avais pas pensé, concéda Archer.

— Si tu veux vraiment devenir un privé, mon petit gars, il faut vraiment réfléchir à ce genre de détails.

— Mais normalement, Ernestine Crabtree devait être avec Jackie quand son père viendrait. Et elle sait se servir d'un flingue. »

Shaw le dévisagea d'un drôle d'air. « Ah oui, vraiment ? Tiens donc. »

Archer ne sut déchiffrer l'expression sur son visage et n'osa pas de lui demander ce qu'il avait derrière la tête.

Les deux hommes continuèrent leur chemin.

* * *

« Qu'est-ce que vous me voulez, tous les deux, à cette heure-ci ? » demanda Jackie sur le pas de sa porte.

Elle était vêtue de cette même robe au tissu épais dans laquelle il l'avait déjà vue ; ses cheveux étaient emmêlés, ses traits tirés et les yeux bouffis.

« J'ai bien peur d'avoir de mauvaises nouvelles à vous annoncer, mademoiselle Tuttle, commença Shaw, son chapeau entre ses mains. Pouvons-nous entrer ? »

Elle jeta un coup d'œil rapide à Archer, vit l'air sombre qui voilait son visage, et recula pour les laisser entrer.

Ils prirent place dans la pièce principale.

« Quelles mauvaises nouvelles ? demanda Jackie d'une voix inquiète.

— J'ai peur qu'il s'agisse de votre père.

— Il lui est arrivé quelque chose ? C'est pour ça qu'il n'est pas venu hier soir ?

— Vous aviez donc bien prévu de vous voir ? » demanda Shaw en coulant un regard vers Archer.

Ce dernier pouvait deviner son raisonnement. Le flic venait juste de recevoir la *corroboration* de son témoignage.

« Oui. À 21 heures, chez moi. C'est Archer qui avait organisé tout ça. Mais il n'est jamais venu. Ça m'a tellement énervée qu'au bout d'un temps, je suis allée me coucher et Ernestine est rentrée chez elle. Il est malade ? C'est pour ça qu'il ne s'est jamais montré ?

— Non, m'dame, dit Shaw en s'éclaircissant la gorge. En vérité, on lui a tiré dessus, et il a cassé sa pipe. »

Jackie se leva, chancela et menaça de tomber en avant.

Archer sauta de son siège juste au moment où la jeune femme s'évanouit, comme morte. Il la cueillit dans ses bras, la releva et la déposa sur le canapé. « Vous voyez du brandy ou quelque chose dans le genre, dans le coin ? » cria-t-il par-dessus son épaule.

Shaw tournait la tête en tous sens, impuissant. « Non, mais je vais aller voir dans la salle de bains pour chercher des sels.

— Ouais, faites ça, et pendant que vous y êtes, cherchez donc une autre façon de dire à sa fille que son père a cassé sa pipe, vous en dites quoi, monsieur Shaw ? Bon sang. »

Shaw arbora un air sincèrement contrit avant de s'en aller à toute vitesse à la recherche de sels.

Archer s'assit à côté de Jackie, toujours inconsciente, vérifia son pouls irrégulier et tapota ses mains et ses joues. Shaw revint avec les sels et les passa sous son nez.

Elle se réveilla en sursaut et regarda lentement autour d'elle.

« Je suis vraiment désolé, mademoiselle Tuttle, confia Shaw nerveusement. J'aurais dû vous annoncer ça d'une manière plus, hum... délicate. » Il jeta un coup d'œil furtif à Archer.

« Quelqu'un a tué mon père, alors ? demanda-t-elle, les yeux remplis de larmes.

— J'ai bien peur que oui. À votre connaissance, avait-il des ennemis ? »

Elle renifla. « Le seul auquel je pense est mort, lui aussi, répondit-elle.

— Vous voulez parler de Hank Pittleman ? »

Jackie acquiesça, bascula ses jambes et posa doucement ses pieds au sol. Elle se poussa contre le dossier du canapé, sortit un mouchoir de la poche de sa robe et s'essuya les yeux et le nez. Archer avait passé un bras protecteur autour de ses épaules.

« C'est arrivé quand ? demanda-t-elle.

— Tard la nuit dernière. Nous ne connaissons pas encore l'heure exacte de la mort, mais il était décédé depuis longtemps quand on est arrivés.

— Qui l'a trouvé ?

— Bobby Kent. C'est lui qui a appelé la police. Vers 1 heure du matin. » Il tourna son regard vers Archer. « Archer aussi est allé là-bas hier. Voir votre père.

— Je sais. Il a pris ma voiture pour y aller.

— Il dit y avoir été pour régler cette histoire de dette envers Pittleman.

— Ça aussi, je le sais. Et il a réussi. Il a gagné trois cents dollars dans cette histoire. Il m'a tout raconté hier.

— Il vous a montré l'argent ?

— Oui. Et il me l'a confié, par la même occasion. On avait prévu d'aller voir Marjorie aujourd'hui pour lui donner. »

Shaw se concentra une nouvelle fois sur Archer.

« Ce que j'appelle une *corroboration* », glissa Archer.

Shaw fit de nouveau face à Jackie. « Eh bien, ce que vous ne savez peut-être pas, par contre, c'est qu'Archer ici présent a volé la reconnaissance de dette sur le corps sans vie de Pittleman.

— Il devait la donner à mon père de toute façon, ou alors il n'aurait jamais remboursé sa dette, affirma Jackie sur la défensive.

— Je suis au courant. Mais je n'aime pas quand quelqu'un me ment, même s'il est innocent. » Shaw avait réservé cette pique pour Archer qui, à son tour, arbora un air sincèrement contrit.

« Je peux le comprendre, dit Jackie.

— Et Ernestine, quand est-elle rentrée ? demanda Archer.

— Hier soir, vers 23 heures.

— Et ton père n'est jamais venu ?

— Non. »

Archer se tourna vers Shaw. « Bobby Kent le conduit partout dans sa grosse Caddy. Si Tuttle est sorti hier soir, il le saurait.

— Non, il n'en saurait rien, rétorqua Shaw de façon étonnante.

— Comment ça ?

— J'ai parlé à Kent cette nuit. Il nous attendait à la maison quand on est arrivés.

— Vous pensez qu'il est mêlé à ça ? lâcha Archer.

— Bobby ne ferait pas de mal à une mouche », assura Jackie.

Shaw leva la main. « Non, hier soir, il n'aurait pas été en mesure de tuer Tuttle *ou* de le conduire quelque part.

— Pourquoi pas ? demanda Archer.

— Parce qu'il n'était pas en ville. Il était parti chercher une livraison de matériel pour l'exploitation. Il devait récupérer la commande hier soir ou sinon le tout était renvoyé à l'expéditeur. Il est parti vers 19 heures, a récupéré la marchandise puis il est revenu au domaine vers 1 heure du matin. Il a trouvé le corps et nous a appelés avec un téléphone de la maison à peine une minute plus tard. J'ai vérifié son histoire, on m'a tout confirmé. Je suis arrivé sur place vers 2 heures, il ne fait aucun doute que votre père était mort depuis plus d'une heure. Le légiste l'a confirmé. Kent n'est pas le tueur.

— Mais vu que Bobby n'était pas là, mon père aurait dû prendre le volant lui-même pour venir ici, suggéra Jackie.

— Exact. Mademoiselle Tuttle, vous êtes sûre qu'en dehors de Hank Pittleman, vous ne connaissez personne en désaccord avec votre père ? Quelqu'un qui aurait pu méchamment lui en vouloir ?

— Ça fait un an que je suis partie de chez mon père, monsieur Shaw. Je ne peux parler de ce qui s'est passé après mon départ. Je l'admets, mon père pouvait être très dur. Même ses amis le disaient. Mais je ne vois personne qui aurait voulu le tuer.

— Est-ce que sa mort profiterait à quelqu'un ?

— Moi, j'imagine. Je suis son seul enfant. Mais il n'avait que l'exploitation. Et quand je suis partie, il avait de gros problèmes d'argent.

— Plus maintenant, l'interrompit Archer. Il avait un coffre-fort rempli de liquide, de lingots d'or et j'en passe.

— Quoi ? s'écria Jackie.

— Pardon ? » surenchérit Shaw, abasourdi.

Archer leur fit l'inventaire du contenu du coffre et de la façon dont ces richesses s'y étaient retrouvées par l'entremise des compagnies qui avaient trouvé du pétrole sur le domaine de Tuttle. « Ils lui avaient fait une avance, Tuttle s'attendait à en tirer encore plus d'argent.

— Mais pourquoi tu ne m'en as pas parlé hier, Archer ? » s'exclama Jackie. Il vit sur son visage qu'elle était complètement perdue.

« Ton père m'a demandé de ne rien te dire.

— Pourquoi ? » demanda-t-elle sèchement.

Archer était terriblement mal à l'aise « Il... Il ne voulait pas que tu décides de revenir juste parce qu'il était riche. »

Shaw avait l'air de n'y rien comprendre. « La plupart des gens l'ignorent, précisa Jackie, mais il y a un an de ça, mon père était au bord de la faillite. Il n'a rien laissé paraître, il a certainement déshabillé Pierre pour habiller Paul pour sauver les apparences, mais d'un point de vue financier, ça n'allait pas bien du tout.

— Il m'a dit qu'il sortait de six années de sécheresse, et que c'était très dur, confia Archer.

— Je peux le confirmer, oui », ajouta Jackie.

Shaw fixait Jackie. « Donc, vous n'étiez au courant de rien ?

— Non, comme je vous l'ai déjà dit, mon père et moi ne nous parlions plus. J'ai entendu des rumeurs circuler en ville comme quoi des compagnies pétrolières prospectaient sur ses terres, mais c'est tout. » Elle lança à nouveau un regard noir à Archer. « Et notre ami Archer pense apparemment que je suis si creuse qu'il suffit d'agiter une liasse de billets devant mes yeux pour me faire rentrer aussi sec chez mon père.

— Écoute, Jackie, je… » commença Archer.

Elle se tourna vers Shaw. « Où a-t-on emmené son corps ?

— À la morgue.

— Vous êtes sûr que c'est lui ?

— Aucun doute là-dessus.

— J'aimerais voir le corps de mon père, aujourd'hui si vous m'en donnez la permission. » Elle lorgna Archer en coin.

« Fâchés ou pas, c'est toujours mon père.

— Je peux passer vous prendre vers midi, si ça vous va, proposa Shaw.

— C'est très bien.

— Et j'aimerais aussi que vous m'accompagniez chez votre père, à un moment donné.

— D'accord, mais je ne pense pas que j'en serais capable dès aujourd'hui. » Elle s'essuya à nouveau les yeux.

« Je suis vraiment désolé, Jackie, murmura Archer.

— Nous n'avons jamais été proches, avec mon père. Mais c'était la seule famille qui me restait. Si vous voulez bien m'excuser. » Elle se leva, alla dans sa chambre et ferma la porte.

Une fois dans la rue, Archer prit trois grandes inspirations. Il tourna la tête vers Shaw qui le fixait avec intensité.

« Alors ? demanda Archer.

— Alors j'en sais rien, Archer. Vraiment. Soit t'es le gars le plus bête que j'aie jamais rencontré, soit le plus malchanceux. Ou le plus malin. Le jury est encore en train de délibérer.

— Là, tout de suite, j'opterais pour le plus malchanceux. Suivi de près par le plus bête.

— J'ai rencontré beaucoup de soldats chanceux. Chanceux qu'une balle ou un tir de mortier ou une baïonnette ait raté sa cible.

— J'ai eu ma dose de coups de bol de ce genre. C'est pour ça que je suis encore là, j'imagine.

— Tu penses que t'as éclusé tout ton capital chance pendant la guerre, c'est ça ?

— Ça commence à y ressembler, en tout cas. »

Shaw remit son chapeau. « On dirait même que ça a commencé à y ressembler depuis un bout de temps.

— Dites-moi, Shaw, quand vous étiez là-bas, cette nuit, vous n'avez pas vu toutes ces choses dont j'ai parlé dans le coffre-fort ?

— Non. J'ai vu le coffre, bien sûr, et j'ai même essayé de l'ouvrir pour vérifier son contenu.

— Pourquoi ?

— Un homme mort à côté d'un coffre-fort, Archer ? Pas besoin d'être un génie pour penser au vol. Il s'avère qu'il était verrouillé. Pas moyen de l'ouvrir. Avec un peu de chance, Mlle Tuttle pourra me l'ouvrir quand on ira ensemble là-bas. Si elle n'y arrive pas, j'ai un autre moyen à ma disposition pour l'inspecter. »

Les deux hommes se mirent en route en direction du Derby.

« Dites-le-moi franchement, monsieur Shaw : vous pensez que je l'ai tué ?

— Non, je ne le pense pas, Archer. Je ne pourrais pas être plus franc avec toi.

— Mais je me suis fait un peu de blé grâce à lui. Et pour être honnête, j'ai croisé des types en prison qui ont tué pour moins d'argent que ce qu'il m'a payé.

— T'es en train de te monter un beau dossier à charge contre toi-même. Mes félicitations !

— Je ne dis rien qui ne vous soit pas déjà passé par la tête, si ?

— Là, tu montres ton côté malin. Je le préfère aux côtés malchanceux et bête. »

Archer l'observa d'un drôle d'air. « Vous ne m'arrêtez pas, alors ?

— On a tous les deux participé à une guerre, Archer. Pas que je pense nécessairement te devoir quelque chose par rapport à ça, parce que beaucoup d'entre nous y sont allés. Mais en ce qui concerne ta culpabilité ou ton innocence ? Si on étudie le tableau dans son ensemble – le mobile, l'opportunité – ouais, t'es un beau suspect. Mais quand je m'attarde sur les détails, ça ne colle pas. Tu ne peux pas être impliqué dans sa mort. Je fais ce métier depuis suffisamment longtemps pour voir la différence. » Il marqua une pause. « Mais le truc, Archer, c'est que je dois rendre des comptes à des gens plus haut placés. Et parfois, il se trouve qu'ils ne sont pas aussi futés que moi, et de loin. Donc peu importe ce que je crois, t'es pas encore sorti de l'auberge. Bon, j'ai pas mal de choses à voir. » Il porta un doigt au bord de son chapeau. « À la prochaine. »

Shaw tourna au coin de la rue, tandis qu'Archer continua son chemin d'un pas pesant et en ruminant sur sa situation. Il sentit que sa démarche assurée d'homme libre s'estompait doucement mais sûrement au profit du pas traînant typique du prisonnier.

CHAPITRE 39

ARCHER SE PAYA UN PETIT DÉJEUNER, et plus tard un déjeuner, mais il ne garda pas un souvenir impérissable de ces deux repas. Il retourna ensuite au Derby et s'assit sur son lit pour essayer de démêler le fil des derniers événements. Tuttle n'était pas venu au rendez-vous avec sa fille car sans doute déjà assassiné. Jackie n'était pas au courant des richesses que renfermait le coffre jusqu'à ce qu'Archer ne la mette au courant. Shaw ne croyait pas en sa culpabilité, mais d'autres représentants de la loi pourraient passer outre son avis. Possible qu'il ne pût compter que sur lui-même pour se sortir de cette bien mauvaise passe.

Cependant, peu importe l'angle sous lequel il étudiait le problème, pas une seule réponse valable, pas une seule piste d'investigation ne s'imposait. Et puis, il n'était pas un privé professionnel, de toute façon. Quand bien même Shaw lui avait appris quelques trucs et confirmé ses bons instincts, que savait-il réellement du métier de détective ? Il passa des heures assis devant sa fenêtre, le regard perdu dehors, l'esprit aussi clair que de la mélasse.

Il consulta sa montre et se demanda comment avait réagi Jackie à la vue du corps de son père à la morgue. Même si elle ne parlait plus à son paternel, elle avait peut-être craqué et fondu en larmes.

Le jour céda la place à la nuit, il se décida enfin à agir. Et la première action qu'il entreprit fut de retourner là où tout avait commencé. À 21 heures pétantes, ses jambes prirent la direction du Cat's Meow. À cette heure-là le bar était bondé mais il joua des coudes pour se caler contre le comptoir.

Le même serveur vieux et maigre comme un haricot vint à sa hauteur. « Quel poison, fiston ?

— Rebel Yell. Sec. » Cette fois-ci, Archer leva *trois* doigts serrés à l'horizontale. Le vieil homme sourit. « Ça y est, je me souviens de vous. Vous causiez avec M. Pittleman. » Il fut parcouru d'un frisson. « Quel drame, ce qui lui est arrivé, bon sang.

— Eh ouais », approuva Archer.

Le serveur versa son Rebel et le fit glisser jusqu'à Archer qui, en échange, sortit un dollar et lui dit de garder la monnaie.

« Très aimable à vous.

— Le soir où je suis venu, vous avez remarqué quelque chose de bizarre ? lui demanda Archer.

— Bizarre comment ?

— Bizarre…

— Nan, pas que je me souvienne.

— Vous connaissiez Hank Pittleman et Jackie Tuttle ?

— Pour sûr, j'les ai souvent vus ensemble, ici. Pas que j'les connaisse vraiment plus que ça, cela dit. » L'homme se fendit d'un sourire qui révéla plusieurs cavités dans ses rangées de dents. « J'traîne dans un cercle inférieur à ces gens de la haute. » Il ricana de son propre trait d'esprit. « Vous saviez que M. Pittleman possédait le bar ? »

Archer acquiesça, releva son chapeau vers l'arrière, s'alluma une Lucky Strike et expira la fumée par un coin de sa bouche. Il prit une gorgée de Rebel et demanda : « Vous connaissez Lucas Tuttle ? » Archer voulait savoir si la nouvelle de son meurtre avait déjà fait le tour de la ville.

« J'ai entendu parler de lui. Je l'ai jamais vu ici. Apparemment, c'est pas trop le genre qui aime s'en jeter un de temps en temps.

Pas comme sa fille. Mais je l'ai déjà aperçu en ville, dans sa grosse bagnole.

— Vous l'avez déjà vu avec Jackie Tuttle ?

— Pas que je sache, non. Et pis, ça rime à quoi, toutes ces questions, l'ami ? »

Archer lui tendit un autre dollar. Le vieux serveur s'empressa de mettre la main dessus et de le faire disparaître dans sa poche.

« J'essaye juste de comprendre certaines choses, c'est tout.

— Ça fait pas longtemps que vous êtes arrivé en ville, pas vrai ? »

Archer secoua la tête et continua de fumer sa Lucky Strike.

« Vous voulez connaître la vérité ? Je suis un ancien taulard de Carderock. En liberté conditionnelle. »

L'expression du serveur changea soudainement.

« Quoi ? demanda Archer, qui n'avait pas manqué de remarquer ce changement.

— Ça, c'est bizarre…

— Quoi donc ?

— Que vous soyez en conditionnelle.

— Plaît-il ?

— Ça m'a fait penser à cette Ernestine Crabtree, là.

— Qu'est-ce qu'elle a ?

— C'est elle qui gère les libertés conditionnelles. C'est pour ça que ça m'a fait penser à elle.

— Je le sais, ça, l'ami. C'est elle, mon agent de probation.

— Je m'en serais douté.

— D'où vous la connaissez ?

— J'ai des copains qu'ont fait de la cabane et qui sont sortis y a pas si longtemps. Eux aussi, ils sont allés la voir.

— C'est la seule personne en ville qui s'occupe des prisonniers libérés sur parole, mais qu'est-ce que ça a de bizarre ?

— Vous savez, le premier soir où vous êtes venu… ? » commença-t-il.

Archer le fixa à travers le nuage de fumée de sa cigarette. « Eh bien ?

— Mlle Crabtree était là, elle aussi. Elle était assise juste là-bas. » L'homme désigna une table sur sa gauche, contre le mur du fond, légèrement en dehors du champ de vision d'Archer quand celui-ci était accoudé au comptoir.

Archer regarda de ce côté avant de reporter son attention sur le serveur. « Elle était là ? Vous êtes sûr ? Il y avait un paquet de monde. Et je ne me souviens pas l'avoir vue.

— Si, je l'ai vue, pour sûr. Elle vient souvent. Bon sang, elle était même là le soir avant qu'ils ne trouvent le cadavre de ce pauvre M. Pittleman.

— C'est vrai, je l'ai vue entrer ici ce soir-là. Elle a dit qu'elle avait rendez-vous avec quelqu'un. Vous savez avec qui ?

— Oh ouais, c'était avec elle. »

Archer se redressa d'un coup et observa bouche bée le serveur. « *Elle ?* C'était une femme ? Vous savez qui c'était ?

— Vous la connaissez, vous avez déjà dit son nom. Jackie Tuttle. »

Archer resta un long moment inerte. De toute sa vie, il n'avait jamais reçu un choc aussi fort. Même pendant les jours les plus sombres de la guerre, quand il lui semblait qu'à chaque heure qui passait, quelqu'un qu'il connaissait et aux côtés de qui il avait combattu se faisait déchiqueter par des balles ou disparaissait de la surface de la Terre à cause d'un tir de mortier bien ajusté, il n'avait jamais été sonné à ce point.

« Attendez, patron, vous dites qu'elle avait rendez-vous avec Jackie ? Mais Jackie était avec Pittleman ce soir-là.

— Ben ouais, mais m'sieur Pittleman s'est mis à boire avec d'autres types qu'il connaissait, et Jackie Tuttle est allée s'asseoir avec Mlle Crabtree.

— Vous êtes bien sûr qu'elles se connaissaient, toutes les deux ?

— Oh, ça oui, elles se voyaient souvent ici, au bar. De très bonnes amies. Vraiment très bonnes.

— Et ça ne dérangeait pas Pittleman ?

— Ça lui arrivait de se mettre en rogne, mais Miss Jackie, elle savait très bien comment le gérer. Et puis bon, c'est pas comme si Miss Jackie était avec un autre *homme.* »

Archer ne sut quoi répondre et garda le silence.

« Ça va, l'ami ? » Le serveur le regardait avec attention.

Archer hocha la tête, finit les deux doigts d'alcool qui restaient dans son verre, refila un autre dollar au barman et quitta les lieux. Ses longues jambes avalèrent la distance qui le séparait de la maison d'Ernestine. Une fois arrivé devant la maison, il ne se dirigea pas la porte d'entrée mais attendit plutôt de l'autre côté de la rue et observa. Il était en mission d'éclaireur, il comptait bien faire ça dans les règles, comme on le lui avait appris.

Aucune lumière n'était visible à l'intérieur, et il n'entendait aucun bruit qui provenait de la maison.

Après un moment, il traversa la rue et frappa à la porte d'entrée, mais personne ne vint lui ouvrir. Il se servit de la clé que la jeune femme lui avait donnée. Une fois à l'intérieur, il alla directement à sa chambre et ouvrit le placard. Il ne lui fallut pas longtemps pour en faire l'inventaire. Il était vide. Tous ses vêtements ainsi que le carnet avaient disparu.

Archer s'assit sur le lit de la jeune femme. Pour une fois, il n'avait aucune idée de ce qu'il allait bien pouvoir faire, ce qui ne lui était pas arrivé si souvent dans sa vie.

CHAPITRE

40

TARD LE LENDEMAIN MATIN, Archer était allongé sur son lit en pantalon et maillot de corps, les yeux rivés sur le plafond, se creusant la cervelle sur ses derniers soucis en date, quand on frappa à la porte. Il alla l'ouvrir et tomba sur Irving Shaw, appuyé contre le montant, qui le fixait.

« Qu'est-ce qu'il y a ? demanda Archer.

— On a un problème.

— Bon sang, monsieur Shaw, à chaque fois que vous venez me voir, vous me dites un truc dans ce genre.

— Pas ma faute. Et là, j'y suis vraiment pour rien, bordel ! »

Il déboula dans la chambre d'Archer sans plus de cérémonie.

Archer referma lentement la porte et observa le policier faire les cent pas dans le petit espace que lui offrait la chambre.

« Vous allez me dire ce qui se passe ou je dois deviner ? finit par lui demander Archer.

— On est allés chez Lucas Tuttle ce matin.

— Qui ça ?

— Jackie Tuttle et moi. » Shaw s'assit sur l'unique chaise.

« T'as passé toute la nuit ici ?

— Ouais. Le type à l'accueil peut le confirmer. Pourquoi ?

— Je me demandais, c'est tout.

— Pourquoi ? Qu'est-ce que vous avez trouvé, là-bas ?

— Je peux te dire ce qu'on *n'a pas* trouvé. »

Archer prit place sur le bord du lit.

« OK, je vous écoute.

— On n'a rien trouvé dans son coffre-fort. Absolument rien du tout. »

Archer garda le silence, interloqué devant son interlocuteur, comme si celui-ci venait de lui parler chinois.

« T'as l'air surpris.

— Eh ben, parce que je le suis. Il y avait toutes sortes de choses dans ce coffre, je vous assure. Des lingots d'or, notamment. Je n'ai jamais eu le plaisir de porter des lingots, mais j'imagine que ça doit être plutôt lourd à trimballer.

— Ça l'est.

— Et c'est rendu où, tout ça, maintenant ?

— C'est la grande question.

— Jackie vous a ouvert le coffre ? »

Shaw secoua la tête. « Elle n'avait pas la combinaison. J'ai dû faire venir un serrurier pour le forcer.

— Bon sang. »

Shaw le dévisagea d'un air étrange. « T'avais pris la Nash de Jackie Tuttle pour aller là-bas, pas vrai ?

— Oui, je vous l'ai déjà dit.

— Et personne d'autre n'y est allé après toi, jusqu'à ce que Bobby Kent ne trouve le corps.

— Non, attendez, ce n'est pas entièrement vrai. La personne qui a tué Tuttle est arrivée *après* que je sois parti. C'est à ce moment-là que le coffre a dû se faire vider. Vous l'avez dit vous-même, vous n'aviez pas pu examiner l'intérieur parce qu'il était verrouillé. Il était certainement déjà vide quand vous êtes arrivé sur place.

— Ce qui coince, c'est que tu es le seul à avoir admis être passé là-bas le jour de sa mort. Et de ton propre aveu, il a ouvert le coffre devant toi pour récupérer l'argent pour te payer.

— Holà, doucement, doucement. J'aime pas la tournure que ça prend.

— C'est pas fini ! J'ai fait fouiller la Nash dans le garage sur Fulsome.

— Pour trouver quoi ?

— Le contenu du coffre, Archer ! Pour quelle autre raison crois-tu que je l'aurais fait passer au peigne fin, mon petit gars ?

— Attendez, est-ce que vous…

— Mets-la en veilleuse deux minutes, tu veux. » Shaw garda le silence quelques instants, le temps de chercher ses mots. « On n'a trouvé aucun objet du coffre-fort dans la Nash.

— Ben, évidemment, parce que…

— Mais on en a trouvé des *traces*.

— Quel genre de traces ?

— Des empreintes. Celles que les lingots d'or ont laissées à cause de leur poids sur la moquette du coffre. Et quelques particules qui se sont avérées être de la poudre d'or.

— Mais j'étais le seul à conduire la Nash jusque là-bas ce jour-là, objecta Archer.

— C'est vrai. Et j'ai passé la majeure partie de la journée d'hier avec Jackie Tuttle et demandé à une infirmière de passer la nuit dernière chez elle. Je suis passé la prendre ce matin et on est allés directement chez son père.

— Merde, Jackie n'a rien à voir avec tout ça, si c'est ce que vous croyez.

— Je suis bien d'accord. C'est pourquoi je suis là, fils. » Shaw avait l'air sincèrement accablé.

« Monsieur Shaw, où est-ce que vous voulez en venir ?

— Tu te rappelles ce que je t'ai dit des gars qu'ont moins de flair que moi pour enquêter, qu'ils pourraient me mettre des bâtons dans les roues ? Eh ben ça y est, c'est fait. J'ai reçu mes ordres de plus haut. Lève-toi.

— Quoi ?

— Lève-toi. »

Archer s'exécuta. Shaw sortit une paire de menottes brillantes et les passa à ses poignets après lui avoir calmement fait pivoter ses mains dans le dos.

« Vous m'arrêtez ?

— Tu pensais que je faisais quoi, là, mon petit gars ?

— Mais pour quel motif ?

— On va écrire tout ça noir sur blanc au poste de police. On va prendre ta photo, tes empreintes et après je veux ta déposition. Une déclaration officielle.

— Merde, je peux vous déclarer quelque chose ici et maintenant. Je suis innocent !

— Je sais que tu l'es, Archer, mais je n'ai pas le choix. En attendant, laisse-moi m'occuper de ça, mon petit gars. Je sais ce que je fais. »

Après avoir récupéré la chemise et la veste d'Archer, il lui fit descendre les escaliers puis ils sortirent par la porte de service.

« Pourquoi pas par devant ? demanda Archer.

— J'essaye de t'épargner la honte de l'arrestation. C'est déjà suffisamment dommageable pour la réputation d'un coupable, ça l'est encore plus pour celle d'un innocent. »

Il ne leur fallut pas plus de trois minutes en voiture pour rejoindre le poste de police.

On prit les empreintes digitales d'Archer ainsi que sa photo. On l'autorisa ensuite à se laver le visage, à se raser et à enfiler sa chemise et sa veste. Shaw réussit même à dégoter du café chaud et des œufs brouillés froids pour Archer avant de l'installer devant un appareil enregistreur, dans une petite pièce meublée uniquement d'une table et de deux chaises qui se faisaient face.

« Bon, écoute, vu que je dois enregistrer la suite, il faut que je fasse ça dans les règles, lui murmura-t-il. Je vais te parler comme s'il n'y avait pas plus coupable que toi. Mais toi, tu restes sur ta version, c'est compris, mon petit gars ?

— Je ne ferai rien qui pourrait vous attirer des ennuis, monsieur Shaw. Et si ce qu'on est sur le point de faire risque de vous mettre dans le pétrin, je ne suis pas d'accord. Je ne veux pas continuer. »

Shaw lui adressa un regard vu bien des fois chez ses frères d'armes, avant de partir au combat ensemble, à mi-chemin entre le sourire triste et la larme versée.

« J'apprécie beaucoup, fils, mais on va s'en sortir ensemble. Contente-toi de faire ce que je dis. »

Shaw enclencha un bouton sur l'appareil, déclina la date, l'heure et leur identité. Il annonça ensuite les crimes dont Archer était accusé, parmi lesquels le meurtre de Lucas Tuttle.

« Monsieur Archer, si vous voulez nous dire la vérité, c'est le moment.

— Tout ce que je sais, je vous l'ai déjà dit.

— Si vous nous disiez ce que vous avez fait du contenu du coffre, je pourrais glisser un mot en votre faveur auprès du tribunal.

— Eh bien, vu que je n'ai rien pris dans ce coffre, ce n'est pas vraiment une option que je peux choisir.

— Vous niez donc toute implication dans ces crimes ou dans d'autres ?

— J'ai menti quand je vous ai dit que je n'étais pas retourné dans la chambre de M. Pittleman et à propos des papiers de la dette que j'ai récupérés. Vous pouvez m'inculper pour ça si vous voulez, je plaiderai coupable. Mais c'est tout.

— Vous êtes sûr ?

— Bon sang, oui ! J'suis innocent ! »

Shaw appuya à nouveau sur le bouton et arrêta l'enregistrement. « Allez, fini les formalités. T'as été très bon, Archer.

— J'espère, parce que je n'ai dit que la vérité. »

Shaw s'alluma une cigarette. « T'as fait quoi de ta soirée, hier ?

— Je suis passé au Cat's Meow et après je suis allé chez Ernestine Crabtree. Ensuite, je suis revenu au Derby où vous m'avez trouvé. »

Shaw fronça les sourcils. « T'es allé chez Crabtree ? Pourquoi ?

— J'essayais de comprendre pourquoi elle et Jackie m'avaient menti. Elles disaient chacune de leur côté qu'elles ne se connaissaient pas, mais le barman du Cat's Meow m'a raconté que c'étaient des clientes régulières et qu'au contraire, elles se connaissaient très bien.

— Redis-moi ça ? »

Archer lui répéta ce que le barman lui avait appris.

« Mais en tant qu'agente de probation, si elle t'avait vu en train de boire dans ce bar, elle aurait dû te dénoncer pour violation des termes de ta conditionnelle.

— Je sais ! Je me demande bien pourquoi elle n'a rien dit. Et pourquoi cacher le fait qu'elles étaient amies ? Quand j'ai déposé Jackie chez Ernestine, avant de faire les présentations, elles se sont comportées comme de parfaites inconnues.

— C'est à n'y rien comprendre.

— Et maintenant, elle est partie. »

Shaw sursauta. « Quoi ? Qui est partie ?

— Ernestine. Son placard a été vidé. Je pense qu'elle a quitté la ville. »

Les yeux de Shaw s'étrécirent et il se frotta le menton. « Quoi d'autre ?

— Vous êtes au courant pour son père ? »

Shaw secoua la tête. Archer décida de lui raconter l'histoire de Carson Crabtree et ce qu'il avait trouvé dans le carnet.

« Vous en pensez quoi, alors ? lui demanda Archer. Son père était policier. Et du jour au lendemain, il s'énerve, tue trois hommes et confesse ses crimes sans donner de raison ?

— Et l'une de ses victimes était un voyeur, compléta Shaw, pensif. Ton avis ?

— Il est possible qu'il ait épié Ernestine. Et les deux autres aussi.

— Dans ce cas, pourquoi son vieux n'a rien dit pour sa défense ? Merde, il aurait même pu s'en tirer sans être inquiété s'il en avait parlé. Je verrais bien un jury se ranger de son côté, surtout si des pères de famille en faisaient partie.

— J'en sais rien, répliqua Archer. Mais sa mère s'est suicidée peu de temps après.

— Bon sang ! On dirait qu'elle en a bavé, et pas qu'un peu. Est-ce qu'elle a eu l'air surprise de te voir, lors de ton premier rendez-vous avec elle à son bureau ? Même si elle t'avait probablement déjà aperçu au bar ?

— Pas le moins du monde, non.

— Une bonne actrice, apparemment.

— Je ne vous le fais pas dire. »

Shaw observait Archer pensivement. « Sheila Dixon ? »

Le visage d'Archer se décomposa. « Qu'est-ce qu'elle a ?

— C'est la fille du maire qu'on t'a accusé d'avoir kidnappée, retenue contre son gré et incitée à la délinquance. T'as été reconnu coupable sur chaque chef d'inculpation.

— Ouais, ben merde, ça je le sais, merci !

— Tu n'as pas écopé d'une grosse peine, ramenée au nombre d'inculpations.

— J'ai négocié un accord pour lui éviter de venir témoigner au procès. Et je suis sorti plus tôt, sur parole. Et bordel, pour votre gouverne, elle m'a dit avoir vingt ans. Je n'avais aucune idée qu'à quatre jours près, elle allait avoir seize ans. Elle n'avait pas l'air d'avoir cet âge-là, laissez-moi vous le dire. Et je vous le jure sur une pile de bibles, on n'a rien fait ensemble. On n'a même pas batifolé, ne serait-ce qu'un petit peu. Je l'ai juste prise en voiture parce qu'elle n'avait pas le permis.

— Je sais tout ça, Archer. »

La mâchoire d'Archer s'affaissa d'un étage. « Quoi ? Comment ?

— J'ai eu la petite dame au téléphone. Elle m'a raconté toute l'histoire. Elle m'a avoué qu'elle t'aimait mais que tu as été un vrai gentleman. Qu'elle a menti sur son âge, sur la voiture et sur à peu près tout le reste pour te mettre dans sa poche. Et aussi que son père l'a menacée pour qu'elle mente à ton sujet, parce qu'il s'inquiétait pour sa réputation que sa fille soit vue comme "une traînée", pour reprendre les mots qu'il a employés et qu'elle m'a confiés. Et soit dit en passant, elle est encore folle de toi, même si elle est mariée et qu'elle vient juste d'avoir un bébé.

— Eh ben merde alors, bredouilla Archer, ahuri. Pourquoi vous l'avez appelée ?

— Parce que je voulais savoir quel genre d'homme tu es, Archer. Tu vois, ce que tu as fait par le passé peut avoir de l'importance et influer sur tes actes présents et futurs. Je te croyais déjà, au plus profond de mes tripes. Mais c'est toujours bien d'avoir une *corroboration*.

— Ça vous plaît, ça, les *corroborations*.

— Quand t'enquêtes, c'est le plus important. Le fait qu'elle en pince toujours pour toi montre que tu sais vraiment t'y prendre avec les femmes, Archer, mais mon petit gars, il faut que tu saches que ce n'est pas toujours une bonne chose.

— Comment ça ?

— Ça marche dans les deux sens. Certaines femmes savent aussi comment s'y prendre avec *toi.* »

Archer réfléchit et acquiesça. « Il y a du vrai dans ce que vous dites, lieutenant.

— Je le pense, Archer. Je le pense vraiment.

— Est-ce que Jackie a vu le corps de son père ?

— Oui.

— Comment a-t-elle réagi ?

— C'est drôle que tu poses la question. J'ai eu l'occasion d'observer plus d'une fois des parents de victimes face à la dépouille d'un proche. Mais hier, c'était la première fois que je voyais quelqu'un dans cette situation ne pas verser une seule larme.

— Bon, on fait quoi, maintenant ?

— Il te reste combien en poche ?

— Pas loin de trois cents dollars.

— T'as de la chance, ta caution va être fixée à *deux cents* dollars. On va aller au bureau du juge, tu pourras plaider non coupable, payer ta caution et sortir.

— Pourquoi vous faites tout ça ? J'ai bien compris que vous étiez convaincu de mon innocence, et vous m'en voyez vraiment ravi. Mais vous prenez un gros risque en misant sur moi. Vous pourriez torpiller toute votre carrière sur ce coup. La solution la plus simple serait de m'enfermer et de balancer la clé. Personne n'en aurait rien à faire.

— *Moi*, j'en aurais quelque chose à faire, Archer. Quand je partais en vol, j'avais toute une équipe au sol qui comptait sur moi pour prendre les bonnes décisions. Et c'est ce que je m'efforçais de faire. Après, j'ai décidé de devenir flic pour m'assurer que les salauds se fassent bien punir. Mettre un innocent en prison, ça ne m'intéresse pas du tout, parce que ça voudrait dire que j'ai pris la pire des décisions. J'aurais tout aussi bien pu foutre mon foutu coucou en piqué.

— Bon, je vous en remercie.

— Ne me remercie pas tout de suite, Archer. On a encore pas mal de pain sur la planche. »

CHAPITRE

41

APRÈS AVOIR RÉGLÉ SA CAUTION et plaidé non coupable, Archer passa une nuit agitée dans sa chambre d'hôtel. Il s'en était fallu de peu, pour qu'il retourne en prison. Ça l'avait chamboulé plus qu'il ne l'aurait cru, mais il avait bien trop de soucis à régler pour se morfondre.

Il se réveilla à 6 heures du matin et réussit à prendre une douche chaude de deux minutes, dans la salle de bains au bout de son couloir. Il s'habilla et fila au Checkered Past prendre un petit déjeuner et échafauder un plan d'action. Les œufs et le café chauds, le toast cramé, les tomates en tranches grillées passables, et la fine tranche de steak d'une plus grande utilité si on l'avait clouée sous ses chaussures au lieu de la déposer dans son assiette. Et pourtant, il apprécia chaque minute et chaque bouchée de ce petit déjeuner parce qu'il était encore un homme libre. Jusqu'à quand ? Il n'en avait aucune idée. On en venait à apprécier les petites choses.

Il déboursa cinq cents pour un journal et en lut les gros titres assis sur un banc. Il n'apprit rien d'intéressant et finit même déprimé par certaines des histoires relatées. Le journal lui fut malgré tout d'une certaine utilité pour se cacher des passants. Il espérait que l'un d'entre eux fût Ernestine Crabtree, mais il ne la vit pas, quand bien même il se trouvait sur le seul chemin possible entre sa maison et le palais de justice.

Pour la deuxième fois depuis son arrivée en ville, le ciel nuageux donnait l'impression d'une averse prochaine. À 8 heures moins deux, il se leva et se dirigea vers le bâtiment abritant le palais de justice.

On venait juste d'en ouvrir les portes. Il surveilla les allées et venues en se postant derrière une grande affiche sur un chevalet pour une collecte de fonds au profit des veuves de guerre. Archer déposa cinquante cents dans la boîte de conserve accrochée sous l'affiche.

Huit heures et demie sonnèrent. Puis 9 heures. 10 heures. Et 11 heures.

Il finit par emprunter l'escalier qui menait au bureau d'Ernestine et se dirigea vers la porte de son bureau. D'après les meubles vides chez elle, la jeune femme avait quitté la ville. Mais comme Shaw le lui avait appris, il devait en avoir la confirmation.

La porte de son bureau était verrouillée. Aucun mot sur la porte pour en expliquer la raison. Il toqua à plusieurs reprises et essaya de regarder par la partie supérieure de la porte, mais celle-ci était faite d'un verre opaque. La seule chose dont il était sûr, c'était qu'aucune lumière n'était allumée à l'intérieur.

Une femme à l'allure de matrone sortit du bureau de l'autre côté du couloir, un paquet de dossiers dans les bras.

« Excusez-moi, m'dame ? demanda Archer.

— Oui ? répondit-elle en souriant.

— Je viens voir Mlle Crabtree, mais elle n'a pas l'air d'être là. La porte est fermée. »

La femme fronça les sourcils en détaillant Archer. « On vient voir Mlle Crabtree, alors ? » Elle aurait tout aussi bien pu ajouter, *monsieur l'ancien détenu.*

« Oui, m'dame. »

La femme avisa la porte puis l'horloge sur le mur et son expression exprima son trouble.

« Vous dites que la porte est fermée ?

— Oui.

— Vous avez essayé de frapper ?

— Oui, j'ai frappé. Ça fait un bout de temps que je suis là. J'espère qu'elle n'est pas malade là-dedans, ou autre chose.

— Hmm. Attendez une minute. »

Elle retourna dans son bureau et en ressortit une clé à la main.

« Je travaille au bureau du greffier, mais cette clé fonctionne dans toutes les portes du bâtiment.

— Ça, c'est pratique, répondit Archer. J'aimerais bien en avoir une comme ça.

— Hmm, grogna-t-elle d'un ton désapprobateur. Pourquoi avez-vous fait de la prison ? Et ne me dites pas que c'était pour une infraction mineure. J'ai déjà trop entendu ça. Et ne mentez pas non plus en me disant que vous étiez innocent ou incompris !

— Non, m'dame. En vérité, j'étais un braqueur de banques. »

Elle le considéra avec un intérêt nouveau. « Vraiment ? Après tout, c'est là que l'argent se trouve.

— Oui, m'dame. »

Elle déverrouilla la porte, l'ouvrit en grand et dit :

« Mademoiselle Crabtree ? C'est Mme Gibbons, du bureau d'en face. Youhou ? Il y a quelqu'un ? »

La pièce était vide, cela ne faisait aucun doute.

Archer remarqua l'absence de l'imposante machine à écrire Royal.

« Vous voudriez bien aller vérifier dans les toilettes pour dames au bout du couloir, m'dame ? demanda Archer. Je, euh, je ne peux pas y aller moi-même, vous comprenez…

— Pardon ? Oh, oui, bien entendu. »

Dès qu'elle fut partie, Archer fouilla dans la poubelle et le bureau. En dehors des fournitures et des formulaires propres à sa fonction d'agent de probation, il ne trouva rien d'autre dans les tiroirs qu'un petit livre. Il s'en saisit et lut le titre : *Une chambre à soi.*

Son livre préféré de Virginia Woolf, se rappela-t-il.

Il glissa le livre dans sa poche au moment où il entendit la femme revenir.

« Elle n'est pas aux toilettes, affirma cette dernière lorsqu'elle apparut dans l'embrasure de la porte.

— Elle est peut-être chez elle, malade.

— Si c'était le cas, elle aurait dû prévenir. Si c'est le jour de votre entretien avec elle, donnez-moi votre nom, comme ça vous ne serez pas pénalisé.

— Non, m'dame, ce n'est pas le jour de mon entretien. J'étais passé la voir pour lui annoncer que j'avais trouvé un travail.

— Vraiment, où ça donc ?

— À l'abattoir.

— Hmm. Vous allez fracasser des crânes de cochon, j'imagine.

— Oui, m'dame.

— Vous êtes sûr que vous avez braqué des banques ? »

Archer leva deux doigts serrés à la verticale en guise de salut.

« Parole de scout.

— Hmm. »

Il la laissa à ses réflexions et sortit du bâtiment.

Il trouva un banc où s'asseoir et ouvrit le livre à une page dont le coin avait été corné.

Une phrase était soulignée. Il la lut : « *Une femme, pour être en mesure d'écrire, doit avoir de l'argent et une pièce à elle.* »

Archer ne lâcha pas des yeux ces quelques mots, comme s'ils allaient soudainement lui révéler le sens de sa vie. Cela ne donna rien.

Il s'imagina deux façons de quitter Poca City : en voiture ou en car. Il pourrait vérifier si elle était partie en car, ou du moins Shaw serait certainement en mesure de trouver l'information. Si elle avait pris une voiture, c'était plus problématique.

Une voiture ?

D'une bonne foulée, il partit pour Fulsome Street, espérant arriver avant la pluie, ce qu'il réussit à faire. Ou presque. Les nuages s'ouvrirent juste au moment où il atteignit le garage. Il se secoua pour faire tomber les gouttes de pluie, frappa son chapeau contre sa cuisse et contempla le ruissellement sinueux sur l'asphalte qui avait pris la couleur rouille de la poussière ambiante.

Toute cette ville aurait bien besoin d'un bon nettoyage.

La Nash était bien là. Et selon Shaw, cette voiture représentait un véritable bastion de preuves, la plupart contre lui.

Il n'était pas un détective expérimenté, loin de là, mais Archer avait passé plusieurs années de sa vie dans une lointaine région du monde à remarquer la présence de petits détails à même de sauver des vies, en l'occurrence la sienne et celles de ses hommes. Le bout d'une mitrailleuse, à peine visible sous une touffe de paille. Le canon d'un Panzer, à l'oblique parmi les troncs d'arbre de l'orée d'un bois. Le regard trop intense d'un villageois qui essayait de cacher quelque chose. Un fil métallique relié à une bombe mais qu'on aurait facilement pris pour la tige d'une plante grimpante. Ensuite, en prison, ça n'avait pas vraiment changé. Un surin qui pointait hors de la manche d'une chemise, un gardien qui serrait sa matraque un peu trop fort avant de l'abattre sur un crâne, un groupe de détenus qui traînait un peu trop près de vous.

La prise de conscience avant l'irréparable, cette clairvoyance qui lui avait octroyé un bref instant pour réagir et survivre... Ces expériences avaient recalibré le cerveau d'Archer. Il était désormais doté d'un sens aigu de l'observation qui, peut-être, l'aiderait à accomplir avec succès ce qu'il était sur le point d'entreprendre.

Shaw lui avait parlé de la découverte d'empreintes dans le coffre de la Nash, selon toute vraisemblance celles que les lingots d'or avaient laissées à cause de leur poids sur la moquette du coffre. Et quelques poussières d'or. Il ne faisait aucun doute que c'étaient là des traces du butin récupéré dans le coffre-fort de Tuttle. Sur le chemin du poste de police, Shaw lui avait appris que des photos de ces traces avaient été prises et serviraient de preuves lors du procès.

Mon procès.

Il essaya d'ouvrir la voiture. Celle-ci n'était pas verrouillée, mais les clés n'étaient pas à l'intérieur, le coffre, lui, était par contre bel et bien verrouillé. Il réussit à déloger la banquette arrière et à se dégager un passage pour accéder au coffre. Il se servit de sa petite lampe torche pour vérifier la moquette. Il pouvait discerner les empreintes laissées par le poids des lingots d'or, ainsi que quelques particules brillantes dans un coin. Il en conclut que ces dernières devaient être les fameuses poussières d'or.

Il sortit de la voiture et ferma la portière.

Il étudia les pneus et le bas de caisse de la Nash recouverts de boue. Il posa la main près du moteur. Celui-ci était froid. La voiture n'avait de toute évidence pu être conduite lors de la dernière averse en date, car il s'était mis à pleuvoir à peine cinq minutes auparavant. Il jeta un coup d'œil sous la voiture et vit que de la boue séchée s'était agglomérée sous le châssis. Ce qui signifiait que l'on avait sorti la Nash lors du gros orage de la nuit où Lucas Tuttle s'était fait tuer. Il se demandait où l'on avait pu amener la voiture, et qui avait bien pu en prendre le volant.

À ma connaissance, une seule personne a les clés de cette voiture. Jackie Tuttle.

Sauf qu'elle avait affirmé n'être allée nulle part ce soir-là, et avoir attendu son père chez elle. Ernestine était partie à 23 heures, puis Jackie était allée se coucher. Selon ses dires, en tout cas.

Jackie lui avait demandé de laisser les clés dans la boîte à gants à son retour, ce qu'il avait fait. Bien sûr, aucune loi ne vous interdisait de conduire votre propre voiture quand vous le souhaitiez, mais voilà : avec les clés dans la boîte à gants, n'importe qui aurait pu emprunter la voiture.

Notamment Ernestine Crabtree.

Il n'arrivait pas à s'imaginer un lien entre l'agent de probation et Lucas Tuttle. Cela dit, aucune connexion n'avait semblé exister entre Ernestine et Jackie non plus. Il savait désormais qu'il y en avait une entre les deux femmes, ce qui signifiait que Jackie faisait forcément le lien entre Ernestine et Lucas Tuttle.

Il fit le tour de la voiture et s'arrêta côté passager, à l'avant. Il ouvrit la portière et s'assit sur le siège. Il fouilla dans la boîte à gants mais n'y trouva rien d'intéressant. Il la referma et baissa le regard. Ce fut là qu'il le vit...

Un bourgeon de fleur jaune, sur le plancher de la voiture. Il le ramassa et l'observa de près. Impossible d'en avoir la certitude absolue, mais il ressemblait à s'y méprendre à certaines fleurs des parterres devant la maison de Marjorie Pittleman. Logique, vu que Jackie la connaissait et qu'elle était déjà allée plusieurs fois là-bas.

Mais alors, pourquoi est-ce que cette fleur se retrouve du côté passager ? Elle se serait collée à ma chaussure quand j'y suis allé avec elle ? Si c'était le cas, le bourgeon n'aurait pas eu l'air si frais, se dit-il.

Il prit une longue inspiration, la bloqua puis expira. Il recommença deux fois. Il ne se livrait pas à son exercice rituel avant de partir au combat. Non, il cherchait une odeur en particulier.

Depuis qu'il avait servi comme éclaireur pendant la guerre, les sens d'Archer, et plus particulièrement son ouïe et son odorat, s'étaient sensiblement développés. La culasse d'un fusil qui revient en arrière, la respiration collective d'une centaine d'hommes sur le point de lancer une attaque. L'odeur de cordite que projetait une brigade en marche. Ou tout simplement, la peur qui suintait des hommes à chaque affrontement mortel. Tout cela, il l'avait senti.

Et aujourd'hui, il reconnaissait cette fragrance qu'il respirait. Et ce n'était pas celle de Jackie Tuttle.

C'était celle d'Ernestine, celle qu'elle portait lors de son premier entretien avec elle.

Il sortit de la Nash et ferma la portière.

Il ne pouvait pas affirmer sans l'ombre d'un doute qu'Ernestine était montée dans cette voiture. Elle ne devait pas être la seule femme en ville à porter ce parfum. Mais si c'était bien elle, que faisait-elle dans la Nash ? Il savait depuis peu de temps que les deux femmes étaient intimes. Elles avaient peut-être toutes deux pris cette voiture pour aller voir Lucas Tuttle chez lui, la nuit de sa mort.

Archer sortit du garage et partit pour Eldorado Street. Dès qu'il aperçut au loin la maison de Jackie, il chercha du regard tout indice qui confirmerait la présence de la jeune femme avant d'avancer jusqu'à la porte d'entrée. Il frappa et frappa encore puis l'appela. Il alla devant la fenêtre où elle s'était montrée à une autre occasion et frappa doucement sur la vitre. Il jeta un coup d'œil à l'intérieur par un espace entre les rideaux.

Il ne voyait rien ni n'entendait aucun bruit.

Archer observa alentour pour vérifier si on l'épiait, puis il fit le tour de la maison et se servit de son canif pour forcer la porte de derrière.

Une fois à l'intérieur, il l'appela de nouveau mais personne ne répondit. Il fit un tour rapide de la maison mais ne trouva rien de suspect. Une fouille du placard de Jackie lui apprit que ses vêtements, ou du moins une grande partie de sa garde-robe, étaient encore là. Mais il ne vit aucune trace d'une valise. Cependant, il n'avait jamais inspecté l'intérieur de son placard, et ne savait pas si elle en possédait une.

Il considéra le lit où ils s'étaient allongés, ensemble.

Les paroles de Shaw – ou plutôt, son avertissement – lui revinrent en tête.

Certaines femmes savent aussi comment s'y prendre avec toi.

Il finit par dénicher quelque chose d'intéressant : les clés de la Nash, pendues à un crochet, près de la porte de derrière.

Voilà qui était bien pratique, car il ne pouvait pas se déplacer à longueur de jour uniquement à pied.

Il s'apprêtait à sortir par la porte de derrière, mais avant ça, il sortit son paquet de cigarettes. Voyant qu'il était vide, il avisa la poubelle et en souleva le couvercle. Elle était à moitié pleine de déchets en tout genre. Il y jeta son paquet vide et avant de rabattre le couvercle il repéra le morceau de papier chiffonné à côté d'un trognon de pomme.

Il sortit le papier en boule, le déplia et entreprit de le déchiffrer. Une série de lettres et de chiffres avait été écrite dessus. Il l'étudia pendant un moment avant de le glisser dans sa poche.

Il se dirigea ensuite vers les deux maisons voisines de celle de Jackie, sur le même côté de rue, et toqua à leur porte. Personne ne lui répondit. Archer voulait découvrir si, ce fameux soir, quelqu'un avait vu Lucas Tuttle arriver en voiture sur le coup de 21 heures. Il n'aurait pas sa réponse tout de suite, semblait-il. Il n'était même pas sûr que ces maisons fussent habitées.

Archer revint au petit trot au garage sur Fulsome, une minute avant qu'une autre furieuse averse ne se déclenche, puis il sortit la voiture du garage et s'engagea dans la rue. Deux destinations possibles, et il en choisit une en sortant une pièce de 25 cents de sa poche pour un pile ou face. Il enfonça l'accélérateur et la Nash bondit en avant, ses essuie-glaces ayant fort à faire pour balayer la pluie qui s'accumulait sur le pare-brise.

Il espérait que ses pensées sauraient être aussi claires que son champ de vision par-delà le pare-brise. En cet instant, il lui parut bien compliqué d'en avoir la certitude.

CHAPITRE

42

PRÈS D'UNE HEURE PLUS TARD, Archer s'arrêta devant le portail de la maison de Marjorie Pittleman. Cette fois-ci, Manuel ne vint pas lui ouvrir. Archer descendit donc de la voiture et alla ouvrir lui-même. Il fit entrer la Nash sur le domaine puis s'arrêta devant l'énorme maison.

Trois longues enjambées et il fut devant la porte. Il frappa son chapeau pour en faire tomber l'eau de pluie et toqua à la porte. Il fit un pas en arrière quand il entendit approcher. La porte fut ouverte par Agnes, la même servante âgée en tenue de domestique qu'il avait déjà rencontrée lors de ses précédentes visites. Une fois de plus, elle l'accueillit avec le même regard désintéressé.

« Oui ?

— Vous vous souvenez de moi ? Je suis venu avec Miss Jackie.

— Oui, répondit Agnes d'une voix lugubre.

— Mme Pittleman est-elle présente ?

— Oui. »

Bon, elle, au moins, elle n'a pas disparu.

« Pourrais-je la voir ?

— Je vais demander. Attendez ici, s'il vous plaît », lâcha-t-elle avec raideur, avant de s'éloigner de sa démarche rigide.

Ignorant ses instructions, il passa le seuil et inspecta autour de lui.

Archer prit une profonde inspiration. Il voulait savoir s'il parviendrait à détecter le parfum de Jackie ou celui d'Ernestine, mais il n'y parvint pas. Il traversa le hall d'entrée, jetant des coups d'œil de tous les côtés. Par les grandes et hautes fenêtres qui donnaient sur les terrains derrière la maison, il aperçut un homme en train de bricoler sous le capot relevé d'un pick-up.

Il ouvrit une porte, sortit et se dépêcha d'avancer à sa hauteur. La pluie, qui avait baissé en intensité, s'était réduite en une fine bruine.

« Bonjour ! » lança Archer en s'approchant de lui. L'homme releva la tête. « Je viens voir Mme Pittleman. »

L'homme hocha la tête. « D'accord.

— J'parie que vous devez être content de voir toute cette pluie. C'est bon pour les cultures.

— On la prend volontiers quand elle vient, ouais.

— Dites, j'aurais une question. »

L'homme donna quelques derniers tours de clé autour d'un écrou et s'essuya les mains sur un chiffon. « Quoi donc ? demanda-t-il.

— L'autre jour, je parlais à un autre fermier du coin, il m'a dit que les six dernières années l'avaient presque foutu sur la paille.

— Ça a été fatal à pas mal de gens dans l'coin, m'sieur, c'est vrai. »

Archer observa les champs verdoyants et luxuriants qui s'étiraient aussi loin que le regard portait.

« Mais alors comment vous avez fait ici, pour déjouer les prévisions et quand même gagner le gros lot ?

— On a un grand bassin alimenté par une source sur la propriété. On tire de l'eau qu'on fait venir par une conduite directement de là-bas. Et quand ça suffisait pas, M. Pittleman faisait venir de l'eau par camion-citerne pour continuer à irriguer.

— Ça a dû coûter bonbon.

— Ouais, c'était pas donné. Mais on a réussi à faire pousser et à survivre à pas mal d'exploitants du coin.

— Ça a pas dû le rendre populaire auprès d'autres collègues.

— Vous voulez que j'vous dise ? Je parie qu'il s'en foutait royalement. Il était comme ça.

— Monsieur ? »

Archer se tourna et vit Agnes, à la porte, qui l'appelait.

« Mme Pittleman va vous recevoir. »

Archer revint sur ses pas, puis la servante emprunta un couloir et le guida d'un pas lent jusqu'à un petit salon au mobilier confortable où deux grandes portes-fenêtres offraient une belle vue sur l'arrière de la maison.

Telle une vieille reine replète, installée confortablement sur une méridienne, Marjorie Pittleman était enveloppée dans une couverture, quand bien même il faisait bon dans la pièce. Il se demandait si elle souffrait d'une mauvaise circulation sanguine ou d'une autre affection similaire. Ou alors, peut-être pensait-elle la couverture capable de tenir à distance tous ses problèmes.

« Monsieur Archer ?

— Oui, m'dame. Merci de me recevoir.

— Je vous en prie, asseyez-vous. Voulez-vous boire quelque chose ? Une limonade, un café ?

— Un café, ce sera parfait, merci. »

Elle appuya sur un petit bouton dans le mur derrière elle.

Archer songea que cela devait être vraiment génial de n'avoir qu'à presser un bouton pour obtenir tout ce que l'on désirait.

Quelques instants plus tard, Amy ouvrit la porte. Elle gratifia Archer d'un petit sourire aguicheur avant de demander :

« Oui, madame Pittleman ?

— Un café pour M. Archer.

— Oui, m'dame. Tout de suite. Prenez-vous quelque chose avec votre café, monsieur Archer ?

— Juste une tasse », répondit-il malicieusement.

Amy gloussa, se ressaisit sous le regard sévère que lui lança Marjorie, et se retira en vitesse.

« Que puis-je pour vous, monsieur Archer ? demanda-t-elle impatiemment.

— Je me demandais si vous aviez vu Jackie, récemment.

— Non, pas depuis la dernière fois où elle est venue avec vous. »

Ce qui veut dire qu'elle n'est pas passée rendre l'argent de la dette.

« D'accord. J'imagine que vous êtes au courant pour son père ?

— En effet, je le suis. D'abord Hank, et maintenant Lucas Tuttle. Je ne sais pas ce que Poca City est en train de devenir. Une vague de crimes qu'on associerait volontiers à Al Capone et ceux de son genre.

— Vous avez raison, m'dame. Par hasard, connaîtriez-vous une femme du nom d'Ernestine Crabtree ? »

Le creux entre les sourcils de Marjorie s'approfondit.

« Ernestine comment ?

— Crabtree.

— J'ai connu une Wanda Crabtree il y a bien longtemps, mais cela remonte à mon enfance, et c'était loin d'ici.

— D'ailleurs, qu'est-ce qui vous a amenée à Poca City ?

— C'est Hank qui m'a amenée ici. » Elle laissa échapper un soupir. « Au début, quand on s'est installés ici, je détestais cet endroit. Cette ville n'avait rien pour elle. Mais je dois l'admettre, Hank avait raison. Il n'a cessé d'y travailler, et les gens ont commencé à s'y installer. Après la guerre, les affaires ont bien marché. Il s'est fait une fortune. Malheureusement, il ne pourra plus en profiter. »

Archer décida de lâcher une remarque pour voir sa réaction.

« Bon, je sais que la situation est compliquée entre vous deux, mais au moins vous pouvez toujours compter sur Jackie, c'est une amie. »

Elle le dévisagea d'un œil critique qui, petit à petit, lui en apprit beaucoup. « Vous connaissez bien Jackie Tuttle ?

— Pas si bien que ça, à vrai dire. »

La porte s'ouvrit et Amy apporta à Archer son café qu'elle posa sur la table à côté de lui.

« Dans une tasse, comme vous l'aviez demandé, monsieur Archer, glissa-t-elle avec un petit sourire espiègle.

— Tous mes rêves viennent de se réaliser dans ce cas, répliqua Archer en lui rendant son sourire.

— Merci, Amy, ce sera tout », dit Marjorie d'une voix ferme.

Amy fit une courbette à son employeur, battit rapidement en retraite et ferma la porte derrière elle, non sans glisser à Archer un autre regard sans équivoque.

« Pour continuer sur Jackie, poursuivit Marjorie, vous aviez remarqué que c'était une femme très ingénieuse, n'est-ce pas ? »

Archer prit une gorgée de son café. « Je sais qu'elle est très intelligente.

— Sa mère est morte dans un accident horrible. Je connaissais bien Isabel.

— Quel genre de femme était-elle ?

— Pour commencer, elle n'aimait pas vivre sur une exploitation agricole. Lucas et elle n'étaient pas heureux en ménage. L'arrivée de Jackie n'a pas arrangé les choses. En fait, cela a semblé leur faire encore plus de tort.

— Comment ça ?

— Isabel était très protectrice de son mariage, on pouvait avoir l'impression que parfois, elle voyait Jackie comme une intruse.

— Je croyais qu'elles s'aimaient profondément, intervint Archer.

— Parfois l'amour peut, comment dire, déformer votre vision des choses.

— De quelle manière ?

— Au point que quelqu'un ait tué Lucas Tuttle.

— Attendez, qu'êtes-vous en train de suggérer ? s'exclama Archer.

— Ce que je suggère, c'est que vous ne devriez pas laisser le premier joli petit minois venu vous tourner la tête. Cela arrive pourtant si souvent aux jeunes hommes comme vous.

— Un joli minois comme celui de Jackie, c'est ça ? »

La réponse de Marjorie fut on ne peut plus ferme. « Tous les jolis minois. Maintenant, si vous me disiez le vrai but de votre visite ?

— Je n'arrive pas à mettre la main sur Jackie. Et il semblerait qu'Ernestine ait quitté la ville.

— Voilà qui est curieux. Vous pensez que cela a un lien avec la mort de Lucas Tuttle ? »

Archer repensa à ce que Shaw lui avait dit à propos de Jackie face à la dépouille de son père.

Pas une seule larme versée.

« Jackie doit s'occuper de la propriété de son père. Je pars du principe que c'est sa seule héritière. »

Marjorie haussa les épaules. « Je n'en ai aucune idée. C'est possible. Il n'avait personne d'autre.

— Ce qui fait qu'elle ne peut donc pas disparaître dans la nature comme ça, du jour au lendemain.

— Elle est peut-être juste partie faire une balade en voiture. Passer quelques jours dans une autre ville pour se vider l'esprit.

— Impossible. J'ai pris la Nash de Jackie pour venir ici. »

Cet aveu sembla piquer l'intérêt de Marjorie. « Vraiment ? Hank la laissait "emprunter" cette voiture, vous savez, donc j'apprécierais beaucoup que vous la laissiez ici. »

Le visage d'Archer s'affaissa. « Mais comment je vais faire pour rentrer en ville ?

— Je peux demander qu'on vous dépose, monsieur Archer, répondit-elle d'un air triomphant. Veuillez finir votre café, maintenant. J'ai des affaires importantes à régler. »

Il finit son café et se leva. « Quels sont vos projets désormais, si je puis me permettre ?

— M'assurer que je vais conserver ma maison et ma dignité, ou ce qu'il en reste. » Elle marqua une pause. « Lucas Tuttle devait de l'argent à mon mari. Cinq mille dollars, plus les intérêts. Je m'attends à recevoir le paiement de la part de sa succession. Quand vous verrez Jackie, dites-le-lui. J'irai au tribunal s'il le faut. »

Archer pensa que la dame autrefois raffinée et placide semblait désormais bien enlisée dans ses ennuis. Comme le reste d'entre eux…

Après avoir pris congé, Archer tomba sur Amy dans le couloir.

« Comment était votre café, monsieur Archer ? demanda-t-elle nerveusement.

— Vous en faites du très bon. Votre mari sera comblé. »

Elle sourit. « Y a-t-il autre chose que je puisse faire pour vous ? J'en serais ravie.

— Eh bien, vu que Mme Pittleman m'a comme qui dirait confisqué l'automobile que j'ai prise pour venir ici, elle m'a dit que quelqu'un pourrait me ramener en ville.

— Oh, je peux demander à Manuel de vous déposer avec l'un des camions.

— Ce serait extra. Merci. »

Elle le gratifia d'un sourire chaleureux et se pressa d'aller arranger l'affaire.

Il l'observa partir. *Les femmes seront ta perte, Archer*, se dit-il. *Combattre dans une guerre, c'était vachement moins dangereux.*

Elle revint une minute plus tard et lui confirma que Manuel ne tarderait pas à arriver devant la maison avec le camion.

« Merci, Amy. Dites, je me demandais si vous pouviez me rendre un autre service ?

— Je veux bien essayer, avec plaisir, monsieur Archer.

— Vous connaissez Jackie Tuttle ?

— Oui, monsieur, enfin, je veux dire, je sais qui c'est.

— Quand est-elle venue pour la dernière fois ?

— Je pense que c'était la fois où elle est venue annoncer à madame la nouvelle à propos de ce pauvre M. Pittleman. Il me semble que vous étiez avec elle. Je ne vous ai pas vu, mais j'ai entendu parler de cette visite par Agnes.

— Vous êtes sûre qu'elle n'est pas venue lui rendre visite plus récemment ?

— Pas que je sache.

— Et une femme du nom d'Ernestine Crabtree ? Ça vous dit quelque chose ?

— Non, monsieur, je ne connais personne de ce nom-là.

— Très bien. Merci. »

Le camion s'arrêta devant la maison. Manuel était au volant. Il joua du klaxon, Archer sortit, grimpa dans la cabine à côté de lui et ils se mirent en route pour la ville.

« Vous travaillez pour les Pittleman depuis combien de temps ? » lui demanda Archer.

Manuel balança la tête d'avant en arrière. « Sept ans, finit-il par répondre.

— C'est triste, ce qui lui est arrivé. »

Manuel haussa les épaules. « Mme Pittleman va s'assurer que ça continue de tourner.

— J'ai laissé la Nash là-bas. Jackie Tuttle l'avait empruntée. Et maintenant, Mme Pittleman veut la récupérer. »

Cela fit sourire Manuel.

« Quelque chose de drôle, l'ami ?

— Beaucoup de choses ont changé depuis la mort de M. Pittleman.

— Vous dites ça par rapport à Jackie et Mme Pittleman ?

— Beaucoup de choses ont changé.

— Vous nous avez ouvert le portail, l'autre fois. »

Manuel acquiesça. « Et je lui ai ouvert il y a deux soirs de ça. Il était très tard. »

Archer eut un mouvement de recul si violent qu'il faillit se cogner la tête contre la portière du camion.

« Vous avez ouvert le portail à Jackie ? Il y a deux soirs de ça ? Vous êtes sûr ?

— Oui.

— Elle est venue voir Mme Pittleman ?

— Non. Elles n'ont pas pu la voir ce soir-là.

— Attendez une minute. *Elles n'ont* pas pu ? Elles étaient plusieurs ?

— Il y avait Mlle Tuttle et une autre femme.

— Décrivez-la-moi. »

Manuel s'exécuta et la personne qu'il lui décrivit ressemblait, sans l'ombre d'un doute, à Ernestine Crabtree.

« Mais si elles ne sont pas venues voir Mme Pittleman, que sont-elles venues faire ? »

Nouveau haussement d'épaules de Manuel. « Je n'avais aucun droit de leur demander.

— Elles sont entrées dans la maison ?

— Je ne sais pas. J'ai ouvert le portail puis je suis rentré dans ma petite bicoque. Elles ont dû rouvrir le portail toutes seules quand elles sont parties.

— Vous avez dit qu'il était très tard. À quelle heure exactement sont-elles arrivées ?

— Il était près de 23 heures.

— Elles vous ont dit quelque chose ?

— Mlle Tuttle m'a remercié de lui avoir ouvert le portail, comme elle le fait à chaque fois. »

Archer se reposa contre son siège. « Elles avaient quelque chose avec elle ? Elles ont sorti quelque chose de la voiture ?

— Je n'ai rien vu. Je vous l'ai dit, je ne suis pas resté dehors. Il pleuvait très fort. Une sale tempête. Je suis retourné au lit et je me suis rendormi.

— Ça devait être important, pour les faire sortir par un temps pareil. »

Manuel haussa une dernière fois les épaules.

Quand Archer arriva à Poca City, il fila directement au poste de police pour voir Shaw.

CHAPITRE

43

SAUF QUE SHAW N'ÉTAIT PAS au poste et apparemment, personne ne l'avait vu de la journée.

Dans le couloir, Archer tomba sur l'agent Bart Coleman qu'il questionna à propos du lieutenant.

« La dernière fois que je l'ai vu, c'était hier », déclara-t-il.

Soudain, il posa la main sur la crosse de son revolver. « Eh, dis voir, Archer, je me trompe ou tu t'es fait arrêter et inculper pour le meurtre de M. Tuttle ?

— Non, c'est vrai.

— Qu'est-ce que tu fous dehors alors ?

— J'ai payé ma caution. Vous pouvez vérifier. C'est pas comme si je m'étais évadé, si ? Et si c'était le cas, je serais certainement pas revenu au poste de police. »

À contrecœur, Bart enleva sa main de son arme. « Non, t'as probablement raison.

— Écoutez, si vous voyez Shaw, vous pourriez lui dire de venir me contacter au Derby ? C'est important.

— Ouais, d'accord. »

* * *

Archer s'assit sur le lit de sa chambre d'hôtel et réfléchit à la situation. Il avait tellement couru dans tous les sens ces derniers temps qu'il n'avait pas eu le temps de mettre en perspective ses dernières découvertes. Il avait voulu tout raconter à Shaw pour le voir tout noter dans son calepin et, peut-être, l'aider à dénouer tout ça. Sauf qu'apparemment, cela n'allait pas être pour tout de suite. Archer passa donc le tout en revue dans sa tête.

Il était fort probable que Jackie et Ernestine soient de mèche, qu'elles aient élaboré un plan ensemble. Elles avaient fait le déplacement jusqu'à la maison de Marjorie Pittleman en plein cœur de la tempête. Ce qui expliquait la présence de boue sous la voiture et sur ses pneus. Il ignorait si elles étaient entrées dans la maison, mais Marjorie lui avait affirmé qu'elle n'avait pas revu Jackie depuis la fois où il l'avait accompagnée là-bas. Et d'après ce que lui avait confié Marjorie, il ne faisait aucun doute que Jackie ne lui avait pas restitué l'argent de la dette de son père.

Archer était sûr d'une chose : Jackie avait vidé le coffre-fort de son père et chargé son contenu dans le grand coffre de la Nash. Et elle l'avait fait entre le moment où Archer avait eu l'occasion d'admirer toutes les richesses amassées et la visite de Shaw et Jackie chez Tuttle le lendemain. Mais d'après ce que lui avait déclaré Manuel, il pouvait réduire encore plus drastiquement la période concernée.

Elle avait tout planifié pour que son père vienne chez elle, dans l'intention de l'éloigner de chez lui afin de mettre à sac son coffre-fort avec l'aide d'Ernestine. Sauf que ce plan avait déraillé et affreusement mal tourné, car Tuttle n'était pas allé chez Jackie ; il n'avait pas bougé de chez lui. Il avait beau retourner la question dans sa tête, Archer n'arrivait pas à comprendre pourquoi le vieil homme avait annulé son rendez-vous avec sa fille.

La seule raison expliquant les empreintes déposées par les lingots et les traces de poudre d'or, c'était que Jackie avait vidé le coffre-fort et rempli le coffre de la Nash, à un moment dans la soirée. Ensuite, le même soir, Jackie et Ernestine s'étaient rendues chez Marjorie Pittleman. Pour quelle raison ? Pour cacher leur butin ? Mais pourquoi là-bas ? Une autre interrogation le troublait encore plus : pourquoi s'embêter à voler le contenu du coffre ? En tant qu'unique héritière des biens de son père, le contenu du coffre serait de toute façon revenu à Jackie. Sans oublier l'argent à venir des compagnies pour l'exploitation pétrolière. Tout cela n'avait aucun sens.

Sans compter le contenu du coffre, quelqu'un avait pris la vie de Lucas Tuttle. Si c'était bien Jackie qui avait mis la main sur les objets et documents du coffre-fort, elle était donc bien présente sur place ce soir-là. Était-ce donc Jackie qui avait tué son père ? Si oui, pourquoi ?

Le cheminement de sa pensée le ramena ensuite à cette dernière soirée avec Jackie chez Ernestine. C'était elle qui avait remis sur le tapis le remboursement de la dette, ce qui lui était sorti de la tête. Et c'était elle aussi qui avait suggéré l'idée du rendez-vous avec son père.

Elle s'est servie de moi. Elle m'a embobiné comme l'idiot que je suis.

Il se leva de son lit et alors qu'il regardait par la fenêtre, il eut une idée. Au même moment, il aperçut la carrosserie jaune terne, la bande marron et le projecteur chromé côté conducteur de la Hudson Hornet garée le long du trottoir. Il mit son chapeau, fourra son canif et sa lampe torche dans sa poche et se précipita dehors.

Une fois dans la rue, il courut vers la voiture et inspecta l'intérieur.

Bart Coleman, donut à la main, lui rendit son regard, tandis que l'agent Jeb buvait son café tout en dévorant une grosse pâtisserie bien grasse.

« Qu'est-ce que tu veux, Archer ? demanda Bart d'un ton sec. J'ai pas encore vu Shaw pour lui dire que tu voulais lui parler.

— C'est pour ça que je suis là. Il m'a laissé un message à l'hôtel. Il veut que je le retrouve chez Tuttle. Vous pouvez me déposer ?

— On bosse, là, Archer », répondit Bart, irrité, tout en essuyant du sucre glace que le donut avait laissé au coin de sa bouche. « Ça se voit pas, bordel ?

— Ouais, je vois ça. Bon, écoutez. Hum. » Il sortit un billet de cinq dollars. « Et si je vous refilais ça pour l'essence ? Et pour d'autres pâtisseries, pourquoi pas ? » ajouta-t-il en voyant la vitesse à laquelle Jeb avalait la sienne.

Bart reluqua le billet de cinq pendant un moment puis il lui arracha des mains. « D'accord. Grimpe. »

Archer s'installa à l'arrière et Bart s'éloigna du trottoir puis s'engagea dans la circulation. Il conduisait vite, et en à peine moins d'une heure, ils arrivèrent chez Tuttle.

« J'vois pas la voiture de Shaw, nota Bart. Il conduit une grosse Buick. On peut pas la louper.

— Ouais, je sais. Il n'est peut-être pas encore arrivé. Il devait aller autre part avant, c'est ce qu'il m'a expliqué dans son message. Je rentrerai en ville avec lui.

— Comme tu veux. »

Archer sortit de l'auto. La voiture de patrouille s'éloigna en vitesse, soulevant des tourbillons de poussière derrière elle. Apparemment, les pluies récentes n'avaient en rien diminué son omniprésence.

Archer se tourna et fit face à la maison de Tuttle, où ne se manifestait aucun signe de vie. Aucune lumière visible non plus.

Il fit le tour de la maison et ne vit aucune activité dans les champs adjacents. Pas étonnant, le soleil disparaissait à l'horizon et l'heure du souper approchait. Possible aussi que depuis la mort du propriétaire, toute activité sur l'exploitation avait cessé.

Quelques minutes plus tard, dans la dépendance, Archer pointa sa lampe torche sur l'étrange machine agricole. La moissonneuse.

Peut-être la machine sur laquelle Isabel s'était empalée. L'engin présentait à l'avant quatre becs en forme de cônes aux bords acérés qui pointaient vers le bas. Elle n'aurait pas pu s'empaler sur l'un d'eux s'ils avaient été orientés dans ce sens. Grâce à son expérience dans l'armée, il était à son aise avec toutes sortes d'engins, et il ne fallut pas longtemps à Archer pour comprendre le fonctionnement de celle-ci. Il attrapa une poignée et la fit tourner. Une tâche ardue qui mobilisa une grande partie de sa force. Au bout d'un moment, l'un des cônes commença à se relever. Archer s'arrêta, légèrement essoufflé, quand le cône pointa enfin à la verticale.

C'est donc comme ça qu'elle est morte...

Il s'aventura ensuite dans la grange et monta à l'échelle pour atteindre le palier supérieur. Il s'avança jusqu'aux portes par où l'on faisait entrer les balles de foin et les ouvrit. Il inspecta la poulie et le treuil qui servaient à monter les balles. Il baissa les yeux et se représenta la moissonneuse, les cônes relevés, directement à ses pieds. Enfin, il s'imagina Isabel Tuttle à la rencontre de sa mort dans une chute qui la verrait s'empaler sur cette machine damnée.

Et il s'imagina Jackie découvrir le cadavre de sa mère.

Il repensa aux propos de Lucas Tuttle sur sa fille. Et sur sa défunte épouse. C'étaient toutes deux des femmes farouchement indépendantes. Impulsives. Il lui avait aussi confié la peur qu'elles lui inspiraient. Que la mère et la fille s'étaient fréquemment disputées. Et surtout, que la mort d'Isabel n'était en fin de compte peut-être pas un accident.

Je ne crois pas non plus à un accident.

Il eut soudain l'horrible vision d'une femme se précipitant vers sa mort, Jackie debout, derrière l'endroit où sa mère venait de se tenir, ses bras tendus après avoir poussé Isabel dans le vide.

Il eut une légère nausée à cette évocation. Non, en vérité, il se sentit réellement mal rien que d'y penser. Une autre pensée se présenta à Archer. Il commençait à faire plusieurs rapprochements, ainsi que Shaw le lui avait appris. Mais il devait aller plus loin. Il avait besoin de plus d'éléments. Il tourna la tête et regarda en direction de la dépendance qu'il avait fouillée juste avant la grange. Après quelques instants de réflexion, Archer sourit. De soulagement peut-être. Il ne savait pas. Mais certainement, c'était un sentiment agréable.

Il revint à la maison et une fois devant la porte d'entrée, il sortit son canif qui, cette fois-ci, échoua dans sa mission. Ne se laissant pas décourager, il trouva une fenêtre, força son loquet, l'ouvrit et grimpa à l'intérieur.

Il emprunta le couloir et vit une porte ouverte.

Il s'en approcha doucement, mit un pied dans la pièce et l'éclaira de sa lampe torche.

Il s'agissait d'un espace de travail. Une machine à écrire trônait en plein milieu d'un bureau. Posé à côté, un casque relié par un câble à un petit appareil.

Il en déduisit que ce devait être là où Desiree Lankford tapait les lettres et documents.

Il vérifia le contenu de la corbeille puis celui des tiroirs. Des dossiers, des copies de courriers et un petit carnet. Il le feuilleta.

À la lettre *T*, il lut le nom de Jackie Tuttle, son adresse sur Eldorado Street et son numéro de téléphone. Voilà qui était intéressant…

Une petite bobine se trouvait juste à côté de l'appareil dont Desiree se servait pour écouter les enregistrements de Tuttle. Il inséra la bande dans l'appareil, tâtonna un peu pour en comprendre le fonctionnement, puis l'alluma et prit le casque pour écouter.

Il aurait dû s'y attendre, mais il faillit sursauter quand la voix de Lucas Tuttle se fit entendre.

« *À l'attention de Sam Malloy, avocat. Mon cher Sam, maintenant que j'ai modifié mon testament et déshérité cette traîtresse, cette bonne à rien qu'est ma fille, et avec tout cet argent qui va bientôt entrer dans les caisses, je souhaiterais apporter quelques modifications supplémentaires. J'aimerais que tu viennes vendredi prochain pour qu'on en discute. Dis-moi à quelle heure cela t'arrange le mieux. Cordialement, Lucas Tuttle.* »

Il y eut une pause puis le vieil homme dicta quelques lettres supplémentaires relatives à ses affaires en cours à d'autres destinataires.

L'enregistrement s'arrêta. Archer repoussa son chapeau vers l'arrière. Le vieux avait donc déshérité sa fille. Cela éclaircissait une grande partie du mystère, tout en jetant une grande ombre accusatrice sur Jackie.

Il mit la bobine dans sa poche, sortit de la pièce, avança dans le couloir jusqu'au bureau de Lucas Tuttle et ouvrit la porte.

Une fois à l'intérieur, il alluma une nouvelle fois sa lampe torche et illumina la pièce.

Il y avait du sang sur le bureau, là où Tuttle s'était fait tirer dessus. Il examina ensuite la console où reposaient encore côte à côte les deux revolvers.

Archer s'avança jusqu'au coffre-fort et ouvrit sa porte en grand. Effectivement vide. Il nota la présence de deux trous dans la porte. *Le serrurier, sans doute*, se dit-il. Il braqua ensuite sa lampe sur des photos encadrées disposées sur la tablette du manteau de la cheminée. Il les avait déjà vues de loin lors de sa précédente visite mais il n'avait pas pu distinguer les personnes qui y figuraient. Il constata l'absence d'Isabel et de Jackie.

Archer se tourna ensuite vers la grosse plante verte posée sur un support près de la cheminée. Elle aussi, il l'avait déjà vue, mais il n'y avait pas prêté plus attention que ça. Il chercha autour et orienta sa lampe derrière les larges feuilles de la plante verte. Du verre refléta le faisceau de lumière de sa lampe torche. Il extirpa l'objet caché juste derrière le vase. Une photo dans un cadre. Pour quelle raison Tuttle l'aurait cachée à cet endroit ? Archer regarda la photo. Il pensait avoir trouvé la réponse.

Il y avait deux hommes sur le cliché.

L'un d'eux était Lucas Tuttle. L'autre Malcolm Draper.

C'est quoi ce bordel ?

Il glissa le cadre dans sa poche, se retourna et examina le bureau. Rien d'intéressant à relever dessus, hormis les traces de sang. Il y en avait aussi au sol, là où il était tombé. Archer s'intéressa aux tiroirs et à la corbeille mais n'y trouva rien de particulier. *De toute façon*, se dit-il, *Shaw a déjà dû fouiller la pièce de fond en comble.* Mais il avait pu rater un détail, en plus de la photo des deux hommes ensemble. Archer tira une nouvelle fois les tiroirs et regarda non pas à l'intérieur de ceux-ci, mais en dessous.

Rien.

Il se jucha sur le bureau, et son regard s'aligna sur le Remington double canon qui reposait contre le conduit en pierres de la cheminée. Il l'attrapa, fit basculer la culasse et constata qu'elle était vide de munitions. Il tourna l'arme face à lui et orienta sa lampe à l'intérieur du canon où il avait précédemment remarqué une présence étrange. On y avait bel et bien caché quelque chose.

Il se servit d'un coupe-papier qu'il trouva sur le bureau pour déloger l'intrus du canon. C'était une feuille de papier très fine et presque translucide roulée en tube. Une copie carbone d'une lettre. Il la déroula et la lut. C'était un courrier de Tuttle adressé au procureur de Poca City, un certain Herbert Brooks. Plus il progressait dans sa lecture, plus il sentait dans ses entrailles une boule dure grossir.

L'enfoiré.

Il rangea la lettre dans sa poche. Ce foutu fusil s'était rendu utile à quelque chose, en fin de compte.

Il avisa l'appareil sur le bureau.

Un dictaphone. C'était comme ça que Tuttle avait appelé l'engin. Le petit combiné qu'il tenait à la main lors de la précédente visite d'Archer reposait à présent sur le bureau, son petit fil entortillé relié à l'appareil.

Alors qu'il gardait les yeux rivés sur l'appareil, l'image de Shaw enregistrant leur conversation au poste de police lui revint en tête. Il éclaira l'appareil de sa lampe torche puis, comme avec celui de Desiree, devina rapidement la fonction de chaque bouton.

Il pressa l'un d'eux et entendit un ronronnement mécanique provenant des entrailles du dictaphone, tandis que la bande se rembobinait docilement. Pendant ce temps, il remarqua que l'embout dans lequel il fallait parler était muni d'un petit bouton que l'on pouvait maintenir enfoncé. Sans doute fallait-il appuyer dessus quand on parlait dedans. Il y avait aussi une sorte d'interrupteur que l'on pouvait enclencher pour lancer l'enregistrement, ce qui vous évitait d'appuyer en permanence dessus avec votre pouce. Archer vit que cet interrupteur avait été enclenché la dernière fois qu'on s'en était servi, le bouton d'enregistrement était donc resté engagé.

La bande finit de se rembobiner. Il appuya sur un autre bouton. Le ronronnement se fit entendre à nouveau.

Il tressaillit tandis que la voix du mort remplissait soudainement la pièce.

Il dictait d'autres lettres à des destinataires variés, méthodiquement, sans pause. Long silence. Il l'entendit ensuite déclamer, en rapport avec un courrier adressé à une autre personne : « *Desiree, selon la façon dont se déroulera mon rendez-vous de ce soir avec Jackie, nous allons peut-être devoir prendre des dispositions pour son déménagement ici. Je vous ferai part des détails à mon retour de mon voyage d'affaires la semaine prochaine.* »

Tuttle poursuivit avec quelques instructions supplémentaires pour sa secrétaire, puis la bande se tut. Archer éteignit l'appareil.

Apparemment, Tuttle avait bien l'intention d'aller voir sa fille ce soir-là. Qu'était-il donc arrivé ? Ses pensées se catapultaient et ricochaient dans sa tête comme des munitions d'artillerie antiaérienne sur des avions ennemis. D'un côté, Lucas Tuttle s'attendait à ce que sa fille revienne vivre à la maison, mais de l'autre, il y avait cette lettre adressée à Herbert Brooks : le contenu ne collait pas avec son envie de voir sa fille de retour au domicile familial. Peut-être que dans l'esprit de Lucas Tuttle, cela avait du sens, après tout.

Desiree avait tapé une lettre à la demande de Tuttle dans laquelle il déshéritait sa fille. Il avait l'intuition que Desiree avait prévenu Jackie, ce qui pourrait expliquer pourquoi cette dernière était revenue vider le coffre-fort. Si elle n'en avait rien fait, elle n'aurait rien obtenu en héritage.

Ses yeux tombèrent sur une petite boîte en bois avec une poignée, posée près du bureau, qui faisait pile la taille du dictaphone. Certainement son étui. Sur un coup de tête, il enroula le câble électrique de l'appareil et glissa celui-ci dans la boîte. Il voulait découvrir ce que Shaw pourrait en faire.

Vidé mentalement par tout ce qu'il venait de découvrir, son regard se posa sur le petit bar installé contre le mur. Il alla se verser un verre d'alcool fort. Il le vida d'un trait, posa ses mains sur le bois de la crédence et, la tête baissée, prit trois longues inspirations.

Tu as survécu à la guerre, tu peux très bien survivre à ça, Archer.

J'espère.

CHAPITRE

44

IL S'ENGAGEA À PIED sur la route avec son butin pour reprendre le chemin qui le ramènerait à Poca City. Une longue marche lors de laquelle le coucher du soleil laissa la place à la nuit. Il levait son pouce à chaque fois qu'un véhicule apparaissait, mais personne ne prit la peine de ralentir. Sans se retourner, Archer leva une dernière fois son pouce quand des phares s'approchèrent de lui. Il n'avait plus d'espoir de voir un véhicule s'arrêter jusqu'à ce qu'il entende le grincement d'un embrayage qui rétrogradait, puis le ralentissement d'un moteur qui faiblissait.

Il se retourna au moment où la voiture se garait sur le bas-côté. La vitre côté passager s'abaissa par à-coups.

« Monsieur Shaw ? »

Le policier lui souriait par la fenêtre ouverte.

Archer contempla la Buick. « Mais où est-ce que vous étiez passé ?

— Au Texas. Je suis parti hier. Ça m'a pris une éternité. Je rentre juste.

— Au Texas ? Pourquoi ?

— Monte. Je vais tout te raconter.

— Et moi, je vous raconterai ce que j'ai trouvé de mon côté. »

Archer s'installa et Shaw relança la grosse Buick sur la route.

« Votre bras a l'air réparé, constata Archer face à l'écharpe disparue.

— Ça fait encore un peu mal, mais c'est supportable. Il y a quoi, dans cette boîte ?

— Je vous montrerai quand on sera arrivés en ville.

— Pourquoi est-ce que tu ne me dirais pas ce que tu as découvert, pour commencer ? »

Archer se lança et passa en revue une partie de ce qu'il avait appris. Il laissa cependant de côté les détails contenus dans la copie carbone du courrier. Il n'était pas sûr de savoir pourquoi il ne voulait pas en parler, mais son instinct lui dictait de garder ça pour lui.

« Alors comme ça, Jackie et Ernestine roulaient ensemble ? demanda Shaw quand Archer eut fini.

— C'est ça. Et ce soir-là, elles sont allées voir Marjorie Pittleman chez elle. Sauf que Marjorie m'a dit plus tard qu'elle n'avait vu ni Jackie ni l'argent que je lui avais confié.

— Bien vu pour la boue sous la voiture, Archer. Je n'ai rien remarqué et pourtant, j'avais cette foutue caisse sous les yeux. Donc tu penses qu'elles ont vidé le coffre-fort ce soir-là. Pourquoi ? »

Archer parla de l'enregistrement au policier, celui où Tuttle rayait sa fille de son testament.

« Ça lui donnerait un mobile pour vider le coffre, conclut Shaw. Mais comment elle a fait pour l'ouvrir ? Elle n'avait pas la combinaison.

— Au contraire, je pense qu'elle l'avait. »

Il lui montra le bout de papier déniché dans la poubelle chez Jackie.

« Ben merde alors. Ça ressemble bien à une combinaison de coffre-fort, t'as raison ! » Il fixa Archer avec de la fierté dans les yeux. « T'as bien bossé, mon petit gars. Vraiment bien. T'as ce qu'il faut pour faire un bon enquêteur. » Il se tut, voyant l'air sombre d'Archer.

« Qu'est-ce qui ne va pas ? »

Archer ne dit rien et Shaw répondit à sa place : « T'aimes bien ces deux filles. Et tu ne veux pas qu'elles aient des ennuis, c'est ça ? »

Archer acquiesça. « Vous avez tapé dans le mille.

— Si elles ont enfreint la loi, Archer, tu ne pourras rien y changer.

— Je sais…

— Donc, Ernestine a disparu. Et tu ne sais pas où est Jackie non plus.

— Je pense qu'elles sont toutes les deux parties. » Il se redressa sur son siège, le regard perdu par-delà le pare-brise, dans l'obscurité. « À votre tour de me raconter ce que vous êtes allé faire au Texas.

— Après que tu m'as raconté l'histoire du père d'Ernestine, j'ai appelé un ami à moi au Federal Bureau of Investigation.

— Le FBI ! J. Edgar Hoover et ses hommes ?

— Si je te le dis. Bref, mon pote est affecté à Amarillo, au Texas. »

Archer sortit son paquet de Lucky Strike de sa poche. « Vous en voulez une ?

— Bordel, oui. »

Archer en sortit deux, en alluma une qu'il passa à Shaw et fit de même pour lui.

Shaw descendit sa vitre et souffla sa fumée dehors. « Donc je lui raconte l'histoire, et il se souvient de cette affaire. Il appelle un ami flic à lui à Amarillo et il me met en contact avec lui. J'y suis allé là-bas hier après-midi, juste après qu'on s'est vus. Comme je te l'ai dit, je rentre juste. Ils ont essuyé une grosse tornade il y a quelques mois de ça. La moitié de la ville est ravagée, bordel. J'ai eu l'impression de revenir au temps de la guerre.

— Bon sang. Et donc, qu'est-ce que vous avez découvert ?

— Carson Crabtree était un très bon agent de police que tout le monde appréciait et respectait.

— Sauf qu'il a tué trois personnes.

— Deux secondes, j'y viens. » Il tira sur sa cigarette. « Tu vois, le truc, ces trois hommes avaient une chose en commun.

— Quoi donc ?

— Ils connaissaient tous Ernestine.

— Et cette info n'est jamais sortie ?

— Si, mais seulement *après* l'exécution de Carson.

— Pourquoi après ? Personne n'a enquêté ?

— Pourquoi enquêter, Archer ? Carson Crabtree a avoué les trois meurtres. Sur quoi tu veux enquêter ?

— Vous avez raison.

— Toujours est-il que l'info est bien sortie plus tard, quand un journaliste curieux a creusé un peu pour un article sur un journal local. L'un de ces hommes avait été arrêté pour voyeurisme. Il épiait des femmes.

— Je sais, c'était écrit dans l'article dont je vous ai parlé.

— Ce que tu ne sais pas, c'est qu'on l'avait chopé en train d'épier *Ernestine.*

— OK, mais en quoi ça a un lien avec ce qui est arrivé ?

— Tu sais comment se comportent les jeunes hommes, Archer, t'en es un ! Certains pensent qu'ils peuvent agir comme bon leur semble envers le beau sexe. Ils commencent par jouer les voyeurs, puis ils passent à la vitesse supérieure. »

Archer lui décocha un regard acéré. « Est-ce que vous êtes en train de me dire ce que je crois que vous me dites ?

— Le policier à qui j'ai parlé pense que ces trois hommes ont fait des choses à Ernestine.

— Vous voulez dire que…

— Ils l'ont violée, Archer, du moins c'est ce qu'il croyait dur comme fer. Et pas qu'une fois.

— Et ce serait la raison pour laquelle Carson Crabtree les aurait tués ?

— Merde, si quelqu'un faisait ça à ma petite fille… Je sais que je suis un représentant de la loi, mais Carson Crabtree en était un, lui aussi. Je pense que j'agirais comme lui.

— Mais s'il les a tués, c'est qu'il devait savoir ce qu'ils lui avaient fait. Il aurait pu s'en servir pour éviter l'électrocution. Bordel, il aurait même pu s'en sortir sans faire de prison, vous l'avez dit vous-même.

— C'est là que ça devient intéressant. La théorie du gars que je suis allé voir, c'est que Carson était rongé par la culpabilité parce qu'il avait échoué à protéger sa fille. Et en plus de ça, s'il se servait de ce qu'ils avaient fait subir à sa fille pour sa défense lors du procès, toute l'histoire serait ressortie. Il s'est probablement dit que la honte l'aurait détruit à vie. C'est pour ça qu'il a avoué et qu'il est allé sur la chaise. Pour son bien, à elle… »

Archer se renfonça dans son siège. « Je pense que sa théorie est bonne. Vous vous souvenez de la lettre que j'ai trouvée dans le carnet ? »

Shaw opina et poursuivit : « Tu crois que la mère était au courant et qu'elle disait à Ernestine de ne pas ressasser, de ne pas se sentir coupable des actes de son père ?

— Oui, je le crois. Mais la mère d'Ernestine s'est suicidée. J'imagine qu'elle n'a pas réussi à suivre son propre conseil. »

Archer se frotta le sourcil, jeta sa cigarette par la fenêtre et lança :

« Bon sang, j'ai besoin d'un verre.

— Je te suis sur ce coup-là, mon petit gars. Et même plus d'un. »

Ils continuèrent leur route jusqu'à Poca City.

CHAPITRE

45

« QUI A TUÉ LUCAS TUTTLE, d'après toi ? lui demanda Shaw, devant un verre de Rebel dans la chambre d'hôtel d'Archer. Alors, t'as une idée ? »

Archer remplit à nouveau les verres récupérés à l'accueil de l'hôtel pour remplacer ceux que Shaw avait embarqués avec les empreintes. Ils s'étaient aussi arrêtés à une épicerie pour acheter des sandwiches au rôti de bœuf froid et des cornichons, dîner qu'ils avaient monté dans la chambre.

« Ernestine sait se servir d'une arme. Mais de ce que j'en sais, Tuttle ne la connaissait pas. Et je ne veux pas croire qu'elle ait pu faire quelque chose comme ça. C'est une fille respectable. Mais je l'ai aussi vue retourner les rôles face à un ex-taulard en conditionnelle qui lui en voulait. Elle a des nerfs d'acier.

— Sans compter qu'elle s'est fait la malle, ajouta Shaw. Ce que ne font pas les innocents, en général.

— Ce que je ne comprends pas, c'est que sur la bande, Tuttle a clairement l'intention d'aller au rendez-vous avec Jackie. Sauf que Jackie a dit qu'il n'est jamais venu chez elle.

— Elle pourrait très bien avoir menti sur ce point, proposa Shaw.

— Il ne faut pas oublier que c'est Jackie aussi qui m'a demandé de retourner chercher le paiement de la dette. Et aussitôt après, elle me dit qu'elle est d'accord pour revoir son père, ce qui pourrait m'aider à récupérer l'argent, du moins c'est ce que je pensais. Maintenant, je comprends que c'était surtout un moyen de faire partir son père de la maison pour qu'elle puisse mettre la main sur le contenu du coffre sans être dérangée.

— Mais comment aurait-elle pu être au courant de ce qu'il y avait dedans ? Tu ne lui as dit qu'après la mort de son père. Tu te rappelles ? Elle était furieuse après toi parce que tu le lui avais caché. »

Archer observa le policier d'un air amusé. « Vous oubliez votre propre règle.

— Laquelle ?

— Ne jamais croire ce qu'on vous dit sans *corroboration*. Je crois savoir comment elle a pu être mise au courant pour le coffre : de la même manière qu'elle a appris qu'elle avait été effacée du testament. »

Les yeux de Shaw s'illuminèrent. « La secrétaire, Desiree. Elle aurait pu lui dire.

— C'est ça. Elle tapait toute la correspondance du bonhomme. Elle était forcément au courant de l'état de ses affaires.

— Tu crois que Jackie lui a promis une part du butin en échange de son aide ?

— C'est possible. Eh, vous pensez que Desiree aurait pu lui tirer dessus ? »

Shaw finit son sandwich, roula en boule le papier d'emballage et le jeta dans la corbeille. « J'ai vérifié. Elle a un alibi. Mais c'était une bonne déduction de ta part, Archer. »

Archer mordit dans son sandwich et but une gorgée de son verre. « En passant, comment vous vous êtes retrouvé dans la police ?

— Mon paternel était flic de quartier dans le Kansas. Il a fait des rondes à pince pendant quarante ans. Je me suis marié là-bas, j'ai fondé une famille, puis je suis venu m'installer dans le coin et je me suis engagé dans la police. Je suis monté petit à petit en grade et j'ai fini par être nommé lieutenant-détective pour la police d'État. Je me débrouillais vraiment bien, j'aimais bien ce que je faisais. Après, je me suis porté volontaire pour la guerre et je suis parti piloter des avions. Après avoir raccroché mon uniforme, j'ai retrouvé mon ancien boulot.

— Ça se voit, que vous aimez votre job. Et vous êtes doué.

— Eh bien, disons que je vois l'utilité de punir ceux qui font le mal. Pour moi, c'est une façon de préserver la civilisation telle que nous la connaissons. On a tous les deux vu à quoi ressemblait l'autre côté de l'équation, quand on piétine notre civilisation, que l'État de droit vaut que dalle, que le monde entier part en vrille. Et ça peut toujours basculer bien plus vite qu'on ne le pense.

— Et donc, vous avez une famille ? Vous avez mentionné votre fille.

— J'ai trois gosses. Deux garçons et une fille. Le plus vieux, c'est mon fils Johnny, c'est presque un adulte. Il veut entrer dans l'armée. Pour servir son pays.

— Je lui souhaite bonne chance, et qu'il serve en temps de paix. On n'a pas besoin d'une autre guerre.

— Amen, mon frère. »

Ils portèrent un toast en faisant tinter leurs verres.

« J'ai lu ton dossier. Tu n'as plus de famille. Jamais marié.

— Ouais, c'est exact.

— T'as jamais trouvé la bonne ? lui demanda Shaw.

— Avant, c'est ce que je croyais. Mais plus maintenant.

— Qu'est-ce qui a changé ?

— Eh bien, depuis que je suis arrivé ici, je commence à me dire que je n'étais peut-être pas l'homme qu'il fallait à toutes ces femmes que j'ai rencontrées dans ma vie, et pas l'inverse.

— Voilà qui est très honnête de ta part, Archer. Mais je suis sûr que ça t'a déjà traversé l'esprit au moins une fois, de te poser pour de bon.

— Je ne pourrais pas vous le dire avec certitude. J'ai grandi dans un petit quartier d'une grande ville et décidé d'aller voir un peu du pays avant d'aller à la fac. Pearl Harbor s'est fait bombarder, j'ai fait ma part et je suis rentré. Et je suis reparti en vadrouille. Ensuite, la prison de Carderock est devenue mon nouveau foyer pendant quelques années. Bon sang, je ne suis pas si loin de la trentaine et des fois, j'ai l'impression que je n'ai même pas encore commencé à vivre ma vie.

— C'est peut-être pour très bientôt. »

Archer hocha la tête, mais au fond de lui, il ne croyait pas vraiment à la viabilité de cette possibilité. S'il survivait à Poca City, ce serait déjà un miracle, pensait-il.

« D'après toi, pourquoi sont-elles allées chez Marjorie ? demanda Shaw. En quoi avaient-elles besoin d'elle ? Et de toute façon, pourquoi Marjorie irait-elle leur donner quelque chose ? On parle juste d'argent ? Les gens sont stupides à ce point, tu sais. Ils tueront pour dix cents s'ils pensent qu'ils en ont besoin plus que toi. Et on parle pas d'un fichu *dime*[11] dans cette affaire.

— Mais Jackie pensait que son père serait monté en ville pour la voir. C'était tout le but de sa manœuvre. Alors comment s'est-il retrouvé mort chez lui ?

— Elle a pu l'appeler *après* qu'il eût enregistré cette lettre sur son appareil, ce qui expliquerait pourquoi elle a changé de plan à la dernière minute. Ils auraient pu convenir de se retrouver chez lui. » Archer n'était pas convaincu par cette hypothèse. En vérité, il se sentait encore plus perdu.

Shaw déballa un autre sandwich. « Tu m'as bien dit que quelque chose t'avait réveillé le matin où tu as trouvé le corps de Pittleman ? C'était quoi ? »

Archer tâcha de se remémorer ce détail. « Un bruit sourd. Un coup.

— Comme quelqu'un qui ferait du raffut contre ta porte ?

— Ouais.

---

11. Nom donné par les Américains à la pièce de dix cents, prononcé « da-i-me ».

— Voilà comment je vois les choses : le meurtrier de Pittleman est venu frapper à ta porte pour te tirer du lit. Ensuite, on te guette, on attend que tu sortes de ta chambre, et dès qu'on t'entend arriver dans le couloir, on ouvre un peu la porte de la chambre 615. Si ça se trouve, le tueur est allé se cacher dans la 617. Tu vois, l'idée, c'était que tu découvres le corps et que tu laisses tes empreintes sur la poignée.

— Oui, ça tient la route… » Archer se frappa le front de la main et sortit la petite photo encadrée de sa poche. « Bon sang. J'avais complètement oublié. Regardez, Lucas Tuttle et Malcolm Draper ensemble. »

Shaw n'en revenait pas. « Mais il travaillait pour Pittleman, pas Tuttle.

— Marjorie a dit que Draper est entré à leur service il y a un an seulement.

— Ce serait pas à cette époque que Jackie est partie de chez elle ?

— Si. »

Shaw plissa les yeux tout en réfléchissant à voix haute.

« Draper allait à l'abattoir presque tous les soirs, d'après l'employé de l'hôtel. Et tu m'as dit qu'ils n'avaient pas pu verser l'intégralité de la paye ?

— C'est ça. »

Saw sourit, content de lui.

« Quoi ? demanda Archer d'un ton sec.

— Je sais que ça va te paraître tiré par les cheveux, mais j'étais pilote, et toi, dans l'infanterie, Archer. Tous les jours, on prenait des paris basés sur des hypothèses invraisemblables et tous les soirs, on s'endormait encore en vie. » Il marqua une pause. « Et si Draper était une *taupe* envoyée par Tuttle ?

— Une taupe ? Comment ça ?

— Il missionne Draper pour qu'il se fasse engager, il entre dans la place et au bout d'un temps il commence à faire vaciller le petit empire de Pittleman. Draper qui va tous les soirs à l'abattoir, c'était peut-être pour mettre la pagaille dans les livres de compte, imagine ! Si ça se trouve, il détournait un peu de blé, il traficotait. Et ce n'est peut-être pas le seul business de Pittleman dans lequel il fourrait le nez.

— C'est ce que vous pensez ?

— Tu te rappelles ces factures impayées, celles que j'ai trouvées dans les poubelles derrière l'hôtel ? Et si *Draper* les avait prises dans le bureau et balancées à la poubelle ? C'était le directeur commercial de Pittleman. Il vivait ici, au Derby. Il aurait pu avoir accès à ce bureau quand il voulait. Pittleman pensait qu'il lui payait ses factures, mais au lieu de ça il les jetait. Il n'aura pas fallu longtemps pour couler toutes les affaires de Pittleman, et il n'aurait même pas été au courant avant qu'il ne soit trop tard. Sans oublier que Pittleman avait ses propres problèmes de jeu. »

Ce fut au tour Archer d'afficher un air incrédule, tandis qu'il se rappelait un détail que Sid Duckett lui avait confié.

« Attendez une minute ! Quand j'ai demandé à Sid Duckett ce qui allait advenir des affaires de Pittleman après sa mort, il m'a dit que Lucas Tuttle pourrait tout racheter parce qu'il avait beaucoup d'argent.

— Comment Duckett savait que Tuttle était suffisamment riche pour racheter le tout ? Tout le monde, y compris sa propre fille, pensait qu'il avait des problèmes d'argent.

— Il l'aurait su si Draper s'était confié à lui. »

Shaw digéra tout ça. « Le soir où on a parlé à Duckett chez lui, t'as mentionné le fait que la paye ne serait peut-être pas versée en entier…

— Vous pensez que Duckett a fait le lien et qu'il est allé voir Draper ? Il aurait pu lui dire ce qu'il en pensait. »

Shaw opina. « Il a peut-être même essayé de le faire chanter. En le menaçant de prévenir la police de ce qui se tramait en coulisse. À moins qu'ils ne le payent pour acheter son silence. Et pour sa peine, on le jette en pâture aux cochons.

— Et Lucas Tuttle tient sa revanche sur Pittleman.

— Comment ça ? demanda Shaw.

— La première fois que je l'ai rencontré, Tuttle m'a affirmé qu'en fait, Pittleman avait tout prévu depuis le début, en mettant d'abord la main sur la fille de Tuttle avant de mettre le grappin sur ses propriétés. Maintenant, je commence à me dire que c'était ce que voulait Tuttle depuis le début : s'accaparer tout ce que Pittleman possédait. Marjorie nous l'a confirmé, les deux hommes étaient rivaux.

— Et Tuttle n'aurait pas eu à débourser une fortune, à cause des créances et des factures impayées de Pittleman.

— Et Marjorie se serait certainement appuyée sur Draper pour qu'il lui donne un prix honnête pour vendre. Comme il roulait pour Tuttle, peu importe le prix soi-disant correct pour la transaction, on sait très bien que ça n'aurait pas été le cas et qu'elle se serait fait arnaquer. À ce propos, comment va Draper ? On pourrait lui demander directement. »

Shaw secoua la tête. « Toujours inconscient. Mais je serai là à son réveil, avec une sacrée liste de questions. »

Archer garda le silence et perdit son regard par la fenêtre.

« Qu'est-ce qu'il y a ?

— On est partis en guerre pour ça, vraiment ? Des gens se mettent de mèche pour en tuer d'autres pour de l'argent ?

— Les guerres ne changent pas les gens, Archer. Elles tuent un paquet de types, et quand elles sont finies, les gens reprennent leurs habitudes, les bonnes comme les mauvaises. La plupart d'entre eux redeviennent d'honnêtes citoyens, quand d'autres ne le sont pas tant que ça. » Il bâilla et étira ses jambes. « Bon, je suis vanné. J'ai besoin d'aller me pieuter un peu. Ça a été une putain de longue journée.

— D'accord. »

Shaw leva le pouce à l'intention d'Archer. « On va découvrir ce qui s'est passé, ne t'inquiète pas. J'ai quelques idées. »

Après son départ, Archer fuma une autre cigarette tout en admirant la vue par la fenêtre.

Une partie de lui souhaitait retourner en prison, une pensée qui le surprit lui-même. Toute cette histoire avait ébranlé sa foi en de nombreuses choses. Il commença à douter très fort de l'une d'elles en particulier.

Moi.

Pendant la guerre et la majeure partie de sa vie, en réalité, Aloysius Archer avait toujours pu compter sur son instinct. Plus maintenant.

Quelques minutes plus tard, il étudiait à nouveau la photo encadrée. Pittleman était mort. Tuttle aussi. Draper n'allait peut-être jamais se réveiller pour leur déballer la vérité. Il prit la photo et, distraitement, l'esprit divaguant sur un million de possibilités, tapota le cadre contre son genou.

Le fond du cadre se détacha alors, libérant un morceau de papier qui flotta jusqu'au sol. Il se pencha et le ramassa. Une lettre. Il la lut trois fois, de plus en plus troublé à chaque nouvelle lecture.

Il voulait aller en parler à Shaw tout de suite, mais il ne voulait pas perturber son sommeil. Ça attendrait le lendemain matin.

Sur un coup de tête, Archer sortit son canif et s'en servit pour découdre le fil de la doublure intérieure de son chapeau. Il y cacha la lettre et la photo, puis posa son chapeau sur le petit bureau.

Il s'allongea sur le lit et ferma tout de suite les yeux.

Quand il se leva tôt le lendemain matin, il ignorait encore que sa vie allait changer du tout au tout.

Et de la pire des manières.

CHAPITRE 45

ARCHER BÂILLA, S'ÉTIRA et prit le temps de se réveiller. Au loin, il distinguait un son qui, dans son état à mi-chemin entre le sommeil et la conscience, lui semblait à la fois familier et impossible à reconnaître. Le son résonnait de plus en plus fort. Il s'assit sur son lit. Il savait désormais ce que c'était.

Entre la plainte et le hurlement, le son grave d'une sirène.

Il traîna les pieds jusqu'à la fenêtre, les jambes encore raides et lourdes après une nuit de sommeil.

Il souleva la partie inférieure de la fenêtre, se frotta les yeux pour y voir clair et observa ce qui se passait dehors par cette journée étonnamment fraîche sous un ciel couvert. Il regarda avec beaucoup d'intérêt une longue ambulance avec des croix rouges peintes sur les côtés dévaler la rue, sa sirène gutturale déchirant la quiétude de ce qui aurait autrement été le commencement d'une journée banale à Poca City mais qui, pour varier, n'était pas coiffée d'un ciel dégagé et d'un grand soleil.

Il était sur le point de tourner les talons quand un deuxième son se mêla au premier. Une autre sirène, mais différente du hululement de l'ambulance.

C'était une voiture de police, dont l'unique gyrophare de toit luisait, le volume de la sirène poussé à un niveau à vous en crever les tympans. Un soliste, jouant la seule note d'une mélodie dérangeante d'une chanson de funeste augure.

Archer sortit une Lucky Strike d'un paquet neuf et l'alluma, tout en continuant de jeter un œil dehors et de se demander à quoi rimait tout ce raffut. L'ambulance, il pouvait comprendre. Mais couplée à la présence d'une voiture de police, c'était déjà plus intrigant.

L'instant d'après, il écrasa sa cigarette sur le rebord de la fenêtre alors que l'ambulance et la voiture de police se garaient toutes deux devant l'hôtel Derby. Il vit des hommes en uniforme jaillir hors de la voiture de police, et d'autres en blouse et pantalon blanc sortir de l'ambulance. Il enfila en vitesse ses vêtements et ses chaussures, attrapa sa veste et sortit de sa chambre en courant. Il descendit les marches deux à deux pour atteindre le hall de l'hôtel. Il enfonça la porte coupe-feu. Des badauds ainsi que quelques clients inquiets de l'hôtel, dont certains étaient encore en pyjama, s'étaient amassés dans le hall.

Il entendit la clochette de l'ascenseur et observa celui-ci s'arrêter au troisième étage.

Archer se précipita jusqu'au comptoir de l'accueil derrière lequel était planté encore un employé différent, un jeune homme aux épaules étroites et au visage grêlé.

« C'est quoi ce bordel ? » lui demanda-t-il d'un ton qui ne souffrait aucun refus de réponse.

Le jeune homme avait le teint pâle et les yeux arrondis par la peur. « On a trouvé quelqu'un dans le couloir qui baignait dans son sang.

— Qui ça ?

— J'en sais rien. C'est une femme de chambre qu'est tombée dessus. »

Archer repartit en courant en sens inverse vers les escaliers et sprinta jusqu'au palier du troisième étage. Il déboula dans le couloir et inspecta les deux côtés. Il ne vit rien mais entendit un bruit. Il partit sans tarder sur sa gauche et, après avoir tourné au bout du couloir, dut s'arrêter abruptement dans son élan.

Les policiers et les ambulanciers constituaient un groupe compact autour de quelqu'un allongé au sol. Archer se précipita vers eux. L'un des policiers l'entendit arriver, pivota sur lui-même et leva la main. « Reculez, police ! »

Ce dernier avait cependant bougé juste assez pour qu'Archer pût voir de qui il s'agissait. Irving Shaw gisait au sol, couvert de sang.

« Qu'est-ce qui lui est arrivé ?

— Partez d'ici, monsieur ! », lui ordonna l'agent en uniforme d'une voix sévère. Son visage avait viré au rouge et les mots s'étranglaient dans sa gorge. Son partenaire se tourna à son tour, mit la main sur la crosse de son arme de service et ajouta :

« Maintenant. »

Archer revint aux escaliers en chancelant, remonta jusqu'à sa chambre d'un pas mal assuré et une fois rendu, s'effondra sur le lit.

Shaw était blessé, voire déjà mort. Il avait eu le temps de distinguer le devant de sa chemise recouvert de sang. Impossible de dire si on lui avait tiré dessus ou si on l'avait poignardé, mais c'était forcément l'une ou l'autre de ces possibilités. Il se couvrit le visage avec ses mains. Il se sentait nauséeux, et la tête lui tournait. Il avait l'impression d'être de retour au combat et qu'on leur donnait l'ordre d'attaquer une énième position ennemie. Et les hommes de prier, de vomir, d'écrire des lettres d'adieux, de s'assurer que leur plaque d'identité était bien autour de leur cou. On allait même jusqu'à finaliser ses dernières volontés et son testament sur des formulaires préimprimés fournis par l'armée dans sa grande mansuétude, avec pour témoins ses compagnons d'armes.

Il se releva et tituba jusqu'à la fenêtre ouverte, aspirant l'air frais à grandes goulées comme si c'était du Rebel Yell à l'état gazeux. Il se pencha à sa fenêtre tandis que d'autres policiers débarquaient en trombe dans l'hôtel. Il reconnut parmi eux Bart le ventripotent et Jeb aux longues jambes.

Ses pensées s'ordonnant, Archer se concentra sur ce qu'il avait besoin de faire. Shaw et lui étaient censés se retrouver dans la matinée pour trouver le moyen de faire éclater la vérité au grand jour, enfin. Cette tâche reposait désormais sur les seules épaules d'Archer. Et lui aussi avait quelques idées pour y parvenir.

Archer dévala les escaliers quatre à quatre et sortit par la porte de service, évitant ainsi de traverser la foule grandissante qui s'amassait dans le hall de l'hôtel.

Shaw avait garé sa grosse Buick dans une rue parallèle. Archer s'installa sur le siège conducteur, ouvrit la boîte à gants et en sortit les clés. Il avait vu Shaw les y glisser la veille au soir. Il mit le contact, engagea la marche arrière, exécuta un demi-tour et partit dans la direction opposée pour contourner l'animation qui régnait devant l'hôtel. Il s'engagea sur la rue principale à deux pâtés du Derby, juste à temps pour voir deux hommes transporter Shaw sur une civière, un drap remonté jusqu'au menton.

Pas de drap sur son visage, donc il n'est pas mort, Dieu merci.

Archer les observa jusqu'à ce que les portes arrière de l'ambulance se referment. Il prit une grande inspiration. L'odeur de Shaw, dont était imprégné chaque pore de la Buick, lui assaillit les poumons. Un homme bon qui allait peut-être connaître une fin malheureuse. Ça pourrait tous nous arriver. Archer le savait. Bien loin d'être gagné d'avance, mais pendant la guerre, le policier avait survécu à une quantité folle de missions de bombardement en se battant pour son pays, tout ça pour revenir au bercail et, peut-être, mourir dans un hôtel miteux de cette foutue Poca City.

Quelqu'un a peut-être essayé de le tuer parce qu'il cherchait à connaître la vérité tout en prouvant mon innocence.

Cette pensée ajouta une motivation supplémentaire à la mission qu'Archer s'était fixée, non pas qu'il en eût besoin. Le simple fait d'éviter de passer à travers une trappe une corde autour du cou suffisait à vous motiver un homme.

Il prit à gauche et sortit de la ville, direction la maison de Marjorie Pittleman. Jackie et Ernestine s'y étaient rendues, apparemment avec le butin dérobé dans le coffre-fort. Il devait découvrir pourquoi. Il espérait par la même occasion trouver un indice sur la destination des deux jeunes femmes. Et, plus important encore, il était venu à l'esprit d'Archer un détail qui pourrait justement le mettre sur la bonne piste. L'ironie voulait que ce fût en rapport avec une déclaration de Shaw : dans son rapport aux femmes, ça marchait dans les deux sens. Il leur plaisait et, à leur tour, elles pouvaient le plier à leurs volontés.

Il ne traîna pas en route. Une fois arrivé, il gara la Buick sur le bas-côté, à distance de la propriété, et fit le reste du chemin à pied. Il était encore tôt, personne n'était sorti travailler. Le portail était fermé avec une chaîne, mais il n'eut aucun mal à se hisser rapidement par-dessus et à retomber de l'autre côté, à l'intérieur du domaine.

Accroupi, il prit le temps d'observer le terrain sur sa droite, puis sur sa gauche, se glissant à nouveau dans son rôle d'éclaireur dans l'armée.

La maison ne l'intéressant pas, il partit sur sa gauche. Il plongea la main dans sa poche pour s'assurer de sa présence. Non seulement il avait pris la voiture de Shaw, mais il avait aussi embarqué son Smith & Wesson calibre 38 modèle Special Victory trouvé dans le compartiment sous le tableau de bord. Archer espérait bien que sa mission serait couronnée de succès. Et l'arme pourrait lui être très utile pour parvenir à ses fins.

Tapi à couvert, il se familiarisa avec son environnement puis consulta sa montre. Les employés n'allaient pas tarder à se montrer, pensait-il. Une supposition qui se vérifia quand il vit Manuel apparaître au coin de l'un des bâtiments, un seau à la main.

Il se releva de sa cachette et s'approcha de l'homme, qui s'arrêta net en voyant Archer.

« Bonjour, Manuel. Comment va ? »

L'homme eut l'air surpris de cette introduction.

« Comment va ? » Il souleva son seau. « Bah, je bosse.

— J'ai une question à vous poser. Vous connaissez Amy, la femme de chambre ?

— Oui, et ?

— Elle travaille ici depuis combien de temps ?

— Pourquoi ?

— J'avais dans l'idée de l'inviter à sortir. J'ai l'impression qu'elle m'aime bien. »

Manuel sourit. « Elle est très... amicale.

— Ouais, j'ai vu ça. Alors ? Depuis combien de temps elle bosse ici ?

— Pas longtemps. Six mois, peut-être.

— Vous savez où je pourrais la trouver ?

— À l'heure qu'il est, elle doit être chez elle en train de se préparer pour aller au travail.

— Et c'est où, chez elle ? »

Manuel le dévisageait désormais avec méfiance. « Pourquoi ? »

Archer tapota la poche où était caché le revolver. « J'ai un petit cadeau pour elle. Je veux lui offrir avant de lui demander de sortir avec moi. J'aime pas laisser l'herbe me pousser sous le pied. Un autre type pourrait venir me la couper. »

Manuel sourit à nouveau, compréhensif, hocha la tête et pointa sa gauche du doigt.

« Les femmes de chambre vivent dans des petites maisons derrière cette grange. Celle d'Amy, c'est la dernière. »

Archer fourra un dollar dans la main calleuse de Manuel.

« Merci l'ami. Vous n'avez pas idée à quel point ça m'aide.

— Bonne chance.

— Je pense que je vais en avoir besoin. »

Archer ne perdit pas de temps à rejoindre la rangée des petites maisons d'une seule pièce et avança jusqu'à la dernière d'entre elles.

Il frappa à la porte et une voix de jeune femme lui répondit.

« Qui est-ce ? »

Archer fit de son mieux pour imiter la voix de baryton de Manuel.

« Mme Pittleman a besoin de vous tout de suite, Amy.

— Une minute. »

Moins d'une minute plus tard, la porte s'ouvrit et Amy se tenait devant lui. Elle leva la tête et croisa le regard d'Archer, déboussolée par sa présence. Elle lui adressa tout de même un grand sourire. « Monsieur Archer, qu'est-ce que vous faites là ? »

Elle s'arrêta de sourire quand Archer sortit le calibre 38 qu'il pointa sur elle.

Terrifiée, elle recula, et Archer entra et ferma la porte derrière lui. Il avisa les petites dimensions de la pièce comparables à celles de sa cellule en prison. L'intérieur était très rudimentaire. Un lit de camp, un buffet où étaient posés une cuvette et un pichet pour la toilette. Une chaise en bois au dossier cassé. Des crochets au mur, pour y pendre le peu de vêtements qu'elle possédait. Un petit carré de tapis usé jusqu'à la corde sur un plancher en bois brut. Un courant d'air froid traversait la pièce, amenant avec lui l'odeur distinctive de moisissure. Il imaginait que les sanitaires se trouvaient dans l'une des autres maisons.

« Assieds-toi », lui ordonna-t-il en lui montrant le lit de camp. Il s'installa sur la chaise.

Elle s'assit, la peur se lisant très nettement dans ses yeux. « Je vous en prie, ne me faites pas de mal.

— Je veux que tu me dises, ici et maintenant, où se trouvent Jackie et Ernestine. »

Le regard vide, elle ne lui répondit pas. Elle restait assise, immobile, tandis que des larmes se formaient au coin de ses yeux et que son petit visage était parcouru de tressaillements.

Il se leva et l'agrippa violemment par le bras pour la remettre sans ménagement sur ses pieds. « D'accord, on va voir les flics. Ils vont pouvoir arrêter quelqu'un, alors autant que ce soit toi, frangine. »

Le visage d'Amy se vida de son sang et s'affaissa. Elle vint se coller à lui et l'implora : « Attendez, attendez ! S'il vous plaît. Ne faites pas ça. Je... »

Il considéra à nouveau la petite maison. « Elles ont agité un peu de pognon devant toi, c'est ça ? Pour que tu puisses te barrer de ce taudis. Combien ? » Elle ne répondit pas. Archer pointa à nouveau le revolver sur elle et lui annonça calmement : « Je suis un putain d'enfoiré prêt à tout, ma p'tite dame. Alors, combien ?

— M... mille dollars. »

Archer se rassit, sortit son paquet de cigarettes et en fit sortir une qu'il coinça entre ses dents, sans l'allumer. « Où est la caisse ?

— La caisse ?

— La boîte, la caisse, appelle ça comme tu veux. C'est très simple, Amy, bordel. Y a que le fric qui t'intéressait dans cette histoire, alors crache. »

Elle s'obstina à garder le silence. Archer hocha doucement la tête. « OK, laisse-moi t'expliquer ce qui se passe, comme ça tu verras que je ne suis pas en train de bluffer. Ce soir-là, elles sont venues avec la Nash. Pas pour voir Marjorie. Impossible que Jackie passe un marché avec une femme qui la hait au plus profond de ses tripes. Ce que j'en pense, *moi*, c'est qu'elles sont venues te voir, *toi*. T'as l'air prête à faire n'importe quoi en échange d'un peu de blé. Jackie venait souvent ici depuis qu'elle fréquentait Pittleman. Et je parie qu'elle t'a très vite cernée. Et l'autre servante, cette vieille grincheuse d'Agnes, elle n'a pas le cran dont avait besoin Jackie. Elles avaient un coffre de bagnole rempli à ras bord de lingots d'or, de liquide, merde, il y avait peut-être même les bijoux de la couronne pour ce que j'en sais. Et elles avaient besoin d'un moyen de l'expédier en dehors de Poca City. » Il jeta un œil par la fenêtre en direction du bâtiment marqué HP Trucking. « C'est là-bas, dans cet entrepôt ? » Ne recevant aucune réponse de sa part, Archer adopta une voix posée en rivant ses yeux dans les siens. « T'es prête à te balancer au bout d'une corde pour mille dollars, frangine ? T'as intérêt à tout me dire fissa, ou c'est ce qui t'attend. »

Elle se mit à sangloter. « J'ai juste fait ce qu'elles m'ont demandé. Je ne savais pas que quelqu'un allait se faire tuer.

— Eh bien, c'est arrivé. Et la loi dit que l'ignorance n'est pas une excuse. Tu es tout aussi coupable qu'elles. Montre-moi ce qu'elles ont rapporté ce soir-là. »

Ils firent une grande boucle pour récupérer la Nash puis ils se rendirent directement à l'entrepôt. Il n'y avait encore personne, mais il était tôt. Les doubles portes étaient fermées à clé, mais Archer trouva une fenêtre sur le côté du bâtiment qui céda à son coup de canif. Il poussa Amy à travers et la suivit. Il alluma sa lampe torche et braqua son faisceau sur l'immense espace intérieur, rempli jusqu'à une bonne hauteur de marchandises prêtes à être expédiées.

« Où ? » demanda-t-il d'un ton sec.

Elle le guida jusqu'au fond de l'entrepôt, dans un coin où des caisses avaient été empilées. Juste derrière ce fatras se trouvait le grand chariot en métal à quatre roues dont s'étaient servis les employés pour manutentionner les caisses qu'Archer avait chargées dans le camion de Sid Duckett. Derrière, quelque chose avait été recouvert d'une couverture. Archer la fit glisser au sol, révélant une grande caisse en bois. Il pointa sa lampe sur l'étiquette d'expédition collée sur le dessus de la caisse et la lut.

Il se tourna vers Amy qui ne cessait de trembler. « Je... je sais même pas où c'est, marmonna-t-elle en déchiffrant la destination finale de la caisse.

— Moi si, répondit Archer. Et c'est tout à fait logique, en fait. »

Il dénicha un pied-de-biche, fit basculer la partie supérieure de la caisse et jeta un œil à l'intérieur. Il y trouva le contenu du coffre-fort de Tuttle recouvert d'une grande quantité de vêtements féminins pliés, de chaussures, de couvertures et de draps, rembourrage et leurre pour persuader quiconque se serait hasardé à regarder à l'intérieur que la caisse ne contenait que ce genre de marchandise. Personne ne pourrait se douter qu'une belle petite fortune se cachait en dessous. Il était à peu près sûr que certains de ces vêtements appartenaient à Jackie et Ernestine. En fait, il crut en reconnaître quelques-uns aperçus dans le placard d'Ernestine. Elles pensaient sans doute faire livrer leurs affaires personnelles là où elles s'étaient réfugiées.

Archer tomba ensuite sur une taie d'oreiller. Il ne s'était pas attendu à ça : une liasse de feuilles agrafées. Il lut la première page puis passa directement à la dernière et aux signatures apposées en bas.

« Le fils de pute, siffla-t-il entre ses dents.

— C'est quoi ? demanda Amy d'une voix tremblante.

— Rien. » Il fourra les documents dans la poche de sa veste, remit le couvercle de la caisse en place puis enfonça les clous à l'aide du pied-de-biche.

Ses yeux tombèrent sur le chariot, et son plan fut acté. Il plia les genoux et mobilisa toute sa force pour faire basculer un côté de la caisse qu'il déposa sur le chariot, puis il s'accroupit à nouveau et hissa l'autre côté de la caisse. Il poussa le chariot jusqu'aux portes de l'entrepôt, les déverrouilla et réussit à faire passer la caisse du chariot au coffre gigantesque de la Buick. Il ferma les portes de l'entrepôt et pointa le calibre 38 sur Amy.

« Un mot à quiconque, et tu finis au bout d'une corde, c'est compris ? »

Les yeux embués, les mains serrant le petit tablier blanc de son uniforme, elle hocha la tête.

« Mais il y a une chose que je ne comprends pas.

— Quoi ?

— J'ai été gentille avec vous. J'ai même… flirté un peu avec vous. Alors comment avez-vous pu penser que j'étais impliquée dans tout ça ?

— Tu viens juste de répondre à ta question.

— Hein ?

— J'ai découvert que certaines femmes aiment bien m'embobiner parce que je perds tout sens commun avec elles. Eh bien, pas cette fois. »

Il la laissa rentrer chez elle à pied tandis qu'il rejoignait la route principale. Il devait trouver un endroit sûr pour cacher le contenu du coffre. Trois kilomètres plus loin, la planque parfaite se présenta à lui.

Il enfonça l'accélérateur de la Buick et fonça vers l'endroit où il avait besoin d'aller.

CHAPITRE

47

UNE FOIS DE RETOUR DANS sa chambre au Derby, Archer put se poser et réfléchir sérieusement à la situation. Il cacha l'étiquette d'expédition de la caisse entre deux pages de la bible dans le tiroir du bureau de sa chambre. Il avait fumé deux cigarettes et bu un cinquième de sa bouteille de Rebel quand on frappa à sa porte.

« Qui est là ? marmonna-t-il.

— La réception, monsieur. Un message pour vous.

— Hein ? De qui ?

— Elle n'a pas donné de nom.

— Elle ? »

Archer sauta de son lit et se précipita à la porte. Il la déverrouilla et à peine la tira-t-il que celle-ci s'ouvrit en grand, Bart et Jeb forçant le passage avant de le plaquer au mur.

« Eh bien, bonjour à vous aussi, gémit Archer, le souffle coupé.

— T'es en état d'arrestation, enfoiré, grogna Bart.

— Pour quoi ?

— Pour tentative de meurtre sur Irving Shaw. Et on rajoute à ça ton autre accusation, le meurtre de Lucas Tuttle. Comment t'as pu ressortir en payant une caution avec ça sur le dos, ça me dépasse.

— C'est des conneries. Je n'ai rien à voir avec ça. Et je n'ai rien fait à M. Shaw, bordel.

— C'est toi qui le dis, Archer. On sait de source sûre que tu as été vu avec lui hier soir, ici même, dans cet hôtel. On l'a retrouvé tôt ce matin, aux portes de la mort, en train de se vider de son sang, trois étages plus bas que ton cul.

— Il va s'en sortir ?

— Ils l'ont transféré à l'hôpital général de Garfield. Il est toujours inconscient, mais bon, c'est pas comme si ça t'inquiétait, hein ?

— On travaillait sur l'affaire ensemble.

— Quelle affaire ?

— Ces foutus meurtres.

— Encore une fois, c'est toi qui le dis. Nous, on n'est pas du tout au courant de ça.

— Mais j'ai payé ma caution. Je suis libre.

— Plus maintenant, non. Pas après ce qui est arrivé au lieutenant Shaw. »

Ils le sortirent sans ménagement de sa chambre et le firent sortir de l'hôtel par devant, menottes aux poignets.

En deux temps trois mouvements, il se retrouvait derrière les barreaux d'une cellule.

Les flics avaient trouvé le deuxième revolver de Shaw sur Archer, ce qui ne plaidait pas en sa faveur. Bart l'avait toisé d'un air triomphant quand ils avaient mis la main sur le calibre 38. « Il lui tire dessus et il embarque son flingue. Y a rien qui me fait plus gerber.

— Faudrait voir à manger un peu moins, pour pas avoir envie de gerber, Bart. »

Cette provocation lui avait coûté un gros coup de poing en plein visage et un saignement de nez abondant.

Il s'assit sur le banc de sa cellule et s'adossa au mur. Son œil au beurre noir le fit grimacer alors qu'il continuait de se pincer l'arête du nez. Les blessures au visage récoltées lors de sa rencontre avec

Draper n'étaient pas encore guéries. Archer prit une profonde inspiration et réfléchit aux différentes options qui se présentaient à lui. Cela ne lui prit pas longtemps, il n'en avait aucune.

Un grand bonhomme costaud, proche de la cinquantaine, les cheveux gominés en arrière, portant un costume trois pièces gris et une cravate bleue au nœud archi serré fit soudain son apparition de l'autre côté des barreaux. Il avait l'allure d'un prêcheur ou d'un politicien, et Archer n'avait vraiment aucune envie de tailler une bavette avec l'un ou l'autre.

« Monsieur Archer ? »

Archer releva la tête. « Qui le demande ?

— Herbert Brooks, le procureur de Poca City. »

Herbert Brooks. Archer reconnut le nom lu dans la lettre trouvée enroulée dans le canon du fusil de Tuttle.

« Vous n'êtes donc pas un allié.

— Peut-être le suis-je. Peut-être pas.

— C'est-à-dire ? s'interrogea Archer en se levant pour s'approcher des barreaux.

— Il se trouve que l'état actuel du lieutenant Shaw est dû, malheureusement, à une ancienne blessure. »

Les sourcils d'Archer se rejoignirent au milieu de son front plissé. « Je ne vous suis pas.

— Il a été blessé lors d'une altercation chez Mlle Jackie Tuttle.

— Je le sais, j'y étais. J'ai arrêté le saignement et je l'ai amené à l'hôpital.

— Oui, bien sûr, cependant les médecins ne s'étaient pas rendu compte que cette blessure avait endommagé une artère. Que ce soit à la suite d'un effort physique ou à cause du lieutenant Shaw, cette blessure a évolué en une déchirure partielle de l'artère. Il n'est pas passé loin d'y rester à la suite de l'hémorragie. Il est inconscient, et toujours pas tiré d'affaire. Nous pensons qu'il a dû comprendre quelque chose, qu'il s'est dépêché de sortir de sa chambre pour chercher de l'aide et qu'il s'est évanoui en chemin.

— J'espère foutrement qu'il va s'en sortir. Mais alors pourquoi la police est venue m'arrêter en disant que je lui avais tiré dessus ?

— La police ne savait pas ce qui lui était arrivé. Il était couvert de sang. Ils ont pensé qu'il venait juste de se faire attaquer.

— Ça veut dire que je peux sortir ?

— Oui. J'y veille. Mais gardez bien en tête que vous êtes toujours accusé du meurtre de Lucas Tuttle. Et je dois vous avouer, pour être tout à fait honnête avec vous, que je pense aussi vous accuser du meurtre de Hank Pittleman. Je n'arrive pas à comprendre, après avoir passé les preuves en revue, pourquoi le lieutenant Shaw ne vous a pas mis en état d'arrestation pour ce crime-là. En aucune circonstance, vous ne devez quitter Poca City. J'ai appris que vous aviez été libéré sous caution, ce qui, encore une fois, reste incompréhensible à mes yeux, mais le lieutenant Shaw n'est pas passé par moi. Apparemment, il a réussi à convaincre l'un de mes subalternes de lui accorder cette faveur. Et quand bien même j'aimerais beaucoup révoquer votre caution... Vu qu'il est établi que vous n'avez pas attaqué le lieutenant Shaw, je n'ai aucun motif valable à présenter à la justice pour obtenir ce recours. Néanmoins, étant donné la situation, j'ai donné l'ordre que l'on vous garde sous surveillance constante. Si vous essayez de quitter la ville, vous serez immédiatement en état d'arrestation.

— Mon procès est prévu pour quand ?

— Normalement, dans quelques semaines. J'ai déjà commencé à monter mon dossier et préparer mes témoins. La tâche est plus difficile que d'habitude, vu que le lieutenant Shaw est immobilisé, mais nous devons quand même faire avancer l'affaire, et les notes qu'il a prises durant son enquête seront versées au dossier d'instruction. » Son regard se fit plus dur, ce qui n'échappa pas à Archer. « Et je dois dire que les preuves contre vous sont assez conséquentes.

— Est-ce que l'un de vos témoins ne serait pas Jackie Tuttle, par hasard ?

— Si.

— Elle s'est enfuie. Elle a quitté la ville.

— C'est ce que j'ai cru comprendre. Son témoignage n'est pas essentiel à l'affaire qui nous intéresse, mais nous avons émis des alertes dans toutes les villes et lieux de passage possibles de la région, avec pour consigne de la ramener afin qu'elle puisse témoigner. J'aime parer à toutes les éventualités.

— Je vous souhaite bonne chance, dans ce cas. »

Brooks le fixa d'un air suspicieux. « Vous ne lui avez fait aucun mal, n'est-ce pas ?

— C'est plutôt l'inverse, en fait. Et pendant que vous y êtes, essayez donc de retrouver Ernestine Crabtree.

— L'agent de probation ?

— Ouais. Elle aussi, elle s'est tirée. Je me demande pourquoi, tiens ? »

Brooks, sceptique, secoua la tête.

« Eh, monsieur Brooks, une dernière chose... » Archer tira de sa poche la copie carbone du courrier retrouvé dans le fusil de Tuttle et la passa à Brooks à travers les barreaux.

Brooks la lut puis releva la tête. Son regard dur se riva sur Archer. « Où avez-vous trouvé ça ?

— C'est M. Tuttle qui me l'a donnée. Mais il vous a envoyé l'original, n'est-ce pas ?

— Oui.

— Et que comptez-vous faire à ce propos ?

— Je représente la loi, monsieur Archer, et j'ai bien l'intention de la faire appliquer. M. Tuttle était quelqu'un de très important dans la région et sa parole a beaucoup de poids. C'est l'autre raison pour laquelle je veux que sa fille revienne. Dans le cas contraire, j'ai les moyens de retrouver sa trace. D'une façon ou d'une autre, la justice sera rendue.

— Si vous le dites... » Archer tendit la main pour récupérer la lettre.

« Je ne sais pas si c'est une bonne idée de vous la rendre.

— Vous avez déjà l'original, je pourrais en avoir besoin pour ma défense.

— Comment ça ?

— Je ne suis pas obligé de vous le dire, si ?

— Eh bien, en fait, non.

— Parfait. Dans ce cas… »

De mauvaise grâce, il rendit la copie carbone à Archer.

Archer prit tout son temps pour ranger la feuille dans sa poche. « Au fait, j'ai droit à un avocat, ou pas ?

— Si vous pouvez vous en payer un, oui. Sinon, eh bien… » Il haussa les épaules.

« Ouais, c'est exactement ce qui m'est arrivé la dernière fois. Je n'avais pas d'avocat parce que je n'avais pas d'argent. Je ne trouve pas ça normal que la justice rendue dépende de l'épaisseur de votre portefeuille.

— Figurez-vous que la Cour suprême des États-Unis vous rejoint sur ce point, monsieur Archer. D'après le sixième amendement, un prévenu a droit à un avocat payé par l'État s'il n'a pas les moyens d'en engager un.

— Et donc ?

— Eh bien voilà, à l'heure actuelle, cette règle s'applique uniquement aux poursuites criminelles engagées par une cour *fédérale*, et non par celle d'un État, sauf en cas de circonstances extraordinaires. Malheureusement, vous ne remplissez aucun de ces critères.

— Formidable. Je peux donc finir pendu si je suis reconnu coupable. Si c'est pas *extraordinaire*, ça… »

Au vu de son argument, Brooks prit soudain Archer en pitié.

« Je peux vous recommander quelqu'un aux tarifs relativement abordables.

— D'accord. Merci.

— Ne me remerciez pas, monsieur Archer. Je vais faire de mon mieux pour que vous soyez pendu », lui répondit-il avant de sortir.

Archer se rassit et s'adossa contre le mur en béton. Il crevait d'envie de se fumer une cigarette, mais ses Lucky Strike et ses allumettes avaient été confisquées en même temps que le flingue.

Une heure plus tard, un homme filiforme aux yeux perçants, au crâne poli comme une boule de billard, avec un costume bleu foncé en laine peignée, tenant un chapeau rond à calotte basse et plate, s'avança jusqu'à la cellule et jeta un œil à travers les barreaux. Il tenait dans son autre main une serviette en cuir qui avait fait plus que son temps.

« Eh, Archer ? lança-t-il.

— Ouais ?

— Jervis Donnelly. J'ai entendu dire que vous aviez besoin d'un avocat.

— OK. Vous prenez combien ?

— Je vous fais un prix d'ami à cent dollars.

— Et qu'est-ce que j'obtiens en échange d'un billet de cent ?

— J'ai ma petite idée.

— Je vous écoute.

— On va plaider coupable et on va voir si on peut vous obtenir la perpétuité. Comme ça, vous évitez le nœud coulant. Un sacré bon deal, si vous y réfléchissez. J'ai commencé à remplir la paperasse. Je prends cinquante dollars maintenant, et les cinquante autres après que la cour a validé la peine de prison à vie.

— Et sinon ?

— Vous me faites marcher ?

— J'ai l'air de plaisanter, monsieur ?

— Allez, Archer. Entre nous. Vous savez que vous êtes coupable. Faut avaler la pilule, maintenant. En échange, vous êtes sûr d'avoir vos trois mètres carrés et un toit au-dessus de votre tête jusqu'à ce que vous y passiez. Et ils vous apprendront à faire des plaques d'immatriculation. La plupart des gens dans votre cas seraient ravis de signer un deal pareil.

— Alors j'imagine que je ne suis pas comme la plupart des gens. Quand je suis revenu de la guerre, je cherchais quelque chose d'un peu mieux que trois mètres carrés et une foutue carrière dans la fabrication de plaques d'immatriculation. »

Donnelly haussa les épaules. « Vous voulez pas écouter mes conseils, qu'est-ce que je peux faire pour vous ?

— Vous pouvez vous tirer, voilà ce que vous pouvez faire. Allez, cassez-vous. »

Les yeux perçants de Donnelly se firent encore plus acérés.

« Vous avez besoin d'un avocat, Archer. Personne d'autre n'acceptera de prendre votre défense. Moi, je suis un type sympa. J'ai de l'empathie.

— Mais vous ne comptez même pas vous battre pour votre client ?

— Merde, mon gars, je ne suis pas un magicien. Je ne peux pas changer les faits, bon sang. Et par-dessus le marché, vous êtes un putain d'ancien taulard. Et puis, vous m'avez l'air pas net. On vous pendra, aussi sûr que je me tiens devant vous, c'est comme ça que ça se passe à Poca City.

— Dans ce cas, j'assurerai moi-même ma défense.

— Je vous le déconseille fortement, répliqua Donnelly d'un ton empreint de gravité. Un homme qui se défend lui-même, surtout dans une affaire de meurtre, a pour client non pas un idiot, mais un bougre d'idiot.

— Le seul bougre d'idiot ici, je l'ai en face de moi.

— Comme il veut, le péquenaud », râla Donnelly avant de partir d'un pas raide.

Dès qu'Archer fut remis en liberté, il remarqua que deux hommes en civil le suivaient tandis qu'il rentrait à son hôtel. Il changea de direction et se dirigea vers la petite maison d'Ernestine. Il entra grâce à la clé qu'elle lui avait donnée, se dirigea droit vers ses étagères et embarqua les ouvrages juridiques qui s'y trouvaient.

En sortant, il fit un signe de tête à la paire de flics en civil.

« Eh dis donc, le héla l'un d'eux. T'es en train de voler ? »

Archer leva l'un des livres.

« J'y ai légalement droit pour préparer ma défense au tribunal. Vous avez lu la Constitution ? C'est écrit dedans. Sixième amendement. Il est bien, celui-là. »

Les deux hommes échangèrent un regard et haussèrent les épaules. « Tu prépares tes funérailles, mon pote, dit l'un d'eux.

— Ouais, on verra ça, l'ami. »

Il retourna à sa chambre d'hôtel et posa les livres sur le lit. Il ouvrit ensuite l'un des tiroirs de la commode et observa la boîte du dictaphone. Par chance, n'ayant pas fouillé sa chambre, ils ne l'avaient pas trouvé. Brooks était certainement persuadé qu'il disposait de toutes les preuves pour le pendre. Il ouvrit la boîte et regarda tous les documents qu'il avait balancés à l'intérieur, ceux découverts dans la caisse à l'entrepôt de marchandises.

La bande et les documents lui en apprirent beaucoup. Il espérait pouvoir mettre tout ça à profit lors de son futur procès.

Il s'étendit un peu sur le lit et ouvrit l'un des livres. Il en commença la lecture puis prit des notes en se servant du papier à lettres et du stylo-bille qu'il avait trouvés dans le tiroir près de la Bible. Au bout d'un moment, ses yeux se fatiguèrent et il n'arriva plus à rien déchiffrer, alors il se mit à siffler. C'était un air triste qui lui venait après chaque bataille quand ils empilaient, comptaient et enterraient leurs morts. Il avait combattu pour une cause qu'il n'avait pas entièrement comprise, mais qu'il estimait cependant juste. S'en était suivi un passage à Carderock pour quelque chose qu'il n'avait pas commis. Et le voilà qui allait probablement se faire pendre pour une autre chose qu'il n'avait pas faite.

Il but une gorgée de sa bouteille puis sortit le dictaphone du tiroir, le brancha et le mit en marche. Cette fois-ci, il laissa la bande se dérouler. Il retourna s'étendre sur le lit, la bouteille à la main, se contentant de fixer le plafond, de siffler son air, et de se demander ce que l'on ressentait lors d'une mort par pendaison.

Il s'arrêta de siffler quand il entendit un son nouveau sortir de l'enregistreur. Il ne l'avait jamais laissé tourner aussi longtemps ;

le long silence lui avait fait penser qu'il n'y avait rien d'autre sur la bande.

Archer se redressa et s'assit. Il fixait le dictaphone des yeux et écouta les sons qui en sortaient. Son regard se perdit ensuite par-delà la fenêtre, vers le ciel.

Après avoir participé à une guerre mondiale, il n'avait plus jamais eu peur de la colère divine, car il croyait désormais fermement qu'un Dieu aimant et miséricordieux aurait empêché l'humanité de commettre un péché aussi monstrueux.

Non, Aloysius Archer n'était pas un homme qui craignait la colère de Dieu.

Jusqu'à ce moment.

« Merci, monsieur Jésus. »

Il sortit l'étiquette d'expédition de la Bible, détacha une feuille vierge du bloc de correspondance et prit une bonne demi-heure à rédiger un courrier avec le plus grand soin. Il descendit en vitesse à l'accueil où on lui donna une enveloppe, puis il écrivit l'adresse dessus et l'emporta au bureau de poste pour l'expédier. Les policiers en civil ne le perdirent pas de vue une seule seconde. Après ça, il remonta dans sa chambre, s'allongea sur le lit et pria pour que sa lettre fît un miracle.

Archer ne put s'empêcher de sourire. Il avait cessé de croire qu'il y avait du bon chez les autres car il n'en avait que très rarement eu la preuve. Mais maintenant ? Sa foi avait été restaurée. Juste à temps.

CHAPITRE 48

« MESDAMES ET MESSIEURS, la Cour », annonça l'officier de justice, un costaud à l'air austère dont les cheveux bruns se terminaient en un V pointu.

Plusieurs semaines s'étaient écoulées, une bonne partie de la population de Poca City, dont le jury, se leva comme un seul homme dans la pièce du premier étage du bâtiment abritant l'hôtel de ville et le palais de justice. Cela incluait Archer, qui avait sorti son nouveau costume et ses chaussures polies à la salive. Son chapeau était posé sur la table devant lui, à côté des ouvrages juridiques d'Ernestine et de notes manuscrites.

Un petit juge avec des épaules rondes, un crâne chauve ceint d'une couronne de cheveux gris sur un cou maigre et fripé agrémenté d'un rideau de peau flasque pendouillant, sortit à petits pas d'une porte derrière le banc des juges et monta prendre place. Il toisa impérieusement son petit domaine derrière des lunettes en écaille.

« L'audience est ouverte, vous pouvez vous asseoir », beugla l'officier de justice.

Tous les derrières dans la salle retrouvèrent leurs sièges en bois et le juge Theodore Richmond ouvrit la séance d'une voix perçante et nasillarde. « Monsieur Aloysius Archer, dit-il en regardant un document en face de lui, vous êtes poursuivi pour les meurtres de messieurs Hank Pittleman et Lucas Tuttle. Et vous assurez vous-même votre défense, est-ce correct ? »

Archer se leva. « C'est correct, monsieur le juge. »

Le juge lui adressa un regard sévère. « Pour votre gouverne, sachez qu'il est hautement inhabituel qu'un homme assure lui-même sa défense face à des accusations de meurtre.

— Eh bien, monsieur le juge, l'avocat qu'on m'a envoyé et moi-même ne partagions pas le même point de vue. Il pensait qu'une peine de prison à perpétuité était un bon accord. Et je n'avais pas les moyens d'en engager un autre.

— Étant donné l'alternative, il n'avait peut-être pas tout à fait tort, concernant cette peine à perpétuité. » Il se tourna vers le procureur. « Monsieur Brooks, êtes-vous prêt ? »

Resplendissant dans un costume trois pièces bleu à rayures fines et cravate rouge foncé, sans oublier des boutons de manchettes sur sa chemise amidonnée et une coiffure impeccable, Brooks se leva en s'éclaircissant la gorge. D'une impressionnante voix de baryton, il déclara haut et fort : « Oui, votre honneur.

— Accusé ? demanda le juge en lançant à Archer un regard condescendant.

— Euh, la défense est prête, monsieur le juge », répondit Archer en se levant à moitié de sa chaise. Son regard dévia vers le tas de livres juridiques empilés à côté de lui, et il tendit soudainement la main pour tapoter le volume en haut de la pile.

Si ma bonne étoile veut se manifester maintenant, qu'elle ne se prive pas.

« Vous pouvez appeler votre premier témoin, monsieur Brooks », annonça le juge Richmond une fois que les procédures judiciaires préliminaires furent effectuées.

Brooks appela plusieurs témoins qui aidèrent à exposer et déterminer le cadre de l'affaire. Archer n'émit le souhait de faire subir un contre-interrogatoire à aucun d'entre eux.

Le juge finit par se tourner vers lui. « Monsieur Archer, je viens juste vérifier si, par hasard, vous ne vous seriez pas endormi. »

La foule gloussa et Archer répondit : « Non, monsieur le juge, j'attends juste le bon moment.

— Eh bien, n'attendez pas trop longtemps. Ou sinon, vous risquez de découvrir que votre "moment" est passé, mon garçon. »

Archer finit par se réveiller quand Brooks énonça : « L'accusation appelle Mlle Jacqueline Tuttle. »

Archer se tourna et vit Jackie Tuttle se lever de sa place au dernier rang pour remonter l'allée et rejoindre le box des témoins, juste à côté du banc des juges. Elle portait une robe bleu foncé toute simple, des bas noirs, un chapeau turban assorti avec un petit voile, et un collier de fausses perles autour du cou. L'officier de justice lui fit prêter serment puis elle s'assit.

Jackie prit le temps de relever son voile et de l'attacher à son chapeau.

Brooks s'approcha d'elle. « Vous êtes bien Jacqueline Tuttle, fille unique de Lucas Tuttle ?

— Oui.

— Connaissez-vous le prévenu, Aloysius Archer, ici présent ? » Jackie sonda Archer du regard. Il la fixa, impassible.

« Oui.

— Que pouvez-vous nous dire sur les événements précédant la mort de votre père ?

— J'étais présente quand M. Hank Pittleman, un ami à moi, a engagé M. Archer pour récupérer le paiement d'une dette contractée par mon père. M. Pittleman comptait le payer cent dollars après avoir récupéré le remboursement de la dette, mais M. Archer lui a demandé une avance de quarante dollars, qu'il lui a accordée.

— Pour quelle raison a-t-il demandé une avance ?

— Il a dit qu'il aurait certainement des dépenses pour récupérer le paiement de la dette, et qu'il avait besoin d'argent pour y pallier. Je trouvais que c'était tout à fait logique, en fait.

— Et s'est-il servi de cet argent ? »

Jackie hésita.

« Mademoiselle Tuttle, s'est-il servi de cet argent ? lui demanda Brooks à nouveau.

— Il s'est acheté de nouveaux vêtements. »

Brooks montra une petite feuille de papier. « Des nouveaux vêtements pour une somme, selon nos calculs, d'environ trente-cinq dollars.

— Il présentait bien avec.

— Est-il arrivé un moment où M. Archer s'est employé à récupérer le remboursement de cette dette ?

— Oui. Il m'a dit qu'il avait eu un premier entretien prometteur avec mon père et qu'il comptait continuer à y travailler.

— A-t-il rencontré le succès dans son entreprise ?

— Pas au début, non.

— Pouvez-vous nous expliquer, s'il vous plaît ?

— Hank voulait que M. Archer lui ramène une Cadillac qui appartenait à mon père et qu'il avait enregistrée comme garantie du prêt.

— M. Archer a-t-il récupéré cette garantie ?

— Non. Il m'a dit que mon père l'avait brûlée.

— Et que s'est-il passé après ? »

Elle coula un regard en direction d'Archer avant de continuer : « M. Archer était inquiet parce qu'il avait déjà dépensé la quasi-totalité de l'argent que Hank lui avait avancée, et il avait peur que Hank ne lui demande des comptes. »

Brooks se tourna vers le jury qui ne ratait pas un mot de ce témoignage. « Et quelle fut la réaction de M. Pittleman quand il a appris que M. Archer avait dépensé cet argent ?

— Il a dit à Archer que s'il ne récupérait pas la voiture, il allait lui faire payer d'une manière ou d'une autre.

— Et comment a réagi M. Archer ?

— Comme n'importe qui dans cette situation. Il était inquiet. »

Le jury et le public se mirent à commenter en marmonnant, jusqu'à ce le juge ne restaure le calme avec quelques coups de son marteau.

« Merci d'avoir éclairci ces quelques points, mademoiselle Tuttle. Dites-moi, M. Archer a-t-il revu votre père par la suite ?

— Oui, je lui ai prêté ma voiture pour qu'il aille le rencontrer chez lui.

— Et qu'en a-t-il résulté ?

— Archer a convaincu mon père de rembourser la dette.

— Avec quelle somme est-il revenu de cette entrevue ?

— Hum, cinq mille dollars. Plus mille cinq cents dollars d'intérêts.

— M. Archer s'est-il fait payer par la même occasion ?

— Oui. Mon père lui a également versé une commission de trois cents dollars supplémentaires. »

La mention de ces grosses sommes d'argent provoqua sifflements et réflexions rêveuses dans l'assemblée, distractions à nouveau stoppées net par les coups secs du marteau du juge.

« Pour être tout à fait clair, ces trois cents dollars payés par votre père venaient en sus de la somme promise à M. Archer par M. Pittleman ?

— Oui.

— Est-il d'usage que les débiteurs payent une somme à ceux qui viennent récupérer le règlement de leur dette ?

— Eh bien, je trouvais ça bizarre. Mais c'est ce qui est arrivé.

— Sauf que vous ne pouvez pas nous affirmer avec certitude que c'est réellement le cas, mademoiselle Tuttle. Vous n'aviez que la parole de M. Archer que votre père lui avait effectivement donné trois cents dollars, n'est-ce pas ?

— Mais pourquoi aurait-il menti ? »

Brooks regarda le jury. « Oh, je pense que la plupart des gens auraient une petite idée. »

Il se reconcentra sur Jackie. « Votre père a donc été assassiné le jour même où M. Archer est allé le voir, correct ?

— Eh bien, oui, mais…

— Son coffre-fort n'a-t-il pas été vidé, également ? l'interrompit Brooks.

— Son coffre-fort ?

— Oui, son coffre-fort. Il a été entièrement vidé. Pouvez-vous nous dire ce qu'il y avait à l'intérieur ?

— Non. La dernière fois que je l'ai vu, il était vide.

— Mais que vous a *dit* M. Archer à propos du contenu de ce coffre-fort ? »

Jackie jeta un œil en direction d'Archer, mais celui-ci fixait ses mains. Elle tourna la tête vers Brooks qui attendait patiemment sa réponse.

« Mademoiselle Tuttle ? la poussa-t-il à répondre. M. Archer ne vous a-t-il pas décrit ce qui se trouvait dans le coffre ? »

Elle acquiesça mais ne dit rien.

« Pouvez-vous partager avec la cour ce que vous savez à ce sujet ? » demanda-t-il poliment mais fermement.

Elle soupira. « Il m'a dit qu'il était rempli d'argent liquide, d'actions et d'obligations, et même de lingots d'or.

— Et d'où venait cette richesse ?

— Il m'a dit que mon père lui avait expliqué que les rapports de prospection de pétrole sur ses terres étaient revenus avec un avis favorable, que c'était là l'origine de tout cet argent, avec des sommes encore plus grandes à venir une fois les forages débutés.

— Avant qu'il ne vous en parle, vous n'étiez donc pas au courant ?

— C'était la première fois que j'en entendais parler. Ça fait un an que je suis partie de la maison. »

L'assistance partit derechef dans des échanges à peine discrets qui furent une fois encore réduits au silence par le marteau du juge.

« Et ensuite ? demanda Brooks d'un ton impatient.

— Ensuite, je suis allée chez mon père avec M. Irving Shaw, le policier en charge de l'enquête. Il a fait ouvrir le coffre, mais il était vide.

— M. Shaw, que vous a-t-il dit d'autre ? Plus particulièrement à propos de votre voiture et des traces laissées par des objets à l'intérieur ? »

Brooks s'était déplacé dans la salle, Jackie n'avait désormais plus Archer dans son champ de vision. « M. Shaw m'a dit qu'on avait trouvé des résidus de poussière d'or et l'empreinte laissée par des lingots d'or sur la moquette du coffre de ma voiture.

— Malheureusement, le lieutenant Shaw est encore à l'hôpital, regretta Brooks, il est donc dans l'incapacité de venir témoigner ici aujourd'hui, mais nous avons des photographies et des preuves de ces éléments versées au dossier d'instruction. » Il se retourna vers Jackie. « Encore une fois, pour être clair, vous avez donné la permission à M. Archer d'emprunter votre voiture ce jour-là pour qu'il puisse aller voir votre père chez lui ?

— Oui, c'est ça.

— Résumons pour le jury, voulez-vous : M. Archer est allé voir votre père, il a récupéré le remboursement de la dette, puis votre père meurt, le même jour. Ensuite, son coffre-fort est vidé, et toutes les richesses qui s'y trouvaient ont été placées dans la voiture que conduisait M. Archer. » Il marqua une pause. « C'est correct, n'est-ce pas ?

— Oui, c'est correct », répondit-elle d'une voix basse.

Brooks regarda à nouveau le jury. Et il souriait, car tous ses membres hochaient la tête et Brooks pouvait les voir tirer déjà des conclusions. « Et même si nous n'avons jamais retrouvé l'arme du crime, il est aisé de se débarrasser d'un revolver. Un ancien soldat tel que M. Archer saurait sans aucun doute comment s'y prendre. »

Archer ne s'embêta pas à émettre une objection ou à regarder les douze hommes qui allaient décider de son destin ; au lieu de ça, il continuait de fixer Jackie.

« Et donc, continua Brooks, ce… eh bien, appelons-le *trésor*. M. Archer l'avait, selon ses dires, vu dans le coffre-fort, ce qui signifie que votre père a dû l'ouvrir devant lui quand il est allé le voir ?

— Oui.

— Encore une fois, pour être tout à fait clair, ce trésor a donc ensuite été chargé dans le coffre de votre voiture ? Cette même voiture que M. Archer avait conduite ce jour-là ?

— Oui.

— Les lingots d'or sont des objets très lourds à porter. Diriez-vous que M. Archer est suffisamment fort pour les porter jusqu'à la voiture ?

— Oui, répondit-elle à contrecœur.

— Et à ce jour, le contenu du coffre-fort reste introuvable ?

— Introuvable, répéta-t-elle en ne quittant pas le procureur des yeux.

— Parlons maintenant de votre ami, M. Pittleman.

— Oui ?

— Est-il vrai que M. Archer vous a aidée à porter M. Pittleman jusqu'à sa chambre de l'hôtel Derby, une chambre qui était pour ainsi dire voisine de celle de M. Archer ?

— Oui, c'est vrai.

— Racontez-nous ça.

— Hank et moi avions passé la soirée au Cat's Meow. Hank avait trop bu là-bas, comme souvent. Je l'aidais à sortir du bar quand M. Archer est soudainement apparu.

— Soudainement ? Vous ne vous attendiez pas à le voir là ? »

Jackie eut l'air perdue. « Non.

— Continuez.

— Il m'a ensuite proposé de m'aider à ramener Hank jusqu'à l'hôtel. Il l'a même porté lui-même jusque dans sa chambre et il l'a déposé sur son lit. C'est comme ça que j'ai pu juger de la force de M. Archer.

— Que s'est-il passé ensuite ?

— Nous sommes allés dans la chambre de M. Archer, où nous avons bu un verre.

— C'est tout ? »

Jackie lança un regard furtif en direction d'Archer. « Nous avons passé un peu de temps ensemble. Nous nous sommes peut-être amusés un peu, puis je suis rentrée chez moi. Ce n'est que le lendemain que j'ai appris l'assassinat de Hank. » Elle sortit un mouchoir de son sac à main et se tamponna le coin des yeux. « Pauvre Hank. »

Archer guetta la réaction de Marjorie Pittleman. Assise au premier rang, elle avait tout d'un véritable pilier de la communauté, à l'exception des dagues à pointe empoisonnée que ses yeux lançaient à la jeune femme.

« Que vous a dit M. Shaw à propos des empreintes digitales sur la poignée de la porte de la chambre de M. Pittleman ? »

Jackie abaissa lentement le mouchoir qui lui cachait une partie du visage. « Il m'a déclaré que l'on avait retrouvé les empreintes de M. Archer sur la poignée de la chambre de Hank.

— Cela vous a-t-il surprise ? »

Elle ne répondit pas.

« Mademoiselle Tuttle, je sais que vous êtes, disons, amie avec M. Archer, mais vous avez prêté serment et juré de nous dire la vérité. Veuillez vous exécuter, s'il vous plaît. »

Elle se redressa, ses traits se raffermirent et elle plaça ses mains sur la rambarde en bois du box des témoins. « Écoutez, quand on est arrivés devant la chambre, c'est *moi* qui ai ouvert la porte parce que M. Archer portait Hank. Et c'est moi qui l'ai fermée derrière nous quand on est sortis de la chambre.

— Vous affirmez donc que les empreintes digitales de M. Archer n'auraient pu se retrouver sur la poignée de la porte uniquement s'il y était retourné plus tard et qu'il était entré dans la chambre, c'est bien ça ?

— Oui, et il m'a avoué plus tard que c'est ce qu'il avait fait.

— Il est donc bien retourné plus tard dans la chambre. À quel moment ?

— Il m'a affirmé que c'était après la mort de Hank.

— *Il* a dit que c'était *après* la mort de M. Pittleman ?

— Oui, c'est ça.

— Quelqu'un serait-il en mesure de le confirmer ?

— Hum… non. »

Brooks se tourna à nouveau vers le jury. « Effectivement, M. Shaw n'a pas pu le confirmer non plus. Les faits nous indiquent qu'en prenant en compte l'heure du décès de

M. Pittleman, l'accusé aurait amplement eu le temps de le tuer, étant donné que sa chambre n'était qu'à quelques mètres. Ses empreintes digitales ont été retrouvées sur la poignée, ce qu'il n'a pas pu expliquer, et il avait un mobile pour tuer le défunt, l'argent qu'il lui devait. » Brooks adressa un regard interrogateur à la jeune femme. « Il n'est pas exclu non plus qu'il ait pu avoir un autre mobile pour assassiner M. Pittleman.

— Je ne vois pas de quoi vous voulez parler, dit-elle.

— Allons, allons, mademoiselle Tuttle. S'il vous plaît. Serait-il inconsidéré d'affirmer que M. Archer avait un faible pour vous ? C'est un bel homme, dans les mêmes âges que vous. Et vous venez de nous déclarer sous serment que lui et vous êtes retournés dans sa chambre d'hôtel pour, selon vos propres mots, vous “amuser” ? »

Les bavardages dans la salle d'audience montèrent en volume, mais le juge les fit tout de suite redescendre à l'aide de son marteau.

« Oui, c'est ce que nous avons fait, mais…

— Il est donc possible que M. Archer ait considéré M. Pittleman comme un rival pour gagner vos faveurs.

— Je ne pense pas que M. Archer ait une seule fois pensé à ça.

— Vraiment ? » s'interrogea Brooks en dirigeant son regard une nouvelle fois vers le jury, en y ajoutant cette fois-ci un air incrédule qui se reflétait sur le visage de la majorité des hommes dans le box.

Il se concentra à nouveau sur Jackie. « Que pouvez-vous nous dire d'autre sur la mort de M. Pittleman ? Et plus particulièrement, si vous pouviez nous parler des documents relatifs à la dette de votre père envers M. Pittleman ? S'il vous plaît, soyez la plus précise possible. Et n'oubliez pas que nous avons accès à vos précédentes déclarations auprès du lieutenant-détective Shaw sur ce sujet. »

Cette fois-ci, Jackie ne dirigea pas son regard en direction d'Archer. « M. Archer m'a dit qu'il avait pris les documents relatifs à la dette de mon père dans la poche de Hank alors qu'il était mort sur son lit, déclara-t-elle, les yeux baissés. Et il m'a aussi affirmé qu'il a donné ces documents à mon père après qu'il avait remboursé sa dette.

— Et les six mille cinq cents dollars que votre père a confiés à M. Archer en guise de remboursement de la dette ? Que sont-ils devenus ? »

Jackie leva les yeux vers Archer. Brooks avait changé de position, ce qui leur permettait de se regarder. Archer l'observa en retour d'un air parfaitement stoïque.

« Je n'en ai aucune idée.

— A-t-il rendu cet argent à Mme Pittleman ?

— Pas que je sache, non. »

Tous les regards se tournèrent vers Marjorie, qui secoua lentement la tête.

« Donc M. Archer les aurait gardés ? » proposa Brooks.

Archer, après avoir feuilleté fébrilement les pages cornées de l'un des livres de loi, se leva et dit d'une voix mal assurée : « O-objection, hum, appel à... appel à spéculation de la part du témoin, hum, votre honneur.

— Rejetée, répondit sèchement le juge Richmond. Le témoin peut répondre à la question.

— Je ne sais pas. Peut-être, ajouta-t-elle sans enthousiasme.

— Pour résumer votre témoignage et ce que nous ont dit les témoins précédents, commença Brooks d'une voix posée, M. Archer était la seule personne à s'être retrouvée en compagnie des deux hommes aux alentours de l'heure de leur décès. Et leurs morts respectives lui ont fait gagner une belle petite somme d'argent. Correct ? » Elle ne répondit rien.

« Mademoiselle Tuttle ? la relança-t-il.

— J'imagine qu'on peut dire ça comme ça, oui », répondit-elle. Sa frustration se lisait sur son visage.

« M. Archer a-t-il mentionné le fait qu'il avait tué beaucoup d'hommes pendant la guerre ?

— Quoi ?

— Vous avez dit au lieutenant Shaw que vous aviez discuté avec M. Archer de son expérience militaire.

— C'est exact.

— Vous a-t-il avoué qu'il avait tué pendant la guerre ? Avec un fusil, un couteau, ou même à mains nues ?

— Je suppose que la plupart des hommes qui sont allés au combat en ont fait de même. » Elle fixa Archer. « Enfin, c'était un peu le but de les envoyer là-bas, n'est-ce pas ? »

Sa réponse déclencha quelques éclats de rire dans l'assistance, et Archer remarqua que quelques jurés hochaient la tête, désormais presque amicaux. Brooks sembla le noter lui aussi. « Mais cela veut aussi dire qu'il sait comment tuer à l'aide d'un couteau et d'une arme à feu, correct ? »

Ce à quoi Jackie ne trouva rien à dire. Brooks n'insista pas.

« Pas d'autres questions, votre honneur, conclut Brooks, qui battit en retraite à sa table.

— Monsieur Archer, souhaitez-vous contre-interroger ce témoin très instructif ? » demanda Richmond d'un ton moqueur, le marteau levé tel un glaive prêt à achever un ennemi au sol.

« Je le souhaite, oui », affirma Archer après avoir consulté une dernière fois quelques pages de l'un de ses livres.

Il ferma les yeux et prit trois grandes inspirations. Car il partait une nouvelle fois au combat. Comme lorsqu'il était éclaireur, une seule erreur de sa part et c'en était fini de lui.

On y est, Archer. Le tout pour le tout.

Il se leva, prit une feuille de papier remplie de notes et se dirigea vers le box des témoins et la femme qui y siégeait.

CHAPITRE

49

ARCHER VINT SE POSTER juste devant Jackie, qui l'observait d'un air impassible.

« Où étiez-vous passée durant tout ce temps, mademoiselle Tuttle ? Vous avez disparu juste après le meurtre de votre père, et personne ne vous a vue depuis.

— Il n'y avait plus rien qui me retenait à Poca City. Hank est mort. Tout comme mon père. Je suis allée passer du temps chez des amis pour réfléchir à la suite.

— Alors pourquoi donc êtes-vous revenue ?

— J'ai… j'ai appris ce qui allait se passer et que ma présence était requise. C'est pour ça que je suis revenue. Pour remplir mon devoir civique.

— D'accord. Pouvez-vous nous préciser la nature de vos relations avec M. Hank Pittleman ? »

Brooks se leva d'un seul coup. « Objection ! Pertinence ?

« Le mobile, monsieur le juge », répliqua Archer sans attendre, en consultant la feuille qu'il tenait entre ses mains. Son commentaire provoqua la surprise de Brooks qui le regarda d'un air étonné.

« Dans quelle mesure ? » demanda Richmond, incrédule.

Archer relut ses notes et s'approcha du jury.

« Eh bien, d'après mes livres de loi, dans une affaire criminelle, le statut de coupable doit être établi sans le moindre bénéfice du doute. Il est donc logique que si j'arrive à prouver que d'autres personnes avaient un mobile pour tuer Hank Pittleman, cela crée un doute. Et donc, cela joue en ma faveur, n'est-ce pas ? En conséquence, pour quelqu'un qui court le risque de se balancer au bout de la corde d'un bourreau, je dirais que cette question est on ne peut plus *pertinente.* » Archer fit face à Richmond.

« Vous êtes d'accord avec moi, monsieur le juge ? »

Richmond échangea un regard avec Brooks, qui haussa les épaules et se rassit.

« Très bien, continuez, mais je vous tiens à l'œil », l'admonesta le juge.

Archer revint se planter devant Jackie. « Vos relations avec lui ?

— C'était un très bon ami.

— Il vous a donné une maison où vivre, une voiture ? De l'argent de poche ?

— Il était très généreux comme… figure paternelle.

— Comme figure paternelle ? Bon, vous avez couché avec lui ou pas ? »

Des discussions étouffées explosèrent dans l'assistance, jusqu'à ce que Richmond restaure l'ordre à grands coups de maillet.

« Ne soyez pas grossier, monsieur Archer ! » rugit le juge, mais Jackie leva la main.

« Ce n'est pas grave, votre honneur, je vais répondre à la question, dit-elle sans lâcher Archer du regard. J'ai fait ce que Hank me demandait, du moment que c'était quelque chose qu'une dame peut s'engager à faire en toute décence.

— Dites-moi, Marjorie Pittleman approuvait-elle cette relation ?

— Je l'ignore. Hank ne me l'a pas dit.

— Vous êtes déjà allée chez eux ? Vous la connaissez ?

— Oui.

— Comment qualifieriez-vous vos rapports avec Mme Pittleman ? »

Jackie observa son aînée qui ne faisait aucun effort pour cacher ses véritables sentiments envers le témoin. « Là, en cet instant ? Je dirais que de mon côté, ils sont inexistants, et que du sien, ils sont du type violents et meurtriers. »

Marjorie avisa autour d'elle les regards scrutateurs et réagit en essayant d'afficher un petit sourire qui se transforma bien vite en une expression placide bien rodée.

« Vous avez peut-être bien raison à ce propos, étant donné que Mme Pittleman m'a suggéré que vous étiez très ingénieuse et qu'il était possible que vous ayez tué vos propres parents. »

Ce fut au tour de Jackie de dévisager Marjorie avec des envies d'homicide dans les yeux.

« Veuillez cesser de harceler le témoin, monsieur, et tout de suite », lui ordonna Richmond.

Archer posa ses mains sur la rambarde du box des témoins.

« Vous rappelez-vous que M. Shaw et moi-même vous avons sauvé la vie quand un individu du nom de Dickie Dill, accompagné d'un autre homme appelé Malcolm Draper, a attenté à votre vie chez vous, dans votre chambre ?

— Oui, bien sûr que je m'en souviens. Vous avez tous les deux fait preuve de beaucoup de courage, et vous avez failli mourir en venant à mon secours. » Les traits de Jackie s'adoucirent. « Si vous n'étiez pas intervenus, je serais morte à l'heure actuelle. »

Le visage d'Archer se détendit à son tour. « Eh bien, je peux dire la même chose à votre sujet. Sans ce coup de lampe bien placé sur la tête de Dickie Dill, je ne pense pas que je serais là aujourd'hui. »

Ils partagèrent un regard entendu puis Archer reprit la parole.

« Dites-moi, votre père a-t-il déjà fait appel aux services de Malcolm Draper ? »

Elle eut l'air surprise de cette question. « M. Draper ? Non, il travaillait pour Hank. »

Archer sortit alors de la poche intérieure de sa veste la photo des deux hommes.

« Pouvez-vous identifier les hommes sur cette photo ?

— Objection, lança Brooks. Je n'ai jamais vu cette photo. »

Archer se déplaça jusqu'à lui et tendit le bras pour lui montrer.

« Vous reconnaissez ces deux hommes ? »

Malgré son air franchement surpris, Brooks acquiesça.

« Je peux donc la montrer à Mlle Tuttle ? »

Brooks regarda le juge, fit un bref hochement de tête et se rassit.

« Allez-y, Archer », dit le juge.

Archer retourna devant le box des témoins et tendit la photo à Jackie.

« C'est mon père… et Malcolm Draper. » Son visage se vidant de son sang, elle releva les yeux pour croiser le regard d'Archer. « Je ne comprends pas. »

Archer lui reprit la photo. « Laissez-moi essayer de vous éclaircir tout ça. Malcolm Draper est entré au service de Hank Pittleman au moment où votre père a contracté un prêt auprès de ce dernier, n'est-ce pas ?

— Oui, il me semble que c'est ce que Hank m'a dit. Il disait de lui qu'il était bon.

— Et si Draper travaillait en réalité pour votre père, tout en étant employé dans le même temps par Hank Pittleman ?

— Pourquoi ce serait le cas ?

— Votre père m'a dit vouloir contracter le prêt auprès de la banque de Pittleman, mais que celui-ci lui avait été refusé. »

Brooks se leva brusquement. « Objection. Votre honneur, l'accusé est en train de témoigner sans avoir prêté serment.

— Accordé, aboya le juge.

— D'accord, concéda Archer. Laissez-moi reformuler. D'après ce que vous savez de ces deux hommes, vous semblerait-il plausible que M. Pittleman ait voulu que ce prêt soit en fait une dette personnelle, ce qui lui permettait de mettre en condition des intérêts plus élevés, et aussi parce qu'il aimait l'idée que votre père lui doive de l'argent, à lui et pas à une banque ?

— Ça ressemble beaucoup à Hank. Ce serait typique de lui, oui. Mais cela n'explique toujours pas pourquoi Draper travaillerait pour mon père, tout en étant aussi employé par Hank.

— Saviez-vous que M. Draper passait quasiment tous les soirs à l'abattoir ?

— On s'écarte pas mal du sujet, là, remarqua Richmond.

— Je vais y revenir, monsieur le juge, je vous le promets, assura Archer. Et M. Shaw avait consigné ce fait dans ses notes.

— Hâtez-vous d'y revenir, dans ce cas.

— Non, je l'ignorais, avoua Jackie.

— Il se trouve que j'y ai travaillé un peu. J'y ai découpé des carcasses de cochon. Le jour de la paye, ils n'ont pu en distribuer que la moitié. J'avais trouvé ça étrange, parce qu'à première vue, il me semblait que cette affaire porcine tournait bien. Maintenant, imaginons que M. Draper se rendait là-bas tous les soirs pour trafiquer les comptes ? On peut aussi imaginer qu'il réservait le même traitement aux autres entreprises de Pittleman. »

Archer vit Brooks s'éjecter hors de sa chaise pour émettre une objection mais il le devança en disant : « C'était la théorie de M. Shaw. Vous la trouverez dans son carnet, où il écrivait tout. Et comme M. Brooks a dit que ces notes faisaient partie du dossier d'instruction, je peux donc me servir de ce qui s'y trouve pour *ma* défense, tout comme il s'en est servi depuis le début pour convaincre le jury que je suis coupable. »

Tous les regards se tournèrent vers un Brooks désemparé.

« Eh bien, monsieur Brooks ? » demanda le juge, qui avait l'air de considérer Archer sous un jour légèrement plus favorable.

« C'est... exact, lâcha Brooks. Et je... je retire toute objection que j'aurais pu avoir. »

Archer reprit le cours de son interrogatoire. « M. Shaw a trouvé une quantité de factures impayées. Il était convaincu que

Draper les avait jetées à la poubelle pour que M. Pittleman n'en prenne jamais connaissance.

— Et vous pensez que c'est mon père qui lui a demandé de faire ça ? Pour quelle raison ?

— Arrêtons-nous un peu sur votre père. Il enchaîne plusieurs années de mauvaises récoltes à cause de la sécheresse. M. Pittleman, au contraire, a des réserves d'eau sur sa propriété et de l'argent pour en faire venir davantage par camion-citerne si besoin. Je suis sûr que Lucas Tuttle a du mal à le digérer. Ensuite, il est obligé de lui emprunter de l'argent. Ça a dû le blesser dans son amour-propre. Et pour finir, que va faire Hank Pittleman ? Il se sert de vous comme d'un… Avec quoi vous êtes-vous comparée, déjà ? »

Jackie baissa les yeux et marmonna.

« Je n'ai pas bien entendu, mademoiselle Tuttle.

— Il m'entretenait. J'étais comme un *bien meuble*, lâcha-t-elle d'un ton sec.

— C'est ça. Vous étiez sa propriété. Ça a dû bien énerver votre père. Et ensuite, quelqu'un s'introduit dans la chambre d'hôtel de Hank Pittleman et lui tranche la gorge.

— Et qui a tué Hank selon *vous*, monsieur Archer ? lui demanda-t-elle.

— Peut-être le même duo qui a essayé de vous tuer – Dickie Dill et Malcolm Draper. »

Brooks poussa sa chaise et se leva. « Votre honneur, franchement ! Il recommence ! »

Archer sourit et déclara : « Oui, eh bien, je ne faisais que répondre à la question de la dame. »

Archer et Jackie s'échangèrent à nouveau un regard complice et un léger sourire, tandis que le public rassemblé dans la salle d'audience riait à sa réponse.

Richmond s'adressa au jury : « Je vous demande expressément de ne pas prendre en compte les dernières déclarations de l'accusé. Aucun début de preuve ne vient étayer ses dires. »

Archer se tourna vers le jury. « Messieurs, vous vous souvenez que nous avons parlé du bénéfice du doute, n'est-ce pas ? Mon but est juste de faire appel à votre bon sens et à votre jugement pour vous démontrer que d'autres personnes, et pas seulement moi, avaient une bonne raison de tuer Hank Pittleman. Lucas Tuttle avait une sacrément bonne raison de vouloir le tuer. Une raison bien plus forte que la mienne. »

Il pivota et vit que Jackie le fixait.

Archer s'appuya sur le box des témoins, croisa les bras sur sa poitrine et demanda : « Vous êtes partie de chez votre père. Pourquoi ?

— Je voulais me faire ma place dans ce monde.

— Votre père était d'accord avec votre décision ?

— J'ignore s'il l'approuvait ou pas.

— Mais il voulait que vous rentriez, n'est-ce pas ?

— Oui, et alors ? Je ne comptais pas rentrer. Je vous l'ai *déjà* dit.

— Votre mère est morte dans un accident à la ferme juste avant que vous ne quittiez le domicile familial, correct ? »

Cet enchaînement abrupt prit Jackie par surprise. « O-oui…

— Pouvez-vous nous décrire ce qui est arrivé ? »

Brooks se leva. « Monsieur le juge, en quoi cela a-t-il un rapport avec notre affaire ?

— Bonne question, affirma Richmond. Vous voulez bien nous éclairer, monsieur Archer ?

— J'ai une théorie, monsieur le juge, et cette question a un rapport avec le mobile pour les deux meurtres dont je suis accusé. »

Richmond regarda Brooks qui finit par hausser les épaules.

« Très bien, continuez.

— Votre mère ?

— Elle est tombée de l'étage de la grange où l'on stockait les balles de foin. Elle s'est empalée sur une moissonneuse à maïs qui se trouvait en dessous.

— Comment peut-on s'empaler sur une moissonneuse à maïs ?

— L'un des cônes était relevé. Le bout est très pointu, presque autant que la pointe d'une flèche. C'est sur ça qu'elle est tombée.

— Savez-vous comment relever les cônes sur cette machine ?

— Non. Je n'ai jamais eu à m'en servir.

— Il se trouve que moi, je le sais – et avant que quiconque n'émette une objection sur mon futur témoignage, M. Bobby Kent ici présent pourra confirmer tout ce que je vais dire à ce sujet. »

Kent, assis au deuxième rang et vêtu de son vieux costume, leva timidement la main et acquiesça.

Brooks sembla irrité mais le juge finit par hocher la tête à son tour. « Continuez, monsieur Archer.

— Lors de la préparation de mon procès, j'ai échangé avec Bobby Kent, il m'a confirmé que la moissonneuse utilisée en ce moment à la ferme est la même sur laquelle est tombée votre mère. Il y a une petite poignée qu'il faut tourner. Vous l'avez dit vous-même lors de ce procès, je suis quelqu'un de fort, mais cela m'a demandé un bel effort pour tourner cette manivelle et faire pointer le cône vers le haut. Kent a confirmé que cela a toujours été le cas.

— Où voulez-vous en venir ? demanda Jackie.

— Seriez-vous surprise d'apprendre que votre père a essayé de me faire croire que vous aviez tué votre mère ? »

Une véritable tempête de commentaires choqués agita l'assistance que Richmond ne réussit à calmer qu'après avoir cassé son marteau. « Vous avez intérêt à en venir aux faits, et vite, mon garçon », lâcha Richmond en pointant son marteau cassé sur Archer.

Sur ce, Archer se tourna vers Brooks et le fixa. « Une femme n'aurait pas pu tourner cette poignée pour faire pointer le cône vers le haut. Seul un homme suffisamment fort en aurait été capable. Je pense donc que c'est votre père qui a tué votre mère en la poussant du haut de la grange à foin sur la moissonneuse à maïs qu'il venait de positionner juste en dessous. Car au fond, pourquoi se serait-elle retrouvée à cet endroit avec l'un de ses cônes relevé ? »

Pendant qu'Archer et Brooks échangeaient un long regard inquisiteur, toute la salle explosa. Le désordre fut tel qu'il fallut cette fois-ci une bonne minute à Richmond pour ramener le calme, en se servant de son poing qu'il assénait sur le bois de son bureau et de sa voix haut perchée, tout en cherchant un marteau neuf dans les tiroirs.

« Ce que vous *pensez* ne nous intéresse pas, monsieur Archer, aboya le juge. Avez-vous une question pour le témoin, oui ou non ?

— Oui, monsieur le juge, la voici. » Il se tourna vers Jackie. « Avez-vous vu votre père tuer votre mère ? »

L'assemblée se tut. Même Richmond semblait comme hypnotisé dans l'attente de sa réponse.

Archer et Jackie se fixaient, se défiant mutuellement de baisser les yeux en premier. Quand il lui sembla évident qu'Archer n'allait pas céder, Jackie déclara d'une voix ferme : « Oui. Je l'ai vu faire.

— Mais vous n'en avez jamais parlé à personne ?

— Non.

— Pourquoi ? »

Jackie s'essuya le coin des yeux, et cette fois-ci Archer put identifier de véritables larmes.

« Parce qu'il m'a dit que si j'en parlais, personne ne me croirait, que sa parole l'emporterait face à la mienne, et qu'il me le ferait payer très cher.

— A-t-il menacé de vous blesser ?

— Il m'a dit qu'il me ferait exploser la cervelle avec son fusil. »

Contre toute attente, personne ne commenta et le silence régna. Brooks et le juge Richmond observaient la scène, bouche bée, comme le reste de l'auditoire.

« Pourquoi voulait-il tuer sa propre femme ?

— Je… je ne sais pas.

— Je pense être en mesure de vous aider à comprendre. »

Archer retourna à sa table, prit son chapeau et sortit la lettre qu'il avait cachée dans la doublure. Il vint ensuite la montrer à Brooks. « Je vais lui demander de l'identifier et ensuite, vous pourrez l'observer de plus près. » Il n'attendit pas la réponse de Brooks et revint vers le box des témoins.

Il tendit à nouveau la lettre. « Vous connaissez l'écriture de votre mère ?

— Bien sûr.

— J'ai trouvé cette lettre à l'arrière du cadre de la photo que je vous ai montrée. » Il leva la lettre afin qu'elle puisse la voir.

« Est-ce là l'écriture d'Isabel Tuttle ? »

Jackie observa la lettre quelques secondes et hocha la tête.

« Oui, ça l'est. »

Archer rapporta la lettre à Brooks et le laissa la lire. Visiblement secoué, il la rendit à Archer une fois sa lecture achevée.

« Vous êtes d'accord pour que je la questionne à ce sujet, monsieur Brooks ? »

Brooks sembla hésiter l'espace d'un instant mais finit par acquiescer : « Allez-y, Archer. Je… je crois qu'il faut que la vérité sorte.

— Merci. »

Il retourna près du box des témoins avec la lettre.

« Voulez-vous lire cette lettre pour le jury ? lui demanda Archer.

— Non, pas du tout.

— D'accord, mais en résumé, votre mère était sur le point de divorcer de votre père, de quitter la maison et de vous emmener avec elle. Et ce, à cause des maltraitances physiques et psychologiques que votre père vous faisait subir, à vous et votre mère, depuis de nombreuses années. Elle a décidé qu'elle ne le laisserait plus faire. Et voici les dernières phrases de la lettre. » Archer la leva devant ses yeux et lut : « Comprends bien, Lucas, que si jamais il m'arrive quelque chose, c'était inévitable, car tu m'as menacée tellement de fois que j'en ai perdu le compte. Mais si tu me tues avant que je puisse partir avec Jackie, je peux t'assurer que ma magnifique fille saura ce qui est vraiment arrivé, et qu'elle sera enfin délivrée de ton emprise. Pourris en enfer, espèce de salaud. »

Archer abaissa la lettre et la laissa sur la rambarde du box des témoins. Immobile, il ne dit rien alors que Jackie essayait tant bien que mal de se ressaisir.

Archer attendit patiemment, puis quand les larmes se mirent à couler plus librement, il lui tendit son mouchoir. Elle s'en servit pour s'essuyer les yeux, et quand elle lui rendit, il garda sa main agrippée dans la sienne pendant quelques instants. Elle leva les yeux et le fixa avec des yeux ronds et inquisiteurs.

Quelques secondes plus tard, Archer reprit d'une voix posée : « Votre père ne s'est jamais présenté chez vous le soir où il s'est fait assassiner pour vous rencontrer, comme cela avait été convenu. »

Elle releva la tête et soutint son regard. « Pas pendant que j'étais chez moi, non.

— Ce qui est logique, somme toute, étant donné qu'on l'a retrouvé mort chez lui quelques heures plus tard. Mais vous, vous êtes sortie, ce soir-là, n'est-ce pas ? Quand vous avez compris qu'il ne viendrait pas ?

— Comment vous…

— La boue, sous votre Nash. Elle ne pouvait être arrivée là que si on avait conduit la voiture lors de ce gros orage. » Archer se tourna vers le juge. « M. Shaw en a pris des photos et l'a aussi consigné dans son carnet, cela fait donc partie du dossier d'instruction. » Il reporta son attention sur Jackie. « Vous êtes allée chez les Pittleman, n'est-ce pas ? Sur le coup des 11 heures du soir ? »

Jackie hésita à répondre. Son regard balayait la salle d'audience. « Je… » Elle bafouilla et ne put en dire plus.

Archer ne perdit pas de temps à enchaîner. « Vous êtes allée là-bas pour vous expliquer avec Mme Pittleman, à propos de son mari, à propos de beaucoup de choses. Sauf que vous n'avez pas pu la voir, n'est-ce pas ? Vous ne vous êtes pas vues ? » Elle ne répondit pas. Il se rapprocha d'elle, accrocha son regard et ne la quitta pas des yeux. « N'est-ce pas ? Vous ne vous êtes *pas* vues ? Tout ce que vous avez à faire, c'est nous dire la vérité et répondre à cette question, Jackie. *Cette* question, et pas une autre. »

L'une des mains de la jeune femme empoignait la rambarde du box. Archer la couvrit de la sienne et la serra tendrement. Sa réserve et sa méfiance cédèrent alors que leurs regards se croisaient. « Oui, c'est exact. Je suis allée là-bas, c'est vrai. Mais je ne l'ai pas vue ce soir-là. Et ça, c'est la vérité. »

Il retira sa main et se tourna vers Richmond. « Pas d'autres questions, monsieur le juge. Et j'aimerais remercier Mlle Tuttle d'être revenue nous dire ce qui s'est réellement passé. »

Un air interrogateur passa sur le visage de Jackie, puis elle se leva et entreprit de sortir du box des témoins. Archer tendit une main pour l'aider. Quand sa peau entra en contact avec la sienne, ce qui se transmit entre eux allait bien au-delà du simple contact physique avec une main tendue.

Jackie remonta l'allée de la partie réservée au public, la tête haute et avec une certaine légèreté dans le cœur qu'elle n'avait certainement pas ressentie depuis longtemps.

CHAPITRE 50

BROOKS PRÉSENTA DES PREUVES physiques relatives à la mort des deux hommes, obtint les témoignages de plusieurs agents de police et interrogea méthodiquement plusieurs autres témoins impliqués de près ou de loin dans l'affaire.

À sa demande, ce fut ensuite au tour de Marjorie Pittleman de venir témoigner.

Elle prit son temps pour monter dans le box et s'y installer, ses mains gantées délicatement posées à plat sur son large giron, son chapeau démodé à large bord avec un oiseau agrafé sur l'un des côtés incliné juste comme il fallait.

« Madame Pittleman, vous êtes bien la veuve du défunt ?

— Oui.

— Et vous êtes au courant que votre mari avait engagé l'accusé pour récupérer le paiement d'une dette auprès de M. Lucas Tuttle.

— Oui.

— Votre mari était-il satisfait des prestations de l'accusé ?

— Pas du tout. Il en était très mécontent. Il ne m'a pas échappé que M. Archer était inquiet que Hank s'en prenne à lui s'il n'arrivait pas à récupérer la voiture de Lucas Tuttle.

— M. Archer vous a-t-il rendu visite à d'autres occasions ?

— Oui, une fois avec Mlle Tuttle et deux fois avec ce policier, Shaw.

— Pensez-vous que la relation entre votre mari et Mlle Tuttle posait un problème à M. Archer ? »

Archer se leva. « Objection, c'est un appel à la spéculation. »

Le juge lui adressa un regard sévère. « Étant donné que vous avez pour ainsi dire passé votre temps à témoigner sans avoir prêté une seule fois serment sur la Bible, vous pouvez vous rasseoir et vous taire. » Il donna un coup de marteau et fit un signe de tête au témoin. « Vous pouvez reprendre, Marjorie. »

Elle se fendit d'un sourire et continua : « Je pense que M. Archer avait beaucoup d'affection pour Jackie Tuttle. Ce serait le cas de n'importe quel jeune homme, n'est-ce pas ? Vous avez entendu comme moi qu'ils se sont *amusés* dans sa chambre d'hôtel, juste avant que mon pauvre Hank ne se fasse tuer. Nous savons tous très bien ce que cela veut dire. Et j'ai entendu dire qu'il est allé chez elle tôt le lendemain matin. Pour ce que j'en sais, il a même dormi là-bas. » Elle secoua la tête. Cette pensée semblait la révulser.

« La seule chose qui se mettait en travers des intentions de M. Archer à l'égard de Mlle Tuttle était donc votre mari ? »

Marjorie sortit un mouchoir et se moucha. « C'est ce que je crois. » Elle lança un regard noir à Archer. « Mais si j'étais elle, je ferais attention. Je l'ai vu de mes propres yeux flirter avec ma femme de chambre.

— Mon Dieu, mon Dieu, lâcha Brooks, atterré. Autre chose ?

— Je dois vous dire qu'un soir, Hank est entré dans ma chambre et il m'a avoué que s'il lui arrivait malheur, je devais demander à la police de se pencher sur le cas de M. Archer. Il m'a dit que c'était quelqu'un de dangereux. Il a sorti une arme la première fois où M. Archer est venu nous voir, quand il était tout seul. Parce qu'il avait peur pour sa vie, c'est ce qu'il m'a confié. Vous avez tous entendu que M. Archer a tué à de nombreuses reprises lors de la guerre. Et la police m'a appris qu'il venait juste de sortir de prison à Tartupa. » Elle frissonna. « Je n'arrive pas à croire qu'un tel individu soit entré dans ma maison.

— Je pense que vous avez eu beaucoup de chance, madame Pittleman. Pas d'autre question. »

Brooks revint à sa table et Marjorie esquissa le geste de se lever.

« Un instant, madame Pittleman, intervint Archer en s'approchant d'elle. À mon tour de vous poser mes questions. »

Marjorie leva la tête vers le juge en affichant un air perplexe.

Richmond hocha la tête solennellement et confirma, presque confus : « J'ai bien peur qu'il ait raison. » Puis, retrouvant sa gravité, il ajouta à l'intention d'Archer : « Pour une fois. »

Archer s'avança jusqu'au box des témoins tandis qu'elle se rasseyait. Passablement irritée, elle ne s'en cachait pas.

« Donc vous pensez que votre mari avait peur de moi ?

— Oui.

— C'est pour cette raison qu'il avait sorti sur une table ce petit pistolet quand je suis venu vous voir, un Smith & Wesson nickelé avec la détente limée ?

— Oui !

— Vous savez où se trouve ce pistolet aujourd'hui ? »

Marjorie, qui semblait sur le point de s'endormir, se réveilla d'un coup. « Le pistolet ?

— Ouais, le pistolet. Où est-il ?

— Je… je ne sais pas.

— En quoi est-ce important ? protesta Brooks.

— On pourra y revenir plus tard, répondit Archer. Vous saviez que votre mari était mourant à cause d'un cancer, n'est-ce pas ?

— Je vous l'ai déjà dit, je n'y croyais pas. »

De nouvelles exclamations étouffées parcoururent l'assistance, mais Archer continua : « Vous saviez aussi que c'était un parieur notoire qui devait deux cent mille dollars à des gens de Las Vegas ? »

Nouvelles exclamations et petits cris de surprise.

« Oui.

— Et vous et votre mari avez essayé d'escroquer votre compagnie d'assurance en souscrivant une assurance-vie d'un demi-million de dollars, quand bien même vous saviez tous les deux qu'il était mourant ?

— Cela n'a rien à voir avec ce procès ! rétorqua-t-elle. Je n'ai escroqué personne, jeune homme !

— Les factures professionnelles de votre mari n'étaient plus honorées, il devait énormément d'argent à ses fournisseurs et créditeurs. Vous le saviez, n'est-ce pas ?

— Je l'ai appris seulement parce que ce policier me l'a dit, répondit-elle d'un ton cassant. Pour ce que j'en sais, ce n'étaient là que des balivernes.

— Votre mari n'était peut-être donc pas aussi riche que ce qu'il prétendait être. Par conséquent, vous ne le serez pas non plus.

— Je pense que je vais m'en sortir.

— Vraiment ? Pourquoi ça ? »

Elle le toisa d'un air impérieux. « Je ne suis peut-être qu'une femme, monsieur Archer, mais j'ai le sens des affaires, même si Hank pensait le contraire. »

Archer plongea la main dans la poche intérieure de sa veste et en sortit la liasse de documents qu'il avait trouvée dans la caisse à l'entrepôt de marchandises. « En parlant d'affaires, pourriez-vous identifier ces documents pour la cour ? »

Brooks se leva instantanément. « Votre honneur, je n'ai jamais vu ces documents !

— Oh, vous allez les voir, monsieur Brooks, je vous le promets », affirma Archer.

Brooks se rassit lentement tandis que le juge fixait sévèrement Archer. « Vous pouvez y aller, mais voilà qui est très inhabituel, mon garçon.

— Eh bien, n'étant pas avocat, je fais de mon mieux, monsieur le juge. »

Archer passa les papiers à Marjorie. Elle baissa les yeux dessus comme si on venait de lui déposer un tas de fumier dans les mains.

« Vous avez trouvé ça où ?

— Ce n'est pas important. L'important, c'est que c'est un contrat entre vous et Lucas Tuttle. Vos noms et vos signatures figurent sur la dernière page. » Archer tourna la page et la leva pour qu'elle la vît. « Voulez-vous en détailler le contenu à la cour, ou voulez-vous que je le fasse ? »

Elle secoua la tête et garda le silence.

« Très bien. On ne va pas tourner autour du pot, vous avez accepté de vendre toutes les affaires et actifs de votre mari à Lucas Tuttle pour un demi-million de dollars, mais vous gardez votre grande maison et un peu de terrain autour. »

Le public se remit à murmurer mais le juge, trop captivé par l'échange en cours, ne fit rien pour restaurer le silence.

« Et alors ? demanda Marjorie. J'étais parfaitement dans mon droit.

— Sauf qu'à la page six, paragraphe H, il est indiqué que seront déduites du prix d'achat toutes dettes personnelles ou autres non honorées par votre mari. Et que M. Tuttle ne sera pas dans l'obligation de régler lesdites dettes. » Il marqua une pause. « Je ne m'y connais pas beaucoup en contrats et termes légaux, mais ça me semble inhabituel. Pas à vous ?

— Je... je...

— Je vais prendre ça pour un non. Avez-vous au moins demandé à un avocat d'y jeter un œil ? »

Elle ne répondit pas. « Je vais prendre ça pour un autre non, dit-il. Quand vous avez signé cet accord, vous ignoriez que votre mari avait cumulé toutes ces dettes, n'est-ce pas ? Car M. Shaw ne vous a mise au courant qu'*après* que vous ayez signé le contrat avec M. Tuttle. Je le sais, car je l'ai vu sortir de chez vous avec ces documents juste avant d'entrer à notre tour. »

Marjorie lui adressa à peine un regard froid.

« Là, je vais prendre ça pour un oui. M. Shaw avait compilé précisément toutes les sommes dues. Donc si j'additionne toutes les dettes de votre mari, dont les dettes de jeu, j'en viens à la conclusion que vous n'alliez tirer quasiment *rien* de M. Tuttle en échange du vaste empire bâti par votre mari, tandis que de votre côté, vous alliez vous retrouver avec toutes ces factures sur les bras. » Il marqua une pause et reprit : « J'irais jusqu'à dire que M. Tuttle vous a prise pour le plus gros pigeon du monde. »

Il la dévisagea pendant quelques instants. Assise devant lui dans le box des témoins, elle fulminait.

Il se tourna ensuite vers Richmond puis Brooks. Bouche bée, les deux hommes fixaient la vieille femme.

« Quand M. Shaw et moi sommes venus vous rendre visite pour vous parler des dettes, vous vous êtes inquiétée des dettes de jeu, mais pas plus que ça. Par contre, quand il a abordé le sujet des factures professionnelles non payées bien plus conséquentes, à ce moment-là j'ai pu me rendre compte que vous étiez réellement inquiète et bouleversée. Puis, juste après, vous avez regardé en direction de la porte. La même porte par laquelle était probablement sorti Lucas Tuttle peu de temps auparavant. Vous voyez, je crois que vous étiez déjà au courant des dettes de jeu, mais vous n'aviez aucune idée qu'il devait autant d'argent à d'autres personnes. Vu que vous n'aviez pas pris connaissance de cette partie du contrat que je vous ai lue à l'instant, vous pensiez qu'avec le demi-million de dollars de Tuttle vous alliez pouvoir rembourser les gens de Vegas et vivre heureuse jusqu'à la fin de vos jours dans votre grande maison. Mais tout cela devenait impossible avec les autres dettes, car celles-ci étaient bien trop importantes, même si Tuttle vous offrait effectivement un demi-million de dollars. Ensuite, quand M. Shaw vous a parlé de l'assurance-vie, vous êtes montée sur vos grands chevaux et avez même dit que vous iriez jusqu'à vous battre contre eux. Tout comme vous l'avez déclaré devant la cour, vous nous avez tout de suite affirmé ce jour-là que vous n'étiez pas convaincue par le verdict des médecins, et que votre parole suffirait pour que la compagnie d'assurance vous verse cette somme faramineuse. Je pense qu'à ce moment-là, vous étiez désespérée et que vous cherchiez une branche, n'importe laquelle, pour vous raccrocher. Vous étiez même prête à jouer le rôle de la veuve éplorée, et espérer que cela suffise à convaincre la compagnie d'assurance de vous donner quelque chose par charité. Et vous vous êtes glissée dans ce rôle parce qu'il vous est soudain apparu que vous aviez *besoin* de l'argent de l'assurance. C'est vous qui avez ensuite semé cette idée dans la tête de M. Shaw selon laquelle les gens de Vegas pourraient être derrière l'assassinat de votre mari. C'était une interprétation exceptionnelle. Vraiment, vous auriez dû faire actrice, m'dame. Mais ça n'a pas pris avec moi. Je ne vais pas beaucoup au cinéma, mais je lis beaucoup de romans policiers. »

Archer s'approcha de Brooks et lui tendit le contrat avant de retourner se poster devant le box des témoins. « Mais ce n'est que de l'argent dont il est question dans ce contrat. Ce n'est pas la vraie raison de notre présence ici aujourd'hui. Lors de l'une de mes visites chez vous, j'ai eu l'occasion de discuter avec l'un de vos employés, Manuel, et celui-ci m'a confié quelque chose d'intéressant. » Archer montra du doigt le fond de la salle d'audience où était assis un Manuel nerveux. « J'ai parlé avec Manuel quand je me suis préparé pour mon procès. Si besoin, il est prêt à témoigner. Il m'a dit que Jackie Tuttle est venue chez vous le soir de la mort de Lucas Tuttle, ainsi que Mlle Tuttle vient de nous l'expliquer.

— Et donc ? demanda Marjorie d'un ton sec.

— Sauf qu'il a précisé qu'elle n'a *pas pu* vous voir. Mlle Tuttle a également certifié qu'aucune entrevue n'a eu lieu ce soir-là entre vous deux. »

Marjorie le dévisagea d'un air ahuri, ne comprenant pas où il voulait en venir. « Encore une fois, et donc ?

— *Pas pu*. Ce sont les mots que Manuel a utilisés. Je me suis longtemps demandé pourquoi. Même si vous étiez déjà endormie, ils auraient toujours pu venir vous réveiller. Il n'y a qu'une seule raison qui expliquerait pourquoi vous n'auriez *pas pu* voir Jackie Tuttle ce soir-là. Et cette raison, c'est si vous n'étiez pas chez vous. Et si vous n'étiez pas chez vous, je me demande où vous avez bien pu aller dans votre grosse Cadillac coupé DeVille le soir de la mort de Lucas Tuttle. Vous voulez bien nous éclairer ? »

Marjorie parut soudain excessivement agitée. « Je n'ai aucune idée de quoi vous parlez. Tout ceci est ridicule. Je ne dirai rien de plus. Rien de plus, vous m'entendez, espèce de... d'ignoble, d'immonde *criminel* ! J'espère que quand ils vous pendront, vous prendrez une éternité à mourir ! »

Archer se tourna vers Richmond. « Votre honneur, j'ai encore un témoin à appeler.

— Cela signifie-t-il que vous en avez fini avec Mme Pittleman ?

— Oh, non, elle peut rester assise où elle est.

— Mais où va donc s'asseoir votre prochain témoin ? »

Archer frappa de la main la rambarde du box des témoins. « Juste ici. »

Brooks se leva. « Et qui est ce témoin ?

— Ce témoin, c'est M. Lucas Tuttle », déclara Archer.

Un cri étouffé de surprise parcourut la salle, immédiatement suivi par des murmures de conversations tout autant alimentées par la spéculation que gagnées par l'excitation.

« Excusez-moi ? » gronda Brooks tandis que Richmond abattait à plusieurs reprises son nouveau marteau pour calmer la foule.

« Cet homme est mort, monsieur Archer, s'exclama Brooks. Alors, à moins que vous n'ayez l'intention de nous organiser une séance de spiritisme...

— Non, monsieur, ce n'est pas mon intention. Mais ce n'est pas parce qu'un homme est mort qu'on ne peut pas l'entendre. Il suffit d'avoir le bon équipement. »

Archer se tourna et fit signe à un agent en uniforme assis près de la porte de la salle d'audience qui se leva et le rejoignit, un objet à la main.

L'agent lui apporta la boîte en bois du dictaphone et la posa sur la table devant Archer.

« Qu'est-ce que c'est que ça ? demanda le juge.

— L'appareil enregistreur de M. Tuttle, expliqua Archer. Ça vient de son bureau. On appelle ça un dictaphone.

— Comment pouvons-nous être sûrs qu'il appartenait bien à M. Tuttle ? s'enquit Brooks.

— Vous connaissez la voix de M. Tuttle ? lui demanda Archer.

— Oui, bien sûr. Je le connaissais bien.

— Dans ce cas, jugeons sur pièces. Je peux continuer ? Vous comprenez, j'essaye juste de faire éclater la vérité, c'est bien pour ça que nous sommes tous réunis ici aujourd'hui, pas vrai ? »

Richmond interrogea Brooks du regard qui, résigné, haussa une nouvelle fois les épaules, tout en ayant l'air terriblement curieux quant aux intentions d'Archer.

« Très bien, admit le juge à contrecœur. Mais laissez-moi vous prévenir, si quoi que ce soit qui sort de cette machine dépasse les limites, je vous expulse de ma salle d'audience. »

Archer apporta la boîte jusqu'au box des témoins et en sortit le dictaphone qu'il plaça sur la rambarde, tandis que Marjorie le toisait d'un air mauvais, plein de violence contenue. Il brancha ensuite l'appareil dans une prise au sol près du banc du juge, rembobina la bande jusqu'à un certain point et se tourna pour faire face à la salle d'audience.

« Ce que vous êtes sur le point d'entendre va éclaircir non pas un, ni deux, mais *trois* meurtres. »

Il appuya sur un bouton, et le premier son audible fut le grincement d'une porte qui s'ouvre, comme lors d'une émission de radio. Tout le monde dans la salle, jeunes ou vieux, se pencha en avant sur son siège pour mieux entendre.

« *Qu'est-ce que vous fichez ici ?* » demanda Lucas Tuttle.

La voix suivante fit l'effet d'un coup de poing en plein ventre qui expulsa l'air des poumons de toutes les personnes dans la grande salle.

« *Vous m'avez roulée, espèce de fils de pute !* rugissait Marjorie Pittleman sur la bande.

— *Roulée ?* cria Tuttle. *Regardez-moi ça ! Mon coffre-fort est vide. On m'a volé tout ce qu'il y avait dedans.*

— *Je m'en fiche, de ce coffre. Malcolm Draper travaillait pour vous ! Il a torpillé toutes les affaires de Hank !* »

Tuttle s'esclaffa. « *Cette tumeur au cerveau a dû rendre ce vieux Hank un peu plus lent d'esprit. C'était aussi facile que de voler un bonbon à un enfant, de ne pas payer ces factures et de prendre des décisions de business particulièrement mal avisées qui lui ont coûté de l'argent. Beaucoup d'argent. Mais il était trop déconnecté pour s'en rendre compte. C'était trop tard pour lui. Tout ce qui l'intéressait, c'était boire son whisky et se promener avec* ma *fille à son vieux bras immonde.*

— *Vous avez pris tout ce qui y avait de la valeur, tout ce qui rapportait de l'argent et vous ne m'avez laissé que des factures*, glapissait Marjorie. *J'ai demandé à un avocat d'examiner ce contrat après que je l'ai signé. Il m'a dit qu'à cause de toutes ces dettes, vous allez récupérer tout ce que possédait Hank pour rien !*

— *Dans ce cas nous sommes quittes, parce que lui m'a pris ma Jackie. Et il m'a obligé à lui demander un prêt* personnellement *pour pouvoir me narguer avec. Eh bien, regardez qui a gagné : c'est moi.*

— *Votre fille est une traînée, tout le monde le sait. Elle arrive l'air de rien et elle devient la concubine de mon mari ! C'est pour ça que j'ai…*

— *C'est pour ça que quoi ?* demanda Tuttle d'un ton moqueur.

— *Quand j'ai découvert l'étendue des dettes de Hank, je suis allée parler à Draper. J'avais deviné ce qui se passait, voyez-vous. Ce lieutenant m'avait parlé des factures impayées. J'ai dit à Draper qu'il devait la tuer ou alors j'allais voir la police. Mais il n'a même pas réussi à le faire ! L'idiot !* »

Il y eut un moment de silence sur la bande puis Tuttle reprit la parole. « *Je dois dire qu'une partie de moi est triste qu'ils ne l'aient pas tuée. Mais maintenant que l'abattoir est à moi, je vais lui réserver le même sort que celui que mes gars ont réservé à Sid Duckett.*

Vous savez qu'il a essayé de me faire chanter quand il a découvert que Draper travaillait pour moi ? Il l'a payé, et pas qu'un peu. Les cochons ont bien dîné ce soir-là, ajouta-t-il d'un ton enjoué.

— *Vous m'avez roulée ! Ce contrat que j'ai signé, il ne vaut rien ! Où est-il ? Je veux le déchirer. Je ne vends pas.*

— *C'est trop tard, Marjorie. Vous auriez dû lire les petits caractères, tout y était écrit. Mais, encore une fois, ça se confirme, cela ne vous serait pas venu à l'idée, vu que vous n'êtes qu'une femme.*

— *Salaud !*

— *Vous devriez me remercier. Je vous ai débarrassée de votre mari, non ? Si les dettes de jeu de Hank avaient continué de s'accumuler, ces types de Vegas auraient fini par débarquer pour vous prendre votre maison, et plus encore. C'est pour ça que vous m'avez supplié de le faire tuer, après tout, non ? Pour pouvoir tout vendre, et ce même s'il était mourant ? Eh oui, un moribond peut encore parier, mais un mort ne le peut plus.* » Il garda le silence quelques instants. « *Seulement voilà, vous n'étiez pas au courant pour toutes ses autres dettes. Et là, on dépasse allègrement les deux cent mille dollars.* » Il marqua une pause. « *Mais je sais me montrer magnanime. Vous pouvez garder la maison.*

— *Mais je n'ai plus les moyens d'y vivre !* gémit-elle. *Et je n'ai pas le moindre sou pour rembourser ces dettes !*

— *Alors vendez-la. Je suis prêt à vous refiler quelques dollars pour cette monstruosité. À l'avenir, Marjorie, essayez de vous rappeler que la taille n'est pas synonyme de bon goût.* »

Sur la bande, Marjorie ne répondit pas à cette pique. La Marjorie en chair et en os restait quant à elle aussi immobile que le renard autour de ses épaules.

Un silence absolu régnait dans la salle. On aurait pu non seulement entendre une mouche voler, mais aussi ressentir l'air déplacé par ses ailes.

Puis toute la salle d'audience sursauta.

Le coup de feu déchira le silence comme si l'on avait réellement tiré dans la salle. Comme si quelqu'un avait non seulement crié au feu au milieu d'une foule, mais qu'un véritable brasier les entourait. Vint ensuite le son d'un corps qui tombe au sol.

Ces sons furent suivis sur la bande par la voix de Marjorie. « *Alors, quel effet ça fait, Lucas ? De se faire tuer par quelqu'un qui n'est "qu'une" femme ?* »

Sur ce, Archer éteignit l'appareil et fixa Marjorie. « Alors ? » lui demanda-t-il.

Elle resta silencieuse un long moment.

Quand elle prit la parole, elle parla d'une voix tranquille, et même… heureuse.

« Tuer cet homme, c'était la chose la plus amusante de toute ma vie. »

Archer fixa le juge dans les yeux et déclara : « Je n'ai rien à ajouter. »

CHAPITRE 51

ARCHER SE TENAIT DEBOUT à côté du lit d'hôpital d'Irving Shaw. Le policier s'était assis et avait bien meilleure mine que la dernière fois où Archer avait eu l'occasion de le voir. Herbert Brooks, le procureur, fit son apparition et s'avança jusqu'au lit.

« À Poca City, on m'a dit que vous aviez fait la route pour voir le lieutenant Shaw », lança Brooks à Archer. Il se concentra sur le policier. « Et comment va le patient ? »

Shaw bougea son bras blessé avec précaution. « Pas trop mal. J'crève d'envie d'une clope, mais ils veulent pas. À cause de l'oxygène en bonbonne. »

Brooks se concentra sur Archer. « Plusieurs choses. D'abord, j'ai échangé avec l'administration pénitentiaire. À la lumière des… hum… récents développements, ils considèrent votre liberté conditionnelle de trois ans comme exécutée dans son intégralité. Vous êtes donc libre d'aller où bon vous semble. J'imagine que vous n'avez aucune envie de rester à Poca City, ajouta-t-il.

— Je pense qu'il est temps pour moi d'aller de l'avant. »

Il tendit ensuite une enveloppe à Archer.

« C'est quoi ? demanda Archer.

— Deux mille dollars, de la part de la municipalité. En compensation de ce que vous avez enduré. »

Archer n'esquissa aucun mouvement pour prendre l'argent, jusqu'à ce que Shaw ne l'y incite.

« Vas-y, Archer. Prends-le. Tu l'as mérité, mon petit gars. T'as résolu trois meurtres à toi tout seul. Va falloir que t'accroches ton enseigne de détective privé. Sers-toi de cet argent comme d'un apport pour te lancer. »

Archer prit l'enveloppe à contrecœur. « Je n'aurais rien résolu du tout si vous n'aviez pas été là, monsieur Shaw. Vous devriez en avoir la moitié.

— Impossible. Je suis fonctionnaire. C'est mon travail. » Shaw regarda Brooks. « Du nouveau sur Draper ?

— Il est mort la nuit dernière. Mais on l'aurait pendu de toute façon. Marjorie Pittleman a vidé son sac, même on si avait déjà presque tout entendu sur la bande. Draper a tué Pittleman sur ordre de Lucas Tuttle, après que Marjorie et lui se soient mis d'accord sur la vente. Et ils ont cherché à faire tomber Archer pour le meurtre. Ensuite, Dill et Draper ont tué Sid Duckett, puis ils ont essayé de tuer Jackie Tuttle, à la demande directe de Marjorie. » Il jeta un œil à Archer. « Et vous aviez raison. On a retrouvé le Smith & Wesson de Hank Pittleman. Marjorie l'avait caché chez elle. C'est bien avec cette arme qu'elle a tué Tuttle.

— Qu'est-ce qui l'attend ? demanda Archer.

— Je doute que l'État ait le courage de pendre une veuve. Mais elle mourra en prison.

— Et sa grande baraque, qu'est-ce qu'elle va devenir ? » voulut savoir Shaw.

Brooks haussa les épaules. « Quelqu'un pourrait peut-être la transformer en hôtel. »

Archer se tourna vers Shaw. « Vous aviez deviné, monsieur Shaw. Vous l'avez dit dès le début, que Marjorie était impliquée dans la mort de son mari.

— Eh oui, malheureusement, dans les histoires entre mari et femme, en général c'est l'un ou l'autre le meurtrier.

— Raison de plus pour rester célibataire, glissa Archer.

— Alors comme ça, demanda Shaw, Lucas Tuttle a tué sa femme et réduit sa fille au silence par la peur ? »

Archer coula un regard vers Brooks. « J'imagine que la parole d'un homme vaut plus que celle d'une femme ? Vous m'avez déjà dit ça.

— J'imagine qu'on peut dire que c'était le cas, oui, approuva Brooks d'une petite voix.

— Ce qui n'est ni correct ni équitable. »

Shaw s'éclaircit la gorge. « On a reçu de nouvelles informations à propos du passé d'Ernestine Crabtree, Archer. Je me suis dit que ça t'intéresserait.

— C'est quoi ?

— Ces hommes l'ont violée, c'est un fait. » Il ajouta d'un ton plus bien plus empreint de gravité : « En fait, à cause de ce qu'ils lui ont fait, elle ne pourra plus jamais avoir d'enfants. »

Un silence gênant s'installa que Brooks finit par briser.

« Je dois vous avouer que la façon dont vous vous êtes débrouillé dans la salle d'audience, c'était vraiment remarquable, monsieur Archer, surtout pour quelqu'un n'ayant aucune formation juridique.

— Quand un homme se bat pour sa survie, a-t-il d'autre choix sinon de faire tout ce qu'il peut ?

— Amen, dit Shaw. Tous ceux qui ont fait la guerre le savent foutrement bien. »

Archer fixa Brooks. « Donc, vous n'avez aucune raison de poursuivre Jackie Tuttle, n'est-ce pas ? Vous êtes convaincu que c'est bien Lucas Tuttle qui a tué sa femme ? »

Brooks acquiesça. « J'en suis convaincu, monsieur Archer. Elle n'a aucun souci à se faire avec moi. C'est une épreuve terrible qu'elle a dû endurer. Encore plus pour une jeune femme. Elles sont tellement délicates. »

Le regard d'Archer se fit plus dur. « Vous êtes marié ? »

Brooks parut surpris par cette question. « Euh… oui.

— Vous travaillez, et votre femme reste à la maison ?

— En dehors de la maison, elle est incapable de rien faire.

— Vous pourriez être surpris, monsieur Brooks. Vous savez, je ne comprends pas vraiment la logique derrière le fait que ce soient les hommes qui ramènent à manger à la maison. C'est juste que ça a toujours été comme ça, sans que ce soit justifié par de bonnes raisons. Tout le monde a droit à sa chance. »

Brooks secoua la tête et se fendit d'un petit sourire. « La place d'une femme est à la maison, à élever les enfants, s'occuper de son foyer et soutenir son mari. Mais cela n'en reste pas moins un travail important et tout à fait adapté à leur sensibilité plus délicate. C'est un monde dur et cruel, monsieur Archer, et ce sont les hommes qui sont destinés à s'y épanouir, pas nos épouses. On ne les appelle pas le sexe faible pour rien, après tout.

— Quand je serai vieux, le monde verra peut-être les choses différemment. »

Après que Brooks les eut laissés, Archer se tourna vers Shaw.

« Vous m'avez beaucoup appris.

— Je peux dire la même chose à ton sujet. Alors, c'est quoi la suite pour Aloysius Archer ?

— Je vais aller me promener un peu, je pense.

— Par hasard, est-ce que cette promenade t'emmènerait voir deux jeunes femmes loin d'ici ?

— Deux jeunes femmes ?

— Ouais. »

Archer sourit. « Je n'en sais rien. Vous le savez, je suis un peu trop sensible à leur charme pour mon propre bien.

— Merde, mon garçon, on a tous le même problème. Mais c'est pas une raison suffisante pour les éviter, alors moi je te dirais de foncer. Eh, t'aurais pas une clope, Archer ?

— Je croyais que vous aviez dit que…

— Allez, mon petit gars, m'oblige pas à sortir mon flingue ! »

Archer fit sortir une Lucky de son paquet et la lui alluma.

Shaw exhala la fumée avec délice et observa Archer d'un air amusé. « Je me demande ce qui a bien pu arriver à tout l'argent du coffre de Lucas Tuttle…

— Je n'ai jamais réussi à le comprendre non plus. Je pensais le savoir, mais je suis certainement dans le faux. »

Il marqua une pause.

« Vous allez continuer de creuser ?

— Archer, mon boulot, c'est d'attraper des meurtriers. Je ne perds pas mon temps à pourchasser des gens qui s'accaparent les biens d'autres qui en ont déjà trop.

— C'est bon à savoir.

— Je me doutais que tu dirais ça. »

Archer tendit une main que Shaw serra.

« Tu n'oublies pas de me donner des nouvelles, demanda Shaw.

— Vous pouvez y compter.

— Prends soin de toi, *le privé.* »

En sortant, Archer tomba dans le couloir sur une femme et trois adolescents – deux jeunes hommes et une jeune fille – qui se dirigeaient vers la chambre de Shaw. Devinant qui ils étaient, il se présenta à la famille Shaw.

« Il a énormément d'estime pour vous, monsieur Archer, déclara l'épouse de Shaw.

— C'est réciproque. Oh, une dernière chose. »

Il sortit l'enveloppe et en retira la moitié de l'argent qu'elle contenait. « Les habitants de Poca City ont fait une collecte pour le lieutenant Shaw. »

Il lui tendit l'argent. « Je n'en ai pas parlé à votre mari. Je sais qu'il a beaucoup de fierté. Vous pourrez vous en servir pour les études des enfants.

— Merci infiniment, monsieur Archer. »

Archer se tourna vers l'aîné des deux garçons. « J'ai cru comprendre que tu vas t'engager dans l'armée ?

— Oui, monsieur.

— Bon garçon. Sois prudent et fais honneur à tes parents. »

Il lui adressa un salut militaire net et précis, avant de continuer son chemin.

Tandis qu'il remontait le couloir jusqu'à la sortie, Archer se rendit compte que sa démarche assurée était définitivement revenue.

CHAPITRE 52

LE VOYAGE EN MER FUT AGITÉ la majeure partie du temps, la faute à des vents violents qui ne cessaient de s'engouffrer dans leurs couloirs de navigation. Mais plus l'océan se montrait hostile, plus Archer semblait dormir profondément dans sa cabine de première classe. Après tout, après avoir mené ses plus rudes batailles sur la terre ferme et failli y perdre sa liberté, il semblait logique qu'il trouve la sérénité sur des mers si chaotiques.

Il s'aventurait de temps en temps sur le pont supérieur pour admirer l'immensité de l'océan et apprécier le tangage calamiteux du bateau, pendant que la plupart des passagers, et même certains membres d'équipage, restaient dans leurs cabines à vomir dans des seaux. À ses yeux, ce voyage représentait la symbolique de nombreuses choses, mais la plus importante d'entre elles était la rédemption. Pas la sienne, même si cela pouvait s'appliquer en grande partie à son cas, supposait-il. Non, ce voyage, il ne le faisait pas pour lui. Il le faisait pour les autres.

Durant la guerre, Archer avait un objectif, un seul : survivre. Au cœur de ce défi, son désir de survivre en compagnie du plus grand nombre possible de ses frères d'armes. Ainsi, les hommes s'assuraient mutuellement leurs arrières. Parfois, vous risquiez votre vie pour en sauver une autre. Parfois vous y parveniez et parfois vous vous ratiez. D'autres fois, tout le monde mourait dans cet effort collectif. *Mais ne pas essayer vous faisait courir un risque encore plus grand, car alors, quelle sorte de monde en serait ressortie ?*, se disait Archer, mais penser uniquement à soi-même, alors que vous progressiez déjà difficilement sur le chemin de la vie, était un voyage effectivement solitaire.

Il atteignit enfin le Brésil et s'enfonça immédiatement dans les terres pour rallier São Paulo. Plus précisément, une adresse arrachée sur une caisse dans l'entrepôt de Hank Pittleman et coincée entre deux pages dans une Bible de l'hôtel Derby.

Jouissant d'une vue incroyable, la petite maison recouverte d'une peinture couleur aubergine et munie de volets jaunes avait été construite sur une butte, juste en dehors de l'agglomération. Des fleurs exotiques dans des pots en terre cuite s'épanouissaient dans une atmosphère chauffée par un soleil clément, dans un environnement où les averses soudaines étaient nombreuses et bienvenues.

Archer avait renouvelé sa garde-robe ; il portait un confortable trois pièces beige fait d'un tissu léger adapté à l'endroit et à ces chaleurs estivales. Il portait un panama et des chaussures en cuir marron à lacets. Après sa traversée de l'océan, son visage était bronzé et buriné.

Archer gravit les marches qui menaient à la porte d'entrée et frappa. Il distingua presque immédiatement des bruits de pas qui venaient à sa rencontre.

La porte s'ouvrit et il eut bien du mal à reconnaître Jackie Tuttle. Pour commencer, ses cheveux avaient été teints en blond et coupés court, à la garçonne. Adieu la mèche. Et au lieu des robes moulantes hors de prix dans lesquelles il avait eu l'habitude de la voir, elle portait ce jour-là une salopette passée de couleur, similaire à celles que portaient les femmes dans les usines pendant la guerre, et une chemise bleue en coton trop grande pour elle. Pas de gants, de chapeau, de bijoux ou de maquillage en vue. À ses pieds, une paire de sabots.

« Tu n'as pas l'air surprise de me voir, dit-il.

— C'est parce que je ne le suis pas. »

Elle fit un pas en arrière pour lui permettre d'entrer.

Il s'avança et pénétra dans une petite pièce qui occupait l'avant de la maison. On y trouvait trois chaises et un petit canapé posé sur un tapis élimé. Sur l'une des chaises se trouvait Ernestine Crabtree qui, tout autant que sa commère, s'était transformée physiquement. Il dut encore une fois l'examiner de près pour s'assurer que c'était bien elle. Ses cheveux blonds, partiellement couverts par un béret couleur prune, avaient été coupés très court, et elle portait des vêtements aussi basiques que ceux de Jackie.

Archer s'assit, posa son chapeau sur son genou et balaya la pièce du regard. « Vous vous plaisez ici, toutes les deux ?

— Il fait chaud, beau, l'endroit est magnifique et les gens sont chaleureux, déclara Jackie en s'asseyant à côté d'Ernestine. Et nous avons encore de l'argent pour vivre. Il nous reste un peu du liquide que mon père t'avait donné pour rembourser sa dette à Hank. Mais à terme, il va falloir que je trouve du travail. » Elle marqua une pause et fixa Archer d'un air amusé. « Je pourrais peut-être me trouver un autre Hank Pittleman dans le coin.

— Et cette maison, elle sort d'où ?

— Elle appartenait à la famille de ma mère. J'en ai hérité à sa mort. Je venais ici avec elle quand j'étais plus jeune. Je parle la langue, ce qui est bien pratique. Je l'apprends à Ernestine. »

Archer hocha la tête, assimilant tout ça, puis il regarda Ernestine. « Je suis désolé, pour ce qui vous est arrivé au Texas », dit Archer.

Elle lui adressa un regard acéré. « Comment vous…

— J'ai… vu votre carnet, avoua-t-il. Et M. Shaw a pu vérifier certains faits. »

La tête penchée, elle se confia : « Quand ils sont venus arrêter mon père, il m'a dit qu'il n'allait passer que quelques mois en prison. Il nous a fait déménager, ma mère et moi, et nous a promis qu'il nous rejoindrait. » Elle s'arrêta dans son récit. Des larmes envahissaient ses yeux. Jackie passa un bras autour d'elle pour la soutenir. « Et après… après…

— Je sais, Ernestine », murmura-t-il.

Elle se redressa d'un coup et essuya rageusement ses larmes. « Je n'arrivais pas à y croire. J'étais tellement en colère après eux. Je m'en fichais, que mon père raconte à tout le monde ce que ces hommes m'avaient fait. Je voulais juste qu'il reste avec nous. Je… je ne voulais pas qu'il meure à cause de moi. Et j'ai dit des choses à ma mère, des choses que j'ai regrettées. » Elle marqua une nouvelle pause, des larmes fraîches remplissant ses yeux. « Et puis, elle est partie, elle aussi. »

Lui laissant quelques instants pour se reprendre, Archer observa autour de lui et finit par dire : « Et donc, où est la machine à écrire ? La Royal ? »

Elle releva encore une fois la tête. « J'ai… j'ai une petite pièce pour moi à l'arrière de la maison, dit-elle d'une voix calme.

— Pour écrire ?

— Elle travaille sur un roman, Archer, intervint Jackie. J'en ai lu des extraits. C'est vraiment bon.

— *"Une femme, pour être en mesure d'écrire, doit avoir de l'argent et une pièce à elle"*, dit Archer, citant Virginia Woolf.

— C'est… c'est ça, dit Ernestine. C'est ce que je pense, moi aussi.

— Vous pourriez reprendre toutes les épreuves que vous avez dû endurer dans la vie et les coucher sur le papier, Ernestine. Et je pense que vous aurez là un très bon livre. Parfois, il suffit juste d'en être débarrassé pour aller de l'avant. »

Quelques moments de silence s'étirèrent entre eux.

Jackie sortit une lettre de sa poche et lui montra. « Tu m'as envoyé une lettre pour me demander de revenir témoigner.

— Et je t'ai aussi dit que si tu acceptais de le faire, tout se finirait bien, pour vous deux et pour moi. Je t'ai donné ma parole.

— Mais pourquoi c'était si important que je revienne ? Avec cet enregistrement, tu avais pris Marjorie Pittleman la main dans le sac. Et mon père aussi, par la même occasion. Sur la bande, il confesse les meurtres de Hank et de Sid Duckett. Tu n'avais pas besoin de moi pour gagner ta liberté.

— Ce n'était pas de *ma* liberté dont il était question, Jackie. Mais de la tienne. »

Il sortit la copie carbone de sa veste et lui tendit.

« J'ai trouvé cette lettre enroulée dans le canon du Remington de ton père. Je ne pense pas qu'elle soit passée entre les mains de Desiree Lankford, sinon je suis sûr qu'elle t'en aurait parlé. »

Elle la lut rapidement puis releva la tête et le dévisagea, choquée.

« Mon père m'y accuse d'avoir tué ma mère. Il dit qu'il en a des preuves et il veut que Brooks me poursuive pour meurtre. Il voulait me voir pendre au bout d'une corde.

— C'est à peu près ça, oui.

— Même après tout ce qu'il avait fait, il n'en avait pas fini de me tourmenter ! » Elle lui rendit la lettre. « Je ne sais même pas pourquoi je suis surprise, ajouta-t-elle d'une petite voix.

— Tu es partie de chez toi à cause de ce qu'il a fait, dit Archer.

— Je voulais le tuer. Je voulais le balancer sur cette moissonneuse. Mais il me riait à la figure. Il a dit que personne ne me croirait comme j'étais une fille.

— Il a aussi essayé de me persuader que tu étais impulsive. Violente. »

Elle le sonda de ses grands yeux. « Vu comment je me suis comportée avec toi, tu étais pleinement en droit de le croire.

— Tu as du mal à cacher tes émotions, Jackie. Je m'en suis vite rendu compte. Rien de mal à ça. Ton père, au contraire, il était trop manipulateur. Et bien trop persuasif et sûr de lui. C'est de ces gens-là dont il faut se méfier.

— Tous ces romans policiers vous ont bien servi, on dirait », intervint Ernestine.

Archer s'expliqua : « Je voulais que tu viennes témoigner et montrer à Brooks que tu n'avais pas tué ta mère. Je voulais que tu n'aies plus jamais à t'en inquiéter. Et maintenant, c'est réglé. Je m'en suis assuré directement auprès de lui. »

Jackie parut secouée par cette nouvelle. « Merci, Archer, lui dit-elle. C'était très gentil de ta part.

— Mais tu ne savais pas que c'était pour cette raison que je t'ai demandé de venir. Je n'en avais rien dit dans la lettre que je t'ai envoyée.

— Et donc, je n'avais aucune raison de revenir.

— Et pourtant, tu es revenue, Jackie. Pourquoi ? C'était risqué, vraiment. Tu n'avais pas d'autre choix que de me faire confiance, déclara-t-il avant de marquer une pause. Et dans la salle d'audience, il y a eu un moment où j'ai douté. »

Elle détourna le regard, puis quelques instants plus tard, reporta son attention sur lui. « Tu te rappelles, quand je t'ai demandé comment c'était, pendant la guerre ? »

Il fronça les sourcils. « Tu veux dire, quand tu m'as demandé si j'avais déjà tué quelqu'un ?

— Non, quand je t'ai parlé de faire partie de quelque chose de plus grand. Eh bien, j'imagine que cette chose plus grande, c'était toi, Archer. Je... je ne pouvais pas te laisser mener cette bataille seul. C'est pour ça que je suis revenue. »

Ernestine se pencha en avant. « Nous n'avions pas imaginé que vous seriez impliqué dans ce qui s'est passé. Avec les preuves dans le coffre de la Nash, et tout le reste. J'avais déjà quitté la ville, Jackie a fait de même peu de temps après. Nous n'avons jamais voulu vous causer du tort, Archer, jamais.

— Je le sais, répondit-il simplement.

— Quand j'étais dans le box des témoins, ajouta Jackie, je dois avouer que ma foi en toi a été soumise à rude épreuve.

— Mais ? répliqua Archer.

— Mais j'ai fini par comprendre qu'à un moment ou un autre, il fallait que je fasse confiance à un homme dans ma vie. Et autant que ça soit toi. Je pense que tu en as gagné le droit. »

Il acquiesça. « Merci à toi pour cette confiance. »

Quelques secondes de silence passèrent.

« Archer… Comment savais-tu que j'avais vu mon père tuer ma mère ?

— Je n'en étais pas sûr. En prison, j'ai fréquenté pas mal de coupables. Je sais à quoi ça ressemble. Mais j'étais innocent, donc je sais à quoi ça ressemble aussi. Tu aimais ta mère, tu te disputais avec ta mère. Aucun mal à ça. Sauf que Lucas Tuttle a essayé de me convaincre que tu l'avais tuée, tandis que toi, tu ne voulais même pas en parler, ou quand c'était le cas, tu t'énervais. Et il y a aussi le fait que tu es partie de chez toi pour te faire entretenir par Pittleman. Tu ne m'as jamais semblé être le genre de femme à t'abaisser à ce genre de choses, à moins d'avoir une très bonne raison. Et cette raison, c'était que tu ne pouvais pas vivre avec l'assassin de ta mère, et que tu voulais le punir avec le seul moyen à ta disposition : Pittleman.

— C'était très perspicace de ta part, Archer, confirma-t-elle calmement. Parce que c'est exactement pour ça que je l'ai fait. Je savais que ça le rendrait fou, je voulais lui faire mal, le punir pour ce qu'il avait fait.

— J'aurais fait la même chose à ta place. » Il marqua une pause. « Mais maintenant, il est temps de passer à autre chose, Jackie. Tu ne peux pas laisser ta haine envers cet homme conditionner le reste de ta vie. Il n'est plus là. Il faut que tu ailles de l'avant, selon tes propres termes. »

Ernestine sourit et tapota doucement le dessus de la main de Jackie. « Je n'arrête pas de lui répéter depuis qu'on est arrivées ici.

— Mais pourquoi as-tu posé toutes ces questions à Marjorie, finalement ? Tu aurais pu te contenter de faire écouter la bande. Ça aurait été suffisant.

— J'ai eu de la chance que Tuttle ait oublié que l'appareil enregistrait encore. Parfois, les gens nient les évidences. En plus de ça, Marjorie est une menteuse aguerrie. Je voulais exposer toutes les raisons qui expliquaient pourquoi elle avait tué ton père, la coincer dans le box des témoins avant de faire écouter l'enregistrement. M. Shaw aurait appelé ça une corroboration, en quelque sorte. »

Il fit une pause dans son récit. « Et elle, qui avait l'air si pieuse, si bien sous tous rapports, je voulais la faire sortir de sa zone de confort, l'acculer, après toutes ces choses horribles qu'elle a faites.

— Je peux comprendre, dit Jackie.

— Bon, j'ai une question. »

Elle sourit et secoua la tête d'un air las. « Toi et tes questions. Tu aimes toujours autant les poser.

— Je n'ai toujours pas compris *pourquoi* vous avez eu besoin de cette femme de chambre, Amy.

— Le type qui s'occupait de l'entrepôt pour Hank avait un faible pour elle. Il lui avait donné un double de clé du bâtiment pour qu'ils puissent s'y rejoindre à l'occasion et être seuls et... bon, tu as compris.

— Je ne suis pas le seul bonhomme à me faire mener par le bout du nez par une femme, c'est bon à savoir.

— Crois-moi, Archer, tu ne seras jamais le seul dans ce cas.

— C'est Desiree qui vous a dit que Bobby Kent ne serait pas là pour conduire ton père en ville ce soir-là ? »

Jackie hocha la tête. « C'est pour ça que j'ai choisi d'agir à ce moment-là. Desiree a toujours été une bonne amie. Je lui ai donné une partie de l'argent que mon père a remboursé à Hank. J'ai... j'ai le sentiment que je l'ai plus mérité que lui.

— Et je pense que tu as bien raison. Mais en vidant le coffre, vous avez dû tomber sur ce contrat qu'avait signé Marjorie ?

— Oui. Mais on devait faire vite, Archer, et on n'a pas pris le temps de le lire en détail. On a tout embarqué le plus vite possible. On a dû s'y mettre à deux pour sortir dehors chacun de ces lingots d'or. J'étais terrifiée à l'idée que mon père ne rentre avant qu'on ait fini.

— Et heureusement pour vous que vous êtes parties avant que Marjorie ne se pointe avec le flingue de Hank. » Il réfléchit puis les observa à tour de rôle. « Je pars donc du principe qu'Ernestine et toi étiez bonnes amies à Poca City ?

— Nous nous sommes trouvées naturellement, avoua Jackie. Nous avons découvert que nous avions connu des... » Sa voix faiblit soudainement.

Ernestine finit pour elle. « Nous avons découvert que nous avions affronté toutes les deux des *défis* dans notre passé, ce qui nous a rapprochées. »

Archer les sonda du regard chacune leur tour. « Je peux comprendre pourquoi vous n'auriez plus envie de faire confiance à un homme de toute votre vie. Mais sachez que je ne vous en veux pas. » Il leur prit chacune la main. « La vie peut nous réserver des sales tours, à chacun d'entre nous. Je suis peut-être encore jeune en âge, mais après la guerre et la prison, je me sens vieux. » Il fixa Jackie puis Ernestine. « Pendant la guerre, je pense qu'on faisait tous partie de quelque chose de plus grand que nous. Ensuite, la guerre finie, on est revenus au point de départ, avec des besoins et une volonté décuplés. Ce que je veux dire, c'est que pour faire vraiment partie de quelque chose de plus grand, il faut d'abord trouver quelque chose en soi de plus grand. Nous trois, il se trouve qu'on a droit à une deuxième chance. Peut-être qu'on va la foirer, aussi, j'en sais rien. Ce que je sais, par contre, c'est que je suis une bien meilleure personne après vous avoir rencontrées toutes les deux. »

Les deux femmes le dévisagèrent, des larmes s'accumulèrent non seulement dans leurs yeux, mais aussi dans ceux d'Archer. Peut-être bien pour la première fois de sa vie.

Après quelques nouvelles secondes de silence, Jackie poursuivit d'une voix douce : « Ce que tu viens de dire était très inspiré, Archer. Tu es sûr que tu n'as aucun diplôme universitaire ?

— Si, celui de l'école supérieure de la vie. » Il se leva et sortit deux morceaux de papier de leur poche. « Je suis aussi venu vous donner ceci. » Il en tendit un à Jackie et l'autre à Ernestine.

Deux chèques de banque.

Les deux femmes poussèrent une exclamation de surprise quand elles prirent connaissance des sommes astronomiques inscrites dessus.

« Archer, mais c'est quoi ça ? s'écria Jackie.

— Bonté divine, renchérit Ernestine.

— Vos parts de ce qu'il y avait dans le coffre, expliqua-t-il.

— Pourquoi tu l'as sorti de l'entrepôt ? » lui demanda Jackie.

Il lui répondit avec un petit sourire gêné. « En partie par colère après que tu m'aies laissé en plan, avoua-t-il. Mais quelque part, je me disais que tu serais plus motivée à l'idée de revenir si tu pensais que j'avais l'argent. »

Jackie lui rendit son sourire. « Tu ne me croyais pas capable de bien faire pour des raisons purement altruistes ?

— Je n'attends jamais plus des autres que de moi-même, répondit Archer avec diplomatie.

— Mais pourquoi nous donner cet argent ? s'enquit Ernestine.

— Je considérais ça comme une dette qui devait vous être remboursée à toutes les deux. Et vous savez que je suis particulièrement doué pour faire payer des dettes.

— Mais tu en mérites une partie… dit Jackie.

— Les bonnes gens de Poca City m'ont donné une généreuse compensation pour ma peine. » Il passa une main sur le revers de sa veste. « Comment vous croyez que j'aurais pu me payer ces sapes ou le voyage en bateau jusqu'ici ? »

Quelques secondes passèrent, puis Archer vit Ernestine tendre la main et se saisir de celle de Jackie. Elles se prirent dans les bras. Dans cette embrassade, Archer vit deux personnes qui étaient probablement plus que des amies. Cela le fit sourire. Parce que tout le monde devrait avoir quelqu'un comme ça dans sa vie.

Elles s'écartèrent l'une de l'autre et Jackie déclara : « À mon tour de te poser une question. Où diable avais-tu caché le contenu du coffre-fort après l'avoir sorti de l'entrepôt ?

— Tu te rappelles cet endroit dont tu m'avais parlé ? Où tu allais jouer étant petite et que tu t'imaginais être ce que tu voulais quand tu serais grande ? J'ai tout enterré là, en lieu sûr, sous les restes cramés de la Cadillac. Je me suis dit que personne n'irait s'embêter à aller fouiller par là. »

Archer remit son chapeau, l'inclina légèrement et se dirigea vers la porte.

Jackie se leva aussitôt. « Tu t'en vas ? Déjà ? demanda-t-elle d'une voix où pointait une touche de déception.

— Eh bien, si ça vous dit, mesdames, je pensais vous inviter toutes les deux pour prendre un verre et dîner avant de ficher le camp et de me remettre en vadrouille. Qui sait, je vais peut-être réussir à faire quelque chose de ma vie. M. Shaw avait l'air de penser que je pourrais devenir un détective privé digne de ce nom.

— Je pense que vous pouvez devenir ce que vous voulez, Aloysius Archer, déclara Ernestine.

— On devrait se changer », suggéra Jackie en considérant sa tenue toute simple.

Archer secoua la tête et dit : « Je trouve que vous êtes toutes les deux très bien comme ça. »

Il tendit un bras à chacune d'entre elles, qu'elles prirent immédiatement.

Ils ouvrirent la porte et s'éloignèrent tous trois dans la lumière étincelante d'un nouveau monde qui recelait une abondance de possibilités.

REMERCIEMENTS

À Michelle, nous voilà repartis, cette fois-ci dans les années 1940. Merci pour tes encouragements.

À Michael Pietsch, pour ta vision.

À Andy Dodds, Elizabeth Kulhanek, Brian McLendon, Karen Kosztolnyik, Beth deGuzman, Albert Tang, Bob Castillo, Kristen Lemire, Anthony Goff, Michele McGonigle, Cheryl Smith, Andrew Duncan, Joseph Benincase, Tiffany Sanchez, Morgan Swift, Matthew Ballast, Daniel Modlin, Jordan Rubinstein, Alison Lazarus, Rachel Hairston, Karen Torres, Christopher Murphy, Ali Cutrone, Tracy Dowd, Martha Bucci, Rena Kornbluh, Jeff Shay, Thomas Louie, Sean Ford, Laura Eisenhard, Mary Urban, Barbara Slavin, Kirsiah McNamara et tout le monde chez Grand Central Publishing. Peu importe le chemin que je prends, merci d'être toujours à mes côtés.

À Aaron et Arleen Priest, Lucy Childs, Lisa Erbach Vance, Frances Jalet-Miller, John Richmond et Juliana Nador, merci pour votre soutien indéfectible.

À Mitch Hoffman, merci d'avoir donné de ta personne !

À Anthony Forbes Watson, Jeremy Trevathan, Trisha Jackson, Katie James, Alex Saunders, Sara Lloyd, Claire Evans, Sarah Arratoon, Stuart Dwyer, Jonathan Atkins, Anna Bond, Leanne Williams, Natalie Young, Stacey Hamilton, Laura Ricchetti,

Charlotte Williams et Neil Lang chez Pan Macmillan, merci pour votre super travail d'éditeurs, en plus d'être un groupe de personnes adorables.

À Praveen Naidoo et l'équipe de Pan Macmillan en Australie, merci de me faire systématiquement monter à la première place !

À Caspian Dennis et Sandy Violette, vous êtes sans conteste les meilleurs.

À Bob Schule, merci pour tes remarques et ta grande perspicacité.

À Mark Steven Long, merci pour la relecture approfondie.

Et à Kristen White et Michelle Butler, qui font toutes ces choses que je n'arrive jamais à faire !

DU MÊME AUTEUR
CHEZ TALENT ÉDITIONS

Sur le chemin du pardon (2021), une enquête d'Atlee Pine

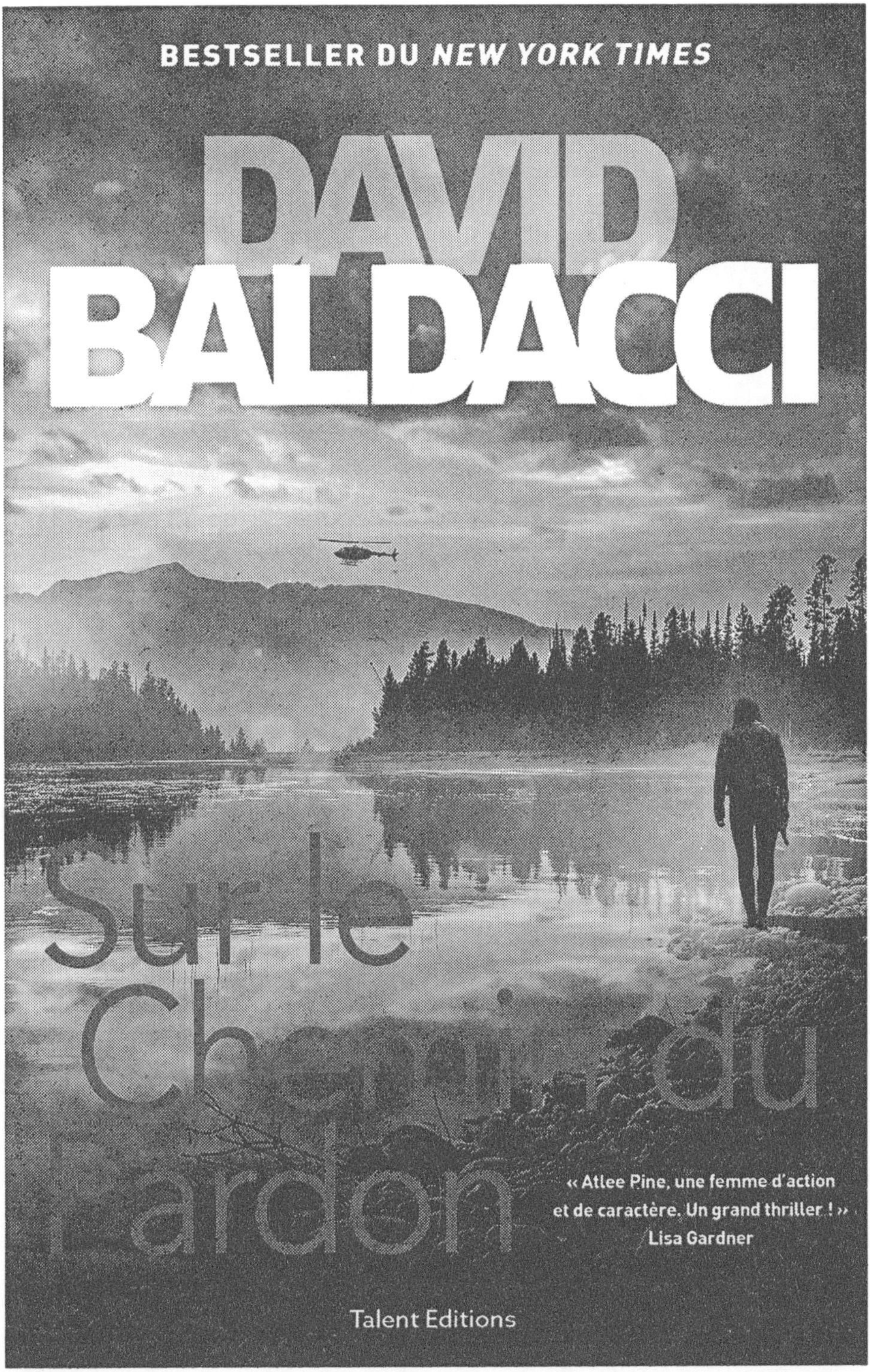

Imprimé en France par CPI
en février 2023

Dépôt légal : février 2023
N° d'impression : 172394

Talent Éditions est engagé dans le développement durable afin de limiter l'empreinte carbone de la fabrication de ses livres. Soucieux de l'impact environnemental de notre métier, nos ouvrages sont imprimés en France sur du papier certifié issu de plantations gérées de manière éco-responsable. Les livres non-commercialisables sont recyclés et réutilisés pour la fabrication d'autres produits cartonnés.